澄澈的旅途

韩志锋 著

上海三联书店

01 新西兰库克山   03 新西兰峡湾公园

02 神奇的九寨   04 德天跨国大瀑布

序

　　本书作者韩志锋同志是一位开拓型、研究型的干部，我在上海市高级人民法院工作期间，对他的创新意识、勤勉精神和踏实作风留下了很深印象。在《行政诉讼法》实施初期，我和志锋同志合作写出了《简论行政管理相关人的起诉权》一文，从而填补了我国行政审判工作的一项空白，这篇论文被全国法院系统第六届学术讨论会评为一等奖。志锋同志担任上海高院办公室主任后，努力争取高院党组的支持，大力推进全市法院的计算机应用培训、网络建设和审判软件开发。如今上海法院的计算机网络应用和审判管理信息化都已走在全国法院系统前列，这离不开当年打下的基础。我认为像韩志锋这样善于创新而认真工作的同志，不论做什么事情都会扎实而有成效。他不论是在职还是退休，都注定不会平庸和守成。

　　志锋同志退休后，每年都到国内外旅行，并在旅途中写下了很多饶有兴味的游记。他的作品没有到此一游的泛泛而谈，也没有故作深沉的孤芳自赏，而是平和自然，真实静美，不温不火，娓娓道来。志锋同志所写的系列游记，每一篇我都认真看过。他的游记不论是图片、视频还是文字，无不都渗透了他细致独到的观察，发自内心的深刻感悟，以及触及读者心灵的生动描写。不少读者说，看了韩志锋写的游记，没去过的人感到身临其境，好像随他同游一般；而去过的人却感到与自己的体验大不一样，如同再度重游。

　　志锋同志拍摄的照片，不仅有所到景点的经典画面和精彩视角，也体现了当地的风土人情和人间百态，我想这与他的社会学教育背景不无关系。摄影作品不仅是光和影的学问，也必然反映拍摄者的眼光和情怀。我在欣赏志锋拍摄的旅途照片时，就能感受到他所传递的那种难得的人文关怀和社会观察之意。用摄影行话来说，他拍照片是"有想法"的。

　　志锋同志不是那种满足于到此一游的普通游客，而是善于观察、提炼和升华的有心人。他认为旅行需要深化和继续，旅途结束并不代表旅行终结，对此我深表赞同。新疆游之后，他别出心裁地按照每天行程绘制了35张地图，详细标注了线路、里程和游览点。我感到这些地图制作得很有创意，也

1

很严谨，它和游记一起构成了新疆之行的立体资料。象志锋同志这样的执着和认真，这在当今中国旅游热中是罕见的，我很是佩服！

徐霞客是著名的明代地理学家、旅行家，我国每年5月19日的旅游日，就是以他首篇游记的开篇之日来设立的。徐霞客是江阴马镇（徐霞客镇）人，本书作者韩志锋同志也是江阴人。我欣赏志锋同志的情趣，更赞誉他的毅力。他的旅行不是走马观花，也不是浅吟低唱，而是在有意识地进行探索性、考察性、研究性的旅行，因而他做了一般退休老人想做而不敢做的大事，可谓徐霞客忠贞的后继者。正因为如此，我建议志锋同志将历次游记整理出书，以飨读者。

韩志锋同志所著《澄澈的旅途》一书，正如他之前所写的众多自媒体游记，不仅图文并茂，可读性强，而且富有思想内涵和人生哲理。鉴于本书能给人们带来共鸣、启迪和思考，我愿意将本书推荐给读者朋友们。

最高人民法院原副院长

李国光

2018年5月于上海

前言：乐享澄澈旅途

我们这一代人经历了翻天覆地的变化，见识了很多以前没法想象的新鲜事，享受了各种发展的成果和便利。但很多人也包括我自己，年复一年忙于工作、学习、家务和琐事，经济能力有限，更囿于思想观念落后，在退休之前谈不上什么像样的旅行，最多只是零打碎敲的周边游或出差附带游。不知有多少人每天在外辛辛苦苦工作，在家柴米油盐半辈子，转眼就只剩下满脸的皱纹，把自己年轻时的梦想和激情都藏进了满头白发。在这样刻板单调的生活状态下，外出旅行只是一个遥远的梦。

我们的下一代就不同了，他们虽然工作紧张繁忙，总能利用休假去各国各地走走。在很多旅游景区，我们经常看到不少年轻人轻松悠闲地享受着旅行快乐。我们的孙辈更厉害了，很多小朋友还没上小学，已经出国好几次。估计不用到退休，他们就可以走遍世界各地了。更多的年轻父母带着孩子出游，这不仅可以弥补学校教育的不足，还有利于培养孩子健全的人格和开朗的性格。

正因为我们这代人流逝了太多的岁月，我们必须把那些流逝的岁月给追回来，而追回岁月的最好方式就是旅行。旅行中经常得爬山涉水，因而需要一定的身体条件。身体与时间、金钱不一样，不会越用越少，反而可以通过旅行增强体质。有些朋友在家里总是这里痛那里酸，一参加旅行就精神抖擞，感觉很好。还有些朋友被确诊为重大疾病，索性放弃医疗到风景区买房定居，或寄情于山水之间，大大提高了生活品质，甚至明显延长了生命。在外旅行本身也是一种锻炼，美丽的自然风光对身体大有裨益。

有人说60岁至70岁是人生最美好的时期，时间自由，经济无忧，身体尚可，我感到这段时间也是参加旅行的最佳时期。可惜这一年龄段的很多老年朋友为子女承担太多，大好时光就完全用在孙辈身上。等到孙辈长大，他们也过了古稀之年，还有精力去旅行么？还有一些朋友喜爱侍弄宠物花草，为了它们就不能外出旅行，这未免太可惜了！

网曰："不走出去，家就是你的世界；走出去，世界就是你的家。"我感到很有道理，旅行确实可以改变自己。我们完全可以在有生之年，特别是趁还走得动的时候，多花点时间走出去看看五光十色的大千世界，领略秀丽壮美的天地奇观，登临高耸的山脉，放眼浩瀚的湖海，寻访历史的踪迹，见识多彩的生活，努力把自己的人生圆圈画得大一些，再大一些。所谓人生圆圈，就是人们与外部世界的接触面和边界线，也就是一个人的眼界和胸怀。我们若不看书不学习，也不旅行不探索，那人生圆圈就很小，对圆圈之外的世界就知之甚少，兴趣不高。如今网络发达，搜索方便，获取知识容易，增长见识却难。我们虽然谈不上行万里路，读万卷书，却能走出去看看不一样的世界，把旅行作为自己生活的组成部分，就会感到外面世界的博大和精彩，就会感到自己的贫乏和不足。这样您的人生圆圈就大了一些，看问题的眼光、方法和气度自然就与以前不可同日而语。

就算再用二十年时间，我想自己也无法走遍全世界的旅游国度，也不可能把国内的旅游景区游完。旅游景点是走不完看不尽的，因此我们需要选择和放弃。旅行的魅力其实不在于线路和景点，而在于感悟、体验和回味。最重要的并不是我们到过了哪些地方，而在于我们旅途中那种澄澈、喜悦、期盼的心情，以及到了那些地方的亲身体验、自我感悟和心灵洗涤，进而达到内心深处的满足、平静和安宁。旅途中的陌生环境、舟车劳顿和万千世界，其实都是以喧嚣的表象来展示澄静、澄湛、澄澈的旅行本质。这个世界其实很简单，只是人心有点复杂。我们出去旅行，其意义之一就是要回归简单，净化心灵而亲近自然。再回家时，可能就容易简单看人，平静做事。更何况，我心目中的旅行不一定非要去什么旅游国度或旅游景区，有时候只是想看看不一样的地方风貌，不同的生活方式和民俗习惯。从某种意义上说，旅行也就是暂时离开我们所熟悉的地方和环境，去体验和见识他乡他人的不同风景和生活。

近几年我有缘参加的知青旅行团，其发起者是黑龙江省尾山农场一分场的几位上海老知青，他们组织了一批"黑兄黑妹"，采用大巴长线方式游遍祖国各地，我国大陆最东端的乌苏镇，最南端的灯楼角，最西端的红其拉甫哨卡，最北端的北极村，他们全都去过。这些老知青年轻时下乡到农场，回城后忙于工作、事业和家庭。如今自己退休，儿女自立，生活安逸，这些北大荒的昔日"荒友"就聚集起来，去追回流逝的岁月，追赶生命的余辉，追寻美景和真情。长途旅行的不确定性很多，有时会有各种巧合，也会遇到一些始料不及的事情，这也都是旅行的魅力之一。至于出境旅行，我比较喜欢参加由熟悉人士发起的旅游团队，自主安排线路，然后请旅行社操作。这样的境外游可能会增加一点费用，但自由度和舒适度也就随之提高。

　　旅行中我比较喜欢自然风光，不论是名山、江湖、大海，还是沙漠、荒原、草甸，或是雪山、森林、溪谷，都能引起我的兴奋和流连。有时在奔赴旅游区的途中，会出乎意料看到一些绝美的风景，正所谓"最美的风景在路上"。比如我们从川主寺镇去黄龙景区，途中翻越海拔3900米的雪山梁，由于刚下了整夜大雪，我们就喜出望外地欣赏到了极其壮观的岷山之雪。又如我们在北疆游完巴音布鲁克景区，要到南疆的库车去，由此所走的独库公路之优美线条和多姿形态，以及两侧的雄奇风光，完全超出了我的想象。

　　由于数码相机的普及，存储设备的便利，以及手机拍摄功能的提高，几乎人人都有机会拍出好照片。相对于速度、光圈等技术指标，我感到拍摄旅行照片首先是要有想法，也就是想拍什么内容，以及如何表现这些内容。除了喜欢拍摄风景照片以外，我也不时拍摄一些具有人文气息的照片。当地人的生活状态和神情百态，游客中的趣闻轶事和精彩场面，都很值得拍摄。本书中照片除署名的以外，均为作者所摄（彩页中"神农架大九湖"和"没有荒凉的人生"分别为重庆大学老师和蒋荣妹所摄）。

3

　　每次出游，很多朋友都会关注和分享我们的旅程，通过自媒体平台与我们密切互动。朋友们那些热情洋溢而温馨中肯的评论，已成为我在外旅行的一种鼓励和享受。这种互动式的旅行与过去那种不通音信的孤独旅行有很大不同，我们在旅行中不但会发现、认识陌生人，也会重新发现和认识熟悉人。我在自媒体发表游览某景点的文字及图片后，经常会有朋友跟帖描绘他们以前到过这个地方的经历和心情，或者叙述他们与这个地方的机缘和交集。我所传递的景色和游兴，有时会引起朋友们诗情大发，为我们吟诗相伴。旅途中这样的同步互动，让我深深感到并不是一个人或一个团队在旅行，而是很多朋友在共同参与和分享。

　　旅行需要深化和继续，旅程结束，并不代表旅行终结。有时候回到家里，才发现真正的旅行刚刚开始。回味也是旅行的组成部分，这时就不光是回忆，而是以另一种方式继续旅行，这也是旅行的一种魅力。旅行不能游过就算，而应当视为一份记录，一种回忆，一段修行，成为伴随自己的宝贵财富。通过回味消化，有益于深化自己对美好自然和人文宝藏的认识和感悟，从而也有益于自己的修炼提高。我们对于旅途活动的品鉴和深掘，不但可以加强自己对过去旅行内容的记忆和感受，让朋友们分享旅行见闻和心得，也有助于提高未来旅行的品质。有时候，同类的知识、史实和背景，可能见之于不同区域的不同景点。更多的时候，不同区域的不同景点之间，经常会引发我们的比较、联想和感慨。或许，这就是"读万卷书不如行万里路"的一种含义吧。

明代地理学家、旅行家徐霞客是出自我家乡江阴的游圣，是我国旅游事业的千古奇人，我们在旅途中经常看到徐霞客留下的痕迹印记。徐霞客的眼界、专注、毅力和才华让我深深折服，我愿做霞客故乡的一枝红枫。在当代中国，有很多旅行爱好者都在继承、弘扬徐霞客游历天下的探索精神，我的故乡江阴市还发起了"重走霞客路"之游学活动。

本书之第一、二篇是以前公务出国时的经历，不妨作为游记看待。之后各篇为本人在国内外旅行的亲身体验，以自己的旅行记录和自媒体平台所写游记为基础，加以扩充整理而成。本书内容大致按所游省份、国家编写，以最初游览时间为序。同一次长线出游的内容可能写于不同篇目中，不同时间在同一地区的游览则可能归于一集。限于篇幅，每篇游记仅配少量图片，读者可以扫描各篇正文后的二维码，以观赏更多的图片。本书所涉内容只是作者的一部分旅行经历、体验和感悟，如果能引起大家的欣赏和兴趣，甚至于心动和行动，那就是对我旅行感悟的充分肯定，是对我游记的最高奖赏了。

生活需要诗和远方，还要仰望星空。"东隅已逝，桑榆非晚"；往事已矣，来日可追！澄澈的旅途是一种游历，更是一种心情和修行。为了趁走得动的时候乐享澄澈的旅途，亲爱的朋友，去旅行吧！

目　录

01. 从檀香山到旧金山

　　1995年金秋时节，笔者随中国法律代表团赴美作为期一个月的考察交流。代表团成员分别来自最高人民法院、司法部、国务院法制局、上海市高级人民法院和华东政法学院律师培训中心。团员们先在夏威夷州首府火奴鲁鲁即檀香山集中活动了一个星期，然后分赴美国本土各城市作进一步考察。一个月时间虽短，所见所闻收获颇多。

方式与效果

　　这次考察的方式很有特色。9月11日到夏威夷后，通常每天上午由美方专家开设讲座，讲座涉及面较宽而内容浅显。主办者似乎想让我们在短时间内对美国的法律制度有总体了解，但这种泛泛而谈的讲课不可能留下什么深刻印象，倒是穿插其间的讨论和提问，才帮助我们弄明白一些问题。每天下午则是去司法机关或政府部门访问交谈。我们访问了市政府、法院、警察局、检察院等，还通过午餐会与律师和教授进行了交流。这些参观和交流花时不多，收获却不少。

夏威夷的州长（左二）、副州长（右二）会见作者（中）（接待方 摄）

　　先集中，再分散，最后再集中，这是我们这次考察活动的特点。主办单位是设在夏威夷大学的美亚法律研究会，还有国际辩护律师学院。美亚法律

1

研究会对中国情况比较熟悉，在夏威夷有一定影响。而国际辩护律师学院则与美国本土的律师事务所有着广泛联系。在夏威夷集中了一个星期后，主办者把我们9人分别安排至纽约、芝加哥、匹兹堡、旧金山等地，每个人都由一家律师事务所负责接待。本人被安排在旧金山，接待我的是科切特和彼特律师事务所。56岁的科切特先生是这家事务所的主要合伙人，也是我在旧金山期间的东道主。每天上午9点，科切特驾车带我去他的事务所上班，晚上7点再带我回家。我在他那幢价值200万美元的寓所里住了两个星期，又在杰克律师家里住了4天。由于单枪匹马和美国人在一起工作生活，周围没有懂汉语的人，就不得不硬着头皮和美国人多打交道，慢慢也就知道了不少他们所关心所谈论的事情。我们代表团的所有成员都是第一次单独住在美国人家里，可见这种出访形式颇为独特。

出访的最后三天，代表团成员又从美国各地飞赴旧金山，在这里小结回顾美国之行的得失成败。美亚法律研究会的负责人和国际辩护律师学院的董事们齐聚一堂，听取代表团每个成员的小结发言并进行讨论。

2　法官与法院

笔者作为一名中国法官，自然会对美国法官和法院产生浓厚兴趣。美国法官确实具有很高的社会地位，这从一位联邦法院法官的任命及任职仪式中可见一斑。47岁的苏珊·伊尔斯顿女士原系科切特的合伙人，经过严格而慎重的挑选，她从200名列入候选人名单的优秀律师中脱颖而出，被克林顿总统任命为加利福尼亚北区联邦法院的法官。这家联邦法院上一次任命法官是在2年以前，当我刚到科切特事务所时，该所的律师们纷纷自豪地告诉我这一消息。9月22日，我应邀参加了伊尔斯顿法官的就职典礼。身着各色礼服的300多名来宾很快到齐了，13名法官在全场起立致意和长时间鼓掌声中依次在主席台上就座。除坐在正中的伊尔斯顿一身红装外，其他法官都身着黑色的法袍。台下一侧坐着旧金山地区其他法院的法官代表，另一侧坐着伊尔斯顿的亲属。仪式的主要内容为宣读任命书、来宾发言、被任命人发言等，伊尔斯顿的两个儿子为他们的母亲穿上了簇新的法袍。整个仪式庄严隆重而不失轻松幽默，随后举行了盛大的招待会。宾客如云，气氛热烈，但食品很简单，也没有桌椅，大家手托盘子或站或走，边吃边谈。

美国法官的工作很辛苦，整天都忙着开庭审理案件。事务所附近的San Mateo县高级法院共有19名法官，每位法官都有自己的专用法庭。19个法庭都没闲着，推开哪个法庭的门都能看到法官在开庭。也有的法官在开庭之前先在办公室进行调解，经联系我进入麦克唐纳法官的办公室，观察他如何调解。如果调解成功，则不必再开庭审理。在加州，这样的县高级法院共有58家，每个高级法院下面还有若干市法院。但像旧金山、洛杉矶这样的大城市，高级法院与市法院是合二为一的。这两种法院都是初审法院，上诉案件必须由州上诉法院审理。加州共有6家上诉法院，其审理方式是不同于初审法院独任制的合议制。设在旧金山的州上诉法院共有15名法官，分为5个合议庭。一天早上，该法院的汉宁法官接待笔者之后，即和另外两名法官一起开庭审理了6起上诉案件。美国法官审理上诉案件只审查原审适用法律是否正确，而不管案件的事实，所以审理一个上诉案件平均只花半个小时。

如前所述，在美国能成为一名法官很不容易。从业5年以上的律师才有机会成为市法院的法官，而要成为县高级法院的法官，则至少须有10年以上的律师工作经历。至于要想成为州最高法院法官或联邦法院法官，那限制条件就更多了。正因为如此，美国法官的收入很是可观。夏威夷联邦地区法院的戴维法官告诉我们，在联邦法院系统，地区法院法官的年薪为13.36万美元，巡回上诉法院法官的年薪为14.4万美元，美国最高法院法官的年薪为16万美元，而美国一般公民的年收入如能达到三、四万美元

作者在美国的法庭上（托利 摄）

就相当不错了。美国法官的这种高收入是相当稳定的，只要担任法官5年以上，即使他因病因残不再当法官，也仍然可以得到50%的法官收入。担任法官10年以上，就可终生获得100%的法官收入。

笔者对美国法院的设施和管理怀有很大兴趣，每到一家法院，都注意观察并与他们的管理者交谈。美国法院的底层建筑通常作为安全检查、接待当事人、财务结算等事务之用，两层以上才是法官的法庭和办公室。沿大厅或走廊是数间法庭，门上刻着法官的名字。法庭是法官专用的工作场所，一些州法院系统的法官喜欢用各种图片来点缀自己的法庭，有的书记员或法官秘书还喜欢把书籍、花束、工艺品放在自己的桌子上，连值庭的法警也在法

庭一角放上一些书籍和其他物品。相比之下，联邦法院系统的法庭就整洁得多。法庭内通常都提供饮用水和杯子，法官、当事人以及律师在法庭上都可以喝咖啡或茶。法庭后面隔着一条走廊是法官办公室，每个法官都有宽敞的单独办公室，其门口对着自己的法庭。美国法院的计算机应用十分广泛，我所看到的法庭都配备了计算机网络系统。美国法院的安全措施相当严格，联邦法院的大门口都配有安检设备，当事人或访客都要接受安检，但不需要查验证件也不必登记。州法院的大门口就不一定有安检设备，而是由值庭法警视情况进行人身检查。不论哪个法院，不论审什么案件，法庭内都配有荷枪实弹的法警。他们中有的属于政府警察局系统，但专门为法院服务，包括为法院执行案件、送达法律文书、押解人犯等。

律师与律协

在美国要想成为一名律师也不容易，首先必须读完4年大学，读何种专业倒无关紧要，只要有学士学位就行。然后进入大学法学院再读3年，以取得法学博士学位，这时才可以参加州律师协会组织的律师资格考试，取得律师执照后始得成为执业律师。如今（指1995年前后）的美国，每1万人已拥有28位律师，总数达到90万人之众，其中20%的律师是专门为私人公司服务的，40%的律师事务所只有一名律师。所有的律师中间，只有2.5%的幸运者有机会成为法官。在美国，由于各州的法律不同，各州的律师执照不可通用，但律师可以在附近地区的联邦法院出庭办案。如果某一州的律师想到另一个州去办案，那么他必须再考那个州的律师执照，或者与该州的律师合作办案。

我所访问的科切特律师事务所共有50名工作人员，其中合伙人4名，律师11名，10人是没有律师执照的法律工作者。这个事务所拥有一幢两层的

作者在科切特律师事务所（接待方 摄）

办公楼，居然还安装了电梯，楼下一部分房间出租给航空公司作售票处。事务所还经营高尔夫球场等产业，还拥有设施完善的图书室、会议室、健身房和厨房，这个厨房只是用来煮咖啡和饮料。在这个事务所里，从老板到每一位雇员，看上去整天都在忙忙碌碌，许多

人过了下班时间仍然在工作，星期六还赶来加班。

美国每个县每个州乃至全国都有律师协会，各州律师协会的工作一是举行律师资格考试，颁发律师执照；二是制定律师行为准则，处理对律师的投诉；三是召开律师年会或学术讨论会。笔者在美期间，恰好遇上加州律师们云集于旧金山的希尔顿大酒店和尼科大酒店，参加本年度的全州律师年会。美国人召开这类大型会议与我们截然不同，主办者不需要筹措大笔经费，或许还可有所盈利。会议前几个星期，各律师事务所就收到一份年会计划，概要说明会议项目和收费标准。代表团成员的登记费每人200美元，从业5年以上的律师210美元，1年至5年的从业律师150美元，当律师不满1年的则不用交登记费。如果参加会议者是律师的配偶或客人，则不必交登记费。此外，参加午餐会或晚餐会还要另外交钱，年会期间共举办11次收费宴会和118场免费报告会。开幕第一天，加州女律师举行的盛大晚餐会，收费高达每人85美元。尽管收费很高，人们仍然踊跃参加各种宴会，希望利用聚餐机会多结识朋友，多交换意见。至于各事务所是否派人参加以及参加人数多少，完全取决于事务所本身，对此没有任何规定。我的东道主仅派一名律师参加，我则作为客人和这位律师一起出席年会。会议期间，我参加了5次宴会和5次报告会，内容十分丰富。

市民与城市

美国市民的法律意识比较强，他们自觉遵守交通规则，主动维护环境整洁，有事就去找律师、上法院。这与美国社会多年来形成的法治环境有关，其中一个重要因素就是针对各年龄层次和各方面人士的法律宣传。笔者在加州律师年会上看到了许多宣传法律常识的资料，我随手取了几本中文版小册子，有"我租房屋之前需要知道些什么"，"我需要立遗嘱吗"，"我应该如何认识、仇视罪行"，"发生交通意外时该怎么办"，等等。而在夏威夷，这类法律宣传资料具有很强的年龄针对性，对于儿童、满18岁青年、中老年公民，都有不同特点的法律宣传手册。

美国人喜欢炒作名人新闻，这在辛普森"世纪大案"的审理过程中发挥得淋漓尽致。在陪审团听取控辩双方意见的最后3天中，美国的4家电视台和3家广播电台，还有众多报纸，都在不停地报道和评论案件审理情况。大多数美国人无论在家中还是在单位，中心话题就是O.J一案。早些时候在夏威夷，美中友协请我们吃晚饭时，有一道甜食竟是用布丁做成的审理辛普森案的伊托法官之尊容。一些美国人对我说，这个案件本身并不复杂，是人们故意把它搞复杂了。许多人都相信辛普森就是凶手，但美国的法律就是这么奇怪。有一张报纸在陪审团作出决定后，用的标题是《辛普森赢了，美国哭了》。2017年10月，已判决监禁33年的辛普森被假释了，但他的入狱却因另案而起。

这次访美除了住在檀香山和旧金山之外，笔者还在芝加哥、底特律、圣地亚哥这三个城市作短期逗留。相比之下，檀香山给我的印象最好。这个城市的空气非常清新，各种色彩看上去特别靓丽，不含一点儿杂质。加上漂亮的建筑，迷人的海滩，宜人的气候，安全的环境，当然还有昂贵的物价，确实是富人的天堂。我们曾去参观一家富豪的别墅，公路边是他宽敞的住房，室外是一大片绿茵茵的草坪，然后过渡到沙滩和大海。圣地亚哥是一个离墨西哥不远的漂亮城市，气候与夏威夷差不多，一派亚热带风光，也是美国当时最大的军港。

旧金山是一座丘陵城市，市中心的道路顺着山坡忽高忽低，在这里开车必须具备高超的驾驶技术和高性能车辆。斜坡上的有轨电车算得上是旧金山一景，许多人在终点站耐心排队等候上车。从进城的高速公路或从金门大桥对岸看去，旧金山市区的高楼并不太多，数量和外观都不及我们上海雨后春笋般矗立起来的高层建筑。入夜后，闹市区的灯光也比上海的南京路逊色多了。

在旧金山常可见到无家可归讨饭为生的人，他们身挂一块牌子，上写"饥饿""贫穷"等字样，有的还写着"没有任何理由，就是因为穷。"对此现象，我问过几位美国朋友，他们回答说这是一群奇怪的人，主要是因为懒，不愿意参加工作才上街要饭。据说旧金山的警察和市民都比较宽容，对这种有碍观瞻的流浪者从不干涉。旧金山街头的各种表演很多，拉小提琴的，弹电吉他的，奏铜管乐的，模仿雕塑的，应有尽有。这些街头艺人以自己的才华维持生计，并不失自己的尊严。

底特律号称汽车城，其实却是一座衰落中的城市。不少大楼空无一人，随处可见乱涂乱画的符号文字，那是一种黑社会势力范围的标志。有钱人纷纷搬离市区，整个城市显得没什么生气。只有架在空中绕城而行，自动化程度很高的轻轨火车，才使人感受到一些现代城市的气息。多年来，市政官员和专家学者们一直在争论如何振兴这个城市，争来争去，倒是与底特律一江之隔的加拿大温泽市得到了发展，吸引了大批美国人前往投资、游玩。芝加哥是一座高楼林立的大城市，站在110层高的西尔斯大厦顶层放眼望去，感到芝加哥确实不愧为建筑师的摇篮。各种风格的大楼和谐有序地组合在一起，在清澈、宽广的密执安湖畔形成一道美妙动人的风景线。

不论是旧金山、芝加哥，还是底特律，都有一些不够安全的区域，有的地方就算在白天也不安全。安全区域和不安全区域往往只相隔一条马路，那就是不能逾越的警戒线。有一次一位朋友行车至旧金山一条僻静马路时汽车漏油，他不得不钻到车底下修理。他告诉我这里属于不安全区域，让我密切注意周围情况。我一边传递工具，一边紧张地观察四周情况，总算平安无事。在美国这个强调个人自由的国家，公民可以拥有武器。我在一家专门销售剩余军用物资的商店中看到，各种各样的枪支和匕首明码标价陈列在柜台中，从微型冲锋枪到放在包里的女士专用小手枪应有尽有，其中多数武器不需要任何手续就可以购买。

中等收入以上的美国人都喜欢住在远离城市的住宅区，那里比较安全，空气也好。由于这些住宅区的道路修得很好，进出方便，所以购物也不成问题。美国的住宅区多有完善的商业设施，数家或十来家商场围绕着一处停车场，互相联通，规模不小。这些购物中心还有餐馆、银行、电影院等。美国老百姓平时只带很少现金，政府鼓励人们使用信用卡，每消费100元，可返回2元钱到信用卡上。

主人与客人

东道主对我们这个代表团十分友好热情，9月11日我们到达檀香山机场时，美亚法律研究会主席布朗教授已等候在最靠近飞机的门口，引导我们优先办理了入境手续。在机场出口处，两位前来迎接的女士为我们每个来访者戴上绚丽夺目的花环。在此后短短一周内，夏威夷好客的主人们多次为我们献上这种或五彩缤纷，或洁白如玉，闻之清香可人的鲜花环。

夏威夷州政府对我们这个团十分重视，Benjamin J. Cayetano州长和Mazie.Hirono副州长为欢迎我们，于9月12日在州长官邸举办招待酒会。招待会在官邸大草坪举行，来宾有70余人。夏威夷这个美国第50个州的州长是一位菲律宾裔先生，副州长又是一位日本裔女士。他们都在酒会上发表了热情洋溢的欢迎词，并和代表团成员合影留念。席间，州长郑重宣布从9月11日至9月17日，是夏威夷的中国周，并希望通过我们这些来访者进一步加强友好纽带和法律交往。

考察活动之余，主人安排我们参观了闻名遐迩的珍珠港纪念馆。这是为纪念1941年12月美国太平洋舰队遭受日军袭击的珍珠港事件，而建立在美军旗舰亚利桑那号之上的一座水上纪念馆。由美国海军管理的这座纪念馆，通过电影、图片和实物资料，通过镌刻在白色大理石墙上的2000余名阵亡美军官兵的名字，向后人展示着历史的一页。沉船并没有打捞上来，透过清澈的海水，可以清晰地看到在大海里静静躺了半个世纪之久的美军旗舰模样。

作者住在科切特先生家里（杰克 摄）

在久负盛名的夏威夷波利尼西亚文化中心，我们作为贵宾受到了特别周到的接待。该中心的主席专门会见我们并合影留念，还赠送给我们每人一盒介绍该文化中心的录像带和录音带，以及一本中文版摩门经。参观过程中，每处都为我们安排最好的位置，提供了种种方便。晚上观看有6000多观众的大型文艺演出，工作人员在中场休息时给我们送来了水果和冷饮。波利尼西亚文化中心占地42英亩（约合17公顷），是一个浓缩了5000年太平洋文化，显示汤加、斐济、新西兰、夏威夷等7个民族之习俗的露天大舞台。其演员多系当地各民族居民。由于游客太多，也有一些来此打工的大学生化装成土著人模样，加盟表演团队。

旧金山的东道主对我相当热情友好，提供了很多机会，使我能接触到美国社会的多方面情况。科切特先生是位好客、慷慨的先生，不仅在生活上给我关心照顾，还常常利用清晨跑步、上下班路上、以及一起进餐等机会，告诉我很多事情。他家中虽然富有，生活却很简单随便。倒是家住太平洋边上的杰克先生，由于他们夫妇在欧洲住了多年，其饮食起居十分讲究，吃早餐也要在露台上摆好餐桌和整套餐具。饶有兴趣的是，我住在杰克家时到海边散步，路过警署看到了喷涂有Pacific Police字样的警车，看到了真正的"太平洋警察"。我在这样两种不同风格的美国人家庭分别生活了一段时间，对于了解美国平民的日常生活很有帮助。在短短的三个星期中，我和科切特事务所的许多朋友结下了友谊。临走前，他们特地为我在一家知名的中国餐馆聚了一次，并赠送给我一本旧金山画册，还有一张许多朋友签名留言的贺卡。回到上海后，我给科切特事务所的朋友们写了一封感谢信，他们把这封信刊登在《国际诉讼律师学会杂志(IATL Journal)》1996年3月号上。

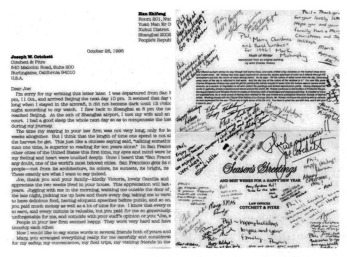

作者写的感谢信（左）和美国律师们的留言卡（右）

（本文原载于《上海审判实践》杂志1996年第1期，略有修改。）

　　1999年11月28日至12月18日，笔者随上海市信息化考察团再度访问了美国，分别去了硅谷、盐湖城、纽约、华盛顿、波士顿、洛杉矶等地。参观访问了惠普公司总部、Novell超级实验室、ATC、CableTron、SPACEHAB等计算机行业的大公司，看到了庞大的数据中心和先进的技术演示。考察间隙，也游览了白宫、盐湖城冬奥运会址、拉斯维加斯赌城、迪斯尼乐园和环球影城等著名景点。那时候，纽约世界贸易中心大厦还巍然屹立，从自由女神像那边望过去很是显眼。根本想不到两年之内，这两座庞大的标志性大厦会被恐怖分子摧毁。而当我们飞抵拉斯维加斯的夜空时，那巨大的光束直射云天，昔日的沙漠如今极其璀璨繁荣，给我留下了深刻印象。

02. 枫叶之国散记

　　1998年5月，笔者作为上海法院计算机网络负责人，与来自上海高院、上海海事法院、卢湾法院、青浦法院、奉贤法院的同事组成考察团赴加拿大，进行为期14天的学习考察活动，本人担任团长。上海法院系统在实施办公自动化工程中，与达科（中国）数据通讯公司进行了项目合作，通过该公司购买了加拿大Memotec通讯公司开发生产的复用器等设备，此番考察也是技术合作的一项内容。考察团专程前往位于蒙特利尔市的Memotec通讯公司，会见了该公司总裁、总设计师等负责人，参观了产品生产线和测试车间，并就复用器产品的质量、功能、使用、改进等问题进行了交流。

考察团访问Memotec通讯公司（团友 摄）

考察团还先后在温哥华、多伦多、金斯顿、渥太华、魁北克等地参观考察。在首都渥太华，考察团参观了议会大厦、最高法院和联邦法院、总理府和总督府，以及国家博物馆等。初步了解了加拿大立法机关的组成和运作，司法机构的组织体系、审判职能及权限，增加了我们对加拿大司法系统的认识。在其他城市，参观游览了省议会大厦、皇家博物馆、大学、多伦多电视塔、军事要塞、唐人街、尼亚加拉大瀑布、斯坦利花园等饮誉世界的自然、人文景观。

　　尼亚加拉大瀑布　到了加拿大，不能不看位于加拿大安大略省和美国纽约州交界处的尼亚加拉大瀑布。尼亚加拉河的水流在此处冲下悬崖，以每小时35公里的速度跌荡而下，在巨大的落差中演绎出世界上最狂野的漩涡急流。尼亚加拉瀑布由马蹄型瀑布、美利坚瀑布和新娘面纱瀑布这三部分组成，形似马蹄的主瀑布位于加拿大境内，另两个瀑布在美国境内。由于有月亮岛隔开，在美国境内只能观赏到瀑布的侧面。马蹄瀑布从高处冲下，直冲而下的水体真有雷霆万钧之势，溅起的浪花水汽可高达百米。我们远远站在岸上观看，轰鸣的瀑布声与雾状水气一齐袭来，感觉非常震撼。然后我们下到码头，每人领取一件雨衣，乘坐"雾中少女"号游船开始与大瀑布亲密接触。在这里可以真切感受到瀑布狂泻直下而产生的巨大水汽与浪花，水势汹涌有如千军万马扑面而来，惊心动魄。我们的游船只是稍微靠近瀑布，就被落下的水浪冲击得大幅摆动，暴风雨般的水珠劈头盖脸砸来。在这里与其说是观赏瀑布，不如说是体验瀑布。游船开始还能缓缓往前行驶，及至到达瀑布下面时，巨大的水流逼迫游船后退，游船则努力抗争，尽可能在这里多呆一会儿，好让游客近距离观赏天流之水。我站在船头甲板上，一手拉紧栏杆，一手捏紧雨衣，根本无法拿出照相机来拍照。游客们虽然都穿着雨衣，身上大部分还是被淋湿了。大家一边抬头仰望瀑布，一边发出阵阵惊叹声和欢呼声，不过这些游客的欢呼声比起震耳欲聋的水流声来，还是显得太微不足道了。游船在瀑布前停留片刻之后，就甘拜下风打道回府了。

除了坐船观赏之外，尼亚加拉瀑布周围还建设了一系列的观赏设施和游乐设施。在加拿大一侧有维多利亚女王公园，美国一侧有尼亚加拉公园，瀑布四周建起4座高塔，游人可乘电梯登塔瞭望全景。游客也可以乘电梯深入到地下隧道，钻到大瀑布下的平台去倾听瀑布雷鸣般的响声。除了坐

作者在尼亚加拉大瀑布的岸边（团友 摄）

电梯，游客还可以攀登至86米高的前景观望台，便可将大瀑布一览无余。而如果想仰视瀑布，则可以沿着山边崎岖小路前往风岩，那里就算是钻到了大瀑布的脚下，翘首仰望便会看见大瀑布以铺天盖地的磅礴气势飞流直下。但是要看大瀑布的正面全景，最理想的地方还得站在横跨尼亚加拉河的彩虹桥上，在桥上步行5分钟，便可从加拿大走到美国。夜幕降临后，尼亚加拉瀑布又是另一番景象，围绕着瀑布周围的巨型聚光灯大放光彩，五颜六色的灯光照在飞流瀑布上，景象比白天更加多姿多彩。在夏季的每个星期五晚上，瀑布上空还有万紫千红的焰火表演。由于当年法国皇帝拿破仑的兄弟吉罗

姆·波拿巴带着新娘不远万里来到尼亚加拉瀑布度蜜月，时至今日，到这里度蜜月仍是一种时尚。1812年，美国与英国属下的加拿大两国为争夺这块宝地，曾发生激烈战争，后来签定了协定，确定尼亚加拉河为两国共有，主航道中心线为两国边界。于是两国在瀑布两侧各建一座叫做尼亚加拉瀑布城的姐妹城，两城隔河相望，由彩虹桥连接，桥中央飘扬着美国、加拿大和联合国的旗帜。

加拿大千岛湖 加拿大千岛湖又名圣劳伦斯群岛国家公园，位于渥太华西南200多公里的金斯顿附近。在圣劳伦斯河与安大略湖相连接的河段上，散布着1865个岛屿。我原以为加拿大千岛湖只是针对中国游客而借用了浙江千岛湖的名称，没想到真有一千多个岛屿。这些岛屿遍布在圣劳伦斯河的河湾上，宛若童话中的仙境一般，小的只是一块礁石，大的可达数平方英里。湖中心的分界线将千岛湖一分为二，南岸是美国的纽约州，北岸是加拿大的安大略省。三分之二的岛屿在加拿大境内。湖水深邃碧蓝，宛如绸缎，又如明镜，宽阔而宁静。我们在金斯顿的卡纳诺基码头上船，花了3个小时左右绕湖一周，船上用英语、法语和中文导游。出航不远，就看到一座连接美国和加拿大的大桥，犹如一条彩虹横卧湖上，桥面上来来往往的车辆川流不息，十分繁忙。千岛湖中很多岛屿绿树掩映，不同色彩和风格的别墅时隐时现。我们坐着游轮前行，仿佛在观赏一座流动的别墅博物馆。想来这些岛上别墅的建筑成本、管理费用和生活代价都非一般人可承受，也只有富人才能成为这些富丽堂皇岛墅的主人了。湖中的一些岛屿和建筑都有些来历：美国通用公司总裁买下加拿大的莎维岗岛，在岛上建起靓丽大气的度假屋，又买下邻近的美国小岛，再在两岛之间建起了世界上最短的国际桥梁，全长仅9.75米，岛上悬挂着加拿大、美国和法国的国旗；湖中还有一个心形小岛，

千岛湖上的跨国小桥

早年间乔治·博尔特先生兴建了一座古堡献给他的妻子露易斯，此建筑物又叫博尔特古堡，妻子去世后他再也没有上岛一步，而把它捐给了美国政府。我们在游船上一边喝咖啡，一边跟着广播的提示欣赏着湖岛风光，度过了轻松悠闲的3个小时。

澄澈的旅途

魁北克 魁北克市位于加拿大东部的圣劳伦斯河与圣查尔斯河汇合处，是一个军事要塞和港口之城，魁北克的老城区于1985年被联合国宣布为世界文化遗产。"魁北克"在印第安语中就是河流变窄处的意思，为此它素有"北美直布罗陀"之称。魁北克老城是北美堡垒式殖民城市的完美典范，城里的绝大多数居民为法裔加拿大人，95%的市民只讲法语。老城区占地135公顷，悬崖峭壁将古城分为上城和下城两个部分，上、下城之间由一条空中缆车连接。上城是宗教活动区和行政管理区，四周有城墙环绕，集中了许多豪华宅第和宗教建筑。上城内突出的建筑是17世纪建成的耶稣会士修道院、清教徒修道院和神学院等，700余座古老的民用及宗教建筑分属于17世纪、18世纪和19世纪上半叶的作品。我们站在高处俯瞰下城，城中是一排排用石头砌成的房屋，这些房屋、仓库和商店层层叠叠，宛如一个庞大的迷宫。街道也用石块铺成，狭窄而曲折，其中小桑普兰街的历史最为悠久，是商业广告、雕木招牌云集的场所。魁北克古城大街有香榭丽舍大道之称，这条大街融合了英、法两种文化，大街两侧随处可见法兰西第二帝国时期风格的建筑和英国维多利亚时代的古典式建筑。古城里的拉瓦尔大学建于1663年，是北美最古老的大学。我们在古城里住了一晚，因而有时间到处走走看看。走在忽上忽下的古街道上，看着那些17世纪、18世纪的古建筑，我们仿佛时光倒流，进入了300年前的世界。而再看看琳琅满目的商店，遍布全城的露天咖啡馆和酒吧，我们又好像来到了世外桃源的休闲世界。我们几位团友入乡随俗，在这座世界文化遗产的古城里随意漫步，走了一段路就坐在街头喝喝咖啡，然后再走一段就坐下来喝杯啤酒。

加拿大国家电视塔 加拿大国家电视塔也称CN塔，高553米，是多伦多的标志性建筑。该塔自1976年落成后，一直被吉尼斯纪录为世界最高的建筑物，直至被迪拜塔超越为止。但从专业角度看，CN塔只是一个非建筑结构物。塔内拥有1776级金属阶梯，这里每年秋季都举办登楼比赛，为慈善机构筹募基金。1995年，该电视塔被美国土木工程协会收录为世界七大工程奇迹。圆盘状的观景台外形似飞碟，从这里可以一览无余地俯瞰多伦多的都市风光。约113层楼高的观景台设有旋转餐厅和室内游乐场，以及可以让游客呼吸到新鲜空气的户外瞭望台。电视塔的最独特之处是在观景台所建的玻璃地面，这块扇形玻璃地面足以让游客们战战兢兢。俯视玻璃下面的地面景物，更是惊心动魄。走上透明厚实的高空玻璃地面，看着几百米下蚂蚁般微小的行人，不免有点发慌心跳。好在玻璃面积不算太大，我们透过玻璃看看地面，再慢慢走几步，一会儿就走出了这块高空玻璃地。在风速不强的天气下，游客还可以从观景台再上一层，到达443米高的"天空之盖"，那里的视野就更广阔了。我们游览CN塔的那天，不知是风力不大的关系，还是塔的设计比较特别，反正我们在户外瞭望台上并没有感到狂风大作，也没有感到人站立不稳。站在这么高的露天平台眺望城市景色，与站在上海东方明珠玻璃球内看外面的感觉确实不太一样。

斯坦利公园 斯坦利公园离温哥华市区很近，总面积6070亩，几乎占据了整个温哥华市的北端，是北美地区最大的市内公园。斯坦利公园内人工景物不算多，以红杉等针叶树木为主的原始森林是公园里最著名的美景。进入乔治亚街上的公园入口处，是一大片美丽的玫瑰园，各种颜色和形状的玫瑰争相盛放，娇媚至极。我们游览的时候是5月份，还没到花开最旺盛的夏季，但各种各样的玫瑰花已经开得五彩缤纷铺天盖地。这些玫瑰花的布局并非平铺无奇，而是依托高低起伏的地形，辅之以各种园林小品和花架器皿，勾勒出错落有致、匠心独具的景观效果。游客漫步其间，真是眼花缭乱目不暇接。围绕着公园铺设的海边环岛道路是游人散步、跑步和自行车爱好者的好去处，还时常可见轮滑好手的身姿，而公园中的网球场和高尔夫球场则是喜爱运动的温哥华市民常到之处。除了森林美景之外，

作者游览斯坦利公园（团友 摄）

濒临英国湾的斯坦利公园还有几个长长的海滩，在这里不管是欣赏海景，还是体验沙滩乐趣，都是一种很好享受。在公园东部，耸立着几根印第安原住民所刻制的木质图腾柱，形状不一，手工精细，它们是印第安人文化艺术的体现，为公园增添了一处历史人文景观。斯坦利公园中还有一座水族馆，有八千多种生物供游人参观，从北极的海洋生物到亚马逊森林的鸟类、鳄鱼、植物都可以在此观赏到，其中不乏小白鲸等珍稀海洋动物。总之，斯坦利公园是一个充满了乐趣和魅力的综合性城市大花园，我们旅途匆匆，只是走马观花看了一小部分。

我们从温哥华飞抵蒙特利尔之后，就一直乘坐一辆红色的面包车穿行于各城市之间。在加拿大出了城市，就是连绵不断的森林，沿途很少看到农田和牧场，更看不到什么居民区。我们的车子似乎一直行驶在森林之中，过一段时间有个无人管理的休息站，驾驶员就在这里停车休息。加拿大似乎没有什么高速公路，道路上的车辆也不多，一路上所看到的，除了树林还是树林。

03. 游走赣鄱之间

庐山 1991年8月27日至29日，我参加单位里组织的庐山疗休养活动。我们到了九江市就坐游览车上山，通往山上的公路七旋八转，坡度很大，但路面不错。到了山上就住在牯牛岭，它以岩石状如牯牛而得名，我们在牯牛雕塑前留下了集体合影。这个山顶小镇的规模和热闹超过了我的想象，牯岭街的某些地段相当平坦，建筑物密集，商铺繁华，疗养院和招待所云集，几乎让人感觉不到是在山顶。只有穿越别墅群的街道，才显出倾斜的坡度，而大片别墅及活动场所能在山上建造，说明这里的地形十分平缓，其实这正是庐山的地貌特征所致。庐山是一座崛起于平地的孤立山系，山体外围布满断崖峭壁，但从牯岭街至汉阳峰及其他山峰的相对高度却不大，谷地宽广，形成"外陡里平"的奇特地形。从牯岭街出发到各景点游玩，似乎也不是落差很大，有些山路就在山脊上铺开，略有起伏而总体平直。只有从三叠泉的山顶出发下到谷地，再到另一座山峰的那条山道，才有高峭陡直的登山之感。

庐山位于江西省九江市，北濒长江，东接鄱阳，南北长约25公里，东西宽约15公里，风景区总面积302平方公里，绵延不断的90余座山峰屏蔽着江西的北大门。相传殷周时有匡氏七兄弟上山修道，结庐为舍，由此而得名。主峰汉阳峰海拔1474米，群峰间散布着许多壑谷、岩洞、瀑布、溪涧，地形地貌复杂多样，素有"匡庐奇秀甲天下"之美誉。我们1991年去庐山时，只知道她是古今中外闻名之胜地，在1982年成为首批国家级风景名胜区，那时尚未进行各种资质桂冠评审。1996年庐山被联合国教科文组织列入《世界遗产名录》，2002年被评为中华十大名山，2004年成为世界地质公园，2007年首批成为国家5A级旅游景区。庐山的主要景点有五老峰、观音桥、白鹿洞、三叠泉、仙人洞、含鄱口、大天池、如琴湖等，夏日的庐山雨水充沛，云雾弥漫，分外清凉。观音桥是我国最早的公母榫石拱桥，建于1014年的宋代，用107块花岗石砌成，这座19.4米长的单孔石拱桥已屹立千年，也是古道登庐山必经之路。庐山的瀑布很多，分布于卧龙潭、三叠泉、乌龙潭等处。其中三叠泉瀑布落差155米，分成三段悬瀑，远远望去恰如一条白练抛珠溅玉而坠潭。李白的"飞流直下三千尺，疑是银河落九天"，早已成为中国幼儿最早诵读的诗句。仙人洞在佛手岩之下，高、深各约10米，深处有清泉下滴，洞中置吕洞宾石像。毛泽东的"天生一个仙人洞，无限风光在险峰"诗句，使仙人洞景点名扬天下。

庐山历来是人文荟萃之地，自司马迁于公元前126年游历庐山，并写入《史记·河渠书》后，历代文人墨客相继慕名而来，陶渊明、谢灵运、李白、白居易、苏轼、王安石、陆游等千余位诗人、文学家、艺术家相继登山，留下了很多珍贵的名篇佳作。庐山的自然景观已经被诗化，庐山的山水文化已成为中国山水文化的精华和缩影。云雾缭绕的庐山风光，奇特多样的地质地貌，更有灿若星辰的文豪集聚，使得庐山成为既雄奇又神奇的千古胜地，正如苏东坡诗

作者游览庐山（同事 摄）

云："横看成岭侧成峰，远近高低各不同，不识庐山真面目，只缘身在此山中。"其实人到了一定年龄，就该学学庐山掩饰自己真面目的本领，不必什么事都搞得清清楚楚，也不必让自己什么事都得到别人的理解和欣赏。庐山是闻名中外的避暑胜地，建有欧美多国风格的别墅600余栋，其中美庐别墅、歇尔曼别墅、威廉斯别墅等都是精品。我们进入著名的美庐别墅和庐山会议会址参观，历史风云依稀可见。

下山后，我们来到白鹿洞书院参观。这座创建于公元940年的书院居中国古代四大书院之首，其余三座书院分别是河南商丘应天书院、湖南长沙岳麓书院、河南郑州嵩阳书院。宋代朱熹订立的《白鹿洞书院学规》，成为中国封建教育的准则规范，也影响了中国历史文化进程。游览庐山还有一个必备节目，就是在牯岭街观看电影《庐山恋》。我想世界上很少有这样的影院，数十年间可以每天连续放映同一部影片。这不光是源于《庐山恋》产生的时代背景和男女主角的青涩形象，也缘于这是一部庐山风光片，观众在游览庐山时看这部影片，就可以把自己融入到片中的庐山风景。

我们知青旅行团2015年荆楚之旅于5月27日返沪时，曾在庐山服务区休息。服务区设施完善，风景很美，让我回想起昔日游庐山的情景。

龙虎山 龙虎山位于江西省鹰潭市境内，景区面积220平方公里，属于丹霞地貌风景，也是中国道教的发祥地。传说"正一真人"张道陵在此炼丹，丹成而龙虎现，因而得山名。龙虎山于2012年4月成为国家5A级旅游景区，并于2007年与弋阳县的龟峰（亦称"圭峰"）共同加入世界地质公园网络，又于2010年8月与龟峰一起被列入《世界遗产名录》。我从鹰潭去龙虎山，进入景区后似乎没走什么山路，差不多都是在平地看山，或者坐竹筏在河里观景。景区内有一座排衙峰，最高处仅267米，却长达2公里，锯齿般的峰顶连绵不断。龙虎山风景区的主要景点有上清宫、天师府、象鼻山、仙水岩、上清古镇等，其中天师府尚存古建筑6000余平方米，始建于东汉的上清宫为祖天师张道陵修道之所。

龙虎山的看点之一就是悬棺，我们隔着一条河观望对面的山崖，顺着导游的指点，在山腰以上位置看到了一些放着悬棺的洞穴。导游说悬棺吊装表演即将开始，让我们稍等一会儿。那表演真是惊心动魄，几个小伙子出现在崖顶，他们在早已架好的支架上放下一只悬棺，从另一个支架放下一位表演者，只见他降到洞穴前面，轻轻一晃就进了洞里，然后用工具勾住悬棺，慢慢移到预定位置，那棺木就稳稳地落在洞口。停留几分钟向观众致意后，他又让棺木缓缓推出上升。据介绍，龙虎山有202座悬崖棺群，距今有2600余年的历史。至于古人究竟用何种办法置放悬棺，至今仍然是千古之谜。龙虎山另一项让游客所津津乐道的游程就是观看大地之母玉女山和海拔118米的金枪峰，这两处景点与广东仁化丹霞山的阳元石、阴元石一样，都是大自然丹霞地貌的杰作，确有异曲同工之妙。

三清山 2001年10月25日至27日，我参加单位本部门组织的三清山旅游活动，我们坐火车到玉山站下，然后就开始进山。我们先坐景区车辆开到索道站，再乘缆车上山。三清山的缆车不算太陡，但长达2426米，可能是我坐过的最长距离缆车。坐在缆车上欣赏三清山风光，仿佛是在看一幅流动的画卷。山上的游览路线是环行的，坐缆车上来后仍然要翻越好几座山峰。三清山位于江西省玉山县与德兴市交界处，南北长12.2公里，东西宽6.3公里，因玉京、玉虚、玉华"三峰峻拔，如三清列坐其巅"而得其名。最高的玉京峰海拔1817米，是信江源头之一。三清山于1988年被列为国家重点风景名胜区，2005年被列为国家地质公园，2008年被列为世界自然遗产，2011年被列为国家5A级旅游景区，2012年被列为世界地质公园。三清山第一高峰玉京峰位于三清山的中心，峰顶有大巉岩突出，顶端平坦，中间有棋盘方石，相传太上老君常与众仙在此下棋。玉虚峰位于玉京峰西北，海拔1772米，南端狭长而北侧平坦。玉华峰也位于玉京峰西北，南与玉虚峰对峙，海拔1753米。其南侧岩石有一丹霞井，水色棕红，长年不涸。其西侧有"尚书悟仙台"巨石，地势险要。三座主峰的周围还有蓬莱、瀛州、天柱、双剑、天门、灵龟、五门等诸峰，共同构成三清山的秀美景观。

三清宫位于玉京峰北面，正殿三间两进，依山势而建，梁柱和外墙均为花岗岩结构。中门挂有青石竖匾，上书"三清福地"四个大字。演教殿也是花岗岩结构，内有石雕神像18尊，中门坊刻"演教殿"三字。在地质方面，三清山是一个花岗岩微地貌天然博物馆，有峰峦、峰墙、峰丛、石林、峰柱、峡谷、造型石等景观类型，其中"东方女神"和"巨蟒出山"这两处标志性景观堪称绝景。据景区宣传牌介绍，三清山花岗岩的微地貌不仅具有千姿百态无比神奇的外观，而且其形成、演化过程中的主要阶段都保存有完整的遗迹，且形态类型齐全。我们看到一处底部方正，中间纤细而顶部略圆的巨石，四周没有依托却兀自直耸云天，看上去约有百米之高，形如一根放大了的旗杆。据说就在这块巨石上，已举办过多次国际攀岩比赛。

三清山的兴衰沉浮与道教密切相关，其道教文化始于晋代葛洪。东晋升平年间（357—361年），炼丹术士葛洪与李尚书至三清山结庐炼丹，宣扬道教，至今还留有丹井和炼丹炉遗迹，葛洪成为三清山道教的第一位传播者。时至唐朝，道教被奉为国教，三清山的道教

作者游览三清山（同事 摄）

随之兴盛起来，朝山香客络绎不绝。方士们在天门峰悬崖之上，用花岗岩砌成一座六层五面的风雷塔，此塔历经千年风雨仍巍然不动，是三清山道教建筑的一处珍贵遗存。三清山距龙虎山仅300里之遥，两座道教名山的方士们来往频繁，联系密切。

婺源 2014年10月31日至11月2日，应朋友们相约去婺源游玩。那时我在江阴小住，大巴清晨从市政府广场出发，在黄山市午餐后，不一会儿就到了婺源。婺源县位于江西省东北部，是上饶市所辖县，地处皖赣浙三省交界处。婺源是徽州文化的发祥地之一，其建县历史可上溯至1200年前的唐开元

二十八年（740年），当时朝廷划休宁县和乐平县之部分建婺源县，在唐宋元明清各代皆属歙州府、徽州府；民国元年废府留县，直属安徽省；1934年9月，国民政府将婺源划归江西省。婺源有全国重点文物保护单位13处，两个古村落列入世界文化遗产预备名单。每年春天的油菜花开季节和秋天的观赏红叶时节，大批摄影爱好者和旅游者涌向婺源。生态与文化俱佳的婺源，被外界誉为"中国最美的乡村"。

我们在蒙蒙细雨中先到晓起，这是一座历史悠久的古村落。村里有不少保存完好的明清建筑，其中进士第、大夫第、荣禄第等官宅气派堂皇，厅堂宽敞深进，木雕砖雕精致典雅。村中的小巷曲曲折折，都铺以青石，回环互通。小雨中在古村落漫步，多了一份怀古之幽思。村后数百年的大树不少，其中古香樟居多。晓起村有古驿道通往山里，靠河地段的驿道还有青石板护杆，无声地告诉人们这里曾经的繁华。

暮色中我们到了江湾，光线已经有点暗。虽然雨势不小，但进入景区的游客依然众多，看得出以旅游团为主。江湾建村于唐朝初年，是婺源通往皖浙赣三省的水陆交通东大门。村中保存着御史府宅、中宪第、三省堂、敦崇堂、培心堂等古建筑，还有东和门、水坝井等公共建筑物。从后龙山俯瞰村里的中心区域巷道，赫然构成一个硕大的"安"字。村里街面狭窄，保持着明清风韵，有的街巷与清澈的流水并行，看上去古朴而整洁。2013年1月，江湾获"国家5A级旅游景区"称号。江湾村民把本族的人丁兴旺、英贤辈出归功于后龙山之龙脉，在此观念引导下，却无意中创造了一个保护生态的典范，自古以来江湾不准任何人动后龙山上一草一木，为此竟有"杀子封山"之典故。

第二天上午游览赋春镇的鸳鸯湖，这里原本是一个水库，因生态环境良好，吸引了众多鸳鸯来此越冬，故改称"鸳鸯湖"。据说这里已成为规模很大的野生鸳鸯越冬栖息地，每年有2000多对鸳鸯来这里过冬，鸳鸯湖因此被评为国家4A级旅游景区。但如果在景区里没看到野生鸳鸯，仅是坐船游湖一圈，那就没太大意思了。由于野生鸳鸯这一稀缺资源，景区就把爱情故事和爱情游戏作为其特色景观来精心打造，湖心岛、观鸳阁、月老祠、大铜锁、鸳鸯池等处，无不都充溢着爱情主题的展示。

我们路过坐落于清华古镇北侧河上的彩虹桥，这座风雨廊桥建于宋代，已有800年历史。桥梁为全木结构，长140米，宽7米，桥下4墩5孔，桥面由11座廊亭组成。桥头写有李白《秋登宣城谢朓北楼》中的名句"两水夹明镜/双桥落彩虹",这也就是"彩虹桥"的出处。廊亭里有石桌石凳,游客行人可在此休息观景。桥侧河中有长长的汀步石,游客都喜欢踩石过河,不光是好玩,在河中看看彩虹桥的雄姿,视角不同感觉也不同。彩虹桥是电影《闪闪的红星》的一个外景地,我们在此虽然只有一个小时行程,印象很不错。

下午游览大鄣山卧龙谷,虽然未到满山红叶时,雨中的溪水和清新的空气同样沁人心扉。大鄣山是婺源的北部屏障,其主峰擂鼓尖海拔1630米,是县内最高山峰。卧龙谷是一处保持原始风貌的高山峡谷,奇峰、怪石、泉水、瀑布一应俱全,有"树在石上生,石在水中长,瀑在岩上飞,泉在山间唱"之说。峡谷河段长3公里,落差730米。千丈瀑从落差193米的高处悬崖凌空倾泻,据称系国内第二高瀑。景区内间或可见与九寨沟海子相似的彩池,五彩池水迷人而好看。登卧龙谷有索道缆车可乘,我们时间宽裕,也想沿途观景,就慢慢步行登山。游览步道建设得非常好,过一段路有休息凉亭,我们着实享受了一次天然大氧吧的浸洗。

然后我们再到思溪延村,从大巴停车点到村里还得换乘小面包车,这也是增加村民就业之举。思溪延村位于婺源县思口镇境内,始建于南宋庆元五年(1199年)。村头的古桥很有特色,桥上有村民在闲聊,也有美院学生在写生。几百年来在外经商致富的村民携资归故里,兴建府第楼阁、祠堂碑坊和书院等。村内以青石板铺地,有明代建筑5幢,清代建筑80余幢。古民居大多粉墙黛瓦,从远处看这些古民居,整体色彩黑白相间,马头墙檐角

思溪延村民宅

飞翘,随手拍下来就是一张素雅的国画。古村内的聪听堂、明训堂、余庆堂等大户人家的宅第颇有气派,每幢房屋都在不经意之间流露出主人的身份、性格和喜好。

晚上我们在县城人气旺盛的"村里村外"餐厅晚餐,菜肴固然不错,但印象最深的还是吃邻桌山东大兄弟送给我们的杂粮饼。他们出来旅游仍然带着家乡的山东大煎饼,做得很薄但有韧性,折得很小也不会断开,展开后直径可达50厘米,这饼可以保质半月之久。我们学着他们的样子把煎饼撕开,

夹一些菜吃下去，感到非常好吃。翌日一大早运气不错，在宾馆门口就看到了彩虹。

第三天去李坑村游览，这是一个建村于北宋年间的古村落，至今已有近千年历史。两条山溪在村中汇合而成一条小河，河边有村民洗菜洗衣之石埠。村内遍布明清古宅，街巷随溪水而贯通，数十座石桥、木桥横跨小溪，构筑了一幅小桥、流水、人家的秀美画卷。村后有小山，山坡亦有人家，登高可见古村全貌。只可惜如今高铁直接跨越村庄，高高架起的水泥桥梁与古村意境有失协调。

最后游览汪口，这个古村落建于宋朝，已有1100余年历史。村中的官路正街青石板铺地，商铺夹道，现存古商铺建筑66幢。村东的俞氏宗祠建于清乾隆元年（1736年），整座祠堂以木雕工艺见长，凡梁枋、斗拱、檐椽、雀替等处均巧饰雕琢，形态逼真。汪口是典型的宗族乡村，祠堂修有不同年代编写的族谱，建立了由户长—房长—族长构成的管理体系。200多年前，婺源的学者江永在汪口建造了"平渡堰"，堰长120米，宽15米，堰坝成曲尺形，其长边拦河蓄水，短边与河岸夹道形成通船航道。平渡堰在不设闸门的情况下，同时解决了通舟、蓄水、缓水势之需，实乃水利建设史上的杰作。汪口的水边有路可行，我们沿着河道一路走去，看那"小小竹排江中游"，听那村姑噼噼啪啪的捶衣声，觉得视野十分开阔，景色特别优美，就像在欣赏一幅极致的水墨画。

共青城 2015年5月27日，我们知青旅行团游毕湖北通山，就驱车来到江西共青城。车子进入市区后，我们看到这个历史并不悠久的城市，街道宽阔而整洁，两边建筑物大气而时尚。话说1955年11月，时任团中央书记的胡耀邦听说由98名上海青年组成的志愿垦荒队已在江西省德安县荒凉的九仙岭下安营扎寨，便赶到垦荒队看望大家。胡耀邦两次考察共青，并三题其名：第一次是"共青社"；第二次是"共青垦殖场"；第三次是"共青城"。如今的共青城已是一个现代化的城市，看上去与别的城市并无差别。胡耀邦陵园坐落在共青城的富华山，这里是一个风景区，与陵园一路之隔是很大的绿化带和人工湖，市民在这里休闲娱乐，看上去十分轻松悠闲。陵园大门口，有一副胡耀邦生前写的楹联："心在人民原无论大事小事/利归天下何必争多得少得"。陵园占地较大，内有胡耀邦纪念馆，前来瞻仰和参观的人不少。三角形的花岗岩石碑上，雕刻着中国少年先锋队队徽、中国共产主义青年团团徽、中国共产党党徽，象征着胡耀邦一生与这三个政治组织的特殊关系。

石碑上的胡耀邦雕像，从正面看是微笑着的，从左侧看则呈忧国忧民之态。

滕王阁 离开了共青城，我们前往省城南昌，直奔滕王阁而去。滕王阁始建于唐永徽四年（653年），为唐高祖李渊之子李元婴任洪州都督时所建，据说这是我国南方唯一的皇家建筑。因李元婴在贞观年间被封于山东省滕州，故为滕王，且于滕州筑一楼阁名以"滕王阁"。后滕王李元婴调任江南洪州，又筑豪阁仍冠名"滕王阁"，此阁便是后人熟知的南昌滕王阁。它在历史上屡毁屡建，先后重建达29次之多。今天我们所看到的滕王阁，是按照梁思成绘制的《重建滕王阁计划草图》，于1985年开始重建，于1989年10月建成。新楼为仿宋朝木结构样式，建筑面积1.3万平方米。净高57.5米，共9层，其中高台阁座为两层，阁座之上为三个明层和三个暗层，再加屋顶设备层。三个明层都有回廊，游客可俯瞰赣江景色。南北两侧有回廊连接着"压江"和"挹翠"两个辅亭。江西滕王阁与湖北黄鹤楼、湖南岳阳楼并称为"江南三大名楼"，我们此番湖北长线游，已访遍了这三大名楼。

滕王阁主体下部为象征古城墙的高台阁座，高达12米。大厅有滕王阁铜制模型，其回廊檐下有"襟江""带湖"之巨幅金匾。第二层是暗层，墙上绘有20多米长的大型壁画《人杰图》，生动描绘了自先秦至明末的江西历代名人。第三层是回廊四绕的明层，廊檐下有四幅金字匾额："江山入座""水天空霁""栋宿浦云""朝来爽气"，均系清顺治年间蔡士英重修滕王阁所拟。中厅有壁画《临川梦》，取材于汤显祖在滕王阁排演《牡丹亭》的故事，汤显祖开创了滕王阁上演戏曲之先河。第四层也是暗层，正厅墙壁上绘有《地灵图》，集中反映了江西名山大川的自然景观精华。第五层又是一个带有回廊的明层，是文人雅士登高览胜以文会友的最佳之处。廊檐下的四块金匾内容均出自《滕王阁序》，分别为"东引瓯越""南溟迥深""西控蛮荆""北辰高远"。中厅正中屏壁上镶置有黄铜板制作的王勃《滕王阁序》碑，面积近10平方米，乃苏东坡手书，经放大后由工匠镌刻而成。五楼正中有

南昌滕王阁

一个天井，往上可看到第六层的汉白玉围栏。第六层是滕王阁的最高游览层，虽为暗层，但中厅重檐间的墙体改成了花格窗，故光线与明层无异。这层是歌舞楼台"九重天"，有一仿古戏台，据说每天进行古装歌舞表演。戏台两侧陈列有编钟、编磬、古琴等古代乐器，24件的编钟可进行演奏。六层上方有一圆拱形藻井，24组斗拱按螺旋形排列。这一螺旋式藻井给人以动感，仿佛在不断旋转，给人以时空无限之感，颇像无锡灵山梵宫那变幻莫测的穹顶。

滕王阁因"初唐四杰"之首王勃的骈文《秋日登洪府滕王阁饯别序》（简称《滕王阁序》）而得以名贯古今，誉满天下。王勃的《滕王阁序》脍炙人口，传诵千秋。文以阁名，阁以文传，历千载沧桑而盛誉不衰。后大文学家韩愈作《新修滕王阁记》。由此王勃、韩愈等人开创了"诗文传阁"的先河，使后来的文人学士登阁题诗作赋相沿成习。当年我初读《滕王阁序》时，完全被王勃那种罕见的才华、文采和气质所深深打动。文中不仅有"落霞与孤鹜齐飞，秋水共长天一色"等千古传颂的诗文名句，还有"天高地迥，觉宇宙之无穷；兴尽悲来，识盈虚之有数"的人生哲理，更有"老当益壮，宁移白首之心？穷且益坚，不坠青云之志"的励志警言。

景德镇 从南昌城出来，我们就驱车前往景德镇投宿。景德镇是中国的瓷都，很多人最早是从自己家碗盘底下的产地标记知道景德镇这个地方的。景德镇位于江西省东北部，与安徽的祁门县、东至县及江西的万年县、鄱阳县、婺源县相邻。早在东汉时期，古人在昌南（景德镇）建造窑坊，烧制陶瓷。到了唐朝，由于昌南的高岭土品质好，先人们吸收南方青瓷和北方白瓷的优点创制出一种青白瓷。青白瓷有假玉器之美称，大量出口到欧洲。由于昌南瓷器是受人珍爱的贵重物品，欧洲人就以"昌南"的读音作为"瓷器"（china）和生产瓷器的"中国"（China）之代称，久而久之，欧洲人就把昌南的本意忘掉了，只记得它是"瓷器"，也就是"中国"。那么"昌南"又是如何成为"景德镇"的呢？这是在北宋景德元年（1004年），宋真宗皇帝赵恒因喜爱昌南镇所产瓷器，遂赐名昌南镇为景德镇。

景德镇的瓷器品种繁多、造型优美、装饰丰富，素以"白如玉、明如镜、薄如纸、声如磬"而著称。其青花瓷、玲珑瓷、粉彩瓷和色釉瓷，合称为景德镇四大传统名瓷。我之前来过景德镇，看到这座城市的瓷文化踪迹到处都有，在城市道路交汇处有景德镇的瓷窑模型、瓷塔和瓷文化墙，大街上的路灯杆和灯具是瓷做的，市民广场的雕塑虽然是铜做的，但其内容多与瓷器有关。景德镇民窑博物馆的地下积淀了五代至明朝制瓷历史文化遗存，还有很多古陶瓷遗存尚未发掘，景德镇古窑民俗博览区是国家5A级旅游景点。湖田窑是中国五代、宋、元时代制瓷规模最大，延续烧造时间最长的古代窑场。景德镇御窑厂是元、明、清时期专为宫廷生产御用瓷器的所在地，是中国历史上工艺最为精湛的官办瓷厂。创办于1958年的景德镇陶瓷学院是专门培养高级陶瓷人才的高等学校，成为中国的陶瓷科研教育中心，可能也是全世界唯一的一所陶瓷高等学校。

瑞金 2016年4月23日是知青旅行团福建长线游的第15天，今天我们由福建长汀到江西瑞金，参观共和国摇篮之红色景点，然后再回到福建永安落脚。我们走地面319国道，离开福建界时，有一块漂亮的石碑："福建欢迎您再来"，还有一座横跨公路的牌楼："欢迎您再来福建"。而江西界的牌楼看上去更精致一些："江西欢迎您"，随后又立有一块"赣州公路"的巨石。如此看来，这条319国道的跨省交接似乎相当隆重。

瑞金共和国摇篮景区位于江西省瑞金市，占地面积4550亩，由叶坪、红井、二苏大、中华苏维埃纪念园这四大景区组成，是全国爱国主义教育示范基地，也是全国红色旅游经典景区之一。2015年7月，瑞金共和国摇篮景区成为5A级旅游景区。我们先到叶坪景区，该景区占地160余亩，包括中共苏区中央局、中央政府旧址、红军烈士纪念塔、红军检阅台等22处旧址和纪念建筑物，其中全国重点文物保护单位就有16处。

1931年11月7日，中华苏维埃第一次全国代表大会在叶坪召开，向全世界宣告中华苏维埃共和国临时中央政府成立，诞生了第一个全国性红色政权。大会会址原是已有几百年历史的谢氏宗祠，这里是中华苏维埃共和国临时中央政府的诞生地，也是1931年11月至1933年4月期间的临时中央政府驻地。当年来自闽西、赣东北、湘赣、湘鄂西、琼崖、中央苏区等根据地红军部队，以及在国统区的全国总工会、全国海员总工会的610名代表出席了大会。我们正巧遇上互动表演，几位游客穿上红军的军装，上台模拟当年开会情景。景区工作人员扮演毛泽东并发表演说，另一位工作人员扮演大会主持人，代表们正在表决毛泽东当选为苏维埃临时中央政府主席。大会结束时，全体代表起立高呼口号，会场里的全体游客也都跟着起立高呼口号。

叶坪的毛泽东旧居与中央局办公地连在一起，旧居边有棵大树长得枝干苍劲瘢痕累累，而又枝繁叶茂生机勃勃。树干上有一枚国民党军扔下的

游客模拟第一次全国苏维埃代表大会情景

炸弹，却没有爆炸，树下就是毛泽东的读书阅报处。叶坪景区内的旧居旧址还包括：中国共产党苏维埃区域中央局旧址、中华苏维埃共和国中央对外贸易总局旧址、中华苏维埃共和国国家政治保卫局旧址、中华苏维埃共和国中央邮政局旧址、中华苏维埃共和国中央印刷厂旧址、红军检阅台、公略亭、博生堡、中华苏维埃共和国国家银行旧址、红军无线电总队旧址、中央出版局旧址、全国总工会苏区执行局旧址等。

叶坪景区内树木茂盛，绿草如茵，当年的旧址旧居散落在花园之中，一些房屋的外墙依稀可见当年的标语口号。我们的团友与当地老乡攀谈，有位手持红军旗帜的先生名叫杨华，他是一位老红军的孙子，也是瑞金市长征酱业有限公司的总经理。今天他到景区来做义工，身着红军服，手举红军旗，脚穿草鞋，到各个旧址前与游客们合影，这都是免费的。

红井景区也就是沙洲坝，是中华苏维埃临时中央政府1933年4月至1934年7月的办公地点。主要景点有著名的红井、中央执行委员会旧址（毛主席旧居）、中央人民委员会旧址，以及中央各部委旧址等。景区有旧居旧址35处，其中全国重点文物保护单位10处。离红井景区大门口不远处，是"群众路线广场"。国家银行旧址里面，有第一任行长毛泽民的雕塑，以及中国人民银行历任行长的照片资料。

景区内的旧居旧址还包括：中央人民委员会旧址、中央革命军事委员会旧址、中华苏维埃共和国中共中央局旧址、中华苏维埃共和国少共中央局旧址、中华全国总工会苏区中央执行局旧址、中国工农红军总政治部旧址、中华苏维埃共和国粮食人民委员部旧址、中华苏维埃共和国财政人民委员部旧址、中华苏维埃共和国审计人民委员部旧址、中华苏维埃共和国土地人民委员部旧址、中华苏维埃共和国国民经济人民委员部旧址等。

当年毛泽东来沙洲坝后，发现这个地方的群众饮水非常困难，便亲自勘察地下水源，他带领干部、红军官兵与当地群众一道开挖了一口水井。红军主力长征后，国民党军用砂石填塞这口水井，沙洲坝人民为护井进行了顽强斗争。1950年，瑞金人民为迎接中央南方老根据地慰问团的到来，修复了这口水井，取名为"红井"。并在红井边立一块石碑，上书"吃水不忘挖井人，时刻想念毛主席。"这口井现为全国重点文物保护单位，很多小学生都在语文课本《吃水不忘挖井人》中读到过红井的故事。很多游客在这里尝饮红井水，我也取了一瓢井水饮用，还真是凉爽甘甜。红井边的雕塑，表现了当年毛主席带领工作人员、红军战士及当地百姓一起开挖水井的情景。

我作为一名老法官，自然很有兴趣仔细观看共和国最早的法院。中华苏维埃共和国最高法院成立于1934年2月17日，旧址位于江西瑞金沙洲坝村。最高法院设院长1人，副院长2人，董必武任最高法院首任院长。最高法院内设刑事法庭、民事法庭、军事法庭等机构，各法庭设庭长1人。最高法院实行审检合一制，内设检察长1人，副检察长1人，检察员若干人。至1934年10月中央红军长征前，中华苏维埃共和国最高法院审理和复核了有关刑事、民事、军事案件1000余件。最高法院旧址的庭院里有一尊独角兽雕塑，法律人都知道这是代表公平正义的獬（zhì）。最高法院的审判法庭前放有一桶水，应该是表示公平之意。最高法院旧址内的展示厅，陈列了人民法院诞生和发展的历史进程，还有最高人民法院历任院长的题词。

"二苏大"景区距离市区5公里，临时中央政府从叶坪搬迁到沙洲坝后，在这里召开了中华苏维埃共和国第二次全国代表大会。主要景点包括中央政府大礼堂、防空洞、诗山梅园、中央革命博物馆旧址、人民民主专政广场、人大旧址、人大陈列馆等。

赣州 2017年4月7日是我们知青旅行团南方游的第2天，我们从福建泰宁出发，由浦建高速进入江西界。我们在赣州市游玩了八境台和赣州古城墙，这是我们本次出游的第一个景点，然后我们走大广高速离开江西进入广东。

八境台位于赣州城北的章水和贡水合流处，建于北宋嘉祐年间（1056-1063年），是赣州古城的象征。台高三层28米，建于宋代古城墙之上，登台可眺赣州八景。台下的龟角尾之处，章、贡二水汇入赣江，向北奔流。据说江西省的简称"赣"字，就取自于章水和贡水的组合。宋代古城墙有藏兵洞十余孔，至今保存完好，颇似南京明代建造的中华门。台内设有赣州博物馆，台下辟为八境公园。苏东坡、文天祥等名人都在八境台题过诗。离八境台不远，有一处蒋经国住过的别墅，也是一个景点，正在维修未对外开放。

贡江是赣江最大的支流，发源于武夷山南段。贡江原来没有桥，要过河只有用船摆渡。直到南宋乾道年间，当时的赣州知州洪迈主持在贡江上建起了第一座浮桥，给两岸百姓带来便利。八百年来，浮桥屡毁屡建，一直延续至今。浮桥结构简单，三条木船为一节，架上木梁后，上面铺设木板，每节之间再用缆绳连接起来，就成了一座长龙般的浮桥。400米长的浮桥要用100条木船挨着排列。全木结构的浮桥不加任何修饰，保留原木简洁、古朴的本色。浮桥随河水涨落而浮动。如遇洪水，就得把浮桥拆开，安置到岸边固定，洪水退去再重新连接。如今江上虽然建有几座现代桥梁，但古老的浮桥依然不可缺少。我在桥面上走来走去，又跳到木船上寻找拍摄角度，感到这样的古浮桥虽然造型别致，也方便市民过江，但也因此而阻断了江中船舶通航，不知能否一直保留下去。

赣州古城墙始建于汉代，距今已有两千年历史，后经南宋、元、明、清、民国的修缮加固，使赣州城形成了一道高大雄伟的城墙。现保存较完整的古城墙建于北宋嘉祐年间，是江南现存规模较大的古城墙，也是全国屈指可数的北宋砖墙之一。赣州古城墙与西安、平遥、荆州、兴城的古城墙合称为中国五大古城墙，于1996年11月被列为全国重点文物保护单位。城墙平均高7米，从东门至西门长3.6公里，垛墙、炮城、马面、城门都保存完好。整个城池建有5座城门及5座炮城，现在保存下来的还有北门、西津门、建春门、涌金门这4座城门，以及八境台和西津门炮城。尤为珍贵的是，在古城墙上保留有数以万计带有文字的城砖，这种砖被称为铭文砖，最早的铭文砖记是北宋"熙宁二年"（1069年），还有南宋的"赣州嘉定八年修城官砖使"（1215年），元朝的"至正壬辰秋赣州路造"（1352年），明朝的"嘉靖十三年 月 日造赣州府城砖"（1534年），最晚的铭文砖记则是在民国四年（1915年）。铭文砖记这一传统记载着赣州古城的兴衰和嬗变，体现了汉族传统建筑的风格和思维。赣州古城墙内侧的大片绿化带是市民休闲、锻炼的好去处，而城墙外侧就是宽阔的贡江。无意之中，贡江成了古城墙的护城河，而古城墙又成为贡江的防洪墙。

2017年5月2日是我们知青旅行团南方游的第27天，今天的路程较长，从湖南到江西，再到浙江，一天驱车近千公里。我们在S50泰井高速公路上看到了井冈山服务区，那红色的火炬标志着这里是革命老区。途中经过长达6850米的井冈山隧道，穿越这漫长的隧道时，想想头顶上就是雄伟的井冈山，当年的星星之火就从这里燎原，心里充溢着历史和现实的交集感。当年这里山高林密，交通不便，成为我们的红军队伍生存、壮大的一个地理条件。如今国家强大，6公里有余的隧道平直畅通，几分钟就能穿越。离开江西后，我们仍然是一路高速公路，最后转到回沪的正道G60沪昆高速。

04. 秋风万里芙蓉国

张家界 2009年5月，我们报团参加春秋国旅的张家界双飞四日游，价格每人1125元。说是四日游，其实第一天从浦东机场出发时已晚上8点半，至张家界荷花机场后即入住市内的远洋宾馆。从机场到宾馆的距离不算远，据说张家界的火车站却比机场更远离市中心。其后的行程虽然只有3天，内容还是相当丰富。

张家界原名大庸，是湖南省辖地级市，地处武陵山区腹地。张家界因旅游而建市，也是湘鄂西、湘鄂川黔革命根据地的发源地和中心区域。1982年9月，在张家界诞生了中国第一个国家森林公园，其前身是张家界林场。此事在当时引起了广泛关注，因为在此之前，中国的国家公园还完全是空白。1992年，由张家界国家森林公园等三大景区构成的武陵源自然风景区被列入《世界自然遗产名录》，随后于2004年被列为中国首批世界地质公园，又于2007年被列入中国首批5A级景区。

第二天我们先去游览芙蓉镇，也就是湘西王村。在2300多年的历史中，王村一直居于湘西通商的重要位置。据说在清乾隆、嘉庆年间，镇上有店铺500余家，每日骡马千余，商贾云集，一派繁荣景象。大导演谢晋独具慧眼，于1986年在这里拍摄了电影《芙蓉镇》。随着影片公映成功，这里旅游业兴起，王村于2007年更名为芙蓉镇。话说这电影《芙蓉镇》，系根据古华所著同名小说改编，由刘晓庆、姜文主演。这是一个反映底层小人物在历次政治运动中悲欢离合的故事，影片通过芙蓉镇上的女摊贩胡玉音、右派分子秦书田等人的遭遇，对中国50年代后期至70年代后期的历史作了反思，芙蓉镇上的风风雨雨也正是中国那段社会历程的缩影。

刚下过雨，保存完好的青石板街上滑溜溜湿漉漉的，更显岁月沧桑之感。古街入口处有一座石条搭起的牌楼，上刻"圣旨"两个大字。弯弯曲曲的石板古街宽约6米，顺着地势忽高忽低。街上挤满了熙熙攘攘的游客和村民，一些村民背着竹制小背篓，里面装着杂物、雨伞，甚至孩子。两边古色古香的商铺多为板门平房，也有两层小楼，一些店主把货摊摆到了石板路上。芙蓉镇古街上各种商品琳琅满目，有竹筒酒、银饰品、姜糖、土家菁草粑、手工竹编等。而最出名的特产当属米豆腐，这也可能是刘晓庆的出色表演而带来的人气。石牌楼边的"正宗113号米豆腐店"，据说它就是电影中的那家米豆腐店，板壁上贴满了《芙蓉镇》演员和一些名人在这家米豆腐店的图片。店主在屋廊下放了几张长条桌和长板凳，数十只洗得干干净净的青花碗整整齐齐摆放在桌子上，一层放不下又摆了第二层，每只碗里都放好了葱花、佐料和调羹，显露出这家老板的生意火爆。米豆腐切成小方块浸在一个大盆里，锅里是滚烫的汤水。冲泡好的米豆腐3元一碗，生意很不错。

石板路的尽头是一座写有"王邨"两字的城楼，正殿上方的牌匾有谢晋题写的"芙蓉镇"三个大字。城楼下就是宽阔的沅江支流酉水河，河边的扇形码头停泊着不少船舶。而在石板路的另一侧，又是一条五、六十米宽的河流，河床平坦，河水平缓。一条弯弯曲曲的汀步石横卧河面，一人行走尚可，但若两人交错而过就得侧身让行。汀步石不远处就是一道悬崖，平缓的河水突然飞流直下，形成极有气势的大瀑布。这道瀑布高60米，宽40米，分两级从悬崖上倾泻而下，声势浩大，方圆十里可闻其声。这穿镇而过的大瀑布是古镇上最负盛名的自然景观，芙蓉镇因此而成为"挂在瀑布上的千年古镇"。瀑布旁是依山而建的土王行宫，也称飞水寨，行宫门口有高大的围墙和垛口。行宫侧面是悬崖峭壁，地势险要。这里在910年时是土司王朝的"酉阳宫"，管辖湘鄂黔之20余州。1135年之后，"酉阳宫"成为历代土司王避暑休闲的行宫。悬崖上还建有一些高高在上的吊脚楼，与山崖连成一体，很有地方特色。芙蓉镇大瀑布附近，留有唐伯虎、沈从文等名家的诗词墨宝，有宋祖英拍摄《小背篓》MTV的歌台，还有《乌龙山剿匪记》等影视剧的外景拍摄地。

我们在镇上的人民公社餐厅午餐后，就坐车前往40公里外的哈妮宫，参加惊险刺激的猛洞河漂流，自费票价160元。色彩鲜艳的双排座橡皮筏整齐排列在岸边，每筏可坐十位游客。猛洞河因"山猛似虎，水急如龙，洞穴奇多"而得名，景区两岸多为原始次森林，急流险滩达百余处之多，素有十里绝壁、十里画卷之美誉。待我们穿好救生衣和雨鞋，船工就带着我们开始体验为时两个半小时的漂流。出发时平淡无奇，不一会儿就渐入佳境。两岸石壁嶙峋，一束小瀑布从崖顶直挂而下，那就是哈妮宫瀑布，陡直的石壁上刻有社会学家费孝通题写的"天下第一漂"几个大字。见字如见人，我随即想起自己在大学时代跟着费老到江苏省吴江县开弦弓村（就是闻名于社会学界的"江村")去社会调查的难忘情景，那是他老人家第四次访问江村。猛洞河两侧多山石，瀑布也多，高者百余米，宽者50米，瀑布上飞云走雾，其下漫天飞珠，声响如雷。我们一路漂流，但见两岸峡谷怪石陡峭，滩奇水异，飞瀑流泉与苍翠层林交相辉映，云雾缭绕其间。这一段奇崖壁立，那一段溶岩百态。不论角度，无需取景，放眼望去都是天然的画作。及至经过三角岩附近，河面渐宽，一个个险滩接踵而来。每一个险滩都令我们大呼小叫，水浪扑面，有惊无险。有的滩口条石阻挡，无可行筏，只见船工稍转船头，巧妙冲滩而过。未及半程，我的全身都已湿透，脚上的套鞋根本无用，索性就打起了赤脚。出发前导游告诉我们不能带照相机，带了也只能严严实实放在塑料袋里，因此也就无法拍下一路的美景。在一处相对平缓的滩头上，船工为了补充能量，恢复体力，在这里停下来休息一会儿，只见他喝了几口烧酒，吃了点熟肉，就继续带着我们前行。小巧而坚固的橡皮筏左冲右突，顺流而下，穿越了鸡笼门、遇仙峡、阎王滩、落水坑、梦思峡、鲤鱼肚等景点，17公里的水路终于漂完，顺利到达牛路河大桥终点。游客在这里起岸乘车返回，橡皮筏也被卡车运往起点。我参加过多次漂流活动，印象深刻的只有这次猛洞河漂流和以后的福建泰宁上清溪漂流。

漂流结束后，我们就前往张家界森林公园附近的红河谷酒店住宿，并在酒店附设的土家美食宫晚餐。晚餐后天色未暗，我们到街上散步，看到不少商店虽然也装饰得古色古香，却没有芙蓉镇商铺那种韵味和风情。从街上可以看到景区内连绵的秀山，可见这里离景区已经很近。5月9日一早，我们随着如潮的人流进入景区。这天是星期六，游客从四面八方汇集到景区门口，各个团队的导游在招呼自己的游客，就像赶集一样热闹。虽然只是走在外围道路上，面前各座高耸而奇异的山峰已引得游客们连连惊叹。这些山峰远近交错，造型精巧，薄雾缭绕，从任何角度看去都无异于精巧之画。也许是为了不遮挡视线，景区的入口建筑不太高大，沈从文老先生题写的"张家界"三个金色大字镶嵌在朱红色门楼上。进门不远，几块条石拼就的石屏上刻着"张家界/世界自然遗产/中国第一个国家森林公园"字样。山壁上刻着很多名人题词，其中朱镕基总理的一首诗引起了游客们关注，因为大家都知道朱总理是很少题词的："湘西一梦六十年，故园依稀别有天。吉首有材弦歌盛，张家界顶有神仙。长街攘攘人丁旺，童山濯濯意快然。浩浩荡荡早日现，郁郁葱葱梦始圆。"其中"张家界顶有神仙"一句，又被镌刻在山顶的一块巨石上。

步道左侧是缆车站，我们在此排队乘坐缆车，上行每人48元。缆车在闸门两峰中穿过，就像在峡谷中云游，不一会儿就到了黄石寨山顶。黄石寨因道人黄石公在此隐居而得名，海拔1100米，是国家的精品游览线路，也是张家界风景区最大最集中的凌空观景台。站在各观景平台放眼望去，远峰近谷千姿百态，美

游客涌入张家界

丽和神奇尽收眼底。黄石寨因此被称为"放大的盆景，缩小的仙境。"也有评价说这里是"五步称奇，七步叫绝；十步之外，目瞪口呆。"景区在各精华景点的显目位置，设立了该景点的名称标志，游客在这个位置就可以从最好的角度观景。其实所谓观景角度，是针对那些象形物而言，比如"雾海神龟"，是石峰顶平台上的一块椭圆形岩石，站在指定的位置看就很象一只大龟。然而缺了雾海，看上去一览无余，也就少了几分神韵。

山顶的环山游览步道全用青石板铺成，总长2.38公里，沿途有仙女献花、天桥遗墩、定海神针、前花园、摘星台、天书宝匣、五指峰等精华景点。黄石寨的很多峰顶高度都差不多，本该平淡无奇，但造物主似乎是用一把巨大而灵巧的剪刀进行了精心剪裁，这样就出现了各种奇异的造型和组合，形成了一幅幅立体画卷。张家界的植被很好，即使是那些笔直陡峭的山头和岩柱，也都长满了树木，这样看上去既千奇百怪，又郁郁葱葱，视觉效果相当不错。让我料想不到的是，山顶上居然还有一大片坡地，种植了各种各样的药材和茶叶，并标出名称让游客辨认。山顶上的六奇阁高三层，造型工整大气，应该就是黄石寨的制高点了。所谓六奇，乃指张家界的山奇、水奇、云奇、石奇、植物奇及珍禽异兽之奇。这里是游客休息区，女士们纷纷穿上绚丽的苗家服饰，戴上金色的头饰和挂件拍个不停。我们步行下山，游道虽然较陡，还不算难走，一路上走走停停，看到了很多好风景。

山脚下就是金鞭溪，溪流全长5公里，溪水清澈，流速缓慢。光滑的石块或静卧于水中，或散落于溪边。沿着金鞭溪漫步，直感到林木茂密，空气中散发着清香、清新和清明，心情特别愉快。溪边游道平坦，这是一条曲折幽深的峡谷，观看两边的奇异山峰就是游览金鞭溪的精华所在。在入口处

张家界顶有神仙

驻足仰首，前方屏障般排列着十余座孤直雄峙的岩峰，此处便是迎宾之闺门。在导游的指点解说下，我们沿溪一路欣赏过去，不会错过好看的景点。金鞭岩高约400米，三面如切，棱角分明，直冲霄汉。棱面密布节理横纹，浑如一根竖插大地的长鞭。边上有一座峰岩形如展翅山鹰，是为"神鹰护鞭"。又见幽谷中大小石峰错落，唐僧、孙悟空等各种人物形象栩栩如生，好一幅生动活泼的西天取经图！再一看道边石头上分明写着，这里正是电视剧《西游记》的外景拍摄地。沿溪还有夫妻岩、母子峰、劈山救母、文星岩等景点，都无一不惟肖惟妙，巧夺天工。其中的文星岩有的说象鲁迅，有的说象高尔基，反正看着都很相像。由于要赶到景区外面午餐，我们没有走到底就原路折返，出了金鞭溪。

5月10日一早去游览素有"世界湖泊经典"之称的宝峰湖，这又是个自费项目，门票100元。进门后的大路缓缓而上，路边溪流急奔而下，左侧是高山和飞瀑，其下是舞台。我们转到上山小路，经过一座漂亮的石拱桥，面前就出现了蓝盈盈的宝峰湖。群峰拥绕的宝峰湖是一座高峡平湖，长2.5公里，深72米，湖面犹如宝镜，四周青山怀抱一泓碧水。码头上好多游船进出繁忙，一批批游客接踵而来。游船形如画舫，每船可载40人左右。船内的导游妹子身着民族服饰，嗓音甜润，十分清新可爱，游客纷纷上前与她合影。船行湖中，有两座叠翠小岛，湖边山峰竞秀，虽不如黄石寨那般奇峻多姿，但有湖水映衬，倒影波动，却也另有一番风光。船行至山崖转角处，两位男女演员身着艳丽民族服装，分立两个歌台对唱山歌，吸引了很多游客探身观看。下船后我们去攀登鹰窝寨，初起转角楼梯盘旋而上，崖上陡峭石径直上峰顶，好在都有扶手可援。石峰内罅隙如线，入口有城门雄堞，尽头有宝峰古寺，相传旧时有匪首盘踞山顶小寨。翻过山头就是刚才看到的瀑布和舞台，舞台的背景就是峻崖、瀑布、修竹和吊桥，还有薄一波所写"宝峰湖"三个大字。瀑布先直跌而下，又依山势绕行，到了舞台上方形成一道宽阔的水幕，再拾级流淌，从舞台底下涌出，整个瀑布如同一幅精心描绘的流动巨画。不一会儿演出开始，数十位演员随着节奏分明的乐曲声在舞台上表演民族风情歌舞，游客们依然可以在舞台前后走来走去拍照。舞台对面是可以容纳数百人的观众席，上有波浪形的遮阳顶棚。观众席里，也看到一些非洲游客来此游玩。宝峰湖内的千米高峡、仙女照镜、金蟾含月、绝壁栈道等景点也各有特色，美丽的风光每天吸引了很多游客，影视剧《真假美猴王》《九天洞》等也在宝峰湖和鹰窝寨拍摄。听说再过几天，张家界国际乡村音乐周将在宝峰湖隆重启幕，几位国内顶尖的湘籍歌手和来自世界各地的乡村音乐巨星将来此献演。

　　张家界索溪峪景区的十里画廊长约5公里，山谷两侧有很多大自然神来之笔的杰作，其石景造型似人似物，似鸟似兽，且自然组合意境横生，人行其间如在画中。我们坐着小火车进去，步行返回。说是小火车，其实就如同拼接起来的电瓶车，车厢很小，每节两排座位只可坐6人。两条铁轨外隔着木栅栏是游客步道，外侧还有栏杆，游客就在狭窄的两栏之间行走，只能并行2人。刚进入画廊，就见一石峰恰如老者迎面站立，五官分明，眼睛深邃，笑容可掬。他左手高高扬起，似在招呼远方游客，这就是"寿星迎宾"。说来有点神奇，很多景点的入口附近，似乎都有这样那样的迎宾造型，看来大自然的馈赠不仅慷慨，而且善解人意。又看到三座并立岩峰，左峰高而雄，右峰低而柔，中峰矮而幼，酷似一家三口相亲相爱依偎在一起，故名"夫妻抱子"，这与金鞭溪的夫妻岩颇有异曲同工之妙。再看到"三姊妹峰"，三座瘦削的石峰有如三位婷婷玉立之少女，神态娴静而大方。画廊里的"采药老人"头戴方巾，身着长衫，身背竹篓满载而归。细看竹篓内的药材和药锄，却是长在岩上的树木。而"两面神"则无论从南从北看，均构成完整的人之面容，眼睛、鼻子和嘴唇都清清楚楚，毫无雕凿痕迹。"仙人桥"是一座天然生成的石桥，长16米，凌空飞架于700米的高处，让人惊叹不已！沿着十里画廊慢慢欣赏，游客还可以看到孔雀开屏、猛虎啸天、转阁楼、向王观书、海螺峰、锦鼠观天、仙女拜观音等景点，每处都十分形象生动，让人不得不感叹大自然的水墨丹青之功力。十里画廊的每个景点都是峰岩造型，而猴子坡却是真有数百只猴子在此出没。

　　趁着游程空隙，我们乘坐景区巴士来到天子山索道站。行程里没有天子山项目，到门口看看也可有个印象。只见索道凌空而上，一览无余，把游客们送到山顶。索道站附近有9层高的"武陵源"塔楼，这也是游客必照的背景。导游把我们送到天门洞下，让我们在开阔处仰望那传说中的天门巨洞。

上山的道路和游客清晰可见，但我们已没有时间攀登。话说这天门洞是天门山最具有代表意义的景点，它位于天门山的中上部，海拔1300米，门高131.5米，宽57米，深60米，是世界上最高海拔的天然穿山溶洞。天门洞南北对穿，拔地依天，宛若一道通天的门户，"天门吐雾"和"天门霞光"被誉为罕见的景象奇观。天门洞胜景吸引着历代名流前来探访游历，也吸引着当代英雄前来挑战。早在1999年12月，来自俄国、美国、匈牙利、哈萨克斯坦、捷克、立陶宛的飞行员就分别驾驶飞机穿越天门洞，创造了吉尼斯世界纪录。张家界和天门洞的传奇故事不断上演：蜘蛛人攀爬百米绝壁，高空斜坡走钢丝，高倾斜索道行走，翼装飞行锦标赛，天路漂移对抗赛，冰冻活人耐力赛……有天门洞在，传奇就不会停止。

张家界的旅行结束了，张家界的新鲜事儿仍然传来，垂直天梯、玻璃天桥、玻璃栈道……新技术总是急于与大自然结合，人们的眼球总要寻找新的亮点。

岳阳楼 2015年5月25日，我们知青旅行团从湖北来到湖南岳阳，直奔岳阳楼而去。岳阳楼最早是三国时期鲁肃的阅兵楼，与武昌黄鹤楼、南昌滕王阁并称为"江南三大名楼"。入口广场有一幅《政通人和图》，长41米，高4米，以青石雕刻之。所谓"政通人和"，是《岳阳楼记》描述滕子京功绩的褒奖之言。入口门楼匾额有"巴陵胜状"四个大字，两边柱子的对联为"洞庭天下水/岳阳天下楼"，这就先写出了岳阳楼的气势。门口附近，高5米左右采用H78黄铜微雕铸造的5座模型滨水而立，分别是唐、宋、元、明、清时代的岳阳楼，名曰"五朝楼观"，看上去精致而精确，其上"岳阳楼"匾额均由历代书法家所写。又经过一座南极潇湘牌楼，两柱的"南极潇湘千里月/北通巫峡万重山"之联，由清代张照所撰，刘海粟书写。

岳阳楼几经兴废，现存建筑系清光绪六年（1880年）所建，1983年落架大修，保持了清代艺术风貌和建筑特色。岳阳楼下瞰洞庭，前望君山，气势雄伟。台基以花岗岩围砌而成，主楼高19.42米，进深14.54米，宽17.42米，为三层四柱斗拱盔顶纯木结构。四根楠木金柱直贯楼顶，周围绕以廊、枋、椽、檩互相榫合，结为整体。岳阳楼的楼顶为如意斗拱托举而成的盔顶式，这种拱而复翘的古代将军头盔式顶部结构，也就是岳阳楼最突出的特点。郭沫若于1961年题写的"岳阳楼"匾额挂在岳阳楼顶楼东侧，匾重250公斤，由7块金丝楠木制作。1988年1月，岳阳楼被国务院确定为全国重点文物保护单位。

岳阳楼的闻名，很大程度是由于范仲淹的《岳阳楼记》。北宋庆历六年

（1046年），文学家范仲淹应好友巴陵郡太守滕子京之请，为重修岳阳楼而写了这篇历代传颂的佳作。其中"居庙堂之高则忧其民/处江湖之远则忧其君"，"先天下之忧而忧/后天下之乐而乐"，"不以物喜/不以己悲"，都是极其出名的警句。范仲淹的济世情怀和乐观精神，引导和激励了一代又一代的志士仁人，成为我们中国人的崇高精神支柱。《岳阳楼记》超越了单纯写山水楼观的局限，将自然界的晦明变化、风雨阴晴和文人迁客的览物之情结合起来，从而将全文重心放到纵议政治理想方面，大大扩展了文章境界。令人称奇的是，范仲淹撰写《岳阳楼记》，并未亲身登临岳阳楼，而只是凭借滕子京所附《洞庭晚秋图》，就写出了这篇脍炙人口的名作。范仲淹与包拯同朝，为北宋政治家和文学家，素有敢言之名，因而三次被贬。

岳阳楼内镶嵌有清代书法家张照所书《岳阳楼记》全文的雕屏原物，雕屏由12块巨大紫檀木拼成，文章、书法、刻工、木料全属珍品，人称"四绝"。还有毛泽东所书杜甫的《登岳阳楼》之雕屏，杜甫诗曰："昔闻洞庭水，今上岳阳楼。吴楚东南坼，乾坤日夜浮。亲朋无一字，老病有孤舟。戎马关山北，凭轩涕泗流。"李白、韩愈、孟浩然、刘

岳阳楼

禹锡、李商隐等大诗人也在岳阳楼留下诗篇。据说岳阳楼保存的历代文物中，当推诗仙李白的对联"水天一色/风月无边"最为著名，可能这文物太珍贵，我未能一睹其真容。

2007年5月，岳阳楼景区扩建工程完工，面积由70多亩增加至210亩。景区内除了岳阳楼主楼外，还有不少古迹、文物和景观：怀甫亭，由朱德题写亭名，亭中石碑刻有杜甫画像和《登岳阳楼》诗，以及他的生平事迹；三醉亭，始建于清乾隆四十年，因吕洞宾三醉岳阳楼而得名，楼屏上有吕洞宾卧像；岳阳门，筑于洞庭湖畔，相当于一个考究的码头，石级由宽而窄，门洞高而狭，连接两端城墙；护楼城墙，体现三国时阅兵楼风貌，沿湖而修，外有通道下到湖边。岳阳楼紧靠洞庭湖，我登上主楼的三楼放眼望去，洞庭湖烟波浩渺，船只穿梭，桅杆林立，颇有几分三国时代水军营盘意味。

张谷英村 离开了岳阳楼，我们就到70公里外的张谷英村游览，在此之前，我并不知道有这样一个景点。明洪武四年（1371年），江西人张谷英西行至此，见群山环绕一块盆地，自然环境优美，他就在这里大兴土木，繁衍生息，张谷英村由此而得名。后经多次续建，至今保存着明清传统建筑之风貌。张谷英既是一个村庄，也是一个建筑群，由当大门、王家塅、上新屋三大部分组成。全村现有巷道62条，天井206个，房屋1732间，总建筑面积5.1万平方米。总体布局依地形呈"干枝式"结构，主堂与横堂皆以天井为中心组成单元，分则自成庭院，合则贯为一体。平面布局为"丰"字形，利用横向地形，南北进深，东西走向，其最大特点是排水设施完善，采光、通风、防火设施完备。穿行全村之间，晴不暴日，雨不湿鞋。张谷英古建筑群被建筑专家誉为"民居故宫"和"湘楚明清民居之活化石"。2001年6月，张谷英古建筑群被公布为全国重点文物保护单位，2003年9月被评为中国历史文化名村。张谷英村现住有2000余人，都是张谷英的第26、27代子孙。他们聚族而居在这座迷宫似的古屋里，谨守着先祖"识时务、顺天然、重教育、兴礼义"的遗训，繁衍生息六百余年，世传不衰。这里的每幢房子都还住着人，是生活中的古建筑。

村前是一片广场，当大门是主入口。这扇门并不算大，其上方悬挂"当大门"三字匾额，两边楹联是"耕读继世/孝友传家"。大门与两边房子相连，形成一条弧形围墙，但那房子有雕花窗户，似乎可以住人。围墙外的玉带河仅五、六米宽，河边有道路通往村子两端。大门内就是天井，这是一个长方形凹池，也是排水系统组成部分，中间有大石台供人通过。有的天井没有屋顶，有的则在屋顶开了个采光口。围绕着天井是堂屋和住房，有的住房是两层建筑。房屋的木石雕刻简练清晰，历经数百年风雨侵蚀仍保存完好。天井附近有横向通道至隔壁房屋，通道的光线较暗。接官厅于清康熙五十四年（1715年）建造，房屋9间，现住有村民。王家塅建于清嘉庆七年（1802年），有厅堂房间460余间，天井31个。王家塅有一户"进士"人家，内有"太学弟"牌匾。其厅堂一进又一进很深，放了很多大圆桌，还有大水缸和大灶。太学弟如今是民俗食府，也有住宿。村子里还有祖先堂、烟火塘、青云楼、议事厅、纺织堂、绣楼等建筑，从外形看并不能区分，只有入内才可看到不同用途的提示。我看到有村民在打草鞋，做烟熏肉，也看到老婆婆在纺纱。如今的纺车和织机多半已成为旅游设施，游客若想体验一下，得给点钱才行。

弯弯曲曲的渭溪河与当大门前的玉带河呈丁字形汇合，沿河有简单的长条椅和靠背栏杆，这是溪畔长廊的组成部分。廊棚一头伸入房屋，另一头架在木柱上。小河外侧的道路比较宽敞，沿河有一些客栈、餐馆、小商店，还有碾米坊等公共设施。站在村后的龙形山望去，整个村庄被几座山所围住，全村建筑群的房屋互相牵连。一些灰黑色的瓦片已经破碎，有些比较新的青瓦或红瓦可能是更换上去的。建筑群的房屋十分密集，从高处几乎看不到空地。山坡上走过一群小学生，他们的衣着和神情与城市的孩子没什么差别。我们离开张谷英村时，又看到这些小朋友在村口广场玩耍，游戏简单而乐此不疲，他们将成为张谷英先祖繁衍生息的继任者。

柳子庙 2017年5月1日，我们知青大巴旅行团由广西进入湖南，到永州柳宗元文化旅游区去游览。柳宗元（773—819）是唐代著名思想家和文学家，官至礼部员外郎，参加永贞革新失败后被贬永州司马，在此谪居十年，后卒于柳州刺史任所。柳宗元在永州考察民情，研究经史，理论上取得重大建树，文学上取得卓越成就。他常徜徉于永州奇山秀水和幽泉异石之中，秀美的山川激发了他的创作灵感。永州十年铸就了他一生的辉煌，而柳宗元也使永州名闻遐迩。他在人生坎坷曲折中写下了大量名垂青史的篇章，如《封建论》《天对》《捕蛇者说》《永州八记》《江雪》等，其思想和道德力量影响了中华民族的一代又一代。作为唐宋八大家之一的柳宗元，他写下的道德文章泽被后世，受到历代尊崇。

柳子庙始建于北宋仁宗至和三年（1056年），现存建筑系清光绪三年（1877年）重修，由戏楼、中殿、正殿、财神殿、娘娘殿、亨堂碑廊等组成。1956年被湖南省政府公布为省级文物保护单位，2001年6月被国务院公布为全国重点文物保护单位。游客站在柳子桥上，可看到一堵高大的围墙，以及竖直的"柳子庙"三个大字。进门以后的前殿也就是检票口，门柱上挂有赵朴初题写的《柳宗元纪念馆》之招牌。前殿的背面是一个戏台，下面走游客，楼上为戏台，上方有"山水绿"三字，出自于柳宗元《渔翁》诗中"欸乃一声山水绿"。戏台不算大，但屋顶却非常精致而气派，屋顶分三层，每层都往不同方向高高挑出，屋脊上塑有雄狮、祥龙、凤凰等脊兽，屋檐下有一排造型神态各异的人物。正殿里有一尊柳宗元的汉白玉雕塑，他一手握笔，一手抚纸，端坐沉思，堂上有"利民"两字。正殿两侧挂有描绘《永州八记》内容的八幅漆雕画屏，每幅漆雕上方是画，下方是文。

柳子庙内最珍贵的国宝就是"荔子碑"，其碑文颂柳宗元，诗篇来自韩愈,书法来自苏轼,故又称"三绝碑"或"韩诗苏书柳事碑"。柳宗元病故于广西柳州后,当地民众建立罗池庙以缅怀祭祀。韩愈闻讯撰写了《柳州罗池庙碑》,碑文附作《迎享送神诗》(即荔子碑文),此时柳宗元已被看作为柳子菩萨。时中书舍人史馆编修沈传师书写碑文及诗,刻字于罗池庙中。两百多年后,北宋文学家、书法家苏轼又泼墨选其诗而书。南宋嘉定十年(1217年),苏轼之作首次被刻碑于罗池庙,于是这块珍奇的"三绝碑"得以面世。因韩愈所撰《柳州罗池碑》句首有"荔子丹兮蕉黄",此碑被称为"荔子碑"。《荔子碑》的部分内容为:"荔子丹兮蕉黄,杂肴兮进侯之堂,侯之船兮两旗,渡中流兮风泊之。待侯不来兮不知我悲。侯乘白驹兮入庙,慰我民兮不嚬兮以笑。鹅之山兮柳之水,桂树团团兮白石齿齿。侯朝出游兮莫来归,春与猿吟兮秋与鹤飞。"由于宋徽宗追封柳宗元为文惠侯,故存有"荔子碑"的柳州罗池庙改名为柳侯祠。

那么广西柳州柳侯祠的"荔子碑"是如何来到湖南永州柳子庙的?明

国宝荔子碑

朝万历二十四年(1596年),永州司理刘可勤见读"荔子碑",敬慕柳子其人其文,遂令人摹刻于永州柳子祠(即今柳子庙)中。自此,永州人士祭祀柳宗元也有诗文可读唱了。清顺治十四年(1657年),湖南分守道黄中通与永州知府魏绍芳捐俸重修柳子

庙,将荔子碑原本重新刻于石上,复以旧观。清同治五年(1866年)永州知府廷桂在荔子碑字体湮灭而不堪观读之际,喜得碑文拓贴本,于是立即嘱人复刻"荔子碑",将整块碑文分刻于四块精选青石之上并嵌于庙宇西墙边,又将自己所题的"跋"一并刻于"荔子碑"正文之后,这便是我们今天所看到的永州柳子庙"苏轼荔子碑"。有点意思的是,这块荔子碑由湖南省革命委员会于1972年9月公布为湖南省文物保护单位,由零陵县革命委员会立碑,说明在"文革"期间,文物保护工作仍然存在。柳子庙碑廊中另一块名碑是明朝严嵩写的《寻愚溪谒柳子庙碑》:"柳侯祠堂溪水上,溪树荒烟非昔时。世远居民无冉姓,迹奇泉石空愚诗。城春湘岸杂花木,洲晚渔歌清竹枝。才子古来多谪宦,长沙犹痛贾生辞。"也有人认为最后一句应该是"长

沙亦羡贾生辞",从碑文来看,"亦羡"似乎比"犹痛"更像一些。

通往黄叶古渡的柳子街

由柳宗元取名的"愚溪"原名"冉溪",它弯弯曲曲由西向东流入潇水,大体如横卧的"S"形。沿溪依次有节孝亭、小石潭、西小丘、钴鉧潭、柳子碑廊、愚溪诗序亭、柳子桥、柳子庙、愚溪眺雪等景点,小镇西侧即为西山。柳子街则从钴鉧潭开始,沿着愚溪直至柳子街口。街面宽敞,青石板和鹅卵石铺墁路面,在雨中湿漉漉的更显岁月历久。两边众多店宅合一的历史建筑以木板、青砖构筑,有老式板门和挂锁,多为两层建筑,延续了明清时期的建筑风貌。游客以柳子庙为出发点,沿柳子街向东走到头就是潇水浮桥,也就是始建于元代的黄叶古渡,这是来往于湘桂古道,出入零陵郡城的必经渡口。桥下是一艘艘铁船,桥面铺设了木板。由于明代徐霞客曾在此渡河,因此也叫霞客渡。而沿柳子街向西行走,则可通往柳宗元在《永州八记》中所描写的小石潭、西小丘、钴鉧潭等几处景点。

萍洲书院 离开柳子庙,我们坐渡船去看萍洲书院。萍洲即苹岛,位于永州市零陵区潇水与湘水汇合之处,椭圆形的萍洲恰似潇湘两水之明珠。徐霞客在《西南游日记二(湖广)》中写道:"潇即余前入永之道,与湘交汇于此。二水一东南,一西南,会同北去,为洞庭众流之主……湘口之中,有砂碛中悬,丛木如山,湘流分两派潆之,若龙口之含珠。"潇水和湘水的发源地均为九嶷山,故古人言萍洲必言潇湘,言潇湘必溯源九嶷山。

萍洲书院由零陵人眭文焕父子于清乾隆四年(1739年)创建,光绪十三年(1887年)重建。从码头拾级而上,沈鹏所写"潇湘"两字赫然在目。穿过大门,影壁和圆形长廊环绕着一片翠绿的草坪,一根中轴线串起了门庭、大堂、中门、讲堂、奎星阁、大成殿等建筑物。门庭两边的楹联"南风之熏兮草芊芊/妙有之音兮归清弦",出自唐人所载张生故事。由透空的窗格望去,廊道幽深,绿树成荫,建筑小品一环套一环,极其精巧,真是个读书的好地方。院落中间有清代遗留的青石甬道,两旁植有16株200余年的古桂,枝叶覆盖了整个院落。

书院的奎星阁是藏书之所，而上善馆则为国学馆。据称萍洲书院的国学课程追求学术独立与学术自觉，对于古人、古典、古史，以及本国一切优秀文化传统，均怀抱温情与敬意，不追随时政、市场，不迁就社会大众现状。书院讲堂内有"十六字心传"楷书，即《尚书·大禹谟》所载舜告禹之言："人心惟危，道心惟微；惟精惟一，允执厥中。"中国古代治道与学术的最高境界，莫过于此。

05. 难忘尾山行

黑龙江省尾山农场地处北安县，这是笔者于1969年3月起作为上海知青上山下乡的国营农场，那时我还不满17周岁。2009年7月，笔者与几位知青兄弟回到了阔别30余年的尾山农场。为节省时间，我们在到达哈尔滨的当晚就乘上7033次火车，中间一站也不停，四个多小时就直达北安。清晨坐车从北安出发去农场，感觉北安就像去外地旅游途经的一些小城市，过去的印象基本没有了，看上去街道整洁，绿化不错，大部分建筑是新的。一路上，最具视觉冲击力的就是一望无边绿油油的大田，连绵起伏的草地，一片片茂密的树林，间或明镜般的湖泊，不时掠过几间农舍，这一切都显得宁静、开阔、绚烂。其实这些景物并不算特别，只是我们在上海这个大城市呆得太久，很少呼吸到这样清新纯净的空气，很少看到这样鲜艳夺目的景观。我不时打开车窗，在疾驰的车内用卡片机拍摄沿途美景。

忽然车速减慢，前方出现了很多建筑物，原来是五大连池市区到了。五大连池市也就是以前的德都县，由于境内的五大连池风景区享誉中外，就改名为五大连池市了。就像湖南大庸市，因张家界风景区出名，也就改名为张家界市。五大连池市看上去挺漂亮，沿公路的建筑大多是宾馆、政府机关和公用设施，房子式样各异，五颜六色，十分靓丽。出市区一会儿就到了五大连池景区，沿途星星点点散落着一座座色彩鲜艳的宾馆和度假村，听说这些宾馆生意爆满，没有预订难以入住。虽然时间尚早，马路上已经有点热闹，一些招摇过市的膀爷皮肤晒得比非洲人还黑。五大连池的景点分散，道路和交通设施比较完善。过风景区后就经过大庆农场，大路一直通往格球山，我们的车拐上了一条路况较差的支路，经由一个部队农场，就进入了尾山界。

路上处处感受到北国夏日之美，随眼望去，天是那样的蓝，蓝得深邃、神秘；云是那样的白，白得无瑕、耀眼；地是那样的绿，绿得苍茫、辽阔。高天、大地、云彩、山峦和湖泊的无穷组合，变幻出一幅幅气势恢宏、精美绝伦的画卷。路途中我们一会儿遇到了羊群，一会儿遇到了牛群，它们笃悠悠地在草原上漫步，很有几分"天苍苍，野茫茫，风吹草低见牛羊"的塞外风光。有几次牛群慢吞吞地擦车而过，大大咧咧地与汽车对峙，大有狭路相逢谁更牛之英雄气概。

尾山农场 车过五分场没多久，就看到了一片建筑工地，一问居然是尾山农场的场部到了。场部已经建造了不少六层楼的新住宅，还有大片的工地在建房。按照规划，今后各分场也就是各队的居住点都将撤掉，职工和家属全部集中到场部居住，场部将建设成一个万人小城镇。下车四顾，只有原来的商店和总场办公楼还有点印象，其他全都是新房子。我们在一家餐馆吃了早餐，小米粥好香，大果子好脆，白面馍好松。当晚李德胜副场长请我们品尝当地的小烧，与我们边吃边聊，听得出他对我们这些老知青的情况还是有所了解的。

尾山农场总场办公楼

场部十字路口高高的工农兵塑像没有了，取而代之的是一座开荒牛雕塑，坐落于场部办公楼前面，乍一看倒有几分象纽约华尔街那头著名的铜牛。场部办公楼经过修缮装饰，虽然并不高大气派，却也显得平实、端庄。原来的俱乐部现在是农业银行，其东侧是医院，其南侧是邮电局和移动通讯基站。原来的场部商店现在是活动中心，灰色的外墙和过时的大门还略略透显出过去的印记。十字路口的农贸市场附近，小贩和顾客来来往往，还算热闹。道路两边商店不少，林林总总也有几十家门面。

最让我们惊讶的是气势不凡的陶园生活广场，这个广场即使放在大城市里也毫不逊色，这里以前是二分场至总场间的一片荒地。广场开阔平整，花岗石地面非常气派。广场东侧是一条掩映在绿荫中的长廊，其凉亭、彩绘和诗廊都令人赏心悦目。广场西侧是大片绿茵和群体运动器械，至少可供百余人同时锻炼，北侧是一堵长长的照壁，上面的浮雕栩栩如生。与生活广场一路之隔的南面是教育中心，也就是小学和中学，校舍相当不错。生活广场的西面是新建的公安局大楼，再西面是飘扬着国旗的人民法庭和检察室大楼。

我们原来是尾山农场二分场的知青，这次尾山之行的最重要活动当然是回二分场看看。二分场距总场仅一箭之遥，可以说二分场就是总场的驻地。原来的大院子围墙早已荡然无存，但院内的房子都还在。我们细细辨认，默默回忆，心情有点激动。先看到食堂，再看到一连宿舍，终于看到我们二连宿舍了。这里现在属于尾山C区三委一组，房前有两头花白奶牛若无其事地晃来晃去。原来通长的"威虎厅"大宿舍被隔成一间一间的居民房，墙和门窗都已改建，每家的围墙都向南推出约5米，形成一个个小院子。院子里有的养狗，有的种花，有的堆柴，院子外面有铁门和门牌号。只有从屋顶、山墙和北墙上，才能依稀看出这就是过去的知青大宿舍。男生宿舍屋顶的材质和颜色还算一致，而女生宿舍的屋顶却五颜六色，各家用了不同的材料。男宿舍的东面山墙上，当年有块黑板，我经常为这块黑板报写稿。男女宿舍一路之隔，很多知青的美好情感在此萌发，在此升华，他们如今的美满婚姻就是在这里打下了坚实的基础。

大院子门口的门卫室还在，这里曾做过图书室和科研小组，也是知青领工资的地方。正对着大门的高高岗楼没有了，那圆木搭起的岗楼可是全分场的制高点，若能保存至今应该是个不错的观景平台，拆了怪可惜的。院子周围的卫生所、大食堂、机耕队、机井房等建筑都还在。那时一些女生经常把衣服拿到井边来洗，大冷天水凉手冻也真不容易。我们炊事班每天都要穿过围墙到机井房挑水，冬天的井边结着厚厚的冰层，挑一担水真是步履维艰。相比场部的水泥道路，二分场的道路就显得陈旧落后，仍然是高高低低、坑坑洼洼的砂石泥地。二连男宿舍北面的空地成了一片湿地，成群的鹅、鸭在水塘里嬉戏，在棵棵垂柳映衬下，倒有几分田园韵味。

分场原来的办公房已被一片绿地取代，绿地北面就是如今的种子公司办公房。种子公司有300多员工，其中很多来自二队，也就是以前的二分场，公司内设机构的牌子挂了不少。在宽敞的总经理办公室，邹本权总经理递给我们的名片上印着北大荒集团"黑龙江省尾山农场种子公司"和"中荷合资黑龙江都倍加亚麻育种有限公司"的字样。

场院四周建起了围墙，面积好像大了一些，场地上停放的大大小小农业机械不少。场院内几个高大的圆形粮仓和记忆中的一模一样，当年我们男生扛着160斤重的粮包，小心翼翼地登上跳板，把小麦搬运至粮仓的情景历历在目。场院外西北方向有几排挺拔的杨树林，当年在出工或者收工途中，我们经常在这片树林里把锄头一搁，坐下来读报或听文件传达。

朝东北方向绕过场院围墙，就能看到绿油油的大田了，距离分场最近的这块地就是六号地。放眼望去，连接到天际的一垄垄大豆长势良好，其土地之大气，视野之开阔，真是令人心旷神怡。昨日下了大雨，地头的地势低洼，我们深一脚浅一脚的，在泥泞不堪的道路上慢慢挪动。遇到没法行走的路段，只能在草丛里绕过去，每个人鞋上都沾满了泥浆。

分隔六号地和八号地的大路，笔直通往三分场。现在这条路绿树成荫，路面平整，不时有汽车驰过。而路边那块写着"尾山农场"四个大字的路标，分明告诉我们这条大路已成为出入农场的交通干道。我对这条路的印象最深了，在水房时挑担给田里送开水，在食堂时做包子给田里送饭，都要走这条路。而在大车班，这条路更是常来常往，我和车老板把麦秸装得高高的，形状上放下收，方正、匀称而好看。我们躺在麦秸堆上仰望蓝天，一路胡侃，牛也不用去管它，大车就这样顺着这条路晃悠悠地赶过来了。

对八号地的记忆尤为清晰，这是我们汗水洒得最多的一块地。夏锄时节，一清早就下了地，一垄地由南边锄到北边，正好到吃午饭时间；再从北边锄到南边，赶在天黑前才能收工。人工收麦子时，我割破过胶鞋，也割开过自己的手指，腰弯得好长时间也直不起来。至于手磨出血泡、蚊虫叮咬、日晒雨淋，这都是日常的小小考验。在大田里劳作的艰苦，但凡下过田的知青都会难以忘怀。也正因为我们的青春年华经历了这样的磨练，我们在漫长的人生道路上才会拥有这份宝贵的财富，才能走得更加稳健，更加坚韧。后来到了机耕队，我开着东方红拖拉机在八号地翻田、播种、撒肥，操作过不少农业机械。夜间作业，还开着大灯与绿幽幽眼睛的狼群对峙。早几年割麦用的是联合收割机，也就是康拜因，我跟着师傅操作这架庞大的机器在麦田里行进，宛如一艘红色大船在金色麦浪中航行。

汗水洒得最多的八号地

八号地的东面有一处小湖泊，夏天我们几个男生跑到那里去游泳，秋天几位勇敢的同学喝了烧酒跳进湖里沤麻。在湖泊的周围，绿草丛中开满了五彩缤纷不知名的鲜花。而在八号地的北面，记得是一大片开阔的荒地，我们到那里去摘黄花菜，采榛子，策马狂奔，都是令人难忘的野外活动。

何根祥是我们敬重的一位老领导，他话语不多，也不苟言笑，但我们都能感受到他对知青的关心爱护，看到他为人做事的正直。我们来到位于总场东侧的何老家里，第一感觉是房子比较陈旧，室内有点狭小，家具摆设非常简单。墙上的醒目位置挂着一幅夫妇合影，照片上的他们很年轻，两人都穿着军装，是抗美援朝当志愿军时照的。当年战火纷飞保家卫国的好战友，如今恩恩爱爱牵手相伴的老夫妻，面对这张珍贵的照片，我们不由得对何老更增添了一份敬重。何老的身体看上去还硬朗，他与我们畅怀叙谈，对过去的事情记忆十分清楚。他在家门口与我们合影之后，噙着泪水与我们握手道别，然后目送我们离开，我们走到拐角处，回头望见他仍然站在那里，依依不舍地朝我们挥手。

在那熟悉的尾山脚下，长眠着于文学等几位老领导。他们既是我们知青的领导，也是我们的长辈，他们对知青既严厉又关心，是那种典型的东北农村干部。我们默默地悼念，深深地鞠躬，不仅仅是我们自己，也带来了很多知青的怀念。我们是坐着大轮拖拉机到尾山脚下去的，道路上充满了沟沟壑壑，雨后的深沟极其难走，就算是越野汽车也无法通过。这台拖拉机成色很新，力量大得惊人，在平地上并无优势可言，而在泥泞不堪的道路上，很深的沟壑它照样能通过。我站在颠颠簸簸的车斗内，一手扶紧栏杆，一手不停地拍下场部外围、大草甸、一号地，还有尾山丛林的景色。

尾山确有其山，就在总场的南面5公里左右，离水泥厂比较近。尾山其名的来历，一说是小兴安岭的最后一座山，另一种说法是以当年日本垦荒团负责人的名字取名的。那里是一片片树林，生长着许多杨树、桦树和松树，间或出现一片没膝高的草地，草丛里长出密密匝匝美丽的小花。弯弯曲曲的林间小路蜿蜒向前，一直通往尾山。置身于这样的树林里，觉得似曾相识，仿佛又有很多场景再现眼前。我们曾经沿着这条小路去登尾山，背着冲锋枪去军训，抬着大锯去伐木。我们曾经跋涉于小兴安岭的森林里去扑救山火，也曾经口渴难耐，用双手捧起湿地里小虫蜉蝣的生水就喝。

五大连池 五大连池风景区就在我们尾山农场边上，从场部过去还不到十公里。当年我们只感到这里风景很美，根本想不到以后会成为知名景区。夏天，我们趟着浅水走过穿越五大连池的公路；冬天，我们就直接从冰面上走过五大连池。五大连池风景区地处小兴安岭山地向松嫩平原的过渡地带，总面积有1060平方公里，主要由五大连池湖区及周边火山群地质景观、相关人文景观、植被、水景等组成。1719年至1721年间，这里火山喷发，熔岩阻塞白河河道，形成五个相互连接的湖泊，因而得名五大连池。五大连池风景区获得的称誉有：世界地质公园、世界生物圈保护区、国家5A级旅游景区、国家重点风景名胜区、国家级自然保护区、国家森林公园、国家自然遗产等。

我们沿着架设在遍地火山石上的木栈道，登上了五大连池的老黑山，一路上几乎没有什么高大的植物，各种形态的黑乎乎火山石非常壮观。椭圆形的火山口就像一个被开挖多年的大矿山，从山顶望下去，形如一个深近百米的巨大漏斗。一条宽敞的步道环绕火山口而建，游客可以环行一周。我们农场的尾山也是一个火山口，当年我们登上尾山顶，只看见巨大的椭圆形凹槽里生长着茂密的高大植物，看不清火山口的真实面貌。而老黑山火山口内却只有一些稀疏的小草，这才知道火山与火山也是不一样的。

五大连池的药泉山就在湖畔，其实并无山头，只是一些丘陵和建筑物。这里的药泉水非常有名，对皮肤病等疾病的疗效特别显著。泉水都被收集在一个房子里，通过管道引到室外由游客取用，也有的地方可以直接泡在泉水里。虽然是夏天，药泉水仍然奇冷无比，根本无法直接接触。在五大连池，遍地都是疗养院和温泉池，这些温泉恐怕都得加温才行。

尾山下的五大连池

《五大连池美》是专为五大连池而写的一首歌曲："五大连池美，五大连池神。地涌仙池露，山捧聚宝盆。熔岩凝石海，林木育山珍。家家户户拧开龙头全是矿泉水，真是四海都难寻……"动人的歌词，优美的旋律，更增添了五大连池的魅力和名声。

哈尔滨 我们在哈尔滨逗留期间，前往中央大街和太阳岛游览。中央大街是一条步行街，两边不太高的建筑物和街头小品充满了俄罗斯情调。街上的行人衣着时尚，特别是年轻靓丽的女孩子，把这里作为展示自己美妙身材和漂亮时装的舞台。沿着中央大街一直走过去，就是著名的防洪纪念塔，附近是带状的斯大林公园。江岸上建有长长的台阶，我们和许多当地市民一样，坐在台阶上久久地眺望宽阔的松花江，看着来来往往的船舶和远处的大铁桥。然后我们坐上游船，在江中游弋了一会儿后，登上太阳岛码头。

国家5A级景区太阳岛位于哈尔滨市松花江北岸，总面积88平方公里，是一处由冰雪文化、民俗文化等资源构成的多功能风景区，也是一个沿江生态区。由于岛内坡岗全是洁净的细沙，阳光下格外炽热，故称太阳岛。景区正门前的巨石长7.5米，重150吨，是一块天

哈尔滨中央大街

然奇石，这就是哈尔滨市文联组织众多文学艺术家寻找而得的"太阳石"。景区内有个俄罗斯小镇，里面有一些俄罗斯建筑，家具和摆设都是俄罗斯风格的。还有几位漂亮标致的俄罗斯姑娘穿着军队裙装在小镇里游荡顾盼，寻找游客与她们合影。太阳岛景区里还有天鹅湖和松鼠岛，岛上散养着人工驯化的松鼠2000余只，是黑龙江省最大的松鼠观赏、驯养和科普基地。

　　五大连池的迷人风光和哈尔滨的夏日风情，为这次尾山之行划上了一个圆满的句号。难忘的尾山之行结束了，一如当年的知青经历伴随我们走过了30多年的人生旅程那样，这次尾山之行的深刻印象和真切感悟也将继续陪伴我们很久，很久……

　　（本文原载于上海《老年文艺》杂志2011年第1期，略有修改。）

难忘尾山行
图片集

06. 探访中原大地

白马寺 2011年10月14日，我前往洛阳白马寺游览。这个地方我曾于1986年6月来过一次，记得当时白马寺的山门就在公路边上，寺内规模也不是很大。而现在已经大大扩建，景区入口与格局都变得认不出来了。洛阳白马寺是中国第一古刹，乃佛教传入中国后的第一座官办寺院，被佛教界誉为"释源"和"祖庭"。白马寺创建于东汉永平十一年（68年），现存遗址古迹为元、明、清时所留，寺内保存了很多元代造像，弥足珍贵。1961年，白马寺被国务院公布为第一批全国重点文物保护单位；1983年，被国务院确定为全国汉传佛教重点寺院。1990年，白马寺在原有基础上增建了钟鼓楼、泰式佛殿、卧玉佛殿、禅房等。由南到北的中轴线上，分布着山门、天王殿、大佛殿、大雄殿、接引殿、清凉台和毗卢阁等建筑。寺内的齐云塔始建于东汉明帝时，本称"释迦舍利塔"，后毁于战火，至金大定十五年（1175年）重修。金修释迦舍利塔为四方形13层砖塔，清代由白马寺住持依据记载改称"齐云塔"。1990年建成了占地15亩的齐云塔院，对古塔进行保护。

龙门石窟 当天下午去游览龙门石窟。龙门石窟是国家5A级景区，位于洛阳市南郊伊水两岸的龙门山和香山崖壁上，南北长一公里，开凿于北魏中期至北宋的400余年间。龙门石窟存有窟龛2345个，造像10万余尊，碑刻题记2800余品，其中"龙门二十品"是魏碑书法精华。龙门石窟被誉为世界最伟大的古典艺术宝库之一，2000年11月被联合国教科文组织列为世界文化遗产。世界遗产委员会的评价为："龙门地区的石窟和佛龛展现了中国北魏晚期至唐代（公元493—907年）期间，最具规模和最为优秀的造型艺术。这些详实描述佛教宗教题材的艺术作品，代表了中国石刻艺术的最高峰。"

少林寺 然后再去游览嵩山少林寺。少林寺由于坐落在嵩山腹地少室山的丛林之中，故名之。始建于北魏太和十九年（495年），由孝文帝敕建而成。少林寺因历代武僧潜心研创少林功夫而名扬天下，有"天下功夫出少林"之说。少林寺是国家5A级旅游景区，全国重点文物保护单位。2010年8月，被联合国教科文组织通过为世界文化遗产。山门上有清康熙帝所题"少林寺"三个大字，匾上方刻有"康熙御笔之宝"印玺。少林功夫是汉族武术体系中最庞大的门派，武功套路多达700余种。我在少林寺门口看到一位欧洲弟子演练功夫，一招一式挺有模样。及至进入寺内武功演练区，那一套套一轮轮的武术表演真是让我眼界大开。武

少林洋弟子

僧中有年轻人也有年幼者，有中国人也有外国人。每出场一组选手，广播里就介绍他表演的名称和特点。武术表演有单独、对打、团体等形式，拳、棍、枪、刀、剑齐全。少林功夫的要旨是禅武合一，他们极其精湛的武术技巧让我看得眼花缭乱，他们的气功神力和敏捷身手又让我目瞪口呆。离开少林寺的路上，我看到附近武术学校操场上的学生逾千之多，他们都身着红色练功服，练功时认真而刻苦。

社旗山陕会馆 我们知青旅行团于2015年5月14日游毕湖北襄阳后，便前往河南社旗县过夜，这里住宿、吃饭都很便宜。县城所在地赊店镇古称"赊旗店"，因东汉刘秀在此"赊旗访将，起师反莽"而得名。赊旗店水陆交通发达，是各省过往要道和货物集散地，历史上与朱仙镇、回郭镇、荆紫关镇并列为河南四大名镇。1965年建县时，周恩来总理将"赊旗"更名为"社旗"，寓"社会主义旗帜"之意。

第二天上午我们游览位于社旗县城的山陕会馆，这是一座雄伟壮观而保存完好的古建筑，于1988年1月被公布为全国第三批重点文物保护单位。明清时代，山西、陕西两省的晋商与秦商利用"秦晋之好"的传统和邻省之好的便利，在很多城镇建造山陕会馆，有时也称西商会馆。其中著名的有河南社旗山陕会馆、四川自贡西秦会馆、山东聊城山陕会馆等，我们后来去的荆紫关镇也有山陕会馆。各地山陕会馆是山西、陕西两省商贾联络乡谊和祭祀神明的场所，在团结同乡、互通商情、维护利益、调解纠纷等方面起到了积极作用。而河南社旗山陕会馆无论从占地规模、建筑水平、装饰艺术等方面来看，都是出类拔萃的，被众多专家公认为"中国第一会馆"。

社旗山陕会馆始建于清乾隆二十一年（1756年），至光绪十八年（1892年）竣工，共历六帝136年。因馆内敬奉关公，又名关公祠、山陕

庙。会馆宽62米，长156米，占地1.09万平方米。中轴线上的建筑有琉璃照壁、悬鉴楼、石牌坊、大拜殿、春秋楼，两侧建筑有木旗杆、铁旗杆、辕门、钟鼓楼、腰楼、药王殿等，现存建筑152间。建造社旗山陕会馆耗资巨大，据碑文记载，仅兴建春秋楼及附属建筑就花费白银70.78万两，兴建大拜殿及附属建筑花费白银8.87万两。如此大量的资金使社旗山陕会馆的建筑得以"运巨材于楚北，访名匠于天下"。会馆集精巧的建筑结构和精湛的雕刻艺术于一身，木雕、石雕、砖雕、琉璃、彩画、宫灯、刺绣品等装饰都无不极其精巧、丰富和华丽。

走进会馆，一道巨大的琉璃照壁光彩夺目。照壁高、宽各10米左右，南侧是"五龙捧圣"等砖雕佳作，北侧以476块琉璃镶嵌而成，构成"鲤鱼跳龙门"和"渔樵耕读"等图案。照壁前的铁旗杆通高17.6米，重5万余斤，其下部为青石须弥座，座上两铁狮昂首挺胸。铁旗杆分为5段直插云天，每段结点铸有莲花或云斗，各段分挂铁楹联和镂空铁幡。旗杆上分铸两条蟠龙绕杆两匝，飞腾而上，动感十足。旗杆顶部各立一凤，展翅引颈高鸣。

走过辕门就是悬鉴楼，也就是戏楼。"悬鉴"把戏楼比做高悬之"鉴"，寓意"以古为鉴可知兴替，以人为鉴可明得失"之哲理。悬鉴楼既是会馆的山门，也是会馆的戏台。戏台四柱的内联为"幻即是真世态人情描写得淋漓尽致/今亦犹昔新闻旧事扮演来毫发无差"，外联为"还将旧事从新演/聊借俳优作古人"，相传此联为清乾隆年间的名士所书，笔锋遒劲，稳健圆和。悬鉴楼前面是开阔的中庭院，这里是观众听戏之场所，可容万人，庭院两侧的廊房是有身份之士绅观看演出的包厢。庭院的地面并非一览无余的空地，而是按不同功用铺砌为四个单元，包括甬道、遥祝区、圆形石洞等布局。

社旗山陕会馆大拜殿

万人庭院前就是会馆的大拜主殿，其前出月台将主体建筑抬高了2.63米，使主殿更显巍峨。三座相连的石牌坊屹立于月台前沿，与悬鉴楼遥相呼应。石牌坊的雕饰艺术集透雕、高浮雕、线雕、圆雕等多种雕刻手法于一体，雕饰内容有李白、杜甫、封神演义等历史典故，文学色彩浓郁。中牌坊下部斜铺"九龙口"神道，并置台阶接于地面。"神道"以整块青石雕成，长2.06米，宽1.98米，其上雕有"三龙戏珠"，龙体周围祥云缭绕。整幅浮雕立体感极强，雕工之精致令我们赞叹不已。听工作人员介绍说，"文革"期间，会馆负责人在这块镇馆之宝的石雕祥龙上覆盖了锯末和石膏，大书红色"忠"字，才保护了下来。其实整个会馆的建筑和装饰都保存得非常完整，就好像没有经历过"文革"似的，真不容易。

经过石牌坊，我们就来到大拜殿与大座殿，这是前厅后殿相连的神殿，前厅为山陕商人聚会与祭拜关圣之地，后殿为关公神位所在地。大拜殿最独特的装饰是两侧的石雕八字墙。墙下为须弥座，座上立以整块青石之巨幅精美石雕，东侧图为"十八学士登瀛州"，西侧图为"渔樵耕读"。而大座殿四周的额枋、雀替之木雕装饰，可以说是"无木不雕"，内容非常丰富，技艺极其精湛，而且全为透雕，雕镂深度达5层15厘米，无愧为会馆木雕装饰之冠，也是我平生所见之木雕极品。大座殿内存有慈禧皇太后草书"龙、虎"二字碑，上方的篆体印章内有"慈禧皇太后御笔之宝"九字。社旗山陕会馆作为民间商会建筑而能得慈禧皇太后御笔之宝，在全国的会馆建筑中可说是绝无仅有。

会馆最后一进原有的春秋楼也是最为巍峨壮观的建筑，因楼内供奉关羽夜读《春秋》之神像而得名，可惜于1857年被捻军烧毁。2005年，当地筹资在春秋楼遗址上重建了关公读春秋铜像。社旗山陕会馆值得一提的还有记述商业道德规则及会馆兴建活动的碑刻，其中有刻于清雍正二年（1724年）的《同行商贾公议戥秤定规矩》碑，立于清乾隆五十年（1785年）的《公议杂货行规》碑，以及《创建春秋楼碑记》《南阳赊旗镇山陕会馆铁旗杆碑记》《重兴山陕会馆碑记》等。

医圣祠 游毕社旗山陕会馆，我们再到会馆外的赊店古城游览，然后前往南阳游览医圣祠。南阳医圣祠是我国东汉时期被人尊为"医圣"的张仲景纪念地，1988年被列为全国重点文物保护单位。进门照壁上，刻有《医圣张仲景传》，描述了张仲景"进则救世退则救民，不为良相定为良医"的胸襟。两侧有一副对联："阴阳有三，辨病还需辨证；医相无二，活国在于活人。"这下联是说医生和宰相并无区别，要想把国家治理好，先得把人治好。庭院中间矗立着医圣塑像，忧国忧民之情溢于眉间。院内两侧长廊分别镶嵌着《张仲景组画》《历代名医评赞》《历代名医画像》等石刻200余方。医圣祠大殿内陈列着各种版本的《伤寒杂病论》及国内外医界捐赠的文献资料，两偏殿内陈列着医圣祠出土"三宝"：一是东汉针灸陶人，二是晋咸和五年（330年）的张仲景碑，三是白云阁藏本木刻版《伤寒杂病论》。医圣祠内有中医门诊部，也许是由于这里有名气，前来问诊的病人络绎不绝。

张衡博物馆 我们再去南阳市石桥镇参观张衡博物馆，这里也是我国东汉科学家、发明家张衡的长眠地，1988年1月被列为全国重点文物保护单位。张衡（78—139年），曾任尚书及河间相等职，他在世界科学文化史上树起了一座座丰碑：地震学方面他发明了"地动仪"，是世界上第一架测定地震及方位的仪器，比欧洲早1700多年；天文学方面他发明了"浑天仪"，是世界上第一台观察星象的天文仪器，画出了完整的星象图，提出了"月光生于日之所照"的论断；数学方面他著有《算罔论》，计算出圆周率的值在3.1466和3.1622之间；气象学方面他制造出"侯风仪"，这种预测风力、风向的仪器比西方的风信鸡早1000多年；文学方面，他著有《东京赋》《西京赋》《南都赋》等30余篇；艺术方面，他居东汉六大画家之首。国际天文学联合会曾分别命名月球上的"张衡山"和太阳系中的"张衡星"。馆内的"平子读书台"，相传是张衡幼年发奋读书钻研学问的地方。纪念馆内建有展厅，其内陈列着张衡发明创造的器物，还有介绍张衡一生贡献的文图展板。观看这些展品，我们对张衡的多方面伟大贡献有了清晰的了解，对这位旷世奇才更增添了崇敬之情。

内乡县衙 从张衡纪念馆出来，我们前往内乡县参观古县衙，并在附近宾馆住宿。内乡县衙始建于元大德八年（1304年），历经明、清维修扩建，形成一组规模宏大的官衙式建筑群。现为国家4A级景区、全国重点文物保护单位，也是一座衙门博物馆。内乡县衙被列入中国四大古代官衙旅游专线，享有"北有故宫，南有县衙"，以及"一座古县衙，半部官文化"之称誉。大门外有"菊潭古治"牌楼，牌楼外面是热闹的市民广场。大门口悬"内乡县署"四字，一侧有鸣冤鼓，另一侧有"诬告加三等/越诉笞五十"石碑。中轴线上排列着大门、大堂、二堂、迎宾厅、三堂等建筑，两侧建有庭院和账房、监狱等，共六组四合院，85间房屋，均为清代建筑。

过了仪门是县衙大堂，匾额为"内乡县正堂"，楹联为"欺人如欺天毋自欺也/负民即负国何忍负之"，这是知县审理重大案件和举行重大典礼的地方。大堂两侧东为吏、户、礼房，西为兵、刑、工房，都是旧衙门的职能机构。穿过屏门即为二堂，是知县调解处理一般案件的地方。再后面的三堂是知县日常办公的地方。我也去过山西平遥的古县衙，两个县衙的建筑格局和风格都差不多，封建时代的县衙应该有大致稳定的制式。由于平遥在整体上是一座保存完好的古城，平遥古县衙与周边环境就显得更为协调和真实。

内乡古县衙正堂

丹江口水库 5月16日我们从内乡县城出发，前往淅川县游览南水北调的渠首和丹江口水库。南水北调中线工程的源头是丹江口水库，渠首在河南淅川县陶岔村，被誉为"天下第一渠首"。南水北调中线工程全长1432公里，调水量年均95亿立方米。2014年12月12日，南水北调中线工程陶岔渠首开闸送水。丹江口水库是亚洲最大的人工淡水湖，也是国家南水北调中线工程的水源地。库区分布于河南省淅川县和湖北省丹江口市。南水北调中线工程使丹江口水库的总面积达1022平方公里，库容290亿立方米，向河南、河北、北京、天津沿线地区的20多座城市供水。丹江口水库不仅是水源供应地，在防洪、发电、航运、灌溉、养殖以及旅游等方面也都发挥着积极作用。水库边有游船码头，游客可坐艇去游览一望无边的大水库。我们在丹江口水库买了鲜美的活鱼，晚上在荆紫关镇的餐厅请厨师烹饪。

荆紫关镇 5月17日，我们在荆紫关镇游览。这里是一个地方，两个地名，三省管辖。一个地方就是同一个居民集聚地，两个地名就是荆紫关镇和白浪镇，三省管辖就是河南省淅川县管着荆紫关镇，陕西省商南县和湖北省郧县管着白浪镇。荆紫关镇形成于唐，兴盛于明清，自古为兵家必争之地，成语"朝秦暮楚"说明了它在历史上的独特作用。现在三省在此地均设有基层政府，为全国所仅有。明清时期是荆紫关的黄金时代，江东沿海日杂百货，秦岭伏牛山间土特产多在此地集散，成为豫、鄂、陕附近商贾云集之地。

白浪镇有一座三省亭和三省石，三个镇的人民政府都在亭上刻有《标志碑文》，一个省刻一面。亭边墙上刻有贾平凹写的《白浪街》一文。这里雄鸡鸣三省，是南北文化的结合点，也是南北建筑的大观园，一户人家三省人

荆紫关三省亭

并不罕见，素有"一脚踏三省"之称。我站在一脚踏三省的三角形标志边，一种历史的延续感和地理的交集感悄然而生。我一只脚搁在三省石上，感到这会儿别说是脚踏两只船，就算同时落脚在陕鄂豫三省也没有问题。而我们旅行团的一大群美女围成一圈，各自把脚尖抵住三省石，拍出照片让朋友们猜猜哪只脚是谁的，谁在哪个省，增加了不少乐趣。离开荆紫关镇后，我们就前往湖北十堰市，准备去武当山游玩。

兰考 2015年9月28日起，我们知青旅行团36人开始西北长线游。从上海出发一路高速公路，疾驰930公里到达河南省兰考县过夜。在很多人印象中，河南兰考似乎是出了名的贫穷和风沙之代名词。而这次途经兰考，看到住的宾馆挺干净，吃的酱牛肉味道不错；农贸市场的鲜枣红薯铺了一地，市民买白馍馍整笼一买；沿街商铺营业员在门口做律动操，精神状态都很好。最没想到的是，兰考的天空居然是蓝色的，城市绿化郁郁葱葱，根本看不出风沙漫天的迹象。我们这个年龄的人都知道焦裕禄，他是党的好干部，人民的好公仆，县委书记的好榜样。29日我们去瞻仰焦裕禄纪念园，纪念碑高耸入云，园里的泡桐长得郁郁葱葱。焦裕禄长眠于园内，他的事迹一代代传了下来。兰考人民经过几十年的奋斗，看起来已步入富裕之乡。人民不会忘记好干部，大家在焦裕禄纪念园拍集体照留念，为我们这次西北游增添了满满正能量。

南街村 2017年9月4日，知青旅行团中原华北之旅的第2天，我们来到河南省临颍县南街村参观。根据《南街村》官网介绍，该村面积为1.78平方公里，有3700多村民。而南街村集团公司旗下以粮食加工为主的26家企业有7000名员工，年产值逾20亿元。南街村是国家4A级旅游景区和全国农业旅游示范点，每年接待游客50多万人次，据说先后有40多位党和国家领导人以及200多位将军到南街村视察指导工作。南街村开发了"红色旅游"，复制了毛泽东故居、遵义会议旧址、枣园窑洞、西柏坡等具有象征意义的仿建景观，浓缩了中国革命的重大历史事件。更有规模宏大的毛选"四卷楼"，谓之"革命传统教育园区"，被确定为河南省红色旅游精品线路。

南街村与众不同的发展路线是大力发展集体经济，走共同富裕道路。南街村实行"工资+供给"的分配制度，村民的住房、生活、教育、医疗等费用全由村里承担。南街村的治村方略是"外圆内方"，也就是对外闯市场卖产品，对内抓政治教育，坚持集体主义，并

南街村东方红广场

提出了建设"共产主义小社区"目标。在南街村所获众多桂冠中，"中国第一雷锋村"和"国家级生态村"之光环似乎更为耀眼，而"南街村"商标也已成为国家驰名商标。据说对长期在南街村工作的外来务工人员，村里可给予他们"名誉村民"资格，即可享受与本村村民同等的待遇。

村口高大的朝阳门城楼上挂有孙中山的画像，村中心宏大的东方红广场上矗立着毛泽东塑像和马克思、恩格斯、列宁、斯大林的画像。一些沿街楼房的墙上都有醒目的标语或语录，几个主要路口竖有颂扬毛泽东和毛泽东思想的大型宣传牌。南街村高中教学楼的外墙上写着教育家陶行知的语录："傻子种瓜，种出傻瓜；唯有傻瓜，救得中华。"这种"傻子精神"也正是南街村党委书记王宏斌所提倡的核心思想。

禹王台和繁塔 离开南街村，我们来到开封游览禹王台公园、大相国寺、开封府。禹王台又名古侯台，相传春秋时，晋国音乐家师旷曾在此吹奏乐曲，故后人称此台为"吹台"。后来因开封屡遭黄河水患，为怀念大禹治水的功绩，于明嘉靖二年（1523年）在台上建禹王庙，故吹台被改称为禹王台。禹王台公园的主要景点有纪念师旷的古吹台，康熙亲书"功存河洛"牌匾的御书楼和乾隆御碑亭，为纪念李白、杜甫、高适三位大诗人登吹台吟诗作画而建的"三贤祠"，三贤祠内的《时雨亭记》和《抚安亭记》均出于明正德年间。还有纪念大禹治水的禹王殿，纪念37位治水功臣的明代"水德祠"等。古吹台的碑刻陈列从明代至民国，真草隶篆俱全。

繁（pó）塔与古吹台相邻，建于北宋开宝七年（974年），因建于北宋皇家寺院天清寺内，又名天清寺塔。这是开封地区兴建的第一座佛塔，系四角形佛塔向八角形佛塔过渡的典型，属全国重点文物保护单位。繁塔在宋代曾是一座六角九层80余米高的巨型佛塔，因历经岁月沧桑，至明代仅

57

余三层。后人在大塔之上，仿损毁的六层缩建为六级小塔，成为独特奇丽的造型。

大相国寺 位于开封市中心的大相国寺始建于北齐天保六年（555年），该寺与白马寺、少林寺齐名，是中国汉传佛教十大名寺之一。初建时名为"建国寺"，唐延和元年（712年）唐睿宗为纪念自己从相王成为皇帝，赐名该寺为"大相国寺"。相国寺成为皇帝观赏、祈祷、寿庆和进行重要活动的场所，寺院住持由皇帝册封，故被誉为"皇家寺"。大相国寺因黄河决口和火灾而屡遭损毁，又多次重修，弘历皇帝亲题"敕建相国寺"匾额。现存殿宇为乾隆三十一年（1766年）重修所存，2002年被评为4A级旅游景区。

相国寺钟楼内存有清乾隆年间的巨钟一口，重达5吨，上铸"法轮常转，皇图永固，帝道暇昌，佛日增辉"十六字铭。秋冬霜天叩击，响彻全城，谓之"相国霜钟"。大雄宝殿为清代顺治年修建，被誉为"中原第一殿"，殿内供奉有释迦牟尼、阿弥陀佛和药师佛三世佛。罗汉殿又称"八角琉璃殿"，其八角回廊式的造型十分独特，为清乾隆年所建。罗汉殿内的八角亭中，供奉一尊四面千手千眼观音菩萨像，系用一株完整的银杏树雕刻而成，每面各有6只大手及200余只小手，每只手掌均刻有一眼，计1048只眼。此造像材料珍贵，雕工精巧，是大相国寺的镇寺之宝。寺内还有一尊花和尚鲁智深的塑像，生动刻画了他在大相国寺看菜园、吃肉喝酒、倒拔垂杨柳的情景。

"吴带生风"的故事源自大相国寺。唐朝画家吴道子被他的老师张僧繇介绍到大相国寺作画，数月未动笔。一个皓月当空之夜，吴道子看见自己飘动的身影，神思喷涌而出，握笔至宝奎殿壁前作画，一幅栩栩如生的"文殊维摩菩萨像"现于壁上。次日方丈与众僧进殿，忽觉凉风习习吹散了暑气，再一看这凉风竟是画中菩萨的衣带所生。老方丈朗声赞道："真乃神来之笔，吴带生风呀！"随着吴道子成为"画圣"，其师兄杨惠之改习雕塑，为大相国寺创作的五百罗汉壁塑极具真实感，从而成为"塑圣"。

开封府 开封府初建于五代后梁开平元年（907年），已有千余年历史，今天人们看到的开封府于2003年1月复建而成。府内有仪门、正厅、议事厅、梅花堂、潜龙殿、拱奎楼等殿堂，是国家4A级旅游景区。府内的题名记碑记载了200余名开封府府尹的任职情况，宋太宗、宋真宗、宋钦宗三位皇帝都曾潜龙在此，先后有包拯、欧阳修、范仲淹、苏轼、司马光、蔡襄等一大批杰出历史人物在此任职。

开封府的正厅也就是大堂，是开封府长官发布政令、处理要务以及审理要案的地方，大堂前有"龙头""虎头""狗头"三口铜铡。看着这些铡刀，我仿佛听到《铡美案》中的唱词"包龙图打坐在开封府，尊一声驸马爷你莫要执迷。"正厅院里的巨石是

开封府大堂

"戒石铭"，其南侧镌刻"公生明"三个大字，北侧刻有警言"尔奉尔禄，民脂民膏；下民易虐，上天难欺。"

在开封府，如果机缘凑巧，游客可以看到"开衙仪式""包公断案""榜前捉婿"等表演活动。我们正好赶上了下午5点的表演活动，在齐整的鼓声中观看了武术、太极拳、荷韵等表演。

龙亭公园 9月5日，我们在开封游览了龙亭公园、天波杨府、清明上河园和开封铁塔。龙亭公园按照清万寿宫的布局，建于历代皇宫遗址之上，是国家4A级旅游景区。龙亭公园的古建筑可上溯到唐德宗李适在位时（779—805年）所建的藩镇衙署，后梁、后晋、后汉、后周相继将其改建为皇宫，北宋和金代后期的皇宫也在这里，至明代这里又兴建了周藩王府。清顺治年间在这里设立了贡院，作为考试举人的场所。康熙年间在这里修建了万寿亭，亭内供奉皇帝万岁牌位，地方官员来此遥拜朝贺，此地取名为龙亭山。至乾隆、嘉庆、道光、咸丰年间，龙亭古建筑屡有修葺改建。

景区南大门也称午门，进门后是一座宽敞弯曲的石拱桥，也就是玉带桥。过桥后便是嵩呼，这是地方官员遥拜皇帝及山呼万岁之处。再往前经过穿心殿即到朝门，这里有东西朝房。然后就是一道高7.36米宽19米的照壁，其正中开一洞门，由此可以直上龙亭大殿。龙亭大殿高27米，天花板绘有精美的青云彩纹图案，殿外飞檐高翘，檐角的风铃随风叮铛作响。金碧辉煌的大殿建在高高的殿基之上，殿前是用青石雕刻的蟠龙御道，两侧各有72级蹬道。龙亭大殿是公园制高点，站在这里可以看到潘杨两湖的秀丽景色。潘杨两湖就是潘家湖和杨家湖，分别位于龙亭公园主干道的东、西两侧。民间素有"潘浊杨清"之传说，因为潘家湖代表了奸臣潘美，杨家湖代表了忠臣杨业。

天波杨府　这是北宋抗辽英雄杨业的府邸，位于北宋东京都城天波门金水河旁，故名"天波杨府"。杨府占地3.3公顷，由东、中、西三个庭院组成。中院杨家府邸是主体建筑，有大门、照壁、钟楼、过厅、天波楼、配殿、后殿等。其中天波楼是府内主体建筑，楼高24米，面积1000平方米，此楼便是宋太宗赐予杨业的"清风无佞天波滴水楼"，院内有歌颂杨家将忠心报国的大型群雕。西院是江南园林风格的杨家花园，东院演兵场是杨家将校兵练武的场所。杨家一门忠烈，曾大战金沙滩，力保大宋江山，是北宋的柱石之臣，可惜终被奸人所害。流传于民间的"四郎探母"和"十二寡妇征西"等故事都与杨家将有关。现在的天波杨府于1994年10月建成，大门高悬着由杨成武将军题写的"天波杨府"金匾。

　　清明上河园　《清明上河图》是北宋画家张择端的宏大巨作，原画长达52.8米，作品以长卷形式描绘了北宋京城的繁华景象和自然风光。2010年上海世博会期间，中国馆展出的电子版《清明上河图》成为观众竞相观赏的珍品。开封市人民政府独具慧眼，以写实画作《清明上河图》为蓝本，与海南置地集团合作建设了一座大型宋代文化实景主题公园，也就是清明上河园。景区占地600余亩，其中汴河水面180亩，于1998年10月正式开放。清明上河园于2009年获香港世界纪录协会"中国第一座以绘画作品为原型的仿古主题公园"之认定，于2011年被国家旅游局评为5A级旅游景区，景区也成为一个中国非物质文化遗产的展演基地。至于何谓"清明"，何谓"上河"，学者们有不同的见解，简单说这就是当时的民间风俗，如同现在的节日集会，人们藉以参加娱乐、商贸活动。清明上河园不仅是一个游览观光场所，其对宋代民间手工艺和民俗文化进行征集、挖掘、抢救，并在园内集中展示复活的做法，应该说具有传承中国古代文化的积极意义。

　　清明上河园按《清明上河图》的布局，设驿站、民俗风情、东京食街、宋文化展示、繁华京城等功能区，展现了宋代酒楼、茶肆、当铺、汴绣、官瓷、年画等现场制作情景，荟集了民间游艺、杂耍、盘鼓、博彩等活动。园内并设有校场、民俗、宋都等文化区，还设有宋代科技馆、宋代名人馆和张择端纪念馆。清明上河园不仅再现了《清明上河图》，而且将历史活化。每天上午都要举行开园仪式，届时马队分列，盘鼓造势，包公率领一班人马向游客抱拳施礼。每天的定时表演节目有杨志卖刀、梁山好汉劫囚车、燕青打擂、编钟乐舞等20余个。如果参与晚间的《东京梦华》节目，游人还可换上宋装，手持宋币，感受古人生活习俗。我正好看到了"岳飞枪挑小梁王"实景演出，那飞奔的战马，两军的厮杀，激越的战鼓，腾起的烟尘，精湛的演技，再配以浑厚的音响，使得场面极其逼真、震撼。

开封铁塔 开封铁塔始建于北宋皇祐元年（1049年），已有近千年历史。塔高55.63米，八角十三层。因铁塔所在地原为开宝寺，故又称"开宝寺塔"。如今开宝寺已无存，而铁塔仍在。开封铁塔是我国于1961年首批公布的全国重点文物保护单位，属国宝级文物。国务院公布的名称是"祐国寺塔"，这是因为明代曾将寺院易名为"祐国寺"。相传古印度的阿育王将佛舍利分送到各地，其中一部分传入中国，浙江宁波的阿育王寺就是因为得到一份佛舍利而建造。五代时期，吴越王将阿育王寺的佛舍利迎入杭州供奉。后来吴越王降宋，宋太祖赵匡胤就命人在东京的开宝寺修建了13层木塔，用作供奉佛舍利，这座佛塔就是开宝寺塔。

开宝寺塔在建成56年后毁于雷火，1049年宋仁宗重修开宝寺塔。为了防火，建筑材料由木料改成了砖和琉璃面砖，这就是今天我们见到的开封铁塔。其实铁塔并非用铁铸造，而是由于其通体镶嵌褐色琉璃砖，颜色近似铁色，从元代起民间称其为"铁塔"。铁塔在柱、枋、斗拱等结合处都是用有榫有卯的子母砖紧紧扣合，严丝合缝，如铁铸一般。琉璃瓷砖避免了大雨雷击的损害，塔身塔门的设计独具匠心，使得铁塔坚固而美观，塔砖饰以飞天、麒麟等图案。铁塔建成九百多年来，历经多次战火、水患、地震等灾害的考验，具有很高的科学技术价值。

登塔入口很小，我弯着腰才能进去。楼道很窄，台阶挺高，没有灯光，仅靠每层小窗口的自然光线，每个窗口都围着铁栅栏。55米高的铁塔，按照3.2米一层算下来，相当于爬了17层楼。终于到了最高一层，这里点着一支长明烛。我从塔窗俯瞰公园，秀美的景色和团友们的身影尽收眼底。

宋太宗所建木塔是用来供奉佛舍利的，宋仁宗重建铁塔也是为了供奉暂存宫中的佛舍利。又根据几份宋代笔记，对当年太宗、仁宗在塔中供奉佛舍利的情景描述十分详尽。由此可以推测，现在的铁塔之下应该建有地宫，而且应藏有佛舍利。根据专家的意见，我们这一代应把铁塔保护好，要给子孙后代留下一些更宝贵的遗产，铁塔地宫应留给下一代去研究开发。开封虽为古都，现存的宋代地面文物仅有两处，一处是我们今天看到的铁塔，另一处就是我们昨天看到的繁塔。

（云台山、殷墟、郭亮村、红旗渠等游览内容，请见本书《32.我们在太行山上》。）

07. 彩云之南

重庆 2012年12月，我和胞弟商量着到云南丽江去玩。查下来上海到丽江的机票有点小贵，而经过重庆中转的机票却便宜不少。于是我们选择了中午到重庆的航班，第一天下午和晚上在朝天门码头、解放碑和市中心走走，第二天就跟着当地的一日团游览。在小说和影视中经常看到的朝天门码头，位于嘉陵江与长江的交汇处，因南宋的钦差大臣经过这里传来圣旨而得名。江边的台阶层层叠叠，宽阔而陡峭，中间有些平台。站在台阶上放眼望去，两条江水的交汇处漩涡翻滚，清浊分明。长江在这里容纳了嘉陵江水之后，越发声势浩大，一泻千里而奔腾东流。如今的朝天门码头区域，早已旧貌换新颜，很多现代化的建筑拔地而起，错落有致地散落在江边斜坡上。码头本身也不仅是运输功能，而已成为热闹、时尚的旅游区和娱乐区，名称也改为朝天门广场。我们坐船到对岸的洋人街，好吃好玩的非常多，印象深刻的是一幅横跨马路的宣传语：Everybody could be nobody，被翻译成"每个人都有狗屁不是的时候"。

第二天的一日游内容不少，我们跟团游览了洪崖洞商业街、磁器口古镇、湖广会馆、人民大会堂等景点，当然歌乐山下的白公馆和渣滓洞是必到之处。小时候看了好几遍《红岩》，今天来到白公馆和渣滓洞，小说里描写的各种场景都对上号了，但操场和牢房却比想象中狭小逼仄。渣滓洞的外观确实像一座规模不大的监狱，而白公馆的围墙是白色的，门头却是黄颜色的"香山别墅"。就是在这些地方，许云峰、江姐等先辈们展开了艰苦卓绝的狱中斗争，却牺牲在重庆解放的前夕。如今这里已成为歌乐山国家森林公园，年轻人在这里既歌且乐，磁器口也坐满了喝茶聚餐的市民。重庆是一座著名的山城，不仅是依山而建鳞次栉比的高楼大厦看上去很有气势，道路和轨交系统也独具一格。我们在洪崖洞明明乘电梯到了6楼，却发现顶楼的露台边又是一条汽车来往的道路，一时被搞得晕头转向。更有那入地、上天、穿楼、沿江的城市轨道系统，各种想不到的架设方式令人眼花缭乱叹为观止。轻轨穿楼不是在大楼底下穿越，而是硬生生从大楼的8楼穿过，而且在楼内设立了车站。

丽江 我们在重庆江北国际机场乘坐南方航空CZ8163航班到达丽江后，古城内真美木家苑客栈安排的小车已等在机场门口。古城内很多地方不通汽车，我们只得下车拖着拉杆箱，顺着凹凸不平的青石板路走到客栈。这是一家被网友称为"共产主义试验

真美木家苑客栈的休闲书吧

田"的温馨宾馆，宾客入住时无须交押金（但要代收每人80元的古城维护费），离店时不查房。观景台、咖啡吧、休闲书吧、天井等公共场所摆放着各种水果，住客随意自取，住店2天即可免费接机。唯一缺点是客房用木板相隔，说话声音不能太大。出门在外住到这样的客栈里，被信任和被服务的感觉还真是不错。

有人说若有一个地方，让你去了便深深依恋想留下长住，那就是丽江。也有人说不要轻易去丽江，因为她会把你留下，即使人离开了心还在丽江。确实也有不少人因旅游而留在了丽江，古城内的一些商铺老板，或许就是因为太喜欢这个地方，就在这里盘下个店铺，边经营边享受。丽江古城又名大研镇，海拔2400余米，面积7.3平方公里。丽江是中国历史文化名城，国家5A级景区，也是中国以整座古城申报世界文化遗产获得成功的两座古城之一，另一座应该是平遥古城了。丽江古城始建于宋末元初，由木氏先祖将统治中心由白沙古镇迁至现狮子山，开始营造房屋城池，发展至今天的规模。丽江古城的纳西名称叫"巩本知"，巩本为仓廪，知即集市，也就是说丽江古城曾是仓廪集散之地。

古城内的街道依山傍水修建，以红色角砾岩或青石条铺就。很多街道沿着小溪沟渠而建，都不算太宽敞，沿街布满了既有浓郁民族风格，又有现代时尚元素的各种商铺，多为木结构的两层建筑，以酒吧、咖啡厅、客栈居多。古城街道上的游客熙熙攘攘，人气一直旺盛。入夜之后，商铺、街道及河流的灯饰把古城打扮得流光溢彩，每家酒吧、茶室、咖啡吧或歌厅内都是宾客盈门。古城内有四方街、木府、万古楼、大石桥、五凤楼、白马龙潭等景点。四方街商贾云集，位于全城的中心，也是古城内一处相对开阔的场所，不大的广场上经常有一些娱乐活动。下午时分，我们看到不少当地居民穿着鲜艳的民族

丽江古城街头的纳西族文字

服装，手拉手围成一圈，随着纳西古乐的节奏跳起了欢快的纳西族舞蹈，一些游客看着看着，也加入了舞蹈行列。古城口则是游客们的集散中心，标志性的大水车在城口咿呀咿呀转个不停，十分醒目好找。附近分布了一些旅游售票点，导游也常让游客们在这里集合出发。

木府是明代丽江纳西族土司衙门的府邸，是当时丽江地区的政治文化中心。明洪武十五年（1382年），朝廷在丽江古城设"丽江军民府衙署"，木氏土司建造了规模宏大的宫殿式建筑群，鼎盛时期木府占地100多亩，有近百座建筑，后毁于清末兵火。现木府于1999年重建而成，主要建筑有万卷楼、三清殿、玉音楼等。据传"木"姓由朱元璋钦赐而得，因此姓缘故，丽江成为中国历史名城中唯一不筑城墙的古城。因为"木"土司居于城中，一筑城无异于加框成"困"。电视剧《木府风云》生动描绘了当年丽江统治者木府家族的争斗内幕，也助推了人们到丽江旅游的热潮。很多游客到了丽江，特别想看看那遍布全城可以传递情报的明沟暗渠。

这部电视剧还写到徐霞客帮助木家找到金矿，解决其经济困难，木家又派人护送重病的徐霞客回故乡的故事。1636年，51岁的徐霞客开始了他路程最远也是最后一次考察旅行，两年后来到丽江，受到木增土司的盛情款待。徐霞客赞叹木府的建筑"宫室之丽，拟于王者"。木增请徐霞客住在其家庙解脱林，给他以纳西族最高礼仪的接待。对此徐霞客记述道："己卯一月二十九日木公出二门，迎入其内室，交揖而致殷勤焉。布席地平板上，主人坐在平板下，其中极重礼也。叙谈久之，茶三易，余乃起，送出外厅事门，令通事引入解脱林，寓藏经阁之右厢。"据说，如今木增土司的后人与徐霞客的后人时有往来，并推动丽江玉龙县与江阴市结成了友好城市。我是江阴人，对家乡曾有徐霞客这样一位伟大的旅行家而深感崇敬和自豪。

泸沽湖 本想去玉龙雪山游览，但从古城开阔处看到山上并无太多积雪，再听听去过游客的反映，就打消了去玉龙雪山的念头，而改去泸沽湖游览。泸沽湖位于四川省与云南省的交界处，湖东为四川盐源县泸沽湖镇，湖西为云南宁蒗县永宁乡，四川的湖岸线比云南的湖岸线长一些。湖泊长9.5公里，宽7.5公里，平均水深40米，海拔2685米，湖岸线44公里，面积49.5

平方公里。我们从丽江出发，不一会儿就走上盘山公路，在一个《千里走单骑》的外景拍摄地，我们停下来观看盘旋而下的十八弯公路，那公路线条优美而弯道急陡。在车上感觉不明显，只觉得车子在不断转弯，及至在高处下车一看，太壮观也太险峻。经过宁蒗彝族自治县之后，在一个不太长的隧道里，我们的车子被堵住了。我走到前面观看，原来是由于前几天下雪，部分路面结冰，有车子滑到路边沟里去了。可见在这些地方开车并不容易，如果下大雪，就得封路。翻过了几个山头，前面就是泸沽湖了，我们先在山上远眺全景，然后再下山来到湖边，亲手触摸凉凉的湖水，抓一把晶莹的砂石。湖水清澈无比，最大透明度可达12米。自那以后好几年，我再也没看到过这样清澈的湖水，直至2016年在新疆看到了赛里木湖。

清澈无比的泸沽湖

我们的车子沿着湖边顺时针方向走走停停，从不同角度欣赏泸沽湖的迷人景色。湖泊西北侧有一个较大的半岛伸入湖中，名曰长岛。岛上有居民，也有很多度假村和宾馆，还有一些小岛匀称地散落在长岛两边。一路上，导游不断动员我们去湖畔的藏族老乡家喝茶，每人100元。我感到花这钱不值，再说行程已安排我们要在藏族老乡家吃晚餐，就不愿意去喝茶。导游又改口说只要50元，我被纠缠得不舒服，就拿出50元钱递给导游说："我想在外面看看风景，这钱你拿着。"这下导游也不敢收钱，只好算了。这里正是云南与四川的交界处，有一些标志物和民宿客栈。我们在湖畔坐坐，到路边看看，虽然气温低了一点，但感觉很不错。到了晚餐时间，我们在藏族老乡家的地毯上围着低桌盘腿而坐，边上是暖和的火塘。餐具虽然别致，食物却不敢恭维，也没有太深印象。其实这晚餐是提早吃的，吃好晚餐天色仍然没暗，车子继续绕湖而行。在湖泊东北侧一角，有一座走婚桥。这座桥横跨草海，原名草海桥，长300余米，是连接两岸的通道，更是奉行"男不娶女不嫁"的摩梭人"阿夏"走婚的要道，被誉为"天下第一爱情鹊桥"。这时已是夕阳西沉，落日的余晖把湖面染成金色，暮色中我们在桥上悠悠漫步，一边是已经枯黄的草海，另一边是清滢滢金灿灿的湖水。人走这座桥是捷径，开车则要绕不少路。

晚上投宿于湖边的泸沽湖镇，这里每天晚上都有篝火晚会。我们感到见识一下摩梭人的晚会也不错，就花钱买票进去。里面是一片圆形的空地，周围是两层楼的观众席。游客到得差不多时，空地中央的篝火就熊熊燃烧起来。那是一堆粗大的木柴，一根根竖起来摆放，从开始到结束的一个半小时内，我没看到有人添加过柴火，而篝火却一直很旺。所谓晚会，就是当地的居民穿着民族服装，手拉手围成圆圈跳舞。舞蹈动作并不复杂，走几步跳一下，边跳边唱。快结束时，主持人邀请游客一起参加跳舞，气氛相当热烈。我看到表演者中年轻貌美的不少，估计有一些是招聘到这里的外来人员。

第二天清晨，我们顺着街道来到泸沽湖边上，虽为初冬时节，湖边仍有很多花花草草，早晨的泸沽湖非常安静、漂亮。随后来了一些船工，我们四人一组坐上小船，去游览泸沽湖。船工坐在船尾划大桨，身体随桨摇动而不断前俯后仰。游客可以划小桨，我把船桨尽力伸到水里，看得清清楚楚，可见湖泊深处的水质比湖边更好。湖面上一群群湖鸥追逐着小船飞翔，不时发出唧唧叫声，游客都喂给它们食物。船行20分钟左右，就停靠在湖中的里务比岛。这是湖上摩梭人最早居住的一个小岛，每逢农历六月初四，湖畔摩梭人都要到岛上的里务比寺诵经祈祷。里务比寺墙外有一圈转经筒，我们也学着当地人的样子手抚转经筒转了几圈。然后再上小船，原路返回。

在公路边有个摩梭民俗博物馆，游客在这里可以了解摩梭人的火塘文化、母系大家庭以及走婚习俗。我们进去参观祖母房、花房、经堂、马帮文化展，以及摩梭人的生产生活用具。观看了成丁礼、爬花楼、达巴表演。根据墙上所挂的条幅，摩梭人有十大怪，其中有"摩梭人家木楞房，火塘一代传一代；舅掌礼仪母掌财，最高领导是奶奶；情郎爬上花楼来，看到毡帽回头拐；一生都在谈恋爱，天亮之前赶回家；猪槽飘到海内外，走婚故事远名扬。"这所谓十大怪其实只是传说中的摩梭人特殊习俗，随着社会经济的发展，很多摩梭人的生活习俗都已成为表演内容了。

在泸沽湖边我有点犯晕：环湖的四川省、云南省的两个县都是彝族自治县，湖边居住着不少藏民，而主要居民是摩梭人，其中在云南的摩梭人被划为纳西族，在四川的摩梭人则被划为蒙古族，可谓"一湖两省四民族"了。

西双版纳 12月9日，我们从丽江乘火车前往昆明，参加了从昆明出发的西双版纳旅游团。西双版纳傣族自治州位于云南省最南端，拥有漫长的边境线，首府景洪市是一个充满着热带气息、民族文化和宗教色彩的魅力小城。"西双"是傣语"十二"的意思，"版纳"是指比县小一些的行政区域，因此"西双版纳"就是"十二个行政区"的意思。有资料说一个版纳就是一千亩地，这似乎小了一点；也有资料说一个版纳是一个税赋征收区域，这倒比较靠谱。西双版纳的古代傣语为"勐巴拉娜西"，意思是"理想而神奇的乐土"。傣族人民具有悠久历史和灿烂文化，尤以傣历、傣文和民间文学艺术而著称于世，而神奇的热带雨林景观和多彩的少数民族风情更加增添了西双版纳的无穷魅力。在西双版纳热带雨林国家公园，这片相当于0.2%国土面积的热带雨林中，野生动物占据全国动物种类的四分之一，野生植物占据全国植物种类的五分之一，这里物种丰富的程度已经远远超出人们的想象。

到了景洪，我们先去游览位于西双版纳国家级自然保护区内的野象谷。这片热带雨林里生长着多种植物，层绿叠翠，为亚州象等野生动物提供了适宜繁衍的栖息之地。这里存有亚州象近300头，它们出没于河边、密林，甚至在公路上徜徉。据说在中国要看亚洲野象，必须到西双版纳；而到西双版纳看野象，又必须到野象谷。进入景区后，游客先去参观亚洲象博物馆，里面有巨大的亚洲象骨骼标本，还有野象的生存环境及保护研究工作图片展示。然后顺着架设于树林之间的游览步道进入景区，步道最高处离地面10米左右。游客走在木栈道上，也就是行走在树腰之间，可以看到很多奇异的风景。尤其是那些藤蔓，有的笔直挂在大树上，与树干完全平行；有的缠绕方式千奇百怪，树和藤已很难区分；还有些伏地而长，密密麻麻一大片。那些鹤立鸡群的最高大树，是否就是传说中的望天树？木栈道两侧，有时出现大片的热带花卉，以大红、玫红和鹅黄色居多。间或看到小池塘，长有鲜艳的莲花。由于步道建在树林间，很多树干树枝就长在栈道上，游客得时时注意避让。虽为初冬季节，也非双休日，景区内仍然人潮汹涌，比赶集还热闹。所有游客都得走同一条栈道，导游们的小喇叭此起彼伏，游客们人声鼎沸，完全无视路边"野象出没 请勿喧哗"的提示。野象看到这么多拥挤而喧闹的游客，恐怕早就吓得落荒而逃了。景区内建有避象亭、树上旅馆，以及2公里长的热带雨林观光索道，这些都是观察野象的特有设施。我们在景区餐厅午餐后，就开始看驯象表演。演员们站立在大象背上，打开写着吉祥语的条幅，列队向观众致意。大象为观众表演了过独木桥、投篮、踩跷跷板等节目，有的演员可以安然坐在大象鼻子上，象鼻子甩过来如同腰带围住演员。游客当然也可以花钱坐到象背上，或者让象鼻子缠绕自己拍照。

然后我们来到孔雀山庄，几位身材苗条面容姣好的姑娘身穿鲜艳的民族服装，在湖边空地上吹起长短不一的哨子，那可能是她们在与孔雀对话。

孔雀东南飞

只见数百只孔雀从湖泊另一侧飞将过来，孔雀飞翔时密密匝匝遮住了天空，其倒影投射湖中，很是奇特。这些训练有素的孔雀并非一拥而上，而是依照姑娘的哨音，一群群一队队依次飞来。它们到了湖泊这边，就团团围着姑娘觅食。过了一会儿，几位姑娘围成半圆形，挥舞手中的小旗，有点像海军的旗语。聪明的孔雀非常配合，呼啦啦又成群飞回它们的栖居地。这些孔雀的头部和胸部是蓝色的，其他部分以褐色为主，它们飞翔时展开双翼，并无五彩缤纷的开屏之感。看了孔雀飞行，我感到它们很难飞得持久，所谓"孔雀东南飞"，应该只是美好的神话而已。

夕阳西下，我们来到超级歌舞秀《勐巴拉娜西》的剧场。晚餐后夜幕降临，演员们就在剧场外广场与观众互动，大家围成圆圈，合着音乐节拍顺时针绕行，动作简单，气氛却热闹。大家时而挥舞双手，时而敲击竹筒，载歌载舞好一会儿。然后大家进入剧场观看演出，演员们华丽的服饰和高水准的表演赢得观众们阵阵掌声，演出内容似乎是叙述西双版纳的独特历史和民族风情。次日晚上在曼听公园，我们又参加了一场《澜沧江·湄公河之夜》歌舞篝火晚会。进入公园时，游客受到演员们的夹道欢迎和演奏迎宾。演出门票已包括晚餐，有烤鱼、鸡腿、糯米粽、米粉、水果等食物。剧场是开敞式的，舞台很大，主持人及演员不断与观众互动，气氛相当热烈。室内演出结束后，演员和观众都来到广场上，中间燃起熊熊篝火，大家围绕篝火跳起各种节奏的舞蹈，尽兴而归。

澜沧江是一条国际河流，途经中国、缅甸、老挝、泰国、柬埔寨和越南这六个国家，其在东南亚就是湄公河。我们在景洪港乘坐"印象澜沧江"游轮游览澜沧江，船方为游客们准备了瓜子、水果和粽叶糯米糕，不过大家都顾不上在船舱里享用这些食品，而是跑到甲板上去欣赏两岸连绵不断的秀丽景色。返航途中，船上举办斗鸡表演，主持人极力营造气氛，游客看得津津有味，有的游客就参加押赌，更助推了斗鸡比赛的观赏性。

西双版纳热带花卉园是中国科学院的热带植物研究基地，占地面积900公顷，培植有中外热带植物3000余种，园内有周恩来总理来园视察的纪念亭，以及中缅两国总理在此会晤的标志。我们入得园来，坐电瓶车游览一段，再步行游览一段。我们看到王莲叶大如盘，叶片直径至少2米以上。王莲叶片的叶脉如同伞架，因此具有很大浮力，最多可承受70公斤的物体而不下沉。还看到奇特的叶子花成片盛开在七、八米高的球形树冠上，远远望去煞是好看。虽已冬季，整座花卉园依然繁花似锦。各种观赏植物、热带果树和经济作物争奇斗艳，很多植物平生未见，真令人目不暇接。

我们在西双版纳还参观了曼回索村的傣家民居，据说这是政府安排接待游客的寨子，女主人阿玉是村里选出的文化代表，她接待游客等同于参加劳动，村里给她补贴。我们脱鞋上楼，在小板凳上坐好后，阿玉就开始娓娓而谈，向我们介绍了傣族的历史和风土人情，讲得挺不错的。到最后她掀开一块红丝绒，本来我以为那丝绒下面可能是少数民族乐器，结果却是一堆银饰品。然后她就向游客大力推销这些商品。这时候我的感觉虽然谈不上图穷匕首见，却也感叹纯粹的文化交流已经很难看到了。

由西双版纳返回昆明途中，我们经过墨江，这是全国唯一的哈尼族自治县，有"哈尼之乡、回归之城、双胞之家"之称。建立在山坡上的北回归线标志园中，有一座天文台模样的圆形建筑，这就是区分温带和亚热带的北回归线标志。墨江全县38万人口中，共有1200多对双胞胎。每年5月1日，国内外很多双胞胎都来到这里过双胞胎节暨哈尼太阳节。

大观楼 昆明大观楼在我想象中既然是与黄鹤楼、岳阳楼、滕王阁齐名的四大名楼，应该是高耸巍峨才对。却未曾想到此楼平地而起，高仅三层，规模也不大。它的知名度来自于乾隆年间孙髯撰写的古今第一长联，这幅180字的长联，其上联写滇池风光，像一幅山水画；其下联记云南历史，如一篇叙事诗。上联为：五百里滇池，奔来眼底，披襟岸帻，喜茫茫空阔无边。看东骧神骏，西翥灵仪，北走蜿蜒，南翔缟素。高人韵士，何妨选胜登临。趁蟹屿螺洲，梳裹就风鬟雾鬓；更苹天苇地，点缀些翠羽丹霞，莫辜负四围香稻，万顷晴沙，九夏芙蓉，三春杨柳。下联为：数千年往事，注到心头，把酒凌虚，叹滚滚英雄谁在。想汉习

昆明大观楼

楼船，唐标铁柱，宋挥玉斧，元跨革囊。伟烈丰功，费尽移山心力。尽珠帘画栋，卷不及暮雨朝云；便断碣残碑，都付与苍烟落照。只赢得几杵疏钟，半江渔火，两行秋雁，一枕清霜。

大观楼公园以及海梗坝上，每年来此过冬的红嘴鸥成群结队不避游人，展翅翱翔尉为壮观。我们不是候鸟，不能老呆在云南不回，乃告别春城飞沪，其间被到了贵州遵义机场一次。

08. 浪漫泰国游

2013年5月下旬，我们报名参加了新康辉旅行社推出的曼芭普8日游，即泰国的曼谷、芭堤雅和普吉岛之游，原价5000多元，由于没几天就要出发，旅行社给了3950元的特价。这就相当于在超市打烊之前，顾客去买了打折的面包。又由于旅行社的疏忽，没能及时从泰国领事馆取回护照，于是延期一周出发，旅行社另给了400元赔偿。17名游客于6月2日下午1点半从浦东机场起飞，当地时间下午5点半到达曼谷素万那普机场。这是一个体量很大的新建机场，似乎所有的飞机都可以直接停靠在廊桥，而无需大巴车摆渡。廊桥上方的贝壳状屋顶整齐排列，新颖而大气，就像一串串巨大的珍珠。其客运大楼为当时全世界第二大之单栋航站大厦，整体为钢构玻璃帷幕建筑，共7个楼层，有360个报到柜台，124个证照查验窗口，每小时可提供112次航班服务。

曼谷 曼谷是泰国的首都和最大城市，是融合东、西方文化的"天使之城"。人们很少知道曼谷只是个简称，其正式名字由167个字母组成，译成中文的意思是"天使的城市，宏大的城都，佛祖的宝珠，佛祖战争中最和平伟大的地方，有九种宝玉存在的乐都，很多富裕的皇宫，住了权威的神，佛祖以建筑之神再兴建的大都会。"曼谷的旅游业十分发达，就在我们去泰国前几天的5月27日，万事达卡国际组织宣布曼谷超越英国伦敦而成为全球最受游客欢迎的旅游目的地。整个曼谷的建设以大皇宫为中心向外扩散，第一圈是寺庙和官方建筑，第二圈是商业设施，第三圈是住宅区，最外面是贫民区。这种圆圈式扩散只是总体而言，由于私人拥有土地，繁华的商业街区有时会用铁丝网隔出一块荒地，也有的高楼大厦与木屋铁皮房彼此紧挨。

我们先去参观金光灿灿气势宏伟的大皇宫，这座美轮美奂的宫殿是泰国的第一国宝，历代泰国国王一直居住在此。生于1927年12月的普密蓬·阿杜德国王，也就是大街小巷都有他画像的拉玛九世陛下，认为此处不适合日常居住而移居他处。普密蓬·阿杜德国王于1946年登基，1950年5月加冕，深得泰国人民的爱戴，他是全世界在位时间最久的国王，也是在任时间最长的国家元首。大皇宫位于曼谷市中心，紧偎湄南河，由一组错落布局的精美建筑群组成，汇集了泰国的建筑、绘画、雕刻和装饰艺术的精华元素。宫廷四周筑有白色宫墙，宫墙高约5米，总长1900米。

大皇宫的主要建筑物有阿玛林宫、节基宫、律实宫、宝隆皮曼宫和玉佛寺等，看上去都是金碧辉煌闪闪发光。各幢宫殿的橘红色斜坡屋顶用绿色或者紫色瓦片镶边，几个方向的多重屋檐高高挑起，立面上布满了精雕细琢的镂空装饰。一些白色、金色和彩色的圆柱及尖塔平地而起，或屹立于屋顶，支撑起皇宫区域美妙的天际轮廓线。大皇宫与鎏金溢彩庄严高大的玉佛寺连在一起，游客进寺必须脱鞋，跪拜。大皇宫每天都对外开放，游客很多，差不多全都是旅游团。进大门后，每个旅游团都得扯着一条横幅拍集体照，据说这也是一种安保措施。国王虽然不在皇宫内居住，皇宫内仍然配有皇家卫队，持枪列队进行训练或执勤。在大皇宫围墙外面的绿地上，有抗议人士长期在此安营扎寨，他们搭起了五颜六色的帐篷，安装了简陋的生活设施。政府对此不但不取缔，还开来了配有专门设备的大巴车给抗议者免费洗澡。

然后我们游览了有泰国凡尔赛宫之称的阿南达宫，就是原来的国会大厦，这里珍藏着泰国历代皇帝的珍宝。阿南达宫从外观看似乎不怎么靓丽，可里面的展品却极其高贵而精致，随便哪个角度看过去，都是金灿灿、亮晶晶的宝物。宫殿的内部装饰非常华丽，很有气派。阿南达宫对游客的服饰有严格规定：男士不能穿短裤，但可以穿长裙；女士不能穿短裙、短裤，可以穿长裙；男女游客的上装都必须有袖子。如果女士没有长裙，可在接待处购买一块类似裙子的布料围在身上。宫内不准拍照和摄像，游客的大包小包都必须寄存在入口处小箱子里，空手进入宫内。鞋子倒是可以穿进去的，也不用鞋套。

曼谷有400多个佛教寺院，漫步城中可以看到巍峨的佛塔，红顶的寺院，红绿黄相间的泰式鱼脊顶庙宇。曼谷众多寺院中，玉佛寺、卧佛寺、金佛寺最为著名，被称为泰国三大国宝。在一些居民区和商业区的道路边，也可以看到小型的佛像及供奉台。在曼谷期间，我们去参观了中心商业区的泰国水门四面佛。那里不太开阔，庙宇也不大，却是人声鼎沸，香火旺盛，香客和游客都是为了四面佛而来。这里后来不幸发生了恐怖袭击，2015年8月17日傍晚，水门叻巴颂十字路口的四面佛前发生强烈爆炸，百余人伤亡。当时正是交通拥堵时刻，突如其来的爆炸导致许多人无法躲避。

湄南河纵贯曼谷南北，沿河两岸是旅游景点密集区，曼谷许多代表性的建筑就沿着河岸铺开。湄南河的两岸风光很美，既有现代化的高楼大厦和精巧的寺庙建筑，也有贫民的简陋家园和水上人家的生活场景。透过蜿蜒曲折的水巷渠道，游客可以看到皇室专用的豪华水门，也可以看到水上市场的交易情景，这是一条贴近曼谷生活脉动的河流。乘坐长尾船游览湄南河是我们的一个游览项目，沿河观光的感觉挺不错。上了船，船娘会给每位游客胸前挂上一个美丽的花环，是用一朵朵莲子般大小的鲜花串连起来的，香气袭人。作为感谢，每位游客会给20泰铢小费，当然这花环的成本是超过小费的。

芭堤雅 芭堤雅距离曼谷150公里，享有"东方夏威夷"之美誉，素以阳光、沙滩、海鲜、夜生活，还有最负盛名的人妖表演吸引着全世界游客。芭堤雅原来只是一个小渔村，越战期间成为美国的海军基地，美国大兵在此修建起了度假中心，才成就了今天的芭堤雅。芭堤雅虽属热带季风气候，但风光旖旎，终年温差不大，大部分季节几乎恒温。

我们到了芭堤雅先游览三大奇观，这三大奇观是指七珍佛山、九世皇庙和蜡像馆。七珍佛山是为了庆祝泰皇登基50周年而建造，山体上的释迦牟尼佛像用激光雕刻，然后铺上金粉。佛像高130米，宽70米，线条清晰而简洁，与山融为一体。佛像的名称为Phraphut Mahava Chira Utamopatsadsada，意思为佛是智慧的象征，天地之事无所不知。据说佛像所在的山中曾发现了很多古佛像和宝石，宝石共有七种颜色，故取名七珍佛山。佛山周围是一个占地颇大的公园，还有些小木屋供游客住宿。公园的路边有不少水果摊，团友们在这里美美地享用了山竹、红毛丹等热带水果。九世皇庙供奉着高僧的舍利子，是泰国国王最喜爱的庙宇，因此又名"国王庙"。九世皇庙不像其他寺庙那样金碧辉煌，而是遵照国王谕示，以节俭和朴素为原则，盖成了佛殿、方丈楼、僧舍和其他必需房子，每座建筑都是白色外墙，表示纯洁和漂亮。皇庙被精致的皇家园林所包围，宁静大气而又雍容华贵。游客参观九世皇庙，需脱鞋而入，室内不能拍照。我们参观九世皇庙时，遇到一群朝气蓬勃的中学生也在这里参观，他们清新活泼，秩序极好，体现了泰国青少年的良好精神面貌。宗教蜡像馆是九世皇庙内的一个景点，长方形的大厅内供奉着十多位得道高僧的蜡像。身穿各色袈裟的高僧蜡像在菩提树下神情各不相同，每尊蜡像前都有高僧的法号。

在芭堤雅享受纯正的泰式按摩，是我们行程中的一项内容。按摩院就像一条生产流水线，游客到了这里先品茶休息一会儿，然后排列整齐的服务员一组一组引导游客到附近的茅草小屋。这些散落在芭蕉林中的茅草屋之间有小径相连，室内看上去简单、整洁而温馨。每栋小屋有两名服务员，她们分别为两位客人做按摩服务。泰式按摩是泰国的文化遗产之一，服务员的专业手法和独特流程让我们这些游客体验了一次泰式按摩的放松和舒适。

长达40公里的芭堤雅海滩阳光明媚，蓝天碧水，沙白如银。椰林茅亭和小楼别墅掩映在绿叶红瓦之间，一派东方热带风光。我们漫步在芭堤雅海滩，看到海滨游泳场内人头攒动，稍远海边的高速快艇、香蕉船、海上滑水、冲浪、滑翔伞等水上娱乐活动新奇而刺激。漫长的海滩上，一些西方游客身着泳装，或躺卧在沙滩晒太阳，或来来回回在沙滩上不停散步。

熙熙攘攘的芭堤雅红灯区

泰国是个禁赌不禁色的国家，游客在宾馆客房不能玩牌或打麻将，而色情业却是合法而兴旺的产业。入夜，芭堤雅的红灯区人潮汹涌，非常热闹。很多年轻女郎在街上大摇大摆地招揽生意，也有的明码标价站在路边候客，或者站在玻璃橱窗里做模特儿。在一些酒吧和咖啡馆，不少年轻姑娘衣着入时，手持酒杯围桌而坐，她们是顾客，游客？还是在等待主顾出现？我看了半天也没能看明白。红灯区内也不全是色情经营，有的拳馆里顾客盈门，热闹非凡，游客们饶有兴致地观看泰拳表演。泰拳是泰国的传统技击项目，以凶猛强悍著称。特别是以足为轴，以髋发力，旋转身体摆拳甩腿的发力方式，在近距离搏斗中具有很大杀伤力。有的健身房把泰拳中的一些动作编成有氧健身操，在年轻女性中很受欢迎。

沿着芭堤雅红灯区直行，就到了海边。PATTAYA CITY这几个霓虹灯大字是芭堤雅夜空中的标志性灯饰，在大海边不断变换颜色，很远就能看到。五彩缤纷的烟火不时凌空腾起，装点着芭堤雅的夜空。入夜的海边依然热闹，很多人涌向码头，在那里搭乘摆渡船，再登上一艘停泊在海上的娱乐大船。按照行程，我们要到那艘船上去看人妖表演。表演开始之前，先举行啤酒比赛，每个旅行团派出一位选手，在规定时间内喝完最多啤酒的游客为胜。然后大家可以到中心舞台与人妖合影，当然要给小费的。游客中有些女孩自己就很漂亮，她们也乐意和人妖合影。那些人妖似乎钱没赚够，再到游客座位上挨个找男游客合影，我只能逃之夭夭。这些人妖看上去很妖媚漂亮，只是不能听她们说话，因为粗厚的嗓音会出卖她们。我们在芭堤雅是到船上看人妖表演，以秀身材、容貌为主；而在曼谷是到剧场里看人妖表演，以歌舞表演为主。剧场里表演的人妖也会与观众互动，表演结束时扩音器里反复叫卖：合影20铢，摸胸100铢。

有点失望的合影兜售者

可是生意清淡，列队等候的人妖们眼看着观众离去，颇为失望。

从芭堤雅回到曼谷的路上，我们经过Pattaya Floating Market，就是"芭堤雅水上市场"。从入口开始，整个市场都建造在水面上，弯弯曲曲的连廊把各种商场和娱乐厅连接起来。市场里的游客和顾客熙熙攘攘，摩肩接踵，很是热闹。水上市场里的小船是主角，游客划船闲逛，小贩坐船摆摊，顾客们悠闲地走过吊桥和花桥，快乐的年轻人在水面溜索滑行。我在水上市场看到一位端坐船头的船娘，就在她把小吃伸手递给岸上顾客的一霎间，她的眼神是那样清澈、明亮，面容表情是如此丰富、真诚！我似乎感到她是在拍摄电影，那种表情比任何演员都更加生动而自然。据说这个水上市场倒确实拍摄过中国电影，徐静蕾的《杜拉拉升职记》就在这里拍摄外景。

普吉岛 我们这次泰国之旅的重点是普吉岛，它虽然只是泰国西南部的一个岛屿，我国北京、上海、成都、香港和台北却每天都有抵达这里的航班，广州、武汉、济南也开通了至普吉岛的航班。我们从曼谷飞至普吉岛，先到

情人沙滩前游船纷至沓来

其最南端的神仙半岛，在那里居高临下欣赏印度洋的无敌海景。旅游大巴沿着盘山公路把我们送到山顶，蓝盈盈的海面一望无边，天空中布满厚厚的云层。半岛的海岸线曲折多弯，一部分山体缓缓滑入海水中，形成一个个形态优美的海湾。很多团友都是第一次看到印度洋，一种新鲜感和神奇感使大家都很兴奋。

普吉岛是个由北向南延伸的狭长岛屿，面积543平方公里，其本岛周围有39个小岛。普吉岛是泰国最大的岛屿，也是泰国最小的府。普吉岛以"3S景观"而著称，也就是Sunshine阳光，Sea海水和Sand沙滩。普吉岛的西海岸正对着安达曼海，那里遍布原始幼白的沙滩。白色的海滩，奇异的石灰礁岩，以及茂密的山丘，每年都吸引大量旅客到此旅游、度假。普吉岛以其迷人的热带风光和丰富的旅游资源被称为"安达曼海上的一颗明珠"，素有"珍宝岛"和"金银岛"之美称。首府普吉镇地处海岛东南部，是一个港口和商业中心。

我们从普吉岛港口乘坐快艇出海游览，离港不久海域渐宽，蔚蓝色的天空与同样蔚蓝的大海似乎已融为一体。快艇疾驰在宽阔的海面上，不时超越别的游船，又不时被别的快艇超越。大家无法走到快艇狭窄的甲板上去，只能隔着船舱玻璃欣赏印度洋的迷人风光。不一会儿，快艇驰近铁钉屿，因在此拍摄过大名鼎鼎的007电影，铁钉屿也被称为007岛或金手指岛。然后快艇进入一片浅水，停靠在一段狭长的情人沙滩上。沙滩上游客密集，不断有游船进入或者离开。沙滩两端是延伸到海里的小山包，007岛等岛礁屹立于正前方的海面上。站在沙滩上放眼望去，一艘艘游船和快艇十分忙碌地进来出去，有的徘徊在海面上等待沙滩空位，海面上各种船舶纷至沓来，不断冲向情人海滩，就仿佛一场攻陷海岛的战争场面。

等候游客的橡皮舟

然后我们的快艇开往割喉群岛游客中心，大家在这里穿好救生衣，换乘橡皮舟去游览海底钟乳石洞。一批又一批的橡皮舟等候着游客，每舟只能上去2位游客，再加上船工共3个人。小舟在海面上飘荡了一会儿，就沿着山崖进入钟乳石洞。洞口锯齿形的巨石低垂交错，触手可及，最低处游客必须仰卧平躺方得入内。洞内面积较大，橡皮舟依次在洞内兜兜转转，就开始原路返回。整个游程风平浪静，根本感觉不到是在海上。

我们的快艇驰到另一处海面，千米之外的山崖如同屏障，使得这片海域无风无浪。海水十分清澈，无数绿黄相间的热带鱼密密匝匝，在水中悠然自得游来游去。船长停下快艇，决定就在这里让大家下海游泳。会游泳的也得穿上救生衣，不会游泳的除了穿上救生衣之外，还得抓住一只救生圈，由船长带着浮水。我算是会游泳的，海水浮力加上救生衣的作用，几乎不需用力就可以轻松浮在海面上，但要想潜入水中游泳却不太容易。海水里的热带鱼遇到游客并不躲避，而是围拢上来轻轻叮咬游客的手臂和身体，这真是一次非常难忘的印度洋畅游和水下按摩体验。稍远处的海面还停着一些船舶，海面上黑呼呼的小圆点忽浮忽沉，那是另外一种海上活动，名曰"浮潜"。愉快的海上活动就要结束了，在风驰电掣的返航快艇内，大家都东倒西歪，穿着泳衣就在座椅上呼呼入睡，导游则在过道上卧地而憩。小小的船舱里鼾声此起彼伏，印度洋上甜梦正酣……

次日早晨我们乘坐游船再次出海，游船先开过一段长长的河道，两边茂密的红树林都浸润在水中，好一派热带雨林区的迷人风光。游船随后进入开阔的海域，一座座秀丽的小岛远近相隔，青绿相间，这里就是攀牙湾景区。攀牙湾遍布各种形状的石灰岩小岛，还有巧夺天工的钟乳石岩穴和数不清的怪石海洞，素有泰国"小桂林"之称。但依我看来，这泰国小桂林的山色海景不仅无法与我们的漓江山水相提并论，甚至也比不上我后来去过的越南下龙湾。游船又开了一会儿，就停靠在著名的皮皮岛上。码头上五颜六色的各种游船很多，进进出出相当繁忙。宽敞的餐厅宾客盈门，架空的餐厅外面有一些秋千椅和沙滩椅，一些游客就坐在沙滩上用餐。我们在岛上午餐之后，就沿着沙滩走走看看，海滩边人潮汹涌，晒太阳的，坐摩托艇的，游泳的，潜水的，乘滑翔伞的，应有尽有。

77

芭东海滩是普吉岛开发最完善的海滩区，也是普吉岛人气最旺的地区。附近各种档次的酒店遍地都是，我们入住的酒店也在芭东海滩范围之内。一天清晨，我们两口子起了个大早，天不亮就走到了海滩上。那时候路灯还亮着，所有的沙滩椅和娱乐休闲设备都处于收纳状态，海滩上偶尔有人晨练。过了一会儿，天色亮了出来，由于被山势所遮挡，我们看不到海面上喷薄而出的红日。一群青少年在沙滩上架起球门，赤着脚分成两队踢起了足球比赛，如此看泰国足球水平的提高也是有基础的。这时海滩上的游客渐渐多了起来，但是为游客服务的各种项目还没有开张。离开普吉岛那天，我们乘坐的旅行车沿着芭东海滩开了好长时间，沿途都是连绵不断的商店和酒店。

我们在普吉岛还参加了"沙发里四合一之旅"，即绿野丛林骑大象，观看割胶人，牛车之旅，以及猕猴秀。泰国大象很多，不仅在旅游和生产中扮演着重要角色，在很多建筑物和艺术品上也经常有大象出现，据说古代的泰国军人都是骑着大象打仗的。我们在观赏富有民族特色的文艺演出中，大

普吉岛的小象表演

象和演员一起列队穿过观众走廊，登上舞台，那气势挺大，但不让观众拍照。在芭堤雅和普吉岛，导游都安排了骑大象活动，在普吉岛还观看了幼象表演。我对骑大象起初感到有点难度，那么高，那么滑，怎么骑啊？及至看到高高的出发台和宽敞的座椅，疑虑就消除了，很顺当就骑上去了。其实游客并不是骑象，而是坐在象背上的椅子里，那位驾驭大象的骑手倒是真的盘腿骑在大象身上。看小象表演是件开心的事情，那些小象作揖、过独木、投球，非常可爱。一些游客与大象亲密接触拍照，感到好奇而紧张。当然，骑象及与象拍照，给点小费是免不了的。

到了泰国，除了饱览异国风光、饱餐各式海鲜外，吃遍各种热带水果也是一项旅游体验。泰国的热带水果品种繁多，形状奇异，色彩鲜艳，味道也甜美诱人。柠檬、木瓜、火龙果、榴莲、红毛丹、杨桃、莲雾、西番莲等水果应有尽有，很多水果没看到过也叫不出名字。泰国农贸市场的样子与我们国内差不多，市场里的热带水果品种很多，也不算贵。以山竹为例，便宜的才25泰铢1公斤，在旅游区内贵点的也就是35泰铢1公斤，而回到上海一看，每500克山竹怎么也得10多元人民币，而1元人民币大概可以换到4.7泰铢。

泰国的交通非常繁忙，车辆都靠左行驶。有些泰国人虽然平时做事慢吞吞的，可开车却一点儿也不慢。一些马路并无人行道，另一些马路虽有人行道，却被小商贩所占据。马路上摩托车很多，所以行人走路尤其是过马路得特别当心。泰国人坐车有点失序，有的公交车在行驶中不关车门，不管是校车、皮卡还是中巴，露在外面的部分都可以站人。但泰国人开车从来不鸣喇叭，耐心很好。马路上几乎看不到警察，只有在风景区或在红灯区偶尔看到几个警察叔叔。曼谷皇宫附近的道路十分拥堵，以至有些小贩拎着快餐马夹袋穿梭在车流中，在车辆等候时卖给驾驶员。

第8天中午时分，我们飞离普吉岛，在曼谷素万那普机场转机返回上海。

78

09. 古城西安

2013年8月，受夫人在西安工作的老同学盛情邀请，我们到古城西安游玩了几天。下榻的紫金山凯斯特大酒店与西安古城墙一路之隔，护城河外的环城绿带郁郁葱葱，隔一段就是一个带状公园。我伫立在客房窗口，遥看古城墙上游人漫步，耳闻树林中腰鼓声声，再注视脚下繁忙的交通，似乎体验到一种历史与现实的延绵交织感。

西安古城 西安明城墙是中国现存规模最大、保存最完整的古代城垣，墙高12米，顶宽12至14米，底宽15至18米，周长13.74公里，古城区面积11.32平方公里。西安城墙立足于防御，城墙的厚度大于高度，稳固如山。墙顶可以跑车，可以操练。长乐门、永宁门、安定门和安远门是古城墙东南西北的原有城门，每门都有闸楼、箭楼、正楼三重门楼。正楼高32米，长40余米，三层重檐，四角翘起，回廊环绕，巍峨壮观。箭楼与正楼之间的围墙为瓮城，城外有宽阔的护城河。城墙上有角墙四座，敌台98座，垛口近6000个。现存城墙始建于明洪武三年（1370年），在隋、唐皇城的基础上建成。城池宏大而坚固，明清屡次修葺增建，至今保存完好，如今西安城墙有18座城门。

我们穿过宾馆斜对面的玉祥门，进入古城随意漫步。除了城墙和一些历史建筑、历史街道提示着这是一座千年古城，以及看不到什么高层建筑以外，马路上的公共交通和街道上琳琅满目的店铺与别的城市并无什么差别。古城内的西安鼓楼是中国现存最大的鼓楼，始建于明洪武十三年，东隔半里与钟楼相望。古时击钟报晨，击鼓报暮，故有"晨钟暮鼓"之称。夜间则击鼓以报时，一夜共报5次。为使鼓声传遍全城，就必须建造高楼。鼓楼屋檐下悬挂巨匾，南为"文武盛地"，北为"声闻于天"，匾长8米，蓝底金字很远就能看见。驻足凝望钟鼓楼，排排大鼓和沉沉大钟看上去很是壮观，到了晚上在灯光衬托下更是好看。

鼓楼附近的北院门长约500米，与化觉巷、西羊市、大皮院一起组成了回民街，区域面积约1.8平方公里。南北走向的北院门是步行街，以青石铺路，市民和游客整天熙熙攘攘，到了晚上更是人流密集。两边不太高的建筑物多仿明清风格，这里以回民经营的美食餐饮而闻名，可以品尝到羊肉泡馍、灌汤包、清真水饺、酸菜炒米、烤牛羊肉、肉夹馍等各种口味的精美小吃，是游客来西安的必到之处。回民街上的餐饮店门面都不大，可是窄窄的门面之后往往有着宽敞的大堂。我们找了几家铺子，羊肉泡馍、清真水饺和肉夹馍等都尝了一点，那模样和味道就是与别处大不相同，这就是正宗与仿制的区别所在了。

回民街不仅是个闻名遐迩的餐饮旅游区，更是个有着深厚历史积淀的回民生活区。当年古阿拉伯、波斯等地的使节、商人、留学生沿着丝绸之路来到繁华热闹的长安城后，在这一区域经商、留学和做官，一代代繁衍生息，成为今天很多回族穆斯林的先民。而作为当时的京城和开放的大城市，这一区域不仅传承了伊斯兰文化，同样也融合了各种文化元素，保存完好的清真寺、城隍庙、佛教寺院、喇嘛教寺庙等宗教场所并存于此。当然作为著名的回民历史街区，清真寺必然是主要的宗教建筑，街区内共有十座清真寺，其中最著名的就是化觉巷清真大寺。这是全国重点文物保护单位，占地1.3万平方米，始建于唐玄宗天宝元年，已有1200多年历史，后经历代重修扩建，逐渐形成了如今规模宏大的古建筑群，其建筑风格体现了伊斯兰文化与中国传统建筑艺术的统一。

在陕西历史博物馆门口的小屋前，两排长长的队伍缓缓移动，其中小青年和学生居多，他们在这里排队领取参观券。年轻人排长队参观历史博物馆，这事可喜可记，体现了新一代的文化追求和历史情怀。陕西历史博物馆位于西安大雁塔的西北侧，既是一座国家级博物馆，也是4A级旅游景点，1997年6月在陕西省博物馆基础上建成开放。这座建筑面积达5.6万平方米的博物馆着意突出盛唐风采，反映了西安这座13个王朝都城的博大和辉煌。在高大的中央大厅，一尊站立雄狮的巨型雕塑冲击着观众视线。别处看到的狮子雕塑都是卧狮或坐狮，这尊站狮雕塑应该是寓意中国这头雄狮站起来了。

展厅由基本陈列、专题陈列、临时陈列三部分组成，大部分展品属于国家的一、二级文物。博物馆的基本陈列《陕西古代文明》以历史进程为线索，分为人猿揖别、凤鸣岐山、东方帝国、大汉雄风、冲突融合、盛唐气象、告别帝都这七个主题。基本陈列精选的两千余件彩陶器皿、青铜器、青铜剑、瓦当、金银器、唐三彩等珍贵文物，系统地展现了陕西地区的古代历史。由于周、秦、汉、隋、唐几个盛期都是在陕西建都，所以该陈列既反映了陕西地区的古代文化，也反映了这几个时期中国社会经济文化发展的最高水平。

大雁塔　西安大雁塔是玄奘法师为保存由天竺带回长安的经卷、舍利和佛像，于唐永徽三年（652年）所建，位于玄奘译经藏经的大慈恩寺内。大雁塔初建时高五层，仿印度窣堵坡形制，砖面土心，不可攀登，每层皆存舍利。因风雨剥蚀，50余年后塔身塌损。唐长安年间（701—704年），武则天和王公贵族在原址上重建七层青砖塔，成为可登临的楼阁式塔。因地震塔身震裂，明万历三十二年（1604年），在其外表砌上60厘米厚之包层，即呈现如今所见造型。大雁塔通高64.7米，塔体呈方锥形，底边长25.5米。底层四面皆有石门，南门洞镶嵌着唐太宗李世民所撰《大唐三藏圣教序》碑和唐高宗李治所撰《述三藏圣教序记》碑，赞扬玄奘法师西天取经，弘扬佛法的历史功绩。碑文由唐代书法家褚遂良所书，世称"雁塔圣教"和"二圣三绝碑"。

关于大雁塔其名来历，相传古印度僧人见一雁坠亡开悟教徒，遂建塔埋雁并取名雁塔。玄奘在印度游学时瞻仰了这座雁塔，因此在慈恩寺建造砖塔时也命名为雁塔。后来在长安荐福寺内修建了一座较小的雁塔，慈恩寺塔就叫作大雁塔，荐福寺塔叫作小雁塔。1961年3月，西安大雁塔和小雁

大雁塔雕塑广场

塔都被国务院公布为第一批全国重点文物保护单位。大雁塔在唐代就是游览胜地，留有大量文人雅士的诗文，更有雁塔题名之文化传统。唐代诗人岑参在《与高适薛据同登慈恩寺浮图》中曰："塔势如涌出，孤高耸天宫。登临出世界，磴道盘虚空。"西安大雁塔属于丝绸之路上的世界文化遗产，也是印度佛寺建筑形式传入中原并融入汉文化的典型物证。至于当年玄奘高僧所要保存的经卷、舍利和佛像今何在？并未见史料记载。专家们推测，极有可能在大雁塔下还有地宫藏宝。这个千古之谜，可能还未到揭晓之时。

大雁塔北广场东西宽218米,南北长346米,据说是亚洲最大的喷泉广场,拥有两万平方米水面,分为百米瀑布水池、八级叠水池及前端音乐水池三个区域,广场中心可喷出60米高的水柱。整个广场由水景喷泉、文化广场、园林景观、文化长廊和旅游商贸设施等组成。广场以大雁塔为中心轴,中央为主景水道,左右两侧分置"唐诗园林区""法相花坛区""禅修林树区"等景观。大雁塔南广场是巨大的雕塑广场,有2组百米长的群雕,8组大型人物雕塑,以及40块地景浮雕。这些雕塑工艺水平很高,人物形象生动,细节处理也都讲究,表现了盛唐时期的国家兴旺和社会风貌。

北广场西侧是慈恩戏场,舞台横幅写着"世界非物质文化遗产——华阴老腔、皮影戏",几位演员正在台上专心演出,虽然还不是秦腔,却也已唱得惊天动地。台下围桌而坐的观众年轻人居多,都看得津津有味。南广场东侧是大慈恩寺遗址公园,历经千年岁月洗礼,大雁塔仍巍然屹立原处,而大慈恩寺却已成为遗址。周围还有陕西民俗大观园、陕西戏曲大观园、雁塔苑、步行街和商贸区等。入夜之后,绚丽无比的灯光秀把整个景区装饰得分外多彩,音乐喷泉也在缤纷灯光中打开,那才是大雁塔景区最美的时候。

秦始皇兵马俑 到西安旅游,观看秦始皇兵马俑是最重要的内容。秦兵马俑遗址是秦始皇帝陵的组成部分,在此遗址上建立的秦始皇兵马俑博物馆于1979年开放。而早在1961年,秦始皇帝陵就被国务院公布为第一批全国重点文物保护单位。1987年12月,联合国教科文组织将秦始皇帝陵列入《世界文化遗产名录》。我们走进兵马俑博物馆,第一感觉就是震撼!一根根弧形钢梁托起巨大的穹顶,长方形的大坑内陶俑、陶马整齐排列,真人一般的队伍如同出征前的誓师大军,游客中不时发出一声声惊叹。这是一个两千年前的古代军阵,士兵们披坚执锐,军容严整,气势雄伟,游客们仿佛穿越时空,被带进了杀声震天战马嘶鸣的古战场。

秦兵马俑一号坑长230米,宽62米,距原地表深4.5米至6.5米,面积达14260平方米。坑内有10道夯筑隔墙,形成深长的9间,周围绕以回廊。已出土陶俑千余尊,战车8辆,陶马32匹,各种青铜器近万件。根据出土兵俑的排列密度,专家估计一号坑共埋有兵马俑6000余件。二号坑在一号坑北侧,平面呈曲尺形,最长处96米,最宽处84米,面积约6000平方米,坑内有弩兵俑、战车方阵、骑兵俑和步兵等混合编队。三号坑在一号坑的西北,成"凹"字形,宽17.6米,长21.4米,面积524平方米,武士俑按夹道的环护卫队之形排列,是军阵的指挥系统。秦兵马俑的三个坑呈"品"字形布局，形成完整的军队阵营。

按陶俑职能和姿势分，有将军俑、军吏俑、立射俑、跪射俑、武士俑、骑兵俑、车士俑、御手俑等。这些手法细腻而形象逼真的陶俑陶马装束和神态各异，刻画细致入微。以跪射俑为例，连他们鞋底上疏密有致的针脚也被工匠表现出来，反映

秦始皇兵马俑

了极其严格的写实精神。这些陶俑、陶马全用黄泥塑造，然后入窑焙烧，再经表面绘彩而成。雕塑风格重在写实，千人千面，静中寓动，气势磅礴，不愧为古代雕塑艺术的珍品。兵马俑博物馆内三个兵马俑坑既是供公众参观的展厅，也是考古专家和文物保护专家的工作现场。我们看到很多部分尚未挖掘，有些陶俑尚待修复，也看到一些专家正在现场专心致志地工作。

兵马俑坑附近的秦始皇帝陵文物陈列厅又是一个极其精彩的展厅。我们沿着台阶而下，在微弱的光线中看到了巨大玻璃柜里的两乘彩绘铜车马。这两乘车都是四马单辕，车上各有一御手俑，一站一坐。其中的二号车长3.17米，高1.06米；铜马高67厘米，身长1.2米。主体用青铜铸造，有金银饰品和构件1720件。这两乘大型彩绘铜车马于1980年12月在秦始皇陵西侧出土，于1983年10月对外展出。铜车马造型逼真，装饰华美，比例匀称，制作精巧，是我国出土文物中时代最早而级别最高的青铜器珍品，也是世界考古发现中最大的青铜器。我挤在人群里绕着玻璃柜从不同角度观看铜车马，久久不愿离开，惊叹之余又被深深折服：构造是那么真实，部件是那么完整，制作是那么细腻，色彩又是那么艳丽，实在难以想象这是两千多年前的作品。也难怪我国邮政部门认为仅发行普通的纪念邮票已不足以体现其珍贵性，而于1990年6月发行了"秦始皇铜车马"小型张，将这两乘铜车马展示于同一张邮票之上。

兵马俑虽然历史悠久，但被世人所发现还只是40多年前的事情。1974年3月，当地农民在一片砂石堆积的荒野上打井，偶然发现了一些陶俑残片。后经考古工作者勘探和试掘，发现竟是座规模宏大的兵马俑坑，也就是一号俑坑。这个不平凡的发现在中国和世界上引起了轰动与震惊，在此之前人们还无缘见到这些兵马俑的真容。兵马俑对公众开放后，不仅国内外游客

慕名而来，来我国访问的外国元首也大多要把参观兵马俑列入日程，里根、克林顿、密特朗、希拉克、伊丽莎白二世、科尔等国家元首和政府首脑都曾前来参观。秦兵马俑被誉为"世界第八大奇迹"，其发掘被称为"二十世纪考古史上最伟大的发现"。秦始皇陵布局缜密，规模宏大。2010年10月，位于秦始皇陵核心区的秦始皇陵遗址公园对外开放，主要参观点包括秦始皇陵封土、已探明的主要建筑遗址等。而秦始皇陵遗址公园、秦始皇兵马俑博物馆及若干陈列厅，则共同成为秦始皇帝陵博物院的组成部分，构成了秦陵文物事业的基础。

华清池 "春寒赐浴华清池，温泉水滑洗凝脂。侍儿扶起娇无力，始是新承恩泽时。"白居易的《长恨歌》让唐玄宗和杨贵妃的爱情故事广为传扬，也让华清池为更多人所知晓。华清池位于西安市临潼区骊山北麓，相传周幽王曾在这里修建骊宫，秦、汉、隋各代先后重修，出现了骊山汤、离宫、温泉宫等宫苑建筑。唐玄宗时治汤井为池，环山建宫殿，宫周筑罗城，称其华清宫，因宫在温泉之上，故温泉也称华清池。唐御汤遗址发现于1982年4月，发掘出"莲花汤""海棠汤（即贵妃池）""星辰汤""太子汤""尚食汤"等五处皇家汤池遗址，这些造型各异的汤池分别供玄宗皇帝、杨贵妃、唐太宗、太子沐浴所用。在此遗址上，建立了华清宫御汤遗址博物馆。

景区内除了皇家汤池遗址外，还有飞霜殿、昭阳殿、长生殿、宜春殿和禹王殿等标志性建筑群。各宫殿中数飞霜殿最为瞩目，据说唐玄宗每年冬季都偕杨贵妃沐浴华清池，就住在飞檐翘角红墙绿瓦的飞霜殿中。冬天这里经常漫天飞雪，但由于华清宫有地下温泉，使地表温度较高，泉水循环而成暖气，化雪为霜，故称"飞霜殿"。经过历代战争和岁月沧桑，原来的建筑都已毁塌，现在游客所看到的建筑都是按照历史记载布局而重建。1982年，华清池被列为全国第一批重点风景名胜区；1996年，国务院公布华清宫遗址为第四批全国重点文物保护单位；2007年，华清池被批准为国家5A级旅游景区。2015年1月，原"华清池"和"骊山"两大景区合并为"华清宫"。华清池景区内有各种温泉设施供游客享用，我们进入一间屋内泡脚，长方形而有点曲线的大池四周坐满了游客，池水清澈而微烫，每人价格50元，倒也不限时间，但过不了多久就泡得大汗淋漓。

唐御汤遗址博物馆东面是充溢江南意境的环园，池中红荷绿叶，红鲤穿梭；池边石榴红艳，果满枝头。荷花阁背后就是著名的五间厅，由五间厅房相连而成。这里原为清朝驿馆，慈禧太后和光绪皇帝都曾就寝于此。1936年蒋介石将环园辟为临时行辕，在此发生了震惊中外的"西安事变"。1936年12月蒋介石在五间厅召开高级军事会议，坚持"攘外必先安内"的决策。张学良、杨虎城两位将军为促蒋联合红军抗日，于12月12日发动兵谏，院内发生激战。蒋介石由侍卫搀扶上山，匿身草丛，被搜山部队扶掖下山，送往西安。如今五间厅的窗户墙壁上仍留有兵谏激战时的弹痕，各房间的办公用品和生活用品均按原貌摆放。1982年2月，五间厅被列为第二批全国重点文物保护单位。

华山 西岳华山古称太华山，属于秦岭山脉，位于陕西省渭南市华阴市，距西安120公里，景域面积148平方公里。华山共有五峰，即东峰朝阳、南峰落雁、西峰莲花、北峰云台、中峰玉女。东峰是我国最著名的日出观景点之一，观看日出的最好位置就在东峰朝阳台。南峰海拔2155米，是华山最高主峰，也是五岳最高峰，峰南千丈绝壁，直立如削。西峰山巅有巨石形似莲花瓣，古人称其为莲花峰，其阳刚挺拔之势是华山山形之代表。北峰三面绝壁，只有一条山道通往南面山岭，也叫云台峰。中峰

攀登华山

依附于东峰西壁，古时视其为东峰的组成部分，是通往东、西、南三峰的咽喉。华山不仅雄伟奇险，而且山势峻峭，壁立千仞，以险峻称雄于世，自古以来就有"华山天下险"和"奇险天下第一山"的说法。华山还是道教胜地，玉泉院、东道院、镇岳宫被列为全国重点道教宫观。华山的山峰像一朵莲花，古时"华"和"花"通用，远而望之若花状；又因近临黄河，是华夏文明发源地，故名华山。华山于1982年被公布为首批国家重点风景名胜区，2004年被评为中华十大名山，2010年被评为5A级旅游景区。

我们坐景区中巴到缆车站，乘缆车上山，然后登上北峰。再信步走到中峰，由天梯附近返回，仍然缆车下山。缆车在陡峭的山谷中穿行，只见白花花的山体及间或的树木，还看到刻有"五岳华山险居首"字样的绝壁栈道。游客若步行登山，就得经过"华山三大险"：千尺幢如刀刻锯截，70度的陡坡上有

石梯370余级，游人需手握铁索攀登；百尺峡两壁高耸，中间夹有从天而降的"惊心石"，游人从石下小路穿过，惊心动魄；老君犁沟是夹在陡峭石壁之间的一条险道，形如青牛耕地留下的犁沟，有石阶570多级。此处原为"老君离垢"，即老君离开尘垢到达仙境的意思。华山还有凌空架设的长空栈道，三面临空的鹞子翻身，关中八景之首的华岳仙掌，"自古华山一条路"的华山峪登山道等险要路段和景观，每处都是对游客勇气和体力的挑战。

华山北峰山势峥嵘，三面绝壁，只有一条山道通往南面山岭，电影《智取华山》即取材于此。北峰四面悬绝，上冠景云，下通地脉，有若云台，因此又名云台峰。李白在《西岳云台歌送丹丘子》诗曾写到："三峰却立如欲摧，翠崖丹谷高掌开。白帝金精运元气，石作莲花云作台。"北峰陡峭的绝壁上建有观景台和步道，峰顶上居然还建有五层楼房，那就是华山云台山庄。虽然现在有索道，仍然有辛苦的挑山工每天把物资送上山顶。从华山北峰向南，经擦耳崖登上天梯，便有"苍龙岭"呈现眼前，那是通往东、南、西诸峰的咽喉。此岭两旁万丈深壑，陡如刀削斧劈。岭脊高差约500米，坡度在45度以上。我在远处望去，岭脊斜道上的游客宛如在天际屋脊缓缓移动。

华山景观伴有动人的传说。西岳庙里的圣母殿供奉华岳三娘及其子沉香，南峰有沉香孝子峰，而在莲花峰有一巨石裂为三段，如刀斩斧截，这些均与沉香斧劈华山救母的传说相关。小时候我看过戏剧《劈山救母》，如今很多孩子都看过动画片《宝莲灯》。传说书生刘彦昌与华岳三娘成婚，惜别赠沉香一块，嘱生子以此为名。二郎神责怪妹妹私嫁凡人，令天犬将王母所赠宝莲灯盗去，又将三娘压在华山黑云洞中。三娘生下沉香，请夜叉将儿送其父处。少年沉香知道母亲被压在华山下受苦，走到华山放声大哭，惊动何仙姑，授以仙法。沉香学会百般武艺要去华山救母，大仙赠他一柄萱花开山神斧。沉香与二郎神从人间杀到天宫，双方均有诸神众仙相助。太白金星暗中助沉香一臂之力，二郎神落荒而逃，宝莲灯回到了沉香手里。沉香举起开山神斧奋力猛劈，地动山摇，华山开裂。沉香找到黑云洞救出母亲，从此三娘全家团圆。

乾陵 唐高宗乾陵位于咸阳市乾县北部的梁山上，距西安87公里，是国务院于1961年公布的第一批全国重点文物保护单位。进入乾陵景区，最初的印象就是气势宏大。陵区的南北主轴线长达4.9公里。十里陵园，想想也太壮观！陵园内城的南北墙各长1450米，东墙长1582米，西墙长1438米，总面积约240万平方米。乾陵所在的梁山北峰海拔1048米，南面两峰对峙，中间为司马道。乾陵采用依山为陵的建造方式，建成于唐光宅元年（684年），神龙二年（706年）加盖，陵园营建工程历时57年才告竣工。长长的司马道上，120余件石刻对称排列，其中有八棱柱石华表、石刻翼马、高浮雕鸵鸟、石仗马、石翁仲像等精美造型。站在这宽阔而漫长的大道上遥望天际，仿佛就可以看到历史的烟尘和沧桑。

南门外司马道两侧有两通石碑，西侧是为唐高宗歌功颂德的《述圣记碑》，碑高7.53米，宽1.86米，碑文5600余字，由武则天撰文，中宗李显书，这块碑的历史价值和文物品位自然极高。东侧就是著名的《无字碑》，由中宗李显为母后武则天所立，高8.03米，宽2.1米，厚1.49米，取材于一块完整的巨石。碑额阳面正中一条螭龙，左右侧各四条，故又称"九龙碑"。两侧各线刻升龙图，碑座阳面线刻狮马图，碑上未铭唐人一字，留给后人诸多待解之谜。一说是武则天认为自己以女子称帝，"功高德大"，难以用文字表达，故仅立白碑；另一说是武则天临终前遗言"己之功过留待后人评说"，故不铭一字。由于这些未解之谜，无字碑在游人眼中不仅是乾陵的象征，更是女皇武则天的象征。宋、金以后开始有游人题字于碑，元、明、清各代碑上镌刻了许多文字，在内容上形成评价武则天的碑文，在书法上则真、草、隶、篆、行五体皆备。其中1135年的《大金皇弟都统经略郎君行记》保存比较完整，用女真文字刻写。

乾陵的坚固和隐蔽很是传奇：据说唐末农民起义军黄巢曾动用大批将士盗挖乾陵，直挖出一条40余米深的大沟，却没有找到进口；民国初年国民党将领孙连仲率部驻扎乾陵，用演习的办法掩护一个师的兵力盗掘乾陵，用炸药炸了多处地方也无济于事；却不料当地几个农民于1958年冬放炮采石，无意间在无字碑以北一公里处的梁山主峰东南坡炸出入口。发掘显示，乾陵地宫在梁山主峰东南半山腰，堑壕深17米，全部用石条填塞。石条顺坡层叠扣砌，共39层，用石条8000块。石条之间用铁栓板拉固，上下之间用铁棍贯穿，与石条熔为一体。专家认为乾陵是唐十八陵中惟一未被盗掘的陵寝。唐乾陵作为人类足迹和地下宝藏，饱含着前人对后人的奉献和功德。一旦文物保护技术达到永久无损水平，沉睡地下的宝藏必将引起全世界关注。而对乾陵主体的考古发掘，可能在最近50年内都不会提上日程。

法门寺 法门寺位于陕西省扶风县法门镇，东距西安110公里，始建于东汉末年恒灵年间，距今约有1700多年历史。法门寺因舍利而置塔，因塔而建寺，有"关中塔庙始祖"之称。周魏以前称作"阿育王寺"，隋文帝时改称"成实道场"，唐高祖时改名"法门寺"。公元前三世纪，印度阿育王为弘扬佛法，将佛祖释迦牟尼的舍利分送世界各国建塔供奉，中国的法门寺就是其中一处。唐代尊奉法门寺佛指舍利为护国真身舍利，先后有高宗等八位皇帝每30年开启一次法门寺地宫，迎请佛骨至长安城皇宫瞻仰。唐懿宗咸通十四年（873年）全城隆重迎请佛骨之后，地宫关闭，与世隔绝1113年之久。至1981年8月，法门寺中的唐建佛塔因年久失修和雨水侵袭，出现裂缝，部分已经坍塌。

法门寺

1987年4月3日，法门寺佛塔施工现场的考古人员在浮土下发现了一块白玉石板，由此打开了千年前的地宫。5月10日，考古专家在地宫密龛的铁函——镏金函——檀香木函——水晶椁——玉棺这五重宝函内，发现了世上仅存的佛祖真身指骨舍利。佛教界至高无上的圣物，世上唯一的佛祖真身指骨舍利终于显身，我记得当时中央电视台直播了考古现场实况。地宫内还发现了白玉灵帐、铜浮屠、八重宝函、玉制舍利、银花双轮十二环锡杖、丝织品、香具、琉璃器、瓷器、金银茶具等宝物，2499件大唐宝物簇拥着佛祖真身指骨舍利，在沉寂了1113年之后重回人间。地宫内的《衣物帐》碑，清楚记录着这些珍贵文物的清单。

法门寺重修宝塔时再建的地宫，由踏步、平台、隧道和前、中、后三室组成，全长21.4米，面积为31.48平方米。我们进入法门寺地宫时，游客并不太多，也不需要排队等候。由于地宫空间狭小，游客只能排成单行鱼贯而入，有的地方还得弯下腰才能过去。在清幽灯光照射下，地宫里显得有点神秘。释迦牟尼佛祖的指骨舍利供奉在地宫内一个透明盒子里，想来应该是影骨。而在法门寺景区内的珍宝馆，珍藏了许多法门寺地宫出土的绝世珍品，展品的精致、巧妙和珍贵远远超过了我的想象，印象特别深刻的展品有八重宝函和唐僖宗使用过的鎏金茶具等。

离古老的法门寺地宫不远处，148米高的法门寺合十舍利塔于2009年

5月落成。其造型如同合十的双手，中间镂空部分是一座传统形式的唐塔。塔前铺设了一条长达1230米、宽108米的佛光大道，整条大道面积14万平方米。佛光大道两侧的林荫道中，可以看到各由八组雕塑组成的佛陀圣迹和法界源流，大道尽头是可容纳十万人的朝圣广场。主体建筑中的新地宫可

唐乐宫的壁画

容纳2000人，室内大厅可容纳万人举行活动。合十舍利塔地上11层，地下1层，塔内自上而下供奉法、报、化三身佛像。

好客的朋友陪着我们在西安还参观了另一些景点，陪我们品尝美食，观看演出。大唐芙蓉园的夜景十分迷人，明亮灯饰下的亭台楼阁大放异彩，激光水幕电影吸引了很多游客驻足欣赏，景区门口立有贾平凹所写《大唐芙蓉园记》。大明宫是唐长安城中最为辉煌壮丽的建筑群，原宫墙周长7.6公里，如今已成为庞大的遗址公园，考古发掘起码还要持续200年。汉阳陵是汉景帝刘启及其皇后王氏的陵园，已发现数以千计的彩绘陶俑，与秦兵马俑风格完全不同，已建成了汉阳陵博物馆。唐乐宫则是一所歌舞升平的剧院，观众围桌而坐，在微弱的宫灯下边饮茶、品美食，边观看盛唐风情的精彩演出。而在周恩来和平解决西安事变的西安饭庄，我们享用了精美的点心和丰盛的地方菜肴。最忘不了的是在福茂源餐馆吃陕北铁锅羊肉，那一大锅在桌子上现烧的羊肉色香味俱佳，可能是我吃过的最好羊肉。

89

10. 到陕北去

黄帝陵 "到陕北去"，这是题刻在哈达铺红军长征纪念碑上的毛泽东名言。我在陕西省的旅行除了西安之外，都是在陕北地区，所以我也是到陕北去。离开西安之前，我们在旅行社购买了北线2日游，也就是延安、黄帝陵、壶口游，每人430元。2013年8月28日一早，大巴在西安古城墙下出发，下午游览了黄帝陵。黄帝陵位于陕西省黄陵县北面的桥山，是中华民族始祖黄帝轩辕氏的陵寝。原称"桥陵"，1942年改称黄帝陵，是年蒋中正题写"黄帝陵"三字。1944年，国民政府将中部县易名为黄陵县。1961年，国务院公布黄帝陵为第一批全国重点文物保护单位。2002年，被国务院批准为国家重点风景名胜区。

轩辕黄帝是古华夏部落联盟首领，中国远古时代华夏民族的共主，被尊为中华"人文初祖"。黄帝擒杀蚩尤，统一了中原各部落，在位时间很久。相传尧、舜、禹、汤都是他的后裔，因此黄帝被奉为中华民族的共同始祖。他的大臣们发明创造很多文化形式，文字、历法、音乐等都是那个时代所创。

景区前的草坪广场选用5000块大型河卵石铺砌，象征中华民族的5000年文明史，但这些圆石高高低低却不太好走。一条大河横卧景区外，这就是颇有来历的沮河，此河原名祖河。当年巨龙降落桥山接黄帝回天宫，群臣先民万般不舍一片哭声，泪水流入祖河，后人把"祖河"改称"沮河"。过桥后的95级宽敞石阶层层而上，很有气势，入口的轩辕庙前殿也就是检票口。进入陵内，一棵巨大的古柏出现在眼前，这就是黄帝手植的"轩辕柏"，距今5000年而仍然树干挺拔，枝繁叶茂，无愧为群柏之冠，这也是我所见过的年代最早的大树。陵区内千年以上古柏数以万计，堪称中国境内保存最完善的古柏群。轩辕柏附近的青石上有一对黄帝的硕大脚印，传说这是一位女子为了给黄帝做鞋而偷偷取样留下的。碑廊内有很多碑文，其中孙文题写"中华开国五千年，神州轩辕自古传，创造指南车，平定蚩尤乱，世界文明，唯有我先。"毛泽东所写《祭黄帝陵文》内容较长，其中有"民族阵线，救国良方，四万万众，坚决抵抗……"等内容。邓小平题写的是"炎黄子孙"四字。广场上还立有"香港回归纪念碑"和"澳门回归纪念碑"。

黄帝陵轩辕殿

轩辕大殿前是一片开阔的广场，每年的公祭典礼就在这里举行，大殿上方的横幅写着"癸巳年清明公祭轩辕黄帝典礼"。祭祀大殿由36根圆形花岗岩石柱围成方形空间，四面通透，屋顶中央是直径14米的圆形天光，映衬了我国古代天圆地方的理念。主殿内黄帝的青石浮雕塑像高4.1米，宽2.92米，他冠带简洁，沉稳站立，左手上扬，步履向东又回首西望，体现了黄帝明堂的风貌。高3.8米的龙魂大钟，及直径2.5米的龙威大鼓，被安放在祭祀大殿两侧。2004年起，我国每年都在黄帝陵进行公祭。2006年，黄帝陵祭典活动被列入了第一批国家级非物质文化遗产名录。

陵园区在山上，我们坐电瓶车而上。宽敞的石板步道通往陵园，两边古柏遍地。经过汉武帝祭祀黄陵所筑的汉武仙台后，便是黄帝陵冢。陵冢位于桥山顶正中，封土高3.6米，周长48米，砌以青砖花墙。陵前有一明嘉靖十五年的石碑，上书"桥山龙驭"四字，意为黄帝驭龙升天之处。传说轩辕黄帝就是在这里乘龙升天的，升天时人们从他身上拽下衣帽、靴子、宝剑等埋此处，故此陵是黄帝的衣冠冢。陵前亭内有郭沫若所书"黄帝陵"碑，两边楹联写着"中华国脉承龙脉/黄帝英魂壮民魂"。

壶口瀑布 离开了黄帝陵，我们直奔壶口而去。壶口瀑布是黄河流经晋陕大峡谷时形成的一个天然瀑布，西濒陕西宜川，东临山西吉县，宽30米，深约50米。虽然宽度不大，它却与中越边界的德天瀑布、贵州黄果树瀑布并称为中国三大瀑布。我们在陕西一侧观看，对面山西也有不少游客。瀑布上方是一片开阔的水域，黄褐色的河水流速缓慢，就像一个平静的大湖。有年轻情侣相拥而坐河边，好一幅浪漫的黄河之恋图。我站在伸入河中的石块上，展开双臂大声呼喊一声"黄河我来也！"

及至河水到了瀑口，近400米宽的水面一下子全部倾注到30至50米宽的深槽中，在50米的落差中翻腾倾涌，激流飞溅，声势如在巨大的壶中倾

壶口瀑布

出，又如巨壶沸腾，形成壮观的壶口瀑布。这真是黄河之水天上来，飞瀑的气势令人无比震撼！瀑布飞泻时冲击岩石和水面，巨大的声响在山谷中回荡，有如万鼓齐击，声传十数里外。站在壶口之下，似乎可以真切地感受到什么是"黄河在怒吼"，"黄河在咆哮"。

瀑口水汽蒸腾，水流颜色接近两边山石，白色的水沫快速旋转。河水大部分从正面急跌而下，还有一些来不及跌下的河水从侧面岩石流入窄窄的河床。河边的观景平台有高有低，高可以视野开阔，低可以临水观赏。较低的平台地面泥泞，不时有河水涌来。平台边有安全铁柱、铁链，游客不可以越界冒险。稍远的平台上，有身披彩挂，头戴红花的棕色小毛驴，安静站立河边等待游客拍照。抬眼望去，飞瀑处烟雾弥漫，对面山西的游客隐约可见。而山西侧的长长山石层层叠叠，把河道挤得狭窄而略有弯曲，也有不少河水从侧面山石流下。

黄河壶口从不缺乏激情和传奇：1938年9月，诗人光未然带领抗敌演出队来到壶口，在这里写下了不朽诗篇《黄河颂》，冼星海为这首诗谱曲，杰出的《黄河大合唱》就此诞生；1987年9月，探险队员王来安乘坐由汽车轮胎缠结成的密封舱，顺瀑布而下，人称黄河第一漂；1997年6月，亚洲飞人柯受良驾驶汽车成功飞越壶口瀑布，全国电视观众通过直播见证了这一动人心魄的壮举；之后的1999年6月，又有"黄河娃"吉县飞人朱朝晖驾驶摩托车飞越壶口。

延安 在壶口附近的宾馆住了一晚之后，8月29日一早我们去延安游览。高速公路两侧的山岭谷地郁郁葱葱披着绿装，与影视作品中黄土高坡的荒凉情景完全不同。导游说这都是朱镕基总理的功劳，他推动飞播造林，使得延安地区生态大为改善。进入延安城区后，我们站在延河边看宝塔山，感觉与想象中的不太一样：这里是市中心繁华地段，而想象中的宝塔山和延河都在城外空旷地；宝塔山看上去没有那么雄伟，延河水也没有那么丰沛。

王家坪革命旧址有中央军委的秘书厅、作战部、作战研究室、通讯处等，总部机关在此有总参谋部、总政治部等。军委礼堂是7间高大宽敞的大瓦房，可容纳近千人，是总部工作人员于1943年自己动手建造的。1945年8月15日，部队在这里举行了纪念抗日战争胜利大会。主席台上悬挂着毛主席和朱德总司令画像，横幅为"庆祝抗战胜利大会"和"为争取民主和平的新中国而奋斗"。当天晚上，延安军民2万余人举行火炬游行，鼓声震天，大家扭秧歌狂欢。王家坪还有毛泽东、朱德、彭德怀、王稼祥、叶剑英的旧居。毛泽东旧居有两孔石窑洞，1946年1月，他由枣园搬到王家坪居住。毛泽东在这里写了《关于目前国际形势的几点估计》等著作，收入《毛泽东选集》的有8篇。王家坪还有一处桃林公园，是军委与总部在此驻扎时开辟的一个娱乐场所，因遍种桃树而得名。

枣园是一个环境清幽的园林式革命纪念地，位于延安城西北8公里处的枣园村，这里原是一家地主庄园，后改名"延园"。园门附近立有毛泽东、朱德、刘少奇、周恩来、任弼时五位书记的铜像，在绿树花草映衬下十分醒目。1943年10月至1947年3月，这里成为中共中央书记处所在地，其内有书记处小礼堂。中共中央书记处在此驻扎期间，领导了全党整风运动和军民大生产运动，筹备了中共"七大"。枣园还有毛泽东、周恩来、刘少奇、朱德、任弼时、张闻天、彭德怀的旧居。毛泽东在枣园写下了《学习和时局》《论联合政府》《愚公移山》《抗日战争胜利后的时局和我们的方针》等许多指导中国革命的重要文章，仅收入《毛泽东选集》的就有28篇。

杨家岭革命旧址位于延安城西北3公里的杨家岭村，1938年至1940年，及1942年至1943年，中共中央曾在此领导中国革命。毛泽东在这里写有《中国革命和中国共产党》《新民主主义论》《在延安文艺座谈会上的讲话》等重要文章。1942年在此建成中央大礼堂，中国共产党第七次全国代表大会和延安文艺座谈会都在杨家岭举行。

导游推荐游客去观看自费项目《延安保卫战》实景演出，我们没去。按计划我们今晚不随团回西安，而要坐火车去太原，于是跟导游打过招呼之后，我们就离团自由活动。随意溜达了一会儿，却走到了张思德的烧炭窑洞附近。6米高的张思德塑像静静矗立在西山

《为人民服务》演讲处

脚下，宽敞的张思德广场建在他烧炭的窑洞附近，山坡上绿树丛中"为人民服务"五个大字红光闪闪。1944年9月，毛泽东在这里出席张思德追悼大会，并发表了《为人民服务》的著名讲话。

吴堡石城 2015年9月30日是我们知青旅行团西北游的第3天，按计划今天先要到山西碛口去游览九曲黄河第一镇，不料下高速后却被修路工程阻挡，无奈只能放弃碛口而直接去陕西吴堡。吴堡古城也叫吴堡石城，坐落在黄河天险之石山上，是西北地区保存最完整的千年古县城遗址。吴堡古城为北汉（951年）所建，古城占据一个山头，山下就是黄河。根据示意图及介绍可知，这里曾经有过热闹而辉煌的岁月。石城内曾经是个县治单位，有衙署、县衙大堂、捕署、衙狱、清廉牌楼、常平仓等政府设施；有营房、点将台、校场、将军祠、晋军旅部等军事痕迹；有兴文书院、女校、小学校、文庙等文化场所，其中文庙建于元代1318年，占地3000平方米；还有祖师庙、龙王庙、观音阁、文昌阁、娘娘庙、城隍庙、关帝庙等庙祠；当然作为古城还有城门、城墙，作为县城还有几条商业街。2006年5月，吴堡石城被国务院公布为全国重点文物保护单位。

石城里到处都是石头：城墙用石头垒就，城门由石头搭成，房屋也是砖石构建的窑洞；道路平坦，两边都是石头垒起的矮墙或院墙；还有很多石台、石磨、石碾子。虽然石头多，但看上去杂而不乱，布局和构建很有章法。日军侵华时经常隔着黄河炮击石城，致大部分古建筑毁损。而漫长的岁月也让许多古建筑变成了废墟。所幸一幢修缮不错的院子门口挂有"吴堡县石城管理所"牌子，走进去看到很多收集起来的石碑、石柱、匾额、文物。我们在石城里穿行了两个多小时，基本上看不到当地居民和管理人员，就仿佛一支考古队来到了渺无人烟的荒凉世界。我们遇到一对老夫妇，他们坚守石城几十年如一日。老人家拿出刊登他们故事的《千年古石城：两个人一座

吴堡石城身怀绝技的山羊

城》的报纸给我们看，他们住的老房子居然还挂有陕西省美术写生基地的牌子。古城内外有很多枣树，守城人让我们随意采摘，可以吃也可以带走，这些枣子真是好吃，还特别新鲜。其实这些枣树没人管理也没人采摘，任其自然掉地。天

空下着蒙蒙细雨，在这样的天气，穿行在这样古老的石城，让我们更加感受到岁月的留痕，体会到历史的漫长。

在吴堡石城看到的山羊，只只身怀绝技，头头飞檐走壁，而且行动敏捷，眼神迷茫。不禁使人产生错觉，这还是羊么？羊会上墙，会爬树，会走屋顶，也会吃树叶，这几乎颠覆了我们对羊的认知。它们不是那种"风吹草低见牛羊"的温顺羊，而是特别能生存、特别能吃苦的很牛的羊，这样的羊肉一定很好吃。看着这些杂技演员般的逆天山羊，把它们的绝技毫无保留地展示给客人，我们一个个都惊讶不已。

米脂 昨天我们从吴堡古城出来，就来到米脂县，入住金龙大酒店。今晨天还没完全亮出来，米脂城里就响起此起彼伏的唢呐声和鼓乐声，从宾馆窗口望出去，才猛然想起今天是国庆节，是新人们结婚的好日子。但似乎有点太早了吧，我们还刚刚起床呢！正在为来不及下楼去拍摄婚庆队伍而感到懊恼之际，另一拨结婚队伍又开了过来，看样子不用着急了，还有机会。在我们吃早餐的宾馆餐厅，已经布置成婚宴大厅。而紧靠婚宴大厅的客房，也早已用五彩缤纷的气球彩带装饰成婚房。几位心急的新人和亲友们，正忙着在宾馆里检查各种婚庆设备和装饰。我们装好车出发，大巴行使在米脂城里，一拨又一拨的结婚队伍招摇过市，这边过完那边又来，络绎不绝。

米脂新娘

婚庆队伍的各路人马都有特色：有的行进乐队在前面开道，车队缓随，长长的队伍使交通中断；有的新郎官身披红绸骑着高头大马，喜滋滋地不停向行人感谢作揖，新娘子坐着八抬大轿摇摇颠颠，红纱遮面百般娇羞；有的没车没马，新人却也大大方方在亲友陪伴下牵手而行；还有的在小车顶上立起一块大红纸板，其上写着娘家的陪嫁清单，多少电器，多少现金，还有小汽车，都清清楚楚一目了然，俨然是一种"婚务公开"。那些穿梭不停的花轿队、鼓乐队、舞狮队更是忙得不可开交。尤其滑稽的是那些花枝招展的媒婆，居然是由男士化妆而扮。面对全城婚庆潮，我们旅行团的车子继续行驶竟有点困难，一是道路拥挤，行进缓慢；二是看到这么热闹的场面，不下车看个究竟似乎太浪费时机了。于是我们停下车，团

友们参加到婚庆队伍中，拍照，跳舞，坐花轿，看热闹，很是开心。

李自成行宫坐落在米脂县盘龙山南麓，建于明崇祯十六年（1643年）。李自成是米脂人，他在西安建立大顺政权后，其侄李过奉命回米脂修建行宫。李过见城北马鞍山后有群山环抱，前有无定河回绕，便仿承天府的式样，将山上原有真武庙改建为闯王行宫，以恭候闯王驾临。是年11月，李自成旌旗数十里，率大军回故里参加祭奠。沿途百姓扶老携幼，欢声雷动，以迎闯王。李闯王见行宫地势雄伟，虎踞龙盘，遂赐名为"盘龙山"，并在乐楼唱戏3天，与民同乐。整座行宫依山造势，楼台叠嶂，庄重威严，远处眺望犹如巨龙腾飞，雄奇挺拔，气势壮观。主要建筑有乐楼、捧圣楼、启祥殿、兆庆宫等7个部分，台阶两层90级，蜿蜒直上山巅。布局构思奇巧，楼宇雕梁画栋，屋顶龙飞凤舞，堪称陕北别具一格的宫殿园林。2006年5月，国务院公布盘龙山古建筑群为全国重点文物保护单位。

"杀牛羊，备酒浆，开了城门迎闯王，闯王来了不纳粮。"李自成的农民起义轰轰烈烈，但受其政治眼光和历史局限性，其兴也勃焉，其亡也忽焉。恰巧我们旅行团于2015年5月27日到过湖北通山县，看到了建于李自成殉难处的闯王陵，也看到了我国历代领导人关于李自成的警语。对于李自成的历史悲剧，早在1949年中国革命胜利之时，毛泽东就向全党推荐郭沫若写的《甲申三百年祭》，告诫全党"打江山难，守江山更难"。

李自成行宫陈设有李自成生平事迹展，米脂婆姨史迹展，米脂妇女革命史迹展。关于米脂婆姨，有民谣云："米脂的婆姨，绥德的汉，清涧的石板，瓦窑堡的炭，想吃糠果走横山（四十里铺的羊肉面）。"今天在米脂城里粗略看看，米脂的婆姨无论是身材还是长相，确实都很美，尤其是那些新娘子！

随后参观的姜氏庄园也是全国重点文物保护单位。姜氏庄园位于米脂城东，是陕北财主姜耀祖于清同治年间投资建成的私宅。庄园内三院暗道相通，四周寨墙高耸，对内相互通联，对外严于防患，是陕北罕见的城堡式窑洞庄园。姜氏庄园的砖、木、石三种雕刻艺术十分讲究，体现出独到匠心的建筑水平和历史艺术价值。团友们在庄园窑洞的大灶旁拉风箱，备饭菜，装模作样地过了一把窑洞民居瘾。

11. 人说山西好风光

平遥 2013年8月29日延安游览结束后，我们夫妇俩买了到太原的火车票。延安火车站是新建筑，看上去造型大气，设施先进。晚上9点多到太原站后，先买好次日去平遥的火车票，然后找旅馆住宿。30日下午到了平遥，先在古城外的格林豪泰住下，倒没想到平遥这个地方的旅馆非常干净。然后就到古城里游览，从旅馆走过去也就几分钟。平遥的门票政策特别厚道：一是游客自由进出古城，无需买票；二是20个景点的通票共120元，并不算贵，其中好几个是全国重点文物保护单位；三是60岁以上老年人完全免费。两天的游览让我感到平遥是一个适宜自主游玩的地方，也是一个值得再去的地方。

平遥古城属于山西省晋中市，始建于西周宣王时期（前827—前782年）。秦置平陶县，汉置中都县，北魏改名平遥县。明朝初年始建城墙，洪武三年（1370年）重筑扩修，康熙四十三年（1704年）筑了四面城楼。平遥城墙周长6163米，墙高12米，顶宽3至5米，外表砖砌，有3000个垛口和72

平遥古城

座敌楼。城墙有角楼四座，有点将台、奎星楼和文昌阁。还有重门瓮城六座，南北各一，东西各二，都建有重檐歇山顶城楼。我们在城墙上漫步，大约走了1500米，没遇到几个游客。城墙内街道、铺面和市楼保留明清形制，有各类遗址、古建筑300多处，有保存完整的明清民宅近4000座，被称作研究中国古代城市的活样本。1986年，被国务院公布为第二批国家历史文化名城；1997年12月，平遥古城被列入《世界遗产名录》。联合国教科文组织世界遗产委员会的评价为："平遥古城是中国汉民族城市在明清时期的杰出范例，平遥古城保存了其所有特征，而且在中国历史的发展中为人们展示了一幅非同寻常的文化、社会、经济及宗教发展的完整画卷。"

平遥古城的交通脉络由四大街、八小街、七十二巷构成。南大街为中轴线，老字号与传统店铺林立，是最为繁盛的传统商业街。西大街被誉为"大清金融第一街"，东大街和北大街也都是城里的主街。八小街和七十二巷的名称各有由来，有的得名于附近的建筑或醒目标志，如衙门街、书院街、校场巷等；有的得名于祠庙，如文庙街、城隍庙街、罗汉庙街等；有的得名于当地大户，如赵举人街、雷家院街、宋梦槐巷等。平遥古城民居以砖墙瓦顶的木结构四合院为主，布局严谨，左右对称，尊卑有序。民居院内装饰精美，进门建有砖雕照壁，檐下梁枋有木雕雀替，柱础、门柱、石鼓多用石雕装饰。平遥的民居外墙很高，屋顶单坡内落水，也就是"房子半边盖"，据说这是为了"肥水不流外人田"。

以"汇通天下"著称于世的日升昌票号创建于道光四年（1824年），它开中国银行业之先河，其分号遍布全国30余个城市，业务扩展到日本、新加坡、俄罗斯等国。在日升昌票号带动下，平遥的票号业发展迅猛，鼎盛时期多达22家，一度控制了中国的近代金融业。古城北门外镇国寺的万佛殿建于五代时期，已有1000余年历史，殿内的五代时期彩塑是雕塑艺术珍品。城西南的双林寺建于北齐武平二年（571年），寺内保存有元代至明代的彩塑2000余尊。镇国寺、双林寺与古城墙被称为"平遥三宝"。平遥县衙始建于北魏，定型于元明清。布局左文右武，前朝后寝，内有亲民堂、勤慎堂、常平仓、土地祠、牢狱、公廨房、督捕厅等。大仙楼是县衙的最后一进院落，始建于元至正六年（1346年），是县衙中唯一保存下来的元代建筑。亲民堂的对联为："吃百姓之饭穿百姓之衣莫道百姓可欺自己也是百姓/得一官不荣失一官不辱勿说一官无用地方全靠一官。"日后我在河南内乡县衙也听说了这副对联，据说得到了多位国家领导人的重视。而二门悬挂的"天理国法人情"之匾额，在我看来更是法、理、情兼备。古城里的清虚观、文庙、城隍庙、太平兴国观等都是历史悠久的古建筑，文物价值很高。古城里的钱庄博物馆、镖局博物馆、商会博物馆，还有一些私人博物馆，都向游客展示了平遥那并不遥远的繁华。

平遥古城内小吃很多，很多店都挂牌有108种小吃。平遥牛肉是久负盛名的特产，早在明代中期就开始驰名。店家选用优质的小牛腿肉煮熟后腌制而成，肉质鲜嫩，香酥可口，用弯而薄的长刀来切。碗秃则是平遥由来已久的一种风味面食小吃，最早由清代厨师发明，具有面质劲道、滑爽可口的特点。我们坐在古城街头，买了牛肉和碗秃则，再来点啤酒，看着太阳下山，华灯初上，感觉甚好。

王家大院 我们在平遥住过两晚后，9月1日晨6点坐火车去灵石，再坐出租车到王家大院游览。来山西前本打算去看乔家大院，毕竟同名电视剧的影响很大。但当地人都说王家大院好看，于是舍乔奔王。位于灵石县静升镇的王家大院被誉为"华夏民居第一宅"和"中

灵石王家大院

国民间故宫"，由静升王氏家族历经300余年而建成，包括五巷六堡一条街，总建筑面积逾25万平方米，有1200多间房屋，比祁县的乔家大院大10倍。这是真正的大户人家，中国祖传的奢华庄园。王家大院于2006年5月被公布为全国重点文物保护单位，景区城楼上悬挂着"山西灵石王家大院"、"中华王氏博物馆"和"中国民居艺术馆"这三块牌子。静升王氏家族源出太原，元仁宗皇庆年间（1312—1313年），先祖王实迁至静升村，从耕作与兼营豆腐业开始，由农及商，由商到官，家资渐厚，其后大兴土木营造宅第。王氏家族除营造住宅、祠堂、店铺、作坊外，在当地还办有义学，设有义仓，亦有修桥筑路、蓄水开渠、赈灾济贫等善举。

王家大院的建筑格局继承了中国西周以来形成的前堂后寝的庭院风格，既提供对外交往空间，又满足内在私密氛围，做到尊卑贵贱有等，上下长幼有序，内外男女有别，且起居功能一应俱全，充分体现了官宦门第的威严和宗法礼制的规整。

例如高家崖建筑群的主院敦厚宅和凝瑞居，皆为三进四合院，每院除有高大的祭祖堂和两旁绣楼外，又都有各自的厨院、家塾院，并有共用的书院、花院、长工院、围院。大小院落既联又分，上下左右相通之门达65道。而依山而建的红门堡建筑群则是堡又似城，从低到高四层院落排列，左右对称，中间一条主干道，形成一个很规整的"王"字形态，堡内88座院落各具特色，无一雷同。王家大院的城墙很长，游客可以绕城走通，两座巍峨的城门也是两个景区通道。高大的城墙之上还有高墙，也有亭台、角楼、垛口

等设施。站在城楼高处，看出去王家大院层层叠叠，屋檐交错，俨然一座相当规模之城。王家大院的建筑装饰纤细繁密，各种木刻、石刻及楹联匾额做工精巧，将花鸟鱼虫、山石水舟、典故传说、戏曲人物等内容雕于砖，刻于石，镂于木，体现了儒、道、佛思想与传统民俗文化之融合一体。展品方面，嘉庆年间颁发给王家的圣旨、洞房内摆放的千工床、大清万年一统天下全图以及各种精美家具，都给我以深刻印象。大院里有个"静升王氏商号"展厅，其内陈列的实物、照片向游客诉说着王家大院的历程。大院里还有个中华王氏博物馆，王姓朋友到那里可以找到自己的祖先根系。王家大院也是个影视基地，《铁梨花》《吕梁英雄传》《杀虎口》等作品都在这里取景拍摄。我们走出王家大院，路过静升镇人民政府，看到镇政府的门楼也是王家大院风格。

五台山 我们从灵石坐长途汽车回太原后，在山西省旅游集散中心买了"五台山深度两日游"行程，每位430元，60岁以上可退费80元。9月2日一早坐旅游车出发，三个半小时到了五台山，办好进山手续后换乘小交通进入景区。五台山位于山西省忻州市五台县，是文殊菩萨的道场，与浙江普陀山、安徽九华山和四川峨眉山并称为中国佛教四大名山，且位居四大名山之首。五台山五峰耸立，峰顶平坦宽阔，犹如垒土之台。因山上多寒，盛夏不见炎暑，故又称清凉山。东台是望海峰，建有望海寺，供奉聪明文殊；南台是锦绣峰，建有普济寺，供奉智慧文殊；西台是挂月峰，建有法雷寺，供奉狮子吼文殊；北台是叶斗峰，建有灵应寺，供奉无垢文殊；中台是翠岩峰，建有演教寺，供奉孺童文殊。人们到五个台顶寺庙去朝拜，叫做朝台。五座山峰均高2000米以上，其中北台叶斗峰海拔3061米，有华北屋脊之称。五峰之内称台内，以台怀镇为中心；五峰之外则称台外，包括繁峙、定襄、阜平等县。五台景区周长约250公里，总面积2837平方公里。1982年，五台山风景名胜区被国务院批准列入第一批国家级风景名胜区名单，也是国家5A级旅游景区。

五台山有建筑完整的寺院95处，其中国家重点文物保护单位6处，分别是台内的南禅寺、佛光寺、显通寺和广济寺，以及繁峙县岩山寺、定襄县洪福寺。省级重点文物保护单位15处，包括塔院寺、菩萨顶、殊像寺、南山寺、尊胜寺等，其余寺院均为县级文物保护单位。以宗教活动场所而言，显通寺、塔院寺、菩萨顶、罗睺寺、殊像寺、黛螺顶等11处被公布为全国重点寺院。五台山有很多敕建寺院，历史上有多朝皇帝前来参拜。台内外寺庙林立，僧侣若云。据说唐德宗贞元年间，合山僧尼达万人之众。

五台山是一个汉传佛教（青庙）与藏传佛教（黄庙）交相辉映的佛教道场，汉蒙藏等民族在此和谐共处。青庙僧侣多为汉族，一般穿青灰色僧衣。青庙有十方庙和子孙庙之分，子孙庙按师徒关系传承，外寺僧人不得在本寺任职。十方庙可以接待四方来僧，在寺僧人亦可十方云游，实行选贤制。但后来的子孙庙多改行选贤制，两者区别已不再明显。黄庙亦称喇嘛庙，属于藏传佛教，五台山藏传佛教均属宗喀巴大师创立的格鲁派，信教喇嘛均穿黄衣，戴黄帽。清康熙时，敕令将十座青庙改为黄庙，青衣僧改为黄衣僧，汉喇嘛由此产生，五台山有菩萨顶、罗睺寺、万佛阁、镇海寺等八处黄庙。

显通寺是五台山第一大寺，也是最古的汉传佛教祖寺，始建于汉明帝永平年间（58—75年），初名大孚灵鹫寺，清康熙二十六年改名为大显通寺。五台山的大孚灵鹫寺与洛阳白马寺同为中国最早的寺院。显通寺占地8万平方米，有包括七重殿宇在内的各种建筑400余间，多为明清时期建筑。寺内的铜殿铸于明万历三十八年（1610年），用青铜十万斤。方形铜殿高5米，两层重檐，内壁铸小佛万尊，中台端坐一尊大佛。殿前5座8米高的铜塔象征5座台顶，铜殿、铜塔皆饰以金箔，我们到此游览时恰逢傍晚，夕阳斜照金箔铜殿，一片金碧辉煌。

菩萨顶是五台山最大的喇嘛寺院，也是清皇帝的行宫，创建于北魏孝文帝年间（471—499年），称"大文殊院"。明永乐以后，蒙藏喇嘛教进驻五台山，遂成为五台山黄庙之首。清康熙帝和乾隆帝曾数次朝拜五台山，住宿于菩萨顶，赐菩萨顶大喇嘛提督印。据导游介绍，康熙皇帝到菩萨顶朝拜了5次，乾隆皇帝朝拜了6次。寺内有康熙御碑和乾隆御碑，上刻汉、满、蒙、藏四种文字。康熙二十二年（1683年），康熙皇帝敕命"改覆本寺大殿琉璃黄瓦"，那时只有皇家建筑才能覆盖黄琉璃瓦，体现了菩萨顶地位之崇高。

塔院寺原为显通寺的塔院，明代重修舍利塔后独成一寺。高耸入云的大白塔是寺内主要标志，也是整个五台山景区的标志，站在景区的很多山坡和庙宇中，都能看到这座醒目的大白塔。白塔的全称是

五台山塔院寺

"释迦牟尼舍利塔"，通高75.3米，环周83.3米，塔基为正方形，塔身如藻瓶。塔的铜顶高5米，覆盘21米，饰有垂檐和风钟。大白塔在红墙、青松、蓝天和琉璃瓦殿顶的衬托下，显得巍峨壮观，光彩照人。据说古印度阿育王分赠给世界各地的释迦牟尼舍利塔中，五台山得其一，称为慈寿塔。当年西域僧人先看到有慈寿塔，然后奏请汉明帝在五台山建寺院。现在的大白塔建于元大德六年（1302年），由尼泊尔匠师建造，将慈寿塔置于大塔腹中。明永乐五年（1407年）重修此塔并独立起寺。塔院寺内的藏经阁放满经书，现存经书2万余册。1948年春天，毛泽东、周恩来等中央领导离开延安赴西柏坡途中，曾来到塔院寺参观，并在寺内住宿。

黛螺顶素有"小朝台"之称，由台内五峰环抱，是五方文殊菩萨所在地。黛螺顶的佛顶庵建于明代成化年间（1465—1487年），寺内有乾隆十五年（1750年）御制的大螺顶碑记，碑背面又有乾隆五十一年登黛螺顶御笔题诗。传说乾隆屡欲朝拜五台文殊，终因风大路险未能如愿，遂摹拟五座台顶的五方文殊，总塑于此。朝拜者来到这里一次就能拜五尊文殊菩萨，所以就叫"小朝台"。登黛螺顶的山路直上直下，以青石铺成，共1080级台阶。一路上我看到很多僧人和信徒一步一磕头，甚至五体投地登顶，虔诚之心可鉴。而我们空手徒步上山，却已是气喘吁吁。更有那年轻女士登顶之后，面朝旷野狂呼大喊，发泄平日职场之压力。

僧侣、居民和游客在五台山景区可以免费乘坐各条线路的公交车，我们就坐着公交车往返于各寺院和服务区之间。但如果想去五峰台顶朝拜各方文殊菩萨，也就是"大朝台"，那就得另外买票坐中巴车，票价不菲。来五台山想游遍五个朝台和各大寺院，恐怕需要一周时间。两天的游程中我们看了10余座寺院，除前述名寺外，广化寺、镇海寺、殊像寺、罗睺寺等寺庙也都去过，清晨5点半还到许愿最灵验的五爷庙烧香，回太原路上又看了尊胜寺。

晋祠 9月4日在太原，我们坐公交车去游览晋祠。线路虽长，一路看看市容也不错。晋祠始建于北魏前，位于太原市西南悬瓮山麓的晋水源头，是为纪念周武王次子叔虞而建，1961年3月被国务院确定为第一批全国重点文物保护单位。叔虞是晋国的开国诸侯，当时国号为"唐"，故祠堂初名唐叔虞祠。叔虞的儿子继位后，因境内有晋水流淌，将国号由"唐"改为"晋"，这也是山西简称"晋"的由来，故祠堂改名为晋王祠。宋仁宗赵祯于天圣年间（1023—1031年），追封唐叔虞为汾东王，并为叔虞之母邑姜修建了规模宏大的圣母殿。

晋祠有三绝，一是周柏唐槐。周柏位于圣母殿左侧，是一棵侧柏，估测树龄3000年，树干光净，顶部枝叶顺着屋顶铺开，斜卧于栏杆内，有支架撑住。唐槐在关帝庙内，是唐代种植的槐树，老干粗大，虬枝盘曲，至今仍然茂盛葱郁。我先前去过陕西黄帝陵，看到那棵黄帝手植古柏已有5000年历史，晋祠这棵3000年的只能屈居弟位了。

二是圣母殿内宋代彩塑。圣母殿是我国现存最早的带围廊宫殿，殿堂宽敞却无柱子。殿前8条木雕盘龙各抱一根大柱像要飞动，工艺极其精巧传神。圣母殿有41尊宋初原塑的彩绘塑像，主像圣母端坐神龛，凤冠蟒袍，神态端庄；侍女和女官们形态各异，栩栩如生，或梳妆，或洒扫，或歌舞，显示出不同的气质神韵。

晋祠圣母殿和鱼沼飞梁

三是难老泉。圣母殿两侧有难老、善利二泉，晋水源头由此流出，常年不息。泉水清澈见底，源前十孔分水至南北两渠，李白有"晋祠流水如碧玉"之语。难老泉亭于北齐天保年间（550—559年）始建，明嘉靖年间重建，亭内有"晋阳第一泉"匾额。水上建亭，意蕴迥别。与难老泉相关的是鱼沼飞梁，记载于《水经注》，实物为北宋所建。"鱼沼"为晋水泉源，"飞梁"系沼上石桥，桥面东西平坦连接圣母殿，南北两面下折如鸟之双翼。桥东一对铁狮铸于北宋政和八年（1118年）。

隋末大业十三年（617年），太原留守李渊与其子李世民起兵反隋，建立了大唐王朝。唐太宗李世民于贞观廿年（646年）故地重游，亲撰并书《晋祠之铭并序》大碑一通，以酬谢叔虞神恩，宣扬唐王朝的文治武功。此碑立于晋祠"贞观宝翰"亭内，笔力奇逸，有王羲之书法之神韵。而在晋祠门外，新建的大型公园取名为"唐园"，立有李渊、李世民的戎马塑像。

漫步在悠久而神奇的晋祠内，我感到自己仿佛畅游在历史的长河中。祠内的水镜台、朝阳洞、三台阁、水母楼、胜瀛楼、献殿、对越门、子乔祠、金人台、文昌宫等古老建筑都无不向游人透露出构筑的精巧和历史的印痕。在别处极其珍贵的上千年、数百年的文物，在晋祠似乎到处都有，连树木也有好几棵是两千年以上。林徽因说：晋祠的布置像庙观的院落，又像华丽的宫苑。更有人说：晋祠是从玉皇大帝、太上老君、释迦牟尼到土地神、关帝老爷至文曲星君、英雄侠女等群仙会聚的地方，它们各居晋祠一隅，共享人间香火。

汾西师家沟

师家沟村 2015年9月29日是我们知青旅行团西北游的第二天，我们从兰考出来，经过G30、G4等高速公路，转到108国道，目的地是霍州市师家沟村。部分团友去年曾经来过这里，却兜来兜去未能进入师家沟。今天路过霍州，心有不甘再次前往，却又在离村3公里处被限高的铁架拦住了大巴，只能向老乡问路后从另一个方向绕到村里，进得师家沟村已是傍晚5点多。

位于山西霍州汾西县的师家沟村，是晋商大院聚落的代表之一。这个地方的清代窑洞民居群古建筑没有受到人为破坏，也没有刻意保护。放眼望去，整个建筑群与山势自然衔接，交融一体，层楼叠院鳞次栉比。由于建筑的奇特、典雅和繁华，在清朝就享有"天下第一村"之誉。又由于地处偏僻山乡，在数百年的动荡与战乱中得以幸存，据说日军没有到过这里。村里的一位老先生用钥匙为我们打开一个个院落的大门，并逐一介绍这个古村落民居的历史和亮点。有点奇怪的是，我们在未进村之前就感到天色渐晚，而进村游览拍照时却感到光线甚好。

师家沟的形成与师氏家族密不可分，师氏家族从始祖师文炳定居师家沟开始，经过百年艰苦创业，到第三代师法泽才发展壮大。当时正值乾隆盛世，师氏家族耕读传家，农商合一，兼营钱庄当铺，资金随之积聚壮大，逐步在晋商行列占有一席之地。师家沟窑洞民居群始建于清乾隆三十四年（1769年），当时师家四兄弟做官发达，后逐步扩建而成。师家大院共有31座大小院落，总建筑面积5万多平方米，建筑群有四合院、二进四合院、二楼四合院、三楼四合院等样式，各院分别设有正房、客厅、偏房、过厅、书房、绣楼、赏月房、门房以及工仆马厩等用房。其建筑风格具有典型的北方与山西民居特色。建筑群所处地势北高南低，三面环山，南边临沟，避风向阳。虽经200余年风雨剥蚀，但纵观全貌仍不失其当年的雄姿和风韵。建筑布局上体现了封建等级观念和宗法礼教，而装饰艺术又饱含中国文化传承及乡风民俗。

师家沟的院落就是一个村庄，30多座院落依山层递而上，整整挂满了一面山坡。总体布局利用了黄土高原的山坡沟地形态，顺势构思，设计巧妙。路面下筑有排水洞和各院相连，可以下雨半月不湿鞋。院落以巷道相连，狭长的巷道采用月洞门分隔空间，各院之间又以暗道、偏门、楼门等方式相通，可谓走进一家院，便串全村门。主体建筑周围有一条用长方条石铺成的人行道，长达1500余米。整个村落既有水平方向的空间穿插，又有垂直方向的空间渗透，充分体现出丘陵沟壑区依山就势、窑上登楼的特点，又融入平原地带多进四合院的空间布局。它所特有的空间处理、地形利用、窑洞民居、建筑装饰等状况与许多晋商大院的风格截然不同。最值得一提的是师家大院的建筑雕刻艺术，其精巧生动的木雕、石雕和砖雕大量装饰着斗拱、雀替、栋梁、照壁、柱础石等各个部位，内容相当丰富。仅一个"寿"字的窗棂图案，就可达百种以上。

师家沟村的连片老房子现在几乎无人居住，但又算不上一个正常开放的旅游景区，似乎正处于待开发状态。由于交通闭塞，经济欠发达，村里并无像样的旅游设施，没有旅馆和饭店，游客只能来此看看就走。但正因为如此，我们才能看到这样未经包装，原汁原味而货真价实的古村落。

大寨 2017年9月13日，我们在中原华北之旅期间，来到山西省昔阳县参观了闻名中外的大寨。"大寨"既是一个村名，也是一个镇名，镇政府就设在大寨村内。大寨海拔1163米，面积1.88平方公里，早年自然条件恶劣。大寨人从1953年开始治山治水，用了10年时

4A级景区大寨虎头山

间在七沟八梁一面坡上修成了高产稳产的层层梯田。1963年一场毁灭性的洪涝灾害，使大寨人10年心血付之东流。遂又用5年时间重建家园，植树造林，整修良田，修筑盘山公路，建蓄水池和盘山水渠，铺设地下水管，实现了农业机械化、水利化。

大寨相续开发了民族团结林、知青林、大寨展览馆、陈永贵故居、文化广场、文化展示馆、生态园等旅游景点，成为国家4A级旅游景区。大寨村之所以名闻天下，是因为村里出了个陈永贵。他领导村民战天斗地，重新安排家乡的山河面貌，从而引起了世人瞩目。1964年，毛泽东向全国发出了农业学大寨的号召。周恩来、邓小平、李先念、叶剑英等百余位老一辈领导人光临大寨。20年内，国内外到访大寨的参观者和游客逾千万人次。

　　公路边的广场上，一面巨大的"农业学大寨"红旗非常醒目。大寨文化展示馆的三个展厅逐级而上，展示了文化名人与大寨有关的活动，以及大寨人的文化生活。高大的团结沟渡槽，既是水渠通道，也是游览景点和游客通道。大寨展览馆广场上有一尊陈永贵石雕像，其后高高的台阶通往陈永贵陵园，每组台阶的数字象征了他的年龄、党龄、在中央工作的年头。周总理曾三次来过大寨，要求多种树。如今的大寨退耕还林，农田不多，树林不少。"大寨"品牌的无形资产给大寨人带来了巨大的财富，主打产品"大寨核桃露"已成为中国核桃饮料市场的第一品牌，其广告在央视热播。我国曾发行邮票《大寨红旗》《全国农业学大寨会议》《普及大寨县》《牧业学大寨》。

澄澈的旅途

12. 环游德国20天

　　2014年7月，华东师大德语班一批老同学为纪念他们就读德语40周年，发起了一次德国自助游，并邀请部分家属和朋友参加。我作为德语班同学的朋友，也参加了这次旅行。7月21日至8月6日，全体团友26人一起环游德国，之后分几组行动。全团一起活动17天，加上小部队在德国3天，合计游德20天。7月21日搭乘汉莎航空LH729航班由上海去法兰克福，原定13:15起飞，却由于空中管制而延迟12个多小时，我们被安排到浦东绿地铂骊酒店休息。待庞大的空客A380双层大飞机降落法兰克福机场时，已是当地时间22日上午8点多。

　　法兰克福 预订的法兰克福旅馆浪费了一晚，我们到旅馆洗洗稍歇，就出发去看市政厅和罗马人广场。在老式的市政厅门口，一对华人正在举办婚礼。小乐队演奏欢快乐曲，婚礼简单而热闹，游客们也纷纷上前祝贺，然后放飞心形气球。大巴把我们送到圣格拉莱茵河畔，然后坐船游览莱茵河的最美一段。河中水面开阔，色彩鲜艳的集装箱轮穿梭往来，白色的海鸥追逐着游船忽近忽远。山坡上的葡萄园及各种果园看上去整洁而清新，与那些造型各异的城堡既鲜明对比，又交相辉映。两岸游客很多，看上去大部分是当地居民。人们开着房车来度假，坐着游轮看美景；也有很多人什么也不做，就坐在河边发呆，聊天，喝酒。在这里无论是从水中看岸上，还是从岸边看河流，都让我们感到风景如画，赏心悦目。随后我们又来到科布伦茨的德意志之角，这是德国的"父亲河"莱茵河与"母亲河"摩泽河的交汇处。三角形的平台把两条大河分开，一些游船绕着平台从这条河开到那条河，更多的游客站在三角形的尖端欣赏两条河流汇合。两河相拥的高台上，威廉一世的骑马雕塑高高耸立，十分威武。登上高台四处遥望，不远处有个庞大的房车营地，山坡道路上有一些自行车爱好者在骑行锻炼。

　　波恩/科隆 第3天一早看到旅馆周围的环境非常优美，无异于一座大公园，就到处走走转转。今天前往波恩游览，这里是西德时代的首都，仍然有一些机构在这里办公，如联合国环境署、德国国家邮政局、德国之声等。

科隆大教堂

我们游览了波恩大学、贝多芬故居、前联邦政府议会后，就前往科隆参观大教堂。科隆大教堂始建于1248年，1880年才宣告完工，工期超过600年。联合国教科文组织于1996年将科隆大教堂列为世界文化遗产，它与巴黎圣母院大教堂和罗马圣彼得大教堂并称为欧洲三大宗教建筑。二战时英美空军轰炸科隆，老城90%被毁，德国通过罗马教廷提出要求，科隆大教堂才免遭轰炸，但已多处中弹。近年来，大教堂一直在维修，我们看到一部分立面搭着脚手架，影响了整

体美观。教堂外型除两座高塔外，还有1.1万座小尖塔烘托，建筑特征十分明显。外墙颜色大部分黑褐色，乃工业污染时代的证据。教堂内部的高大石柱，绘有圣经人物的大面积彩色玻璃，精致的拱廊式屋顶，都使教堂显得庄严、大气、崇高。走进科隆大教堂，感觉震撼而宁静，震撼的是信徒规模和虔诚，宁静的是自己内心。

不莱梅 在科隆住了一晚后，我们前往不莱梅游览。不莱梅的市政厅是欧洲最重要的哥特式建筑之一，2004年7月，它与不莱梅罗兰像一起入选世界文化遗产名录。联合国教科文组织认为，不来梅市政厅和罗兰像是神圣罗马帝国发展市民自治权和主权的有力证据，是公民自治和自由市场的杰出体现。建于1405年的市政厅位于老城中心的集市广场上，前方是建于1404年的罗兰像，右侧是大教堂和议会大楼，左侧是圣母教堂。不莱梅市政厅是欧洲中世纪后期唯一未受摧毁的市政厅，而罗兰则是法国英雄史诗和其他文艺复兴史诗的重要题材。

对于小朋友来说，格林童话里不莱梅四位音乐家却是他们津津乐道的故事：驴子、猎狗、猫和公鸡从主人那里逃出来，准备一起到不莱梅当音乐家。他们来到一个强盗窝，驴子前蹄搭在窗台上，狗跳到驴背上，猫爬到狗身上，公鸡蹲在猫头上，就这样装扮成怪物开始大合唱，吓得强盗全都逃走。四个伙伴吃饱睡足，用自己的智慧和勇敢驱走了返回的强盗。那座著名的四个音乐家雕塑就在不莱梅集市广场上，市民们在这里悠闲地喝着啤酒，欣赏着小乐队演奏。稍往里走，彩色石子铺成的幽静小街犹如上海的"田子

坊"，情调很是特别。不莱梅是个古老而又新潮的城市，有轨电车系统和自行车道路系统极其完善，而在我们下榻的INNSIDE旅馆，电梯、楼道、房门、床头、墙壁、卫生间等等，全都用不锈钢装饰，无所不用其极。

汉堡 第5天前往汉堡途中，我们在服务区休息，只见一群当地的老年游客从大巴车行李仓搬出各种设备和食物，桌子餐具俱全，饮料冷菜丰富，俨然是一次高规格的郊外冷餐会。想想他们也真会享受，旅途中的午餐也是这样讲究。走进汉堡的圣米歇尔教堂，给我完全不一样的感觉，长廊之上的楼廊砌有罗马式拱窗，通风和采光俱佳。内部装潢以白色、浅灰和金色为基调，看上去明亮通透。站在教堂中央，若不看前方的圣坛和祷告设施，而环视四周，还以为身处歌剧院或音乐厅。教堂大钟为德国最大，钟盘直径8米，指针4米，重量4.9吨，钟声洪亮悦耳。总之，圣米歇尔教堂是另外一种神圣感，它华美、平静而安详，身处其中，似乎一切浮躁会随之烟消云散。易北河老港区的货物运输功能已经弱化，旅游功能取而代之。新港区则是德国通往世界的大门，集装箱密密麻麻，港口机械林立，其中就有我国的"振华"。我们进入汉堡市区，坐在阿尔斯特湖的岸边，欣赏着川流不息的市民和新旧有序的建筑物，汉堡这个德国第二大城市给我留下不错的印象。

策勒 第6天来到位于不莱梅与汉诺威之间的策勒小镇，这里几百年的建筑比比皆是。街道全由彩色石块铺就，纹理整齐考究，道路弯而不曲。楼层不高，造型别致，仿佛走进了童话世界。古老的房屋每次易主，都要在醒目处刻上房主名字。有一幢房子已经转让了5

策勒小镇的民居

次，每位主人的大名都刻在门楣或窗台上。街头自助图书柜前，两位老人正取走他们喜欢的图书。在广场附近的集贸市场，向日葵也是鲜花。水果很便宜，一大盒蓝莓才2.5欧元，而且可以直接入口。大部分民居的窗台上，都开满了大红色或五彩缤纷的鲜花。其实花在窗外，主人并不能直接看到。德国人就是这样，种花给别人看，自己收获满足。在策勒街头漫步，感觉就是安静、干净、宁静。离开策勒后我们前往柏林，在那里我们要住4个晚上。

波茨坦公告签署地

波茨坦 第7天上午去参观无忧宫，也叫莫愁宫。这里开阔静谧，园林精巧，其内的珍宝馆有不少中国文物。下午去游览采齐莉恩霍夫皇宫，这是举行波茨坦会议的地方。波茨坦是德国勃兰登堡州的首府，位于柏林市西南郊。1945年7月26日，由美国总统杜鲁门、中华民国国民政府主席蒋介石、英国首相丘吉尔在此地联合发表了《中美英三国促令日本投降之波茨坦公告》，简称《波茨坦公告》或《波茨坦宣言》。公告的主要内容是声明三国在战胜纳粹德国后一起致力于战胜日本，以及履行开罗宣言对战后日本的处理方式之决定。1945年8月14日，日本天皇宣布接受波茨坦公告，向盟军投降。有点奇特的是，主会场外的草坪上，用红花摆出了一个巨大的五角星。采齐莉恩霍夫皇宫的湖泊和花园很大，湖畔有很多当地人在进行日光浴或游泳。随后，大家又来到波茨坦附近的夏宫游览，也是一处大型古典园林。今天游览的无忧宫、采齐莉恩霍夫皇宫和夏宫，相距不太远，都是当年的皇家宫苑。

柏林 随后两天都在柏林市区游览。亚历山大广场附近的红色市政厅原来是东柏林的市长办公地，现在是统一后的柏林市长办公地。我们进去参观无需安检，也无需证件手续，直接从红地毯走上楼就可以，当然有些办公区域是不能进的。市政厅二楼的建筑和陈设，看上去就像一个不错的博物馆。真正的博物馆离市政厅不远，我们沿菩提树大街穿过施普雷河，已列入世界文化遗产名录的柏林博物馆岛就出现在面前。5座形态各异的新老博物馆组合有序，与相邻的柏林大教堂、国家美术馆一起构成一组星光灿烂的文化建筑群。不必说进入馆内参观，就是在各大博物馆之间穿行，就可感受到那种巨大的文化魅力和厚重的历史底蕴。德国的国会大厦是市民休闲游览的好去处，大厦前的草坪上满是或坐或躺的市民，孩子们在其中奔跑嬉闹。而想进入国会大厦参观，却要排队较长时间。勃兰登堡门是德国统一的象征，也是柏林市民集会庆典的场所，门前广场游客如潮，来到柏林的游客都会来看一下这座见证德国200多年历史的著名门楼。

马恩广场就在菩提树大街边，马克思和恩格斯的铜像依然矗立在树丛中，国内来的团组都会去参观瞻仰。广场上有导游调侃说：马克思把马克留在德国，把思想送到中国。《资本论》把资本留在西方，把理论送到中国。而分隔不同意识形态的柏林墙，存续于1961年至1989年。高墙阻隔不了人心，对抗终将融合。有形或无形的各种围墙，并不能永久延续。保存历史陈迹是为了不忘历史，避免悲剧或者愚昧重演。在宽敞的苏军

团友们在柏林郊外烧烤晚餐

纪念广场上，英武的苏联军人雕塑高耸入云，当年的苏军坦克和大炮稳置高台，广场后面的陈列馆向人们叙述着那并不遥远的历史。

　　午餐时团友们在附近超市采购了很多野炊用品，烧烤炉、燃料、食材、啤酒、饮料、餐具，应有尽有。傍晚时分，团友们来到柏林郊区的万塞湖畔，在绿茵茵的草坪上席地而坐，愉快地享受了一次德式野外烧烤。我们旅行团的罗民炎团长长期在德国工作，这次德国游由他全程策划和陪同，他对这种野外烧烤聚会的流程驾轻就熟。酒菜既足，团友们在草坪上跳起欢乐的舞蹈，还有音乐伴奏，十分热闹开心，晚上8点多乃回宾馆。

111

　　德累斯顿　第10天离开柏林前往德累斯顿，这是德国东部的一座古老城市，被称为是"易北河上的佛罗伦萨"。虽然战争的痕迹依稀可见，还特意保留了一处盟军轰炸的废墟，但大部分古建筑还是完整保存下来了。其中，精妙绝伦的百米瓷砖画廊、宏大的圣母教堂、金碧辉煌的茨温格宫，还有那遍布全城的古老铺石路，都给人以建筑艺术的精致感和悠久的历史沧桑感。下午游玩了素有"小瑞士"之称的萨克森国家森林公园，公园位于易北河畔，山峰不太高却十分清秀，几个相距不远的山头错落有致，相互成景。站在山顶的观景台上可以观看山脚下弯弯的河流和田野，还看到山谷里正在举办的音乐会。然后大巴开往布拉格，从德国到捷克，没有任何感觉，车也没有停。

　　布拉格　第11天在捷克首都布拉格度过。布拉格城堡始建于公元9世纪，一直是布拉格王室所在地，现在仍是捷克总统的办公地，故又称总统府。这里有各个历史时代风格的建筑，其中以哥特式加冕大厅、安娜女皇娱乐厅、西班牙大厅最有名。城堡内圣维塔大教堂的彩色玻璃为这个千年古教堂增添了现代感，礼拜堂从壁画到尖塔都有金彩装饰，而圣乔治教堂的基石和两个

尖塔从10世纪一直保存至今。离城堡不远的布拉格老城广场上，最引人注目的是建于1410年的钟楼，每逢整点钟窗便自动打开鸣钟。我们看到一对时尚的年轻人正在钟楼下举行婚礼，他们与钟楼一起成为游客观赏的对象。横跨于伏尔塔瓦河上的查理大桥建于1357年，桥长520米，宽10米，16个桥墩和桥面均为砖石所砌，却曾承受过坦克车碾压和大洪水冲刷。这座欧洲最古老石桥上的30尊圣者雕像，被称为"露天巴洛克塑像美术馆"。1992年，联合国将查理大桥列入世界遗产目录。如今这座古老大桥已成为一条步行街和艺术长廊，成为布拉格艺术家们的表演舞台，以及手工艺创作的展示场所。

慕尼黑 第12天又回到德国，前往慕尼黑参观宝马总部展示中心。展厅里各种新款的宝马汽车和摩托车令人眼花缭乱，显示了德国汽车工业的实力和创新。展厅附近是奥林匹克公园，1972年慕尼黑奥运会在此举办，年长者对那届奥运会所发生的恐怖惨案仍有印象。慕尼黑维也纳广场上游人如织，各种古老的建筑物吸引了众多游客。然而广场附近具有400多年历史的慕尼黑皇家啤酒屋知名度却更高，这间号称全世界最大的啤酒屋据说可容纳3500名顾客，我们进去参观丝毫也没有妨碍酒客们的高亢情绪。茜茜公主、歌德、莫扎特、列宁等名人都曾是这里的嘉宾，而最让这间啤酒屋闻名于世的人物却是希特勒，他在这里发表了著名的"25点纲领"。位于慕尼黑的纽芬堡是德国最大的巴洛克式王宫，其花园占地350公顷，穿过长长的天鹅池，是一望无边的草坪和森林，王宫的建筑和陈设相当别致，这里就是茜茜公主的童话世界。

天鹅堡 第13天由慕尼黑前往福森小镇，一路上看到了我们这次德国之旅的最美沿途景色。山坡上是一垄垄整齐的啤酒花，一会儿是大片的绿草地，又一会儿是成群结队的牛羊，间或几幢色彩鲜艳的民居，再加上那茂密的树林，远处的青山，天上的蓝天白云，景色沉郁壮观，风光确实美丽。行驶途中，团友们聚集在左边拍摄，忽然右边又出现美景，赶快到右侧去拍摄，以至于"左边左边，右边右边"成了我们旅行团通用的美景代名词。中午前到达天鹅堡小镇，我们先在山下的大草原游玩，欣赏辽阔的草原风光，然后在小镇上西餐厅午餐。到新天鹅堡要坐交通车上山，而且须购买限时入内的门票，这是景区疏导游客的一种措施。

我们先在城堡外的大桥上观看新天鹅堡全貌，山巅上的城堡体量很大，基础部分填平了低洼，整齐排列的窗户共有5层，屋顶斜而高大，两座主塔和众多小塔高高耸立，灰白色的外墙古朴而清新，整个建筑在青山绿水的映衬下宛如一个童话世界，它也正是迪斯尼乐园的灵感来源。我们按照门票上的时间进入城堡参观，游客在城堡里不能拍照，这样的规定真让人遗憾。我们带上导游机，跟着中文解说游览城堡，在城堡里上上下下，兜兜转转，逗留了很长时间。新天鹅堡是路德维希二世的梦想和杰作，其实国王本人并未能享受这座城堡。晚上入住福森小镇的旅馆，环境非常优美，与住大城市旅馆的感觉完全不同，而且看到了绚丽的晚霞和灿烂的朝霞。

　　第14天先到林岛小镇观看博登湖，宁静的湖面上时有游艇掠过。这是德、瑞、奥三国共有的湖泊，号称是德国最大之湖，但仅及我国太湖的十分之一。然后在蒙蒙细雨中来到滴滴湖小镇，风光旖旎，游人很多。这个小镇盛产各种奇妙的咕咕钟，巧妙的设计和可爱的造型，让简单的计时工具成为一种精致的艺术品。随后我们又到了美丽而神秘的特里堡小镇，这里是著名的黑森林蛋糕发源地，我们当然不会放过品尝地道黑森林蛋糕的机会。

　　斯特拉斯堡　第15天再次离开德国到了法国的斯特拉斯堡，这是一个法德边境城市，在法国位居第七大城市，中国游客很少去。斯特拉斯堡的水岸风景很有特色，岸边有一些16世纪的民居建筑，也保留了几座船来通航，船过复路的活动桥，这个区域素有"小威尼斯"之称。

作者参观欧洲议会大厦（魏伯源 摄）

位于斯特拉斯堡的欧洲议会大楼非常气派，主体是一座体量庞大的圆形建筑，中庭没有屋顶，抬头可见蓝天白云。内外立面并不按照建筑层数等比例装饰，而是结合圆形建筑特点采用了宽窄不等的间隔措施，看上去十分新颖美观。采用这样的圆形透空设计不仅采光良好，建筑风格也颇为独特。大楼前广场上的两排旗杆，挂满了欧盟各国的国旗和相关组织旗帜，提示着这里是一个重要的国际机构。

　　海德堡　8月5日是我们德国之旅的第16天，也是我们旅行团集中活动的最后一天，我们前往海德堡游览。海德堡是一个城堡的名字，也是一座城市的名字，又是一所大学的名字，甚至还是一类印刷机械的名字。位于内卡河畔的海德堡城堡历时400年修建才完工，包括防御工事、宫殿居室和城堡花园等组成部分，当年是一座军事要塞。早年法军曾运来大量火药垒放在城堡内部，将它劈成两半。城堡却裂而不毁，一大半仍然屹立，塌陷部分斜靠在未倒部分身边。古堡中可储存22万公升葡萄酒的"大酒桶"以及大酒窖，是海德堡城堡吸引观光客的重要原因。而残存的古堡断垣则对艺术家们颇具吸引力，我们看到一群来自国内艺校的学生们，久坐于历经沧桑的古堡残壁前写生作画。我站在古堡外的山坡高处放眼看去，海德堡全城风光历历在目。下午团友们化整为零，游览了海德堡市内的广场、街区、大学、博物馆和图书馆等，也到河对岸的富人别墅区走走看看。傍晚，团友们在海德堡郊区一家餐厅晚餐后，就来到隔壁的咖啡屋举行露天聚会。大家在晚霞下围坐一起，喝酒聊天，畅叙友谊，表演歌舞，互道珍重，散伙聚会实难散。

2014年8月6日是我们德国之旅的第17天，团友们有9人先期飞返上海，11人飞往北欧继续旅行，1人与朋友相约前往意大利，我和4位朋友则准备跟着当地旅游团参加瑞士游和欧洲多国游。8月6日、7日，以及8月18日我们都在法兰克福，8月17日到卡塞尔和马尔堡游览，8月19日与北欧游团友们在法兰克福机场聚集后一起返回上海，其余时间我们都跟着旅游团在瑞士等国游览。

卡塞尔/马尔堡 我们5个人花32欧元买了张团体一日票，从早上9时至晚上24时可以无限制乘坐红色的火车，但不能坐白色的动车，地点和时间可以自助打印行程单。我们从法兰克福坐火车到卡塞尔，返程途中到马尔堡，再回到法兰克福，算下来每人才6元多，感到坐德国火车真是太划算了。在德国坐火车自由而方便，无需安检，没有检票，马路直通站台。座位相当舒适，乘客上火车可以带自行车，也可以带宠物。

卡塞尔是德国一个小城市，据说是格林兄弟的故乡，没看到什么特别的景点。这也许是我们在德国转了一大圈，好景点看得太多，对本来不错的卡塞尔也看不上眼了。马尔堡是一座有数百年历史的古堡，是一个宁静怡人的小镇，也是一所不太知名的大学。马尔堡城堡在一座山头上，我们从后山上去，前山下来。进堡时虽然有点晚，管理员仍然十分友好地让我们进堡参观，感到这个地方还是值得一游。不论是在卡塞尔还是在马尔堡，几乎都没看到其他中国游客。

印象拾零 歌德故居位于法兰克福西思格拉大街，在二战中被完全破坏，战后已修复，四层楼的故居向人们展示这位伟大作家和思想家的生平及实物。高大的哥德铜像屹立于哥德广场，他目光深邃凝视远方，宽阔的额头充满了智慧。广场边的歌德大街是奢侈品的天下，一些新潮商业大厦的风格颇像上海世博会的阳光谷，最热闹的商业街却与喧闹的农贸市场及食品市场比邻而设。法兰克福证券交易所、欧洲中央银行、德意志商业银行这些金融巨头，集中勾勒出一幅金融中心城市的轮廓线。而在犹太人居住区，同一条街在不同时期的路牌名称仍然全部保留，无声地诉说着街道的历史。美因河里的大游船与小划艇交错而过，河边绿树成荫，游道幽长。法兰克福，一个繁华、多元而活跃的城市。

在德国期间，见识了不一样的电车、轿车、卡车和自行车。车子本身并不特别，但德国人的使用方式很特别。轿车后面可以拖各种有轮子的物体，小飞机、小游艇、各种拖车、拖斗，有些很长很大的物体，小轿车照拖不误，超市门口也有各种拖车出售。至于小汽车装载自行车，那是随处可见，有的立在车顶，有的挂在车后。我看到一辆小车后面居然挂了三辆自行车，停车后三口之家各骑一辆就走。不过随着我们中国的共享单车走向世界，我估计这种情况可能会有改变。德国很多城市都有外观漂亮的有轨

环游德国示意图

电车，那些轨道铺设得既环保又艺术，很多轨道就在草坪中，有些轨道的交叉口和弯道处艺术感很强。大部分城市都有专用自行车道，骑车人有优先通行权。有的人专找坡道骑，有的人推着自行车跑步，还有的人把婴儿车拖在自行车后面。我看到一辆卡车停在广场上，工人们在装卸活动房，这辆卡车里的所有物品都有固定位置，大部分挂在车壁上或放入小箱子，工具和材料杂而不乱，车厢中间十分宽敞。德国车价便宜，我到旅馆附近的新车店看了看，一辆很不错的SUV，售价仅10490欧元。

8月20日上午，我们搭乘的汉莎航空公司空客A380飞机平安降落浦东机场，为期一个月的德国深度游及周边游结束了。我在欣赏美好景色的同时，对德国人的思维方式、行为方式、工作态度和休闲度假观念等也留下深刻印象。德国确实是一个值得深入探访游览的国家，再见，德意志！

13. 五国欧洲游

早在环游德国之前，我们就从网上买了两档游程。一个是"瑞士湖光山色四日游"，价格人民币2442元；另一个是为期5天的"西欧四国经典游"，价格244欧元。两个游程出发地都是法兰克福。2014年8月8日，我们在法兰克福火车站广场坐上大巴，驾驶员是位来自东欧的老先生。德国劳动力短缺，我们德国游及两次周边游的驾驶员年龄都在60岁以上。导游是个精干小伙子，中国人到境外旅游，导游大部分都是华人。大巴先到斯图加特接一批游客，这个城市是梅赛德斯-奔驰公司所在地，火车站大楼顶上的奔驰标志在缓缓转动。然后进入瑞士边境，瑞士不是欧盟国家，需要停车办入境手续，但只要驾驶员去办就可以，游客不用下车。

苏黎世　下午到达苏黎世，这是瑞士的金融中心，也是瑞士的最大城市。虽说是最大城市，却不满40万人。苏黎世湖犹如一弯新月，蔚蓝色天空下的碧绿湖水中，片片白帆摇曳，美得令人陶醉。湖边的丘陵高低起伏，幽静的小径通往各处。岸边平台上，街头艺人的装束具有浓郁的瑞士风格，他们演奏的曲子也充满了瑞士乡土情调。马路上驰过一辆有轨电车，车厢里有豪华酒吧，乘客端着啤酒杯在观赏街景，原来这是一辆带酒吧的观光电车，或者说是一个流动的酒吧。班霍夫大街被认为是世界上最富有的街道，每年从这里调动的资金，超过全世界资金量的30%。这里有很多私人银行，外表看上去更像奢侈品商店。街心花园中几块矗立的石条看似建筑小品，其下深处却是瑞士的国家金库。班霍夫大街也是著名的名品街，很多中国游客喜欢到这里购买价值不菲的瑞士名表。

蒙特勒　一早来到蒙特勒的日内瓦湖畔，我们一下子被美丽的湖滨景色所吸引，湖水和天空同样清澄，繁花似锦，步移景换，随手拍下去都是好照片。浩淼的湖水，漂浮的云彩，还有群群白鸥，点点彩帆，都让人心旷神怡。长长的湖滨步道畅通无阻，没有建筑物隔断，那些咖啡馆、餐厅都与湖岸保持一些距离。湖边有各种造型的观景平台伸入湖中，游客可以在那里亲水、发呆。远处云层密布的山脚下，就是法国的依云小镇。依云矿泉水的口碑和品质，体现了这个区域的一流生态。英国诗人拜伦把日内瓦湖比喻为一面晶莹的镜子，说它"有着沉思所需要的养料和空气"。湖畔的西庸古堡以赭色巨石砌成，气氛凝重，公爵大厅和珍宝房等依稀保留着昔日的辉煌，高大的城堡古塔倒映水中，增加了景观

风光旖旎的日内瓦湖

丰富度。湖边山坡上星星点点散落着一些小别墅，环顾四周并无太高的建筑物。我们看到一对夫妇带着三个娃在湖边漫步，太太肚子里还有一个，也没带什么大包小包，轻轻松松的样子，真佩服他们的遛娃水平。日内瓦湖面积为224平方英里，其中瑞士境内有140平方英里。湖畔有多层路网，水路、沿湖道路、铁路、地面公路、高架道路，一起构成了立体交通网络。

国际奥委会驻地的短跑赛

洛桑 然后来到洛桑，山谷里的中心广场正在举办展销会，广场上停满了各种车辆，有些车子栏板放下就是货摊。欧洲城市的广场周围虽然多有重要机构和历史建筑，但广场差不多都是市民休闲和赶集的场所，都是市民广场。附近的教堂外观没什么特别，其内一架巨大的管风琴却很是惹人注目，琴当中有5排黑白分明的琴键，两侧各有7排按钮，谱架上放着琴谱。我不清楚这架琴是一人还是多人弹奏，一个人又怎能控制这么巨大的乐器？洛桑位于日内瓦湖北岸，是瑞士的法语区城市。国际奥委会成立后，创始人顾拜旦在巴黎的住所也就是国际奥委会的总部。为避免战争对奥林匹克运动的干扰，顾拜旦于1915年将国际奥委会总部由法国巴黎迁往瑞士洛桑。1993年12月国际奥委会宣布，洛桑为"奥林匹克之都"。奥委会总部坐落在小山坡上，外围有很多生动有趣的体育雕塑，大楼门口的奥运圣火长燃不熄。大楼一侧的百米跑道上，一位父亲正与两个女儿举行赛跑，小女儿看上去还不满3岁。我们沿着楼内旋转而上的红地毯走上

各展示馆，看到很多奥林匹克运动的珍贵史料和历史画面。

伯尔尼 伯尔尼是瑞士的首都，看上去却不太像一国之都，城区不大，人口仅13万。市民生活十分悠闲，坐在街头喝啤酒和围在一起看演出，似乎是市民常见的休闲方式。一些年轻人喜欢席地而坐，根本不考虑干净舒适与否。一条不太长也不太宽的步行街上，马路中间摆放了一长溜桌椅，从这个路口一直摆到下一个路口。桌椅两侧有很多摊位，差不多都是啤酒咖啡饮料之类，加上马路两侧密集的饮食店，整条街就成了美食街。路边有很多艺人表演，单个或组合，歌舞或演奏，总能吸引很多人驻足观看。有个小伙子在表演中国功夫，那种不靠谱的架势一看就知道极其山寨，但围观者依然看得津津有味。太阳快下山了，街上的一切都拖着长长的影子，我们也就离开了伯尔尼。

少女峰 8月10日是星期天，我们来到因特拉肯小镇，要去游览海拔4158米的少女峰。天空中飘荡着五颜六色的滑翔伞，教练带着游客从山顶缓缓飘下，降落到路边的大草坪上。11点左右我们坐上登山火车，开始向山上进发。少女峰不要门票，但上山的火车票每人要138欧元。火车在山谷草地穿行，与平时坐大巴看到的景观没什么区别。列车在一个车站停下，我们下车换乘另一列火车，前后两个火车头一个拉一个推，把列车送上渐渐变陡的山坡。然后来到艾格尔车站，我们换乘至第三列火车，轨道中间有齿轨用来咬合火车。开始进入隧洞，这段开凿于明希山中的隧道长7122米，坡度达到25%。过了一会儿，火车在两个隧洞之间的小站稍停，我们下车透过几扇观景窗，十分新奇地欣赏着隧洞外面的冰雪世界。进入隧道之前，地面的冰雪还不成气候，而现在看到外面已是白雪皑皑了。又开了一会儿，火车停靠在少女峰山内的车站，整个上山过程用了2个多小时。下车时，每位乘客拿到一本《少女峰铁路护照》，站长证明持有者已到达欧洲最高火车站。少女峰车站上下好几层，设有餐厅、邮局、电影院、商店等，还有许多冰雕作品，犹如一个庞大的商厦，不同的道路编号通往不同出口。

盛夏少女峰

我们上了几层楼梯，经过指定通道来到户外。眼前一片冰天雪地，气温有点低，风也很大。我们沿着绳索限定的区域手拉手小心翼翼地行走，冰雪经过游客踩踏，有点滑溜溜的，大家都缓慢行走，以免摔倒。走到了山坡顶端，这里视野开阔，可以看到附近几座雪山，一面瑞士国旗在此高高飘扬。山顶上气候多变，刚才还有阳光，没过几分钟就阴云密布，狂风大作，天空里飞起了阵阵雪雾。我们衣服穿得不多，在雪山坡呆了不到20分钟，就慢慢往下返回山洞。休息了一会儿，吃点热饮，再从另外一个方向走出山洞，这里是一幢很大的房子，可能是天文台或者气象台，其观景平台对游客开放。我们登上观光平台，风仍然很大，雪花仍然在飘，气温也依然很低，但由于脚踏着宽敞的平台，手可以扶住栏杆，安全感增加很多。也由于这里地势更高，角度更好，游客在此不仅能平视、仰视壮观的雪峰，也可以俯视远处的滑雪场。那里有很多人在进行各种冰雪运动，包括夏季滑雪和犬拉雪橇。在观光平台可以欣赏到少女峰全景，十分壮观。据说少女峰因为山上经常有云层笼罩，少女羞涩不愿见人而得名。远处时而云蒸霞蔚，时而云纱半掩，时而黑云压城，美丽的少女峰充满了活力和变幻。在这盛夏季节，我们站在雪峰顶上感受她的魅力、变幻和美丽，很有意思。

卢塞恩 次日一早来到卢塞恩湖畔，这个湖泊与城市同名，在瑞士名列第四位，却是一个完全在瑞士境内的湖泊。在湖水与罗伊斯河连接处，一座长200米，带屋顶的木制长桥斜卧于河面之上，这就是建于1300年的卡佩尔廊桥，是欧洲最古老的木结构桥梁。廊桥内木柱之间的横楣上悬挂着110幅图画，描绘了圣人守护卢塞恩的历史故事。木桥外侧鲜花成廊，远远望去如同一条红色飘带飞挂河面。我看到一些摄影作品，都把这座廊桥作为瑞士的代表性景观。我们在返程途中来到莱茵河瀑布，瀑布不太高，但特别宽，长长的一道瀑布水量很大，看上去十分壮观，但比起加拿大和美国边境的尼亚加拉大瀑布可就差远了。

风车村 8月12日早上，我们仍然在法兰克福火车站坐上大巴，这次是西欧四国经典游。车子先开到科隆接一些游客，一个城市的游客不足，旅

荷兰风车村

行社就让附近一个城市的游客拼团出游，这也是他们的经营之道。下午到达荷兰的风车村，游客很多，停车场满满的。几架漂亮的大风车在湖边排开，叶片缓缓转动，在蓝天下和篙草丛中显得很有风韵。风车村商场里的木屐鞋五颜六色，鞋型宽大，是荷兰的土特产，看着有趣，穿上去恐怕不会舒服。

阿姆斯特丹 阿姆斯特丹是荷兰首都，漂亮的湖泊和河流密布全城，各种游船穿梭其中，载着游客水上观光。水面上有一些房船停靠在岸边，似乎是船民的固定居所，看上去十分整洁美观。有些桥梁不时会凭空翻起，车辆就等候在桥前让船只通过，由此可见这个城市的航运优先。市内似乎没有什么高大的桥梁，河中没见什么巨轮航行，货轮也不多。我们在市中心漫步，三个叉叉的市徽随处可见。居民楼顶层多有伸出房子的钢梁，荷兰人由于楼道狭小，搬家时就用屋顶的钢梁吊运家具。达姆广场是阿姆斯特丹的心脏和肚脐，这里曾经是全欧洲嬉皮士的汇集之地。广场中心国家纪念碑周围的地面逐圈抬高，形成一处极佳的阶梯式观众席。我们也和市民一起坐在密密麻麻的人群中，不光是晒太阳和发呆，这么多互不相识的人们围成圆圈坐在广场上，本身就是一个奇特的风景。广场的出口四通八达，从其中一个路口走出去就是著名的阿姆斯特丹红灯区。

布鲁塞尔 比利时首都布鲁塞尔举办1958年世界博览会时，建造了标志物原子塔。这个塔把金属铁分子的模型放大1650亿倍，9个直径为18米的金属圆球由直径3米的不锈钢管连接，整体构成一个巨大的正方体。这样的设计和工艺，就是今天来看也不算落后。距地面100米左右的高空，有人正在表演高空走钢丝，距离不太长，看上去仍然令人心惊胆战。

布鲁塞尔大广场始建于12世纪，联合国教科文组织于1998年将它列入《世界遗产名录》。广场地面用花岗石铺就，周围的建筑物风格各异，看上去每幢大楼都是金碧辉煌，中世纪韵味十足。大广场是布鲁塞尔举行各种重要活动的地方，历史上的许多重大事件都发生在这里。大广场也是人文荟萃之地，法国作家雨果，伟人马克思和恩格斯，都曾在这里居住、写作。而在广场上举办的夏季沙滩排球赛、大广场鲜花地毯节以及新人婚礼庆典等市民活动，更让大广场充溢着市井情调。闻名于世的撒尿小孩铜像就在布鲁塞尔大广场边上，这座小于连青铜塑像建于1619年，当年他撒尿浇灭敌方炸药的导火线，拯救了整座城市，由此而成为布鲁塞尔第一公民。各国争相把自己的民族特色服装赠给小于连，以致他的衣服得专设一个博物馆来收藏，其中也包括我们中国赠送的马褂、宇航服、唐装和熊猫服装。撒尿小孩雕塑周围环境局促，游客拥挤不堪，这里正是各路神偷大显身手之地。导游不断提醒谨防小偷，大家都小心翼翼，相互留神，仿佛进入了敌占区。

巴黎 8月14日来到巴黎，先坐船游览著名的塞纳河。游船很大，满船游客都在上层甲板观看风景，岸上和桥上的人们也在看游轮，大家互相挥手致意。两岸的大小皇宫、巴黎圣母院等耳熟能详的建筑物次第出现在游客眼前，但堤岸有点过高，遮挡了建筑物的一部分风采。河上桥梁很多，每座桥的造型都不一样。其中有一座艺术大桥也是巴黎爱情桥，两侧栏杆密密匝匝挂满了同心锁，数量达70万把之多。据说为了桥梁安全，如今这些巨量挂锁已被拆除。埃菲尔铁塔是巴黎和法国的标志，高大的塔身很远就能看到，从不同角度看过去有着不同的风采和神韵。埃菲尔铁塔矗立在塞纳河南岸的战神广场，以它的设计者而命名，于1889年建成，总高324米。铁塔下购票登塔的队伍蜿蜒数十米，塔前宽阔的广场和草坪上游人如织。但是导游对我们谨防小偷和骗子的不断提醒，使得游览心情大打折扣。建成于1836年的巴黎凯旋门是雄狮之门，高大的城门简洁而威严。凯旋门下火炬长明，以纪念为法国捐躯的将军和战士。香榭丽舍大街等12条林荫大道围绕凯旋门辐射延伸，高空拍摄的路网照片真是令人震撼！也十分佩服这一宏大城市设计的理念和智慧。巴黎的老佛爷商厦绝对是中国人的天下，尤其是在底层商场，除了营业员之外就没看到过欧美人士，而商场里的法国营业员都会用一口流利的汉语与中国顾客交流。商场一角排队退税的中国顾客绕了一圈又一圈，中文是这里的标准工作语言。

凡尔赛宫 凡尔赛宫位于巴黎郊外的凡尔赛镇，建成于1689年，于1979年被列入《世界文化遗产名录》。参观凡尔赛宫的游客非常多，在偌大的广场上转来转去排队入内，没有工作人员管理，也没有栏杆引导，游客却井然有序，排了一个半小时才进入宫内。宫殿建筑气势磅礴，金碧辉煌，500多间大殿小厅处处富丽堂皇，美轮美奂。室内装饰以雕刻、油画和挂毯为主，梁架和屋顶上也都画满了细腻唯美的各种图案，人物形象精致典雅而生动传神。一些殿厅配有十七、十八世纪雍容华贵的古典家具，工艺极其精湛。宫内还陈列着来自世界各地的珍贵艺术品，当然也包括中国的瓷器。宫殿西侧是一座修葺整齐的法式公园，面积100公顷，绵延3公里。花园内有1400个喷泉，以及一条1.6公里长的运河。

卢森堡市 8月16日我们前往卢森堡市，这座城市是卢森堡大公国的首都，阿尔泽特河穿城而过，两岸是历史悠久的老城。尖塔高耸的大公宫

卢森堡市政厅门口的蔬菜摊

殿，建于17世纪的圣母院大教堂，德国童话式的老镇街道，风光旖旎的卢森堡大公公园，这些都是城里的知名景点。卢森堡市是金融中心，欧洲投资银行、欧洲金融基金会等都设在这里，比利时、德国和瑞士等国的众多大银行也都在这里设立机构。我们站在佩特罗斯大峡谷边上的宪法广场放眼眺望，阿道夫桥和夏洛特桥这两座气势如虹的大桥横跨峡谷，连接着新旧城区。卢森堡市政厅星期六不办公，老百姓的蔬菜摊就堂而皇之摆到了市政厅门口，菜摊与市政厅台阶的距离还不到10米。有些蔬菜带着泥土，以示新鲜。

离开卢森堡市后，我们的大巴经过科隆稍停，回到了出发地法兰克福，前4天加后5天的瑞士、荷兰、比利时、法国、卢森堡这欧洲五国游到此结束。

澄澈 的 旅途

14．歌诗达的散漫时光

2014年10月12日，我们一些老知青相约参加歌诗达大西洋号邮轮5日游，这是我第一次坐邮轮旅行，颇有新鲜感。在上海宝杨路国际邮轮码头办理行李托运后，下午一点半开始安检、过海关，登上邮轮。我们10个人的房间分别被安排在一楼、五楼和八楼，一楼房间是海景房，离海面已经很近，透过宽大的玻璃窗可以看到阵阵海浪卷来。楼上的房间都有阳台，阳光灿烂风平浪静时，坐在阳台上看海确实是一种享受。

邮轮生活 建造于2000年的歌诗达大西洋号（Costa Atlantica）邮轮属于意大利歌诗达邮轮公司，长292.5米，宽32.2米，85619吨位。船上有15个甲板，其中12个旅客甲板都以意大利导演弗莱德里克费里尼的电影命名，各层客舱走廊也以相应电影的风格来装饰。船舱有1057间，其中客房有999间，载客量2680人，有船员857人。编号的楼层有12层，还有其下的A、B、C层。A层仅医院对游客开放，A层其余部分以及B、C层均为设备、员工或工作用房。一层以上为游客区域，其中完整的楼层是一至九层，十层以上均为体育、娱乐、甲板、餐饮等区域。二、三、九层没有客房，均为公共活动区域。观光电梯从一楼直达九楼，另有多部电梯分布各处。站在第二层中央大厅，可以抬头看见天空，中央大厅有总服务台，也是游客们的聚会中心。

我们进入一楼房间，看到自己的行李已经送到客房，不由得赞赏船方考虑周到。房间看上去还算宽敞，各种起居设施一应俱全，六尺大床躺下去很舒适，后来发现这大床是由两张小床拼接而成。房间里有沙发、茶几、梳妆台、写字桌、保险箱等设施，当然还有卫生间。房门外面有个信袋，船方有事通知游客，或者发放资料，就放在这个信袋里，此外船上也会经常广播一些通知和信息。"Today"是船方发给每个房间的日报，内容包括天气预报、航行信息、设施介绍，以及当天的活动通知和信息提示，一报在手，游客就能心中有数，不会错过自己感兴趣的活动。

由于大家中午都没吃什么东西，登船后我们到九楼餐厅用午餐，自助餐的花色品种很多，随到随吃，也不要餐券。过了一会儿，广播里反复通知游客们举行全船救生演习。大家回到房间取出救生衣穿上，带上红色的演习卡，随着七短一长的紧急报警信号，顺着船员指引的路线来到第三层甲板。船员们分别向游客说明紧急情况下的逃生办法，指明救生艇的位置，然后收走了游客手上的演习卡。开船还得等一会儿，大家有的到船上剧场去听游程介绍，有的东走走西看看，把几个楼层的公共活动区域都看了个遍。朋友们聚在一起叙谈，拍照，发微信，不知不觉就到了下午5点钟，邮轮准时启航离港了。船开出一小时左右，手机信号渐渐消失，也就无法上网了。船上有一种"歌诗达网"是免费的，可以在游客之间收发信息。但如果购买互联网上网服务，费用并不便宜，10美元只能用30分钟。

　　船开出不久，二楼"甜蜜生活"中央大厅就开始了启航派对，我们随着热烈欢快的乐曲，与船上的娱乐团队一起跳舞狂欢，大家都很兴奋。娱乐团队的演员们有时在剧场进行专业演出，有时候则引导游客进行各种娱乐活动，其中也包括教游客跳舞。晚餐开始了，我们是在二楼餐厅吃正式的西餐。船上共有四个餐厅，其中三个是免费餐厅，一个大西洋俱乐部餐厅需游客另行付费每人33.5美元，而且必须预定。三个免费餐厅中，九楼是波提切利自助餐厅，分为好几个就餐区域，24小时开放，但非就餐时间的食物品种有所减少，定时还有面条吧、色拉吧、披萨广场、煎蛋站等花式。二楼、三楼餐厅的早餐和午餐是自助餐，而晚餐是正式西餐。游客在指定座位入座，每人点自己喜欢的西餐。由于在西餐厅用晚餐的游客众多，晚餐分17:45和19:45两批进行，游客是早一批还是晚一批吃，应提前选定，且不能更改。与此相适应，每晚的剧场演出也是分两次举行，晚吃的观众早一点看，早吃的观众晚一点看。

　　西餐品质还是很不错的，与通常西餐馆的菜式并无多大区别。船上的几天，我把自己喜欢的主食、菜肴、汤和甜食都吃了个遍。游客开始入场时，服务员在门口列队欢迎，他们真诚的笑容使游客感到十分温暖。每餐的服务员都是熟面孔，他们固定在某个区域服务，这样可以更好地与游客沟通。最后一次晚餐时，服务员都换上喜庆的服饰，点菜送餐之后就关闭灯光，托着盘子里的蜡烛鱼贯而出，欢快的音乐声骤然响起。有的服务员一手托着大蛋糕，另一手燃放小焰火。二楼餐厅的中间区域与三楼餐厅空间共享，服务员和部分游客倚着栏杆，绕着餐桌，跟随全场游客的拍手节奏起舞狂欢。这一场餐厅晚会气氛热烈，大家情绪十分高涨。

　　在剧场看完演出后，朋友们就相约一起到九楼喝咖啡。九楼的自助餐无限量供应，咖啡饮料也无限量供应，而且还有一些水果和小零食可以取用。大家边喝咖啡边聊天，十六、七岁就一起到北大荒农场的荒友们，在知青大家庭共同生活了整整十年，聊多长时间也不会没话题。夜半时分，船早已进入公海，由于遇到台风，庞大的邮轮开始摇晃，几位荒友感到不太舒服，便结束聊天回房休息。

　　第二天一早风浪未减，我有点头晕，但还未到晕船的程度。摇摇晃晃到九楼餐厅早餐，见到有同伴晕船，赶快扶她回客舱休息。几个房间一转，发现好几位朋友都在晕船，躺在床上动弹不得。我就到服务台取晕船药给他们吃下去，午餐时再取些食品送到他们客房。邮轮原定当天下午2点钟在济州岛靠岸，因台风而改变计划。船长要对全船安全负责，今天不靠岸了，就在公海上游荡。晚餐时到西餐厅一看，好多座位都空着，来的人也似乎有气无力无精打采。直到晚上风浪变小，船不太摇晃了，大家的感觉好了一些，都安安稳稳地睡了一晚。

仁川/首尔　第三天提前早餐，8点钟停靠在韩国仁川码头。当地移民局官员上船办理清关手续，游客凭歌诗达卡也就是房卡下船。宽敞的码头上停着62辆旅游大巴，大家分团上岸。我们依照报名顺序是22团，就坐22号车。导游是一位韩国小伙子，他用流利的中文向大家介绍岸上活动安排，车

游客在仁川码头返回邮轮

子开了30多公里到达首尔市中心。先到化妆品销售中心，大家对韩国的化妆品趋之若鹜，我们也不例外，一拥而上购买了大包小包的化妆品和护肤品。再到青瓦台看总统府，我们只能站在马路对面远远观看外景，并不能进入总统府参观。又来到光化门外的广场，看军事英雄李舜臣和文化英雄世宗大王的塑像，广场上有一群人在集会示威，也有很多市民在轻松休闲。再到乐天免税商店游览购物，邮轮游客在这里购买的贵重免税品要到仁川码头取货。市内活动结束后，我们到码头附近一个小镇吃了乌冬面，虽然是简餐，味道挺不错。下午4点，邮轮启航离开仁川。稍后大家又集中到二楼餐厅晚餐，朋友们已恢复了精神，都一个个胃口大开。

歌诗达大西洋号邮轮的剧场

活动丰富 晚上在剧场欣赏杂技和演出，比第一天的歌舞好看很多。大西洋号上的剧场有1180个座位，竖跨二楼"甜蜜生活"、三楼"大路"和四楼"罗马"三个甲板，观众从这三个楼层都可以进入剧场。剧场主要用来表演文艺节目，也可以进行事项发布、情况说明、游客集散、联欢互动等活动，甚至还在剧场举办了船长鸡尾酒会。下船的前一天晚上，剧场里举行了歌诗达大西洋号员工表演，一些面熟的服务员多才多艺，登台为观众表演各种节目。船上的雇员来自世界各国，当然也有中国雇员。演出过程中，主持人向观众逐一介绍船上的主要工作岗位，有些岗位游客并无机会见到，有些岗位我们根本想象不到。我们在抵达上海港下船之前，也是先离开自己客房到剧场集中，然后再一队队有序下船。

邮轮上提供给游客的各种设施很多，每天安排的活动五花八门，只要有兴趣，游客在船上根本不会寂寞无聊。运动方面，有三个游泳池，其中一个带有可伸缩屋顶，有110米的室外慢跑道，有1000平方米的健身中心。除了游客自主运动以外，船方还组织有氧运动、呼啦圈比赛、瑜伽晨练、打网球等活动。饮食方面，除了餐厅以外，还有12个酒吧和咖啡厅，船方安排了鸡尾酒调制展示、意大利面烹饪比赛、水果雕刻展示、品酒会、啤酒节等活动。保健方面，有水疗室、桑拿浴室、美发美容服务、美容讲座等。音乐方面，有综合音乐会、迪斯科音乐、古典音乐、轻音乐、钢琴演奏、小乐队演奏、中国歌曲专场、外国歌曲专场等。舞蹈方面，有集体舞、小苹果派对、西班牙舞、与高级官员共舞、高跟鞋之夜、意大利传统舞蹈课、恰恰恰舞蹈课、西班牙弗拉门戈舞蹈课等。文化方面，有图书馆、互联网吧、文化知识问答、意大利语课程、电影放映等。娱乐方面，有各种游戏、水上滑梯、恋人接吻大赛、下国际象棋等。才艺方面，有时尚秀、手工制作、餐巾折叠展示、浴巾折叠展示、歌诗达大西洋号先生评选等内容。此外，船上还有思高儿童俱乐部，3—12岁的儿童可以参加，各种各样的大型玩具很多。船上还有赌场，老虎机和各种赌桌占了很大的区域，但是每位游客每天只能购买一千美元筹码。至于三层"大路"的免税商场里，珠宝首饰、化妆品、手表、烟酒、服装等品种繁多，俨然一条颇具规模的商业街。

济州岛 第四天风平浪静，清晨的阳光照进客舱，整个房间都是金色的，包括人和家具。今天的天气特别好，海上景色也很美，我们几个人在各甲板之间穿来穿去，从不同角度欣赏和拍摄美景。甲板上游客并不多，我感到有点奇怪，这么好的天气和风景，游客老是呆在房间里有什么意

清晨的阳光照进客舱

思？上午9点钟，邮轮停靠到韩国济州岛码头，这个港口看上去比昨天的仁川港发达一些。济州是一个火山岛，据说有三多：风多，石头多，女人多。我们先去看泰迪熊博物馆，都是小朋友喜欢的玩具。再到海边看柱状火山岩，黑褐色的岩石与蔚蓝色的海水形成鲜明对照。中午时分回到码头，上船前我仔细打量了一下邮轮的外形分布：圆形小窗的是A层，2扇窗的是一层，3扇窗的是二层，当然这些窗是不能打开的；四层的窗户和五层的阳台差不多都被救生船所遮挡；至于B、C层，都在水面下看不见了，只有六层及以上，阳台和甲板都视野很好。上船的游客太集中，大家排队慢慢登轮，然后邮轮缓缓离港返航。

济州岛风光

　　下午去剧场听过下船说明会后，大家就开始取回护照，准备下船事宜。晚餐后朋友们仍然到九楼喝茶吃瓜子，聊天至晚上11点多，吃了夜宵面条后回房休息。今天大家的精神已完全恢复，虽然初期遇到台风身体不适，总的感觉对这次邮轮之旅还很满意。明天早上就要下船，我们整理好行李物品，把箱子系好标签，放在房门口由服务员搬走托运。行李标签有8种颜色，对应不同的集合地点和集合时间。

　　16日去餐厅早餐之后，我们8点钟离开客房，到一楼船头珊瑚厅集合，每个团都有各自集合地方。8点半到达上海国际邮轮码头，10点左右下船，出关后按照行李牌颜色分区提取行李。码头上有免费短驳车到三号线地铁站，这样我的第一次邮轮之旅就愉快结束了。

15. 荆楚游之锦绣河山

2015年5月17日,我们知青旅行团为了去武当山游览,来到湖北省十堰市住宿。这个城市是东风汽车集团总部的所在地,因清朝时拦河筑坝十处而得名。城区街道略有坡度,建筑新颖漂亮,市民衣着时尚,入夜灯火辉煌。十堰的河流有点特别,宽宽的河床只有中间一小部分有水,其余部分以水泥铺设,很多人在河里散步,我也好奇下去走走。常在河里走,就是不湿鞋。

武当山 道教圣地武当山位于十堰市境内,景区总面积312平方公里,以自然景观、古建筑群、道教文化、武当武术而著称于世。武当山的金殿、紫霄宫、南岩宫、"治世玄岳"石牌坊、玉虚宫遗址等都被列为国家重点文物保护单位,武当武术、武当宫观道乐被列入《国家非物质文化遗产名录》,"武当山古建筑群"被联合国列入《世界文化遗产名录》。

18日早上我们从十堰前往武当山景区,走专线高速公路,40公里的路程不一会儿即可到达。武当山的门票不便宜,尽管我们是买60岁以上的半票,但加上景区交通费、索道票、金顶门票等,每人要实付300多元。武当山有东南西北四条上山神道,我们没有时间也没有体力步行上山,只能坐景区大巴上去,这景区巴士也一站站开了好长时间。

上山后我们游览了太子坡、太和宫、金顶、紫霄宫及南岩等景区。太子坡又名复真观,于明永乐十年(1412年)敕建。观内的五云楼依岩壁而建五层,其"一柱十二梁"是古建筑中的杰作。据传太子修炼意志不坚,欲下山还俗,遇姥姆以铁杵磨针点化后,复回山中刻苦修炼,故名复真观。不必说太子坡那精巧的古建筑,只看看高耸的石雕山门和依山势而建的红墙翠瓦夹道,就足以让游客赞叹不已。太和宫建于

在金顶看皇经堂

明永乐十四年（1416年），正殿匾额为"大岳太和宫"，殿内存有真武大帝铜铸像及四大元帅等塑像，殿门两侧各置明代铜碑一座。朝拜殿边上是钟鼓楼，内悬建宫同年所铸铜钟。殿前岩上刻有"一柱擎天"四字，岩顶崇台上置有铜殿一座，铸造于元代大德十一年（1307年），名曰"转运殿"。太和宫初建时有殿堂道舍逾500间，现仅存数间。在太和宫宽敞的院子里，有身着练功服的团队在演练拳术，给这古老的殿宇带来了动感。

金顶也就是武当山的主峰天柱峰，海拔1612米。我们在琼台坐缆车上去后，仍然要爬一段陡峭的山路，距离虽然不算很长，中途还是歇了几次，有点气喘吁吁。台阶虽陡，还算宽敞，中间有隔离栏，上下游客分离。途中平缓处有不少殿堂，香火旺盛。其中有一座"皇经堂"，堂外额书"白玉京中"四字，堂内金匾"生天立地"四字。如果从这里继续登顶，需花30元另行购买金顶门票。我们买票后经过一道小门继续登顶，上面的路窄了不少，游客只能排成一行依序而上。接近山顶时有几个小型平台，游客可以在这里休息、观景。终于登上了山顶，金殿不大，门口挤满了人，门外铺着几个垫子，供信众跪拜进香。天柱峰顶上的金顶是武当山的精华和象征，也是武当道教在明皇室扶持下走向鼎盛的标志。从金顶看下去，刚才经过的皇经堂等殿堂显得很远。而环顾四周，整个武当山风景区都在眼前，满目苍翠，忽而露出金灿灿或红艳艳的宫墙屋顶。金殿后面，金庸所写的"大岳武当"石碑被很多游客围着拍照。下山是另一条路，这样的单上单下措施增加了安全性和通过能力。

下一站我们想去南岩，问路后得知，从金顶到南岩有山路可走，大概需要两个多小时，不然就得缆车下山，再坐车到换乘点转车过去。因担心时间不够，我们仍然坐缆车下山，再坐两次景区巴士到了南岩。道教称南岩为真武得道飞升之圣境，是武当山36岩中风光最美之处。元仁宗延祐元年（1314年）赐额"大天乙真庆万寿宫"，永乐十年敕建"大圣南岩宫"，现存建筑21栋，包括天乙真庆宫石殿、两仪殿、龙虎殿、大碑亭和南天门等建筑物。通过狭窄的

南岩宫龙首石

山路，先看到一座颇具规模的玄帝殿。殿前有一空地，两侧台阶曲折而上，很有气势。中间平台轻烟缭绕，漂浮在红紫相间的大殿前有如仙境。往里走，一片巨石由头顶伸出，岩壁上有大幅的"寿""南岩""独对丹峰"等作品。再向前就是南岩的主体建筑天乙真庆宫石殿，殿内梁柱门窗等均以青石雕凿而成。石殿中最惊心动魄之处就是龙首石，长3米宽仅0.33米的大青石横空挑出，下临深不可测之山谷，龙头雕刻极其精美，上置一小香炉，看上去极其震慑。这里也就是前人冒着生命危险爬出去烧龙头香之处，现在已不允许。我们下车时遇到南岩宫的张道长，他与我们一路攀谈，指给我们最佳观景处。我们还来不及感谢，只见他纵身一跃就跳上了石桌，一招一式果然出手不凡。他说自己在未换人工关节之前，经常跳到悬崖边的护栏上练武练胆。再往里走有一处清静的平台，我太太会一点太极拳，就在这里打了一套，张道长在一边看完后作了精到指点。

我们几个人在南岩的时候，我们的大部队都在紫霄宫游览。由于时间不够，我们无缘去看净乐宫、玄岳门、玉虚宫、纯阳宫、琼台观、隐仙岩等景点。明天我们要去神农架，今天还得赶路80多公里前往房县住宿，只能赶快下山。

神农架 5月19日是中国旅游日，我们本指望进神农架门票优惠，但游客中心的售票员说不知道旅游日这件事，他们也没接到过什么通知，所以门票还是原来的价格每张300元，60岁以上半票150元。我们有位团友恰巧今天满60周岁，当天晚上团友们还为她共庆60大寿，售票员拿着她身份证横看竖看，然后说"怎么这样巧啊，如果你昨天来，还必须买全票。"但神农架可以让自己的车子开进去，这样既方便了我们大巴旅行团，也节省了景区交通费用。

我们从房县开到神农架风景区有116公里，路途不好走，费了不少时间。根据售票处广场的全景图介绍，神农架拥有"联合国教科文组织人和生物圈保护区""湖北神农架国家级自然保护区""湖北神农架国家地质公园""国家5A级景区"等桂冠。神农架占地广大，景区分散。由于时间有限，我们只游览了神农顶、大九湖、神农坛景区，而未到天燕、天生桥、官门山景区。进入大门不久，"野人谷"三字赫然在目。野人谷原名神农峡，后因《房县志》中关于野人在此出没的记载被发现，更名为野人谷。在野人洞附近，我们很希望能看到点野人的踪迹，但除了洞口两尊硕大的野人雕塑外，大家只能是瞎起哄而已。黄柏河上的野人谷漂流是年轻人喜欢的游览项目，分为5公里探险漂和3公里激情漂两种。车子在平缓地带开了一段时间，看到了一些瀑布、度假村、溶洞、观景台等，然后就往神农顶方向而去。途中经过观景平台驻足欣赏，山势开阔壮观倒在其次，那平阔山顶后的白云却平生未见。白云并非一朵一朵，而是光柱般成扇形散开，各柱之间缝隙可见蓝天，仿佛一把蓝白相间的巨大天扇，又好似巨型探照灯把蓝白光束发散投向深邃的苍穹。也许，这就是传说中的"耶稣光"。

神农顶风景区内六座山峰均高达3000米以上，最高峰神农顶海拔3106米，素有"华中屋脊"之称。而最低点石柱河谷的海拔仅398米，高差达2700米，因而神农顶风景区的植物垂直分布特征相当明显。我们站在神农顶的高山草甸上，可以看到落差巨大的山坡、蜿蜒盘旋的公路，还有边界分明的各类植物群。车子开到神农顶停车场停下，这里也是游客服务区，有不少宾馆和餐厅。从服务区出发，修筑很好的"青云梯"登山道曲折而上，台阶有2999级，坡度并不陡。我们一些团友担心体力不支而不想上去，另一些团友则开始奋力登山。我们知道这里海拔较高，互相提醒着不要剧烈运动，保持动作缓慢和情绪平稳，大家就一步一步慢慢向山顶走去。一开始还有一些松树、箭竹和冷杉，渐渐地树木稀少，再往上就是高山草甸了。我们索性离开步道，直接在草甸斜坡上行走，这样虽然有点吃力，但感觉特别好。走累了，我们十多个团友就在斜坡上或躺或坐，大家聊聊天拍拍照，心情非常不错。毕竟这里是华中屋脊，又是这么广阔的高山草地，附近没有其他游客，很有点原始洪荒之感。我坐在草地上发了几张神农顶照片到朋友圈，同学王勋即刻评论说："神农顶上少神农，野人谷里无野人。退休之人有精神，高山草甸做游人。"草甸再往上，有一些冰川漂砾巨石兀立。气温有点低，体力也不够，我们就撤下山来。神农顶的天气说变就变，我们下山时天空还是好好的，回到车上就大雨倾盆，还夹带大粒冰雹。我们几位团友在附近游玩避雨不及，被淋得浑身湿透。

板壁岩海拔稍低，箭竹林漫山遍野。据说这一带箭竹林中发现过野人的踪迹，脚印长24.5厘米，步履2.68米，毛发的细胞结构要优于高等灵长目动物。箭竹林中时见千姿百态的怪石突兀而起，各种造型惟肖惟妙，这里是画家和摄影师们喜欢逗留的创作点。第二天下午我们从大九湖返回，再次走过神农顶，在风景垭拍了不少照片。那里有开阔的视野、神农顶标记石和高高的瞭望塔，还有驰骋高山的骏马。一如昨日的天气多变，我们所在的山头只见些许云彩，而远处的山头却乌云密布，喇叭形的黑云扶摇而上，有点像龙卷风，又有点像火山喷发。

我们在大九湖当"模特"（重庆大学老师 摄）

当晚我们入住大九湖镇的湿地度假村，这里的宾馆有点紧俏，我们走了好几家才找到合适的。大九湖镇是一个以旅游服务为主业的小镇，宾馆、餐厅一家连一家。小镇外围的大片农田在晚霞映照下显得秀美而多彩，一些农人趁着太阳余辉在田里劳作，一垄垄玉米苗钻出薄膜长势良好，而白色薄膜的反光又增加了田间的亮度，随手拍出来就是一幅不错的农耕水彩画。

大九湖国家湿地公园平均海拔1730米，总面积9320公顷，是国家5A级风景区。大九湖的湿地生态系统包括亚高山草甸、泥炭藓沼泽、苔草沼泽、香蒲沼泽、睡菜沼泽、紫茅沼泽以及河塘水渠等湿地类型，四周群山环绕，是我国为数不多的典型高山湿地，故有"南方的呼伦贝尔草原"之美称。此外，大九湖还是我国南水北调中线工程的蓄水涵养地。顾名思义，大九湖就是九个较大的湖泊，实际上有的湖泊只是沼泽地。而在一山相隔之处，也有九个较小的湖泊，那里就叫小九湖。相传炎帝神农氏曾在这里支起九口大锅熬制药膏，后来这九口大锅就化为九个湖泊。

镇区就在大九湖风景区内，站在街上就可看到开阔旖旎的湖泊，三面都被群山怀抱。街道与湖泊之间是个大花园，也是镇上居民和游客的活动场所。第二天一早，我们的大巴沿着湖边公路走走停停，公路上看到很多小青年骑着自行车各处游览。大家在大九湖风景区悠悠漫步，深感这里是神农架最美的地方。湖中沼泽地的木栈道弯来弯去，有的绕湖而建，有的深入腹地，有的连接成菱形、圆形，过了一段会有一个观景平台。我们没时间走得太远，但看到那栈道似乎无限延伸，可能会把九个湖泊都给串联起来。而漫步在弯弯长长的栈道上，我们看到了五彩缤纷的野花盛开，看到了茂密浓郁的大片树林，看到了各种各样的水生植物。我们也看到了湖畔有人垂钓，草甸上有人放牧，湖里有人养殖。静谧的湖水倒映远处的高山，天上的白云又在水里入镜，真是水光潋滟串珍珠，疑是瑶池下九湖。有时候，湖边的草地特别平坦，大片的草地本身就是很诱人的景观。没有方向，没有目的，只是在这样的大草地随意走走，心灵就会得到宁静和满足。又有时候，在草地上走着走着就感到湿滑，这时就不能贸然前行了，前面会出现小小的溪流，弯弯曲曲，也不知从哪里来，到哪里去。据景区宣传牌介绍，覆盖地球表面6%面积的湿地，为地球上20%的已知物种提供了生存环境，因此湿地享有"地球之肾"的美誉。大九湖的黑水河发源于神农架的山涧溪流，上游河水清澈，汇入湿地后与泥炭涵养的水体交融而成黑色，但这种黑色并非污染所致，河水中含有多种对人体有利的微量元素。

几位重庆大学的老师架起长枪短炮，在湖边摄影采风，要我们当模特走来走去。我们夫妇俩就在栈道弯曲处来回走了几圈，不时停下摆个姿势，只听见密集的快门声。回到上海，老师们用邮件发给我们那些照片，毕竟是行家作品，清晰度、构图、色彩都极上乘。他们选择的是一泓碧水，S型的木栈道依湖而筑，人走其上，水中的倒影就把近处人物、远处树木和更远处青山全都显露出来，再加上天上的白云和湖边的芳草，猜想所谓仙境也就差不多是这样了。

离开大九湖，我们经过昨天的神农顶，来到了位于木鱼镇的神农祭坛，这段路开了94公里，其中很长一段是盘山路。神农是上古时代的炎帝，被尊称为"五谷先帝"和"神农大帝"，他遍尝百草，是传说中的农业和医药的发明者。这就是"尝草别谷，以教民艺；尝草别药，以救民夭。"

神农祭坛

而神农架就是他尝草采药的地方。神农炎帝也是华夏文明的三皇之一，关于三皇的几种说法中，都有伏羲和神农。而我们经常说的炎黄子孙，就是指我们都是炎帝和黄帝的子孙。进入景区时，很远就看到大门口两个左右对称的牛角造型，角尖直刺天空。神农祭坛景区分为主体祭祀区、古老植物园、千年古杉、编钟演奏厅等部分，其主体构筑是神农氏的巨型牛首人身雕像，像高21米，宽35米。雕像以大地为身躯，双目微闭。高10米的图腾柱分立于祭坛两边，图腾柱前有两幅大型浮雕，展现了神农氏一生的丰功伟绩。两幅浮雕之间设有九鼎八簋和钟鼓楼，以供炎黄子孙在此祭拜先祖，寻求庇佑。从地面到雕像前的瞻仰台，要登高343级台阶。台阶入口广场上，三口大锅装满了干柴，也许在适当时候会熊熊点燃。大锅前后有数百只酒缸齐整排列，每只都贴着写有"酒"字的大红纸，小酒缸把大酒缸团团围住，两侧台阶的平台上也都放着大酒缸，形成了一种红火神圣而又喜庆热烈的气氛。

游毕神农架后，我们驱车65公里至兴山县城的四星级宾馆昭君山庄入住，途中游览了王昭君故里景区。

恩施土司城 5月22日，我们旅行团在秭归游完三峡大坝后，即上G50沪渝高速前往恩施土家族自治州，下午三点多到达恩施市区，直接前往恩施土司城游览。恩施土司城坐落于恩施市内，看上去像一个独立的城堡。土家族地区的土司制度历经元、明、清三朝共450余年，土司对中央王朝纳贡称臣，中央王朝对土司实行册封，高度自治，土司王就是一个地方的土皇帝。九进堂是土司城的核心部分，依山而建成逐级而上的九进房屋，由333根柱子、330道门、数千块雕花木窗及上千檩子和上万椽木组合而成。进深99.99米、宽33米，总建筑面积3999平方米，是纯榫卯结构建筑。九进堂的大门口两条金龙攀柱而上，石级上的龙凤石刻生动精致，褚白相间的门楼简洁威武。我们拾级而上，一进一进参观，感到整个建筑十分壮观，也极其精美。不论是站在广场往上仰望，还是登至顶楼向下俯视，都是层檐飞爪，高低错落，显露出雄奇巍峨而富丽堂皇。不论是整体设计筹划，还是局部雕刻装饰，都体现出匠心独具，气势中透出智慧。九进堂，就是一座地道的土司皇城。土司城内还有土司城墙、土司民居、演兵场、钟楼、鼓楼、百花园、烽火台、白虎山等景点，由于下雨，有些景点我们就没有上山游览。

恩施大峡谷 次日我们去恩施大峡谷景区，这里距市区50多公里，分为云龙地缝和七星寨两大景点。恩施大峡谷是个年幼的景区，直到2004年才被中法探险队发现。大峡谷全长108公里，其中有天坑、地缝、天生桥、溶洞、峰丛等自然奇观，还有近乎垂直于峡谷的大断崖。一些专家认为，恩施大峡谷与美国科罗拉多大峡谷难分伯仲。云龙地缝是恩施大峡谷的精彩一段，全长3600米，平均深度75米。地缝是指非常狭窄且有相当深度与长度的峡谷或流水沟谷，形态上表现为地壳表面的一条深切天然岩缝，属于喀斯特地貌的一种类型。云龙地缝上下基本垂直，断面呈"U"字形。

我在云龙地缝的绝壁栈道上行走，非常诧异恩施怎么会有如此狭窄而深探的峡谷，"地缝"两字极其形象而传神。更有评论夸赞道，云龙地缝是"地球上最美的伤痕"。地缝里那长长的栈道，高高的天桥，飞泻的巨瀑，深深的缝底，都给我以深刻而美好的印象。那两亿多年的巨大岩壁上，有的光滑平整，有的如榕树根般丝丝条条，有的顽强地长出了植物。在地缝一侧绝壁，一道飞瀑宽约20米，高约70米。它从绝壁顶上哗哗流出，流到一块光滑的巨石上再散成更宽的瀑布跌下。到了谷底我们绕到对面绝壁时，就从那瀑布之后走过，这是在瀑布后面开凿出来的隧道，建设者让隧道石壁开了几个口子，游客可以听到那瀑布流水的巨响，靠近瀑布就会被淋个透湿。而那地缝底部是一条不算宽的河流，名曰"阴河"，河中布满巨石，水量很大。虽然是下雨天，虽然不是长假，云龙地缝景区内仍然是游客爆满，一些路段游客非常拥挤，大家打着雨伞更是难走。幸好进景区和出景区都是单行道，秩序还算不错。

　　入地既毕，登天伊始。我们坐缆车上了七星寨景区，云里雾里也看不清高度，反正缆车乘了好长时间。上得山顶，不太高的岩石如丛林，似迷宫。我们穿梭其间，有点像捉迷藏，又有点像在假山上穿行。那些湿漉漉光溜溜的山石比人高不了多少，却互相纠缠挤压，狭窄的山路在石头间兜兜转转，似乎是进入了一个放大的盆景园。那些山石的纹理都像被流水冲刷过似的横向展开，仿佛这些石头不是在高山之巅，却像是在大海边上。上山时看导游牌，游客可以选择山头转一圈就返回原地坐缆车下山，也可以选择步行下山。我想步行下山无非是从这座山顶往下走，哪知道后来上上下下竟然翻了三个山头，足足走了5个小时。

　　走过狭窄幽暗的一线天后，数百米绝壁栈道就在眼前，一会儿平，一会儿陡，都是凭空挂在悬崖上，走上去真是步步惊心！绝壁长廊建于海拔1700米的绝壁山腰，全长483米，高差达300米。幸亏有浓雾，看不到太远也看不清下面，不然真有点胆战心惊。天公不作美，雨飘雾绕，根本看不到远处的美景。我们走在险峻的山道上，似有一种做神仙游仙境的感觉。有时候看着浓雾一点点飘过来，侵吞了本该清晰的景色。牌子上介绍的一炷香等好几处知名

恩施绝壁长廊

景观，我们只能影影绰绰看个轮廓。那一炷香太高太细，150米的高度，直径只有4至5米，一块兀自独立的石头怎么就能长成这个模样？中楼门是途中

的唯一休息点，而这里距出口还有两个多小时行程。最后一段下山路走不动了，我们就花20元乘电梯下山，这肯定是我坐过的最长电梯，而且有十多部电梯首尾相连。下山后到集合点一看，团友们个个都象败军之将，一瘸一拐步履艰难。游览恩施七星寨，感觉就两个字：美，累！

清江画廊 恩施是我们这次湖北游的最西面城市，离开恩施就意味着开始返程。5月24日早上从恩施出发，开了225公里前往长阳县的清江画廊游览。清江古称夷水，流域总长423公里。2012年12月，清江画廊旅游度假区被确认为5A级景区。进入景区入口隧道，"巴人源"三字显示了这里的历史价值。又见一块石上刻有"清江国家水利风景区"字样，它是由隔河岩水利枢纽工程蓄水而成。但如果是水库蓄水，应该是湖泊，我们看到的却是一条较宽的河流。我们包了一艘40人的游船，算下来比每人58元的船票便宜一些。但是这艘小游船平时不大出动，行船未及过半就出故障开不动了，我们就在江中等待救援。过了一会儿，一艘装饰豪华的画舫游轮前来接应我们，在江中两船靠拢，铺好跳板，我们就依次转移到大船上，而那艘开不动的小船就系在大船一侧。这样我们就相当于坐飞机升舱，住旅馆升房，而无需增加费用。

清江画廊风景区是国家地质公园，位于湖北长阳土家族自治县，游客坐船游览，沿途有倒影峡、仙人寨、武落钟离山等景点。仙人寨有清江猕猴，在石壁上建有栈道，游客可登高欣赏清江美景。武落钟离山又名佷山，是土家族祖先即古代巴人的发祥地，是清江最大一个岛屿，山上有向王庙、巴人诞生地等景点。人称长阳段的清江有长江三峡之雄，桂林漓江之清，杭州西湖之秀。我曾去过漓江，感到清江的秀美似乎比漓江还是稍有逊色。我们游览清江画廊，包括上岸游览时间，来回大约用了5个小时。当晚我们在长阳县城入住峡州清江假日酒店，这家酒店的良好环境和服务，引致我们下半年西北游时再次入住并就餐。

16. 荆楚游之人杰地灵

2015年5月9日至5月28日，我们知青旅行团36人乘坐一辆大巴车，到湖北省及周边地区进行为期20天的旅行，行程5800公里。这次出游的河南、湖南、江西部分写在相关篇目，游览武当山、神农架、恩施大峡谷等内容另文叙述。

黄石 5月10日先游览黄石市东方山风景区，景区内的弘化寺建于唐宪宗元和五年(810年)，现存古建筑群为清同治年间重修。弘化寺高高建于山顶，先走一段坡道，然后登上多层石阶方见山门。山门上"三楚第一山"五个遒劲大字为清大学士余国柱所书。寺内殿堂楼阁鳞次栉比，荷池布局精巧，大殿金碧辉煌，炉里香火旺盛。寺内的珍贵佛像、佛经甚多，门楼后"宝峰招提"四字乃唐宪宗御笔所赐。

黄石国家矿山公园原为大冶铁矿，其悠久历史可追溯至公元226年孙权在此锻造刀具的时代。宋朝岳飞的军队在这里劈山开矿，制成了"大冶之剑"。明朝朱元璋在这里设"兴国冶"，年产10万斤以上。清廷湖广总督张之洞开办大冶铁矿，于1893年建成投产，成为中国第一座用机器开采的露天铁矿。至建国后采用现代化大型设备开采，现已形成了一个长2200米，宽550米，落差444米，坑口面积达108万平方米的巨大矿坑，拥有"亚洲第一天坑"之称，也是世界第一的高陡边坡。

我们站在矿坑边环视这个亚洲第一采坑，只见一层层一圈圈的开采痕迹清晰可见，有几条道路从地面盘旋通往坑底，还有道路进入隧道通往他处。道路上有几辆矿车在行驶，但未看到采矿机械。有点好奇的是，巨大而平整的坑底并无积水，说明开采及保存中采取了有效的排水措施。有着千年矿冶文化的黄石采矿场为中国钢铁工业作出了巨大贡献，已成为国家4A级景区的公园内建有大冶铁矿博物馆，馆内的图文介绍，以及公园内陈列的各种采矿设备和运输设备，向人们展示着中国铁矿的历史和辉煌。入口处，身着工装手握矿石的毛泽东石雕像很有特色，这是他1959年9月视察大冶铁矿的形象。饶有兴味的是，公园还别出心裁地用钢管、齿轮、阀门等零件做了一棵真正的"铁梅"，很有傲霜斗雪之神韵。

武汉红楼

武昌起义纪念馆 下午驱车113公里前往武汉，参观辛亥革命武昌起义纪念馆。起义军政府旧址的主体建筑为红墙红瓦，故又称"红楼"。门楼正上方有"鄂军都督府"五个大字，楼前有宽敞的草坪和广场，整座建筑有点像某个大学的教学楼。武昌起义军政府旧址于1961年3月被国务院列为首批全国重点文物保护单位，1981年为纪念辛亥革命七十周年，在起义军政府旧址建立了"辛亥革命武昌起义纪念馆"，宋庆龄题写了馆名。红楼原为清政府湖北咨议局大楼，孙中山领导下的湖北地区革命党人于1911年10月10日举行辛亥革命武昌起义后，在此组建中华民国军政府鄂军都督府，宣布废除清朝帝制，宣告"以共和政体建设民国"。武昌起义得到全国响应，两千余年的封建帝制随之终结。由此武昌被誉为"首义之区"，红楼被尊崇为"民国之门"。走进红楼参观，大礼堂、会议室、办公室、军务部等处均复原当年场景，无不都向游客传递出一百多年前的历史风云。

138

黄鹤楼 然后我们前往"天下江山第一楼"黄鹤楼游览。黄鹤楼濒临长江，雄踞蛇山之巅，是中国江南三大名楼之首，国家5A级景区。传说三国时孙权为实现"以武治国而昌"，筑城为守，建楼以瞭望，于吴黄武二年（223年）修建了黄鹤楼。唐朝以后，逐渐变为名胜景点，历代文人墨客到此游览，留下大量脍炙人口的诗词楹联等名作。其中唐代诗人崔颢的《黄鹤楼》使黄鹤楼名声大噪："昔人已乘黄鹤去，此地空余黄鹤楼。黄鹤一去不复返，白云千载空悠悠。晴川历历汉阳树，芳草萋萋鹦鹉洲。日暮乡关何处是，烟波江上使人愁。"而1927年毛泽东写的《菩萨蛮·黄鹤楼》也是气势非凡，园内为此专门建了词亭："茫茫九派流中国，沉沉一线穿南北。烟雨莽苍苍，龟蛇锁大江。黄鹤知何去？剩有游人处。把酒酹滔滔，心潮逐浪高。"

不巧的是，我们去游览的时候黄鹤楼正在大修，整个楼宇被脚手架包得严严实实，虽说维修期间仍然对游客开放，无疑影响了视觉效果。楼内一幅硕大的瓷砖壁画上，一只黄鹤展翅乘风而去，画中的游人只能看着黄鹤离去而空对高楼。楼内还有唐人所撰《黄鹤楼记》，以及历代黄鹤楼的模型。登楼远眺，景区内楼台亭阁，都是红柱黄瓦，沿景观大道对称排列。景区外是一条宽阔大道，直通雄伟的武汉长江大桥，对岸的龟山、电视塔及幢幢高楼历历在目。黄鹤楼不仅是座古楼宇，也是

黄鹤楼上看武汉

一个规模不小的公园，园内以古楼为中心，众多高低错落的精致景观都是市民和游客的休闲好去处。

归元寺 5月11日在武汉游览了归元禅寺、汉口江滩、东湖风景区等景点。归元寺建于清顺治十五年（1658年），是国务院确定的汉地重点佛教寺院。寺名取佛经"归元性不二，方便有多门"之语意，意思是佛法相同，但修行方法各有不同。归元寺建筑布局分为中院、南院、北院三组，有殿舍两百余间。归元寺以建筑完美、雕塑精妙、珍藏丰富而享誉佛门，很多外国政要都曾来此参观。重要佛事及吉日期间，大量信众和市民涌向归元禅寺，央视曾报道归元寺的春节祈福盛景。1935年太虚法师出访缅甸时，仰光的佛教徒赠他一尊一千多公斤的玉雕释迦牟尼佛像，就供奉在归元寺。

藏经阁内收藏的两件珍品令人赞叹：一是由《金刚经》和《心经》原文共5000多字组成"佛"字的书法珍品，书于长宽仅20厘米的纸上，须用放大镜才能观看；二是由僧人刺血调和金粉而抄成的《华严经》和《法华经》，字体娟秀，堪称精品。寺院深处有一座城堡般的新殿堂，名为圆通阁，其外围是开阔的广场和绿化，底层是高大的白色花岗岩围墙，四面都有门楼，可直接入内，也可拾级登上三层平台。主体楼宇重重屋檐交错高挑，有点像南昌滕王阁。我在别的地方也看到一些新建的庙宇，并非完全依照传统的佛教建筑样式，而是融合了当今的时代风格和建筑语言。

武汉江滩/东湖 汉口江滩的近代建筑和沿江堤岸，都有点像上海的外滩，当然不如外滩那么气派和精致。有点遗憾的是"江汉关"等优秀历史建筑的背后，却是高出数倍的现代建筑，这就造成了城市空间管理的凌乱。武汉江滩其实是一个亲水文化公园，入口处有"江汉门"巨石和现代气派的门楼，从沿江大道可通过斜坡进入亲水平台。漫长的沿江斜坡上有台阶、装饰

石刻和文字陈述，公园里有不少景观雕塑和建筑小品，还有体育运动区、园艺景观区、音乐喷泉、水上乐园、戏水梯台等设施。一些市民在江边平台放飞风筝，五颜六色的风筝增添了滨江色彩和动感。岸边有些地方未加装饰，保持了江边砂石原生态。这里既有城市公园的丰富多彩，也有江边浅滩的旷野情趣，市民可以直接走到江边嬉水、垂钓。堤岸下还有一堵"汉口江滩爱情墙"，新婚夫妇的名字和爱情宣言被做成铜牌挂在石墙上。

中午在"汉味小吃第一巷"户部巷吃过热干面等当地特色名点之后，我们就来到中国最大的城市湖泊即武汉东湖游览。东湖景区外围有很多林荫大道，有博物馆、美术馆等文化建筑。东湖的水域面积达33平方公里，于1982年被国务院列为国家重点风景名胜区，已对外开放听涛、磨山、吹笛、落雁四大景区。浩瀚的东湖有12个湖泊，120多个岛渚和112公里湖岸线，环湖的34座山峰绵延起伏，在湖水镜映下如屏如画。

我们从听涛景区进入东湖，湖边是一个优美的水上公园，公园里的楚风园、荆楚文化展厅、湖光阁、荷花池和长堤等景观吸引了众多市民和游客。我们分乘多艘小游船，在湖中悠闲荡漾，沿湖看到了一些漂亮的疗养院和水上娱乐设施，也看到有龙舟队在训练。游湖后我们参观了著名的"长天楼"，这里正在举办"毛泽东与东湖"大型珍贵历史图片展，毛泽东曾多次在长天楼接见外国友人。而他老人家最喜欢住的地方就是东湖宾馆，每次入住少则十天，多则半年。好几位朋友看了我发的东湖图片后，都不禁回忆起他们在东湖宾馆和东湖疗养院度过的美好时光。

荆州古城 5月12日前往荆州古城游览，从武汉开过去约250公里。荆州是春秋战国时期楚国都城所在地，建城历史长达2600多年，是1982年国务院公布的首批24座中国历史文化名城之一。从春秋战国到五代十国，先后有34代帝王在荆州建都。站在古城的街道上，我们看不到有5层以上的高楼建筑，感到这座古城的历史风貌和城市空间得到了很好保护。古城现存城墙多为明清时代修筑而成，是中国保存最为完好的古城垣之一，周长12公里，逶迤挺拔而完整坚固。除六座城门及瓮城以外，城墙上还暗设4座藏兵洞，每座可容100多人。1996年，荆州古城墙被国务院公布为全国重点文物保护单位。我们登上城墙走了一段，内侧树木葱茏，外侧碧水长流，城墙上前不见游客，后不见来者，正是发思古之幽情的好地方。

明代政治家、改革家张居正（1525-1582）是荆州人，明神宗年幼时，军政大事均由张居正主持。张居正整顿吏治，实行政治革新，得罪了一些高官。他去世后受人诋毁，被削去官秩，剥夺谥号，查抄家产。若干年后又被恢复官秩，纠正冤案。张居正故居位于荆州古城内，原居已毁于战乱，现按照当年布局重建。张居正故居属明清时期四合院风格，前后四重院落，东房西园。太岳堂门口有匾额"千古一相"，两边有楹联"一人而为帝王师/双肩能担天下事"，堂内有明朝大儒李贽对张居正的评价"宰相之杰"四个大字。在故居内显目位置，立有明万历帝赐书"元辅良臣"碑。

荆州关帝庙始建于明洪武二十九年（1396年），后却在日军侵华期间毁失殆尽。江陵县人民政府于1987年按清乾隆县志所载古关庙建筑布局图样，在原关庙遗址上予以复建。由于蜀汉大将关羽镇守荆州及总督荆襄诸事十年有余，这里有关羽的府邸故基，因此荆州关帝庙与山西解州关祠、湖北当阳关陵、河南洛阳关林并列为中国四大关公纪念圣地。如今的关庙虽已非原貌，但元末明初所植银杏依然苍劲挺拔。庙内高悬清乾隆御赐"泽安南纪"匾、清同治御赐"威震华夏"匾、清雍正御赐"乾坤正气"匾。大殿与结义楼之间的关帝石雕像身披战袍，手横大刀，其忠义仁勇之形象栩栩如生。庙内悬挂有关羽的《辞操行》，文中有警句："日在天之上，心在人之内。"

长坂坡 5月13日从荆州到当阳，又到钟祥，再到宜城，路程合计315公里。长坂坡，儿时看小人书就知道的地名，这么有名的古战场，想来不在荒野，也应该在远郊，却没想到是在当阳市中心。长坂坡乃三国时代赵子龙宣威之地，遥想当年刘备带领荆州官兵和百姓被迫转移，曹操令五千精骑急追，至当阳长坂坡两军遭遇。刘备仓猝应战兵溃，弃妻丢子仓皇出逃。赵云单枪匹马七次杀入重围，奋不顾身与曹兵大战，救出甘夫人及幼主刘禅，由此声威大震名扬天下。地以人显，人以地重，从此长坂坡便成了闻名遐迩的军事传奇胜地，赵子龙单骑救主的故事成为千古美谈。当阳城内的长坂坡公园正在大兴土木扩建之中，站在这里，除了门楼、雕塑和壁画，以及一块立于民国三十六年的"长阪雄风"石碑以外，很难找到当年千军万马厮杀的印迹和感觉。

玉泉寺 玉泉寺位于当阳市西南的玉泉山，南北朝宣帝敕建"覆船山寺"，隋文帝赐名"玉泉寺"。唐初，玉泉寺与浙江天台国清寺、山东长清灵岩寺、江苏南京栖霞寺并称"天下四绝"。明万历年间，明神宗赐"荆楚第一丛林"匾额。寺内大雄宝殿前，置隋代大型铁质文物十余件，殿侧石刻观音画像传为唐代画圣吴道子手迹。玉泉寺是中国佛教天台宗祖庭之一，1982年被列为全国重点文物保护单位。玉泉山形似覆船，是一个融合森林景

当阳玉泉寺

观、佛教文物、三国遗迹的风景名胜区。登上寺内制高点"天上天"佛殿，整个玉泉寺风景区的秀丽风光都在眼前。寺内始建于北宋嘉祐六年（1061年）的玉泉铁塔，是我国目前最高、最重和保存最完整的铁塔。塔高17米13层，重2.65万公斤，台座有托塔力士，塔身铸有2300多尊小佛像。我们在此漫步，感到寺院之宏大古朴，景观之秀美清丽，文物之历久犹存，都是别处寺院很少见的。有意思的是，我在玉泉寺看到了"和尚"两字新解：佛法的精神就是"以和为尚"，也就是身和同居、口和无诤、意和同悦、戒和同修、见和同解、利和同均这"六合敬"。

明显陵 离开玉泉寺我们就去参观位于钟祥市的明显陵，显陵是明世宗嘉靖皇帝的父母亲陵园，于嘉靖四十五年（1566年）建成。其围陵面积183公顷，整个陵园以双城封建，外罗城红墙黄瓦，长3600米，高6米，厚1.8米，蜿蜒起伏于山峦之中，是我国帝王陵寝中遗存最完整的城墙孤品。明显陵是世界文化遗产，当然也是全国重点文物保护单位。显陵的售票处有一通告，所有朱姓公民都可以凭身份证免费游览，我们就有团友享受了这一优惠政策，这也给游客们带来了新奇感。走在显陵一段又一段漫长而开阔的神道上，最直接的感觉就是惊讶和感叹。论宏大，湖北显陵与陕西乾陵不相上下；而论精巧，则显陵更胜一筹。整座陵园既有中国帝陵的传统格局，也吸收了一些西方陵寝的风格。狮子、麒麟、武将等12对石像生威严排列，奇特的龙鳞神道随地形而弯曲，两侧是修剪平整的绿茵草坪，保存完好的琉璃墙面仍见光泽，主陵前椭圆形的大水池很是特别。在供奉圣号牌的"明楼"之前，一些当年的石柱、院墙和雕刻依然残存，保护残墙的铁架更显示出这些古遗迹的珍贵。

张自忠纪念馆 5月14日我们从宜城到襄阳，再到河南社旗。我们先后在城内的张自忠纪念馆和30公里外的张自忠抗日纪念园参观，深为张将军的爱国情怀和英勇业绩所感动。张自忠将军是国民政府33集团军上将总司令，著名的抗日英雄。1940年5月在宜城十里长山截击日军，英勇殉国。张自忠将军牺牲后，举国痛悼，国共两党政要和社会名流均题词赋诗褒扬其爱国精神，毛泽东和蒋中正均题写挽词。国民政府于1946年6月颁发"荣哀状"，中华人民共和国民政部于1982年4月颁发"革命烈士证明书"。为纪念张将军，北京、天津、武汉等城市均有张自忠路，上海也有自忠路，就在我家马当路老房子附近。

张自忠将军抗日纪念园所在地是当年枣（阳）宜（城）会战中的南瓜店，纪念园入口牌坊上有"英烈千秋"四个大字，牌坊石柱上是董必武题写的"裹尸马革南瓜店/将军忠勇震瀛寰"。宽敞的石阶依山而上，直达山顶平台，一座高大的纪念碑耸立于山顶，整个纪念园修建得极其宏伟壮观。我在朋友圈发了参观张自忠纪念馆的图文感想后，上海高院的同事王晓娟留言道："张自忠将军是我外公的亲弟弟，张将军排行老五，我们称五爷。"我与王晓娟同事多年，还一起到成都参加过外语培训，没想到她竟然是民族英雄的亲属后代。

楚皇城遗址 楚皇城遗址离宜城12公里，我无论如何也想不到国务院公布的全国重点文物保护单位"楚皇城城址"石碑，居然坐落在公路边的草丛中，后面是一大片麦田，无法想象这里就是2000多年前的楚国都城。昔日繁华辉煌的楚皇城，如今一片麦田田野，若非亲眼所见，实在难以置信。离石碑不太远的地方，正在修建一座楚皇城纪念园，目前只有游客停车处和简单的临时展厅，门口有一通"楚皇城城址展示馆"石碑。展馆里有楚武王、楚文王、楚成王、楚庄王等国君的油画像及生平介绍，还有楚皇城遗址地区的航拍图和沙盘模型。按照展厅里的规划，这里可能要按照当年的模样复建一座楚皇城。我们正在展厅参观，外面传来叽叽喳喳一片稚嫩之声，原来是附近幼儿园的小朋友集体到此参观。他们的衣着模样与城里的孩子并无区别，有校车送他们过来。小朋友们一手扯着前面小伙伴的衣服，另一只手挥舞着小国旗，在老师带领下排成一串进入展厅参观，模样特别天真可爱。我只是有点疑惑，老师如何才能给他们说清楚这展览内容？

襄阳 襄阳古隆中因诸葛亮在此躬耕隐居十年，刘备三顾茅庐而闻名天下，明代就已形成"隆中十景"。如今的古隆中景区，游客纷至沓来。进得景区，一座"古隆中"牌坊立于路口，两柱楹联为"三顾频烦天下计/两朝开济老臣心"，这是杜甫《蜀相》中的诗句。我们沿着山坡石阶而上，饶有兴致地参观了三顾堂、隆中书院、汉诸葛丞相武侯祠、结义厅、诸葛草庐等景点。景区里的建筑、装饰、置景等看上去都相当得体而自然，刘关张三人下马等候诸葛亮的雕塑十分传神。三顾堂前有一通龙首龟座石碑，此碑立于

襄阳古隆中三顾堂

1540年，是隆中现存较早的文物。我们实地观察了当年诸葛亮的隐居环境，觉得这里确实有点世外桃源之感：山不太高却秀美葱郁，水不太深却清澈鱼翔，林不太密却枝繁叶茂，田不太广却富饶静好。诸葛亮的故居，一说在襄阳，另一说在南阳。看样子襄阳古隆中是真实的诸葛亮故居，不然不会有很多的领导人及知名人士前往。

襄阳古城位于汉水中游南岸，三面环水，一面靠山，易守难攻，故为历代兵家所看重。城池始建于汉，现存为明代墙体，周长7377米，高11米，顶宽6至11米。护城河最宽处250米，平均宽度180米，是我国最宽的护城河，也可称华夏第一城池，自古就有"铁打的襄阳"之说。2001年6月，国务院公布襄阳城墙为全国重点文物保护单位。城墙包有历代城砖，看上去斑驳陆离，年代久远。各城楼均保存完好，修旧如旧。有一段城墙面对宽阔的汉江，城墙上的步道长出了大片绿草。拱辰门头，"北门锁钥"四字古朴雄健。昭明台下，襄阳博物馆观众如潮。自东周以后的三千年间，襄阳一直是群雄角逐的战场。汉献帝初平元年（190年），荆州刺史刘表将荆州治所由汉寿迁于襄阳，襄阳由县级治所而跃升为统辖八郡之荆州首府。由此，襄阳被称为"荆州古治"。我们在这襄阳古城墙上漫步，眺望，一种厚重的历史感充溢心头。襄阳、荆州、隆中这些地方，听听名字就让人怀古。游毕襄阳古城，我们还参观了襄王府遗址和绿影壁，然后前往河南的社旗投宿。

屈原诞生地 5月15日至20日，我们先后在河南的社旗、南阳、内乡、淅川以及湖北的武当山、神农架游览，5月21日从兴山县城到秭归县屈原镇乐平里的屈原故里游览。这段路程不过42公里，有一段路却极其难走。车子经过峡口镇后转入路况很差的峡屈路县道，路面狭窄难以会车，路面受损坑坑注注。更严重的是这条路沿江而筑，一边是险峻高山，另一边是深谷大河，我们的大巴就在山腰弯道上行驶。好在驾驶员技术高超，也没有遇到对方车辆，我们的车子小心翼翼地通过了这段危险路程。及至经过弯曲、毛坯的回龙隧道后，我们就来到了乐平里这个偏僻而美丽的小山村。

秭归县乐平里是屈原的诞生地，"乐平里"牌坊一侧有一石碑，刻有"屈原诞生地"五字。我们穿过一座吊桥，沿着乡间小道登上小山坡去参观屈原庙。山坡上长满了茂盛的柑桔林，上山的石阶从桔林穿过，两边树叶不时拂面，不禁使我联想到屈原在《桔颂》中对桔树性格的生动描写。庙前

秭归乐平里屈原庙

平台的屈原雕塑巍然屹立，背景是连绵的青山，他腰佩长剑，神情忧愤，凝视远方，腰带随风而飘。塑像边有高大的黄桷树，为屈原挡风遮阳。屈原庙筑于伏虎山高台，60级陡直的青石台阶直通庙门，看上去颇有气势，但建筑规模不是很大。这座屈原庙是1980年由秭归县人民政府拨款，由村民出义工修建而成，庙内的基石和石碑都是从香炉坪的屈原庙迁移而来。庙内供奉着屈原塑像，立有清代石碑，陈列有当代名人书画。庙门口有屈原镇人民政府所立《屈原庙记》，庙内刻有司马迁的《屈原列传》全文。

庙内不太大的天井，是乐平里村民及附近文人举办"骚坛诗社"活动的场所，写诗、吟诗已成为当地村民最重要的精神生活。乐平里保存着关于屈原的许多遗迹遗址，其中以读书洞、照面井等"屈原八景"最为有名。屈原是中国最伟大的诗人之一，早年受楚怀王信任，常与怀王商议国事。但由于性格耿直以及他人谗言，屈原被逐出郢都流放，公元前278年在悲愤之下投汨罗江而逝。1953年屈原逝世2230周年时，世界和平理事会通过决议确定屈原为当年纪念的世界文化名人之一。

我们的大巴沿着盘山路翻过好几个山头来到屈原镇，同一条峡屈路，前段平坦却险峻，后段盘旋而无奇。屈原镇是一个沿长江而设的小镇，长江边山峦重重，江面宽阔，江水碧绿，风光非常优美。我们要从镇里的新滩渡口过长江，这里很少有大巴车摆渡过江，我们30多人连人带车只收费30元。我在渡轮上眼望长江，心中有些感慨：人生，有时在路口，有时在渡口。如此而已。过江之后，我们便顺着平坦的沿江公路开进了秭归新城。

屈原故里景区位于秭归新县城，毗邻三峡大坝，2006年5月被国务院公布为第六批全国重点文物保护单位。由于三峡工程建设，以屈原祠、江渎庙

为代表的24处峡江地面文物集中搬迁于此，景区内有屈原祠、新滩古民居、峡江石刻、屈原艺术中心、滨水景观带等景点。景区外山崖瀑布上方，"屈原故里"四个大字很远可见，石壁上刻有"秭归赋"全文。广场上的"景贤门"城楼虽为新建，看起来也端庄典雅，城楼上有"大端午/中国·秭归"字样，可能将在这里进行端午节纪念活动。入夜时分，市民都到这里来休闲、歌舞、健身。

三峡大坝 5月22日，我们找了位当地导游，他带我们先到一处高地从正面观看西陵长江大桥，桥面不算宽只有两来两去四车道。然后到长江岸边近距离观看三峡大坝雄姿，再到中堡岛从高处观赏三峡工程。站在中堡岛望出去，座座高大的铁塔线缆飞架，三峡工程的巨大电力就从这里源源不断输往全国各地。眼望这宏伟的三峡工程，我不禁回想起自己于2002年赴三峡考察的情景。那时三峡工程还在建设中，我们在宜昌登上游船，逆水而上直到白帝城，然后驶入气势雄伟的瞿塘峡，看到了即将淹没的摩崖石刻，瞻仰了秀美的巫山女神，体验了滩多流急的西陵峡。那时长江航道狭窄而多险，两岸山坡上标示着日后的蓄水高度。后来我们又到大坝附近的制高点坛子岭，一览无余地观赏了建设中的三峡坝区。我们那次三峡之行，其实就是一次三峡原貌的告别游。

22日游毕三峡大坝景区，我们就驱车254公里，走G50沪渝高速前往湖北西端的恩施。5月23日至25日，我们在湖北的恩施大峡谷、清江画廊和湖南的岳阳楼、张谷英村游览。5月26日，我们从湖南岳阳来到湖北洪湖市，又到赤壁市，再到通山县，合计路程331公里。

瞿家湾 洪湖市瞿家湾湘鄂西革命根据地旧址其实是个古镇，街道和房屋都是明清风格。旧址是全国重点文物保护单位，街上的很多房子，都曾经是根据地的某个机构所在地，比如中国共产党湘鄂西特委、湘鄂西革命军事委员会等，在此基础上建立了湘鄂西苏区革命纪念馆，贺龙、周逸群等同志在这里工作过。街上也有一些商铺，多出售一些当地的手工制品或土特产，并无其他旅游区商业街那种什么都有的商业化场面，来这里的游客也不多。村头上的"沔阳码头"，看上去是有点历史的地方。瞿家湾是《洪湖赤卫队》故事的发生地，洪湖水浪打浪的旋律，还有《洪湖赤卫队》视频的播放，都让我们这个年龄的游客感到熟悉和亲切。

赤壁镇 游毕瞿家湾，我们从洪湖市乌林镇再次摆渡过长江，前往咸宁市赤壁镇，游览三国赤壁古战场景区。1800年前在这里发生的赤壁大战，开启了三足鼎立的三国时代。苏轼的《念奴娇·赤壁怀古》"大江东去，浪淘尽，千古风流人物。故垒西边，人道是，三国周郎赤壁。乱石穿空，惊涛拍岸，卷起千堆雪。江山如画，一时多少豪杰……"更为赤壁古战场增色不少。从整体布局看，赤壁景区还是有思路的，景区内按照赤壁大战的历史故事复原了不少逼真的场景，景区外的宾馆、餐厅、商场、建筑小品等设施的外观也与景区风格相协调。赤壁古战场景区的许多景点虽为人造，赤壁摩崖石刻却是真迹，于2013年被公布为第七批全国重点文物保护单位。

闯王陵 5月27日，我们到通山闯王陵参观，这是李自成的殉难之处，郭沫若、姚雪垠、胡绳等文史学家曾到此考证。闯王陵也是李自成纪念馆，馆内除陈列李自成的生平业绩及起义称王等事件外，还展出了我国历代领导人关于李自成的警语。李自成的农民起义军由兴入盛，由盛而衰的短暂历史，给后人留下了深刻的教训。然后，我们前往江西共青城和南昌，晚上在景德镇市过夜。5月28日是我们这次荆楚之旅的第20天，也是行程结束之日。这天上午我们离开景德镇，驱车545公里，平安顺利地返回了上海。

17. 雄奇的西北风光

2015年9月28日，我们知青旅行团又开始了大巴长线游，这次秋季西北游之目的地是宁夏、甘肃、青海三省，也准备游览四川境内以及沿途部分景点。我们从上海出发后，经过沪宁、宁洛等高速公路，晚上在河南省兰考县住宿。第2天在兰考参观焦裕禄纪念园后，前往山西省汾西县的师家沟村游览，然后在霍州市住宿。第3天想游览黄河碛口古镇，因修路交通中断未成，遂前往陕西吴堡石城游览，晚上入住米脂县城。第4天是国庆节，我们在米脂城里见证和参与了一拨又一拨婚庆活动，然后游览李自成行宫和姜氏庄园。离开米脂后，我们走G20青银高速，入住银川郊区贺兰县的一家商务酒店。

148　　**沙湖**　10月2日是我们西北游的第5天，前几天虽说有景点，但毕竟只是顺路游玩，今天到了宁夏，才正式开始西北三省游的行程。上午我们游览了位于石嘴山市平罗县境内的沙湖风景区，这里的门票政策非常厚道，60岁以上游客凭身份证就能免掉60元的门票，但仍然要花80元买张船票进湖，因为游客只有坐船才能到达沙漠区。正逢国庆期间，景区内游客很多，景点秩序和环境管理还相当不错，人流密集处有军人在维护秩序。沙湖总面积80平方公里，20余平方公里的沙漠与40余平方公里的水域毗邻而居，似乎没有什么过渡就连结在一起。

沙湖于1994年被国家旅游局评为全国35个王牌旅游景点之一，既有大漠戈壁之雄浑，又有江南水乡之清秀。正是黄沙碧湖紧相邻，秋苇映日水清粼，景色很是奇特。沙湖景区内有国际沙雕园、鸟类观测站、湿地博物馆、沙湖鸟岛等。游乐项目则有骑骆驼、滑沙、沙漠卡丁车、沙漠摩托车、沙漠越野车、水上飞机、水上飞伞、摩托艇等。若想在此体验全部项目，估计得至少1500元。沙湖以前一直是解放军农场的一个鱼湖，1989年才开始旅游区建设，而在沙湖景区工作的员工有80%以上是老军垦的后代。沙湖的沙丘占地广大，靠湖泊一侧游客密集，骆驼队也密集，如同赶集一般，根本没有一丝荒凉感。稍远的沙漠是沙漠车的天下，各种彪悍的沙漠车横冲直撞，如入无人之境。高高的沙坡是孩子们滑沙的好地方，坐滑板一次次滑下去再爬上来，乐此不疲。

　　下午我们去游览了银川附近的贺兰山岩画、拜寺口双塔和滚钟口景区，晚上仍然入住昨天的商务酒店。第6天在银川周边游览镇北堡西部影城、西夏王陵和一百零八塔，然后到中宁县石空镇投宿。

　　沙坡头　10月4日，西北游第7天。我们一早离开中宁县石空镇，经过胜金关上了201国道。途经中卫城区时发现这个城市很是整洁，建筑漂亮，绿化优美，河水清澈，行人不多。不久就到了中卫市的沙坡头旅游区，门票100元，60岁以上半价。沙坡头号称中国沙漠

沙坡、黄河、绿洲的和谐

旅游第一品牌，是国家首批5A级旅游景区。地处腾格里沙漠东南边缘，集大漠、黄河、高山、绿洲为一处，既具西北风光之雄奇，又兼江南景色之秀美，被旅游专家誉为世界垄断性旅游资源。整个景区分为黄河区和沙漠区两大部分，包兰铁路穿越其中。虽然是国庆节游客爆满，景区的管理仍然很给力。景区内的游乐项目很多，但有些项目包括骑骆驼、漂流、滑溜索等项目，都不允许55岁以上的游客参加。这个年龄段的游客有点尴尬，在景区门口买票，都显得年龄太小；而到了景区里游玩，又都显得年龄太大。

　　沙坡头景区的迷人之处就在那面巨大的沙坡，从遍地绿荫的黄河边到金灿橙黄的大沙坡，中间只横隔一条道路。游客可以搭乘自动电梯到坡顶，可以顺着斜卧的木梯慢慢爬上去，也可以在较远的平缓处走"之"字形登坡。当然也有不少游客就赤手空拳勇登陡坡，其中还有年轻的母亲带着幼儿一步步艰难攀登，走几步滑了下来，就从头再来继续攀登。我虽说踩着木梯爬上去，有时候也难免站不稳，或者往下滑。到了坡顶往下一看，整个沙坡人群密集，个个奋勇往上冲锋，就仿佛一支五彩缤纷的大部队在攻克高地。

　　坡顶这里其实仍然是黄河区，待越过一座门楼，经过另一个验票处后，才算进入了沙漠区。游客在沙漠区可以沿着木栈道观赏沙生植物，也可以骑骆驼或者坐吉普车进入沙漠深处。有点奇怪的是，不论在黄河区还是在沙漠区，那沙坡和沙漠都无比洁净，丝毫没有黄沙飞扬的感觉，这要归功于沙坡

头的卓越治沙成果。为了确保包兰铁路畅通无阻，中卫人民从1956年开始就创造出以"麦草方格"为核心的"五带一体"综合治沙工程体系，在流动沙丘上营造出了一片绿洲。沙坡头的治沙成果得到了国家和联合国的充分肯定，享有多项盛誉。

沙坡头黄河的羊皮筏子漂流很是壮观，一条筏子坐4位游客，加上船工共5人，一条接一条浩浩荡荡顺流而下。到了目的地，船工把筏子背上岸，用嘴吹气检查筏子，然后装船运往出发点运载下一批游客。古诗所称"纵一苇之所如/凌万顷之茫然"，就是指皮筏破浊浪过险滩的情景。这些皮筏子以整张羊皮为材料，十头羊的羊皮才能拼合成一条筏子。沙山下有个沙坡头房车营地，是没有动力的挂车，轮子都罩了起来，其实就是一个驻扎在沙丘下的有轮子的旅馆，里面的设施看上去很完善，卧室、客厅、厨房一应俱全。其实这车只是用于基地的露营车，而真正可以开动的房车要小很多，也更紧凑。

离开沙坡头后，我们就离开了宁夏回族自治区，前往甘肃省的凉州白塔寺参观，并在武威入住。10月5日在武威城内游览了几个景点，然后前往永昌县游览骊靬古城，再到山丹县入住。

马蹄寺 10月6日是西北游的第9天，今天我们准备游玩张掖的马蹄寺和丹霞地貌。由于修路，车子不时避开坑坑洼洼在颠簸中前行，车速缓慢。奇怪的是在这样的路面上，照样有洒水车进行喷洒作业，可能是为了减少灰沙。进入景区之前，看到一块横卧于草地上的红色大理石标牌，上写"甘肃祁连山国家级自然保护区"几个大字。之前我以为马蹄寺就是一个寺庙而已，却不料马蹄寺是个很大的风景区，有着极其迷人的草原、高山和秋色，山顶上还有些许积雪。这雪山我们在途中很远就看到了，想不到现在已来到雪山脚下。

祁连山下

马蹄寺是集石窟艺术、祁连山风光和裕固族风情于一体的旅游区，位于甘肃省肃南裕固族自治县境内，裕固族是甘肃张掖所特有的少数民族。景区里似乎住了一些藏民，他们的服饰和山头上的风马旗充满了藏乡风情。大家在祁连山下的秋草丛里流连忘返，步移景换，虽然路途辛苦，感到很值。团友们在草原上穿上民族服装，载歌载舞自我陶醉，嘻嘻哈哈乐不可支。民族服装10元借一套，不限时间，但是游伴之间不能互换衣服，帽子和哈达则可以换来换去。这时候，团里的美女们都成了长袖善舞的民族演员，摄影师们忙着拍下一个个多姿而灿烂的镜头。大家都感到在这片美丽的祁连山下唱歌跳舞，漫步大草甸，享受着化外仙境的开阔和宁静，很是开心和放松！

由于在祁连山下的自然风光中消费了太多时间，马蹄寺的石窟和庙宇都没有时间去欣赏了，我们只能出入景区时在车上看了一些石窟。马蹄寺石窟群自从东晋以来，已有1600多年历史，有500多个摩崖佛塔窟龛，规模庞大。马蹄寺因传说中的天马在此饮水落有马蹄印而得名，传说中的马蹄印迹现存于普光寺马蹄殿内，成为镇寺之宝。

张掖丹霞 游毕马蹄寺已是下午两点多，我们经过张掖市区和临泽县城，来到了张掖国家地质公园。门票不算贵，优惠半价票20元，加观光车票20元。张掖丹霞地貌分布在临泽和肃南境内方圆100平方公里的山地丘陵地带，其中彩色丘陵面积达40平方公里，现为张掖国家地质公园。其七彩丹霞地貌气势磅礴，造型奇特，色彩斑斓。丹霞是指红色砂砾岩经长期风化剥离和流水侵蚀，形成的孤立的山峰和陡峭的奇岩怪石。这里的丹霞地貌发育于距今约200万年的前侏罗纪至第三纪。

景区大巴穿梭往返，既是交通工具，更是观光检阅方式。我们站在各观景台上，遥望俯视这些苍劲雄浑、形态丰富、色彩艳丽的丹霞地貌，在不同角度和强度的光照下，丹霞地貌呈现各种美玉一般的光泽。一些整齐而靓丽的线条，或横或斜，大大方方地掠过山坡，正是玉带束丹霞，绫罗满山撒。有些山体布满了或深或浅的沟纹，分明就是岁月的印痕，流水的证明。有几座小山头的颜色忽而金灿，忽而灰峻，直现暖色与冷色的轮值。太阳夕照，更显玉容，大批游客挤上狭窄的山头，等待着捕捉夕阳西下的那一刻，其实他们依山势起伏的队形，在夕阳余晖下显得更为壮观。我们尽情欣赏着如此多样而壮美的自然景色，眼前的一切美得

绫罗满山撒

让人窒息，内心被大自然的神奇造化所深深叹服，让人久久不愿离开。这一天我按动快门的频率可能是最高的，然而再好的照片也难以表达现场的气势和震撼！直到晚上7点钟，我们才作为最后一批游客，依依不舍地离开了张掖地质公园。游毕丹霞，天色已晚，我们就直接住宿景区农家乐，晚餐自然也在农家乐享用。

额济纳胡杨林 10月8日是西北游第11天，今天我们要去看遥远而神秘的内蒙古额济纳胡杨林。这个行程并不在最初的西北游计划之内，是我们在银川那里省出一天时间，调整方案后才有了这次激动人心的胡杨林之旅。最近几天从旅馆老板和别的旅行者那里听到一些关于额济纳的传闻，有的说路况不好，大巴车从酒泉到额济纳得开整整一天；有的说节日期间额济纳住宿费贵得惊人，不是常人所想象的四、五百元，一般房间都要千元以上；还有的说胡杨林那里没有吃的，水也很缺；更有人说额济纳没有加油站，必须在航天城加满油才够往返。事实上，这一切担心都是多余的，我们的额济纳之行非常顺利。

清晨天还没亮，深邃的夜空里还可以看到很多明亮的星星，我们就离开金塔县城的旅馆，沿着214省道即酒航路前行。开了不一会儿就进入沙漠区域，这些沙漠也许还没有完全沙化，也许已得到改良，一些低矮的植物与沙抗争顽强生长。经过航天城加油站后，大巴驶入内蒙古辖区，道路编号改为315省道。下午一点多，我们进入了内蒙古自治区阿拉善盟的额济纳旗。原打算一整天的路程，大半天就完成了，这样我们就可以当天游览胡杨林，第二天就可以返回。其实额济纳根本不像传说中的那样荒凉和不便，这是一个建设得很好的县城，城内道路宽阔，商店林立，有些路段相当繁华。

我们找到住宿点放下行李，就直奔额济纳胡杨林景区，景区也称作"内蒙古阿拉善沙漠国家地质公园"。门票很贵，每人要200元，再加40元的景区巴士车费。更未料到的是，这里对65岁以上的游客才给半票优惠，而我们大部分团友都在60岁至65岁之间。这也就是整个西北游期间最贵的门票了。

千年等候

额济纳胡杨林保护区面积达39万亩，主要保护古老孑遗树种胡杨，最佳的游玩季节是每年9月至10月，因此每年观赏胡杨林的最好时间只有一个月左右。我们来此游玩正逢其时，很多摄影爱好者也风尘仆仆赶在这个时候来拍摄胡杨树。由于胡杨树具有惊人的抗干旱、御风沙、耐盐碱的能力，能顽强地生存繁衍于沙漠之中，因而被人们赞誉为"沙漠英雄树"。人们夸赞胡杨顽强的生命力是"三个一千年"，即活而一千年不亡，亡而一千年不倒，倒而一千年不朽。故所以在景区游客中心的屋顶上，立有"三千年的守望，只为等待你的到来"之欢迎语。公园内从一道桥至八道桥，有20多公里路程，大巴穿梭其间。一道桥是陶来林，二道桥是倒影林，三道桥是红柳海，四道桥是英雄林，五道桥是胡杨民俗风情园，六道桥没有开放，七道桥是梦境林，八道桥是沙漠王国。

秋天的额济纳胡杨林确实美丽，天空纯蓝纯蓝，没有一朵白云，看上去似乎不大真实。沙丘上，小湖边，姿态各异的胡杨或挺立，或静卧，或盘缠。秋日阳光照射下的胡杨叶，金灿灿亮闪闪，一枝枝一丛丛色泽耀眼，似乎成了幻觉中的世界。眼前到处都是金黄色，黄得靓丽，亮得耀眼。到处都是高大、苍老、茂盛的胡杨，一树一形态，一棵一性格。漫步在蓝天下的木栈道，穿梭在金黄、苍劲、奇异的胡杨林间，那首齐峰演唱的《苍天般的阿拉善》不时回响在耳边。在胡杨林景区，可以说是一步一景，步移景换。在这里，似乎更加理解了"美不胜收"这个成语的丰富含义。在这里，即使只用手机拍摄，即使不懂摄影知识，也可以拍出漂亮的胡杨照片。大家在各个景点久久驻足，尽情欣赏、体验、感悟，有的团友还登上观景瞭望塔，俯视阳光下的大片胡杨。西边的太阳就要下山了，晚霞中的胡杨林更美更迷人，待我们离开景区时，夜幕已经完全降临。当晚我们住在额济纳城里的一个居民小区，大家分散住到三幢小别墅，小区环境和住宿条件都不错。

东风航天城 10月9日我们原路返回，从内蒙古又回到了甘肃。从额济纳到东风航天城的内蒙古315省道也叫航天路，而从航天城到酒泉的甘肃214省道则叫酒航路。由于航天城是回程中必经之路，又在西北游的计划之内，我们当然要进去看看这个辉煌而神秘的地方。航天城对中国游客开放参观，先审核身份证，也就是政审，然后才能买票。普通团的成人票为150元，60岁以上半票，70岁以上免票，可以参观载人航天发射场、基地历史展览馆、问天阁和飞天公园。贵宾团则两天游程，还可另外参观垂直总装测试厂房、2号东方红卫星发射场及地下控制室、东风革命烈士陵园、东风水库。酒泉市和嘉峪关市的各旅行社都有散客参观航天城的旅游项目。

东风航天城又称酒泉卫星发射中心，占地面积2800平方公里，是我国航天事业的发祥地，隶属于解放军总装备部。这是我国创建最早、规模最大的导弹和卫星发射中心，也是我国当时唯一的载人航天发射场。该地区属内陆及沙漠性气候，地势平坦，人烟稀少，全年少雨，每年有300天可以进行发射试验。我国的第一颗人造地球卫星，第一枚远程弹道导弹，第一枚一箭三星，第一艘载人飞船，第一个空间实验室，都从这里顺利升空。中国酒泉卫星发射中心与前苏联拜科努尔发射场、美国的肯尼迪航天中心齐名，是全世界三大载人航天器发射中心之一。航天城地处甘肃酒泉市金塔县与内蒙古阿拉善盟额济纳旗交界处，其核心区域位于额济纳旗巴丹吉林沙漠西北边缘。当年为了国防建设，内蒙古额济纳500多户牧民迁往其他地区。由于周围荒凉，最接近的知名城市是酒泉市，因此就取名为酒泉卫星发射中心。据说，基地的税收由额济纳旗收取，公用服务则大多由酒泉市提供。

20世纪60年代，发射基地与北京总部的长途通信代号为"东风"，所以基地一直沿用"东风基地"这一名称，后来国家领导人题词为"东风航天城"。如今这里不论是基地设施，还是幼儿园、街道、宾馆、市场等，都有叫"东风"的。走进东风航天城，并没有想象中那么神秘、紧张，而是非常安静、平和、美丽。航天城内各种商店很多，我们在这里很实惠地享用了午餐。这里既像一个庞大的机关大院，又像一个现代化的城市。当然在执行航天发射任务期间，东风航天城可能又是另一种状态了。

问天阁是中国航天员在发射基地的工作生活区，其内包括航天飞行任务的准备设施、训练设施、生活设施和专用会见厅。问天阁的取名源于屈原的"天问"和苏东坡的"把酒问青天"，寓意航天人不断探索宇宙奥秘的理想和追求。我们走进问天阁，聆听工作人员讲解，还走进航天员出征前被国家领导人接见的玻璃房内拍照留念，感到非常荣幸。大家虽然不是军人，没有穿军装，拍照时都情不自禁地敬了军礼。

我们漫步在开阔的载人航天发射场，从各个角度参观那矗立于苍穹下的蓝色发射架。这座巨大的火箭发射塔以前只在电视里见到，现在能亲历一番，十分震撼和满足。参观卫星发射中心，是团友们今天最期待也是最有意义的事情。大家在航天发射塔前合影留念，由于心情激动，有敬礼的，有招手的，也有仰望蓝天的。巨塔傲视长空，巨臂相扶火箭，我们在发射塔前留个影，心中充溢着崇敬和赞叹！从远处的垂直总装测试厂房至发射塔，有一条极宽的铁轨，火箭经此垂直转运至发射塔。我们参观发射场，既开了眼界，长了见识，也深深感受到航天城创业者的艰辛和伟大。尤其是参观了基地历史展览馆之后，看到航天城的科学家、技术人员、军人们和许许多多劳动者艰苦创业的实物和图片展示，这种感受更加深刻。

从航天城出来后，我们沿着酒航路行进，经过金塔县城和银达镇，到达酒泉市并在肃州宾馆入住。宾馆附近就是美食街，各式餐厅装潢时尚，各地美食应有尽有。宾馆附近的夜景非常好看，可以说是金碧辉煌，美轮美奂。鼓楼广场上，不少人随着欢快的曲子在跳新疆舞。我发了一组酒泉之夜的微信后，朋友们评论说感到震撼，想不到酒泉的夜景如此之美，完全颠覆了以前对大西北的刻板印象。酒泉酒泉，看看就醉，省了酒钱……

玉门关 10月11日是西北游第14天，昨天我们从酒泉到敦煌参观莫高窟之后，今天继续在敦煌游览。大巴沿着215国道西行，开出一段后就上了一条窄窄的沙漠公路，路面平坦，没有交通标识，没有里程碑，也没有护栏，两边都是一望无际的荒漠。玉门关景区的精致门楼横卧在荒凉的公路上，门楼写有两副楹联：其一，"看大漠孤烟长河落日/听塞外羌笛胡角马嘶"；其二，"秦燧汉关今犹在/张骞李广俱往矣"。

玉门关遗址位于甘肃省敦煌市西北的戈壁滩上，又名小方盘城，始建于西汉武帝时期，是"丝绸之路"北道必经的关隘。相传著名的"和田玉"经此地输入中原，因而得名。玉门关的城垣残存面积有633平方米，高10米，总体呈方形，用黄胶土所筑，多少年来它孤零零地坚守着汉代以来的关隘。城北有大车道，是历史上中原和西域诸国来往及邮驿之路。如今我站在这残墙下，荒草中，很难想象昔日的辉煌。在关城以北，修筑有长城和烽燧，而关城以东12公里处的河仓城，则是丝绸之路北道上的大粮仓。

站在玉门关外的高坡上放眼望去，大风呼号，大地苍茫，人迹罕至，大片的草甸子与我们生活过的北大荒有几分相似。此时此刻，历史的凝重感和现实的苍凉感交集在一起，不由得努力搜寻起记忆中的唐代大诗人名句：王之涣的"羌笛何须怨杨柳，春风不度玉门关"；王维的"劝君更尽一杯酒，西出阳关无故人"；骆宾王的"魂迷金阙路，望断玉门关"；王昌龄的"秦时明月汉时关，万里长征人未还"；李白的"长风几万里，吹度玉门关"……据考，唐代诗人描写的玉门关在今天的安西县双塔堡，遗址已难辨认，现存玉门关是汉代所建。

西海舰队

敦煌雅丹 敦煌雅丹国家地质公园在玉门关遗址西侧80公里处，60岁以上游客半票25元，但仍需购买景区大巴票70元。那奇特的公园招牌本身就是雅丹体，入口处是观看雅丹地貌的制高点。敦煌雅丹地质公园地处甘肃、青海和新疆三省区的交界地带，面积达346平方公里，是气候极端干旱区典型地貌类型的代表。主要观看风蚀作用形成的大型垄岗状、塔柱状和各种形态的雅丹地质遗迹，以及多种类型的沙丘和沙波纹所构成的沙漠景观。这里最初应该是连绵不断的山体，如今却如同平地长出来的土台土柱。

游客乘坐景区大巴游玩四个景点，一些景点设置了栏杆或者防护带，不让游客们贴近。最好看的是孔雀玉立，由于风雨对塔柱状雅丹体表面的侵蚀，使软弱的部分逐渐消失，保留了相对坚硬的部分，它们构成了形态逼真的孔雀，向人们展示它的美丽。由于太过珍贵，四周设置了钢筋地障严加保护。而最后一个景点西海舰队则最为气势磅礴，一望无际的沙漠中，无数条排列整齐的垄岗状雅丹体极像一艘艘战舰，在沙海中劈波斩浪航行。团里的美女们展开纱巾随风飘展，恰如水兵在打旗语。有点遗憾的是现场没有高处可登，无法站得更高去俯视西海舰队的宏大场面。

我们在敦煌雅丹游玩，突出的感觉就是奇特、广袤、风大，好像这个地方不属于地球似的。雅丹体虽然粗犷，沙纹却非常细腻。敦煌雅丹地质公园号称"魔鬼城"，但由于禁止游客进入雅丹体腹地，也由于雅丹墙体不够多也不够密，我们没能听到狂风穿梭于雅丹体之间的凄厉呼号及回声，魔鬼般吼叫的感觉不太明显。在我们到达的景区最西面之处，查看百度地图，发现这里西距新疆若羌县境仅7公里之遥，距罗布泊湖心也只有120公里。这里也是我们这次西北游所到达的最西北端位置了，离开雅丹地质公园返回敦煌市区，也就意味着我们这个旅行团由"风尘西北行"，改为"孔雀东南飞"，开始走上折返回家之路了。

鸣沙山月牙泉 鸣沙山月牙泉风景名胜区其实就在敦煌市内，门票120元，60岁以上半价优惠。名扬天下的月牙泉南北长近100米，东西宽约25米，弯曲如新月，自汉朝起即得名"月泉晓澈"。月牙泉因"泉映月而无尘"，"亘古沙不填泉，泉不涸竭"而成为奇观。漫步在鸣沙山月牙泉风景区，看到沙山、泉湖、芦苇、垂柳、草坪等景观和谐相处，虽有高大的沙山而空气清新。月牙泉被黄沙环绕而依旧清澈充盈，周围芳草萋萋，高苇摇曳，构成一幅美妙的"月牙秋苇图"。漫步在这神话般的古老泉边，我深深感到大自然的奇妙和伟大，耳边似乎一再响起那首任华辉演奏的优美动听的萨克斯曲《月牙泉》。

在高大的鸣沙山下，虽然没有听到鸣沙之声，但整座沙山在夕阳的斜照下，轮廓清晰，线条显得特别优美生动，色泽显得特别柔和。很感叹经过了这么长的岁月，来过了这么多的游客，鸣沙山看上去依然是非常整洁、光亮和宁静。垂柳与绿茵相依，秋苇共沙山一色，蓝天则包容兼收，忽而又传来一串叮当驼铃声，这就是色彩、季节和音律的奇妙和谐。一些团友还登上鸣沙山，在晚霞中从高处俯视美丽的月牙泉。如同在其他知名景区久久不愿离开一样，大家在鸣沙山月牙泉也是乐淘淘地玩不够。直至晚上7点半，我们才离开景区。

翻越当金山 10月12日离开西千佛洞后，我们走G215国道，经过阿克塞县城，就开始翻越海拔3800多米的当金山。当金山位于祁连山和阿尔金山的结合部，盘山公路不算险峻，路面比较宽敞，两侧的山体也并不陡峭。山上植被不多，有些地方有积雪，有些地方牛羊成群。我们的车子盘山而行，当金山雄伟、开阔、奇特的各种美景迎面而来，这次翻山过程也是一次难得的领略青藏高原神奇风光的好机会。越过了当金山口，就算进入了开阔的柴达木盆地，也就进入了青海省。我们走G3011柳格高速，通过鱼卡检查站，随后走S20德小高速，经过饮马峡收费站和怀头他拉服务区，于傍晚时分到达德令哈市，全天的地图测距570.5公里。"德令哈"是蒙古语，意为"金色的世界"。德令哈原来是个兵站，建政于1988年，是青海省海西蒙古族藏族自治州政府所在地。我们入住的东方凯悦大酒店设施相当完善，房间非常干净，大堂宽敞而富丽堂皇。想不到在青海西部地区，还有这样设备完整和管理良好的酒店。

茶卡盐湖 10月13日即西北游第16天，我们离开德令哈走S2013茶德高速，出茶卡收费站后，我们就来到了盐湖。茶卡盐湖位于青海省海西蒙古族藏族自治州乌兰县茶卡镇，面积百余平方公里，海拔超过3000米。自清朝开始，这里生产的茶卡盐就成为贡盐，是我国主要的产盐基地之一。在盐湖大门口，竖着一块青海盐湖文化旅游开发有限公司设立的"景区封闭式建设通告"牌，称2015年10月10日至2016年6月对盐湖景区进行封闭式建设改造，期间不再接待游客。我们很担心只差了三天就白来一次,景区管理方虽然不售门票,仍然允许远道而来的游客进去游览,大门口的保安还提醒我们注意安全。但管理方不允许外来车辆进入,而从大门口到湖边有两公里左右路程,我们慢慢步行进去,出来时风太大,就坐了当地的小车回到停车场。

景区里水绿天蓝盐白,北风吹皱一湖盐水,别有一番风味。在盐湖上行走,感觉有点特别,根本不用担心人会陷进去或者会掉进水里。我以前走过冰湖,也走过雪湖,但是走盐湖还是第一次。一开始还小心翼翼地在湖面挪步,后来觉得很安全,站到盐和水的交界处也没有问题。团里几位美女站在盐上,影倒水中,很有美感。盐湖中有一条弯月形的堤岸,把湖面分隔为内外两个区域,堤岸上有两条窄窄的铁轨,逶迤通向远方。目前铁轨并未营运,游客们在轨道上或行或坐。如此看来,到盐湖来的游客只有两拨,一拨人"投湖",另一拨人"卧轨",原因皆为太想得开。景区正值淡季,又在维修期间,所以游客不多,我们就自由自在地漫步盐湖,同时也真真切切领教了一番盐湖西北风的厉害。在湖里随手捧一把茶卡盐,颗粒大,晶晶亮。到了盐湖,应该尝尝湖盐的味道,景区的宣传板也说湖里的盐可以直接食用,但我们考虑到在外面旅行身体不能出状况,未加工的盐可能含有各种矿物质,所以不敢贸然品尝。湖边有几座大型盐雕,看上去比沙雕更结实明亮。

青海湖 在茶卡镇午餐后,我们的大巴开上G6京藏高速,经过共和收费站,就来到了青海湖边的109线。这条公路在很长的路段里都与青海湖平行,可以看到湖边辽阔的草地和蓝盈盈的青海湖水。按照计划,我们原打算去青海湖的鸟岛看看,但当地人说这个季节很多候鸟都飞到南方去了,这时候去看鸟岛没有意思。于是我们就沿着青海湖的南侧往东直行,一路欣赏青海湖的美丽风光。

青海湖又名"措温布",即藏语"青色的海"之意。它位于青海省西北部的青海湖盆地内,由祁连山的大通山、日月山与青海南山之间的断层陷落而形成。青海湖既是中国最大的内陆湖泊,也是中国最大的咸水湖。根据科学机构的遥感监测结果,青海湖的面积持续8年在增大。湖区面积为4456平方公里,而作为比较,太湖的水域面积为2338平方公里。青海湖的湖面海拔为3260米,湖面最长处有105公里,最宽处为63公里,环湖周长为360公里,湖水最深处有32米。在冬季,整个湖面会结冰两个月左右。

一路上,我们看到一些虔诚的朝拜者,每走几步就五体投地拜一次。他们的信仰、决心和毅力,真是令人钦佩!他们一路上遇到的艰难困苦,真是难以想象！这些朝拜者的目的地是哪里？可能是拉萨的布达拉宫，也可能是他们心目中的另一处圣地。公路逶迤通往远方，朝拜者几步一拜，要多久才能到达心目中的圣地？朝拜者有时一人，有时两人，有时更多。我们还看到在朝拜者前方几十米，有几个人推着一辆小车，装满

青海湖畔的牦牛

物品，他们可能是为朝拜者探路并提供后勤保障的同行者。另外还有一些藏民，扶老携幼结伴绕青海湖而行。他们行囊简单，步履不紧不慢，多在公路下的草丛里行走。他们虽然没有几步一拜，脸色依然是那么神圣和庄重。青海湖是他们心中的神湖，绕着神湖行走，也就是转湖，这是他们生活的重要内容。无论是朝拜者还是转湖人，他们都在青海湖的岸边顺时针而行。

青海湖畔的开阔草原上，有很多黑色或者黑白相间的牦牛，在安静地低头吃草。纯白色的牦牛在牧场里并不多见，在有的景点则偶尔会看到纯白的牦牛供游客骑玩。一群又一群的牦牛，那毛绒绒笃悠悠的身影，在泛黄的秋草地上，在碧蓝的青海湖边，构成了一幅静谧而浪漫的"风吹草低见牦牛"风景画。一些牧人或骑着摩托车追赶走远的牦牛，或细心修补自家草场的网栏，他们的放牧生活单调而艰苦，但身体一定非常强壮。当地的牧民都很友善，我们到湖边拍摄牦牛时，他们并未阻止或者不悦，还给我们指路如何返回公路。当地的牦牛不仅在草原上悠闲自在，在公路和镇上也是当仁不让，时不时与重卡较劲一番。

当晚，我们在青海湖二郎剑景区的宾馆入住。按照景区售票处的告示，这里从10月15日开始进入旅游淡季。由于游客减少，镇上的一些宾馆和餐馆已经停止营业。入住宾馆后，大家进入二郎剑景区游玩，看到了青海湖绚丽多彩的晚霞。翌日早晨，大家坐着大巴直接来到小镇旁边的青海湖畔，贪婪地呼吸着清晨湖边的新鲜空气，欣赏着一群群鸬鹚和野鸭贴着水面低飞，兴高采烈地在满天朝霞中拍摄清晨的湖景，只为了再多看一眼这浩瀚、美丽、圣洁的青海湖！

我们沿着109国道向西宁方向进发，经过倒淌河收费站进入G6京藏高速，其中的一部分称为湟（源）倒（淌河）公路，还有一部分又称为西

（宁）湟（源）公路。路途中，我们看到了山坡上用风马旗搭出的一个太阳图案，一个月亮图案，还有一个"山"字，原来这里就是日月山风景区。日月山是人们进入青藏高原的必经之地，有"西海屏风"和"草原门户"之称。当年文成公主入藏途经此山，留下了一些动人的传说，此地也成为唐朝和吐蕃进行物资交流和使者往来的中转站。日月山的山脚下有条流向特别的倒淌河，在这里不是"一江春水向东流"，而是一河碧水往西淌，流入浩瀚的青海湖，故称为倒淌河。

官鹅飞瀑

官鹅沟 2016年8月29日是我们知青旅行团新疆游的第4天，我们在甘肃宕昌游览了官鹅沟风景区。官鹅沟景区大门离宕昌县城很近，我们离开宾馆后，车子一会儿就到了景区门口。我们坐电瓶车从景区大门口到13公里外的停车场，其间散落着一些湖泊和景点。随后换乘另一辆电瓶车到更远的停车区，从那里开始就得靠游客自己走了。景区有两个相反方向的出入口，游客若靠步行，一天时间根本不可能从一个大门走到另一个大门，而电瓶车可以通行的路段毕竟有限，大部分路段必须步行和登山。这也意味着游客不能往里走太远，差不多了就得打道回府。

官鹅沟国家森林公园位于甘肃省宕昌县城郊，1999年建立大河坝省级森林公园，2003年10月晋升为国家级森林公园。景区全长32公里，总面积1.76万公顷。前14公里为色彩斑斓的湖泊区，后18公里为茂密的原始森林，最深处为高山草甸和终年不化的雪山。景区海拔在1760米至4150米之间，这么大的海拔落差，意味着天气情况多变和高原反应风险，也代表着景区内山道的高度和坡度。景区里还有不少高耸入云的险峻峡谷，以及多处从山顶或半山腰直泻而下的瀑布。

景区共有13个高低错落的湖泊，每个湖泊的形态和规模都不尽相同，犹如一串绿色的珍珠镶嵌在沟内。湖水清澈，清得可以数清水底的石子，又随地貌地质而呈现出不同颜色。湖泊周围的蓝天白云和青山古树，全都映入湖中。由于湖面平静，倒影清晰，在水下映出了更为动人的虚拟世界。下游的湖面比较开阔，湖泊之间是一道道宽阔而好看的瀑布，瀑布的形态随地形和流速丰富多彩。有一处三叠湖，三个湖泊像梯田般逐级相连，前后三道宽瀑一目了然，十分壮观。

在长数百米、高数百米、宽仅十余米的峡谷中，悬崖古松遮日，凉风扑面而来。巨瀑飞泻直下，声响震耳欲聋。游人至此有身处绝境之感，令胆小者害怕至极，只想快点通过这个路段，但又挡不住的诱惑，不时停下来观看这峡谷奇景。而那水帘高瀑之处的岩壁向外凸起，水流也就像一道轻纱在空中悬挂，洁白而柔软。其水流溅出串串水珠，生出阵阵水雾，"疑是银河落九天"用在这里很是恰当。还有那通天门、张爷洞、罗汉峰、虎口瀑、五瀑峡、猿人壁、青天一线、龙洞流泉等景点，无不都在云里雾里等候着游客到来，都有各自的魅力和精彩。我们在景区里漫步，确实感到时时都有美景赏，处处都是山水画。

在官鹅沟国家森林公园的茫茫林海中，栖息着白唇鹿、金钱豹、云豹、斑尾榛鸡这4种国家一级保护动物，还有23种国家二级保护动物。游客置身其间，常闻百鸟欢歌，偶见山鸡野兔松鼠出没。这里漫山遍野生长着云杉、秦岭冷杉、油松、桧柏、白杨等乔木，铺满了芍药、野丁香、马兰花、杜鹃等灌木，分布着刺五加、冬虫夏草、黄连等百余种药用植物。官鹅沟其实也是一个名副其实的天然动物园和植物园。

我们8月底来到官鹅沟还算盛夏时节，但已见红叶挂枝头。不知道是由于这里的气候突变还是海拔过高，我们在官鹅沟遇到了浓雾天气和低温袭击，我们把身边能穿的全都用上，还是冷得直发抖。本准备用一整天时间游览官鹅沟风景区，但由于海拔较高，又遇低温浓雾，我们没有贸然深入原始森林。

有人把官鹅沟风景区称为小九寨沟，甚至有人说比九寨沟还要好，只是养在深闺人未识而已。可能是我们没有深入景区腹地的缘故，也可能是今天没有太阳和蓝天白云，我感到官鹅沟虽然有其引人入胜之处，但在总体上还是无法与九寨沟相提并论，景区的设施和管理也有待完善。然而由于九寨沟遭遇了地震不测，官鹅沟的吸引力或许将有所提升。

18.辉煌的西北文明

2015年10月2日,我们知青旅行团从宁夏沙湖风景区出来,因镇北堡西部影城外面人山车海,大巴开不进停车场,于是换方向到贺兰县金山乡境内的贺兰口去看贺兰山岩画。贺兰口附近无比空寂,大片土地没有树木,只有砂石,坐在车上看到这样的景色,我第一次感受到大西北的广袤和荒凉。

贺兰山岩画馆

贺兰山岩画 贺兰山岩画属全国重点文物保护单位,是中国游牧民族的艺术画廊。贺兰山在古代是匈奴、鲜卑、突厥等北方少数民族驻牧游猎、生息繁衍的地方,他们把生产生活的场景,凿刻在贺兰山的岩石上,来表现对美好生活的向往与追求,再现了他们当时的审美观、社会习俗和生活情趣。在南北长200多公里的贺兰山腹地,有20多处岩画遗存,其中最具有代表性的是贺兰口岩画。贺兰山岩画从类型看,有山前草原岩画、山地岩画、沙漠丘陵岩画;从地域看,有石嘴山市岩画、平罗县岩画、贺兰县岩画、青铜峡市岩画、中卫县岩画。岩画造型粗犷浑厚,写实性较强,有人首像,还有牛、马、鹿、鸟、狼等动物图形,另有一些抽象符号。这些岩画大部分是春秋战国时期的北方游牧民族所凿刻,记录了人类放牧、狩猎、祭祀、争战、娱舞等生活场景。入口处有贺兰国际岩画馆,陈列着贺兰山岩画的历史介绍和代表性作品。坐电瓶车进入景区后,看到山岩上有不少古老的岩画,差不多都在人们视线可及的高度。其实我看不太懂岩画,倒是觉得山势和荒野比较好看。

滚钟口 从岩画馆出来,我们到附近的滚钟口景区游览,大巴车径直开到山腰,大家在此欣赏景区的山势风光。滚钟口位于贺兰山中端东麓,因其三面环山,山口向东形状如大钟,而景区中央又有小山像钟铃,故名滚钟口。滚钟口古为贺兰山胜境之一，拥有花岗岩风蚀地貌景群，西夏国王李元昊曾于山沟北部建造了一处规模宏大的避暑宫苑。滚钟口还有伊斯兰教、佛教、道教三教合一的建筑，反映了当地多门宗教和睦相处的氛围。1984年由于山洪爆发，西夏钱币窖藏被冲出，出土了一批西夏钱币125公斤，达2.7万枚之多。

拜寺口双塔 我们再去游览附近的拜寺口双塔。双塔坐落在贺兰县西部的拜寺口，正八角形的东塔高13层，每层塔檐下都有兽头浮雕。西塔也是13层高，较东塔更为粗壮，其内曾发现梵文、西夏文题记和元代银币等，塔下的一些建筑和文物已被钢架玻璃保护起来。两塔之间相距百米，均为楼阁式砖塔，如同两个孪生兄弟守卫在山口两旁，也有人称之为"相望塔"或"夫妻塔"。拜寺口双塔是西夏国王李元昊之离宫建筑的组成部分，当年拜寺口寺庙众多，双塔随寺庙而修。双塔始建于何时，史料并无记载，明万历年间的书籍已记载有此双塔。今经碳-14测定双塔朽木，专家认为是西夏中晚期所建。双塔经维修后，于1988年被列为第三批全国重点文物保护单位。夕阳西沉，柔和的阳光照耀在双塔及门口石狮身上，更增添了古塔之美。

西部影城 10月3日，西北游第6天。我们一早来到镇北堡西部影城，游客已经非常之多。我很少看到别的景区有这么大的停车场和这么多游客的大巴、小车，大部分小汽车来自陕西、山西、甘肃和北京。镇北堡西部影视城被誉为"东方好莱坞"，过去只是一个明清时代的边防戍塞，后来有少量村民居住。1962年某日，尚在附近南梁农场劳动改造的张贤亮第一次来到镇南堡，他"感受到的是一种悲壮的精神在遥远的天地间延伸，觉得它具有一种衰而不败的雄浑气势，在贺兰山脚下的茫茫大漠中，它的存在平添了黄土地的特殊魅力。"30年之后，他凭借自己的独特经历和智慧，秉承"文化是第二生产力"的理念，以很少的投入，把镇北堡这个荒凉的地方建成了西部影城。好几部走向世界的中国电影都是在这里拍摄而成，其中包括获得国际国内大奖的《牧马人》《红高粱》《黄河绝恋》《老人与狗》等影片，还有《大话西游》《新龙门客栈》《嘎达梅林》《书剑恩仇录》等影视剧。镇北堡西部影城以古朴、原始、粗犷、荒凉、民间化为特色，在此摄制影片之多，升起明星之多，获得国际国内影视大奖之多，皆为中国各地影视城之冠。因西部影城对中国电影事业的特殊贡献，它享有"中国电影从这里走向世界"之美称。镇北堡西部影城再现了祖先们的生活方式、生产方式和游乐方式，逐步实现了从"出卖荒凉"向"出卖文化及历史"的跨越。

西部影城保留和复制了在此拍摄过的著名电影、电视的经典场景，这样就赢得了大量游客源源不断前往。游客在荧屏中看到过的熟悉场景，在这里都可以一睹为快，而且可以发挥自己的想象力扮演各种角色，体验明星们在此拍摄影视剧的感受和心情，实地回味影片中的精彩片段。除了明城、清城、民国城、老银川一条街、公社大队部等摄影场地外，影城里还有电影资料陈列馆、古代家具陈列室、艺术摄影展示厅等陈列厅，有放映厅、餐厅茶座、陶艺坊、古装摄影、骑射等休闲娱乐设施，并可为游客提供场景道具制作MTV、影视短片、表演模仿秀，以及随团拍摄旅游录像片等服务。张贤亮当年来赶集寄信的"镇南堡邮政代办所"仍然存在，只是不再办理邮政业务。而在"张贤亮纪念馆"的小院里，展示着他发现和思索镇南堡文化价值的过程，以及西部影城的创办经历及辉煌成就。看过这个纪念馆，我深感佩服之余是深深感动。

西夏王陵 随后我们去参观西夏王陵，这里是现存规模最大的一处西夏文化遗址。景区占地58平方公里，分布有九座帝王陵，规模宏大，布局严整。每座帝陵都是坐北向南呈长方形的独立建筑群，规模与明十三陵相当。西夏王陵吸收唐宋皇陵之长，又受佛教建筑影响，构成别具一格的陵园形式，故有东方金字塔之称。与陵区相呼应的西夏博物馆为仿西夏建筑造型，其展示的众多文物向游客们介绍了西夏王朝的历史及演变。我感到饶有兴味的是西夏文字，虽然我看不懂这些文字的意思，但感到其书写方式和形态展现都很特别，也很有美感。1988年，西夏王陵被列为全国重点文物保护单位，国家重点风景名胜区；2012年，西夏王陵被列入世界文化遗产预备名单。

一百零八塔 我们再去游览一百零八塔，这是一组位于宁夏青铜峡水库崖壁下的大型喇嘛古塔群。塔群依山临水，顺山势排列成12行。最上面的第一行只有1座，第二、三行各3座，第四、五行各5座，其余各行按5、7、9……19的奇数排列，总计一百零八座佛塔，总体形成三角形的巨大塔群。根据这里出土的西夏文物推测，塔群应属西夏始建，元、明、清各代曾多次修葺。关于建造这一百零八塔的原因有很多传说，其中有一种说法是北宋百姓为了纪念当年穆桂英点将所建，这里就是点将台和天门阵。其实它只是佛教的纪念塔，人们在这里数塔108座，类似于诵经108遍，撞钟108下，就可消除108种人生烦恼。1988年，"一百零八塔"被公布为第三批全国重点文物保护单位。如今的塔群已成为青铜峡黄河大峡谷风景区的组成部分，站在塔群顶端放眼环视，塔下的黄河十里长峡风光历历在目，河边有茂密的芦苇丛，河中有穿梭的游览艇。而远处的群山高低起伏，青黛如染。此情此景不像在塞外，恰似在江南，除了河水是黄色的以外。

凉州白塔寺 10月4日我们游毕沙坡头，走G2012定武高速，经过营盘水收费站就到了宁夏与甘肃交界处，由此我们离开宁夏而进入甘肃。大巴从武威南下高速，赶在工作人员下班前开到了凉州白塔寺门口。白塔寺始建于元代，是古丝绸之路上的一处藏传佛教寺院。公元1247年，西藏萨迦派宗教领袖萨迦班智达与蒙古汗国皇子阔端为解决西藏归顺问题，在凉州白塔寺举行了具有重大历史意义的"凉州会谈"，达成了西藏归顺蒙古汗国的条件。随后发布的《萨迦班智达致蕃人书》，是一份关系西藏后来生存发展的告白书，是一份使西藏人民免受兵戈之苦的重要文献，西藏地方各政教势力表示接受萨班与阔端达成的条件。至此，西藏正式划入中国版图，结束了近400多年的分裂局面，统一于元朝中央政权管辖之下。"凉州会谈"揭开了西藏历史发展新的一页，凉州白塔寺是西藏正式纳入中国版图的历史见证地，现已成为全国民族团结进步教育基地。

武威 10月5号是西北游第8天，我们先在武威市内参观我国旅游业的形象标志"铜奔马"的发现之处雷台。铜奔马又称飞燕马，还有个诗意的名字"马踏飞燕"。当年郭沫若看到雷台出土的铜车马仪仗队，特别是看到45厘米*34.5厘

武威雷台铜奔马

米的领头马时，认为这匹马的考古价值和艺术价值非同小可，欣然命名为"马踏飞燕"。有专家研究后认为，铜奔马脚踩的不是燕，而是隼。然而不管研究结果如何，飞燕总比飞隼好听，已沿用多年，大概是不会改动了。

随后参观了"陇右学官之冠"武威文庙，文庙各地都有，而武威文庙却是全国重点文物保护单位。紧邻文庙的武威西夏博物馆内，有一块"重修护国寺感应塔碑"，1961年就被定为首批全国重点文物保护单位。这块西夏碑被视为研究西夏文化历史的活字典。对我们长途旅游者来说，文庙外面的街头农贸市场是最受欢迎的去处，我们根本想不到武威的水果和蔬菜是如此便宜，很好吃的梨只要1元钱1斤。买了10根黄瓜，居然只收2.5元。 随后我们来到武威的古城南门，我看着城楼上高悬的"凉州"两个大字，再看看城

楼下穿梭往来的车辆行人，以及附近林立的高楼大厦，一种若有若无的时空感和苍茫感骤然而生。

骊靬古城 从武威城出来，我们来到永昌县金山寺，其实我们是想去看骊靬（qián）古城，却误入此地。这是一座规模挺大的新建寺院，建筑风格有点多元组合，既有传统佛教建筑和布局，也有西方殿堂的圆顶和装饰。其入口处的大型雕塑是古罗马武士群象，游客可以在城墙上绕行一圈。随后我们才来到附近真正的骊靬古城，骊靬是西汉古城，位于甘肃永昌县焦家庄乡，是古丝绸之路上的重要城市和军事要塞，也是中国历史上民族融合的典型城市。这个地方与古罗马第一军团失踪之谜有关，传说公元前53年，克拉苏所率7个罗马军团在卡莱战役惨败给安息军队时，其长子率领的第一军团6000余人没有再回到罗马，不知所终，猜测其最后可能定居于中国甘肃省永昌县骊靬村。在此漫步，既有西北古村落的苍凉感，又有古罗马军团之谜的遐想。离村子不远的地方，正在大规模开发一些旅游景观。

嘉峪关 10月7日一早离开张掖丹霞景区农家乐后，我们经过临泽县城，走G30连霍高速一直开到嘉峪关市。嘉峪关的闹市区建筑物漂亮，商店很多，道路两旁繁花似锦，市民衣着打扮时尚，整个城市看上去不太像在大西北。来嘉峪关之前，我对这里的行政区划和地理位置没有概念，来了以后才知道嘉峪关是我国为数不多的不设区、县的地级市之一。嘉峪关在上世纪六十年代以前，从未单独设过郡县，1965年此地以关名建市，而且一跃而成为地级市。查资料可知，我国不设区、县的地级市目前有5个，分别为广东省的中山市和东莞市，海南省的三亚市和三沙市，还有一个就是甘肃省的嘉峪关市。

我们先游览悬臂长城，这是嘉峪关关城的北向延伸部分，也是嘉峪关古代军事防御体系的组成部分，始建于明嘉靖十八年（1539年），由就地索取的砾石、黄土夯筑而成。1987年在留存的750米遗址基础上修缮，由漫道、垛墙、墩台组成，在首尾各增修一座墩台，共有三座墩台，也就是烽火台。这个地方的长城因筑于45度的山脊之上，形似凌空倒挂，因而得名"悬臂长城"。站在维修后的悬臂长城上，感觉少了一种古长城的苍老和雄浑。倒是看着悬臂长城之外的辽阔大地，有一种大西北的荒凉和苍茫之感。

嘉峪关关城离悬臂长城有8公里之遥，是明长城西端的第一重关，也是古代"丝绸之路"的交通要塞，是明代万里长城的西端起点。嘉峪关始建于明洪武五年（1372年），先后经过168年的修建，成为万里长城沿线最为壮观的关城。嘉峪关因地势而得名，自古为河西第一隘口。1961年，嘉峪关关城被国务院公布为第一批全国重点文物保护单位。在万里长城沿线分布着许多关隘，其中规模最大的是东端的山海关和西端的嘉峪关。而后者较前者规模更大，因此嘉峪关是长城上最大的关隘，也是中国规模

嘉峪关关城

最大的关隘。嘉峪关关城之内，东西两门外，都有瓮城回护。西瓮城西面筑有罗城，罗城关门的门楣上题"嘉峪关"三个大字。关城内现有游击将军府、官井、关帝庙、戏台和文昌阁等建筑。嘉峪关关城保护完好，游客们可以登上城楼和城墙游览。关城内各处殿堂和城楼游人如织，而在内外两道城墙之间，却空无一人。其实我们在空旷而高大的城墙下仰望天空，在空空长长的巷道上漫步，似乎更能产生一种对睿智先人的敬重，以及对厚重历史的敬畏。这正是：巷道空空闻战鼓，关城高高守西土。饶有兴味的是，嘉峪关是"关照"一词的最初使用地，这是一种通关文照，也就是通行证。

　　我们的大巴在嘉峪关的城区道路上开着开着，根本没有出城，也没有任何过渡或分隔，就看到了酒泉市的单位招牌，嘉峪关和酒泉明明是两个城市，怎么就连在一起了呢？查了地图，才知道这两个城市确实是连成一体的。酒泉市其实很大，共辖肃州区、玉门敦煌两市和金塔、安西、肃北、阿克塞四县，地区行署和市人民政府均驻肃州区。所谓肃州，甘肃省省名"肃"字由来地也。嘉峪关市与酒泉市相连，也就是与肃州区相连。嘉峪关市的面积为2935平方公里，酒泉市的面积为19.2万平方公里，而甘肃省的面积为45.37万平方公里。换言之，酒泉市的面积是嘉峪关市的65倍，又占甘肃省面积的42%强。我们出了嘉峪关和酒泉城区后，沿着酒航路直行，于傍晚时分来到了金塔县入住，这样就为我们明天去额济纳看胡杨林争取了时间。

　　10月8日我们在内蒙古额济纳看胡杨林，并在额济纳过夜。10月9日参观东风航天城，然后到酒泉市住宿。10月10日是西北游第13天，我们从酒泉去敦煌。一路上基本都是沙漠或沙化地，我们看到了很多风力发电场，数百组缓缓转动的风车叶片在荒漠里蔚为壮观。在瓜州服务区，偌大的停车场只有我们一辆大巴，大家在瓜州瓜分哈密瓜，嘻嘻哈哈非常开心。

敦煌莫高窟

莫高窟 下午2点左右，我们到达敦煌莫高窟数字展示中心，这里既是游客中心和售票处，也是游客车辆的停车场。莫高窟数字展示中心的外形看上去就像巨大的沙丘，与周围的大漠连成一体，而里面的建筑和设施却非常先进。周边环境也很整洁，种了很多艳丽的花花草草。因参观莫高窟需提前预约，每天最多只能接待6000名游客，我们在途中电话联系后，得知当天游客不算特别多，可以直接前往参观。莫高窟的门票为200元，60岁以上游客半价优惠。游客购票后，每半小时一批，先后进入两个放映厅观看数字高清电影《千年莫高》和球幕电影《梦幻佛宫》，影片的画面、音响、解说均属上乘，极具视觉冲击力。然后乘坐景区大巴，去9公里外的莫高窟景区参观洞窟艺术。

游客们每20人一组，带上耳机，由一位讲解员拿着钥匙逐一打开窟门才能入内。大家在没有灯光的洞窟内，随着讲解员的手电筒和解说，惊讶赞叹而又津津有味地欣赏各个洞窟内的珍贵壁画和雕塑。参观完毕，讲解员再锁上门。每个组可以参观8个洞窟，其中有3个是必看的，其余5个则各组不同。洞窟虽多，每个洞窟的大小、造型和风格都不一样。不用说精美的壁画和塑像，就说在沙丘下的高大岩壁中开凿出如此造型各异的众多洞窟，有些洞窟还互相连通，本身就是一个非常伟大的工程和艺术。我们所行走的连接各洞窟的楼梯显然都是今人所造，当年前人的开凿、绘画和雕塑该有多么艰难！

莫高窟素有"东方卢浮宫""沙漠中的美术馆""墙壁上的博物馆"之称，又称千佛洞，坐落在河西走廊西端的敦煌。始建于十六国的前秦时期，历经十六国、北朝、隋、唐、五代、西夏、元等历代的兴建，规模巨大，有洞窟735个，壁画4.5万平方米，泥质彩塑2415尊，是世界上现存规模最大、内容最丰富的佛教艺术圣地。据说前秦建元二年（366年），僧人乐尊路经此山，忽见金光闪耀，如现万佛，于是便在岩壁上开凿了第一个洞窟。此后法良禅师等又继续在此建洞修禅，称为"漠高窟"，意为"沙漠的高处"。后世因"漠"与"莫"通用，便改称为"莫高窟"。洞窟内有大量佛像和壁画，历经千余年的岁月侵蚀，过去又缺乏保护措施，很多壁画的颜色依然鲜艳，这与颜料的珍稀材质有关。1961年，莫高窟被国务院公布为第一批全国重点文物保护单位。1987年，莫高窟被列为世界文化遗产。

为了保护珍贵文物，莫高窟的洞窟内不可以拍照，讲解员第一个进去，最后一个出来，监督大家不要拍照，其实光线太暗也拍不好照片。好在除了现场欣赏之外，游客还可以用手机扫描景区的二维码，观看莫高窟的APP，里面有几个主要洞窟的文物照片，非常清晰。莫高窟最为著名的石窟有北周时期的第428窟，盛唐时期的第130、148窟，五代时期的第61窟等，这些洞窟无论是开凿空间、壁画色彩、雕塑形态等方面，都属顶级精品。讲解员还带我们参观了藏经洞，介绍了王道士发现藏经洞的过程和大批珍贵文物贱卖流失的情况。昔日的宝藏洞窟如今空空如也，只有洞壁和塑像还在默默记忆着那昔日的辉煌。游客在藏经洞对面的陈列馆，可以欣赏到一部分藏经洞内发现的文物。同时，游客也可以参观景区内的敦煌研究院院史陈列馆，了解敦煌研究院的成立和发展历程。

莫高窟景区的环境非常整洁，高大的杨树，翠绿的草坪，斑斓的鲜花，大片的彩叶，极其干净的洗手间，这一切都让人仿佛置身于沙漠之外的绿洲，与洞窟外立面的单调土褐色形成了鲜明对比。我感到整个莫高窟的管理水平相当高，游客从进入数字展示中心，到观看电影，乘坐景区大巴，景区参观游览，一切都是有条不紊衔接有序。由于我们进入莫高窟景区时已经下午4点多，游客不是很多，没有想象中的那种拥挤情况。日薄西山之时，我们更有怀古、仰古之感。正因为游客不多，我们得以从容地欣赏游览，乘坐最后一辆景区大巴离开了莫高窟。

西千佛洞 10月12日，我们继昨天在敦煌游览玉门关、雅丹地貌和月牙泉后，今天再顺路游览西千佛洞景点。西千佛洞因位于敦煌莫高窟之西而得名，开凿于党河北岸的悬崖峭壁上，是敦煌艺术的组成部分。据记载，西千佛洞的开凿时间早于敦煌莫高窟，大都为北魏时所开凿，现存洞窟16个，其中9个窟可以观赏，其他各窟因无法登临，只能在崖下仰望。西千佛洞石窟的结构、彩塑、壁画风格等与莫高窟体系相近，因而成为敦煌艺术的组成部分。1961年国务院公布第一批全国重点文物保护单位时，把西千佛洞列入莫高窟之内，由敦煌研究院负责管理。

我们的大巴驶入西千佛洞停车场时，只看到一片空地，没有任何建筑，看不出是个旅游景点。下车后才看到悬崖边有个台阶通往下面，顺着台阶下行，才看到了景区入口。这样西千佛洞的立面就非常奇特，入口在下部，参观在中部，停车在顶部。西千佛洞的洞窟数量比莫高窟少得多，洞窟的彩塑和壁画看上去也比莫高窟原始，但却更为自然、真实。这里的陡崖深壑中古木参天，浓荫蔽日，形态多样。清晨的阳光渗透枝叶，照射在古老的洞窟岩壁上，给人以一种历经沧桑而古朴动人的奇妙感觉。在西千佛洞的一排排古树下静静漫步，欣赏着洞窟岩壁上的清晨阳光，这种难得的心灵满足和视觉享受给我留下了非常深刻而美好的印象。这正是：千年党河育敦煌，古树偕窟度时光。朝阳峭壁看黄沙，化作往事尘埃茫。

塔尔寺 离开西千佛洞后，我们前往德令哈投宿。次日游览茶卡盐湖和青海湖，在二郎剑入住。10月14日离开青海湖前往西宁，途中经过湟中县鲁沙尔镇，就去游览著名的藏传佛教圣地塔尔寺。塔尔寺占地面积45万平方米，拥有大金瓦殿、小金瓦殿、大经堂、九间殿、班禅行宫、如意塔等大小建筑共1000多个院落，4000多间殿宇僧舍，是一处汉藏风格完美结合而规模宏大的建筑群。建于1776年的八宝如意塔位于寺前广场，体现了佛祖的八大功德。塔尔寺的管理看上去很不错，庞大的景区内十分清静、整洁、有序，没有什么商业喧闹。

塔尔寺是中国西北地区藏传佛教的活动中心，始建于1379年，得名于大金瓦寺内为纪念黄教创始人宗喀巴而建的大银塔，先有塔，而后有寺。塔尔寺是国家5A级旅游景区，门票80元，60岁以上游客半票。塔尔寺在中国及东南亚享有盛誉，历代中央政府都十分推崇其宗教地位，多位达赖和班禅都曾在塔尔寺进行过宗教活动。塔尔寺也是培养藏族知识分子的高级学府之一，设有显宗、密宗、天文、医学四大学院，寺内珍藏了许多佛教典籍和历史、文学、哲学、医药等方面的学术专著。酥油花、壁画和堆绣，被誉为"塔尔寺艺术三绝"，专门有一个房间陈列五彩缤纷的酥油花作品，游客只能隔着玻璃在屋外欣赏。2000年5月，我国曾发行"塔尔寺"邮票一套四枚，可见塔尔寺影响力之一斑。而一年一度的"展佛节"，在寺院山坡上展晒巨大的堆绣佛像，仪式非常隆重，更是热闹非凡，蔚为壮观。

参观塔尔寺，给我印象最深刻的是大金瓦殿和大经堂。大金瓦殿内悬挂着乾隆皇帝御赐的金匾"梵教法幢"，殿内矗立着12.5米高的大银塔，这就是宗喀巴诞生的地方。大银塔以纯银作底座，镀以黄金，并镶嵌各种珠宝，裹以数十层白色哈达，以示高贵。大经堂初建于明万历三十四年即1606年，建筑面积近2000平方米，拥有168根大柱，是塔尔寺中规模最大的建筑，可供千余喇嘛集体打座诵经。我在大经堂内缓步绕行一周，视线被一排排整齐宏大的诵经蒲团和无比考究的五色幡帏装饰所深深吸引。在塔尔寺的道路和广场上，络绎不绝的信众们手捻佛珠，成群结伴，在一座座佛殿之间穿行，他们似乎不用买门票，可从另一处道路进出寺院。各主要大殿的门前和回廊里，挤满了来自各地的朝拜者，他们三跪九叩，五体投地，表情虔诚而专注，据说每人要反复做一千次。一些大殿前的地板竟然被朝拜者的身体磨得低了下去，光亮光亮。塔尔寺宏大而精致的寺院建筑，以及众多朝拜者的虔诚和执着，使我们颇为感慨。

马步芳公馆 离开塔尔寺后，我们进入西宁市区去游览马步芳公馆。这座公馆始建于1942年，耗资三千万大洋，为"西北王"马步芳的私邸，取名为"馨庐"。在马公馆里，部分建筑的墙面镶有玉石，是全国唯一用玉石建造的官邸，故人们亦称其为"玉石公馆"。公馆由前院、正院、女眷楼等7个院落和不同形式的房舍以及花园组成，各个院落的房舍布置有序，结构严谨，构成了统一风格的整体。游客在马步芳公馆不仅可以欣赏到一些历史实物、名人字画和典雅建筑，还可以参观在此设立的青海省民俗博物馆，了解青海的地域特色和各民族风土人情。

东关清真大寺 当晚在西宁市住宿，次日上午前往东关清真大寺游览。西宁东关清真大寺是我国西北地区大清真寺之一，创建于明朝初期，现存建筑于1913年重建，是一个规模宏大的建筑群，大殿可以容纳三千多名穆斯林进行礼拜。东关清真大寺也是伊斯兰经学研究的学府，我们看到很多穆斯林坐在教室里大声诵读古兰经。东关清真大寺被中国伊斯兰教协会列为全国聚礼人数最多的清真寺，可以同时容纳4至6万名穆斯林进行礼拜。据说，2012年西宁东关大寺曾出现30万穆斯林同时礼拜的壮观场面，整条东关大街上密密麻麻都是穆斯林在当街礼拜，同时礼拜人数位列世界第三。又据说，东关大寺大殿上金光灿灿的藏式鎏金宝瓶是拉卜楞寺捐送的，大殿内的巨大柱子是佑宁寺赠送的，而喧礼塔顶装饰精致的小经筒则是塔尔寺赠送的。佛教寺庙赠送给伊斯兰教寺院珍贵礼物，多少体现了两大宗教之间的友好联系。

兰州 然后我们离开西宁，从青海又返回甘肃，沿着兰西高速也就是G6京藏高速到了兰州。到市区的黄河边上时，正是午餐时间，大家都想着要在兰州吃一顿真正的兰州拉面。我们进了一家黄河楼牛肉面馆，里面生意兴旺，看得出大部分顾客都是当地居民。拉面非常好吃，面条韧劲十足，汤料无比鲜美，碗也好看，才6元一碗，真是价廉物美，与在上海吃的所谓兰州拉面完全是两个概念。牛肉更是诱人，每份10元，好看又好吃，很多顾客在门口排队买牛肉带回去。

兰州黄河铁桥位于兰州城北的白塔山下，有"天下黄河第一桥"之称。其前身黄河浮桥建于明洪武年间，名叫镇远桥，现在仍矗立在铁桥南岸的将军铁柱就是镇远浮桥500年兴衰史的见证。至1907年，清政府动用国库白银30万两，由德商承建，在镇远桥原址建起了长233米、宽7米的黄河第一座铁桥。初名"兰州黄河铁桥"，1942年改名为"中山桥"。在兰州铁桥上来回漫步，近看坚固美观的桥梁桥面，远眺黄河两岸的兰州风光，这也就是我们途经兰州的主要景观了。在铁桥入口处，行人既可以下楼梯到达桥下的马路，也可以从桥面直接走到临江的白塔山公园。白塔山公园依山而建，我们没时间上山游览，只是在入口附近看到了很多亭台楼阁和连接长廊，装饰得十分漂亮。当地居民在公园里或锻炼身体，或引吭高歌，或乐队演奏，看上去都是自得其乐。公园附近有"兰州黄河桥梁博物馆"和"兰州秦腔博物馆"，很有地方特色。

离开兰州后，我们沿着S2兰郎高速转至312省道，来到甘肃省甘南藏族自治州所属的夏河县，入住白海螺宾馆。夏河街头的藏民多，喇嘛多，外国人也多。我在拉卜楞民航大酒店晚餐时，看到一些外国人和喇嘛也在就餐。我们还发现一个奇特的现象：一群群放学回家的小学生，不管男生还是女生，个个都是黝黑粗放；而宾馆和餐厅的女服务员，却又大多显得白皙细腻，十分漂亮。晚餐后在附近散步，夜晚的夏河行人不多，夜色很美。

对10月14日和15日这两天的行程，我发了些照片和文字到微信朋友圈，时任上海市浦东新区人民法院院长的张斌先生看到后，欣然赋诗曰："山藏传金顶，道旁听塔音。高耸清真韵，不知湖上惊。"张院长写得真好！寥寥数语说尽了我们这几天的游程。

夏河拉卜楞寺

拉卜楞寺 10月16日，西北游第19天，我们一早就来到拉卜楞寺，因为从宾馆到这里没多少路。我们来得太早了，景区商业街都还没开门，停车场空空荡荡，颇有气派的游客中心倒是可以进去，也有座椅供游客观看景区录像片。过了好长时间，一位喇嘛来到售票窗口卖票，并关照我们在游客中心门口等候。游客凑足一拨人后，由工作人员带路至景区入口，再由另一位喇嘛带引大家各处参观并讲解，有的佛殿还要由别的喇嘛来打开门锁。这种与别的景区迥然不同的参观方式，其实是由拉卜楞寺的寺庙分布特点所决定的。拉卜楞寺不像一般寺院那样佛殿集中而递进，这里的佛殿佛堂比较分散，有的与普通居住区交错在一起，且有围墙，入口也不太显眼。若没有人带路，游客根本不知道怎么游览，甚至也分不清东南西北。

拉卜楞寺位于甘肃省甘南藏族自治州夏河县，其名是藏语"拉章"的变音，意思为活佛大师的府邸。拉卜楞寺是藏传佛教格鲁派六大寺院之一，鼎盛时期僧侣达到4000余人，号称有一百零八属寺。寺院内设有甘肃佛学院，保留着全国最好的藏传佛教教学体系，被誉为"世界藏学府"。寺院坐北向南，占地总面积86万平方米，建筑面积40余万平方米，主要殿宇90多座，包括六大学院、16处佛殿、18处大活佛宫邸、僧舍及讲经坛、法苑、印经院、佛塔等，形成了一组具有藏族特色的宏伟建筑群。这里的很多佛殿外面并无匾额、楹联，有的用布幔围着，有的佛殿围墙大门与民居住宅大门几乎一样。行走在这样的佛教景区，感觉真有点特别。看了拉卜楞寺，才知道了天下佛殿与佛殿是不一样的。

带队的喇嘛让我们参观了6座佛殿，并逐一介绍各殿的历史、功能和亮点。游客在殿堂外可以随意拍照，进入佛殿则不能拍照。唯一例外的是用酥油花供奉的佛堂，游客在这里可以进入殿内，近距离欣赏和拍摄酥油花，这一点似乎比塔尔寺只能在窗外欣赏酥油花进了一步。拉卜楞寺的喇嘛很多，从十来岁的少年到颤颤巍巍的老者都有，年少者可能是佛学院的学生。到拉卜楞寺来朝拜的信众也很多，非常虔诚也非常艰苦，比如五体投地三跪九叩，要反复做一千次；手扶转经筒绕佛殿而行，也要一千次。而很多朝拜者在每一座佛殿都要叩拜和绕行，其间的路途中也以同样方式跪拜，这需要多大的毅力、体力和时间才能完成啊！

游毕拉卜楞寺，我们到甘肃、四川交界处的郎木寺住宿，次日前往四川阿坝州，先后游览了黄龙、九寨沟等风景区。然后我们经停成都，于10月25日回到上海。

天水伏羲庙 2016年8月28日是我们知青旅行团新疆游的第3天，我们边沿途游览，边往新疆进发，先去游览了天水伏羲庙。这是国内规模最大、保存最完整的纪念伏羲氏的古建筑群，原名太昊宫，俗称人宗庙。传说伏羲是中华民族的人文始祖，是中国古籍所记载的最早的王。史料记载，伏羲、神农和轩辕并称为"三皇"。我去过湖北神农架的神农祭坛，也去过陕西黄陵县的黄帝陵，今天再来到天水伏羲庙，这样就对我们的上古三皇都瞻仰过了。景区前面是一个很大的广场，巨大的宣传牌上写着"一画开天 肇启文明"八个大字。满广场都是市民在晨练，我们的团友也和市民一起做操，跳交谊舞和扇子舞。广场的照壁前摆放着九只硕大的铜鼎，寓意"一言九鼎"。

伏羲庙始建于明弘治三年（1490年），历经9次重修，形成规模宏大的建筑群。2001年6月，伏羲庙被国务院批准为国家重点文物保护单位。整个建筑群坐北朝南，牌坊、大门、仪门、先天殿、太极殿沿纵轴线依次排列，层层推进。绿荫中的大牌坊矗立于高大的台基之上，木结构的牌坊精雕细镂，正中悬有"开天明道"大匾额，系清乾隆时所写。正门宽18米，进深两间，正中门楣悬挂"太昊宫"匾，这座正门虽经清代修缮，其主体部分仍然保留了明代风格。前院东侧有棵古槐，传为唐代栽植，至今依旧挺拔。宏大壮观的先天殿又称大殿，是伏羲庙的主体建筑，殿内供奉伏羲彩塑像一尊。伏羲浓眉大眼，手持八卦盘端坐龛内。殿内上悬"文明肇启"匾额，系清嘉庆年间所书。伏羲庙各院遍布古柏，均为明代所植，原有64株，象征64卦之数，现存37株。每逢正月十六伏羲诞辰日，周边群众纷纷前来伏羲庙朝拜祭祀"人祖爷"。人们认为这些古柏能懂凡人之言，能解伏羲之意，每年都要推选出一棵柏树值守，那树便是当年的"神树"。

麦积山石窟 游毕伏羲庙，我们去全国重点文物保护单位胡氏古民居参观，然后就去游览天水东南方向的麦积山石窟。麦积山石窟是世界文化遗产，国家5A级旅游景区。麦积山位于甘肃省天水市，是小陇山中的一座孤峰，因山形酷似麦垛而得名。麦积山石窟始建于后秦（384—417年），存有221座洞窟、万余身泥塑石雕和1300余平方米壁画，以其精美的泥塑艺术闻名世界，被誉为东方雕塑艺术陈列馆。我们请了导游介绍石窟，导游带我们到最好的观景角度和拍摄点，并介绍石窟的历史和传说。麦积山石窟开凿在悬崖峭壁之上，站在远处看过去，层层叠叠的石窟密如蜂房，凌空栈道飞架其中，甚是宏伟壮观。沿着直上直下的栈道登上崖壁观看，大部分洞窟都规模不大，用密密的网丝门锁住，从外面看进去，只能隐隐约约看到泥塑。游客通过室内走廊，则可以看到高大而精美的塑像。

天水的麦积山石窟，与洛阳龙门石窟、大同云冈石窟和敦煌莫高窟并称为中国四大石窟。2011年我去过龙门石窟，2015年去过敦煌莫高窟，现在又来到麦积山石窟，中国四大石窟去了三个。而我们知青旅行团的一些朋友还去过大同云冈石窟，他们把四大石窟都访遍了。游毕麦积山石窟，我们去宕昌县入住龙海大酒店，并在宾馆的餐厅晚餐。我们到达宾馆时，门卡都已制好，菜肴已做了大半，而我们并未预付费用，被信任的感觉真不错。大家都讲诚信，给人信任和尊重，这个社会就会好很多。

哈达铺长征纪念馆 8月30日上午我们离开宕昌前往张掖，途中参观了哈达铺红军长征纪念馆。1935年9月18日，党中央率领红一方面军突破天险腊子口，占领了哈达铺。毛泽东、周恩来等中央领导到达哈达铺，从当地邮政代办所发现的国民党报纸上获得陕北有红军和根据地的消息，由此作出了把红军长征的落脚点放在陕北的重大决策。国务院在公布全国重点文物保护单位时，称"哈达铺是决定中国工农红军长征命运的重要决策地"。宽阔的广场上有一排简朴大气的建筑物，这就是"红军长征哈达铺纪念馆"，馆名由胡耀邦题写。广场一侧是高大的红旗雕塑纪念碑，碑上写着"到陕北去"四个大字，团友们怀着崇敬的心情在纪念碑前合影。自觉接受红色教育是我们知青旅行团的主题之一，也是让老一辈精神薪火相传的具体表现。

广场一侧有老一辈革命家到达哈达铺的大型雕塑，艺术水平很高，可惜雕塑后面马路上的电线太不协调。这种情况我们经常看到，一座很好的雕塑，或者一幢很有价值的建筑，周围的环境却极不协调。广场对面是红军长征一条街。街上的哈达铺邮政代办所保护得很好，毛泽东等中央领导人在这里知道了陕北红军的消息，由此改变了红军的命运。我坐在邮政代办所台阶上，产生了很多感慨和思索。街上还有毛泽东和张闻天在哈达铺的住处旧址，以及红军杂粮面铺，不知是当年卖粮给红军的铺子，还是如今的粮铺以红军取名？我们沿着212省道赶路，沿线都是渭武高速公路的建设工地，晚上到达张掖住宿。

张掖大佛寺 8月31日是我们新疆游的第6天，今天我们参观了张掖大佛寺、红军西路军纪念馆、骆驼城遗址，明天就将离开甘肃正式进入新疆。张掖古为河西四郡之一，取"断匈奴之臂，张中国之掖（腋）"之意，如今建设得十分漂亮。张掖这个遥远的西北城市，我们已经是第二次探访了。

张掖大佛寺始建于西夏永安元年（1098年），因寺内有巨大的卧佛像，故名大佛寺，又名睡佛寺。大佛殿的彩绘泥塑为西夏文物，其中卧佛长34.5米，为中国现存最大的室内卧佛像。大佛寺的主殿具有原汁原味的古建筑风格，看上去陈旧而精致，真实地记录着历史的风尘。饱经风雨斑驳陆离的墙面和梁柱，更显示出大佛寺的珍贵价值。蓝天下的大白塔里面，有无比精美的壁画，还有众多栩栩如生的罗汉。一只鸟儿飞过，它被下面这片土地所吸引，停在屋脊上默默注视着这古老的庙宇。整座大佛寺给我的感觉，就是凝重、深沉和古雅。张掖市中心的钟鼓楼距大佛寺不远，这座建于明正德二年（1507年）的城楼是河西走廊现存最大的鼓楼。我们绕着钟鼓楼细细欣赏，看到这巍峨壮观的古代"镇远楼"四周繁花似锦，交通繁忙，已成为张掖城里的显著地标。

红军西路军纪念馆 中国工农红军西路军纪念馆位于甘肃省高台县，前身为高台烈士陵园，始建于1953年。1936年10月，红四方面军总部率五军、九军、三十军奉命西渡黄河准备执行宁夏战役计划。由于时局变化，宁夏战役计划中止，渡河部队奉命组成西路军，转战河西走廊。两万余名西路军将士浴血奋战半年之久，终因寡不敌众而兵殒河西走廊。我们进入纪念馆后，馆长向团友们介绍建馆情况，并带领我们参观。巍峨庄严的红军西路军纪念碑耸立在蓝天之下，纪念馆大厅的巨型雕塑极具视觉冲击力，两位红军战士浴血奋战后相互搀扶，坚持到底。馆内的西路军战斗序列和组织机构陈列，以及关于西路军的详细图文介绍，使我们多少了解到西路军的来龙去脉和悲壮历史。

高台骆驼城

骆驼城遗址 我们从西路军纪念馆出来，接着到骆驼城遗址去游览。虽然知道目的地就在附近，却绕来绕去找不到路。这种情况以前也遇到过，其原因一是进入景区的道路本身有点隐蔽、复杂，二是由于新农村建设步伐较快，很多道路已与地图导航不符。骆驼城遗址位于甘肃省张掖市高台县，城址东西宽425米，南北长704米，面积30万平方米。城垣为黄土夯筑，墙基宽6米，残高7米。这就是北凉古都、唐代重镇骆驼城遗址。骆驼城始建于东晋隆安元年(397年)，是后凉建康郡太守段业另立年号建立的北凉国国都，也是北凉政权的发祥地。在此驻扎的建康军最多时屯兵5300人。766年建康军被吐蕃攻陷后，此地沦为牧人晚间的宿营地，被当作天然的骆驼圈，风光一时的故都由此而得名骆驼城，沿用至今。

骆驼城遗址是全国重点文物保护单位，却未见管理人员，当然也不用门票。我们的大巴车直接开到古城墙下，团友们兴奋地登上古城墙残垣。整个景区除了我们一车人以外，别无他人。这样空旷的景区，这样散漫的游客，或许很少看见。根据古城墙的残垣、通道和墩台，故城当年的坚固和繁华依稀可见。我们面前断断续续的故城残垣，看上去宏伟、震撼而又苍凉。这时夕阳西下，柔和的光线照在残垣断墙上面，却显示出完美的轮廓线条；而旅行团美女们的靓丽服饰和缤纷纱巾，更与这黄褐色的古城墙形成鲜明对比。在这荒凉的化外之地，虽然没有旅游设施和管理者，我们却乐此不疲地东奔西走，直至太阳下山，大家才心满意足地离开骆驼城古遗址。

当晚入住甘肃省瓜州县的格林豪泰酒店，在床头柜看到一小袋薄荷糖，和一张手写的纸条："尊敬的贵宾您好：欢迎您下榻格林豪泰酒店，很荣幸能为您服务，我特意为您准备了薄荷糖，它具有润唯（喉）的作用，希望能缓解您的疲劳。祝您工作顺利，万事如意。服务员 张思花。"人间自有温情在，客房服务员写的这张小纸条虽然谈不上书法水平，却让我感到难能可贵的温暖和温馨，让我深受感动！

177

19. 九寨黄龙岷山雪

桑科草原 2015年10月16日，知青旅行团西北游的第19天，今天从夏河至郎木寺，地图测距233.6公里。我们从拉卜楞寺出来后，经过夏河收费站进入312省道，其实这也是一条机场公路，可以通往夏河机场。在西北地区，有时会看到一些很偏僻的地方，居然有机场指路牌，也不知道这些机场是否开通民用航空。我们行进的地方属于甘南藏族自治州的桑科草原，虽然现在是晚秋时节，大片的草地都已枯黄，但草原上仍然有很多牛羊。开了一段路，我们看到一些藏民在草地上忙碌，附近还有羊群，于是就停下车来观察。藏民们三三两两围坐在一起，在草根下面挖一种芋艿模样的物品，也听不懂他们所说的名称，估计是一种食物。在青海和甘肃的藏区，我们经常看到藏民在从事宗教活动，间或也看到放牧活动，而像今天这样的采挖生产则很少见到。我们在辽阔的甘南桑科草原散步，远眺连绵的群山和蓝天白云，近赏安静的羊群和秋日的草景，可以想象这些地方在夏天肯定更加美丽，因为我们在黑龙江农场时，看到过夏日草原的遍野青草和满坡鲜花。

尕海湖 经过碌曲收费站后，我们就转到G213国道，不一会儿来到了尕（gǎ）海湖景区。由于已进入淡季，没有人收门票，我们直接开到湖边比较开阔的区域，下车欣赏尕海湖的美景。尕海虽然称作海，看上去并不太大，可以望得见远处的湖岸。后来看地图，才知道我们下车的地方是尕海湖比较狭窄之处。令我们印象最深刻的不是清清的湖水，而是天上的白云。那些白云一朵朵飘浮在一碧如洗的蓝天中，动也不动，连成一片，组成各种好看的图案。由于风很小，湖面特别平静，白云的倒影也就非常清晰、稳定，天上白云和湖中的倒影，其形状几乎一模一样，极其美丽诱人。公路上除了我们这批游客之外，还停着好几辆车，几位摄影爱好者架起三脚架在拍摄湖景，说明这里还算是值得看的地方。

郎木寺 然后我们原路返回，继续走G213国道，一会儿进入了四川界，一会儿又来到了甘肃。看地图才知道这里是甘肃和四川的交界处，公路弯弯曲曲，我们也就在两省之间游走。至下午4点多，我们到达郎木寺镇，住宿一家藏民开设的郎木寺宾馆。由于事先电话询问过，店主就不让我们再去找其他旅店，虽然有些强求，宾馆的环境和设施还是不错的，尤其是从宾馆的后院可以爬上一座小山包。我们放下行李，时间还早，一些团友就爬上小山头，在灿烂的晚霞中从高处欣赏郎木寺镇

夕照郎木寺

全景。这个山头本身并不高，但比较陡，加上这里的海拔在3200米以上，所以大家爬上来都是气喘吁吁。站在山头上放眼四周，规模不太大的镇区都在眼底下，几条街道既不热闹也不冷清；夕照下的郎木寺建筑群金光闪闪，看上去富丽堂皇；镇区一侧的整个山坡都是土质的，山顶上却齐刷刷长出十多块巨石，很像一排整齐的巨大牙齿；又看到天空里一片奇异的云彩，就像一块飞翔中的魔毯，又像一只会飞的海龟。可惜好景不长，一会儿就有大片的乌云遮住了太阳，大家拿着相机站在山头，等待着乌云散去，却未能如愿。

　　郎木寺是一个地域名称，它包括甘肃省甘南藏族自治州碌曲县下辖的郎木寺镇和四川省若尔盖县红星乡下辖的郎木寺村。同时，郎木寺也是四川格鲁派寺庙达仓郎木格尔底寺的简称。一条小溪从镇中流过，溪北是甘肃的藏传佛教"赛赤寺"。南岸是四川的达仓郎木寺，虎穴、仙女洞、郎木寺峡谷以及肉身佛舍利都在四川郎木寺这边，中间则夹着回族的清真寺。一条小溪融合了藏、回两个民族，喇嘛寺院、清真寺各据一方，和平共存，小溪两边的人们用不同的方式传达着各自对信仰的执着。郎木寺自古就是川、甘、青各族民众朝拜黑虎女神的圣地，在达仓郎木寺内，最受人们尊崇的是传说中的老祖母郎木，其原来居住的洞穴就是圣地中的圣地，洞外的泉水就是嘉陵江主源之一的白龙江源头。

　　10月17日是西北游的第20天，清晨我们在蒙蒙细雨中参观郎木寺。布幔低围的郎木寺殿堂与拉卜楞寺风格相似，整座寺院散落在一面山坡上，高低起伏，错落有致。但身在寺庙之中，便没有昨天在宾馆山坡上看到的恢宏华丽之整体感觉。今天我们要从郎木寺经过唐克到川主寺去，虽然地图测距仅329公里，但道路不太好走，加上天气突变，故用于路途的时间将会很长。

若尔盖草原 我们参观好郎木寺后，就沿着213国道川郎公路前行，再转至S209省道前往四川若尔盖地区。途中的一些路段在修路，颠颠簸簸车速不快。公路两侧都是广袤的若尔盖大草原，其气势比昨天的桑科草原大多了。这里是四川省最大的草原，面积近3万平方公里，由草甸草原和沼泽地组成。草原地势平坦，一望无际，人烟稀少。山那边黑云压城城欲摧，更增添了大草原的无垠苍茫之感。红军二万五千里长征时曾多次经过这里，留下了许多可歌可泣的故事和遗址。有点遗憾的是，现在不是草原上最美的夏季，今天的天气也不好，影响了观赏效果和游览心情。尽管如此，若尔盖大草原的辽阔和宏伟，依然深深地震撼了我们。遥想当年红军长征，那时根本没有公路，小路也不一定有，部队要穿越如此广袤而荒凉的大草原，得承受多大的危险，作出多大的牺牲啊！我们在车子上，不时看到一簇簇蒙古包或者帐篷驻扎在公路边的草地上，一缕缕炊烟从屋里飘出，它们就是草原牧民流动的家园。草地中，山坡上，经常看到一群群的牦牛、骏马和绵羊，在安静地徘徊、吃草。有些牦牛大大咧咧地穿越公路，面对汽车也丝毫没有让路等待的意思。而所有的汽车，不管是客车还是货车，驾驶员都不会对牛群鸣喇叭，而是停下来静静地等待牦牛群过完公路。

黄河九曲第一湾 中午时分，我们来到若尔盖县的唐克镇，在这里午餐并休息一会儿，在路口的雕塑前拍了张集体照，随后就来到了离镇区不远的黄河九曲第一湾景区。由于气温骤降，天气太冷，尽管穿得不算少，一下车还是冷得簌簌发抖，旅行团的一部分团友也包括我自己，就没有进入景区，而是呆在游客中心避寒躲雨。还有一部分勇敢的团友则坐着大巴进入景区，冒着风雨和寒冷游览了黄河第一湾。九曲黄河第一湾位于若尔盖县的唐克镇，此处是四川、青海和甘肃的三省交界处。藏族人民根据黄河上游的地形和景观，对上游诸河段以"曲"取名，如卡日曲、扎曲、玛曲、河曲等。所谓"天下黄河九曲十八湾"的"九曲"，就是唐时人们对黄河上游各段的称谓。根据游客中心的"黄河九曲第一湾导视图"，整个景区规模很大，也很壮观。

在唐克乡索克藏寺附近，黄河自甘肃一侧而来，白河至黄河第一湾汇入，型如"S"型。黄河之水如同飘带，在四川边上轻轻抚了一下，又转身飘回青海，故此地称作九曲黄河第一湾，被中外科学家誉为"宇宙中的庄严幻影"。这里草连水，水连天，黄河与白河这两条河流优雅而别致，携手走向西北天边，曲折的河水分割出很多河洲与小岛。最美的景色是在日落时

澄澈 的 旅途

分，当夕阳变红一点点落下去时，整个河谷笼罩在一片晚霞之中。可惜那天天气不好，团友们无缘见到阳光下的黄河第一湾美景。

雪夜阿坝州 从唐克镇出来，天色已经不早，而离开我们的下一个目的地即川主寺镇，还有180公里左右的路程要赶。我们的大巴走S301省道，经过麦洼乡和色地乡时，我们在夜色里和风雨中看到了一片灯光。大家都睁大眼睛看看有没有可以住宿的宾馆，但是这些乡政府所在地的公路两边虽然灯光明亮，却根本没有旅馆可住。无奈，我们的大巴只能在风雨中继续夜行。更糟糕的是，这时天空中开始飘起雪花，而且越下越大，这无疑将增加行车难度，并降低速度。好在我们的车不久就转到213国道，也就是又回到了川郎公路，路况比省道好很多，这里也就是著名的阿坝州地区。没想到的是，在这寒冷的风雪之夜，居然还有成群结队的牦牛穿越公路。在车灯照射下，我们看到一大群黑黑的牦牛身上披着白白的雪花，不慌不忙走过公路。它们为何这么晚还在山野里漫步？它们晚上难道不休息吗？照看这些牦牛的牧人该如何应对这糟糕的天气？

又过了一会儿，雪花越来越大，在车灯的照耀下漫天飞舞。我感到这种雪天夜行的情景很特别，就走到车子前面，隔着挡风玻璃拍了一段风雪中行车的视频，即时发到微信朋友圈和几个群里，并随手写了一句"飞雪夜驰阿坝州"。可谁料想，这段视频和这句话竟引出了一场空中诗会，度过了一个诗意的风雪之夜。首先是在上海的一分场荒友陈绍言女士写了一句"银装素裹饱眼球"；几乎同时，远在芝加哥的大学同学王勋教授也写了一句"寒风晨抵九寨沟"。陈女士和王教授写的这两句，显然都是接着我写的第一句而来，似乎应该再写两句，方可完整成诗。但是如何续写，我一时也没有心思，只能搁置一下。

既然沿途无处可住，我们只能冒着风雪开到川主寺再说。而与平时不太一样的是，今天这么晚了，我们仍然没有落实住宿的地方。这一是由于决定在川主寺过夜时已经比较晚了，二是由于川主寺是去黄龙和九寨沟的必经之路，现在属于旅游旺季，住宿比较紧张。外面下着大雪，我们的大巴在高海拔地区夜行，住宿还没有着落，一时间大家都有些担心，车厢里的说笑声也似乎小了一些。正在这时，负责安排住宿的周伟建先生的手机响了，先前联系过的国宾大酒店来电话说，原来预定客房的一个成都旅行团由于大雪赶不过来了，因此有客房可以给我们入住，而且价位我们也能接受。听到这个好消息，团友们一下子欢呼起来，车厢里的气氛又开始活跃了。晚上8点半左右，我们安然到达川主寺镇，顺利地入住国宾大酒店，并在这里吃到了热气腾腾的晚餐。

晚餐后回到客房，我感到应该把路途中的短诗写完。但是陈女士和王教授写的是不同内容，我只能根据他们的续诗来再续。于是我根据陈绍言女士的续诗写道："飞雪夜驰阿坝州，银装素裹饱眼球。安然入住川主寺，明游黄龙九寨沟。"我把这首诗发到了朋友圈。然后再根据王勋教授的续诗写道："飞雪夜驰阿坝州，寒风晨抵九寨沟，安然入住川主寺，黄龙在先九寨后。"我又把这首诗发到了大学群。过了一会儿，大学同学薛洪生先生也在群里发表诗作："寒夜急急泊，风冽潇潇过。晨起倚窗廊，抵埗心亦豁。"第二天，王教授在群里@我说："我这个寒风是有隐喻的，隐喻了你的名字。"多谢陈才女、王教授、薛同窗！让我度过了一个难忘的诗意飞雪夜。

岷山雪 10月18日，西北游的第21天，我们今天要去游览著名的黄龙景区。之前我对方位没概念，认为黄龙和九寨沟是连在一起的，甚至一度认为黄龙是九寨沟的一部分。其实这两个景区若从川主寺出发的话，方向正好是相反的。昨晚下大雪，今天一早醒来，地上已有积雪，天空却已放晴。大家在吃早餐时既喜又忧，喜的是老天眷顾我们，不再下雪了；忧的是地面已经积雪，听说去黄龙的盘山道路遇雪就可能封路。不管怎么样，先出发了再说。刚离开川主寺镇时，公路上的积雪若有若无，没什么感觉。待到进入盘山路后，山坡上、树林间的雪景渐入佳境。一夜的大雪把沿途山峦都变成了白茫茫的一片，草地和树梢上也都是积雪，真正是银装素裹，分外妖娆。勤劳的牦牛在雪地上寻寻觅觅，下雪也挡不住它们慢悠悠散步，它们不知道自己的一身毛绒绒黑衣在皑皑白雪之中，实在是太显眼太可爱了。大家都兴奋地站起来对着窗外拍个不停，生怕一会儿雪会化掉。其实在摇摇晃晃的车厢内拍雪景，又隔着薄雾笼罩的玻璃窗，根本拍不出好照片来。

更喜岷山千里雪

在盘山路绕了一阵子后，看到不少车辆停在路边，我们也停了下来，原来这里是一个海拔3900米的观景台，名叫雪山梁服务区。这时大概刚过上午8点，游客不算多，木栈道和观景台上都是厚厚的积雪，边上还是没有脚印的新雪。我们站在观景平台上极目四望，蓝天白云似乎与白雪皑皑的群山融为一体，分不清边界何在。透过云层的太阳，更显得云太低，与山平。服务区的各色风马旗在寒风里哗哗作响，彩旗投射在雪地上的影子特别好看。这时候游客渐渐多了起来，大家在观景台上兴奋地叫

冰雪过岷山

喊、大笑，游客们在这里流连忘返，全都拿出相机手机拍个不停，似乎忘记了今天的黄龙游程。我们真是有眼福，在正确的时间和正确的地点，欣赏到了苍穹之下和群山之中那延绵、壮观而纯净的雪景。按照计划，我们今天只是要去游览黄龙风景区，没想到昨晚的一夜大雪，却让我们看到了这样难忘的群山雪景，无意中成为我们西北游中的最难忘景观，这正是可遇而不可求的啊！

　　站在雪山梁观景台欣赏雪景的时候，大家只是觉得周围茫茫山峦的银装素裹特别好看，确实是难得见到，却并未意识到我们此时此刻正是站在红军长征翻越过的岷山之上，不远处的山颠就是海拔5588米的岷山主峰雪宝顶。直至下午回程途中，看到沿路的积雪大部分已经融化，团友们回味起上午过雪山的经历时，才猛然想到我们今天就是在岷山走盘山路，我们看到的雪山美景就是名副其实的"更喜岷山千里雪"。又回想到大家在离开观景台前往黄龙的途中，那种无比高兴和满足，极其兴奋地谈论着雪山观感的情景，亦堪称"三军过后尽开颜"。所谓三军，是指我们旅行团的主力军是黑龙江省尾山农场一分场知青，同时也有二分场和七分场的知青方面军。

　　岷山是甘肃省南部延伸至四川省西北部的褶皱山脉，呈南北走向，逶迤700多公里，故有"千里岷山"之说。岷山是长江水系之部分河流与黄河水系之部分河流的分水岭，资料介绍说，岷山主体有雪宝顶、青城山、峨眉山、四姑娘山等著名山峰。四姑娘山属于岷山尚在情理之中，而青城山和峨眉山也属于岷山则有点出乎意料。从川主寺到黄龙景区的盘山公路是X120县道，即平武至松潘的平松路。其中从雪山梁至黄龙的途中迂回曲折，急转弯很多，有些路段有雪，有些路段结冰，又是下坡，行车难度不言而喻。驾驶员小方全神贯注小心翼翼地开车，终于平安抵达黄龙景区大门口。

黄龙 黄龙风景名胜区占地4万公顷，以彩池、雪山、峡谷、森林"四绝"著称于世，也有说法加上滩流、古寺、民俗称为"七绝"。景区内存有当今世界规模最大的低温钙华景观及丰富的动植物。黄龙景区于1982年由国务院审定为国家重点风景名胜区，1992年被联合国教科文组织列为"世界自然遗产"，1997年被联合国列为"世界人与生物圈保护区"，2001年取得"绿色环球21"证书。获得以上三项世界性桂冠的国内景区似乎不多，由此也可见黄龙景区的炙手可热。每年9月至10月，是黄龙景区的最佳旅游时节，我们于10月18日游览黄龙，恰逢其时。

黄龙风景名胜区的旺季门票是200元，60岁以上游客对折优惠，我们另外购买了80元的上行索道票。黄龙这样知名的景区，200元的门票似乎还说得过去，但索道就其实际距离和高程来说，80元似乎偏高了。我们购买门票后，从游客中心坐景区的短驳大巴到索道站，乘坐索道车到观景平台。在这个平台上可以看到远远近近的黄龙群山，山上的积雪尚未消融，望过去气象万千。然后沿着一条林中步道走了较长一段路，这条路并无特别的景物，但这时雪还未化，一些树木上覆盖着积雪，远远近近的倒也构成了一道道风景。树林稀疏处，也可以驻足远眺群山。其中有一座山峰特别高特别白，可能它就是岷山的主峰雪宝顶。路上看到几位辛苦的挑山工，每个人扛着一根沉重的槽钢，真为他们担心怎么扛得动？还要走这么长的冰雪路！林中的步道曲曲折折，总体平缓，不太累就走到了黄龙沟的中段。

黄龙的主景区黄龙沟位于岷山主峰雪宝顶下，面临涪江源流，沟底部海拔2000米，山顶海拔3800米，是一条长7.5公里、宽1.5公里的缓坡沟谷。黄龙沟内布满了乳黄色的岩石，远望好似蜿蜒于密林幽谷中的黄龙，黄龙的景区之名即来源于此。黄龙沟连绵分布的钙华段长达3600米，彩池多达3000多个，还有钙华滩、边石坝、钙华瀑布等景观。在黄龙沟区段内，大自然鬼斧神工，精巧组合了几乎所有的钙华类型，巧妙地构成一条金黄色"巨龙"，腾翻于雪山林海之中，是一座名副其实的天然钙华博物馆。黄龙沟因沟中有许多彩池，随着周围景色变化和

黄龙五彩池

阳光照射变化而变幻出五彩的颜色，被誉为"人间瑶池"。

　　黄龙景区的钙华面积规模之大，色彩之美丽是世界上绝无仅有的，因此被誉为"五彩池"。其原因大致是：黄龙沟周围高山上的冰雪融水和地表水渗入冰碛物之下，在石灰岩层下部形成浅层潜流，在地下水循环的过程中，溶解了大量石灰岩中的碳酸钙物质。地下潜水通过泉眼、岩石裂隙流出或渗透补给溪流，富含碳酸钙物质的水流一旦露出地表，其水温升高或压力降低，使二氧化碳气体溢出。随着池水和藻类中不同离子对不同波长光线的散射、反射和吸收，水池就会呈现各种不同的颜色。钙华池内水循环畅通，以及石灰华的固定作用，使水中悬浮物和浮游生物极少，由此使湖水的洁净度和透明度极高。不同时间太阳光的入射角及入射量不同，池水表面对光的反射状况和池水的透明度都有变化，也造成了池水的色彩更加变幻多姿。

　　按照景区的导游图，游客应该不坐缆车而步行上山，沿途观赏迎宾池、飞瀑流辉、洗身洞、盆景池、倒影池、争艳池、婆萝彩池、映月彩池等景观。而我们从森林步道走到黄龙沟中段后，往上面是通往山顶的山路，往下面则是一组组连接在一起的钙华景观，也就是黄龙风景区的精华部分。我们首先看到的是五彩池，由很多各种颜色的水池顺坡连接而组成，池中有池，池外套池。池堤随树的根茎及地势而变，堤联岸接，活水同源，顺势层叠。池面澄净无尘，望若明镜。黄龙的各种钙华池、钙华滩和钙华瀑布真是五彩缤纷，争奇斗艳，异常好看。它们或平静或奔腾，或五彩或纯色，或潺湲或湍急，或如镜或波纹，或大湖或多池，让我们一路目不暇接，走几步就停下来拍照，或者驻足静赏。从五彩池开始，我们遇到了密集的游客人流，而且越往下走游客越多，有些路段几乎难以行走。当我们离开景区的时候，还有更多的游客涌入景区。

　　修建于明代的黄龙寺距沟口约3.5公里，与五彩池互为景观，相得益彰，很多游客在这里中途休息。相传黄龙助禹治水有功，后人为祭祀而在此修庙立碑。另一说是因黄龙在此修道成仙而建黄龙寺。寺庙上方牌匾的四个大字，从正面看是"黄龙古寺"，从左面看是"山空水碧"，从右面看是"飞阙流丹"。相传六月十五是黄龙真人修道成仙之日，届时方圆数百里的藏、羌、回、汉等族人民在此举办一年一度的黄龙庙会，千里之遥的青海、甘肃以及绵阳等地的民众也远道赶来参加庙会。

　　从黄龙景区出来，我们原路返回。经过雪山梁时，积雪已经很少，只有背阴处还有一些，岷山千里雪的壮观景象已经消失。由此，我们更加庆幸旅行团难得的机缘，更感受到今天早上"更喜岷山千里雪"的珍贵和难忘。

　　顺记一下，我们在宾馆晚餐时，遇到了一对老夫妇，他们开着一辆中华小轿车，刚去过西藏和新疆，现在来四川游玩。他们把后座椅拆除，放上两个大周转箱，一个装食物，另一个装衣物，晚上就当床用。他们大部分日子就睡在车厢里，今天太冷，就住了旅馆。他们还有车载炊具，可以自行解决餐饮问题。看到这对老夫妇，我们挺感动的，他们才是真正的旅游达人啊！

　　我把这几天的游览图片发到朋友圈后，三位大学同学诗兴大发，又开起了空中诗会。王勋同学诗曰："才眠九曲第一湾，又卧黄龙雪万盘。满目银妆妖娆日，天梯直上美景看。"蓝成东同学和曰："崎岖天路曲加弯，直捣黄龙险道盘。素裹银装晴好日，江山大美任君看。"薛洪生同学再和曰："暂别黄河九九湾，又上蜀西道道盘。追得暮夏金秋日，黄龙九寨醉心看。"多谢老同学们了！我的游兴引发了你们的诗兴，很开心！

　　九寨沟　10月19日，西北游第22天，今天我们要去最负盛名的九寨沟，从川主寺出发，地图测距单程88公里，往返176公里。九寨沟是我们这次西北游的最重要景区，好几位团友尽管已经来过九寨沟，今天仍然陪着大家一起出游。一大早，天色还没完全放亮，我们的大巴就出了宾馆。在开往九寨沟的路途中，与我们迎面而来的大巴车和中巴车一辆接着一辆，十分密集。有好奇的团友数了一下，一路上对面开过来的大巴和中巴居然多达300余辆，都是满载昨天游好九寨沟后今天返回成都，或者去黄龙的游客，也有可能是到九寨黄龙机场的。昨天是星期天，今天是星期一，既然有这么多游客一大早从九寨沟出来，想必今天景区里的游客应该不会太多了吧！

　　然而我们的估计却完全不靠谱：首先，停车就给了我们一个下马威。我们到了景区广场外，看到很多警察在执勤，根本不让大巴停下来，于是只能往前开。由于两边是山坡和河流，还要留出游客通道和商业设施位置，因此景区附近并无像样的停车场。我们的车子足足开了700米左右，才在一家宾馆门口找到停车位。其次，景区大门口的人山人海令我们根本想象不到。景区入口广场排起了十多列长长的游客队伍，等待检票入内。景区太大，游客必须乘坐景区大巴到达各个景点。景区大巴虽然一辆紧接一辆，但上客速度赶不上外面的游客流量。外面十多列游客检票后，得慢慢合并成两列队伍才能上车。最后，景区里面游客人满为患，有些路段不要说拍照取景困难，连行走都很拥挤。虽然已过了国庆节，虽然今天是星期一，来九寨沟旅游的人潮还是这么汹涌澎湃势不可挡，我感到十分惊讶！后来才知道，深秋的九寨沟正是最具人气的游览时节。九寨沟的名气这么大，这么多游客集中在最佳期间的几天从四面八方赶过来游玩，怎么会不拥挤呢？挤归挤，景区内秩序还是相当不错的。

九寨沟景区的旺季（4月1日至11月15日）门票为220元，淡季门票为80元，60岁以上的游客对折优惠，70岁以上免票。此外，游客还要另行购买景区大巴车票，普通车票90元，专车票200元。所谓专车并非包车，而是那种20座的旅行车，整个游览过程不换车，并有导游讲解。而普通车票则需在各个景点排队等车、换车，座位是可以保证的。

九寨沟国家级自然保护区位于四川省阿坝藏族羌族自治州九寨沟县漳扎镇境内，地处岷山南段，是一条纵深50余公里的山沟谷地，总面积6万余公顷，大部分为森林所覆盖。因沟内有树正寨、荷叶寨、则查洼寨等九个藏族村寨分布在这片高山湖泊群中而得名。九寨沟国家级自然保护区于1988年建立，主要保护对象是大熊猫、金丝猴等珍稀动物及其自然生态环境，还有70余种国家保护的珍稀植物。九寨沟国家级自然保护区于1992年被联合国自然遗产委员会列入《世界自然遗产名录》，又于1997年被联合国教科文组织列入世界生物圈保护区网络，再于2001年取得"绿色环球21"认证合格证书。九寨沟自然保护区山谷深切，高差悬殊，海拔从2000米至4500米。九寨沟地处青藏高原向四川盆地的过渡地带，地质背景复杂，多种营力交错复合，造就了多种多样的地貌。以植物喀斯特钙华沉积为主导，形成了九寨沟丰富、艳丽、多彩的迷人景观。九寨沟以其高山湖泊群、叠瀑、彩林、雪峰、蓝冰、藏族风情这"六绝"而闻名于世，被世人誉为"童话世界"。九寨沟还是以地质遗迹钙华湖泊、滩流、瀑布景观、岩溶水系统和森林生态系统为主要保护对象的国家地质公园，具有极高的科研价值。

九寨沟景区的游览路线就像一个Y形，从北面的大门口到换乘中心是底部的一竖，名叫树正沟，长14公里；从换乘中心至原始森林是西侧一斜，名叫日则沟，长17公里；从换乘中心至长海是东侧一斜，名叫则查洼沟，长18公里；而景区道路也基本与这三条沟的走向平行，换乘中心在Y形的中心点，名叫诺日朗中心站。按照我们旅行团设计的游览方案，由于景区很大，一天时间难以全部看完，因此准备在到达换乘中心站后，放弃路线较长而景点较少的东线，集中力量去游玩景点密集的西线。但由于大门口的游客分流和景区大巴分车，我们的团队被冲得七零八落，大家只能各自为战，自行选择游览路线。

我们坐的景区大巴到达诺日朗中心站后，按规定游客应该全部下车，然后再分两个方向换乘去长海或者去原始森林的大巴。可是车辆调度员挥手不让游客下车，而要大巴直接开往长海。虽然长海在我们并不打算去的东线顶端，现在也身不由己只能去了。

　　话说这九寨沟自然保护区内，共有108个高山湖泊，小的半亩，大的千亩以上。一条沟谷有如此众多的高山湖泊，这在全世界也是独一无二的。九寨沟保护区众多的湖泊中，最大的湖泊就是长海，长达7公里，这里也就是九寨沟的天池，四周是郁郁葱葱的茂密森林。我们下车的地方是长海的端部，只能稍走几步略作观赏，没有时间沿湖行走。长海的海拔有3060米，其天池风光与周围的山颠和森林互为景观，还是很大气很好看的。

　　九寨沟景区的大巴车站，有的只能下，有的只能上，只有那些特别大的景点车站，才可以又上又下。游客从长海下车，只能沿着林中栈道步行到五彩池，然后才能到附近公路上车。这样，我们又身不由己来到了五彩池。这九寨沟的五彩池与昨天在黄龙看到的五彩池相比，可要逊色多了，但今天这里的游客却比黄龙那里多出一倍有余。黄龙的五彩池是一个连一个，层层叠叠，环环相扣，颜色确实是五彩斑斓。而九寨沟的五彩池就是一个大池子，基本上都是蓝色，只是随着池水的深浅而略显明暗差异而已。

　　在五彩池车站上车后，一直开到了诺日朗中心站。这里是景区大巴的中转站，也是游客的集散中心和休息中心，有很多商业设施和服务设施。我们在此排队坐上西线大巴，一直开到终点站原始森林。所谓原始森林，也就是大树密一些，高一点而已。这里有很多圆木横七竖八躺在地上，木上满是青苔，有的圆木还长出了小树。九寨沟在成为自然保护区之前曾是个普通林区，经常有一些伐木工人在这里采伐木材。后来专家和领导们感到应当保护这里的生态环境，逐步限制并最终停止了伐木。另一种说法是，九寨沟这个地方一直不为外界所知，直到一群偶然闯入的伐木工人发现了这里的秀美景色，不忍心继续砍伐，并把这里的美景传了出来，于是才慢慢成为今天的著名景区。如今，游客在原始森林看到的很多圆木，都是当年的伐木工人采伐后未运出去而留下的。

　　再从原始森林乘坐大巴到芳草海，由此处开始，我们沿着湖边和林中的栈道一路步行，大概走了8公里路，走走停停，看到了很多平生所未见的美景。水，是九寨沟的精灵，九寨沟的水看上去变化无穷，湖水终年澄澈，而且随着光照变化呈现出不同的色调与水韵。九寨沟的水、山、林、云相互浸染，斑驳陆离，可谓一路漫步一路景，步移景换皆可吟。这么多游客，这么多年时光流逝，一池碧水依然那么魅力无穷。

神奇的九寨

芳草海，大片金黄色的草地，蜿蜒清澈的小河，草在河中，河绕草流，草地与小河或交错，或并行，或曲折，构成了一幅幅宁静而浪漫的图画。芳草海的木栈道穿越了整个湖泊，游客行走在这长长的湖中栈道上，触手可及茂密摇曳的秋草，抬眼可赏明丽见底的湖水，都会情不自禁地放缓脚步。在这里我看到：鹅黄水草齐齐排，丛丛灌木湖中站；金黄秋草锯湖面，弯弯小河好身段。好美的芳草海！

箭竹海，一湖碧水倒影历历，一段瀑布穿树漫岩。湖畔箭竹葱笼，杉树挺拔；水中密林森森，山峦对峙。箭竹海湖面开阔而绵长，水色纯清，彩林和山峰倒映湖中，直教人分不清是林入水中还是水浸林上。九寨沟的海子，其实就是湖泊，由于景区内海拔落差较大，湖泊与湖泊之间也就产生了瀑布。箭竹海的瀑布不算大，但是铺得很开，开阔的水流穿过树丛，漫过滩岩，文雅、娟秀而耐看。漫步箭竹海，我看到栈桥彩林，游人如织，水漫坡缓，瀑流如画。

熊猫海，常有熊猫来这里喝水、觅食，但密集的游客可能让它不敢轻易出现。这里湖水澄澈，倒影清晰，湖边岩壁纹理奇特，岸边层林相间，一片迷离景象。熊猫海瀑布高65米，三级跌水，系九寨沟飞瀑中最高者，瀑底的大小溶洞则争奇斗艳，竞露峥嵘。游客可顺着木楼梯追逐瀑布而下，微微湿身而游兴大增。熊猫海的湖水澄澈，树丛有激流，小瀑正欢畅。林间信步，阳光渗透枝丫，秋叶正红，色彩的盛会正酣。

五花海的水色斑斓多彩，有"九寨精华"之誉。墨绿、宝蓝、翠黄等各种色块交融，恍如颜料盒打翻了的水彩画。水如花，草如莲，散落水中的记忆，过去了多少年依然如此清晰，好似一个姹紫嫣红的水下植物园。湖中的枯树沉木已变成了一丛丛灿烂的珊瑚，与饱含碳酸钙质的池水，艳丽的钙华沉积物交相辉映，在阳光的照射下五光十色，非常迷人。湖中的粗壮木材层层叠叠，就仿佛是水中的小木屋散了架，不知道是谁把这些林木留在湖中？虽然由于今年气温太高，没有看到满山遍野的彩叶林，但湖边不多的一株株彩叶交织

189

谁散林木入碧池？

成锦，如火焰流金，已足以让游客们陶醉，新人也选择这里飘逸婚纱。

镜海，素以水面平静而著称，湖面一平如镜，故得其名。它就像是一面镜子，将地上和空中的景物毫不失真地复制到了水里，其倒影景观独霸九寨沟。镜海的平均水深11米，面积19万平方米，湖边谷坡陡峭，森林密集，林带层次丰富。游客站在湖的另一边，蓝天、白云、远山、近树，都尽纳湖里，线条分明，色泽艳丽，似有"鱼在天上游，鸟在水底飞"的奇幻景象。故有人对此赞曰："湖中工笔描树木，难辨难解虚与实。"

诺日朗瀑布，据说是中国最宽的瀑布，宽达270米，曾被国家地理专业机构评选为全国六大瀑布之一，《西游记》等影视剧曾在这里取景。诺日朗瀑布的藏语意思就是雄伟壮观的瀑布，滔滔水流自诺日朗群海而来，经瀑布的顶部岩石流下，如银河飞泻，水势浩大，腾起蒙蒙水雾，发出震耳的水流声。由于体量太大，游客难以近距离观看，只能站在瀑布对面的观景台上欣赏诺日朗瀑布的全貌。我用慢速拍摄了几张瀑布，水像凝固般地体现一种朦胧美，时光似乎在美妙之境作短暂停留。

还有珍珠滩、树正群海、犀牛海、盆景海、孔雀河道、天鹅海等美丽的景点，还有散落在各景点之间的神秘藏寨，有的只能匆匆一瞥，有的只能在车上遥望，还有的则只能放弃。这是因为我们旅行团约定的下午5点集合时间快到了，而离开大门口还有10多公里的路程，景区里游客又多，我们必须留有足够的时间坐车往回赶。再见了，美丽迷人的九寨沟！总得留点遗憾，留点念想，总希望还有机会再游九寨。在回川主寺的路上，我忽然想起以前看过的一部描写九寨沟风光的电影，整个纪录片只有画面、音乐和流水声，而没有一句解说词。是的，对于九寨沟这样童话般的风景区，或许任何语言都不足以表达她的神奇、美丽和迷人！

2017年8月8日，作者在写作本书过程中惊闻九寨沟发生了7级地震，五花海、诺日朗瀑布等景点都遭受巨大破坏。得知这一消息后，我在为美若仙境的九寨沟突受地震灾难而感到惋惜，为遭受地震袭击的伤亡游客而难过的同时，也为我们之前已看到九寨沟的完整美景而感到庆幸。任何一个景点，尤其是那些著名景点，一旦我们去过之后，就会很自然地多了一份关注。不论是看新闻，还是读他人的游记，都会不由自主地联想到自己在那个地方的旅行经历和体验，从而又增添了自己对那个地方的认识和牵挂。衷心祝愿九寨沟能恢复那些迷人的极致景观，重新凝聚那种超旺盛的人气。

川主寺 昨天由黄龙回到川主寺，还有时间，我们去看了镇上的红军长征纪念碑园。为纪念红军长征的伟大壮举，弘扬长征精神，中共中央和中央军委确定在松潘县川主寺镇修建红军长征纪念碑园。如今，红军长征纪念主碑已高高耸立在川主寺镇的元宝山顶。主碑高41.3米，背靠雪山和森林，面向草地，顶端的红军战士铜像高14.8米。红军战士一手握鲜花，一手拿枪，双臂高举成"V"字形，象征长征的伟大胜利。碑体用铜合金贴面，呈三角形，象征着红军一、二、四方面军三大主力北上抗日，无坚不摧的伟大胜利。碑座用汉白玉贴面，周围铺设绿色草坪，寓意为"雪山草地树丰碑"。园内还建立起国内规模最大的现代艺术群雕，展示红军长征的艰苦历程。群雕长72米，宽8米，最高处12.5米，用1440块红色花岗岩精雕细刻组合而成，规模宏伟，气势磅礴。可惜纪念碑园正在整修期间，我们只能进入园区的广场远远眺望。由地面通往纪念碑和红军铜像的山坡上，工人们正在铺设登山步道。在景区入口处，有红军邮局等设施。

自10月17日风雪之夜到达川主寺镇以后，我们在这里已经连续住了三个晚上，这在我们长线游的历程中十分罕见，以前在一个地方连续住两个晚上的情形倒是时有遇到。川主寺镇位于四川省松潘县城东北17公里处，是川西北众多风景名胜区的重要交通枢纽和四条旅游干线的十字交汇点，是通往九寨沟、黄龙风景区和川西北大草原的必经之地。川主寺镇地理位置优越，岷江源数条支流在这里汇集，旅游业兴旺发达，2003年被评为"中国国情明星镇"，2009年获全国优秀城乡规划灾后重建村镇规划设计奖。随着镇区内长征纪念碑的落成，镇附近九寨黄龙机场的通航，如今的川主寺镇已成为一个具有相当规模，地方民族特色浓郁，又散发着时代气息的高原旅游集镇。

20. 都江峨眉天府美

松潘古城 2015年10月20日，知青旅行团西北游第23天。今天早上从川主寺出发，沿着213国道向成都方向进发，行不多时，我们就到了松潘古城，也就是松州。古松州是历代兵家必争的边陲军事重镇，也是汉民族与少数民族茶马互市的商贸集散地。我们一下车，就看到了保存完好的古城墙。我们要赶路，没上城墙，只是穿过城楼在城墙两面看看。在城墙入口处，有一座文成公主与松赞干布的塑像，向人们诉说着千余年前的一段汉藏和亲佳话：唐朝时，吐蕃首领松赞干布派使者前往长安求婚，路过松州被扣押。松赞干布亲率大军来战，唐都督战败。唐太宗命史部尚书统军抵达松州，川主寺一役唐军大胜。松赞干布返藏后又遣使臣送黄金以求通婚和好，唐太宗晓以大义，将文成公主嫁与松赞干布，传为千古佳话。

大号的"绵羊"

堰塞湖 然后我们沿着213国道即川汶公路继续向成都进发，狭窄而水流湍急的岷江与213国道一路相伴，相依成景。所谓岷江，在这里有点小窄，看上去只是一条小河的宽度，但是流速很快，江水也清。开了一段路后，在公路边的叠溪海子观景台，我们看到了1933年地震所造成的堰塞湖，就像一个中型水库，周边围着几个山头，风光很是秀美清丽。观景台上，老乡牵着两条纯白色的牦牛招揽游客骑坐，每位10元，我们好几位团友看到这牦牛挺温顺可爱，就骑了上去摆pose拍照。一路走来，我们看到过不少牦牛，像这样纯白色的牦牛还是第一次看到，毛色又是那么靓丽，初看上去就像大号的绵羊。

羌族博物馆 车经茂县凤仪镇，我们参观了中国羌族博物馆，独特的建筑风格和丰富的展厅展品给我们留下了深刻印象。博物馆区域内，有新人在拍摄婚纱照，也有美女穿着民族服装在拍摄广告。博物馆附近，一片羌族特色的碉楼建筑鳞次栉比，还有些建筑物旁塔吊高耸，正在建造羌族风格的新楼盘。羌族博物馆于1986年建成，5.12大地震后，博物馆易地重建。新的中国羌族博物馆投资1.3亿余元，占地60亩，

羌族博物馆

建筑面积10653平方米，展陈面积4229平方米。近万件文物被分别陈列在自然厅、地震厅、信仰厅、羌源厅、民俗厅、重宝厅、营盘山厅、红军厅等8个展厅，分布在几个楼宇的展厅之间由连廊连接。博物馆既有现代气息，也具民族特色。馆方不仅让我们免费参观，还为我们免费讲解。

按照预定计划，经过茂县后我们应该沿着213国道即川汶公路继续前行，经过汶川到达都江堰，并在都江堰住宿，从地图上看这是一条最顺当的路线。然而没想到传来消息说，前方道路因塌方刚刚封闭，要到明天上午才能通行。于是我们只能在凤仪镇午餐后，改道S302走北川方向，今晚的住宿地也由都江堰改为绵阳。却不料302省道是山区道路，沿途山势陡峭，一些地段在修修补补，路况很差。就这样颠颠簸簸赶路，对方过来大车时更是会车困难，一直到禹里乡即大禹故里后，道路才有所好转。

汶川地震纪念馆 在北川新城附近的任家坪，我们参观了5.12汶川特大地震纪念馆。纪念馆占地14.23万平方米，建筑面积14280平方米，展线长达1.9公里。纪念馆的主体建筑屋顶全都是草坪，以斜坡与周围地面衔接，

时间定格在那一刻

而三幢建筑物的立面之间如同曲折的峡谷，又如一道闪电，颜色为铁锈红，整个主体建筑名为"裂缝"，寓意为"将灾难时刻闪电般定格在大地之间，留给后人永恒的记忆。"主体建筑的这种裂缝效果，体现在几幢建筑物之间，要站到高处才可以看到。进入纪念馆

内，时间停留在2008年5月12日14时28分零4秒。各展馆那种凝重的建筑风格和众多的图片、实物、雕塑和数据，以及逼真的展台布置，把我们带进了并不遥远的灾难场景和救灾现场，使我们再一次深深地感受到震撼、难过、感动和珍惜！我们一些团友出馆时眼眶里噙着泪花，大家都通过电子设备为遇难者敬献了鲜花。本人有幸成为第2828208位献花者，但愿这吉祥的数字更能让地震遇难者安息！

随后，我们的大巴从漂亮的北川新城经过安县到达绵阳，其间似乎一直在城市道路上行驶。绵阳看上去繁华而整洁，这个城市的长虹彩电曾经称霸全国。我们入住锦江之星酒店，并在附近一家餐厅享用了丰盛的晚餐。今天的行程跨度很大：一是从3000米左右的高海拔地区来到500米左右的低海拔地区；二是从零下几度的寒冷地区来到了20多度的温暖地区；三是从条件有限的小镇来到了繁华的大城市。事实上，绵阳这个马路上有着很多榕树的城市，已经不是西北地区，而是西南地区了。我们的团友们能够在高原和平原、低温和暖温交替之间过渡，没有什么不适应，说明我们这些60多岁的老知青身体都还可以。其实，集中一段时间在外游览，看看各地的自然风光和人情万象，体会一下祖国历史文化的博大精深，不光对开阔眼界和丰富精神生活有益，同时对增强自己的体质和适应性也大有好处。

两千多年的都江堰工程

都江堰 10月21日我们来到都江堰市，去参观我国古代伟大的水利工程。都江堰坐落在成都平原西部的岷江上，始建于公元前256年，是蜀郡太守李冰父子在前人基础上组织修建的大型水利工程，由分水鱼嘴、飞沙堰、宝瓶口等部分组成。我们看到分水处激流奔腾，宝瓶口水流更快。雄伟的都江堰工程两千多年来一直发挥着防洪灌溉的作用，使成都平原成为水旱从人、沃野千里的天府之国。至今灌区面积近千万亩，是全世界迄今为止年代最久，唯一留存，仍在一直使用，以无坝引水为特征的宏大水利工程。都江堰于2000年被联合国教科文组织列入"世界文化遗产"名录，是国家5A级旅游景区。一个两千年前的水利工程，至今仍然在造福人民，确实是个不可思议的奇迹，使我们不得不由衷敬佩古人的聪明才智，不得不感叹

澄澈 的 旅途

都江堰工程的优质耐用。但愿在科学技术高度发达的今天，我们今人所建造的桥梁、道路和水利工程，都能经得起悠悠岁月的检验！

秦蜀郡太守李冰建堰初期，都江堰名称叫"湔堋"。历代对都江堰的名称有所变化，史称"都江即成都江"。从宋代开始，把整个都江堰水利系统工程概括起来，叫都江堰，一直沿用至今。作者多年前曾来过都江堰，那时虽然已经知名，但还不是封闭管理的景区。当地居民穿越长长的吊桥，是一种日常交通方式。如今这座吊桥已经封存，另外造了一座吊桥供游客行走。当年的水闸上如同农贸市场，各种小买卖都有，周边也满是居民住宅，如今已变成景色秀丽的公园。而周围热闹异常的商业街，有如上海的老城隍庙。我在汶川地震捐款后，得到一张感恩卡，可以终身免费游览都江堰和青城山，今天派上了用场。其实，都江堰人的这种感恩情分，倒是值得我为之感谢的。出了都江堰景区，大门口铺着红地毯，一些人古装打扮，似乎在准备着一场活动。我们也到地毯上走一走，感觉一下走红地毯的愉快心情。都江堰虽然风光秀丽，但天色灰蒙蒙，自从我们到达绵阳，直到离开成都，天空中一直都是这个模样，完全看不到大西北那种蓝天白云的明丽天空。离开都江堰后，我们经G4202成都第二绕城高速转到G5京昆高速，在乐山白燕路上的一家宾馆入住。

乐山大佛 10月22日是西北游的第25天，上午我们前往乐山大佛景区。乐山大佛的官方名称是"嘉州凌云寺大弥勒石像"，位于四川省乐山市岷江东岸凌云寺侧，濒临大渡河、青衣江和岷江三江汇流处，是中国最大的一尊摩崖石刻造像。当年海通禅师发起开凿乐山大佛的初衷是为了减杀水势，普渡众生。乐山大佛开凿于唐开元元年（713年），经过三代工匠的努力，至唐贞元十九年（803年）才完工，前后历经90年时间。乐山大佛为依山凿成的弥勒佛坐像，通高71米，头与山齐，足踏大江，双手抚膝，体态匀称，神势肃穆，临江危坐，脚面可围坐百人。1992年我来这里游览时，曾乘坐游轮前往三江汇流处观看大佛全景。乐山大佛景区附近道路宽敞，江岸葱绿，也可以沿着江边步行至古色古香的商业区。

宽窄巷子 宽窄巷子位于成都市青羊区长顺街附近，占地479亩，由宽巷子、窄巷子、井巷子平行排列组成，多为青黛砖瓦的仿古四合院落，也是成都较成规模的清代古街道。宽窄巷子是北方胡同文化在南方的孤本，其建筑风格兼具川西民居、民国时期西洋建筑和北方四合院的特点，先后获得中国特色商业步行街、四川省级历史文化名街、2011年成都新十景、四川十大最美街道等称号。巷子里每栋房子都风格不同，晚上的营业场所灯火通明，各种美食琳琅满目，几乎都是小青年在休闲、喝茶、听戏。我们走进一家餐厅，桌子椅子都特别宽大，正所谓宽窄巷子，宽大桌椅，宽心顾客。

成都宽窄巷子

2008年6月，宽窄巷子作为震后成都恢复旅游的标志性事件向公众开放。宽窄巷子是成都休闲都市和市井生活的充分写照：宽巷子是"闲生活"区，是老成都生活的再现，以旅游休闲为主题；窄巷子是"慢生活"区，展示了老成都的院落文化，是小资最爱的情调延长线，以品牌商业为主题；井巷子是"新生活"区，是成都夜晚最热闹的地方，以时尚年轻为主题。我们漫步在夜幕下的宽窄巷子，看到街巷热闹，建筑精致，灯光迷离，游客兴雅，直觉得这里就是世外桃源，就是时光停驻的地方。成都人生活得悠闲自在，幸福感十足。有朋友说，成都的民风、民俗、民韵、民味都在这宽窄巷子里了。

返回上海 10月23日是西北游的第26天，今天起我们已无景点安排，而是全速返回上海。我们进入G42沪蓉高速，在岳池服务区午餐后，经过四川收费站进入重庆，转入G50沪渝高速，再进入湖北省。从成都出来，合适的住宿地应该是恩施，但大家对今年5月湖北长线游期间住过的长阳县峡州清江假日酒店印象深刻，于是就在300公里之外与这家酒店联系，并说好在店里晚餐。由于今天路途太远，而且这个地区因隧道多而限速70公里，我们直至晚上9点45分才赶到这家酒店。我们并没有付定金，也不认识酒店的人，当我们的车终于出现在酒店门口时，值班经理和餐厅经理都松了口气，团友们也都非常感动。我们直接走到餐厅，三桌丰盛的晚餐已经摆好，晚上10点钟的晚餐感觉有点特别，这件事让我们深深地感受到信任的力量和诚信的价值！

10月24日的路程比昨天少一些，我们8点多才发车，进入G50沪渝高速，开了一段后回到G42沪蓉高速。出鄂东收费站后就到了安徽省界，随后进入G4001合肥绕城高速，从西二环路进入合肥，入住北一环路附近的锦江之星宾馆。10月25日是西北游的第28天，也是本次长线游结束之日。我们进入G3京合高速，转入芜合高速、常合高速，在常州附近回到了G42沪蓉高速。我们的大巴于下午2点左右回到了阔别28天的天钥桥路出发点，等候多时的朋友和家属前来接车。大家互致再见，回到各自温暖的小家。

这次西北游历时28天，行程万余公里，游览55个景区，跨越11个省区。回过头看看也确实不容易，我们居然走了这么多地方！旅途中，我们饱览了那些令人心驰神往的著名景区：沙湖、沙坡头、祁连山、丹霞、胡杨林、航天城、莫高窟、雅丹、月牙泉、盐湖、青海湖、黄河第一湾、黄龙、九寨沟、岷江、都江堰，还有皑皑雪山、茫茫草原和浩瀚戈壁。一个个美名如雷贯耳，一处处美景流连忘返，一幅幅彩画犹在眼前，西北的广袤、粗犷和神奇，都是在南方看不到的。在我们西北游结束之际，蓝成东同学赋藏头诗曰：韩君学霞客，志在万里翔。锋劲超张骞，秋阳胜春霜。游巡入佳境，大美江山祥。西风茶卡烈，北归凯旋忙。薛洪生同学亦有诗云：屈指行程两万里，廿八昼夜沐风雨。河山景色五十五，不枉花甲黑兄弟。

青城山 日历翻回至1992年，那一年我在成都科技大学参加外语培训，利用休息日和国庆假日等时间，游览了峨眉山、青城山、乐山大佛、杜甫草堂等景点，见识到峨眉之秀和青城之幽，还有成都的悠闲和自在。

青城山是中国道教名山，与都江堰相邻，主峰老霄顶海拔1260米。全山36座山峰四季常青，状若城廓，故名青城山。青城山是世界文化遗产和世界自然遗产，全国重点文物保护单位，国家重点风景名胜区，国家5A级旅游景区，历来有"青城天下幽"之美誉。人们经常把青城山与都江堰一起相提并论，两者地理位置相邻，同为世界遗产的组成部分，故有"拜水都江堰，问道青城山"之说。青城山的前山是风景区主体部分，约15平方公里。后山总面积达100平方公里，属青城山的腹地深游景区。青城山有日出、云海、圣灯三大自然奇观，日出和云海大部分高山都有，而圣灯却是青城山的独特景观。每逢雨后天晴的夏日晚上，在上清宫附近的圣灯亭可见山中光亮点点，忽生忽灭，多时成百上千，山谷里一时灿若星汉。传说这是青城山的神仙朝贺张天师时点亮的灯笼，其实这只是山中磷氧化燃烧的自然景象。

青城山的游览步道修筑得很好，不太陡，但景点之间距离较长。我们在山路上慢慢行走，细细品味，看到了不少年代久远的道观建筑。筑于青城山峭壁之下的建福宫始建于唐开元十八年（730年），现仅存两殿三院，殿内的394字对联被赞为"青城一绝"。祖师殿又名真武宫，创建于唐代，唐宋都有诗人在此隐居。唐睿宗的女儿玉真公主也曾在此修道。圆明宫始建于明代万历年间，宫内有四重殿堂，殿堂之间各有庭院，宫内宫外瑞草奇花，环境十分宜人。上清宫始建于晋代，现存庙宇为清同治年间所建，上有"天下第五名山""青城第一峰"等摩崖石刻，宫门"上清宫"三字由蒋介石题写。天师洞始建于隋朝大业年间，现存殿宇建于清末，三面环山，一面临涧，这是青城山的主要道观，其内有张道陵天师像。洞门前有一株高约50米的古银杏，据说由张天师手植，树龄已1800余年。

杜甫草堂 占地300亩的杜甫草堂又称工部草堂或少陵草堂，位于成都市西门外的浣花溪畔，其中大廨、诗史堂、工部祠三座主要建筑物坐落在中轴线上，廨堂之间回廊环绕，祠后点缀亭、台、池、榭。杜甫草堂是国家一级博物馆，也是中国保存最完好、知名度最高的杜甫行踪遗迹地。公元759年，杜甫因安史之乱流亡成都，于浣花溪畔盖起了一座茅屋，在此居住了4年。在此期间，杜甫作诗240余首，属其创作高峰时期。草堂屡经战火，现有建筑为明弘治十三年（1500年）和清嘉庆十六年（1811年）所建。1955年，在这里成立了杜甫纪念馆，1985年更名为成都杜甫草堂博物馆。1961年3月，国务院将杜甫草堂列入第一批全国重点文物保护单位名单。诗史堂正中是雕塑家刘开渠所塑杜甫像，草堂收藏有数百幅杜甫诗意画，除明、清两代古画外，还有齐白石、徐悲鸿、傅抱石、潘天寿、刘海粟、吴作人、李苦禅等大家之作。

峨眉山 1992年国庆节，我们一起参加培训的几位同学先去游览乐山，随后再去峨眉山。我们下午从乐山到峨眉镇，从马路边的登山道直接开始步行上山，那时还没有索道可乘，我们年富力壮也不怕爬山。到了傍晚时分，在半山腰上去一点的位置，我们就住了下来，那里地势比较平坦，有不少客房。晚上睡觉虽然有蚊帐，但山上各种飞虫很多，而且很大，有点像蝴蝶四处飞舞，我们只能爬起来把它们赶出蚊帐。次日凌晨3点多，就有人把住店客人叫醒，大家简单洗漱，拿着准备好的早餐就开始摸黑登山。上山看日出的人很多，只要跟着前面的人走就行。黑暗中也看不清高度和周围景物，只知道跟着大家往上走，终于在日出之前来到了金顶。天有点破晓，但晨雾很浓，根本看不到希望中的日出。就像我以前在黄山看日出那样，辛辛苦苦赶在天亮之前到达日出观看点，结果却因为浓雾或阴天，而看不到旭日东升于山巅。

峨眉山位于四川省峨眉山市境内，景区面积154平方公里，最高峰万佛顶海拔3099米，而华藏寺所在的金顶海拔为3079米，这是峨眉山游客可到的最高点。这里的高度原来是3077米，汶川大地震之后，海拔居然长高了

2米。峨眉山是佛教名山和旅游胜地，素有"峨眉天下秀"之称。峨眉山因山势逶迤"如螓首蛾眉，细而长，美而艳"，故名。大峨山为峨眉山主峰，大峨、二峨两山相对，远远望去，双峰犹如画眉，李白有诗云："蜀国多仙山，峨眉邈难匹。"相传东汉时，山上已有道教宫观。峨眉山被尊为普贤菩萨道场后，全山由道改佛。唐宋时期两教并存，寺庙宫观得到很大发展。报国寺、伏虎寺、万年寺、洗象池、华藏寺等都是山上的主要寺院，各寺佛事频繁。其中万年寺高7.85米的铜铸"普贤骑象"为宋朝时铸造，已有上千年历史，属国家一级保护文物。1982年，峨眉山风景名胜区被国务院列入第一批国家级风景名胜区名单；1996年，峨眉山——乐山大佛作为文化与自然双重遗产被联合国教科文组织列入世界遗产名录；2007年，峨眉山景区被国家旅游局批准为5A级旅游风景区。

峨眉山金顶为峨眉精华所在，这里山高云低，景色壮丽，游客可在舍身崖边欣赏日出、云海和佛光。金顶华藏寺建筑面积1690平方米，整个建筑由金殿（普贤殿）、大雄宝殿、弥勒殿、祖堂、方丈室、禅堂等连接起来。金顶华藏寺的第一殿是弥勒殿，殿门上悬挂着赵朴初先生题写的"华藏寺"金匾。大雄宝殿在中间，殿中供奉着坐高3米的铜质金身三身佛。最高那层是普贤殿，也就是金殿或金顶，殿内有"金顶""行愿无尽""普贤愿海""华藏庄严"等匾额。金殿内供奉普贤骑象铜像，通高4.5米，殿内还有铜鼎等物。金顶最早的建筑传为东汉时的普光殿，"金顶铜殿"为明万历三十年（1602年）所造，殿高8米，通体用铜件焊成，屋顶檐瓦馏金，阳光映照下金光闪闪，金顶的得名即来源于"金殿"。

我们游毕金顶就从另一条路下山，到达一处幽长峡谷附近，遇到了成群结队的峨眉山灵猴。它们是山中的精灵，见人不惊，与人同乐，成为峨眉山的一道景观。与群猴玩耍，给猴子喂食，成为游客到峨眉山旅游的必备节目。峨眉山的灵猴就守候在游客必经之路，游客们都知道它们不好惹，早就准备好食物给它们。据说如有游客什么也不给，它们就会拉扯游客，甚至翻找游客的包包。而据网传，2016年是丙申猴年，峨眉山景区对全球属猴的华人免门票，而且全年不限次。

山西五台山、四川峨眉山、浙江普陀山、安徽九华山是中国四大佛教名山，我已去过三座佛教名山，还有九华山尚未去过。

21. 如诗如画新西兰

　　2016年3月7日，我们10位朋友通过上海国旅安排，搭乘新西兰航空公司NZ288航班，于14:15从上海浦东机场起飞，当地时间翌日清晨6:50抵达奥克兰机场。新西兰的时间比上海早5个小时，这样我们航班的飞行时间就是11个小时35分钟。我们乘坐的波音787飞机号称"梦幻客机"，各方面性能和舒适度都有提高。从舷窗望出去，天空一片湛蓝，蓝得似乎不太真实。原来，客机的玻璃亮度是可以逐级调节的，舷窗下方有一个软软的玻璃亮度调节器，调得稍暗一些看出去就是蓝屏，最暗的就相当于关窗了。座椅靠枕可以拔高，也可以弯曲起来包住旅客头部。座位屏幕除了看电视听音乐以及了解资讯以外，还可以为手机充电，可以呼叫乘务员或者打开阅读灯。

　　奥克兰　清晨飞抵奥克兰上空，一抹朝霞已经出现，而机翼上方的星星和弦月依然明亮。机场廊桥和停机坪上飞机不少，但出关查验护照的工作人员却寥寥无几，其中有的还是70多岁的老人，导致旅客排队很长时间。据说新西兰是没有强制退休规定的，只要他愿意就可以一直工作下去，而我们在飞机上也确实遇到了65岁以上的外婆奶奶级乘务员。护照出关之后，就面临最麻烦的物品出关，这里的工作人员倒是不少。新西兰是岛国，不允许外来物种入内，对旅客行李中的动物制品和植物制品检查非常严格。我只是被询问了一些问题，行李从仪器上过一下就放行了。而有几位团友的行李却被逐

奥克兰

一打开检查，幸好我们在出行之前都知道了新西兰规定，不带违反规定的物品，对少量食品和药品也作了申报。虽然经过一夜飞行，大家的精神状态仍然挺好。到了机场出口，来接我们的是一辆25座旅行车，我们每人一排座位。导游兼驾驶员小陈来自哈尔滨，他一边

开车，一边滔滔不绝地给我们讲解和介绍。

奥克兰都会区是新西兰最大的城市，被称为风帆之都，也是新西兰工业、商业中心和经济贸易中心。奥克兰事实上也是新西兰的"经济首都"，据说奥克兰已连续三年蝉联全球最佳居住城市前三名。新西兰全国人口仅450万，而奥克兰就有130万。中国移民和留学生中，有70%居住在奥克兰。我们在海上栈桥远眺奥克兰闹市区，直感到这里苍天太蓝，云朵太白，海水太清，空气太纯。奥克兰是风帆之都，帆船俱乐部和游艇俱乐部各占一片海面，无言竞争，互不服气。一些小朋友拉着老师的手，兴高采烈地到海边游玩。海边的沙滩不够细腻，也不够开阔，市民和游人依然在此玩得津津有味。当地虽为夏末初秋时节，海滩上依然可见亭亭玉立的比基尼女郎，其曼妙身材为海滩大增风景。而我印象最深的景色，还是那蓝盈盈的无边海水，和那连绵变幻的云彩。

奥克兰虽然是新西兰最大城市，城市规模并不算太大。市中心的一些人行道上有座椅可供行人休息，还有一些嵌入式停车位可供临时停车。有些人行道上方安装了玻璃顶棚，为行人遮风挡雨。但当地的年轻人似乎很喜欢晒太阳，休息时也特地往太阳下坐。与许多西方城市一样，到处都有街头艺人卖艺，其中有一对老夫妇相依为命，相伴为演，看上去很是自得其乐。天空之塔是奥克兰的标志性建筑物，它与相邻的赌场建筑居然挨得非常近，我们国内的任何规划师或者设计师都不会有这种思路。晚上入住市中心的Hotel Grand Chancellor Auckland City，酒店给每人每晚500M流量，根本用不完。

罗托鲁瓦 3月9日上午，我们离开奥克兰前往罗托鲁瓦。我们的旅行车经过一段市区道路，就开上了高速公路，同时也就离开了奥克兰。话说在新西兰，高速公路只在大城市附近才有，其他地区因人口不多，修建高速公路有点浪费。新西兰的交通规则是靠左行驶，而驾驶座在汽车的右侧。上班时分，明显是进城的车子多，出城的少。不一会儿我们的车就出了高速公路，驰上景色优美的2号公路。公路上的制高点有时会有观景台，游客们可以在这里停车休息片刻，欣赏风景。

公路两边都是连绵不断的私人牧场，一片片草场用栏网围起来，牛群和羊群就生活在其间，无人看管，晚上也不回家，就地休息，并无牛棚羊圈之说。稍后几天路途中遇到大雨，我们看到牛和羊也是若无其事地在雨中漫步。每位牧场主都有好几片草场，过一段时间就让牛群转到另一片草地，场面很是壮观。我们在车上正好看到转场，牛群就像一支训练有素的军队，在头牛的带领下秩序井然地列队行进。山坡上的牛群星星点点在漫步吃草，甚是悠闲。据说，由于新西兰的奶牛生活得很快活，所以新西兰的奶制品质量与别的国家不可同日而语。我们在宾馆吃早餐，那牛奶和酸奶也确实好吃。

我们途经玛塔玛塔小镇，这里是电影《魔戒》的拍摄地。影片中带着梦幻气息的精灵王国，就在新西兰玛塔玛塔等地拍摄。附近被大草原和茂密森林怀抱着的哈比村，成为《魔戒》中优美而神秘的外景地。玛塔玛塔小镇还是新西兰北岛盛产奶牛的著名小镇，也是新西兰良种奶牛的培育基地，我们国内许多省市的奶牛多从该镇引入。新西兰被誉为"人间最后的净土"，在北岛那低缓起伏的千里牧场，至今仍然保持着大自然的纯净和原始。有人说，新西兰的草原看起来象英国，但是它的山脉却象瑞士的阿尔卑斯，同时它清澈的湖泊又象在意大利。新西兰集中了这世界上太多精华，想不精彩也难。也有人说，把西藏和新疆融合后，剔除掉沙漠和荒漠，缩小10倍后移到海边，就是新西兰了。冰川、雪山、湖泊、蓝天、白云、牛羊、草地、森林，一切美的元素都可在新西兰找到。不过上苍也确实特别眷顾新西兰，不光是地广人稀，全岛连毒蛇猛兽都没有。

202

爱歌顿牧场是新西兰最佳旅游景点之一，牧场占地350英亩，是新西兰面积最大的观光牧场。游客在这里可以欣赏到新西兰畜牧业的传统风光，参与各种各样的户外活动。牧场属于私人所拥有，由两个家庭共同管理。由于爱歌顿牧场为新西兰旅游和社区做出的出色贡献获得了女王的嘉奖，因此这个牧场又称为爱歌顿皇家牧场。牧场在拥有600多个座位的剧场里，每天进行3场绵羊表演秀。19只冠军级绵羊依次登台表演，主持人分别介绍这些世界优良品种羊的特色，并当场示范剪羊毛及绵羊拍卖，而两只牧羊犬则在一边奔跑助兴。然后，主持人还会邀请幸运观众上台亲手挤牛奶和进行喂小羊喝奶竞赛，把整个表演推上高潮。在剧场后面的羊舍，我终于见到了传说中的羔羊跪乳，小羔羊先将两腿跪在地上，然后才开始喝奶。顿时我的眼眶里有点湿润，心中充满了爱怜和感动！

一辆大功率的拖拉机载着我们在牧场里兜风参观，因为要爬山坡，走草地，这样的拖拉机最合适。车上配有技术高超的拖拉机手和妙趣横生的中文导游，我们坐在拖拉机的拖车里面，感到有点新奇和兴奋。牧场饲养的各种动物很多，包括来自德国的红鹿和东南亚的梅花鹿，英国的红牛，苏格兰的安格斯牛和高山牛，原产于南美的羊驼，还有绵羊、乳牛、驼鸟和鸸鹋等。游客乘坐的拖拉机一到，一只只绵羊就从树丛里奔跑过来，迫不及待地从游客手中抢食物吃。围栏里两只梅花鹿相遇，它们低着头鹿角对鹿角，不知道是表示友谊还是敌意？山坡上有不少各种颜色的羊驼，有的在小树底下乘凉，有的在草地上漫步。后来我们去参观当地的羊驼毛制品作坊，羊驼毛被褥和毛毯制品真是漂亮。站在牧场的山坡

风轻云淡的爱歌顿牧场

上，空气纯净，天高云轻。这样的天空，这样的牧场，也只有新西兰当之无愧了。我们来到奇异果园漫步，山坡上是牧场主人的家。他们每日头顶蓝天白云，脚踩山坡绿茵，眼望着庞大的牧场和果园，牧场主这样的生活，该是近乎神仙了吧？

罗托鲁瓦政府花园是新西兰北岛罗托鲁瓦市内一个拥有地热的观光名园，原来是毛利人聚居地区，毛利人将它赠予给政府，后者把这片土地建设成一个漂亮优雅的罗托鲁瓦湖畔温泉景区。一开始，罗托鲁瓦市政府盖了一栋高档楼房准备用作办公场所，但是市民们不同意，他们认为这最好的房子应该作为市民活动的场所。市政府于是在豪华楼房的对面盖了些不起眼的房子作为办公场所。如今，原本打算用作办公的楼房成了市民喝咖啡和休闲的好地方。市民和游客来到这里，眼前是开阔的草坪，优雅的建筑，缤纷的花朵，这一切都让人赏心悦目。大片的绿地，划分成一个个球场，老年人在里面打球，看上去有点像门球。绿树映衬着一幢桔红色屋顶的精致英式建筑，已有百年历史，据说是英国为毛利人建造的议会大楼，另有一说是为了伊丽莎白女王的到来而建造的，现在是罗托鲁瓦艺术和历史博物馆。一些颇有特色的小建筑物散布在广场的绿地和树丛中，别有韵味。政府花园里的波里尼西亚温泉，温度高达200度。据导游说，新西兰人不会往热泉水里掺和一般的冷水，而是要等热泉水慢慢冷却，才给浴客享用。由于处于火山口的缘故，空气中弥漫着淡淡的硫磺味道。热气腾腾的温泉，看上去如同炊烟袅袅。

我们入住罗托鲁瓦湖畔的Novotel Hotel ROT，这是一家法国连锁酒店，各种设施和管理都不错，酒店前面有开阔的大草坪。次日清晨吃过早餐，我们带了几片面包信步来到罗托鲁瓦湖畔，引来了一群群海鸥的矫健争食和精彩表演。欢快的海鸥或成群或成双，掠过清晨的湖面。晨曦下的粼粼

203

波光之处，顾影自怜的黑天鹅成为拗造型的高手，而爱惜羽毛的白海鸥则站到醒目处吸引游客眼球。绚丽的朝霞，清新的空气，放飞的心情，这一切都让我们心旷神怡。

基督城 3月10日一早，我们离开宾馆前往罗托鲁瓦机场，今天我们要从北岛飞往南岛的基督城，新西兰南岛才是我们这次旅行的重点。罗托鲁瓦机场很小，机场大厅是一栋平房，从建筑物的外表看，很难想象这是机场，倒有点像某个中型企业的车间。机场没有任何安检措施，这使我们多少有点意外，也体现了新西兰人的自信和简便。从大门口到登机口，不过数十步距离。旅客托运行李后，拿着登机牌直接从地面通道登机，根本没有廊桥之类的设备。我们乘坐的是一架70多个座位的AT7小飞机，这种飞机的客舱重心有点低，机翼在乘客视线的上方，发动机前面有螺旋桨，而行李就放在飞机的尾部。在飞机上见到一位笑容真诚的乘务员，她居然就是先前为我们办票的值机人员。她只是换了件制服，工作岗位就从值机柜台换到了机舱，新西兰的人力资源利用率可真高啊！

基督城位于新西兰南岛的东岸，是新西兰第三大城市，也是新西兰南岛的最大城市。基督城地势平坦，建筑具有浓厚的英国气息，艺术文化设施完备。2011年2月22日，基督城发生6.3级强烈地震，造成重大人员伤亡，一些包括标志性教堂在内的建筑物被毁。我们经过基督城时，市内很多地区由于地震重建和大量单行道，车子不方便进去。基督城的英文名称是Christchurch，是一个由基督与教堂复合而成的名词。最早是台湾地区把它译为基督城，既好懂又好记。但是按照英文地名的翻译规则，它的正式译名是克赖斯特彻奇。

关于基督城名称的来源，一种说法是因为最初来到这里的移民多来自英格兰多塞特郡的克赖斯特彻奇地区，他们因怀念自己的故乡而起了这个地名，这种现象在西方殖民时期非常普遍。另一种说法是这个城市的规划、设计和建设者多出自于英国牛津大学的基督教堂学院，他们为纪念自己的母校，以学院的名称来命名这个城市。还有一种说法是基督城是个宽容而温婉的地方，早年间初来乍到的英国探险家和淘金者们举目无亲，教士便敞开教堂大门管吃管住，并且新盖了很多教堂，让更多人有了栖身之所，满城的教堂一直保存到今天，并且让城市以基督教堂为名。

我们在基督城的酒家用好午餐后，就直接出城去梯卡坡。导游兼驾驶员施先生来自北京，他开了一辆25座的巴士来接待我们，后面还有一个装运行李的拖斗。在新西兰南岛，政府不允许行李和乘客在一个车厢内，怕出意外。施先生聚精会神地开车，带上麦克风，不时向大家介绍沿途风光。我为了拍摄一张照片离开座位不到一分钟，驾驶员要我立即返回座位，并系好安全带。北岛导游陈先生和南岛导游施先生，要求我们每次上车都系好安全带，哪怕只有不足百米的一小段距离也不例外。我们不由得小有感慨：他们都是从国内过来的年轻人，却能在新西兰这个国度里，遵守交通规则乃至一切规则，而且是那么认真、自觉和严格！

我们在蜿蜒曲折、高低起伏而美丽多彩的新西兰南岛公路上前行，导游说这就是高速公路，依我看却怎么也不像，高速公路至少要中间隔离开来，要有一些立交路口。但是新西兰的公路与国内的高速公路有一点很相似，就是道路两侧都有铁丝网围栏。不过，国内高速公路的围栏是公路所有，是为了阻止他人进入公路；而新西兰公路的围栏则是私人地主所有，是为了阻止他人进入私人土地。公路上每隔一段有观景台，既可以停车休息，也可以驻足欣赏。沿途草场里有一些喷灌设施，这种机械有轮子可以行走，除了喷水还可以播种。道路两边的山坡和昨天看到的一样，也都是牛群满山，羊群遍野。

梯卡坡 我们来到了梯卡坡湖边，那蓝宝石般的湖水，似乎与蔚蓝色的天空融为一体。湖畔的牧羊人教堂以一只牧羊犬的雕塑而命名，这是对以前在开发这一地区过程中牧羊犬优秀表现的纪念。这座漂亮小巧的石砌教堂位于梯卡坡湖

梯卡坡湖

畔，于1935年建造，其独特的哥特式木石结构建筑在新西兰独具一格。从教堂圣坛的窗口望去，可以看到南阿尔卑斯山最壮观的景色，吸引了许多新人在这里举办婚礼。我们散坐在教堂台阶上拍照，颇有一些异国情调。而在教堂的另一侧，几位年轻姑娘被大风吹起一头秀发，飘逸俊美，动感十足。正是疾风知劲草，亦可秀长发啊！晚餐后我们入住梯卡坡镇上的Papers Blue Water Resort，这是一家散落在山坡上的酒店，从客房到大堂要走一段路，到湖边却只是咫尺之遥。团友们晚餐后到湖边散步，长长的身影被自己踩住。夕阳下的湖区多彩而静谧，可能是一天中最美的时光。

我们入住的梯卡坡小镇位于新西兰坎特伯雷区，在这里可以看到世界上最美丽的星空。夏天每当夜幕降临，人们可以看到满天的星斗和灿烂的银河遥挂天际。为了这片璀璨的夜空，小镇作出许多努力，他们尽量减少灯光使用，精心设计路灯，细心呵护地球上的这一片美丽星空。正是这一片星空，赋予小镇别样的美丽，获得"星空小镇"之美称，到牧羊人教堂拍摄星空成为很多摄影师心中的梦。当地政府为了维护星空小镇这块招牌，在教堂周围区域没有安装任何路灯设施，入夜之后这里本该是比较理想的观星之地。但若有汽车开过来，明晃晃的车灯就把教堂照得通亮，有的游客也会打着手电四处照射，这些都人为破坏了拍摄星空的环境。

蒂阿瑙 3月11日一早，我们从梯卡坡出发，取道79号公路，途经库克山地区前往蒂阿瑙。我们所走的公路笔直顺坡而上，无需弯曲盘旋，它是否属于美国66号公路的家族成员？在开阔的普卡基湖之畔，我们停车观景，欣赏这"蓝色牛奶湖"的迷人风光和满天密云。路上有一些桥面狭窄的单边桥，标有红色小箭头的一方必须让对方车辆先予通行，即所谓"Give way"。新西兰虽然土地很多，公路管理部门却比较节俭，能省则省。而驾驶员的主动礼让和遵守规则，也确保了单边桥的通行安全。今天的有些路段荒无人烟，植被稀少，很有点盘古开天地之前的洪荒感觉。

我们在库克山宾馆吃过很不错的西餐之后，来到直升飞机营业厅，今天的一个预定安排是搭乘直升飞机看冰川。工作人员说云层太厚不能起飞，我们只能明天再寻找乘坐直升机的机会。我们今天其实一直在库克山国家公园地区兜来兜去，库克山是新西兰的最高山峰，素有南阿尔卑斯山之称。这么高的山峰，我们也只能远远眺望一下而已。

傍晚时分我们到达蒂阿瑙小镇，在镇上餐厅晚餐之后，我们来到码头等候开往萤火虫洞的客船。上船时天色已暗，客船航行了半个多小时，湖边的群山已经朦朦胧胧。蒂阿瑙萤火虫洞穴仍在进行地质探索之中，在奇幻幽深的溶洞内，犹如繁星点点生长着许多萤火虫。我们进了萤火虫洞后，先顺着小路和台阶走了一段，有些路段得弯腰通过。洞里有水流动，声音很大。走了一段山洞之后，工作人员就让我们坐到小船上。这时候灯光全部熄灭，洞内一片漆黑，船工凭借上方的一根绳索，以及两侧的岩壁，让小船在山洞里曲折前行。所有的游客都不能拍照，不能拿出任何有亮光的物品，甚至也不允许说话。在这样墨墨黑而又静悄悄的环境下，头顶和两侧的岩壁上萤火虫密密麻麻，忽隐忽现，有如天上的星星在闪烁不停。这样的感觉非常奇妙，很是特别。游客们在等候返程轮船的时候，可以在休息室观看萤火虫洞的电视并听取讲解。我们坐上返航客船时已接近晚上10点了，居然还有游客前来参观萤火虫洞。在通往轮船的栈桥上抬头看天空，虽然不及梯卡坡小教堂那里的璀璨星汉，夜幕里的星星还是非常之多，也很明亮。深夜，我们入住蒂阿瑙Distinction Luxmore Hotel。

　　新西兰南岛的度假小镇蒂阿瑙位于进出米佛峡湾的必经之地，小镇就守在蒂阿瑙湖这个新西兰最美之湖的湖畔，有人把这个小镇形容为"南阿尔卑斯山的珍珠"。"蒂阿瑙"在毛利语中的意思是"雨滴飞溅的洞窟"，是指该镇的一个石钟乳洞，洞中有地下河和地下瀑布，也就是我们昨天晚上去游览的萤火虫洞。这座小小镇子的湖光山色，散发出珍珠般淡淡的光彩，让人宁静而满足。

　　蒂阿瑙湖是新西兰第二大湖及南岛第一大湖，湖内较大的岛屿有30多个。蒂阿瑙湖也是南半球最大的冰川湖，面积344平方公里，湖长61公里，最宽处9.7公里。湖泊的主体呈南北走向，三条巨大的峡湾像手臂一样从西面延伸出来，分别被称做北湾、中湾和南湾。湖周围群山环抱，青黛白云之间，远处的岛屿若隐若现。蒂阿瑙湖的大部分区域处于峡湾国家公园和蒂瓦希普纳默世界文化遗产的范围之内。

　　米尔福德峡湾　3月12日早上，我们在宾馆早餐后从蒂阿瑙镇出发，取道94号公路，不一会儿就进入峡湾国家公园。正常行驶的话两个多小时即可到达米尔福德峡湾，当然如果走走停停，一路观景，那就得半天时间了。我们所走的94号公路风光无限，一会儿伴湖而行，一会儿高入云端。随地形而起伏的道路状况良好，两边的山毛榉树林密密匝匝。在一个叫做"蒂阿瑙游艇入水口"的地方，我们下到湖边看看蓝缎般的湖水，再走到山坡草地上驻足欣赏。那水、那山、那云，都成为同一种色调，是青黛，还是宝蓝？景色如诗如画，心中如痴如醉，团友们在清晨的阳光下合影，脸上都写着满足和赞叹。所谓蓬莱仙境，猜想也不过如此了。这样美丽如画的湖光山色，就是看上一整天也不会感到厌倦。如果能在这片草地上喝喝茶，发发呆，聊聊天，你又夫复何求？

　　峡湾国家公园位于新西兰南岛西南端，濒临塔斯曼海，1904年被列为保护区，1952年辟为公园，1986年被列入世界文化遗产名录，1990年峡湾国家公园被认定为联合国世界遗产保护地区。峡湾国家公园占地面积1.2万平方公里，是新西兰最大的国家公园，也是世界上最大的国家公园之一。公园内有3条新西兰"极好步行道",其中最有名的是米尔福德步行道,走完整个行程需用5天时间。

进入峡湾的公路其实也是景观大道,在路边辽阔而平实的峡湾公园大草地上,一些年轻情侣摆开餐桌餐椅,对饮欢叙,颇有情调。在镜湖平静的湖面之下,倒影似乎更加真实而鲜艳。在那连绵起伏的山坡上,高大而稀疏的枝桠伸向蓝天,与天上的云彩一起组成一幅水彩与水墨的融合画作。霍默隧道于上世纪50年代凿穿坚硬的岩石山体而建成,隧道里的岩壁毛糙不平,有信号灯控制交通流量。我们看惯了国内公路隧道的大气、优质和超长,再看霍默隧道就有点不起眼了。

峡湾国家公园内有峡湾、岩石海岸、悬崖峭壁、高山湖泊和瀑布,这些都是冰川多次雕磨作用的结果。峡湾是冰川槽谷的一种特殊形式,大陆冰川和岛状冰盖伸入海洋,下端被海水淹没,形成两侧岸壁陡峭的海湾。公园内的峡湾海岸呈锯齿形,海水向内陆延伸22公里。

我们乘坐一艘较大的游船去游览米尔福德峡湾,整条船游客不多,除了我们10人以外,还有一个韩国游客团,人数比我们稍多一点。船长一边驾驶船舶,一边通过广播向游客介绍沿途景观,中文译员和韩文译员坐在一旁翻译。我们在船上用过自助餐后,就都跑到甲板上去看风景,客舱里空无一人。米尔福德峡湾看上去与我国的长江三峡有几分相像,山崖高耸,水面开阔,峰回路转。我们在航程中看到了新西兰软毛海豹,有一块岩石似乎就是它们的根据地。海豹们有的抬头仰天观望,有的侧身躺卧睡大觉。有一头海豹紧贴湿滑的岩壁,身体朝下几乎就要碰到海水,它是想下海游泳,还是到水中捕食?峡谷中有一处比较大的瀑布,船长把船一直开到瀑布跟前,水珠飞溅我们一身。游船开到了峡谷的开阔处后,随即掉头返航,船长说如果一直开过去就是澳大利亚了。

直升飞机带我们来到雪峰

直升机冰川观光 导游为我们联系了直升机观光项目,从米尔福德峡湾返程途中,两架螺旋桨已经转动的直升机在密林深处的草坪上等候我们。飞行员驾着直升机带我们飞上蓝天,坐他边上的可能是他女儿,再边上就是我自己,还有

4位乘客坐在后排。直升机的声音很大，驾驶员和乘客都带着耳机，可以互相通话。飞机盘旋而上，飞越崇山峻岭，不一会儿就降落到earth king冰川上。所谓冰川，其实只是一片山顶的积雪。大家下了飞机的第一个动作，就是纷纷掏出手机和照相机拍照。我对着另一架刚打开舱门的直升机大声说道："哈罗，你们好！我们来自地球，请问你们来自哪里？"第一次坐飞机降落在雪峰，大家都感到兴奋而新奇，在雪峰上观景拍照忙个不停，两位飞行员也乐意与团友们合影。两架直升机停在新西兰雪坡上，一帮子上海游客乐而忘返。

在雪山上停留20分钟之后，直升机又起飞了，这次是朝另外一个方向飞去。翻越山口时有点惊险，很可能是驾驶员在炫耀他的飞行技能。往下看，山顶上有一泓碧水，这才是真正的天池啊。直升机翻越崇山峻岭，前面是一大片开阔的湖泊。山峦和湖泊犬牙交错，由高崖险峻而逐渐低缓，最后过渡到平湖百里。飞机沿着长长的湖泊飞行，下面可能是蒂阿瑙湖，也可能是马纳波里湖。下方出现田地和房屋，蒂阿瑙镇快要到了。两架飞机降落在狭小的湖边木制平台上，看着它降落得平稳、准确，不由得佩服飞行员技术高超。在湖边的直升机公司营业厅，我们为刚才50分钟的飞行及冰川停留买单，每人支付了450纽币，约合人民币1900余元。

我们回到了蒂阿瑙小镇。这两天我们在此地欣赏了萤火虫洞，从这里出发去米尔福德峡湾，又搭乘直升机回到了这里，接下来还要从这里坐旅行车到皇后镇去。今天的游览内容很特别，水、陆、空都有，汽车、轮船、飞机都乘。夸张一点说，那就是"可上九天揽月，可下五洋捉鳖"啊！峡湾公园的美景，直升机的登山，都将成为难以忘怀的旅途体验。

皇后镇 我们来到皇后镇后，入住Copthorne Lake Front Resort酒店，将在这里住3个晚上。酒店的大堂在5楼，而我们的客房却在2楼，这种依山而建的房屋，多少有点像重庆。皇后镇是一座被南阿尔卑斯山围住的美丽小镇，依山傍水，四季分明，每个季节都有着迥然不同的迷人风光。皇后镇之名，源于殖民者认为此处风景秀丽，应属女王所有，由此得名皇后镇。1862年，两位剪羊毛的牧人在沙特瓦河边掘到金子而暴富，淘金热遂在该镇兴起。皇后镇是新西兰的冒险之都和户外活动天堂，世界各地的年轻人和极限运动爱好者都喜欢到这里来参加高空跳伞、喷射快艇、蹦极、滑雪、滑翔伞等挑战性的项目。据说，皇后镇以其3万人口，每年接待世界各地的旅游者300万人，镇上的大部分市民都从事与旅游相关的工作。

皇后镇看蹦极

由于时间宽裕，13日下午我们到卡瓦劳大桥去看蹦极。蹦极是一项非常刺激的户外活动，跳跃者站在40米以上高度的桥梁、塔顶、高楼、吊车甚至热气球上，把一端固定的橡皮绳绑在踝关节处，然后从高处跳下去。当人体落到一定距离时，橡皮绳被拉开绷紧，阻止继续下落。到达最低点时橡皮绳弹起，随后又落下，这样反复多次直到弹性消失。早在1988年，A.J.贺克特和克里斯·奥拉姆在新西兰成立了第一家商业性蹦极组织反弹跳跃协会。皇后镇是全世界商业蹦极活动的发源地，卡瓦劳大桥是极限运动爱好者不能错过的蹦极胜地。皇后镇附近的卡瓦劳大桥的蹦极平台上，挂满各种绳索和设备。年轻人在这里一个接一个纵身跃下43米深的峡谷，下面是湍急的河流。

　　我们看到的第一位蹦极者起跳前神态非常轻松，她打开身体的姿态优美而奔放，有可能她练过体操。接近水面时，姿态仍然控制得不错，还做了个双手护耳的动作，协调而优雅。第二位纵身跃出平台的姿势十分潇洒，身体和绳索形成八字形，两只手打开得完全对称。整个过程她放松自如，看来她不仅练过体操，而且不止一次跳过蹦极。她似乎已碰到了水面，然后再弹起，头发甩出了滴滴水珠。她抓住了白色长杆，与船上接应人员默契配合，完美结束了蹦极落地。第三位蹦极者是个先生，他的起跳姿势不敢恭维，看上去面部肌肉紧张，他团起身体随着绳索摇摆，不失为自我保护的良策，其表情有点咬牙切齿。第四位还是女士，她跳下去的时候不算紧张，似乎垂直而下。我小时候在江阴老家的大洋桥上，也是以这种"插蜡烛"姿势跳到河里游泳。只见她打开双手，飘逸的头发在空中起舞，很是优美舒展，也是个训练有素的主儿。第五位是个小女孩，看上去只有10岁出头。她的手背上写着#128，如果这是当日蹦极者的编号，那到这里参加蹦极的人可真够踊跃。边上的大人估计是小姑娘的父母，赞一下，勇敢的姑娘！有胆识的父母！工作人员引导小姑娘作起跳前的准备，可能在分散她的注意力。小姑娘张开双手，勇敢地跳了下去。这不是隐形的翅膀，而是多彩人生的风帆！

终于等来了第六、第七位蹦极者，他们是一对浪漫而勇敢的情侣。他们今天一定有什么特别的缘由，要以裸体双人蹦极的方式来展示于天地和公众。他们脱去浴袍，双双赤身站在起跳平台上，脸上满满写着轻松、自信和圣洁。他们的自信是双重的：既有面对蹦极这样一种有相当危险性和挑战性之极限运动的自信，更有一丝不挂在众目睽睽之下双双参加蹦极活动的自信。据说，任何人只要有勇气在公众面前裸体跳下，就可以免费参加。今天我们不仅看到了风格迥异、精彩纷呈的单人蹦极，而且还幸运地看到了双人裸体蹦极。他们两人相拥而跳，由于分量加重，急速下坠，半个身体浸入水中。他们的长发甩出水珠，动感十足，这样的空中飞人，比起杂技表演也毫不逊色！两人始终相拥而蹦，晃来晃去都不松手，他们再次接近水面，两个人的协调性和同步性都非常棒。他们虽然身体倒挂，仍然美如空中体操和水上芭蕾，然后他们抓到了长杆，双人裸蹦完美结束。

在此还要炫耀一下，俺家那小子于2013年春节期间，也在皇后镇卡瓦劳大桥成功地跳过蹦极。儿子韩波3年前站在这同一个平台上，脸上也同样写着自信和勇敢。唯一不同的是，今天是一批中国人在看一些外国人蹦极，而那时是一批外国人在看一个中国人蹦极。儿子有点偏好极限运动，曾经到台湾去骑自行车绕岛一圈。

皇后镇被称为是世界各地的新郎新娘们最为向往的蜜月天堂，中国有些影星也在皇后镇举办婚礼。当地居民说，皇后镇是世界上最幸福的地方，每天都有人在这里结婚。除了最为传统的教堂婚礼和酒庄婚礼外，婚庆公司精心打造的各种新花样婚礼也受到不少新人喜爱。既有坐着直升机飞到亿万年冰河的永恒婚礼，也有坐着热气球飞上高空俯瞰皇后镇的纯净婚礼。既有瓦卡蒂普湖畔浪漫的公园婚礼，也有惊险刺激一跃而下的蹦极婚礼。

TSS厄恩斯劳号双螺旋古董蒸汽船建造于1912年，与泰坦尼克号同岁，以"湖面贵妇"之称而闻名。是南半球唯一仍在营运的燃煤蒸汽船。我们上船时，看到一对新人正以蒸汽船为背景拍摄婚纱照。上船后我到处参观，驾驶室里的设备也是老古董，蒸汽船的船头装备显得古朴而经典。游客可以进入蒸汽船的机房参观。我看着船工一锹一锹把燃煤送进锅炉，听着蒸汽机的连续轰鸣声，仿佛回到了上一个世纪。客舱里有酒吧和简餐台，也有售货员。在钢琴师的美妙伴奏下，游客们兴高采烈地唱了一曲又一曲，我们的团友也加入了各国游客的轻歌曼舞之列。

蒸汽船所航行的瓦卡蒂普湖全长84公里，素有翡翠湖之称。这个高山湖泊高于海平面310米，皇后镇所在的湖区也就是瓦卡蒂普湖最美的一段。蒸汽船停靠到华特高原农庄的码头，这里有华特农庄的餐厅和游客中心，精巧的建筑坐落在茂密的森林中，面临清澈的湖泊，花花草草十分艳丽。我们在农庄的上校餐厅午餐，这是一顿十分讲究的西餐。餐毕，游客们兴趣盎然地观看剪羊毛表演。一头绵羊被送上舞台不到一分钟，羊毛已经剪得差不多了。据说新西兰剪羊毛的高手，十几秒钟就可以剪好一头羊毛。那些被剪了羊毛的光板羊，是可怜还是舒服？我猜测剪羊毛的时候它应该不难受的。在草场上，一只牧羊犬正在追赶一群绵羊，那些绵羊被牧羊犬撵得一愣一愣的，仓皇出逃。

箭镇位于皇后镇东北21公里处，这里曾是热闹的淘金地，如今这个风景如画的小镇，已是新西兰一个著名的旅游胜地。每年金秋时节，箭镇那五彩绚烂的彩林会吸引大批游客。箭镇也是电影《指环王》的拍摄地，还有一些影视作品也到这里取景。镇上的亚林商店仍然保存着，这是早期华工来新西兰淘金时所留下的唯一商店和活动中心。

在皇后镇公园附近的瓦卡蒂普湖，可以看到不少降落伞、滑翔伞和喷射快艇。迷人的湖岸线和远处山峦，公园娇艳的玫瑰花，还有那天上的淡淡云彩，勾勒出皇后镇的如画景色。静好的湖边，有两口子在自顾自聊天，两个孩子在玩跷跷板，还有一个躺在童车里，这对夫妇带三个孩子，看上去一点也不累。皇后镇的鲍勃峰有南半球最陡的天空缆车，还有世界上最佳景致餐厅。山顶上有滑板车、蹦极、滑翔伞、自行车等活动项目。我们坐着缆车上去，被告知当天的餐位已经定完，只能在山顶俯视一下皇后镇全貌，看看我们下榻酒店的位置。

但尼丁 3月15日是我们新西兰之旅的第9天，天上一早就下起中雨，似乎在提醒我们皇后镇虽好，也不能老呆着不走。我们离开皇后镇去但尼丁，旅行车先走8号公路，然后转入85号公路。开着开着，道路两边的丘陵出现了一些奇怪的石头，似乎进入了火山遗迹地区。问了导游，才知道这是普克兰吉，我们要从这里乘坐观光小火车。新西兰南岛的泰伊里河峡谷观光火车被誉为世界上最精彩的火车旅行之一，这条铁路已有100多年历史，如今主要用于旅游观光。沿途地形复杂，风景变幻多样。观光列车从南岛的第二大城市但尼丁出发，开到普克兰吉后返回。我们的旅行车从皇后镇出发，导游把我们送到普克兰吉火车站，然后我们上了火车，在车上吃了简餐，饱览了沿途风光，两个小时左右到达但尼丁。

所谓普克兰吉车站，其实就是一片旷野，没有月台，更没有检票安检等设备。我们旅行团的张成钧团长此刻成为"铁道游击队"的张队长，从碎石路基上拉着车门扶手一跃而上，大家也就跟着攀车而上。施导不能上火车，他得把旅行车开到但尼丁。上次我们坐直升飞机，也是他一个人把车子开到蒂阿瑙，不过两次都是他的旅行车先到目的地。换言之，他的旅行车比飞机和火车都要快。火车开动了，整节车厢就只是我们一伙人，而最后一节车厢根本没有乘客，不过一节车厢的座位也就是三、四十个。坐这样怀旧火车的感觉很不错，车窗都是木质的，可以往上提起来。座椅也够舒服。车厢之间的连接平台全都露在外面，可以看到车轮在铁轨上急速滚过。车厢外虽然风大雨大，在这里拍张照片还是挺有意思，所以大家都留下了自己在疾驰火车上的身影。午餐时间到了，乘客可以到餐车用餐，也可以取回车厢吃。我们是团队，乘务员准备了10份简餐，为我们配制了茶和咖啡，我们搬回车厢慢慢享用。

下午一点半左右，我们到达但尼丁车站。火车站是这座城市最有特色的建筑，建造于19世纪，具有浓郁的苏格兰风味。站台上有一座长长的T台，每年在这里举办时装模特走秀。两层的大厅装饰豪华，做工考究，镂空雕刻的玻璃装饰，精美的大理石饰品，还有马赛克的彩色墙壁，记录了昔日的辉煌和审美情趣，已成为但尼丁的著名景点。车站候车室里的人群熙熙攘攘，一些乘客在等候火车，一面欣赏漂亮的建筑和装潢。团友们走出车站，穿过十分考究的门廊，从站前广场欣赏火车站那艺术性很强的主体建筑。我们下榻于Wains Hotel Dunedin，其历史可追溯至1862年，酒店里居然还有手动铁栅门这样古老的电梯。

世界上最陡的居民街道就是新西兰但尼丁的鲍德温街，它全长不到350米，平均坡度超过1:5，最陡处达到1:2.86。也就是说每走2.86米距离，高度就提升1米，倾斜度为37.5度。据说当年的城市规划者闭门造车，把这片地区按照田字格规划住宅区，无意中造就了这块全世界最陡的居民街道。这么陡的道路，沿街房子可能一头是一楼，另一头就是二楼了。在陡而狭窄的斜坡上，我看到一辆黄车往上开，而另一辆红车往下开，驾驶员不一定是沿街居民，也可能是特地来这里显摆车技。我们的几位团友当街席地而坐，好奇心战胜了淑女风度。不时又摆出倾斜的姿势，唯此才能保持平衡。

但尼丁是苏格兰以外最像苏格兰的地方，市内的八角广场位于王子街及乔治街交接处，是但尼丁最为热闹的区域。自1846年起，这个广场就是但尼丁的城市中心。围绕着八角广场，有哥特式圣保罗教堂、市议会厅、市政府、艺术展览馆、旅游服务中心等，还有林荫绿地和几条通往各个方向的主要大街。道路两边的建筑都伸出艺术化的顶棚，就连过街步道上方也有顶棚，下雨天根本不用雨伞。这里还是但尼丁的商业地标，林立着众多的商店和大型购物中心。广场上有苏格兰诗人罗伯特·彭斯的雕塑，他复活并丰富了苏格兰民歌。在但尼丁的巧克力工厂，游客可以参观其生产流水线。我们在这家工厂的门市部购买巧克力，那真是叫放心、便宜。在别的地方很少能买到这样口味纯正的各种巧克力，特别是黑巧克力。

奥玛鲁 3月16日天气晴好，我们沿着1号公路出发，目的地是但尼丁北面的奥玛鲁。1号公路沿着太平洋修建，出城不久，我们就看到了太平洋东海岸的美丽风光。不一会儿来到了毛利基海滩，这里离但尼丁有78公里。这时正逢海水退潮，只见几十个大圆石露出海面。这些形似巨蛋的大圆石，直径最大的有2米多，最小的有30厘米，它们或成组或单独，散落在这片潮起潮落的海滩上。据考证，这些石头形成于6500万年前，经过数百万年的风化，有的已经裂开或者掏空，有的还是非常坚硬的化石网状结构。这些形状规则的大圆石散布在海滩上，无人知晓其来历，据说是外星空的陨石。而根据毛利人的传说，这是一千多年前航海大战时，一艘战舰在岸边沉没后所滚出来的瓜果。新西兰一些学者的考古结论认为，这是海底生物与地质结构相结合而形成化学反应，逐渐生长成圆石。但对此种结论，公众仍有诸多疑问。

毛利基海滩的大圆石

大圆石表面有的光滑，有的呈蜂窝状，每块圆石都有许多裂缝，有的圆石已经不太完整，一些圆石表面附着不少贝壳。涛声阵阵，海风劲吹，大家悠闲而惬意地在海滩漫步。海滩上一些大人穿着冬衣，而有个不到3岁的孩子，他居然光着小脚板在沙石上行走！我们来到奥玛鲁小镇，入住North Star Motel汽车旅馆，房间相当宽敞，还有厨房和餐桌。晚上大家去吃毛利岩石特色晚餐，羊肉、牛肉在滚烫的铁板上一会儿就烤熟了，吃起来别有风味。

暮色中我们离开旅馆，到海边去看小蓝企鹅回家。我们来到奥玛鲁小蓝企鹅保护中心的海滩，企鹅将从这片海滩回家。几头海豹也在等待企鹅，它们应该是友好的邻居。工作人员在海边设立了小蓝企鹅保护区，为它们建造了温馨的居所。还有一些志愿者在附近海滩巡视，帮助脱离大部队的零散企鹅回家。小蓝企鹅的生活方式甚是辛苦，它们天不亮就下海捕食，在海里一整天，直到天完全黑了才回家。小蓝企鹅回家时是一队一队的，探头探脑，摇摇晃晃，特别可爱。小蓝企鹅看不见黄色和红色的光线，而对白色的光线则很敏感，看见了白光就认为遇到危险，有可能重新回到海里。所以现场禁止用手机或照相机拍照，手机拿出来看看也不行，当然录像更不被允许。

3月17日上午，我们离开奥玛鲁前往基督城。途中看到了一些高头大马，这些马主要用于赛马和马术。有些马的背上覆盖着毛毯，那是非常优良的品种。我们在新西兰看到牛羊满山坡，马却很少看到。途中看到的一片土地，有点像收获后的麦田，但事实上我们在旅行中并没有看到过麦田或者稻田，甚至也很少看到菜地。一路上所看到的只有草地和草场，只是草的颜色和品种有所不同罢了。

到达基督城后，离登机还有好几个小时，我们就来到闹市区的Shopping more打发时间。在服装超市里，由孟加拉国生产的休闲服装看上去比咱们中国生产的服装更受欢迎。夕阳余晖中，我们乘坐的飞机离开基督城前往奥克兰。半夜时分，我们终于登上"梦幻客机"波音787，即将飞往上海浦东机场。清晨，和煦的阳光透过飞机窗口投射，构成一幅美丽的图画，那样的朝霞美得令人炫目。新西兰的快乐旅行已经结束了。再见，新西兰的蓝天白云，清新空气，美丽风光；还有那令人放心的食品，无处不在的规则和礼让！

22. 八闽游之山水相依

2016年4月9日，知青旅行团的朋友们早早来到上海体育场附近的天钥桥路，参加为期21天的福建深度游，大巴车于7点钟准时出发。我们的路线是走沪昆高速——绍诸高速——诸永高速——沈海高速。在神仙居服务区午餐后，隧道一个连着一个，有的长达7公里多。途中我们顺道游览了浙江泰顺的北涧古廊桥景区，然后沿着沈海高速继续赶路，这时起了大雾，又下了大雨，但进入住宿地福建省福鼎市秦屿镇时，地面却是干爽的。

福建古为闽地，北宋时分八州，南宋时分八府，元时分八路，故有八闽之称。八闽为建宁、延平、邵武、汀州、福州、兴化、漳州、泉州。据此，我们这次福建游就称为"八闽之旅"。

太姥山 国家重点风景名胜区、国家地质公园太姥（mǔ）山位于福建省东北部，在福鼎市正南45公里，三面临海，一面背山。主峰海拔917米，雄峙于东海之滨，山海相依，傲岸秀拔，以"山海大观"而称奇，素有"海上仙都"之美誉。太姥山北望雁荡山，西眺武夷山，三者成鼎足之势。闽人称太姥、武夷为双绝；浙人视太姥、雁荡为昆仲。相传尧时老母种兰于山中，逢道士而羽化仙去，故名"太母"，后又改称"太姥"。

4月10日早上，我们离开旅馆时还是能见度挺高，可是到了太姥山风景区停车场，就变成雾茫茫一片，2米之外的人影就开始模糊。这么重的浓雾，如果进去了可就是啥都看不到的。大家就三三两两在景区门口拍拍小照，可以证明我们到过太姥山的标志前都留个影，这样就算来过了。留点遗憾，也算是旅行中的一种经历吧！大家都到游客中心取了景区导览图，以便有个概念。我们带着遗憾离开了太姥山，也看到一些别的旅行团无奈而返。浓雾之中，大家像一支上不了前线的部队，静悄悄地撤离了景区。不过天气不好也有好处，时间上可以不那么紧张，另外雾茫茫的一片也有点神秘感。我曾于2013年11月来过太姥山一次，那次游览天气很好，感到整个太姥山景区管理不错，游览步道洁净而好走，山石嶙峋多姿，呈现各种生动形象。特别是远看太姥山的标志景观夫妻峰，更是惟肖惟妙。这座山峰被流水侵蚀出一条缝隙，顶端一高一低的两块石头，看上去就像一个男人和一个女人相拥一起。不过依我看来，这一景观更像一位慈祥的父亲抱着他年幼的女儿在轻声细语。

太姥山看不成，我们就调整计划去游览溦城古城堡，然后走沈海高速来到霞浦。滂沱大雨依然下个不停，我们早早入住霞浦县的速8酒店。在我们的大巴旅行史上，似乎很少有中午时分就入住酒店的记录。在附近饭店晚餐时，厨师们就在餐厅入口处烹调菜肴，所有的原料也都摆放在门口冷藏柜，以吸引顾客。这样后厨就变成了前厨，厨师忙得起劲，顾客看得放心。

霞浦滩涂 4月11日周一，天气预报说有阵雨，今天我们要去看霞浦滩涂。在沈海高速霞浦入口处，山坡上立有"国际滩涂摄影胜地——霞浦"的巨幅广告，显示着霞浦不仅是个渔业生产基地，也是一个摄影采风佳地。霞浦拥有中国最美

霞浦滩涂

的滩涂，海岸线曲曲弯弯长达400余公里，蕴藏着无穷无尽的海产资源。我们下高速后首先来到浒屿澳大桥，大桥两侧的风光截然不同。一边是漂浮在水中密集的箱架和房屋，另一边是整整齐齐的鱼排，一直延伸到远处。开阔的河道里密密匝匝布满了水产养殖捕捞设施，严整而有序，渔船穿梭其间，宛如一个水上城镇。远处的群山或清晰，或隐约，与水中的渔镇相映成景，构成一幅幅生动而多彩的风景画。水上的房屋看上去干干净净，我们虽然没有进去参观，仅从外观也可以推想渔民们一定会把自己的水上之家收拾得尽可能舒适实用。

不远处的滩涂又是一番风景，密密匝匝的竹竿木桩好像冬天里的树林，又好像密集的旗杆，更像一幅构图完美的水墨画。草地、滩涂、河流、渔船，它们是如此和谐，如此唯美！远山、近草、弯流、渔桩，它们又是如此分明，如此生动！这样规模的鱼排、渔桩声势浩大，是一种无声的震撼！而弯弯的河流，空濛的远山，素雅的色彩，大气的构图，这一切都呈现给我们难以形容的好看。如果今天是个好天气，还不知道要美成什么样子呢。团友们在浒屿澳大桥上漫步，赏景，拍照。在这座宽宽长长的大桥上，曾有多少摄影人驻足按动快门，又有多少滩涂佳作诞生！

经过了挂满红灯笼的溪南镇后，海上威尼斯就遥遥在望了。来到了海上威尼斯，应当坐船出海观赏。我们与船老大们谈好价钱，以3条小渔船，每船100元的价格成交，这些小渔船载着我们出海去观景。虽然预报今天是阵雨，仍然下起了蒙蒙细雨。大家或穿雨衣或打伞，五颜六色的打扮在灰蒙蒙的雨天中倒也鲜艳。航行过程中，我们看到了水上小卖部和餐厅。据说这片海域早些时候，还有水上小学和诊疗所。这是一个规模巨大的水上渔场，现在有些房屋和设施已被拆除。我们来到海上一个孤零零的小山包，团友们弃舟上岸，登高望远。从高处俯瞰滩涂渔场，这片水上城市规模巨大，虽然没有阳光的照耀和水面的反光，仍然显得无比恢宏和震撼，遥想当年东吴水上连营，其规模恐怕也不过如此吧！海上威尼斯虽然规模宏大，海水里那到处漂浮的白色泡沫板和杂物却令人触目惊心。荒友王明明看了我发的照片后说："对摄影爱好者来说这里是天堂，对环境保护来说就不敢恭维，滩涂养殖对海洋的污染很严重。"

我们顺着沿海公路前行，来到了大京城堡。这是明朝为抵御倭寇而建的一个颇具规模的城堡，现有南门、西门、东门三个出入口。城堡之外，古树嵌古墙，古墙护古树。城堡之内，人民会场等老旧建筑依然存在，街道和民居都保留着原有风貌。大京古城的东门是内外双城格局，城墙明显是新整修的。距大京古城一箭之遥的笔架山海岛，恰似一个巨大的笔架横卧海上。海滩上建有游泳更衣室和观景凉棚，除我们之外并无其他游客到访。

然后我们来到了北兜沙滩，这是今天的最后一个景点。团友们在细腻的沙滩上欢呼雀跃，尽情拥抱浩瀚的大海，贪婪呼吸新鲜的空气。几位美女同时起跳，形态、表情和色彩各异，欢乐之情充溢海滩。海上烟雨朦胧处，几艘渔船正在捕捞作业。沙滩近岸处有一艘整修一新的渔船，向游客展示着当地渔船的式样和装备。

今天一整天烟雨蒙蒙，幸亏大部分景点能见度尚可。虽说雨天的滩涂拍摄别有情调，毕竟没有阳光的眷顾和水面的色彩，不可避免地带来缺憾。难忘的霞浦滩涂之旅结束了，我们仍然入住昨天的酒店，仍然在老地方晚餐。希望日后能在阳光灿烂的日子里，在蓝天白云的眷顾下，再来欣赏、拍摄霞浦滩涂的神秘、大气、多彩和奇异！

白水洋 4月12日没有下雨，间或还出了太阳。早上离开霞浦，走了一段沈海高速，转到G1514宁（德）上（饶）高速。大家的眼前忽然一亮，高速公路的隔离带居然开满了鲜艳的杜鹃花，顿觉赏心悦目，心情大好！艳丽的花路伸向远方，风吹杜鹃，花落知多少。有一段公路就在海边，更增添了这条花路的魅力和风采。高速公路边有很多整齐漂亮的种植大棚，其透明而长长的弧形棚顶一排排相连，构成了山坡上一道醒目的风景。

白水洋

　　白水洋鸳鸯溪位于福建屏南县境内，景区呈月牙形，面积66平方公里，溪长36公里，分为白水洋、宜洋、刘公岩、太堡楼、鸳鸯溪五大景区。白水洋鸳鸯溪于2012年升级为国家5A级旅游景区，并被列入世界地质公园。被誉为"天下绝景，宇宙之谜"的白水洋景区是世界唯一的"浅水广场"，其平坦的河床长约2公里，最宽处182米，总面积达8万平方米，一石而就，河床布水均匀，净无沙砾，人行其上水仅没踝，阳光下波光潋滟，一片白炽，因而得名白水洋。白水洋河床的岩石是距今900万年前火山活动形成的。在白水洋的下游，因每年有数千对鸳鸯从北方到此过冬，故称鸳鸯溪。

　　4月份已进入旅游旺季，白水洋景区60至79岁老年人门票对折后50元，电瓶车20元。电瓶车绕着溪水开了很长时间，然后我们顺着曲曲弯弯的沿河步道前行。今天水大，有些路段的汀步石已浅浅浸在水里，我们只能小心翼翼地通过。有些路段的亲水步道如果水再大一点，估计就过不去了，事实上我们已经湿鞋了。有些步道凿岩而过，这可能是为了让游客更多地近水游览。水面很宽，有的水面简直就是一片湖泊，这么宽的水体叫它为"溪"，似乎有点委屈。有一处湖面的水流比较平缓，游客可以走过小桥，涉水到对岸。我们的几位团友趟水过河，每位游客在游客中心都拿到了一双特制的袜子，就是用来涉水时防滑的。我们走着走着，经过了一座铁索桥，这里也就是游程的折返点，游客们穿过此桥，开始在湖的另一边往回走。在白水洋，整个游览过程也就是亲水过程，想必夏天来这里更开心。在游客中心看到的图片显示，夏天的白水洋浅水广场上人头攒动，男女老少都在这里嬉水。我们这个季节来到这里，毕竟水还有点凉，偌大的浅水广场上并无游客入水。后来看到两位景区工作人员骑着摩托车来到湖边，他们卷起裤管涉水到对岸后，再到树林里去处理一棵倒下的大树。我看着他们趟水走到对岸，水确实很浅，河床也很平坦。

湄洲岛 4月13日我们在福州市内游览之后，14日我们要到莆田市的湄洲岛去。大巴从福州祥谦收费口进G15沈海高速，转到S10省高速的湄洲岛方向。接近海边，公路边看到了很多缓缓转动的风车。这些风车不光是发电，也是景观，这种清洁能源多多益善。其实湄洲岛并无公路相连，我们出了湄洲岛收费口，就来到轮渡站。我们先到附近的海滩观景，一位妇女从海里挑水回来，沙滩上留下两排清晰的脚印。她只是重复很多次的劳作，在我们看来却很有意思。她一身海边渔民装束，小扁担挑着水桶颤颤悠悠，很自然就是一幅上乘的海边担水图。

团友们在文甲轮渡站排队买票，普通轮渡往返20元，快艇单次20元。进岛费60元，60岁以上减半，进岛后另有两个收费景点。轮渡站的水面上停泊了不少渡轮、快艇和游轮。但是渡轮班次并不多，每个小时一班，有点拥挤。渡轮上旅游者不多，香客不少。我们看到一批台湾来的香客，身穿统一的服装，其中一些人手捧鲜花，他们由当地旅行社接待。渡轮上更多的是当地香客，他们上了船就拿出一叠叠黄色或白色的薄纸，用手掌和拳头旋转成圆圆的一圈，然后放入一些物品，再收拢一团。我以为她们要带到妈祖祖庙化掉，又纳闷为什么在渡轮上就早早准备？这时渡轮行至半程，只见她们纷纷站立起来，把手中的纸团从窗口全部抛入大海。

我们的大巴不能摆渡过海，只能到了湄洲岛再设法解决交通问题。大部分游客和香客都选择电瓶车，而我们旅行团人多，干脆包了一辆公交车，把我们送到各个景点。700元的车费，相当于每人20元，还是挺划算的。我们坐惯了自己的大巴，来到岛上也得有自己的专车。但是公交车座位不够，大家就挤一挤，站一站。

湄洲岛是福建省莆田市秀屿区湄洲镇所辖岛，位处湄洲湾口，距大陆约3公里，是妈祖的诞生地。1988年被辟为福建省对外开放旅游经济区，2012年被列入国家4A级风景名胜区。湄洲岛陆域面积14.35平方公里，有11个行政村，人口3.8万，海岸线长30.4公里。距台湾省台中港仅72海里。全岛南北长9.6公里，东西宽1.3公里，中部为平原。湄洲岛素有"南国蓬莱"之美称，岛上有湄屿潮音、黄金沙滩、鹅尾怪石等景点30多处。

妈祖祖庙对信众来说是神圣的殿堂，而对游客来说是岛上最重要的景点。妈祖原名林默，也叫林默娘，生于宋建隆元年（960年）三月廿三，因她出生至满月从不啼哭，父亲给她取名曰"默"。林默娘13岁学道，16岁踩浪渡海，懂医术，识气象，通航海，终身未嫁。在她短暂的一生中，为邻里和过往的海上商贾渔民做了许多好事，经常在海上抢救遇险渔民。宋雍熙四年（987年）九月初九，林默娘辞别家人，在湄洲岛湄屿峰归化升天。人们敬仰她行善积德、救苦救难的精神，当年就在湄洲岛"升天古迹"旁立庙奉祀，尊她为海神灵女、龙女、神女等。宋徽宗时封妈祖为"顺济夫人"，这是朝廷对妈祖的首次褒封。以后历代朝廷还敕封她"天妃""天后""天上圣母"等尊号。

每逢三月廿三妈祖诞辰日，成百上千的港澳台同胞组成进香团来岛上谒祖进香。在明朝郑和下西洋时期，随着大量华人移民海外，东南亚各地都可见妈祖庙的踪影。妈祖的诞生地福建是妈祖信仰最盛之地，妈祖的家乡莆田一地，就至少有百余座妈祖庙。如今，福建各地的妈祖庙数量仍然十分庞大，香火旺盛。妈祖文化甚至深入到内陆的闽西客家山区。福建的妈祖庙中，有三座被列为全国重点文物保护单位。

湄洲妈祖祖庙于天圣年间（1023—1032年）扩建，日臻雄伟。明永乐年间（1403—1424年），航海家郑和曾两次奉明成祖圣旨来湄屿主持御祭仪式并扩建庙宇。每年九月初九妈祖升天日期间，朝圣旅游盛况空前，被誉为"东方麦加"。2011年湄洲妈祖祖庙获批成为"海峡两岸交流基地"。妈祖信仰历经千年不衰并成为一种世界性的信仰，信众达2亿以上。如今盛大的妈祖祭典活动，已成为国家级非物质文化遗产。

妈祖祖庙依山而建，各庙宇屋顶雕刻有精美的造型和图案。朝天阁是妈祖祖庙正门一路上来的制高点，我们站在这里可以看到远处的大海，也可以看到祖庙的全景。我们在码头上遇到过的台湾信众队伍也上来了，他们由旗手护卫，鼓乐声声，鞭炮阵阵，手捧妈祖塑像和鲜花，排成两路队伍拾级而上，堪称声势浩大。他们在山腰广场上举行了一个仪式，然后就进入妈祖祖庙的主殿天后宫进香。天后宫内外人头攒动，挨挨挤挤，殿里的长桌上堆满了信众们献上的鲜花、水果和各种物品。庙宇旁边建有妈祖文化园，我们也进去参观了一下。

"渔村古堡"是设在湄洲岛海边的影视基地，电视剧《妈祖》的很多场景在这里拍摄。所谓古堡，只是名称而已，其实建筑都是新的。景区内保留了电视剧里各种各样的渔村场景，包括渔家民居，织网、捕鱼等设备。渔村古堡里有个像模像样的水族馆，倒是吸引了一些游客前往参观。摄影基地里还有一座颇具规模的龙宫，营造得光怪陆离，五彩缤纷。不过我可能得年轻60岁，才会喜欢在龙宫里玩耍拍照。渔村古堡的海滩由貌似长城般的围墙隔开，远远望去，有几位姑娘在海滩上嬉闹玩耍。还有几位游客要坐小船出海，他们和渔民一起用力把船从沙滩拉到海里。

鹅尾神石园的名称听起来像是一个奇石收藏馆，其实这里是个相当值得一游的自然景区。所谓神石，乃海边各种神奇、神来、神秘的奇异之石。神石园里沙滩细腻平坦，而岩石海岸线却嶙峋如剑。神石园的奇异石景，在浩瀚的大海边显得更加神奇、多姿而壮观！我们的几位团友站在高处，长久地眺望无边的大海，他们的心中或许充满了感慨、赞叹和宁静。

神石园的门票20元，而渔村古堡的门票80元。就景区投资而言，前者远远低于后者。但就景区吸引力和观赏性而言，前者则大大高于后者。湄洲岛全岛南北纵向狭长，形如娥眉，故称湄洲。岛上有三条公交线路，我们则属于游客专线公交。

鼓浪屿海上栈道

鼓浪屿 接下去的3天，我们在惠安、泉州、晋江、厦门等地游玩。4月18日是福建游的第10天，仍然是个阴天，有时零星小雨。今天我们要去鼓浪屿游玩。开往鼓浪屿的渡轮船票购买方式有点复杂：先要注册轮渡公司的网站，然后输入每位乘客的姓名、身份证号和手机号，每个账号限购5张船票。我们想了很多办法，有的团友还通过上海的子女在网上购买，总算搞定了大家的船票。渡轮从厦门国际邮轮码头出发，经过20分钟的航行，到达鼓浪屿的内厝澳码头。

鼓浪屿是厦门市思明区的一个街道。原名"圆沙洲"，明朝改称"鼓浪屿"。岛西南海滩上有一块2米多高、内有洞穴的礁石，每当涨潮水涌，浪击礁石，声似擂鼓，人称"鼓浪石"，鼓浪屿因此而得名。鼓浪屿街道短小，纵横交错，岛上岩石峥嵘，挺拔雄秀。因长年受海浪拍打，形成许多幽谷、峭崖、沙滩和礁石。由于历史原因，风格各异的中外建筑物在此地被完好地汇集、保留，成为著名的风景区。鼓浪屿面积不到2平方公里，人口2万。此岛还是音乐的沃土，钢琴拥有密度居全国之冠，有"海上花园""万国建筑博览""钢琴之岛""音乐之乡"之美称。鼓浪屿除环岛电动车外，

澄澈 的 旅途

不允许机动车辆上岛，因此气氛幽静。2005年《中国国家地理》杂志将鼓浪屿评为"中国最美的城区"第一名。2007年5月，鼓浪屿风景名胜区成为国家5A级旅游景区。

凭借海上栈道，游客得以绕过悬崖，看到美丽的风景。日光岩的上山之路有好几条，从不同的方向似乎都有路可登岩。日光岩上人头攒动，这是鼓浪屿的制高点，在上面可以远眺厦门市区，光线不够好，景色仍然美。在寂静弯曲的山路上，有一座南京军区鼓浪屿疗养院，看上去占地面积不小。海边的菽庄花园里有精巧的园林，绝美的海景，还有藏品丰富的钢琴博物馆。意想不到的是，鼓浪屿这块弹丸之地，居然还有一大片绿茵茵的草坪，这里是岛上的体育场。体育场对面有一些商场，整齐而高大的椰子树，与精致而时尚的小商铺隔街相对。岛上沿街的西洋式建筑，多为咖啡馆、餐厅之类的营业场所。也看到一些浓郁异国情调的餐馆，疑似身处南洋或欧美。

冠豸山 4月19日、20日两天，我们在华安、南靖、上杭等地游览，4月21日我们来到了冠豸（当地读音为zhài）山风景区。游览这个景区可以先爬山后坐船，这样上山的路较缓而下山的路较陡，当然也可以反过来先坐船后爬山。我们选择了第一种方案。冠豸山风景

冠豸山

区位于龙岩市连城县境内，离市区很近。山峰平地拔起，山清水秀，与武夷山并称为"北夷南豸，丹霞双绝"。核心景区有53平方公里，由冠豸山、石门湖、竹安寨、旗石寨、九龙湖五个游览区组成。冠豸山风景区发始于宋、元年间，成为吟诗斗酒之地。到了明代，已成为闽西"上游第一观"。

我们从游客中心出发，走了一段平淡无奇的山路，进入检票口后渐入佳境。峭立的高壁上，刻有乾隆朝翰林朱阳所书"上游第一观"五个大字。其上的"冠鷹"两字，与冠豸相通。步道两侧岩体壁立，似有巨斧劈过，对称而壮观。过了石门，山路突然变陡。一条岔出去的通道并无山路，只有峭壁上开凿出来的几个浅窝，游客必须紧紧拉着铁栏杆攀岩。天雨路滑，山路太陡，我们就不冒险了。有一段必经之路也相当陡，却没有栏杆，又是下雨天，我们只能横过来缓缓走上去。还有的山路虽然平缓，一侧却有点危险。

山岩之间有一些奇特的巨石或山峰造型，人们的想象力在此可以得到充分发挥。雨中的冠豸山能见度尚可，远山朦胧可见。在山巅观景平台上，9位美女团友手执各色纱巾任风吹飘，翩翩起舞，在飘过的云团和蒙蒙细雨中，像是仙女下凡，又像是一出天宫霓裳曲。赤橙黄绿青蓝紫，谁持彩练当空舞？多彩的纱巾，靓丽的衣着，更有那放飞的心情，在青山之巅载歌载舞，纵情欢乐！然后又是笔直而陡斜的木栈道，也得小心翼翼行走。幸亏是下山，手抓牢扶手即可安全。途中有的地方两石之间很是狭窄，稍胖一点的游客恐怕难以通过。又看到一根钢索横跨峡谷，这里每天举行自行车高空骑钢丝等表演，我们没能赶上表演时间。

接近湖边的山路和山体，仍然曲折蜿蜒，秀美多姿。我们终于走到平地，来到了石门湖。湖中的连城白鸭是当地特产，晚上我们在餐厅尝到了这种小小的鸭子，要价不菲。碧绿的湖水中，白鸭、黑鹅、红鱼，大家公平竞争，互不妨碍。然后我们乘坐游艇游览石门湖，这里可能是一个水库。小雨淅淅，湖水清澈，山色空濛，照相机随便一按都是美景。湖边峭壁上，有不同高度的平台，可能是用来跳水表演或比赛的。下了游艇我们往出口走，从这里看出去，湖光山色就是一幅天然的风景油画。出口附近有一座雕塑就是豸，也叫廌，是传说中象征公正廉洁的独角兽。

桃源洞 随后两天，我们在福建长汀和江西瑞金参观红色景点。4月24日即福建长线游的第16天，我们来到4A级的桃源洞风景区。顾名思义，桃源洞应该是个洞穴景观，其实不然，它是一处山岳旅游景观。桃源洞景区在永安市北侧10公里处，紧靠205国道，面积37平方公里，因景区内有桃花涧而得名，有"小武夷"之称。明万历年间已辟为游览区，1987年被评为福建省首批风景名胜区，1994年被评为第三批国家重点风景名胜区。分为桃源洞、百丈岩、葛里、修竹湾、栟榈潭等5个旅游景区，有73处景点。

桃源洞口实际是两峰之间裂开的巨罅，一条桃花涧迂回曲折，穿过双峰耸立的狭谷隘口，潺潺汇入沙溪。120米高的绝壁上有明万历年间举人陈源湛所书"桃源洞口"四个大字，每字2米见方，下题七律《桃源洞》诗一首："介破巉岩一洞流，探奇乘涨弄扁舟。悬崖高削千寻玉，幽壑寒生六月秋。点岫烟云闲去住，忘机鸥鸟自沉浮。武陵人远桃空在，临眺踌躇意未休。"右上端横楔一块10多米长的鲤鱼石。桃源洞景色优美，雨季或薄雾衬托下更是迷人。今天下雨，虽然登山不便，观景却是更胜一筹。

桃花涧流经桃源洞和百丈岩风景区内，因古时两岸长满桃树而得名。

这座横跨桃花洞的石拱桥叫锁洞桥，桥的柱上盛着大桃子，桥下有一石头形似巨龟，把守洞桥，"锁洞桥"因此得名。站在望象台放眼四野，远山如黛，近岭滴翠。沙溪河宛如一条缎带，缠绕在群山碧岭之间。不过可能因为下雨天的关系，浑浊的溪水似乎有点对不起它所环绕的莽莽青山。山势虽然险峻，山路却修筑得很好。不一会儿就接近一线天，几位团友面对陡坡在犹豫，上去还是回去？及至另两位团友因体态丰盈而从前面撤回时，他们的心理防线终于被击溃。

　　"一线天"是桃源洞最著名的景点，高90米，长120米，似一道大山裂缝，如同刀劈一般直透崖端。只见悬岩断壁上一隙通明，宽仅盈尺，最窄处只可侧身而过。明代旅行家徐霞客在游记中称它"缝隙一线，上劈山巅，远秀山北，中不能容肩。余所见一线天数处，武夷、黄山、浮盖，曾未见若此大而逼、远而整者。"桃源洞一线天的入口处挂有大世界基尼斯之最证书，名称为"最狭长的一线天"，并记载有全长127米，206个阶梯；前80米的平均宽度为0.5米，最窄处0.4米。一线天的形成是由于地壳运动中岩石上升、挤压而形成一条缝隙，这条缝隙称为地质节理。岩层表面的节理缝隙易受流水侵蚀，形成了与节理走向一致的平直狭窄的深沟，因此形成"一线天"这一奇特的丹霞地貌景观。就算是体态正常的女士，也得侧身通过一线天的狭窄处。我们从两个山体的缝隙里贴崖而行，走了200多级台阶。在通过狭长的缝隙时，顺着黑森森刀削般的岩壁抬头仰望，一丝亮光透了进来，那时忽然担心岩壁会松动或者合起来，不由得想起一句"山无棱，天地合，乃敢与君绝"的古诗。

　　走过山顶时，看到一些房屋、亭阁和空地上正在施工，工地上堆了很多建筑材料。心想这座山没有缆车，这么多建筑材料难道都要靠人力背上山吗？稍后看到了一个滑轮架就明白了，建筑材料是从地面用滑轮绳子拉到工地附近的。建筑工再从材料场挑运到山顶，虽然路不长，挑这么重的大理石也不轻松。再想想历代前人在全国名山大川大兴土木，营造了那么多精美建筑物，而山路又是那么陡峭，真是太伟大，太不容易了！

　　上清溪 4月25日星期一，阴天。今天我们整日都在泰宁，上午到上清溪参加竹筏漂流，下午沿着大金湖沿线观光，晚上在泰宁古城里漫步。我们从上清溪游客中心乘坐景区巴士，开了很长一段盘山公路，来到竹筏漂流的上码头。码头入口有一个巨大的石磨盘，宣示着上青豆腐这一特产。上清溪景区位于泰宁县东北部，以道教中的玉清、上清、太清之一的"上

上清溪漂流

清"取名。上清溪全长50多公里，其中的6公里水程为深山峡谷地带。溪水或激流成滩，水不没膝；或凝滞成潭，深不可测；宽处开阔平坦，窄处有若小巷。峰回路转，扑朔迷离，素有"九十九曲，八十八滩，七十七弯，六十六潭"之说。

上清溪两岸的地质风貌为古老的陆相沉积岩，又叫"丹霞地貌"。这种岩石易被侵蚀、风化，从而形成千姿百态、奇峰异洞的丹霞风光。两岸茂密的原始次森林里，自然野性十足，很少有人工活动的痕迹。明朝礼部主事池显方在其《上清溪游记》记载了上清溪美丽的自然风光："转一景如闭一户焉，想一景如翻一梦焉，会一景如绎一封焉，复一景如逢一故人焉。"

漂流用的竹筏捆扎得十分结实，两片小竹筏联结成一个大竹筏，2位船工一前一后撑篙，6位游客坐在竹筏中段的小竹椅上。上清溪的漂流，乘坐竹筏嬉水亲水尚在其次，而观赏两岸逼仄多姿的山岩景观当属精华。船工一边行筏，一边向游客介绍沿途景点。船工的介绍虽有提示点拨作用，但更多、更生动的景观还得靠游客自己的观察和想象。上清溪漂流已开发的水程有15公里，两岸壁立千仞，奇岩峭拔，森林茂密，人迹罕至，方圆几十里仍保持着原始生态。溪岸的赤壁丹崖把溪流挤逼为歪歪扭扭的曲线，穿梭于荒无人烟的赤石翠峰之间。

上清溪竹筏漂流，其实也是水上丹霞之游。我们曾看过甘肃张掖丹霞，那是站在高处俯瞰丹霞的大气和多彩。而今在水中看两岸丹霞，犹如欣赏一幅流动的画卷，又似观看一堵连绵的石刻。竹筏进入最狭窄区域时，与嶙峋的岩壁擦肩而过，游客甚至可以直接触摸到岩石。所谓"天为山欺，水求石放"，大概也就如此了。漂流过程中，大部分水路或水流湍急，或狭窄难行，船工不允许游客站立。只有到了水浅而平缓的地段，我才被允许站起来拍几张照片。浅浅的溪水边，不时有美丽小巧的蜂鸟在歇息清鸣。经过近两个小时精彩而难忘的漂流，竹筏抵达下码头，这里离游客中心很近了。

大金湖 下午沿着大金湖走走停停，公路边是一个度假村，设有水上高尔夫和湖边小木屋，眼前是清澈的湖泊和苍翠的群山。大金湖国家地质公园地处三明市泰宁县梅口乡，是4A级景区。以丹霞地貌景观为主体，还有花岗岩地貌景观和人文景观互为映衬。大金湖畔游人如织，湖面上游船穿梭，摩托艇拖曳着五彩滑翔伞在湖中转圈。大金湖有最大的单体丹霞洞穴，据说可同时容纳两万人。大巴多次停在风景优美的地方，团友们下车观景拍照，这也是自己组团自由旅行的一个优点。附近有一座桥梁，这座悬索桥的一侧没有桥墩和柱子，两根大钢缆就直接嵌入悬崖。由于桥梁维修，过往车辆很少，且只能通行小车，因此团友们可以在桥面中央合影。我们沿着长满荒草的台阶登上高处，维修中的悬索大桥尽在眼里。

武夷山 4月26日是福建长线游的第18天，阴转大雨。一早我们从泰宁县出发，走S0311浦建高速，路途顺利，中午之前即入住锦江之星武夷山店。我们通过酒店订购了景区两日游门票，并聘请了一位当地导游。下午来到武夷山景区南大门，趁着体力尚好，我们准备先游览相对险峻的天游峰。

武夷山位于福建省武夷山市南郊，属典型的丹霞地貌，是福建最有名的风景名胜区，以山、水、人文著称。武夷山所获桂冠甚多：世界文化与自然双重遗产，世界生物圈保护区，全国重点文物保护单位，国家重点风景名胜区，国家5A级旅游景区，国家级自然保护区，国家水利风景区，国家生态旅游示范区，全国文明风景旅游区示范点。

进入景区的大路上，看到几位穿着时髦的采茶工，她们都是茶园雇请的外来劳务人员。在山脚下看到不少竹筏在九曲溪漂流。我们玩过上清溪漂流后，对这里的漂流就没什么兴趣了。天游峰并不算高，海拔才409米，但登山路比较险峻、狭窄。由于游客们都是前山上，后山下，所以登山还算井然有序。在高处看到的山间瀑布，声势不算太大。途中有条山路没有栏杆，也没有游人，可能是以前的通道，或者是通往别的方向。从高处看到了九曲溪全景，武夷山宣传广告中也有这个画面。

快到山顶时，忽然风云突变，乌云密布。天空中闪电道道，雷声隆隆，大风呼呼，一场大暴雨即将袭击我们这些正在登山的游客。我们十多位游客认为此处应该比山顶安全，就都挤在一个小小平台上，互相提醒关闭手机，准备就在这

武夷山

里等待暴雨降临。我一生中从未在这么高的山坡上，遇到过这么诡异的天气，也没有能力把道道闪电拍摄下来。导游很有经验，她让我们不要停在这里，而要尽快登上山顶。原来山顶上是一块不小的平地，还有一座颇有规模的两层建筑"天游阁"。游客在这里避雨，肯定比在山坡上淋雨安全得多。雨越下越大，越来越密集。导游发现我们的一位团友还没有上来，就撑着雨伞下去接他。这样尽责而尽心的导游，让我们大家都很感动。雨势小了一些，我们从后山下去，山道宽敞而平缓。途中，看到了"中正公园"的牌坊。终于平安到达天游峰的山脚下，团友们打着花雨伞，穿着彩雨衣，合影庆祝暴风雨中的登山成功。天空放亮，薄云轻轻飘过山巅，武夷山又恢复了她那如画的娇媚。

我们再去游览一线天，武夷山一线天的长度和狭窄度，比起桃源洞的一线天稍逊一筹。但由于刚刚下过大雨，一线天岩壁上的落水很大，而台阶上的积水更多，就这样人淋在水中，鞋浸在水里，十分艰难地穿越了一线天。为此，大家晚餐时都猛喝红糖姜茶御寒。

第二天也就是4月27日上午，我们游览虎啸岩景区。有些团友不打算走完全程，导游就在示意图前告诉大家行走路线。虎啸岩的登山道从岩壁上开凿出来，不如天游峰那么险峻。从登山道看出去，各种形态奇异、色泽不一的山石就在眼前。其中的一个山头有截然不同的两种纹理，犹如一个脑袋的两种发型。所谓"虎啸"，是指山上有个巨洞，山风掠过时就会发出虎啸之声。虎啸岩有"极目皆图画"之美称，站在虎啸岩顶看武夷，无限风光腾云驾雾奔涌而来。岩顶上有座小小的"定命桥"，游客上去转三圈，好运自然来。

下山之路完全是从绝壁上搭出的栈道，绝壁虽陡，路并不难走，相当于转来转去下楼梯而已。山下有座庙宇，岩壁上有石刻观音像，天空中有无数的燕子盘旋飞舞，这里也是游客歇息之处。导游带我们走茶园近路，一条小路曲曲弯弯，团友们"走在乡间的小路上"，排成一长列队伍穿过茶园。在九曲溪边，我们看到了美丽的玉女峰，这是武夷山的标志，可能也是福建省的标记。玉女峰是武夷山典型的柱状山之一，峰壁有两条垂直节理将柱状体分成高度递增的三块削岩，宛如比肩俏立的玉女三姐妹。玉女峰无径可攀爬，游客只能在溪边远眺观赏。

中午回宾馆附近午餐，稍事休息，然后再去看下午的景点。由于景区大门离宾馆不远，门票又可以多次进出，所以这样的旅游方式很休闲很轻松。下午看大红袍景区，游客步道两侧除了陡峭的石壁，就是一片片茶园。

景区里的茶园各品种聚集，既有科普性，也有观赏性。景区入口有很多摩崖石刻，内容多与茶文化相关。这时天空晴朗，老天爷把蓝天白云作为稀罕礼物馈赠给我们的八闽之旅。蓝天，深谷，茶园，我们行走在弯弯曲曲的小径步道上，感觉很放松很快活。茶园深处，岩壁上"大红袍"三个大字赫然在目，右侧的山崖上种有6棵大红袍茶树，如今已不再采摘。前几年这6棵大红袍茶树的产量仅有8两。

我们又来到武夷宫，门口有武夷山的双重世界遗产石碑，里面有柳永纪念馆等名人雅士遗迹。站在园内，可以看到大王峰从草坪上拔地而起，我们在武夷山景区来来往往，都能看到这座醒目的山峰。大王峰与九曲溪相映成景，一排排竹筏从溪水中轻盈飘过，游客所穿的橘红色救生衣在青山绿水中十分显眼。桥梁另一侧是竹筏漂流的终点码头，游客们在那里离开竹筏。回想起昨天在天游峰附近看到的竹筏群，估计漂流起点就在那里。夜幕降临了，武夷山镇的夜晚街景很是迷人。两位姑娘在茶铺门口加工、分装茶叶，柔和的灯光，轻巧的动作，优雅的姿势，看上去特别赏心悦目。武夷山的茶文化发达，茶叶铺不计其数。就连我们入住的锦江之星宾馆，大堂里有茶桌茶具，客房里也有一套精致茶具。

溪源峡谷 时光倒流，2013年12月，我曾来到南平溪源峡谷游览。溪源峡谷是国家4A级景区，位于福建省南平市延平区茫荡山自然保护区内的上洋村。景区面积28平方公里，有峡谷画廊、世外桃源、瀑布大观、龙德寺、中莲花山等景点。有朱熹"溪山第一"和陈立夫"溪源仙境"之墨宝。其瀑布群总落差达数百米，主瀑落差156米，宽达40多米。景区内还有千年古刹龙德寺，以及闻名于四方的溪源庵。峡谷两岸石壁对峙怪石嶙峋，树木森郁古藤缠绕。十里溪山的迷人景色分布在逸龙桥、卧龙桥、步云桥三个景区里，主要有狮子岩、蝙蝠洞、银河瀑、溪源庵、萧公洞等景观。峡谷里依溪而建的游览道宽敞平坦，虽然曲曲折折，中型车辆通行无碍。峡谷之水变化多端，有激流奔腾，也有潺潺缓淌。有腾空飞瀑，也有飘洒水帘。溪源峡谷生物资源丰富，漫步山道可见品种繁多的奇花异草，那高大茂密的各种乔木和千缠百绕的藤本植物密布溪谷。

溪源峡谷的景区大门离南平市区很近，游客大多从正门进入景区，沿溪游览到底后原路返回。而我们在熟悉当地情况的朋友带领下，坐小面包车走山路直接进入溪源村，晚上就在村里民宿入住，第二天再以充裕的时间游览溪源峡谷。在道旁的深山人家，我们看到了央视《舌尖上的中国》介绍过的

福建线面

福建"线面"，看着村民把线面加工拉制出来，再放到室外架子上晾晒。村民晾晒线面，有如纺织工在织布。他用简单的工具，就把线面拉得绵长而均匀，几米长的面条韧性十足，绕来绕去不会折断。直观看上去，这种线面可比兰州拉面艺术多了。按照民间传说，线面是九天玄女指点创制的，所以福建的线面工人拜她为"制面始祖"，家里供奉九天玄女神像。回到南平，我们特意去品尝了线面。店家将线面投入沸水锅中，待线面上浮后捞起，盛放在碗内，倒入炖好的羊肉或鸡肉、上排等高汤，味美至极。

我们入住的溪源村是个美丽的小山村，位于下游的溪源大峡谷景区与上游的溪源头之间。村里的风貌还是比较淳朴原样，村里有荷花池、桃花林、葡萄园等景观，似乎已在筹划成为一个山村休闲基地。在老乡家门口，看到了他们加工的酸枣糕和酸枣核，这些枣核其实可以做成串珠工艺品，而村民们只是当柴烧。我们穿过村内的荷花池往山上走，看到上游的溪水岩石，也看到各式各样的度假村。在阳光照耀下，山景树木很是好看。再往里走虽然有山路，已有警示牌禁止游客入内。第二天早上在村内散步，清晨的田园宁静而美丽，阳光照耀下处处是景。虽然是冬日的山村之景，也不难想象到春光明媚时节的山花烂漫。

23. 八闽游之岁月相承

2016年4月9日是我们知青旅行团福建深度游的出发之日，由于时间尚宽裕，我们在途中顺道游览了泰顺北涧古廊桥景区。

泰顺廊桥 泰顺县位于浙江省最南端，县名有"国泰民安，人心归顺"之寓意，境内保存完好的唐、宋、明、清代的木拱廊桥有30余座，其数量之多，工艺之巧，造型之美，在世界桥梁史上占有一席之地。泰顺共有15座古廊桥被列为全国重点文物保护单位，成

泰顺北涧廊桥

为名副其实的"中国古廊桥之乡"。我们来到泰顺北涧古廊桥景区，游客从河道一侧可以直接走到廊桥前，从另一侧则需走过河中长长的汀步石才能到达廊桥下面。而游客鱼贯通过汀步石的身影，又成为与古桥相得益彰的风景。尤其是今天下着小雨，五颜六色的雨伞、雨衣更是增添了景区的艳丽。北涧古廊桥横卧于与河流成丁字形的小溪之上，廊桥的规模不算大，历史却悠久。根据廊桥文字介绍，北涧桥始建于公元1642年，桥前立有四位造桥功臣的塑像。廊桥全长50米左右，桥头有石阶，桥面为厚木板，桥屋的顶上有挑起的脊兽和飞龙装饰。走在廊桥上面，感到不太像一座桥梁，而是一幢可以透过窗户看到河面的殿堂。廊桥前有一棵造型奇特的古树，繁茂的嫩绿枝叶与深红色的廊桥形成对照，古树下的河滩有很多游客在休息、观赏。

激城古城堡 4月10日上午，因浓雾而未能进入太姥山景区，我们就调整计划去游览附近的激城古堡。激城古城堡位于福建省福鼎市秦屿镇激城村。明嘉靖十一年（1532年），朝廷为抵御倭寇，委派官员监建，由几户大姓分段建城堡。城堡以石构筑，周长1127米，城墙高5至6米，宽4至5米。环城设4座炮台，有东、西、南三个城门，城内有环城路、古街等，

城外有护城河。"潋城"两字，当地人写成"冷城"，村名也写成"秦屿镇冷城村"。冷城村曾是古代文人荟萃之地，南宋时，史学家郑樵、理学家朱熹先后在此讲学，所设石湖书院遗址尚存。团友们在古城墙的台阶上开心拍照，红颜、绿草、石阶、古墙，构成了一幅诗意的画面。鲜艳的色彩，靓丽的身影，葱郁的古树，似乎驱走了阴沉天气和遗憾心情。古城堡里小燕子很多，几只燕子在屋檐窝里忙碌进出。既然是燕燕和它们的窝窝，不妨简称为"燕窝"；还有几只燕子停留在大红灯笼上顾盼四周，这就是"燕舞红灯"；又有两只燕子驻足于两根电线，与其后的白墙组成一景，这"双线双燕"图也很有趣。

团友们走出城门，漫步在潋城村外，看到不少美景。村外的梯田种了很多茶树，细雨中有村民正在采茶，虽然谈不上浪漫，却颇有意境。路边的小池塘里有一大群毛茸茸的小鸭子，嫩黄的颜色表明它们才出生不久，嘎嘎喳喳的声音和摇摇摆摆的模样特别惹人喜爱。走到村道尽头，就是规模宏大的灵峰古刹，这座寺院始建于唐咸通元年（860年），宋明两代几度重修。该寺结构灵巧，风格古朴典雅。寺内尚存唐宋石刻、蒙井、宋石炉、明碑记等，皆属珍贵文物。

闽东北廊桥 4月11日我们在霞浦看滩涂，12日从白水洋景区出来，我们就顺道去看闽东北廊桥。2006年5月，百祥桥、千乘桥、万安桥这三座号称"百千万"的闽东北廊桥入选为第六批全国重点文物保护单位。其中的百祥桥位于屏南县棠口乡与寿山乡交界处的深山峡谷之中，其桥面距水面有22米之高。由于交通不便，我们没有到访百祥桥。

千乘桥位于屏南县棠口村，离白水洋景区仅几公里之遥。该桥始建于南宋末，屡被洪水冲毁，清康熙、嘉庆年间都曾重建。千乘桥为木拱构架，桥长60余米，一墩二孔，两端有宽敞的石阶引桥。桥上建有双坡顶的穿斗构架廊屋，桥屋正中设神龛，两边设木条凳，外侧置遮挡风雨板。桥边有清道光二年（1822年）的千乘桥志碑，还有八角亭、陈夫人庙、林公大王殿、祥峰禅寺等古迹。千乘桥的南侧有一座新四军六团北上抗日纪念碑，以及一幅表现新四军北上抗日情景的大型石雕。这幅石雕的艺术水平相当高，很有感染力，但雕塑后面的建筑物和电线杆却极不协调。1938年1月，闽东特委和红军领导人叶飞等同志在这里宣布闽东红军独立师改编为新四军第三支队第六团北上抗日的命令。随后第六团的新四军离开棠口奔赴抗日前线。据说人们熟知的京剧《沙家浜》，就是以六团指战员为原型而创作的。

万安桥位于屏南县古峰镇的长桥村，初建于宋，清乾隆七年（1742年）重建，桥名取万民平安之意。1952年被山洪冲毁，同年修复。万安桥为石砌五墩六孔折线木拱桥，长97米，舟形桥墩，桥面以木板构成各种图案，桥廊两侧木构栏杆，并设坐椅板凳，上方以穿斗式梁架飞檐走梭，顶盖青瓦。万安桥的桥廊上，红红的灯笼和对联为廊桥增加了喜庆气氛。桥头的石阶下宽上窄，很有气派。万安桥附近，已经开发为一个小型游览景区，团友们在"廊桥故里"的石壁附近开心合影。景区对面是一所小学，正是放学时间，活泼的小学生们打打闹闹经过万安桥，增加了欢快和热闹。

我们离开万安廊桥后，走了一段并不平坦的303省道，经过古田城区（并非古田会议之处），才开上G3京台高速。这段高速公路隧道很多，隧道内路灯的光环，前车大灯的光环，远处交通标识的光环，各种光线交织在一起，隧道灯光极其绚烂。身处如此美丽而多彩炫目的隧道，令人疑惑是否来到了游乐场？然后又转到G70福银高速，在福州南下了高速公路。

林则徐纪念馆 4月13日星期三，我们上午到福州市澳门路参观林则徐纪念馆。停车场附近的街头公园有很多红红的花朵，那是三角梅，它的花期似乎很长。有一年我12月份来福州，也看到三角梅开得红火。林则徐纪念馆在福州市、新疆伊宁市和澳门都有，福州的林则徐纪念馆原名林文忠公祠，建于清光绪三十一年（1905年），1982年成立纪念馆。祠门外围的屏墙嵌有"虎门销烟"大幅浮雕，大门额题"林文忠公祠"五个大字，仪门两侧的回廊陈列了20多面执事牌，上书林则徐历任官职。方形的御碑亭内，成品字形陈列着"圣旨""御赐祭文""御制碑文"的御赐石碑。

林则徐的生平展室分为林则徐生平事略、林则徐与鸦片战争、林则徐手迹等部分。展品中有林则徐亲笔书写的对联、条屏、信扎、文稿等百余件，以及他使用过的印章、残墨等遗物。展厅里林则徐手书的《十无益格言》，给我留下很深的印象。这是林则徐在鸦片战争前夕，针对世风日下的时弊而写下的："存心不善，风水无益；不孝父母，奉神无益；兄弟不和，交友无益；行止不端，读书无益；心高气傲，博学无益；作事乖张，聪明无益；不惜元气，服药无益；时运不通，妄求无益；妄取人财，布施无益；淫恶肆欲，阴骘（zhì）无益。" 林则徐的"第一人"之称很多，这是后人对他的理念、情怀、政绩及多方面贡献的充分肯定，其中最著名也是份量最重的，就是评价他为"放眼看世界第一人"。

三坊七巷 三坊七巷是国家5A级风景名胜区，是福州的历史之源和文化之根。自晋、唐时起，这里便是贵族士大夫的聚居地，清至民国时走向辉煌。区域内现存古民居270余座，有159处被列入保护建筑。以沈葆桢故居、林觉民故居、严复故居等9处典型建筑为代表的三坊七巷古建筑群，被国务院公布为全国重点文物保护单位。三坊七巷为国内保护较为完整的历史文化街区，有"中国城市里坊制度活化石"和"中国明清建筑博物馆"之美称。2009年6月，三坊七巷历史文化街区获得文化部、国家文物局批准的"中国十大历史文化名街"称号。景区内的著名景点有衣锦坊、文儒坊、光禄坊、杨桥巷、郎官巷、塔巷、黄巷、安民巷、宫巷、吉庇巷和南后街。南后街上，一根长长的粗壮圆木就是游客休息的座椅。沿街商铺中，味道极佳的各色小吃让我们大饱口福。整个三坊七巷都有一种浓浓的中国味和文化味，就连外来的星巴克咖啡馆，其窗口也挂满了大红灯笼。而各种民间博物馆里的雅致装饰和丰富藏品，更增添了三坊七巷的文化魅力。

船政文化 下午我们去马尾参观船政文化博物馆，经过马尾收费口时，一条"马尾的事马上就办"的巨幅标语横跨道路，虽然只是宣传语，也体现了当地的一种效率精神。福州马尾是中国船政文化的发源地，是中国航运业和中国海军的摇篮。

中国船政文化博物馆位于福州市昭忠路马限山东麓，主体为5层建筑，依山而建，建筑面积4100平方米。正面造型为两艘乘风破浪的战舰，颇具现代建筑风格。该馆系中国首个以船政为主题的博物馆，馆内有大量历史文物、图片和模型，由概览厅、教育厅、工业厅和海军根基厅等展厅组成。底楼大厅，有一组中国船政管理和造船工业先驱者的群雕，雕塑艺术水平不俗。船政博物馆内的巨大铁锚斜穿三个楼层，给人以强烈的视觉冲击力。展厅陈设的内容反映了中国船舶工业和船政管理的艰辛历程，也展示了那个年代有志者的雄心和无奈。博物馆外是个不大的港湾，这里是中国第一个船坞的旧址，路边竖有"福建船政建筑"的全国重点文物保护单位石碑。

马江海战纪念馆又名昭忠祠，位于马尾马限山东麓，是一座清代建筑风格的祠宇，为纪念1884年中法马江海战阵亡烈士，于1886年12月落成，1984年重建，辟为"马江海战纪念馆"。馆内主要陈列分为《福建船政》和《中法马江海战》两大部分，纪念馆为全国重点文物保护单位。在纪念馆西侧的烈士陵园，安息着796位为国捐躯的铁血男儿。马限山山顶的古炮台，是中法马江战争中的历史见证。

罗星塔公园位于闽江下游三水合汇处的罗星山，山顶屹立着驰名中外的罗星塔。这里先有塔，再有公园，公园内的各种设施都刻意体现了一种船政文化。罗星塔始建于南宋，传说广东民妇柳七娘不畏强势随夫来闽，途中夫亡，遂建塔于此祈求冥福。原来的木塔于明万历年间已毁，天启四年（1624年）就地重建，改用石砌，七层八角，塔座直径8.6米。晚上塔顶灯光四射，引导航船。山北侧有"罗基高程基准面"，过去东南各省测定航道及水位都以罗星塔零点为海拔原点。但零点平时在水下见不到，后在高处另刻标志叫"罗基"。国家水利局于1955年在罗基面上20米高处，重新埋石定位。公园的山腰上，一组船政历史雕塑向游客展示着罗星塔和船政文化的历程。面对大海处，一块巨大的浮雕标示了船政十三厂全景图。公园边上，是绿树掩映的国际海员俱乐部。

崇武古城 4月14日我们在湄洲岛游览，15日来到了崇武古城。崇武古城地处泉州市沿海的突出部，在惠安县东南24公里处的崇武半岛南端，濒临台湾海峡，亦称"莲岛"，是国家4A级旅游景区，被誉为"天然影棚"和"南方北戴河"。崇武古城是全国重点文物保护单位，也是中国海防史上一个比较完整的史迹。"崇武"，乃"崇尚武备"之意。崇武古城是明洪武二十年（1387年）江夏侯周德兴为抵御倭寇所建，是中国现存最完整的丁字型石砌古城，是明政府在万里海疆修筑的60多座城堡中保存完好的一座。

古城墙前面的石碑上，"崇武城墙"几个字依稀可见，但小广告却占据了石碑的大部分面积。国家的文物标志不敌黑广告，当地公民文物保护意识的提高还有待时日，而当地政府的文物管理明显缺位。崇武古城的城墙有内、外双重城门，两个城门呈90度而建，也就是一个朝东、一个朝南。进得古城，苍老的石板路依旧，住户和行人不多。维护整修得较好的人家只是一部分，很多人家的房屋比较陈旧。有几处房子已经无人居住，房屋倒塌，残壁败垣，一片狼藉。也有几处大户人家的院子，最初的主人是有地位有身份的显赫人物，如今他们的后代居住于此。我们看到有一座房子的主人曾是千户侯，另一套房子的主人是武宦世家，后来又出了黄埔精英。

古城里的居民以中老年为多，他们的服饰举止，明显带有当地的民俗特征。即使是在家门口料理家务的主妇，也把自己收拾得利利索索，举手投足之间都透露着精明能干。街上行走的居民妇人为多，她们或独自一人行走在深深的古巷石墙间，或两人并行于青石板路上，或熟人相遇于街头驻足聊上几句。她们富有特色的姿态和表情，都能吸引我的视线，我力求既不打扰她们，又能拍摄到清晰的照片。古城的城墙可以上去，游客站在城墙上，往内可以看到古城的全貌，向外可以看到兀立于碧海的巨大航标灯，繁忙作业的渔民码头，还有风景秀丽的古城滨海公园。远处海边的一幢塔式建筑顶部，"崇武古城"四个大字清晰可见。

惠安女

惠安女 离崇武古城一箭之遥处，就是泉州市惠安县崇武镇的大岞村，该村地处东海和南海的交界处，总面积近4平方公里，是闻名中外的"惠安女"集中居住点，也是国家一级渔港之一。大岞村三面环海，背靠青山，还有蓝天、碧海及金色的沙滩。大岞村山水相衬，陆海皆景。村内的大岞山被海水分成东岞山和西岞山两座山峰，是人们游山玩水的度假胜地。如今，大岞村已成为泉州摄影家协会的摄影基地。峻奇古朴的天然景观、独具风采的惠女风情、瑰丽迷人的神话传说，这些丰富多彩的艺术资源吸引了许多艺术家纷至沓来。据说，以大岞村为背景素材的电影电视就有100多部。海边的村民广场开阔而整洁，真正是面朝大海，春暖花开。

大岞惠安女的服饰奇特，原生态的惠安女风情仍保留在当地。走在大岞村的道路上，随处可见到穿着惠女服饰的人群，而港口码头和菜市场的惠安女又相对集中。由于大岞村位于惠安的东面，因此也称为"惠东女"。她们包着头巾，上身衣着很短露出肚脐，裤子长而宽松，故有"封建头、民主肚、节约衣、浪费裤"之说。大岞村的惠安女，无论老幼，举手投足间都张扬着一股气质，她们辛勤劳动的背影也随处可见。可以说每一个惠安女都是大海的杰作，那身材是海风海浪塑造的，那气质是蓝天白云和质朴生活熏陶出来的。一位惠安女挑着担子一颤一颤走过来，立即吸引了我们的视线。她是一幅标准的惠安女打扮，腰间系着宽宽的银腰链。惠东女腰上系着粗重银腰链，表明她是已婚妇女，那是男家送给女方的嫁妆。

三位惠安女在我们眼前同时出现，她们可能互不相识，只是偶然相遇，有意无意互相看了一眼。她们可能是在比较谁的服饰更好看，或许是检查谁的打扮不符合规矩。右边那位女士特别吸引我们的目光，她的惠女服饰勾勒出多么曼妙的身材和姿态！街上有些老人虽然体胖，依然淡定优雅。当地妇女比较讲究头饰，特别是中老年妇女，头发上辍带了不少金饰品。菜市场的摊贩也是一副惠女打扮，我四周看去，整个菜市场里就没有一个男性摊贩。据说当地的男人除了出海和外出挣钱，在家里就是喝茶打牌。年轻一些的惠女，其身材和神态自然更引人注目，她们的打扮完全保持了传统风貌。我们遇到一位年轻的惠女，她自称是模特儿，经常到海边配合一些摄影团队搞创作，她很乐意与我们的团友一起合影。一辆大轮拖拉机迎面开来，车上坐着三位衣着鲜艳的惠女，我在按动快门时只以为她们一起开着拖拉机外出办事，待车子开过去才知道她们只是清洁工，居然也打扮得如此干净漂亮。街边的幼儿园放学了，来接孩子的年轻妈妈们大部分都穿着传统的惠女服饰，迷人的惠安女风情就这样一代代传了下来。

洛阳桥 我们离开大岞村，就去看中国四大名桥之一的洛阳桥。这座古桥位于泉州市东郊的洛阳江上，北宋皇祐年间由泉州知州蔡襄主持修造。桥长834米，宽7米。它与北京的卢沟桥、河北的赵州桥、广东的广济桥并称为我国古代四大名桥。唐朝初年，大量中原人

洛阳桥

南迁，他们看到泉州这里的山川地势很像古都洛阳，就把这个地方也取名为洛阳，此桥也因此而命名。洛阳桥也叫万安桥，因为在此桥建成之前，已经建有一座浮桥，由于此处水势汹涌，过河百姓为求平安，取名万安桥。洛阳桥位于江海汇合处，江潮汹涌。中国古代的桥梁工程师首创了"筏型基础法"，就是在桥梁的底部抛置大量石块，形成一条连结江底的矮石埕作桥基，然后在上面建桥墩。又发明了"种蛎固基法"，即在基石上养殖牡蛎，使之胶结而成牢固的中流砥柱。洛阳桥的中段有一处开阔地，立有各种石碑，并有祠堂、石塔等建筑物。其中蔡襄书写的《万安桥记》石碑，记载了洛阳桥的建造过程和耗资情况。我们参观洛阳桥时，雨一直在下，我们行走在洛阳桥那湿漉漉的长石条桥面上，对这座桥梁的宏大规模和古人造桥的聪明才智，不由生出由衷的敬佩和赞叹。

开元寺 我们进入泉州市区时间还早，就去参观位于泉州西街的开元寺。这是福建省规模最大的佛教寺院，始创于唐初垂拱二年（686年），占地7.8万平方米。1982年被列为第二批全国重点文物保护单位，也是全国重点佛教寺院。开元寺的大雄宝殿共有88根大石柱，号称"百柱殿"。东、西两侧各有一塔，与大雄宝殿成"品"字形布局。东塔为"镇国塔"，始建于唐咸通六年（865年），高48米。西塔为"仁寿塔"，始建于五代梁贞明二年（916年），高44米。开元寺双塔是中国最高的一对石塔，经明万历年间泉州八级地震以及多次台风的考验，仍屹立如初。寺内还有天王殿、戒坛、藏经阁、水陆寺、檀越祠、准提禅林等殿舍。天王殿后有长廊，列置宋以后历代所建石经幢、小石塔多座。开元寺的甘露戒坛与北京戒台寺、杭州昭庆寺的戒坛合称为中国三大戒坛，藏经阁藏有20余卷宋版经书。

五店市 4月16日星期六，阴雨晴雾交错，各种气候轮番登场。今天我们东奔西走，看了大大小小十个景点，相距都不太远。我们在泉州市内游览了泉州西街、泉州文庙和泉州清净寺，后两者都是全国重点文物保护单位。然后来到晋江的五店市参观。大巴车行驶在晋江市宽敞整洁的马路上，我很难把眼前的晋江与想象中以小商品市场发达而著称的晋江联系起来。"五店市"这片具有闽南特色的红砖厝建筑，横跨明、清、民国三个时期，掩映在高楼大厦中间，在当地都市改造建设中得以幸存，并受到保护。五店市传统街区内遍布着宗祠、寺庙、民居、商铺等建筑，其中有夯土房屋，也有闽南传统宫殿式红砖建筑，更有中西合璧的洋楼，拥有100多处历史风貌建筑。该街区有点像上海的新天地，已成为游客和市民参观休闲的好去处，也是维系闽台和海外乡亲的亲情纽带，还有很多年轻人到五店市来举办活动。五店市建筑的外墙和屋顶都是褚红色的，视觉特征十分明显。在装饰精美的庄氏家庙内，院子里立有庄子的塑像，家庙向人们展示着庄氏家族的体系和荣耀。

草庵寺 位于晋江市华表山南麓的草庵寺是我国唯一仅存的摩尼光佛、摩尼教寺庙，据称也是世界唯一仅存的摩尼教寺庙遗址，1996年被列为全国重点文物保护单位。草庵始于宋绍兴年间，初为草筑故名。元顺帝至元五年（1339年）改为石构歇山式建筑。草庵依山崖而筑，占地不小但寺庙并不大，看上去简单而古朴。庵内依山石刻圆形浅龛，龛内雕刻一尊摩尼光佛，端坐于莲花坛上，佛像面部呈淡青色，手显粉红色，服饰为灰白色，这种奇妙的色彩是利用岩石中的天然三色而精巧构设。据介绍，这是目前世界仅存的一尊摩尼教石雕佛像。史料记载，摩尼教旧称"明教"，公元三世纪由波斯人摩尼所创始，其教义是崇拜光明，提倡清净，反对黑暗和压迫，唐武后延载元年（694年）传入中国。联合国教科文组织"海上丝绸之路"考察团参观草庵后，认为它是这次考察活动的"最大发现"，这为后来泉州申报"海上丝绸之路"的起点提供了实证。草庵寺周围，连同后山的摩崖石刻，似乎已建成颇具规模的草庵公园。

我们来到晋江市安海镇的龙山寺，入内要经过两边杂乱的商铺，寺院的大门又被摊贩围住。谁又能想到，这座被杂货铺堵塞的古刹，竟然始建于隋皇泰年间（618—619年），其实龙山寺的建筑还是很有气势的。在晋江，我们还参观了民族英雄郑成功陵园、郑成功纪念馆，以及郑氏宗祠。

安平桥 安平桥是中国现存最长的古代石桥，位于晋江市安海镇和南安市水头镇之间，享有"天下无桥长此桥"之誉。因安海镇古称安平道，由此得名。又因桥长五华里，俗称五里桥。安平桥属于连梁式石板平桥，始建于南宋绍兴八年（1138年），明清两代多次重修。该桥是中古时代世界最长的梁式石桥，也是中国现存最长的海港大石桥。1961年3月，安平桥成为第一批全国重点文物保护单位。安海镇的安平桥附近已建成一个环境优美的公园，桥头有一座石堡就是入口。一块块长长的石板，铺就了2500米的长桥。团友们在安平桥上走走停停，有时可以跳到栏杆外的桥柱上去欣赏水中芦苇，桥面上每隔一段就有个供行人歇息的亭子。这里以前曾是一片沧海，现在的别墅群和高楼大厦与安平古桥朝夕相伴。次日离开晋江时路过水头镇，大家美美地游览了安平桥水头一侧的桥梁部分。昨天在安平镇一侧，我们只在桥上走了一半。同一座桥梁，2.5公里长，两侧的风光各有特色。

陈嘉庚纪念馆 4月17日我们在厦门游览，先到嘉庚公园。公园位于厦门市集美区鳌园北侧，是后人为纪念陈嘉庚先生而兴建。公园入口不远处，有一幢高大的建筑，那就是陈嘉庚纪念馆。陈嘉庚先生是著名的爱国华侨领袖，被毛泽东誉为"华侨旗帜，民族光辉"。陈嘉庚纪念馆于2005年3月开工建设，2008年10月开馆。纪念馆内展品丰富，布展形式也新颖多样。基本陈列为《华侨旗帜民族光辉——陈嘉庚生平陈列》和《在陈嘉庚身边——嘉庚现象诚毅同行》两大部分。其中生平陈列包括生平大事记、南洋巨商矢志报国、倾资兴学情系乡国、纾难救国民族之光，以及尾声5个部分。

鳌园由游廊、集美解放纪念碑、陈嘉庚陵这三部分组成。游廊长50米，分别刻有中国古代史和现代史的雕像，这是鳌园石雕群中最为精彩的部分。栩栩如生的影雕、沉雕和浮雕等青石雕像，无不精妙生动至极，真是

"精美的石头会唱歌"。集美解放纪念碑矗立于鳌园的中心，碑高28米。碑的正面是毛泽东手书的"集美解放纪念碑"七个大字，据说毛主席为一个镇题写纪念碑，唯此一次。碑的背面是陈嘉庚先生撰写并手书的碑文。陈嘉庚陵紧靠纪念碑，可见规格之高。

厦门大学 集美学村附近，跨越水面和陆地的高架路层叠交叉，车辆来来往往，在烟雨蒙蒙中很有些意境。隔着宽阔而平静的河流欣赏集美学村各大院校的优美建筑及其倒影，让人感到空气中都弥漫着浓浓的书香。然后我们去参观厦门大学，这里不光是一所著名的大学，也是很多游客来到厦门的必游之地。厦门大学的正门口，游客凭身份证从右侧小门排队进入校园，这也是厦大唯一可以让游客进入的校门，但游客可以从其他校门出去。进入花团锦簇的校园，主干道一侧高大的木棉树盛开着一朵朵硕大的红花，一些学生和游客捡起被风吹落的木棉花，摆出"心"的图形。美丽开阔的芙蓉湖畔，坐满了师生和游客，湖对面就是厦门大学气势宏伟的标志性建筑嘉庚楼。从另一个校门走出厦门大学，穿过天桥就看到一片开阔的海滩，虽然天气不佳，沙滩上游客仍然很多。海滩边有个小山包，那就是著名的胡里山。

胡里山炮台 胡里山炮台实际上是个公园，位于厦门岛东南海岬突出部，三面环海。炮台始建于清光绪二十年，总面积7万多平方米，城堡分为战坪区、兵营区和后山区，炮台结构为半地堡式、半城垣式。整座炮台既有欧洲风格，又有我国明清时期的建筑神韵，历史上被称为"八闽门户、天南锁钥"。威武的大炮静卧山巅，为抵御外敌而卧薪尝胆。天气晴好时，这里有模拟清军表演。我想拍摄炮台的门楼，却只能对着一幅标语轻轻叹口气。旅行中经常看到这样煞风景的场面：非常有历史渊源和艺术价值的景区建筑物，却被一条所谓宣传精神文明或者紧跟形势的红布大标语横贯画面，而且是挂在最显目的位置。这种现象不仅仅是令游客遗憾，其实也反映了景区管理者的思维缺陷，他们把自己所管理的历史文物建筑等同于本单位的大礼堂或者办公楼看待。离开了胡里山炮台，我们到紧邻厦门大学的南普陀寺参观，寺院里香客与游客很多，香火旺盛。

福建土楼 4月18日我们在鼓浪屿风景区游览，19日就去看福建土楼。下了高速公路后，由于前方路段维修封路，我们只得绕路。因绕道进入兴洋坂后，看到很多人家和商店在放鞭炮，又看到一些乐队、舞队和车载焰火炮招摇过市，我们就停车下来观看，一问才知道今天是农历三月十三，是当地的庙会日子。正好舞狮队过来，看到我们拍照，他们就起劲地舞起来了。这种在旅途中与当地庆典活动的不期而遇，去年我们在陕西米脂也遇到过，那天是很多婚庆队伍在国庆节的结婚秀。

华安大地土楼群位于漳州市华安县仙都镇大地村，由二宜楼、南阳楼、东阳楼组成。二宜楼建于清朝乾隆年间，分割成16个单元，房间有200多间。二宜楼寓意宜山宜水，宜家宜室。南阳楼建于清嘉庆年间，是人工建筑与自然景观完美结合的一座土楼。为此，南阳楼被选为福建土楼博物馆。东阳楼由二宜楼建造者之后人所建，位于南阳楼的西边，形成"天圆地方"之寓意。从地面看二宜楼，大院里有一些向游客推销土特产的摊位。从三楼看二宜楼，内圈低而外圈高，低可以方便邻里活动，高可以多住点人。每一幢土楼的外表都有各自特色，大部分是圆形的，也有方形的。有些土楼外墙下堆放了柴火，或者堆满了各种杂物，看上去比较凌乱。有些土楼仍然住有村民，游客凭景区门票只能进入大门在院子里观看，游客若要上楼观看，则须另付5元。还有的土楼里设有客栈，旅客吃饭就在院子的大棚里。这样的旅馆虽然听起来颇具地方特色，住起来恐怕不如平常的宾馆舒适。

田螺坑土楼群俗称"四菜一汤"，位于南靖县书洋镇上坂村田螺坑自然村。田螺坑土楼群坐落在山坡上，由方形的步云楼与圆形的振昌楼、瑞云楼、和昌楼，以及椭圆形的文昌楼组成，均保存完好。2003年11月，所在村庄被公布为中

田螺坑"四菜一汤"

国首批历史文化名村。田螺坑土楼群由四座圆楼簇拥着一座方楼，从高处看像是一朵怒放的梅花，美妙绝伦。据说晚上各土楼的灯光全部打开时，其视觉效果更佳。由于这5座土楼建造在山坡上，它们并不在一个平面上。走到村里，会发现各楼之间落差不小，而村里的道路系统也是围绕着5座土楼而修建。土楼群的第一座叫步云楼，就是那幢位于梅花中心位置的方形楼，始建于清嘉庆元年（1796年），高三层，每层26个房间，"步云"寓意子孙后代读书中举，仕途顺利。上世纪30年代和60年代，围绕步云楼分别建造了四座圆楼。田螺坑土楼群是全国重点文物保护单位，而那块标志石碑却被售货摊团团包围，不注意寻找根本发现不了。我艰难翻越了几个售货摊，才勉强可以拍到石碑。

景区大巴载着我们从田螺坑往下开4公里，就来到下坂村，这里名气最大的土楼当属裕昌楼。从外面看裕昌楼与别的土楼并无多大区别，倒是楼前的溪水和小桥，为它增色不少。裕昌楼被人叫做东歪西斜楼，或者叫歪歪斜斜楼。游客一脚踏进楼门，就猛然看到全楼回廊的支柱左倾右斜，最大的倾角达到15度，似乎只要一阵风吹过来，它们就会轰隆一声倒下。600多年来，裕昌楼就是这样有惊无险，风雨不动安如山。裕昌楼除了院子里大井之外，在底层的很多屋子里也都有小井，有的门口写着"免费看井"字样。

德远堂位于南靖县书洋镇塔下村，为敬奉先祖，弘扬祖德，塔下张姓族人于明朝后期建造了"张氏家庙"德远堂。家庙后面是一片眉月形斜坡的草地，家庙前是一口半圆形池塘，两侧石坪上耸立着23支高过10米的石龙旗杆，杆柱浮雕蟠龙，腾云驾雾。张家每出一位功成名就者，就为他树一支石龙旗杆。定居台湾的张氏子孙后裔仿照塔下的德远堂，在台南也兴建了一座德远堂，以资纪念。

我们在从裕昌楼去塔下村的路上，看到了一座不起眼的土楼，它部分建筑是三层，而部分建筑只有一层。看着这样的奇特建筑，我忽然联想到古罗马斗兽场。在经过高速公路坎市服务区时，休息站也建成了圆形土楼模样，不过是钢筋水泥结构，里面空空如也，可能还没投入使用。

云水谣

云水谣 云水谣作为一个地名，原名长教，位于漳州市南靖县境内。2005年，根据张克辉创作的《寻找》而改编的电影《云水谣》在此地拍摄。还有《寻找远方的家园》《沧海百年》等电影、电视剧也在这里取景拍摄。在福建土楼"申遗"成功后，为借《云水谣》之名气树立品牌，当地政府将村中一条用鹅卵石铺成的古道命名为"云水谣古道"，将长教命名为"云水谣"古镇。云水谣风景区拥有世界文化遗产之组成部分的和贵楼、怀远楼，有福建省内最为集中的古榕树群，还有百年老街和千年古道。下午4点左右，我们来到云水谣古镇，进入古镇的道路红灯笼高挂，营造出一种热闹、喜庆的气氛。一条古朴的鹅石路沿着溪水穿越村庄，几十幢土楼以及更多的民居散落在古道边上。这样的鹅石古道，看看很有诗情画意，行走却不方便，更不能骑自行车开摩托车了。想想村民们每天要在这样的路面上来来往往，感到他们真不容易。

景区内的小木桥是游客拍照的好地方，桥上人来人往非常热闹。岸边有不少美术学院的学生在作画，团友们也坐到河边的石阶上赏景。溪水绕过岩石和草地从远处流淌过来，携手远处的山峦和近处的民居，确实是有云、有水而可谣。溪岸边，一棵老榕树的树冠覆盖面积达1933平方米，树干底部要十多个大人才能围抱。这样的古榕树，村里有十几棵，大部分生长在溪水边。天色渐渐暗了下来，商业街的红灯笼点亮了，游客们三三两两行走在黄昏的鹅石路上，一切看上去都更有韵味。

晚上我们入住村里的萍山民宿，前后都是田地，设施简单、洁净而温馨。民宿的主人在房子附近的土灶上做晚饭，用柴火为我们煨炖土鸡汤。晚餐前，大家搬来小椅子坐在民宿院子里聊天，仿佛是久违的"生产队里开大会"。吃好晚饭，我们再到云水谣古镇走走。溪边的鹅石平台上，有一些年轻人在燃放烟花棒，古街上不时传来一阵阵低唞委婉的歌声。这样的场景和气氛，有几分像丽江，又有几分像西塘。

4月20日又是阴天，间或小雨。老天真难伺候，连日阴雨，才晴好了一天，又不开心了。早餐前我到村里转了转，呼吸一下新鲜空气，看看清晨的古村落。白天熙熙攘攘的游客，商店摊贩的喧闹，这时候都还没有出现，村子里静悄悄的，只有几位老人在路边喝茶，还有几位清洁工在打扫街道。村子里的鹅石街道和河道，看上去是很有艺术感，但清洁工打扫起来却很不容易。

古田会址 其实福建土楼我们是分两天才看完的，只是为了叙述方便而写在一起。今天在南靖看完"四菜一汤"等土楼后，我们来到著名的古田会议会址参观。会址地处上杭县古田镇，会址前面及周边是一大片待收割的油菜，可以想见当油菜花大面积开花之时，这里的景色一定很美。在会址的前面，有一座小型台阶，专门供游客们拍照留念。我们的旅行团30多人，正好站满这座台阶。

古田会议是红四军在1929年12月28日至29日在福建省上杭县古田村召开的第九次党的代表大会。会议总结了南昌起义以来建军建党的经验，确立了党指挥枪的原则，重申了党对红军实行绝对领导，规定了红军的性质、宗旨和任务。由毛泽东起草的古田会议决议的第一部分《关于纠正党内的错误思想》，是中国共产党和人民军队建设的纲领性文献。

古田会议的会场原来是座祠堂，后来改为学校，红军在墙壁上留下了保护学校的标语。会址边上有一个操场，这是当年红军部队练兵、开会的地方。与古田会议会址一路之隔的古田会议纪念馆建筑规模宏大，展出文物、资料丰富。纪念馆内描绘古田会议的油画，逼真地再现了当年的会议场景。参观好古田会议会址后，我们前往连城县入住连城大酒店。

培田古民居 4月21日我们游览冠豸山风景区后，来到培田古民居游览。这是一个保存完整的古代居民群落，位于福建省连城县之西40公里。这个客家小山村拥有30余幢高堂华屋，21座古祠，6所书院，两道跨街牌坊和一条千米古街，因其保存完好的明清古建筑群而闻名。培田古民居显得开放而优雅，其精致的建筑，精湛的工艺，浓郁的客家人文气息，是汉族客家建筑文化的经典之作，人称"福建民居第一村"。村里的古街维护得很好，每条道路都有不同的风格。尤其是在一些大户人家门口，花纹和图案极其细腻，道路铺设得非常精美，大部分都用各种颜色和大小不同的鹅卵石铺就。在古村的三岔路口，维护良好的民居，灰白的墙面，苍旧而整洁的石板路，缓步走过的村民，无意中构成了一幅唯美而经典的古村图画。走进每幢大户人家，不管是否还住人，无不都雕梁画栋，古朴典雅，干干净净。我们在一个祠堂里休息，进来了一批生气勃勃的小学生，他们是来向村民学做手扯小竹人，可能是在上手工课。

途中我们游览了连城县罗坊乡的云龙桥，此桥建于明崇祯七年（1634年），乾隆三十七年重修。这座古老风雨桥的桥墩涉水部分用赤石砌筑，赤石以上使用圆木分七层纵横叠起，承架圆木铺设桥面。如此一根根大圆木交错相叠，上托桥梁，下承基石，这样的桥墩甚为少见。桥梁中间有楼梯可以上去，相当于一座两层的小楼。

长征出发地 4月22日是福建长线游第14天，天气大部分晴好，也有短暂下雨。早上从连城出发去长汀，去参观一系列红色教育基地。先来到项南纪念馆，项南担任福建省主要领导多年，纪念馆管理得很好，图片资料丰富翔实。进得大门，迎面而来的是习近平总书记题写的"长者风范/公仆楷模"八个大字。

穿过松毛岭隧道，就来到了松毛岭战场遗址。1934年9月底，红九军团和地方武装以中复村为依托，进行了七天七夜的松毛岭保卫战，为中央红军战略转移赢得了宝贵的时间。这是红军在长征之前异常惨烈的最后一战，万余名无名战士牺牲在松毛岭。为纪念此场战役，铭记朱毛红军与当地百姓的军民深情，红九军团将"松毛岭"改称"朱毛岭"。

位于长汀县南山镇的中复村，自唐代开基以来已有上千年历史，获第六批"中国历史文化名村"称号。中复村不仅客家文化底蕴深厚，而且具有独特的红色革命历史。1934年9月30日，红九军团在松毛岭下的中复村召开誓师大会，之后开始了举世闻名的二万五千里长征。作为红军万里长征的出发地之一，中复村也被誉为长征第一村。

规模不大的中复廊桥是一座客家风格的风雨桥，里面设有美人靠，桥中有镇武祖师雕像。廊桥的左上方，木板上遗留着红军写的"救国不分男女老幼"八个大字。当年红军征兵处就设在这里，因而被称为红军桥。红军桥的外表像一座房屋，记载了多少红军的故事和军民鱼水情！我们返回时，看到一位老人家在红军桥中虔诚奉香，她是否红军的亲属不得而知。但红军虽然战略转移，红军桥仍在，流传的红军故事已与当地百姓的日常生活融合一体。与红军桥相连的是一条500米的古道，这古道为汀州通往上杭、连城的一段古官道，用鹅卵石铺砌而成。街两边为土木结构瓦房店面，自古以来商贾云集，十分繁华，但现在似乎已不再热闹。当年这条古街道为红军提供大批物资，因此又被称为"红军街"。

村内观寿公祠的左前方，有一块太湖石上刻着"红九军团长征二万五千里零公里处"字样，这也正是红军万里长征的出发地。附近小英才幼儿园的小朋友在祠堂前广场玩耍，我们这些大朋友和他们开心合影。他们的姿势和表情十分丰富，与大城市里的小朋友并无区别，拍好照还齐声说"谢谢叔叔阿姨！"嗯，被年轻的感觉真好！小朋友们兴奋地在我的单反机屏幕里辨认照片中的自己，我后来用邮件把这些照片发给了他们的老师。

超坊围屋是松毛岭战役时的红军医院，一座大宅在中间，一排房子围半圈，前面有池塘，后面有树林，这就是当地的围屋。这幢古建筑十分精美，显然经过了维修，墙上有一些当年的漫画和口号，它不仅经历了岁月的沧桑，也见证了红军医院的艰难历程。红军医院撤离之后，这里的面貌似乎没有什么改变。

长汀县城 中午时分，我们来到了长汀县城。新西兰作家路易·艾黎说："中国最美丽的两个小城就是湖南的凤凰和福建的长汀。"这两个小城，一个举世闻名，一个却默默无闻。在长汀的古城墙上面，沿着汀江可以漫步很远。城楼中放了一些轻便凳子，提供给市民和游客休息，这样的地方自然成为我们的临时集合点。店头街是中国历史文化名街，街面比较狭窄。店头街附近的汀州三元阁城楼，始建于唐大历年间，原名鄞江门，清代改称"三元阁"。"三元"即状元、会元、解元。由于三元阁正对着汀州试院,因此在阁中设有一尊魁星塑像,手执朱笔对着试院,意在镇文风、盛科举。三元阁的一侧围着彩钢板,开始以为是维修工地,未免觉得有点扫兴。及至转到另一边,"考古现场,闲人莫入"八个大字赫然在目,顿觉这里价值非凡。

辛耕别墅在长汀县城内,原系民国时期长汀商会会长卢泽林的别墅,1988年被公布为第三批全国重点文物保护单位。1929年3月,红四军司令部和政治部设于此,毛泽东、朱德、陈毅等在此召开了红四军前委扩大会议,确定了开辟中央革命根据地的战略方针。我们如果晚一点去,可能就看不到"辛耕别墅"这几个字了,因为中国电视剧制作中心要在这里拍摄30集电视连续剧《英雄后卫师》,这是一部反映松毛岭战役的电视剧。辛耕别墅的外面堆了很多沙包,庭院里放满了弹药箱,大厅里摆好了军事沙盘,墙上挂着国民党的旗帜。我们的几位团友很有表演天赋,向摄制组借了些道具,像模像样地饰演了甫志高、胡汉三、女谍报员等角色,引得摄制组人员也忍俊不禁哈哈大笑。

接着我们来到了福建省苏维埃政府的旧址,这里也是长汀县博物馆。在展厅里,看到了一些我们已经游览过景点的图片,都有着相当的知名度和历史价值。主厅是福建省苏维埃政府的会场,其右后方有两间小屋和一个小院,这就是瞿秋白被关押4个月的地方,他在此写下了《多余的话》。长汀罗汉岭是瞿秋白烈士于1935年6月18日从容就义的地方,时年36岁。现在这里建有瞿秋白烈士纪念碑和纪念馆。杨成武上将是福建长汀人,附近山坡立有杨成武的塑像。

长汀卧龙山下的福音医院休养所,是当年毛主席居住过的地方,他住过的卧室两侧,仍然住着一些居民。我们的参观方式完全自助:自己走进围墙,自己打开百叶窗。只有老乡指点,并无工作人员看管。休养所外面有一口古井,毛主席当年喝的水就是从这口老古井打的,他经常在井边与老乡聊天。建国后,他又对叶飞提起过这口老古井。

一天的长汀红色之游结束了,以前学习党史时的一些概念和结论,今天似乎变得更加鲜明而生动。一天的游程看似繁多,其实还是相对集中的:城外的红色景点散落于中复村附近,而城里的红色景点多分布在长汀的主要道路即兆征路上。晚上,我们入住长汀县武装部属下的和平大酒店。武装是为了和平,要和平必须武装,这就是真理!最高法院李国光老院长看了我的微信后评论说:"这是我看到的最详细的中央苏区福建部分的行踪,其中我有幸也到过部分地区，很受教育。"荒友陈绍言评论说："这是意义之旅！不屈的意志，信仰的力量。穿透历史烟云，崛起新兴希望。"

安良堡 4月23日我们去江西瑞金继续参观红色景点，24日回到福建游览桃源洞景区，下午去看两个城堡式民居。乡村道路弯弯曲曲通往山里，在桃源东坂村我们下车，村口立有"千年古村"的石碑，还有"东坂畲族村"的标牌。村口的大水车似乎不是为游客设置的观赏物，而是正在使用的水利设施。

安良堡

安良堡位于福建大田桃源东坂村，建于清嘉庆十五年（1810年），是一座防御设施独特的堡垒式建筑。安良堡南北宽40米，东西深35米，占地面积近1500平方米，依山势而建。围墙上建有48间房间，高达14米的落差使错落有致、逐渐递增的堂屋颇显气势。安良堡呈不规则半圆形，正门左右墙体上分别建有15栋悬山式顶结构的木质廊屋，自上而下似鱼鳞般重叠，平时用来储存粮食，战时可做"避难所"。从安良堡最高处的瞭望堂看出去，堡外情形一览无遗。前低后高的结构使土堡便于观察防御。安良堡是典型的依山而建的防御性土堡，土堡墙体周边布设射击孔，可四面御敌。

安良堡虽然还不是一个正式开放的旅游景点，外围湖面中却建造了一条曲折栈道，以及一个观景平台。栈道一头的小路上，设置了木质长凳，而长凳的后面就是一大片农田。安良堡大门两侧斑驳陆离的墙面，告诉人们这座古堡的岁月久长。堡内一间间廊屋依山上去又下来，形成一个巨大的扇形。廊屋的房间很小，不能住人。每间廊屋的屋檐下都挂了大红灯笼，簇新的灯笼与破旧的廊屋成为鲜明对比，也为安良堡增加了观赏性。廊屋外围是一圈走马廊，也叫回廊，古代因其高大平坦能骑马畅行，而得名走马廊。古堡内的堂屋也是依山而建，层叠而上。它们被廊屋所围住，占地较多而高度较低。我们沿着廊屋上上下下兜了一圈，从不同高度和角度来欣赏这座原汁原味的古堡。

安贞堡 离开了安良堡，我们在路途小镇午餐后，就来到安贞堡。安贞堡又名"池贯城"，是福建省罕见的清代大型围龙屋式民居，位于永安市槐南乡洋头村。由当地乡绅池占瑞于清光绪十一年（1885年）建造，历时14年完工。该古堡占地面积1万平方米，坐西朝东，前部呈方形，后部半圆开，依山而建，逐次增高，已被国务院公布为第五批全国重点文物保护单位。安贞堡的外围是一片水田，正门为一道用巨石砌成的拱形大门，上有"安贞堡"三个大字，两旁有楹联"安于未雨绸缪固/贞观沐风谧静多"。正门有前后两重，前重是两扇六、七寸厚的木板门，后重是一道大铁门。安贞堡的外墙为块石砌筑，厚达4米，牢不可破。大门顶端设注水孔，可灌水御火攻。土堡正面两边角凸出为炮楼，有利于正门及两个侧门的防卫。安贞堡的城墙外是可容纳千人的演兵场。

澄澈 的 旅途

安贞堡有三进院落，分为上下两层。木楼结构以穿斗式构架为主，辅以抬梁式构架。在中轴线上排列层层厅堂，左右对称，每进三间，各有特色，既有整体美感，又有布局格式变化。堡内共有18个厅堂，12个厨房，5口水井，大小房间368间，可供千余人居住。堡内柱高梁大，富丽堂皇。漫步其中，游客能感受到建筑之匠心，装饰之华美，氛围之典雅，仿佛置身于建筑艺术的殿堂。在檐下、斗拱、门扇、窗间等细部，处处可见精雕细凿的各种装饰，楠木浮雕华丽精致，壁画彩绘生动夺目，还有各种泥塑也栩栩如生。内容有飞禽走兽、牡丹吐艳、孔雀开屏、腊梅迎春和《三国演义》等古典小说的浮雕人物，造型形态各异，有很高的艺术价值。房间与走廊之间精雕细刻的窗隔，极其视觉冲击力和艺术感染力。环堡廊道的外墙上，共设96个瞭望窗和198个射击孔，所有的射击孔都是倾斜的。从高处来看安贞堡，层层叠叠，严整有序。

今天看到的两个古堡，东坂村的安良堡除了新挂的红灯笼以外，整个古堡似已衰败，部分建筑岌岌可危。而洋头村的安贞堡没挂红灯笼，整个古堡维护良好，整修如新。就直接感觉而言，安良堡的建筑规模不如安贞堡，而安贞堡的建筑气势则不如安良堡。我的校友王邨为今天的两个古堡赋诗曰："满山碧绿翠欲滴，一川黄汤究可哀。土堡夯垒架木阁，灯笼梯悬窗幽怀。"

当晚我们入住沙县的汉庭酒店。翌日清晨散步，看到沙县的索桥有点特别，行人走中间及两边，而车辆夹在行人中间。沙县是小吃王国，就是一碗小馄饨，看上去也比别的地方好看多了，当然口味也相当不错。正如我们在兰州吃到纯正的拉面一样，我们在沙县也吃到了纯正的小吃。

泰宁古城 4月25日我们游毕泰宁上清溪和大金湖景区后，就在泰宁古城入住。泰宁古城拥有保存完好的明代民居尚书第建筑群，还包括很多明早期到清晚期的建筑物。尚书第是全国重点文物保护单位，尚书巷以此而名。泰宁古城在历史上人才辈出，曾出现隔河两状元、一门四进士、一巷九举人的盛事，宋代名人朱熹、李纲等曾在此讲学。泰宁古城已有1300多年历史，素有"汉唐古镇、两宋名城"之美誉。晚餐后到古城去散步，通往古城的大桥及牌楼灯光明亮，装饰华丽。两岸都有整洁的步道、绿化、雕塑和灯饰。古城前的街心花园里，咿咿呀呀转动的大水车，精致生动的雕塑，还有绚丽柔和的灯饰，吸引很多市民在此休闲、锻炼。那大水车是泰宁的旅游形象物，也是古城广场上的标志性景观。差不多一年之后的2017年4月6日，我们知青旅行团两广海南游的第一天，我们又来到泰宁入住。大家在古城附近晚餐后，信步来到古城老街看夜景，再次领略了泰宁老街和古城河边的安宁、多彩和魅力。

　　2016年4月26日和27日两天，我们游览了武夷山景区。28日游览了浙闽交界处的廿八都古镇、保安乡戴笠故居、千年古道仙霞关，然后在衢州市七里乡农家乐入住。4月29日是这次八闽之旅的最后一天，大家早早午餐后离开七里乡，一路高速公路，于下午6点左右顺利抵达天钥桥路上海体育场。

24. 知青大巴进西域

2016年8月26日至9月29日，我们知青旅行团35人乘坐大巴车从上海出发，风尘仆仆一直开到新疆，游遍了天山南北的主要景区。这次大美新疆之旅历时35天，行程17386公里，作者愿将这35天的丰富行程与读者朋友分享。至于我们在进疆途中、北疆和南疆的游览内容，本书以另文记叙。

大巴出发去新疆

35天的新疆之旅，除了在宕昌和喀什的两天以外，我们每天都在赶路。少则五、六十公里，多则七、八百公里。我作为乘客坐在车上，更多的是关注公路两边的风景，道路是否平整舒适。至于行车的方向，所走的线路，城市和景点的方位等等，并无清晰概念。及至回到家里，回顾每一天的行程，在电子地图上手绘路线，这才对每一天走过的路程有了确定认识。对于城市的方位，景点的位置和距离，也有了清晰的轮廓。

8月26日，新疆之旅第1天。我们从上海天钥桥路中山南二路出发，经由G42沪蓉高速和G36宁洛高速，到达河南平顶山市，地图测距889公里，全天走西北方向，途经苏州、无锡、常州、南京、蚌埠、周口、漯河等城市。入住平顶山雀之巢连锁酒店，在杏花楼饭庄晚餐。

8月27日，新疆之旅第2天。从河南平顶山市出发，先走一段G36宁洛高速，到了洛阳附近转上G30连霍高速。车辆从华东地区前往西北地区，江苏连云港至新疆霍尔果斯的连霍高速是必经之路，而且距离漫长。我们一路向西，途经三门峡、渭南、西安、宝鸡等城市，晚上8点到达甘肃天水市，行程846公里。入住速8酒店，在全席美食城晚餐。

8月28日，新疆之旅第3天。今天开始边游览边向新疆进发，先游览了天水市内的伏羲庙和胡氏古民居，然后游览天水东南方向的麦积山石窟。今天的线路就像"U"字形，从麦积山出来就往南走G7011十（堰）天（水）高速，然后转到G8513平（凉）绵（阳）高速。平绵高速先往南，再往西。到了陇南市附近，我们就往北走G212国道，也就是兰渝线，经过曾经发生泥石流的舟曲附近，到

第二天路线图

达宕昌县，全天行程395公里。入住龙海大酒店，在该酒店餐厅晚餐。

8月29日，新疆之旅第4天。今天游览的官鹅沟风景区，其游客中心离宕昌县城仅咫尺之遥，我们的大巴从旅馆往返景区才8公里。但进入景区后，我们换乘了两段电瓶车，单程估计有30多公里。继续住龙海大酒店并晚餐。

8月30日，新疆之旅第5天。离开宕昌后，我们继续沿G212兰渝线国道北上，沿线在修建高速公路。途中游览哈达铺红军长征纪念馆。经过岷县，往东北方向转到S209省道，在陇西附近回到了G30连霍高速。经过定西、兰州、武威、永昌、山丹等城市，傍晚8点到达张掖市，全天行程853公里。入住汉庭酒店，在附近餐馆晚餐。

8月31日，新疆之旅第6天。我们在张掖市内游览了大佛寺、钟鼓楼等景点后，沿着连霍高速往西北方向行驶了一段，然后在高台出口下去。位于高台城里的红军西路军纪念馆很好找，但要找到高台县西南方向的骆驼城遗址就不太容易了，我们在景区附近兜来兜去，不是问不到路，就是没法通过。寻找骆驼城的过程中，我们开到了G312沪霍线上面。沪霍线国道由上海至新疆霍尔果斯口岸，全长4967公里。在我们西行过程中，经常看到沪霍线与连霍高速相伴而行；或者说，连霍高速很多路段沿着沪霍线而建。离开高台后，我们继续走连霍高速，经过酒泉、嘉峪关、玉门等城市，到达瓜州县，全天行程526公里。住宿格林豪泰快捷酒店，在附近餐馆晚餐。

9月1日，新疆之旅第7天。一早从甘肃瓜州出发后，继续走G30连霍高速，通过了星星峡，也就进入了新疆。很多团友都是第一次来到新疆，大家都情不自禁鼓起掌来，车厢里一片欢呼声。驾驶员方先生第一次在新疆开车，脸上写着兴奋和新奇。驾驶员都先生来过新疆，但把大巴车从上海一路开过来，也还是第一次。途中看到很多荒山，更多的是山坡草原，连绵的草场色彩斑斓。公路笔直伸向远方，有一种天路之感。

终于进了新疆

团友沈维铭夫妇从上海坐火车到哈密，然后到高速公路服务区与大部队会师。他们早早就等在服务区的路口，大伙儿热烈欢迎他们归队。我们向北转上S303省道，一路观赏新疆的草原风光。游览美丽的巴里坤湖之后，返回县城入住紫荆商务酒店，在附近啃蹄花酒家晚餐。今天基本是朝北偏西方向行进，行程552公里。

9月2日，新疆之旅第8天。上午游览了巴里坤古城的几处景点及大河唐城，然后在途中的白石头景区游览了较长时间，再到边关烽隧。进入哈密市内，游览了回王府。今天基本上是按昨天的部分路线原路返回，行程176公里。入住如家酒店，在附近蜀湘苑大酒店晚餐。

9月3日，新疆之旅第9天。今天沿着连霍高速一直向西，从哈密直抵吐鲁番。途中游览了久闻其名的火焰山景区和高昌故城，到达吐鲁番后，又游览了坎儿井民俗园，全天行程439公里。今天行程路线的图形，恰好也像一座火焰山。入住高速公路边上的汉庭酒店，在隔壁川渝酒家晚餐。

9月4日，新疆之旅第10天。在吐鲁番游览了苏公塔及附近的葡萄园，仍然走连霍高速，先往西，再往西北，沿途观赏了百里风区和巨大的风力发电场，中午时分到达新疆首府乌鲁木齐市，行程200公里。进入乌鲁木齐时因需安检，等候了不少时间。团友们在乌鲁木齐二道桥国际大巴扎享用美食，并参观游览。晚上入住汉庭酒店，在四川人酒家晚餐。

9月5日，新疆之旅第11天。我们今天暂时离开连霍高速，往东改走G216国道阿巴线，即阿勒泰——乌鲁木齐——巴仑山的公路，经过阜康市，来到天山天池景区。从天池出来，再往北走五彩湾至大黄山的五大高速。在阿巴线由正北方向转至西北方向，行程488公里。到富蕴县住宿绿海大酒店，在隔壁酒家晚餐。

9月6日，新疆之旅第12天。今天的路线有点复杂：先是从富蕴县城往东北方向到了可可托海，然后原路返回富蕴；再向西偏北经过北屯市，继续往西到了乌伦古湖景区；再原路返回至北屯，往北驶往阿勒泰市。全天行程459公里，颇有左冲右突不成再寻机北上之感。从富蕴县城到可可苏里再到可可托海这条路，路况不算差，但是地图上没有编号和路名。从富蕴县城至北屯市，仍然是G216阿巴线。而从北屯至乌伦古湖，则是S319省道。再从北屯至阿勒泰，就是正规的G3014奎（屯）阿（勒泰）高速了。入住阿勒泰银路大酒店，在酒店餐厅晚餐。

9月7日，新疆之旅第13天。今天走了一条"L"型路线，是从右下角至左上角的笔顺。早上从阿勒泰市内的旅馆出来，本想看桦林公园，却不料闭园维修，就顺势车游了阿勒泰。然后往西走G217国道阿库线，顺道游览了切木尔切克陨石群。经过布尔津县城后，往西北方向走S227省道游览了五彩滩景区。再返回到布尔津附近，走S232省道，即喀纳斯至布尔津的喀布线。盘山路风景极佳，几度驻车观赏。大方向往北，直抵贾登峪，行程269公里。入住贾登峪仙峰大酒店，大家分散晚餐。

9月8日，新疆之旅第14天。一早从贾登峪出发，一会儿就到喀纳斯公园售票处。然后坐景区大巴，到换乘中心转至各景点游玩。下午沿S232省道返回，转至X852县道。这条通往禾木村的道路沿着山势弯弯曲曲，路况尚可。今天的地图测距为65公里，但由于我们的大巴停在禾木村游客中心，大家换乘景区大巴进入禾木村，应扣除这段20公里路程。住宿禾木村金鑫客栈，在该客栈晚餐。

9月9日，新疆之旅第15天。上午在禾木村游览结束后，我们沿着X852县道返回，再转回S232省道喀布线，到达布尔津县。离开了禾木村，也就意味着离开了这次新疆之旅的最北端，我们开始往南折返。今天的地图测距168公里，也应减去20公里。入住布尔津天河大酒店，在勤和居酒家晚餐。

9月10日，新疆之旅第16天。由布尔津走G217阿库线继续往南，途中游览了乌尔禾世界魔鬼城。然后走G3014奎阿高速到了克拉玛依，在市内参观了黑油山和友谊馆，再一路向南来到奎屯，行程469公里。宿奎屯市汉庭酒店，在红旗大酒店晚餐。

9月11日，新疆之旅第17天。从奎屯沿着G30连霍高速一路向西，经过乌苏市和精河县。为了更好地游览赛里木湖，我们转上了X210县道，再转到绕湖公路，走走停停大约开了80公里，沿湖美景尽收眼底。再回到连霍高速时，雄伟的果子沟大桥巍峨壮观。此后往正西方向开着开着，就看到了霍尔果斯国门景区的指示牌，全天行程458公里。话说这霍尔果斯，也正是G30连霍高速公路和G312沪霍线国道的终点。入住霍尔果斯天润国际大酒店，在酒店餐厅晚餐。

9月12日，新疆之旅第18天，今天走出了一个往东南方向斜置的"Y"型。从霍尔果斯返回连霍高速后，走了一段G3016清伊高速，到达惠远古城。然后继续往东到达伊宁市，游览了伊犁河大桥和喀赞其民俗旅游区。再走一段G218国道后，就往南转至路况较差的S220省道，因为我们要去看特克斯八卦城。看完八卦城还得原路返回，继续沿着218国道到达新源县，全天行程523公里。入住新源富美华大酒店，团友们分散晚餐。

　　9月13日，新疆之旅第19天。今天的路线像反向的"C"字型，从新源出来，往东偏南走G218国道，在那拉提草原景区游玩。然后从218国道转到G217国道，来到巴音布鲁克游客中心，全天行程207公里。坐景区巴士从游客中心至九个太阳观赏区还有38公里，往返就是76公里。今天走的218国道是从伊宁至若羌，而217国道则是从阿勒泰至和田，其中独山子至库车的一段又称为独库公路。住宿巴音郭楞镇龙兴国际大酒店，在酒店餐厅晚餐。

从北疆到南疆

　　9月14日，新疆之旅第20天。今天走217国道往南偏西方向行驶，从北疆的巴音布鲁克至南疆的库车，总共才224公里。这条跨越了南北疆的独库公路，风光极其好看，路况也不错，加上昨晚2016年的第一场雪，把沿途山坡装扮得分外妖娆。我们穿越海拔3000多米的铁力买提隧道进入南疆后，发现这里的地貌完全是另一番景象，公路两侧富含矿物的连绵群山，演绎出各种浓烈颜色和奇特形状。到了天山神秘大峡谷附近，就达到了无与伦比的高潮和奇观。宿库车县绿洲宾馆，分散晚餐。

　　9月15日，新疆之旅第21天。从库车县城出发，走S210省道，看到了宽阔的塔里木河，这是一条在小学地理课中印象深刻的内流河。过河不太远，就来到沙雅胡杨林公园，很多胡杨树就浸润在塔里木河之中。塔里木河有很多不太确定的水域，那些地方就成了湖泊。回到库车后，我们游览了回部亲王府和龟兹故城遗址，全天行程148公里。今天是中秋节，我们在南疆的库车县度过了一个难忘的中秋之夜。仍住绿洲宾馆，在库车国际酒店晚餐。

　　9月16日，新疆之旅第22天。离开库车后，先往西北方向游览克孜尔尕哈烽隧，然后游览不太远的克孜尔石窟和克孜尔水库。随后沿着G3012吐和高速往西偏南方向赶至阿克苏市。今天的行程311公里。加上手绘地图中断的10.3公里，应为321公里。入住阿克苏汉庭酒店，附近酒家晚餐。

9月17日，新疆之旅第23天。从阿克苏出发，先走620线去天山神木园，然后原路返回，走G3012吐和高速，同时也是G3013吐伊高速。这条高速公路是一条丹霞地貌景观大道，右侧连绵的山体五颜六色形态丰富，分明就是一幅流动的油画。我们经过阿图什市中心，走了一段X374县道，在夕阳时分来到疏附县的莫尔佛塔遗址。然后走X430县道，来到了灯火辉煌的喀什市。地图测距625公里，入住喀什老城内的速8酒店，分散晚餐。

9月18日，新疆之旅第24天。今天大巴车只在喀什市内开了14公里，而团友们的双腿就很辛苦了，喀什老城、高台民居、艾提尕尔清真寺、喀什东巴扎、玉素甫陵这些景点，都是团友们自行前往，基本靠步行。继续住速8酒店。

9月19日，新疆之旅第25天。一早从喀什出发，走G314乌红线，即乌鲁木齐至红其拉甫的国道，一路往南偏西方向进发。经过塔什库尔干县城时，在红其拉甫口岸集体办理了边境通行证。继续沿着乌红线行驶百余公里，到达红其拉甫哨卡。乌红线的很多路段在修建高速公路，已初现新丝绸之路大道的轮廓。我们看过雄伟的红其拉甫国门，见识了边防战士的英姿，与巴基斯坦游客互致问候之后，再原路返回，到塔什库尔干县城住宿，全天行程543公里。住宿塔什库尔干犇磊鑫宾馆，在老回民酒家晚餐。

9月20日，新疆之旅第26天。今天往回走G314国道乌红线，从塔什库尔干返回喀什市，行程296公里。途中游玩了慕士塔格冰川公园、卡拉库里湖和白沙湖，而前者的位置也正是我们这次大美新疆之旅的最西端，之后我们就开始往东返回。仍入住喀什老城的速8酒店，在酒店餐厅晚餐。

9月21日，新疆之旅第27天。再次离开喀什之后，我们走G3012吐和高速，往东南方向抵达和田市，行程591公里。途经莎车县城时，我们游览了叶尔羌汗国王陵和皇宫，还在当地村民带路下游览了巴依都瓦村祈福台。途经皮山县城时，我们遇到了最频繁、最严格的安检。住和田市慕士塔格国际大酒店，分散晚餐。

9月22日，新疆之旅第28天。在和田附近，我们游览了无花果王公园和核桃树王公园。和田真是个好地方，这个地区的核桃、无花果和红枣，在全国来说都是顶级的，更不用说那神秘富贵的和田玉了！今天走G315西莎线，经过洛浦、策勒、于田等地，基本上一路往东，到达民丰县，行程343公里。入住民丰县思缘商务大酒店，在附近餐馆晚餐。

9月23日，新疆之旅第29天。清晨从民丰县城出发，一路向北穿越纵贯塔克拉玛干大沙漠的566公里沙漠公路。这条拥有吉尼斯世界之最记录的沙漠公路一点儿也不荒凉：卓有成效的绿化，完善的灌溉系统，石油公司的设施，来来往往的车辆，都给这浩瀚的沙海带来生机勃勃的景象。看毕轮台附近的塔里木胡杨林公园，我们又去寻访轮台故城，几度探寻无着，只能鸣金收兵，前往轮台县入住祥和时尚宾馆，在川湘阁酒家晚餐，全天行程625公里。

9月24日，新疆之旅第30天，也是我们大美新疆之旅计划游程的最后一天。从轮台出发，一直在G3012吐和高速暨G314乌红线往东行驶。经过铁门关市，继续前往焉耆县和博湖县，沿着博斯腾湖的几个景点走出了一个三角形。在库尔勒入住7天连锁酒店，在老妈厨房餐馆晚餐，全天行程370公里。

256

大美新疆之路

9月25日，新疆之旅第31天。今天起我们开始返回上海，路上不再安排景点。在托克逊附近，我们从S301省道斜出去走了一段，就回到了阔别多日的连霍高速。有很多路段限速，最严格之处居然对大巴车限速40公里。再次路过火焰山景区，高站云端的悟空先生肩扛芭蕉扇目送我们。公路上看到有外国人骑自行车游新疆，这位赤膊大侠在路边休息喝可乐。一辆SUV停在路边，打开的后备箱里装满了玩具和饮料，看来这是一次为了孩子的旅行。路途景色如画，有好看的丘陵，也有笔直的大路，更有优美的弯道。天上有白云，云路相绕缠，像雨像风又像画。我们从库尔勒出发后，经过焉耆、和硕、托克逊、吐鲁番、鄯善等地，较晚才到达哈密市，全天行程781公里。住哈密莫泰酒店，分散晚餐。

在库尔楚服务区，我们巧遇一对自驾游的老夫妇。我们在瓜州的宾馆里看到过他们，在哈密服务区又见到他们，今天再次遇到他们。大家惺惺相惜，互相吹捧一番。谁料想有两位朋友看了报道后告诉我，我们在库尔楚服务区巧遇的那一对自驾游老夫妇，是他们在黑龙江建设兵团同一个连队的战友。这也太巧了，世界真的很小！

9月26日，新疆之旅第32天。我们从哈密出发，全天往东南方向走G30

连霍高速。前方就是星星峡，这是进出新疆的卡口。一路上新疆的安全检查虽然严格，但警官们对我们这辆上海大巴的旅客还是相当客气的。团友们经历了难忘的天山南北旅行之后，平安、顺利地出了新疆。经过瓜州、玉门、嘉峪关、酒泉、临泽等地，全天行程838公里。在张掖市入住如家酒店，在昭武大酒店晚餐。

9月27日，新疆之旅第33天。一早离开张掖继续走G30连霍高速，经过山丹、永昌、武威等城市，转至G2012定武高速。今天时有雨雾，路边群山云雾缭绕，望之如雪。在布隆吉服务区，很多军人在这里休息。士兵们靠着车子，坐在小马扎上吃快餐面，有的军人用自来水洗头。有团友与他们攀谈，才知道他们昨晚就露营在军车边。辛苦了，共和国的子弟兵！

由甘肃进入宁夏时，前方高速公路因塌方而关闭，我们走了一段201省道，左边是包兰铁路，右边是高速公路，远处是黄河。途中经过六盘山红军长征景区，醒目的指示牌令我心驰神往。我们在定武高速经过景泰县和中卫市，在中宁县附近转入G70福银高速，由宁夏再返甘肃，经过同心县和固原市，进入甘肃省平凉市，全天行程815公里。住宿平凉锦江之星旅馆，在凉城西里餐厅晚餐。

9月28日，新疆之旅第34天。昨晚入住的平凉有个知名景区崆峒山，很多武侠故事都发生在这里。我们并无途中游览的计划，只能留待日后再游了。从平凉市出发，继续走G70福银高速，经过泾川县、长武县、彬县、永寿县、乾县等地，在西安绕城高速转至G40沪陕高速。又经过蓝田县、商洛市、丹凤县、西峡县、镇平县、南阳市、泌阳县等地，晚上9点多才到达河南省信阳市的格林豪泰快捷酒店，并在宾馆晚餐，行程908公里。在新疆游35张地图测距中，今天是里程最多的一天。

进入陕西界后，公路上就开始热闹起来。我们穿越秦岭隧道群，经常可从前隧看到后隧，我居然同时拍摄到了3条隧道。一路上我们看到了农民在收获土豆，也看到果农在采摘苹果，还看到彩色的高速路面。我们未付定金，在200公里之外与餐厅经理商定了菜单，待我们晚上9点多到达餐厅时，3桌可口的菜肴已经摆放妥当。我们再一次体验了被信任的美好感觉，信阳人，果然是"诚信为阳"。

9月29日，大美新疆之旅第35天，也是新疆游结束之日。一早从河南信阳出发，继续走G40沪陕高速，一路向东，经过罗山县、潢川县、金寨县、六安市、合肥市，转至G5011芜合高速。又从巢湖市附近开始走天潜高速、巢马高速，经过马鞍山市走常合高速和沿江高速。在常州转到G42沪蓉高速和G2京沪高速。在梅村服务区最后一次休息后，滂沱大雨中一鼓作气开进上海市区，回到了出发点天钥桥路，全天行程787公里。至此，难忘的2016大美新疆之旅顺利结束！

　　35天的旅行，35张地图。每天的地图测距相加为16219公里。8月26日天钥桥路出发时，我拍了张路码表，9月29日在梅村服务区又拍了一张，两者之差为17250公里，加上从梅村服务区至天钥桥路的136公里，这次新疆之旅的总行驶里程为17386公里。由于手绘路线的精确度不够，路线记忆差错等原因，35张地图相加的总数比实际行程少了1167公里。

新疆之旅全图

　　我又做了一张2016新疆之旅全图，可以直观地看到我们35天的行踪。这张线路图有点像两个哑铃一绳拴，又有点像两只水桶一担挑。地图测距精度与所采用的比例尺有很大关系，比例尺可以小至20米，也可以大至100公里。我手绘全图时，高速公路用5至10公里的比例尺，复杂路段和城区道路用1至2公里的比例尺，而像禾木村、红其拉甫、可可托海等地区，只能用200米至500米的比例尺才能绘制。很显然，比例尺越小，绘制精度就越高，绘图所花时间也就越长。绘制这张全图的另一个感受是，我们的国土真大，新疆真大！以前一直认为西安已经很西面了，而在这张全图中，西安只是位于去程与返程的交叉点上，可能只是我们新疆之旅最西端的四分之一。而我们这次号称环游新疆，其实仍然还有很多地方没有走到。毕竟新疆太大了，占了全国领土的六分之一。

　　我们的旅行方式是非典型的，既非个人自由行，也非跟团游，而是朋友们自愿组合、自主行动的独特旅行。整个行程中，没有任何旅行社赚取我们一分钱，我们的组织者反而贴进去一些钱和物资。我们这些60多岁的老知青只是买了份保险，35位团友居然坐着大巴车到新疆长线旅行35天，经受了红其拉甫5100米高海拔，吐鲁番火焰山高温，以及巴音布鲁克低温初雪的考验，没人病倒，也没人掉队。

　　我们在新疆旅游也确实是辛苦，通常是北京时间8点之前出发，那时天还没亮，早餐铺还没开门。而晚上进入旅馆，吃完晚餐，通常都是北京时间

22点以后，甚至23点以后。由于经度不同的关系，乌鲁木齐的时间比北京晚两个小时，而喀什这些最西面的城市时差就更大。幸运的是大家都适应了这种早出晚归的旅行节奏。

经过一个多月的新疆之旅，我们深深感受到维吾尔族人民对汉人是很友好、和善的。无论是问路还是交流，无论是老人还是年轻人，无论是在城市还是在乡镇，无论对方是懂汉语还是不懂汉语，都没有遇到过为难、冷落我们的情况。经过这次新疆之旅，我们在很大程度上改变了对新疆特别是对南疆的心态。除了安全检查措施特别严格之外，整个新疆旅行过程是相当安全和宽松的。在南疆莎车县，一位维吾尔族青年为我们上车带路，短短半小时内，我们已感受到他的善意和责任心。几位团友略表心意，送给他中华烟、燕麦饼干和零食，相信他一定会把汉人的友善告诉给家人和朋友。而在伊宁、喀什和皮山等地，我们的团友都曾与维吾尔族人士及小朋友开心合影。

我们的大美新疆之旅，从第一天起就得到了朋友们的密切关注和热情鼓励，几乎我们每到一个景点，都有很多朋友予以关注、互动和分享。其实我们35天的新疆之旅是和很多朋友共同参与、同步进行的，从这个意义上可以说，我们远不止是35人在游新疆，而是350人或者更多的朋友在共同参与。很多朋友每天都跟踪、分享我们的行程，他们就像看一部连续剧，又像在看现场直播。

朋友们无比热情的赞誉和评论，让我在深感惭愧之余，又深受感动、激励和鼓舞！在此，我愿摘录若干与读者分享。

领导同事 最高法院原副院长李国光：大美新疆之旅，图文并茂，知识性、艺术性均佳，我每篇都看，作者是用了功夫的。/祝贺你们丰收而归，跟随你的美篇，我似乎也再一次进行新疆深度游。尽管我去新疆已有多次，但没有你们这次丰富、全面。

王成义：一段壮观美丽，勇敢而伟大的旅程完美结束，给一个大大的赞！/我相信你们驴友共同创造的这段非典型的旅游历史，将会随着岁月的推移，一再验证你所付出努力的珍贵价值！

翁鞠如：画面优美，拍摄技巧日臻完美，推拉摇移运用娴熟，这是一部值得收藏的佳作！/作者无论是前期拍摄还是后期切焊，都非常专业，太棒了！

任林峰：塔里木河宽又长，中秋月儿圆又亮！战友团聚在南疆，举杯共庆人不醉！/才闻野草香，又见雪山白，共赏峡谷奇，独行到天边！

余赣如：图片后面的文字写得太好了，这种只有到了现场才有的情感，真是令人感动。/能出去一个多月，是与过硬的团队构成和每个成员毅力及身体素质分不开的。

耿汉章：谢谢你给我们提供了沿途的那么多风景，使我们亲临其境，领略了新疆的大好河山，同时看到你的拍摄水平在不断提高。

霍玲娣：大美新疆地图集汇集了老韩的辛劳和智慧，值得旅游者收藏。

知青朋友 谢美蓉：看了新疆之旅，第一句话是感动，第二句话是震撼！对祖国大西北的认识又有了新的升华。美丽又气势磅礴的自然景观，特有的地质风貌和风土人情，热情洋溢的旅友及色彩斑斓的女士们，再加之你高超的摄影技术水平，这一切构建起这幅美丽的画卷。为你的辛劳与付出而感动！/韩志锋做的地图确实了不起，辛苦自己，方便大家，你的辛勤付出是有价值的。

刘承秀：跟着美篇"大美新疆之旅"不虚此行，开阔眼界还陶冶情操。俺在收获之余，再次感谢韩志锋的无私奉献和满满的大爱。/老韩你又让我感动了，你为大家牺牲了自己时间，作出无私奉献，让我们足不出户跟着你浏览大西北的美丽景色和人文环境，也加深了与少数民族兄弟姐妹的友谊。

王衡：韩志锋的新疆游记真是太美了，游记做得相当有水平，特别是音乐配得极好。音画一体，犹如置身其中，有一种身临其境的感觉。/一集集的详细介绍声情并茂，连我去过新疆的都想再去一次，没去过的就更想去了。/地图册做得太值了，这叫前人栽树后人乘凉，给以后游新疆的人提供了很好的路线图。

罗建华：你们30多天的新疆行创下了农友集体旅游的新篇，沿途的欢声笑语留下了难忘的记忆。你的一路采集赛过专业记者，把新疆的风土人情、地貌概况、风景名胜、农友状态一一描述。我们不仅分享了新疆的美，欣赏了沿途的景，更赞美农友持续的黑土情。韩志锋的美篇让我们那么深、那么细地了解新疆！

陈绍言：天边，柔情，记录了一个个动人的小故事。揉合在一起诗画般的美，已经无以言表啦。

张素珍：看了你图文并茂的报道，感觉很美。在你的笔墨之下，会显得如此的美妙动容。太棒了，我赞你！比我亲自去游还要过瘾。

斯文妹：看了韩老师拍的照片，影集的风景画面太感人了，人生难得有机会观赏到那么美丽、难忘的景色，真是终身的幸福！

郁周：认真与付出的辛劳，足见你人品的闪烁。

应曼虹：跟着韩志锋的美篇旅游新疆，太带劲了！有身临其境的感觉，主要拍摄得好。

老师同学 中学老师朱起宜：我们每天像看连续剧一集又一集，真想不到南疆景色如此迷人，美翻了。慕士塔格冰山公园的绝美风采奇异壮丽，真是冰山之冠，它一点不比阿尔卑斯山逊色。/我把志锋的大美新疆之旅转发给同学们，他们都赞不绝口，拍得太好了！文学了得，音乐也棒。

高立新：你们这个行程安排太棒了！我作为新疆出生的人，都没有去过这么多地方。/你的这一篇篇图文并茂、音画兼具的旅行游记，把我带到了那个辽阔、美丽，充满着我童年记忆的大美新疆。

唐建中：韩志锋，抬足云游山水间，挥手走笔画图中。

平凡：赞嘎，志锋！你的下半生丰富多彩，行万里路，阅人间情，传山水景，真夕阳红。

吴良蓉：你们30多天的新疆游真厉害！这么多人，这样长途颠簸，居然没人生病，没出一点问题，真是又幸运又了不起！帅哥美女们体现了当年知青最珍贵的风采，抱团团，和一家人一样。

杜强：文精图美。游能同其乐，暇能述以文者，群主也！

俞明娣：韩志锋把大美新疆展现得淋漓尽致，让大家大饱眼福。

其他朋友 印炳华：看了你的美篇真是赞叹不已！如同身临其境跟着你们一起新疆深度游。真佩服你们的体力和勇气，也敬佩你们这个团队。/35天的新疆游是一次伟大的壮举！非常钦佩你们的勇气、毅力和体魄，也给人生阅历写下了浓墨重彩的一页。

赵杏珍：韩法官不但摄影水平高超，而且解说透彻，人文知识渊博。/山水、草原、牛羊美极了。雪后盘山公路美景令人神往，所配歌曲动听，富有诗情画意。

刘同兰：大美新疆之旅系列报道全部看完，犹如跟着你们环游新疆一大圈，唤起了一些熟悉景点的回忆，也了解到陌生景点的信息。照片拍得好，文章写得好，信息数据精确度高。

尤薇莉：你做的视频花了多少心血呀，真不容易。看了你的视频，我好像也去了一次新疆。

25. 美若仙境的北疆

2016年8月26日，我们知青旅行团从上海出发，经过河南平顶山、甘肃天水、宕昌、张掖、瓜州等地，一路走一路游览，9月1日终于进入新疆，开始了真正的大美新疆之旅。从星星峡进入新疆后，我们对一切都感到好奇，看到连绵的草原和奇峻的高山，就忍不住停车欣赏，却不知大美的新疆风景才刚刚开始。

巴里坤湖

巴里坤 来到新疆的第一个景点是位于巴里坤县城西北18公里处的巴里坤湖，这是一个海拔1585米的高原湖泊，四周山峦起伏，湖中碧波荡漾，湖光山色十分迷人。巴里坤湖略呈椭圆形，宽约9公里，长约13公里，湖水面积112平方公里。湖泊也是储量丰富的芒硝矿和盐田，湖水中含有水生物卤虫。湖边是广袤的湿地草场，帐篷星点，家畜成群，哈萨克族牧人常在湖滨草原举行"阿肯弹唱会"。巴里坤湖旅游设施完善，游客也不少，却并未收门票。景区外围是数百亩的向日葵和油菜花，在阳光下黄橙橙金灿灿的一大片，一直绵延到山脚下。走近向日葵，圆圆的葵花盘在微风中轻轻摇曳，细长的柔软花瓣随风起舞，那明亮的颜色和丰实的模样着实招人喜爱。天山脚下，蓝天白云，遍地葵花和油菜花，在这样美丽的地方流连拍照，心情不好也难。

湖畔是一望无边的草甸子，湖水浸润其中。时值夏末初秋，绿黄相间的草地，青黛如染的天山，蓝白相融的天空。颜色之丰富，层次之分明，构图之纯美，正是此景只应天上有！这样纯美沁人的风景，就是与瑞士、德国或者新西兰相比，也毫不逊色。鲜艳、坚固而轻巧的浮桥栈道，从湖边掠过草甸子，深入湖中。这样优美的栈道，本身就是一种风景。栈道上有凉亭和座椅，方便游客休息。面对这大美之景，我觉得应该放下相机来静静欣赏。再看那天上漂浮的白云，形态丰富而不动声色，投射于湖中就是完美的对称。这样清晰而稳定的倒影，它还是倒影吗？

我们在巴里坤县城一家宾馆入住后就去晚餐，菜肴可口尚在其次，那餐桌和餐具的洁净程度，令我感到惊讶，就是一只简单的茶壶，也是擦洗得光可鉴人，如同新品。晚餐后去附近的市民广场散步，没想到巴里坤这个新疆小县城，是如此漂亮、干净和多彩。明亮的灯光勾勒出屋宇、牌楼、亭阁、连廊的轮廓，在夜色里显得迷人靓丽。美食街上动作麻利的师傅在烤制大大小小的馕饼，那种香味和视觉诱惑就算我们刚吃好晚餐也难以抗拒。从爆花机里出来的不是米花，却是一只香喷喷的母鸡。湖畔广场上，明快、热烈的音乐骤起，我们在此见识了原汁原味的新疆舞。团友们当然不会放弃这个机会，即刻融合进去跟着盛装的巴里坤市民一起欢舞。我们来到新疆的第一晚，美丽的巴里坤之夜给我留下难忘的印象。荒友韩梅评论说："新疆如同美丽的新娘，等待你们去撩开她的面纱，刚开始就已让我们惊喜。"

大河唐城 9月2日，天气晴好，我们在巴里坤城内游览了松峰书院和得胜门。巴里坤县城其实是座古城，有些城墙保存得很好，还有些古城墙与居民小区的围墙并行不悖。我们在长长的石子路上漫步，在高高的城楼前徘徊，然后我们去游览大河唐城。路途中，一群马儿完全服从交通指挥，在路边排队等候放行。而在唐城门口，一位老大爷策马而过，在这里骑马不只是年轻人的专利。

大河唐城位于巴里坤县大河乡，地势平坦，是哈密地区规模最大、保存最完好的一处唐代古城遗址，所以叫大河唐城，2001年被列为国家级文物保护单位。直到近代，这里一直是旱涝保收的巴里坤粮仓。古城呈长方形，中间有一道较宽的城墙将古城分为东西两个部分，分别为主城和附城。两座城东西向并列，全长357米。主城南北长210米，东西宽180米。考古发现城内散布着大型陶制器皿和石磨盘，这些都显示着当时农业生产的盛况，证明此处曾是一个规模较大的屯粮基地。我们顺坡走上唐城的围墙，站在那高高的坡岗上举目四望，天高云淡，一群群鸟儿在空中盘旋。城墙内一片荒芜，低矮的荒草铺满了城内坎坷不平的土地，城墙的一角有个缺口，那可能就是古城的通道。

白石头景区 我们昨天进入新疆后，其实离哈密市已不太远，只是为了游览巴里坤才往西北方向过来。今天我们很多时间是在走回头路，途中经过了白石头景区。白石头听起来只是一块石头，其实是一个范围很大的景区，景区入口处是一家度假村。门口有介绍说，在碧绿的草场和茂密的松林间，兀自有一块形如卧牛的白色巨石，它的周围全都是草地，很难解释它的来源，有人说它是"天外来客"，也就是陨石。白石头景区位于东部天山的北坡，距哈密市70公里。白石风景区由寒气沟、松树塘、鸣沙山、白石头、天山庙这5个游览区组成，方圆100平方公里。

我们游览的只是白石头游览区，占地也已足够广大。大家从度假村的蒙古包和小别墅附近进入景区，顺着弯弯曲曲的木栈道就走进一大片树林，大部分都是高大的松树。走出树林，就是一片开阔的草原，再走一段，就看到了那块传说中的"白石头"，真的是洁白如玉。附近耸立着一座白色塑像，诠释着这块白石的传奇。我们沿着另一条路返回，其实是绕着景区走了一圈。山坡上成群的牛羊在白云下慢悠悠吃草、行走，路边有牧民独特的小木屋，还有区分相邻草场的木栅栏。再往前走，就回到了度假村的蒙古包。

边关烽燧 新疆的烽燧遍布天山南北，它们与丝绸之路的中道和北道走向一致，起到了护卫丝路畅通的预警护卫作用。烽燧基座成正方形，燧体为向上收缩的棱柱形，夯土中夹有红柳枝，并用圆木构架。烽燧高大完整，燧体中的圆木粗壮。在阳光照射下，烽燧显得古朴而严整，它见证了古丝绸之路昔日的辉煌。哈密地区最早的烽燧建于唐代，每隔2至3公里就有一座烽燧，正如岑参诗所云："寒驿远如点，边烽互相望。"我们来到边关烽燧时，并无工作人员值守，也没有其他游客，我们的车子长驱直入，一直开到无路可开处。在空旷戈壁上，一块全国重点文物保护单位的石碑孤独站立，证明着这座大漠边关烽火台的历史价值。粗砺不平的墙面，透露出岁月的沧桑。我们的一些团友轻轻抚摸墙面，承接着历史留下的痕迹，鲜艳的衣着与土褐色的墙体形成了强烈对照。

哈密回王府 我们进入哈密市区后，就去参观哈密回王府。回王府坐落于哈密市回城乡，是一座维护得很好的建筑群。哈密维吾尔族首领额贝都拉摆脱准噶尔部归附清朝后，于康熙三十七年（1698年）秋进京，第二年返回时，从京城请来了汉族工匠设计修建王府和回城，费时7年竣工。王府规模宏大，既体现了伊斯兰古典建筑艺术风格，又融合了汉族建筑艺术的特点。王府土墙高台，琉璃瓦顶，飞檐斗拱，是新疆境内一座富有特色的宫廷建筑。同治五年（1866年）农民起义军烧毁王府，光绪八年（1882年）沙木胡索特袭位后，对王府进行扩建和翻修。为向清政府表示忠心，回王在小花园的东北角筑有一座万寿宫，陈列着清世祖等历代皇帝的画像。每年春秋雨季，回王及哈密官员均到此祭祀。回王府楼台高筑，周边建有一圈城墙，高大而挺拔，看上去颇有气势。回王府的主殿及侧殿内，陈列着一些文物和展品。饶有兴味的是在附近一幢建筑的屋顶上，居然以一只巨大的哈密瓜作为装饰。也是的，到了哈密，怎能不吃哈密瓜？晚餐时，我们就在哈密品尝了真正的哈密瓜。

火焰山 9月3日，天气晴好，今天我们从哈密去吐鲁番。途中在"一碗泉"服务区休息，这里水如珍馐，饮不过碗，故名一碗泉。火焰山风景区就在G30连霍高速边上，公路上就可以看到景区里的游客。火焰山为天山支脉之一，横亘在吐鲁番盆地中部，亿万年间

吐鲁番火焰山

地壳横向运动留下的褶皱带和大自然的风蚀雨剥，形成了火焰山起伏的山势和纵横的沟壑。在烈日照耀下，赤褐砂岩闪闪发光，炽热气流上升，犹如烈焰燃烧。火焰山的山体长约98公里，宽约9公里，主峰位于吐鲁番市区以东约40公里处，海拔高度为831.7米，这个高度相对于新疆整体地势而言，确实是比较低的。

关于火焰山的一个传说是当年孙悟空大闹天宫，一脚蹬倒太上老君炼丹的八卦炉，几块火炭落在吐鲁番，就形成了火焰山。孙悟空用芭蕉扇灭了大火，成了今天这般模样。传说归传说，火焰山这个地方温度确实有点高，与我们昨天到过的白石景区完全是两个季节。在景区大门口，一根红色的柱子拔地而起，然后呈90度弯曲，孙悟空肩扛芭蕉扇就站在那一片云上，很远就能看见。进入景区，有一根竖立的金箍棒温度计，虽然较大，比起上海南市发电厂的烟囱温度计还是小了一些。景区平台上，有几组西天取经图、牛魔王、铁扇公主的雕塑，艺术水平不俗。我想象中的火焰山景区，游客应该可以到红色的山体中走走看看，但实际上游客的活动范围并不大，只是在地下大厅看看图片和视频展示，再到地面上看看雕塑和骆驼，对于火焰山也只能远看。我们在景区之外，倒是看到了更为形象逼真的火焰山景观。火焰山的山体很长，因此我们在车上也可以一路欣赏那

红色的山崖，既有千仞绝壁，也有各种纹理的赤岩，还有白云与烈焰的交织，似乎比景区之内更加丰富好看。

离开火焰山，我们转入县道和村道，行道树十分茂密，大巴车仿佛进入了树的隧道。一辆三轮摩托货车迎面而来，车上坐满了大人小孩，开车的却是一位七、八岁的娃娃，他看到我们的大巴车依然神色若定。路边农田里，满是金黄色的哈密瓜，已到收获时节。高昌故城和交河故城都是新疆知名的古代城市遗址，规模大而壮观。我们来到高昌故城，规模比大河唐城更大，古城墙已经断断续续，其残垣的纹理十分清晰，当年的繁华和庞大依稀可见。随后，我们来到了坎儿井景区。

坎儿井 坎儿井与万里长城、京杭大运河并称为中国古代三大工程，吐鲁番的坎儿井多达1100多条，全长约5000公里。坎儿井是开发利用地下水的一种古老集水系统，由竖井、地下渠道、地面渠道和"涝坝"（蓄水池）四部分组成。吐鲁番是中国极端干旱地区之一，年降水量只有16毫米，而蒸发量可达到3000毫米，可称得上是中国的"干极"。但坎儿井是在地下暗渠输水，不受季节、风沙影响，蒸发量小，流量稳定。坎儿井的构造原理是：在高山雪水潜流处寻其水源，按一定间隔打出深浅不等的竖井，然后再依地势在井底修通暗渠，沟通各井引水流入。地下渠道的出水口与地面渠道相连接，把地下水引至地面灌溉农田。

吐鲁番坎儿井是中国的农业文化遗产之一，其发明创造展示了前人的智慧和技巧，而挖井修渠过程却异常艰难困苦。竖井是坎儿井的运输通道，也是送气通风口，最深的竖井可达90米以上，一般每隔20至70米就有一口竖井。开挖或清理暗渠时，地下的泥沙都通过竖井运送。暗渠是坎儿井的主体，它把地下水聚集起来，按一定的坡度由低往高处挖，这样，水就可以自动流出地表来。水在暗渠里不易蒸发，水流地底不容易污染。暗渠流出的水经过自然过滤，形成天然矿泉水，富含各种矿物质及微量元素。龙口是坎儿井明渠、暗渠与竖井口的交界处，也是天山雪水经过地层渗透，通过暗渠流向明渠的第一个出水口。暗渠流出地面后，就成了明渠。水蓄积在涝坝，哪里需要，就送到哪里。我们参观的坎儿井是一个示范点，为了方便参观，在井下开设了游客通道，可以看到暗渠、龙口、竖井的模样和供水方式。时至今日，地下敷设管道运水应该比坎儿井更简单实用了。

苏公塔 9月4日是我们新疆游的第10天，天气晴朗。我们去看苏公塔和葡萄园，路过小镇时，看到居民们都把大床放在家门口的大街上。这些大床有的装饰得很漂亮，大部分比较简单，有些床上堆着物品，一些居民就坐在床边聊天。苏公塔位于吐鲁番市葡萄乡木纳尔村，是一座造型别致的塔形伊斯兰教建筑。苏公塔是新疆现存最大的古塔，建成于1778年，已有230多年历史。它是清朝维吾尔族爱国人士吐鲁番郡王额敏和卓为了恭报清王朝的恩遇，表达自己对真主的虔诚，并使自己一生的业绩流芳后世，而出白银7000两建造。苏公塔又名额敏塔，因为该塔由额敏郡主的儿子苏莱曼建造完成，故得名于此。

吐鲁番的葡萄全国闻名，葡萄乡的葡萄应该更纯。苏公塔周围，到处都是绿茵茵的葡萄园。我登上高坡瞭望，那葡萄园一望无边，微风吹来，枝蔓摇曳，沙沙作响，很有诗情画意。就连葡萄园中的道路，也是搭设了高大的葡萄架，车辆就在葡萄架下行走，种植行车两不误。到了吐鲁番，我们肯定要尝尝用天山雪水浇灌的各种葡萄，确实是水分足，甜度高。吐鲁番的葡萄更多是用来制作葡萄干，我们看到很多晾放葡萄干的长方形小房子，以红砖砌起漏空的墙体，遮阳而通风。吐鲁番是著名的葡萄干产地，团友们多多少少都买了些葡萄干带回家。

乌鲁木齐大巴扎 我们从吐鲁番前往乌鲁木齐，途中经过达坂城，可惜在公路上看不到"达坂城的姑娘真漂亮"。然后经过百里风口区，见识了密集的风车阵。在众多风车排成直线在眼前掠过的一瞬间，我仿佛看到了风车版的千手观音。到了乌鲁木齐市中心，大家分散在大巴扎附近的一些餐馆，享用好吃又好看的羊肉抓饭，还有香嫩无比的羊肉串，然后通过安检进入大巴扎广场。此前我们进入乌鲁木齐时，看到一些新疆旅客的行李被逐一打开检查，严格程度堪比机场。而我们是上海老年游客，只是在仪器上核对了一下身份证。在乌市街头，警察和安保人员三、五人一组，手持盾牌和警棍，或巡逻，或值守。进入较大的商场和人流密集区，都要进行安检。每家旅馆的大堂前，也都有安检设备和值守人员。乌市各商店都有营业员带着安全员红袖章，一些路口和弄堂口，也有志愿者值守。新疆的维稳工作，真正是滴水不漏啊！

乌鲁木齐国际大巴扎于2003年6月落成，集伊斯兰文化、建筑、民族商贸、娱乐、餐饮于一体，是新疆旅游产品及日常消费品的汇集地和展示中心，相当于一个规模巨大的销品茂。大巴扎占地3.99万平方米，总建筑面积10万平方米，重现了古丝绸之路的商业繁华。大巴扎商场建有采光通透的天幕中庭，琳琅满目的商品富有民族特色，几个楼面都是人头攒动。与商场联成一体的还有水景欢乐广场、美食广场、清真寺、露天大型舞台、宴艺大剧院、超级观光塔等设施。

预定的集合时间还未到，我们就在大巴扎的围栏外观察、拍摄出入商场的各色人等。一位新疆姑娘很乐意给我们当免费摄影模特，随便我们怎么拍摄，她只是微笑配合。一位母亲抱着幼儿，下台阶时还在亲吻孩子额头，真是母子情深。一位女士搀扶着她年迈的母亲或婆婆，好一幅孝顺长辈图。一对老夫妇十指相扣，小心翼翼走下台阶，彰显了相濡以沫之情。还有几位年轻姑娘长发飘逸，衣着时尚，嘻嘻哈哈而来，青春靓丽的形象惹人注目。而我们的旅行团也有新闻，驾驶员方银龙先生的太太搭乘飞机从上海来到乌鲁木齐，将跟着我们参加一段新疆游览，大巴扎就是他们的会面地点。

天山天池

天山天池 9月5日，我们前往天池游览。天山天池是世界自然遗产，国家5A级旅游景区，国际人与自然生物圈保护区。天山天池古称"瑶池"，地处新疆昌吉回族自治州阜康市境内，是以高山湖泊为中心的自然风景区。景区面积548平方公里，天池湖面海拔1910米，南北长3.5公里，东西宽0.8至1.5公里，最深处103米。天山天池以垂直自然景观带和雪山冰川、高山湖泊为主要特征，以远古瑶池西王母神话以及宗教和民族民俗风情为文化内涵。天山天池雪峰倒映，云杉环拥，碧水似镜。

我们排队安检后进入景区，在游客中心坐上景区大巴，从这里到天池还有30公里的路程。宽敞的车道盘山而上，景区大巴密集发车，源源不断把游客送到山上。山路边的溪流、森林、碧池，都是很好看的风景。大巴到达终点后还有一段步道要走，有的游客就坐着电瓶车上去。天池边的游客密密麻麻，黑压压的是头发，花花绿绿的是服饰。沿湖有步道，也许可以绕湖一周，我们时间有限，两个方向都不敢走得太远。湖中有游轮往来，为湖光山色增添了几分动感。湖畔有一组定海神针的景观雕塑，这是西王母神话的传说。远处的白雪白云紧密相连，与眼前的绿树碧水形成对比和融合。名不虚传的天池好风光，迷人的高山景观。不过与想象中的天池相比，感到天池的名气似乎比池子大了一些。

我们离开天池前往富蕴，G216国道类似高速公路，沿途风光无限好。这个地区煤炭资源丰富，路边有不少火电厂。随后我们的大巴在沙漠里开了百余公里，才看到一棵孤零零的小树，这是真正的沙漠英雄树，虽然谈不上高大，却很顽强。我们在五彩湾服务区休息，资料介绍说这里就是准格尔盆地，那是小学课本中的遥远记忆，现在就在眼前。在一片荒漠沙砾旷野，我们停车欣赏大自然的雄浑和壮美。一群骆驼在悠闲散步，一位勇敢的骑行者来自北京，一朵天边的祥云凝固不动。

可可托海 9月6日仍然是晴天，今天我们左冲右突，迂回奔波，游览了可可苏里、可可托海和乌伦古湖。可可苏里距富蕴县城23公里，是可可托海国家地质公园的景区之一。可可苏里湖又称野鸭湖，面积2670亩，湖中有根部交错的芦苇而形成的浮岛20多个。芦苇浮在水面上随风漂游，湖面景色随芦苇的变动而变化。夏秋季节，有成千上万的野鸭、水鸡、红雁在此繁衍生息。可可苏里景区就在公路边，是个风景秀丽的湿地公园。我们在公园的木栈道上行走，欣赏这不同形态的湖泊和芦苇，感到"可可苏里"这名称本身就是一景。

离开了可可苏里，我们沿着"富可段"公路继续前行。这里似乎畜牧业相当发达，一会儿羊群如流，截断公路；一会儿马群奔腾，扬起一片烟尘；翻过山坡，渐入佳境，随着潺潺的流水和开阔的草坪出现，我们就进入了可可托海景区。可可托海国家地质公园面积619平方公里，由卡拉先格尔地震断裂带、可可苏里、伊雷木湖和额尔齐斯大峡谷这四大景区组成。可可托海不仅有丰富的自然景观区，也是新疆的"冷极""宝石之乡""天然矿物陈列馆"。可可托海地质公园是国家5A级旅游景区，已被联合国教科文组织批准列入世界地质公园网络名录。公园所在的额尔齐斯大峡谷是额尔齐斯河的源头地带，公园内还有伊雷木湖和可可苏海这两大湖泊。

景区外面是一大片开阔的广场，还有五彩缤纷的花海。各种美丽的花朵开得正盛，而且十分高大，勤劳的蜜蜂飞舞其间。旅行团的美女们全都跑到花丛里拍照，在可可托海这片奇异的花海里留下了自己的倩影。景区游客中心大厅的造型大气而巧妙，倾斜的大屋顶铺满草坪，与地面相连接，与环境融为一体。可可托海景区属于额尔齐斯大峡谷，大峡谷全程70公里，走完需要整整两天时间，而最美的景色都在山岭深处。由于临近古尔邦节，山上的牧民把牛群羊群转场回家，堵塞了景区道路，游览车没法下山。管理方说至少要等3个小时才能坐上游览车，我们没法等下去，只能退票离开了景区。

途经克拉玛依地区，山坡上有"锲而不舍"四个大字。山脚下有条河流，我们猜测这条河是由人工锲而不舍地开挖出来的。途经福海县城，小县城安静而整洁。沿途的景色丰富多彩，现代化的收割机在田间作业，这里可能有一个生产建设兵团，高速公路的收费口就取名"一八七团"。我们来到乌伦古湖游览，这是一个号称"黄金海岸"的沙滩游泳场，景区里有一些烧烤摊，沙滩上有一些茅草亭供游客休息，湖中停泊着几只小船。平静的湖面在即将下山的太阳照射下，水波粼粼，金光闪闪，看上去非常绚丽。傍晚的高速公路沐浴在落日余晖下，我们看着通红的太阳一点点下山，而天空中的云彩却更加绚烂。所谓傍晚，已是北京时间20时左右。

五彩滩 9月7日星期三，天空中暂别晴空万里，阴有沙尘转小雨，时而多云。一早我们想去看阿勒泰的桦林公园，不巧公园在整修，不开门营业。于是我们就在阿勒泰城区转了转，然后出城来到了切木尔切克陨石群，这里原来叫"黑石头景区"，现在叫"喀拉塔斯风景区"。进入景区时恰遇狂风大作，树枝和向日葵都在大风里舞个不停。登上小山坡，几块黑灰色的大石头横卧在地，较大的一块刻有"天外来客"四个大字。山头上有一座木制高塔，名曰"通灵塔"，用一根根圆木横过来相叠而搭成。景区外的公路边，有路政部门的"陨石群"指示牌，看来这里的陨石属实。

经过布尔津县城后，我们就往西北方向走，游览了五彩滩景区，而前几天从天池出来曾经路过的是"五彩湾"。五彩滩地处额尔齐斯河北岸阶地斜坡上，海拔480米，属于悬崖式的雅丹地貌。由于河流切割，狂风侵蚀，以及河岸岩层抗风化能力不一，而形成参差不齐的轮廓。这里的岩石颜色多变，在不过分强烈的阳光照射下，岩石色彩以红色为主，间以浅绿、浅黄、灰白及过渡色彩，因此被称作"五彩滩"。五彩滩沟壑纵横，高低错落，沟谷与小土梁相间发育。我们在别处看到过一些雅丹地貌，其他的雅丹体都只有形态变化，而很少颜色变化。我们看其他的雅丹体，都是平视或仰视，而在五彩滩却是色彩斑斓的俯视，我们的双脚就踩在五彩岩石上面。

飘带还是音符？

五彩滩景区为游客考虑得十分周到，既有入口处的高大观景楼，以方便游客从总体上一览无遗；又在各种色调岩石的合适地点建有多个观景平台，让游客可以从理想角度近距离欣赏。平台与平台之间有步道连接，游客可以安全而快捷地沿河观景。五彩滩的岩石如同缩微了的山川河谷，有点像山峰，又有点像峡谷，或者像山坡。景区前还有大型风力发电站，巨大的风车在这里缓缓转动，似乎更有意境。五彩滩下的额尔齐斯河是一条流经中国、哈萨克斯坦、俄罗斯的国际河流，也是我国唯一向西注入北冰洋的河流。

然后我们朝喀纳斯方向进发，S232省道即"喀布线"的沿途风景极佳，我们几度停车欣赏。盘山路曲曲折折，忽然就转了一个圆圈，再飘然通往远方，这是音符，还是飘带？正是最美的风景在路上！我们走在一条充满艺术感的盘山路上，团友们在盘山公路的垭口登高看景。很少看到过这样艺术化的道路，直至我们后来看到从北疆到南疆的独库公路。路边那辽阔的高山草原极其壮美，牛羊满山游荡，骏马奔驰在草原上。一会儿乌云密布，与红色的民居和黄色的草地构成三种简单色调；又一会儿投下一片阳光，宛如天上开了一扇窗。贾登峪这个深山乡村停满了来自各地的旅游大巴和小车，旅馆和餐饮费用相当昂贵，谁让这个山村就靠着喀纳斯景区呢，而且是旺季！

喀纳斯 9月8日是新疆游第14天，今天我们要去游览传说中的喀纳斯景区。清晨离开贾登峪之时，在宾馆附近看到的景色已很迷人。来到了喀纳斯景区，门口人潮汹涌，游客们8点半才能进入景区，早到的只能在门口等候。喀纳斯景区位于新疆阿尔泰山中段，地处

喀纳斯仙境

中国与哈萨克斯坦、俄罗斯、蒙古国接壤地带。景区规划面积逾1万平方公里，共有景点55处，主要包括哈纳斯国家级自然保护区、喀纳斯国家地质公园、白哈巴国家森林公园、贾登峪国家森林公园、喀纳斯河谷、禾木河谷、那仁草原、禾木草原及禾木村、白哈巴村、喀纳斯村等国内外享有盛名的八大自然景观区和三大人文景观区。喀纳斯景区先后获得国家5A级景区、国家地质公园、国家森林公园、中国西部十佳景区、中国摄影家创作基地、中国最美十大湖泊、中国最美十大秋色等称号。

从景区大门口坐车很长一段路，才到景区的换乘中心。这里地处景区内的旅馆区和商业街，游客可以转车到各个景点。附近有个冰川湖，现在渐渐退化，云雾缭绕处可见一孔蓝天。往下走有个开阔的湖泊，名叫双湖，团友们在湖与河的交界处流连忘返，实在是这里步移景换。湖面很大，湖水清澈，一些游艇在湖上游弋，远处的群山倒映湖中。我们返回换乘中心，在商业街看了看，坐车到神仙湾，然后就开始艰辛的徒步行走喀纳斯。长长的木栈道时而沿公路，时而穿密林，时而伴河流。从栈道上看去，景区巴士似乎是在草原上行驶。无论是往下看河，还是往上看山，线条都简单，色彩却丰富。我们在森林里东瞅瞅，西望望，享受着喀纳斯森林的宁静、多彩和大气。在月亮湾附近的高坡，一些游客通过栈道从公路下到湖边，这时我们已经沿河走了差不多2公里。从高处可以看到蜿蜒曲折的喀纳斯河，水如"S"形的玉带，两边山坡林木森森，这也是最经典的喀纳斯画面。湖边的树木形态各异，有的树木已经倒下，更多的树木密密匝匝，颇有原始森林的味道。一些巨石拦在河里，水流冲击而过，尽显水与石的欢乐。快到卧龙湾了，这里也是游览步道的终点，根据指路牌，我们已经步行了5.4公里。我们从栈道返回公路，在公路上看到了完整的河中卧龙。

禾木村 离开喀纳斯贾登峪景区后，我们来到喀纳斯禾木景区，所有的游客车辆都只能歇在停车场，大家带上简单的行囊，乘坐景区大巴进入禾木村。夕阳下的禾木民居古朴而神秘，很多人家都用木栏围起庭院。太阳即将落山，游客们纷纷登上村子尽头的小山坡，观看夕阳和余晖中的村庄，一时间山坡上人满为患。禾木村是仅存的3个图瓦人村落中最大的村庄，禾木村最出名的就是万山红遍的醉人秋色。在村子周围的小山坡上，可以俯视禾木村以及禾木河的美景。

次日凌晨5点多，我摸黑走到山坡下的草地，观看和拍摄满天的星星。可是我没带脚架，水平也不够，拍不出像样的星空。晨曦渐至，山廓和树影清晰起来，有些小客栈已开始忙碌。我们所住的客栈临时停电，团友们无奈只能举行烛光早餐，无意中"被浪漫"了一次。然后大家在晨曦和炊烟中漫步禾木村，享受清晨的山村之美。晨曦下的一处民居客栈，完全是俄罗斯风格。事实上翻过禾木村边上的大山，就离俄罗斯不远了。山坡上早已挤满了观看日出的游客，小小禾木村来了这么多游客看日出，如同一支大部队抢占制高点，很是壮观！

团友们跨过禾木河的木桥去登山，清晨的禾木河水流湍急，无比清澈。

在登山道上与几位游客交谈，他们非常赞赏和羡慕我们自由自在的旅行方式。山腰上一马平川，一条平直的木栈道通往山坡另一头。其下是高耸的陡坡，其后却是开阔的草原，再后面又是一座座高山。蓝天下的高山草甸，牛羊悠闲散步。心态依然年轻的奶奶外婆级团友们兴高采烈地载歌载舞，乐而忘返。往下看去，碧水绕山庄，公路蜿蜒穿越禾木村。团友们坐在栈道上遥赏禾木美景，她们诗意的背影与清晨禾木村融为一体，早已成为我镜头中的聚焦点。

景观再好也得离开，我们从山坡另一侧下山，在桥上看到了禾木河的另一种风貌。山坡上的马队来来往往，一些游客以骑马来代替攀登，或许可以走得稍远些。一个院子里，几匹骏马或站或卧，围成一圈，似乎在举行班前小组会。村道上骑者来来往往，一些姑娘似乎很享受策马禾木村的感觉。村头是热闹的商业中心，餐馆商铺集中与此。村里的寄宿制小学校舍也许是全村唯一的砖房，因为村民的住房和客栈都由圆木垒成。团友们在指定地点等待，调度员为我们派来了一辆专车。离开禾木村，也就意味着离开了我们这次新疆之旅的最北端，我们开始往南疆方向进发。

当晚入住布尔津天河宾馆，在附近餐厅，我们以低于禾木村的价格，享受到与禾木村天壤之别的晚餐。道路与人行道之间的绿化带里，隔数十米就有一座可以走人推车的小桥，可能是为了方便路边商家居民卸货。美丽整洁的城区，建筑物色彩靓丽，街道旁铺满鲜花，道路绿化是白桦树、松树和灌木丛，喷灌设施不时运转。这里就是布尔津！

世界魔鬼城 9月10日，我们从布尔津前往克拉玛依，路途看到大片的向日葵，它们都昂着头，因为还在成长中。倘若颗粒饱满，那就会沉甸甸的抬不起头了。世界魔鬼城位于克拉玛依市乌尔禾区，是一片雅丹地貌，面积10平方公里。雅丹原来是维吾尔族对沙土风蚀地貌的叫法，意思是"陡壁的小丘"，后来演变为干旱地区风蚀地貌的地理名词。魔鬼城历经亿万年风削雨蚀和水刷日照，形成了相间排列的高大土墩，突兀于戈壁，土墩间的风蚀凹地蜿蜒于荒漠。"魔鬼城"一名并非因形而来，皆因其声。这里是准噶尔西北缘多风区，风起而过，碰撞穿越雅丹体，顿使连续的凄厉之声充闻于耳。

魔鬼城的大门高大而奇特，游客中心的大理石地面就是景区主要景点示意图。游客们乘坐电瓶车参观，一边聆听克拉先生和玛依小姐的语音介绍，途中有两个景点可以下来观景。一进门就是干涸的土地，由于干旱而裂成一块块网状泥土。不久看到"孔雀迎宾"，似乎很多景区入口附近都有迎宾造型，不管是天然还是人为。电瓶车缓缓而驰，两边是形态各异的土墩，景区道路穿越其间。"仓满粮"好像一座丰盈的大粮仓，"烽火台"如同一座古战场的瞭望台，"狮身人面像"惟肖惟妙，"骆驼队"却是一组雕塑景观。一堵巨墩像极"泰坦尼克号"邮轮，游览车里同时响起了这部影片的主题曲。"石窟浮屠"有如龙门石窟在此出现，"七剑下天山"却正是这部影片的拍摄地。在游览车兜了一圈回到大门口附近，我又登上附近的一处高坡，视野果然开阔，看到更多的雅丹形态。

去年我们到过敦煌的雅丹地貌，也是魔鬼城。比较起来，克拉玛依的雅丹形态更为丰富多样，而敦煌的雅丹则更为大气震撼。美中不足的是，两次雅丹之旅都没有遇到真正的大风魔鬼，因而也就没有感受到大风穿梭雅丹体之间的凄厉和呼号。

景区对面散落着很多开采石油的"磕头机"，看来这里的石油资源很是丰富。我们来到了黑油山，这是油田重要油苗露头的地方，因原油长年外溢结成一群沥青丘，油质为低凝油。黑油山源源不断向外溢出黑色的石油，证明了克拉玛依是块充满神奇和财富的宝地。"克拉玛依"维吾尔语为"黑油"，故这个天然石油沥青丘由此得名黑油山。由于地壳变动，地下石油受地层压力影响，沿石裂隙不断向地表渗出，石油中轻质部分挥发，剩下稠液同沙土凝结堆成此黑油山。时至今日，黑油池里石油依然冒泡不停。

克拉玛依友谊馆 随后我们进入克拉玛依市中心，观察了友谊馆和人民广场。1994年12月8日，教育部门在克拉玛依市友谊馆举办专场文艺演出，部分中小学的学生、教师及有关领导共796人参加。演出中舞台纱幕被光柱灯烤燃，火势蔓延至剧厅。馆内8扇安全门只有1扇开着，有人高喊"学生们不要动，让领导先走！"烈火、浓烟、毒气以及你踩我挤，很快地夺去了一个又一个生命，造成325人遇难，其中288人是学生，132人受伤。

火灾后，本拟修建的纪念馆杳无音讯，学生家长只能自发在网络上祭奠。其后这里是"人民广场"，广场上并无任何关于那场火灾的说明，只有一盏盏代表亡灵的草坪灯静静伫立。那座大火后的友谊馆正立面建筑差点被拆除，只因市民和舆论的反对，才保留下来并加以装饰。一个个幼小的生命，由于管理混乱和"让领导先走"的荒唐理念而无端消失，希望这样的悲剧不再发生！

夕阳中我们来到奎屯市，晚餐后到旅馆附近的市民广场散步。很大的广场上百余人在跳新疆舞，数十人在跳交谊舞，很多市民在散步休息，而出入口仅仅是一扇旋转铁门,其余地方都用铁栏杆高高围起。那些害怕出事的管理者,难道就不怕一旦发生意外,会出更大的事故么?

赛里木湖 9月11日,我们来到了无比美丽的赛里木湖。赛里木湖古称"净海",位于新疆博乐境内的北天山山脉中,是一个风光秀美的高山湖泊。湖面海拔2073米,东西长约30公里,南北宽约25公里,周长90公里,水域面积455平方公里,呈椭圆形,最大水深92

赛里木湖畔的三口之家

米,是新疆海拔最高、面积最大的高山冷水湖。2004年2月,赛里木湖经国务院批准列入第五批国家级风景名胜区名单。

清澈至极的湖水,水质与云南的泸沽湖有得一拼。我来到湖边的第一件事情,不是端起相机拍照,而是把双手浸入湖水,感受那难得的纯净、清凉和惬意。我们的大巴沿着湖边道路绕圈,这样的青山、碧水和草地,就是放在瑞士也毫不逊色。湖边有成吉思汗点将台,谁知他老人家却派人在山道口把守,不让我们上去游览。原来,这几天是古尔邦节,也是当地人民的新年,牧民们正在点将台举行仪式,因此最近三天不对游客开放。湖边草坪上,团友们喊着"一、二、三"同时用力把帽子抛到空中,一时间各色帽儿满天飞,团友们也都欢呼雀跃。也许唯有这样的方式,才能体现大家来到赛里木湖边的兴奋和快乐。我们从赛里木湖的另一边离开景区,途中看到了令人震撼的果子沟大桥,过桥后转了一圈,却看到那大桥就在我们头顶。

霍尔果斯口岸 霍尔果斯口岸是位于新疆霍城县一个陆路口岸,与哈萨克斯坦隔河相望。连霍高速公路、312国道和中国——中亚天然气管道在这里结束。中国与哈萨克斯坦以霍尔果斯河为界,霍尔果斯口岸因其而得名。而对方口岸为哈萨克斯坦霍尔果斯口岸,距中方口岸15公里。霍尔果斯口岸是中国西部历史最长、综合运量最大、自然环境最好、功能最为齐全的国家一类陆路公路口岸。城镇总体布局为:口岸中心区、边民互市区、货物中转储备区、产品加工工业区、居住区。预留了城市交通、城市绿化及其他性质的城市用地。威武、神秘的霍尔果斯国门,周边有很多边贸大楼。在国门的正面我们只能在警戒线之外观看拍照,国门的右侧有游客通道,可以购票入内观看清代18号界碑、国界碑、连霍高速终点碑。当晚入住霍尔果斯天润国际大酒店，客房和晚餐都相当令人满意。

惠远古城 9月12日天气晴好，我们先来到惠远古城游览。惠远古城位于伊犁霍城县，历史上伊犁是新疆通往中亚的重要通道。乾隆为了加强在伊犁地区的治理，在此设伊犁将军，建惠远城，并陆续在其周围建起八座卫星城，统称为"伊犁九城"。"惠远"之名乃乾隆帝所赐，取大清皇帝恩德惠及远方之意。惠远老城曾经繁华一时，城内建筑整齐，纵横四条大街直通四个城门，城中心建有高大的钟鼓楼，以镇四方。城内城外有不少军事遗址，还有一些寺庙。城内大街小巷商铺林立，市肆繁华。林则徐被诬陷革官流放至此，曾在这里居住了两年多。惠远古城的城楼维护得很好，古城内基本保留了原来的格局和风貌。伊犁将军府是全国重点文物保护单位，由于我们到达太早，还没开门，无缘入内参观。新疆的时间比上海晚两个小时，古城里各种商铺早上9点半过后还没有开张。古城中心的钟鼓楼也是全国重点文物保护单位，看上去十分大气、威严。一位热情的大妈邀请我们进入她家看看，园子很大，种了不少鲜花和蔬菜。房子不算大，却颇有年代感。

喀赞其民俗旅游区 我们看过风景优美的伊犁河及伊犁河大桥之后，就来到伊宁喀赞其民俗旅游区，这是一个了解当地民俗文化的好地方。在牌楼附近的小楼，几位艺人高高在上，鼓乐齐鸣，很是悦耳。伊宁回族清真大寺又称伊宁陕西大寺，是全国重点文物保护单位。寺院内一边是美丽的花园，另一边是七户人家正在分割一头牛。街上一些店家贴出古尔邦节休息通知，从9月11日至15日不营业。人们在这个时节祭拜神灵，祭奠先人，走亲访友，宰牛烹羊。我们看到一处活羊交易市场，每只羊价格从800元至2000元不等，羊毛已被剪去。一个院子的大门敞开着，游客可以进院参观。院里有高大的葡萄架和绚丽的花园，有一户人家的主人打开房门，让我们进去参观。出于礼貌，我只是在门口看了看。他们把一张大床放在凉棚下，一家人白天就在这里活动，似乎洗衣做饭也在这里。

特克斯八卦城 走了一段崎岖不平的山区道路，我们来到特克斯县城。这个县城因八卦布局而闻名，八卦城呈放射状圆形，街道布局如神奇迷宫，路路相通，街街相连。特克斯被上海吉尼斯总部授予"现今世界最大规模的八卦城"，也是我国绝无仅有的不需要红绿灯的城市，2007年被国务院命名为中国历史文化名城。从路口的指路牌可以大致看出八卦城的布局，路名与卦名一致。我们上海有五角场，六岔路口可能也见过，而除了巴黎凯旋门路网以外，国内的八岔路口我还是第一次看到。八岔路就是个大环岛，围绕着环岛是放射状的8条主干道，之外还有一圈圈环路。环岛中央是一幢圆形的主体建筑，这应该是县城里的标志性建筑了。每条路的路牌都标明了八卦之名，每个路口都有一块刻有卦名的大石头，这里也是一些老年人娱乐、休息的地方。晚上9点多到达新源县富美华大酒店，外观不怎么显眼，内部设施倒挺好。宾馆的左边是美食广场，大家就分散晚餐。而宾馆的右边是超市，大家不失时机地补充储备。

那拉提大草原 9月13日阴有时有雨，今天是我们在北疆游览的最后一天，游程就是两处闻名遐迩的大草原。那拉提草原又名巩乃斯草原，在新源县那拉提镇东部，位于那拉提山的北坡。那拉提草原是亚高山草甸植物区，自古以来就是著名的牧场。现为国家5A级旅游风景区，也是新疆十大风景区之一。那拉提草原没有游客步道，景区游览车分为空中草原、森林度假区、环山游览这三条线路。虽然空中草原是那拉提最富名声的景区，但现在不是草原上鲜花盛开的季节，我们就选择了环山游览的线路。

我们乘坐的游览车没有窗玻璃，一边行进，一边观景。车子在山下开了一段路，山脚下草美羊肥，多彩的草地上偶有色彩鲜艳的房子。上山后风景如画，偶见红叶挂枝头。游

高山骏马图

览车到达一个景点，就让大家下车爬坡、赏景、拍照。在一处宽阔的斜坡上，游客也可以骑马游玩。山上的高山牧马图非常优美，群马的奔腾，骑手的敏捷，都是很好的视觉享受。不知道这是本来的牧马场景，还是给游客看的表演？山顶哈萨克人的毡房面积不大，主妇和孩子都在加工羊肉串，主人忙着为我们烤制羊肉串。虽然比山下贵了一些，团友们也吃得有滋有味。一棵大树的底部自然绕成一个圆圈，名曰"时来运转"，一位父亲和他女儿在树边调制酸奶卖给游客。

巴音布鲁克大草原 前往巴音布鲁克的路途中，有曲线优美的山道，还有同样曲折优美的河流，沿途有不少很有观赏价值的风景点。巴音布鲁克草原位于巴音郭楞蒙古自治州和静县西北、天山山脉中部的山间盆地中，四周由雪山环抱，海拔2500米，面积2.3万余平方公里。巴音布鲁克的蒙古语

意为"富饶的泉水",草原地势平坦,水草丰盛,是典型的禾草草甸草原,也是新疆最重要的畜牧业基地之一。那里不但有雪山环抱下的世外桃源,有"九曲十八弯"的开都河,更有优雅迷人的天鹅湖。在景区游客中心,售票柜台是圆形的,我还是第一次看到这样的售票处,这种设计显然更为结构合理,方便游客。

天鹅湖里,大批的天鹅已经南迁,留下为数不多的天鹅在此地越冬。一批马队在等待游客到齐,再骑马出发看草原。两位骑手闲着无事,就玩起一人将另一人拉下马,而那人尽力保持平衡不下马的游戏。密云下的白色蒙古包十分醒目,金黄色的喇嘛庙在茫茫大草原上更是耀眼夺目。巴西里克观景台上游客和摄影爱好者密密麻麻,有一批"新疆摄影论坛"的摄影人特别引人注目。开都河的东侧不太有人关注,人们都在等待着西侧的太阳落山。

在九曲十八弯的开都河,能看到九个太阳并不容易。今天的天空一直乌云密布,间或还下起小雨。太阳到了即将落下地平线的最后一刻,终于慷慨地满足了现场上千名游客和摄影人的盼望,努力拨开云层,露出了金灿灿的笑容。我和所有的摄影爱好者一样,赶快尽自己所能记录下这壮美的长河落日景色,至于能否拍摄到九个太阳,那肯定并非易事。当然最好是能看到咸蛋黄般的落日,更好是能看到落日周围的灿烂云霞。可是,这样的奢望有点太离谱了,因为我们今天的运气和人品已经非常好了!要知道不光是今天白天是阴天和小雨,更不可思议的是今天当晚就下起中雨,而翌日清晨,我们看到了景区周围高山上的薄薄新雪。

太阳终于下山了,我们到晚上8:30才依依不舍地离开巴西里克观景平台,随后乘坐景区大巴在夜茫茫的草原上疾驶38公里,才回到游客中心。我们就入住与游客中心相邻的龙兴国际大酒店,晚餐也在酒店里吃。明天,我们将离开北疆前往南疆。

26. 富饶神奇的南疆

2016年9月14日，星期三，小雨转阴转多云。今天是我们知青旅行团大美新疆之旅的第20天，我们将从美若仙境的北疆前往富饶神奇的南疆。一早从北疆的巴音布鲁克出发，沿着独库公路前往南疆的库车。气温骤降，草地依然黄绿，而一夜初雪已染白群山。想起12小时之前，我们还在巴音布鲁克景区的开都河欣赏九个太阳，现在却恍如两个季节。

独库公路 连接南北疆的独库公路又名天山公路，从北疆油城独山子到南疆库车县城，全长563公里，其中有138公里在海拔3000米以上。1983年建成通车的独库公路是中国公路建设史上的一座丰碑，为了修建这条公路，数万名解放军官

独库公路

兵奋战10年，其中有100多名官兵因雪崩、泥石流等原因而长眠于乔尔玛烈士陵园。独库公路也是天山自然景观旅游的黄金通道，沿途有那拉提草原、乔尔玛风景区、巴音布鲁克草原等自然风景区，还有被称为"南天池"的大小龙池镶嵌在雪峰环绕的半山腰。公路两侧还分布着红褐色的天山神秘大峡谷、克孜利亚景观、布达拉宫山地景观等独特的山地自然奇观，吸引着众多游客观光旅游。这不是一条平凡的公路，如果从库车出发走独库公路，人们将经历"从火焰到海水"的心理历程。

进疆以来，经常看到雪山，那都是高高远远的山巅，是终年不化的积雪。而今天看到的初雪是如此接近，如此清新，与秋日的山坡草地形成季节的共存，还有色彩的交接。公路蜿蜒，伸向天边，就像一条晶莹的飘带甩到天上。看到了崇山峻岭间的一座座铁塔，也看到了架设铁塔的建设者。他们非常聪明地利用滑车，把各种器材送往山坡上的高塔。

两块巨石白发白眉，紧紧相挨，形如嘘寒问暖。公路急转处有一个栏杆

围成的三角地带，可爱的羊群就集中在三角区里面等候。待确认安全之后，羊群排成两列纵队过桥过路，显然受过严格的训练。前面就是"库车界"，穿越这个海拔3000多米的铁力买提隧道，我们就将进入南疆。经过20天的旅行，我们终于来到了传说中的南疆。一出隧道，大家不由得欢呼起来。

独库公路是一条数字化公路：道路在峡谷的新大桥来个180度掉头，而掉头前又经过一座较低的老桥梁，这是"A"；公路略弯建于山腰，一道瀑布从高处奔腾而下，通过涵洞穿越公路，这是"X"；前方道路左转，到远处掉头折回，到近处再右转，直线和弯道完全平行，只是高度不同，这是空心的"7"；前方道路忽然急转，向左侧绕了个圆圈，又回到我们脚下，这当然是"9"；对面山上的道路分为高中低三层，几乎完全平行，这无疑是"三"了。

独库公路也是一条艺术化公路：从高处望下去，两个180度掉头，四层路面柔曲有致，这不是"高音谱号"还能是什么？又是两个180度掉头，却分布在两座山间，中间两条路面低凹下去，有如一个躺卧的"C"，这难道不是"低音谱号"么？我们笔直往前开，却看到前方头顶上横卧一条公路，那肯定是我们刚才经过的路面，这就是一个巨大的"T型舞台"；我们来到相对平缓之处，转弯掉头后的三条路面忽而平行，忽而穿越，且随地形缓有起伏，成就了绝佳的"柔软飘带"。

公路边有一"龙池瀑布"，瀑水顺着山坡流淌而下，很多游客在这里停车欣赏，更有一些驾驶员就在这高山上洗车。再往下走，公路的形态变幻稍停，而路边的色彩却渐渐浓烈。经过一些矿区以后，忽然眼前一亮，连绵的红色山体迎面扑来。前方的山体就像一艘巨大的游轮，又像一艘巡洋舰，乘风破浪航行在大海中。路边又有一些薄而陡的山体，岩石上的道道斜痕就像大自然织出的斜纹布，整个山体看上去也像一座巨大的板式建筑。更有一些红色的山体岩石尖尖，直刺苍穹，那正是"山，刺破青天鄂未残"。

天山神秘大峡谷 途中，我们来到了天山神秘大峡谷。大峡谷地处库车县城以北64公里的山区，由红褐色的巨型山体群组成，而这些奇峰群山则由褐色的泥质沙岩构成。当地人称之为克孜利亚（意为"红色的山崖"）。大峡谷由主谷和七条支谷组成，全长5000多米。谷底最宽53米，最窄处仅0.4米。距谷口1400米处的崖壁上，有一始建于盛唐时期的千佛洞遗址。进入景区，看见一片五彩缤纷的花海，其背景却是褐红色的大山，形成了纯色与花色的奇特对比。我们顺着游览道进入大峡谷，山体渐高，天空渐窄，有时甚至就要触碰两边的山石。

我去过很多峡谷，像这样的红色山体，谷底只有涓涓细流的峡谷还是第一次看到。这峡谷不是笔直一条路，而是弯弯曲曲蛇形向前。身穿各色鲜艳服饰的游客，在巨大的红色山崖下缓缓移动，这本身也构成了一道奇异的风景线。站在峡谷里看天，由于眼前都是大面积的红色，那一小块蓝天白云就显得特别珍贵和好看。两边巨大的山石并非碌碌无为，而是以大自然的神来之笔雕刻出各种活灵活现的图案。这些图案无需发挥想象力，就可以看得清清楚楚。尚在峡谷之外，一位妇人云鬟高卷，全神贯注眼望前方，这是"望夫归"。峡谷险峻处，一只狼狗双耳竖立，全身前倾，这是警犬出击，学名"神犬守谷"。还有一块山岩大耳长鼻，体态壮硕，它只能像"象"了。峡谷山崖的纹理也不甘平庸，有的斜长，有的横贯，有的如铁链，有的似精纺。晚上我们入住库车县绿洲宾馆，在附近的美食广场，烤全羊可以零买，每公斤100元。

塔里木胡杨林 9月15日晴天，我们从库车县城出发，沿途都是绿地和果园，还有大片的棉花地。大巴经过塔里木河大桥，桥面与道路持平。这么低的桥梁，应该是不通航的，河面上没有看到船舶。平直的桥面上车辆也不多，因此我可

塔里木胡杨林

以站到路中间拍摄。塔里木河位于新疆维吾尔自治区塔里木盆地北部，由阿克苏河、叶尔羌河、和田河汇流而成，流域面积19.8万平方公里，最后流入台特马湖。塔里木河全长2137公里，为世界第五大内流河和中国最长的内流河。塔里木河周边因为河水的滋润而变成绿洲地带，从小学地理课就知道的塔里木河，比想象中开阔，水量也很丰沛。

我们进入塔里木河胡杨林游览，游客不多，大巴可以在景区里随意开随便停。有些胡杨长在沙漠里，更多的胡杨长在沼泽地和湖泊里。说是宽大的湖泊，其实也是塔里木河的组成部分。岸边是风光旖旎的太阳岛，这是景区的精华部分。很多胡杨树浸在水里，形成好看的倒影。有两棵大树恰似画框，镶嵌进两棵远树，树下是碧波荡漾的湖水，构成一幅不错的风景画。今天正逢中秋节，我就用这张照片做了贺卡，在塔里木河送给了远方的朋友们。

景区有一座高塔，游客可以拾级而上，居高临下观看全景。不过我感到俯视胡杨林的感觉，并不如平视那样状态丰富。我们去年看过内蒙古额济纳的胡杨林，那些胡杨都生长在沙漠里。而这里的胡杨却有很多生长在水里，看来胡杨的适应能力很强大。就算是一样的沙漠胡杨，一样的多姿多态，但却有不同的气质和神韵。毕竟现在还没到观赏胡杨林的最佳时候，绿绿黄黄的胡杨林，远不如额济纳深秋时节那些金灿灿亮闪闪的胡杨好看。

库车 库车王府位于新疆库车县城，是1759年乾隆皇帝为表彰当地维吾尔族首领对协助平定和卓叛乱的功绩，专门派遣内地工匠建造而成。原库车王府仅存部分房屋和城墙，库车县政府于2004年根据达吾提·买合苏提的回忆，在原址投资重建了库车王府，并于2006年建成对外开放。库车王府的展厅有一些陈列物，向游客展示着昔日的王府荣耀。

龟兹国是古西域国之一，居民擅长音乐，故城位于库车县城西的皮朗村。汉唐时期，中央政府以龟兹为政治中心，设立政权机构管理西域地区。东汉永元三年（91年）班超任都护时曾迁西域都护府于龟兹。唐贞观二十二年（648年）和唐显庆二年（657年）曾两度设安西都护府于龟兹，辖4镇、16府、72州之地。故城周长近8000米，现除东、南、北三面城墙尚可辨认外，西墙已荡然无存。我从一幢居民楼的外楼梯走到围墙之上，拍摄到古城的部分城墙。

克孜尔 9月16日，我们在前往阿克苏的途中，游览了几个克孜尔景点。克孜尔尕哈烽燧位于库车县依西哈拉乡境内，烽燧建于汉代，夜间举火称"烽"，白天放烟称"燧"。它是目前古丝绸之路北道上时代最早，保存最完好的烽燧遗址。克孜尔尕哈烽燧是我国唯一被公布为全国重点文物保护单位的单体烽燧，并于2005年被列入丝绸之路（新疆段）大遗址保护项目。远望烽隧，经历了多少年风雨，屹立在空旷的高台上。近观遗址，土身木芯，遥想当年烽火传报，护丝路平安。

克孜尔石窟又称克孜尔千佛洞，位于拜城县克孜尔镇的悬崖上。克孜尔石窟是中国地理位置最西的大型石窟群，约开凿于公元3世纪，并续建了五、六百年，于1961年被公布为第一批全国重点文物保护单位。克孜尔石窟有四个石窟区，正式编号的石窟有236个，大部分塑像都已被毁，还有81窟存有精美壁画，是古代龟兹国的文化遗存。石窟开凿在悬崖上，多层排开，游客须登高参观。2014年6月，联合国教科文组织将克孜尔石窟作为中国、哈萨克斯坦和吉尔吉斯斯坦三国联合申遗的"丝绸之路：长安——天山廊道的路网"中的一处遗址列入《世界遗产名录》。石窟下绿树成荫，龟兹研究院设立其中。

克孜尔水库位于拜城县境内，是塔里木河水系渭干河流域上的一座以灌溉、防洪为主，兼有水力发电等综合效益的大型控制性水利枢纽工程。水库总库容6.4亿立方米，最大集水面积44平方公里，是新疆自治区已建成的规模最大的拦河式水利枢纽工程，可满足库车、沙雅、新和三县灌区11.33万公顷农田灌溉要求。水库地处克孜尔风景区，因而也成为一个旅游景区。水库的游客中心大门紧闭，已停止对游客开放，我们只能远远地拍了几张照片。晚上入住阿克苏市内的汉庭酒店，到了这座城市，团友们当然不会忘记品尝一下真正的阿克苏苹果。

天山神木园 9月17日，我们一早行驶在笔直宽敞的天山大道上，远处就是横亘绵延的天山，山顶的积雪在朝霞照耀下显得金光闪闪。路边的山景层次分明，近黄中棕远白，黄的是草地，棕的是山岩，白的是积雪。前往神木园的道路上，阳光透过树枝，疏密有致洒落地面。天山神木园又称库尔米什阿塔木麻扎，别称"戈壁明珠"，位于阿克苏地区温宿县境内，海拔1700米，占地700余亩。神木园是历史上伊斯兰教集会和朝拜的圣地，园内分布着树龄少则300年，多则千年以上的古树百余棵，并呈现千变万化的造型，多数因长年的固定风向造成各种各样的螺旋状，令人叹为观止。

进入神木园，看到有挺拔的大树，却并非常态。更多的大树是盘龙卧虎，东缠西绕，千姿百态。千年大树的皮肤沟沟壑壑，是难以想象的粗糙和齐整。很多古树盘根错节，根部及底部形状特别缠绕。一棵名叫"旋风柳"的大树并非指其枝叶，而是它极其粗壮的主

雪山头饰

干却被拧成麻花状。另一棵大树主干如拱桥，横卧地面。那棵"通天门"之树干弯成了一个门洞，游客正好可以通过。还有"稳定的倾斜""千年箭杨""枯木常春""桃园三结义""卧龙啸天"等千奇百怪的造型，都是见所未见。我非常惊奇神木园的大树怎么会随意弯曲缠绕，而且并无人工干预？我们走在林间栈道上，看到处处是景，每树皆可入镜。

察尔其雅丹地貌 前往喀什的途中，我们看到了雄伟壮观的察尔其雅丹地貌群。连绵的群山在阳光作用下，色彩和情调随之变化，奇异多样，绚丽多姿，是新疆雅丹地貌中最具有代表性和风景最美的地方之一。经过亿万年雨水的冲刷和风力的切割，雅丹群绵延起伏，凝结出各种羽毛状、蜂窝状、鱼鳞状的小山丘，巍峨壮观，奇妙无比。我们的大巴车沿着G3012高速公路行驶，右侧的察尔其雅丹地貌群五彩缤纷，深红、黄、橙、绿、青灰、灰绿、灰黑、灰白等多种色彩一览无遗，大自然的鬼斧神工令我们欣赏到一个梦幻般的童话世界。一座山坡棕黄相间，一层隔一层，宛如华夫饼干的山体版。另一座山坡同时拥有棕、绿、紫等多种色彩，且均为蜂窝状，这样多彩的蜂窝，其中居住的蜜蜂也一定是五彩的。还有的山体形如横卧的羽毛，从顶部辐射出一条条整齐的浅沟，又有棕、褐、白多种颜色横贯山体，这样重的"羽毛"让我大开眼界。更有那一色的灰白山体，虽然颜色单调，却形如海浪，一层层卷向山坡。

莫尔佛塔 经过漂亮的阿图什市区后，我们穿过了一个村庄，遇到很多车很多人，原来他们是在举办婚礼。我们在车内挥手致意，他们也微笑着向我们挥手。有时我们下车问路，村民们都十分友好，乐意指路。大巴不小心过了应该转弯的路口，必须调头，几位孩子就合力把小车推开，为我们的大巴腾出空间。莫尔佛塔遗址位于喀什东部20余公里的一座沙丘上，遗址现有两座残存佛塔，其东南部有一组僧房遗址，坡下的沙地有一排古代坎儿井。莫尔的维吾尔语意为烟道、烟囱，因此该名称所在地的两座高土塔向来被当地民众视为古代的烽火台而得名。其实这是我国西域古疏勒国的疏勒大云佛寺的遗址，莫尔寺遗址是全国重点文物保护单位。

夕阳西下，前有高台，几位游客的剪影生动而好看。一位女子对着高台发呆，这是柔弱与粗犷的对话。几位游客在高台斜坡上来回走动，流连徘徊，这是今天与昨天的交谈。几位摄影者手持长枪短炮，架起三脚架拍摄夕阳，这是对古堡落日的记载。夕阳下的寺院遗址更显其沧桑和雄浑，绚丽的晚霞瞬间多变。直到完全看不到阳光，大家才依依不舍地离开这古老苍凉的景区。由于走地面道路，进入城区时又排队等待安检，我们入住喀什市老城保护区内的速8酒店时，已近晚上11点。幸运的是在安检口，警官看到我们上海的大巴车，又都是老年人，就挥挥手免安检让我们通过了，这多少节约了一点时间。

喀什 9月18日天气晴好，我们就在喀什市内游览。北京时间上午8点半，月亮依然高悬，按照当地时间只是清晨6点半。由于喀什地处新疆的西端，实际时间比乌鲁木齐时间更晚一些。喀什老城区位于喀什市中心，面积4.25平方公里，约有居民12万人。老城区街巷纵横交错，不少传统民居已有上百年历史，是中国唯一的以伊斯兰文化为特色的迷宫式城市街区。漫步于老城区，犹如置身于维吾尔族民俗风情的生动画卷。2015年7月，国家旅游局给喀什老城景区授予国家5A级旅游景区称号。

老城区也叫喀什葛尔古城，一些建筑墙面上绘有精致的壁画，路边有很多体现当地风土人情的精美雕塑，几位居民在雕塑前聊天问好。老城里有很多工匠铺，铁艺、铜艺、陶艺、木雕等五花八门，师傅们都有精湛的技艺和敬业的精神，看着他们熟练而专注的劳作过程，我感到佩服之余也是一种视觉享受。早餐店又香又脆的牛肉包，才2元钱一个。那些刚刚出炉的香馕，看看都很诱人。看到一位小伙子在烤制香馕时，跪在炉灶边，把自己身体伸进高温炉膛，烤一个馕就要重复一次。多么艰辛的劳动，多么刻苦的精神！而一个馕饼却只卖3元钱。喀什女士走在街上都很有气质，扫街的清洁工也穿着鲜艳的民族服装。有位女士肩扛一只弯弯的南瓜，她的身材和服饰都非常优雅，这只南瓜也随之优雅起来。

艾提尕尔大清真寺坐落于喀什市艾提尕尔广场西侧，始建于1442年，后经历代扩建。这是一个具有浓郁民族风格和宗教色彩的伊斯兰教古建筑群，由寺门塔楼、庭园、经堂和礼拜殿四部分组成。艾提尕尔大清真寺不仅是新疆地区宗教活动的重要场所，在古代还是传播伊斯兰文化和培养人才的重要学府，天山南北及中亚地区许多伊斯兰教神职人员和学者都从这里毕业，还有一些有影响的诗人、文学家、史学家也在此受过学业培训。朝阳下的艾提尕尔清真寺古朴而庄严，一群鸽子盘旋在清晨的广场上空。几位在此游玩的维吾尔族女士非常开心地与我们的团友合影，有位名叫努日曼古丽的女孩要求单独拍一张，恨不能立即从照相机里取走照片。后来我用QQ把照片都发给她们，还请努日曼古丽转送一些照片给皮山小学的小朋友们。

喀什噶尔老城东南端黄土高崖上，有一处维吾尔居民小巷，维吾尔名为阔孜其亚贝希巷，汉语名为喀什高台民居。这个长达数百米的高崖早在两千多年前就已存在，相传东汉名将班超、耿恭曾在此留下足迹。公元九世纪中期喀什拉汗王朝时，就把王宫建在这个高崖的北面。高崖的南面与北面原来是连在一起的，据说数百年前一次从帕米尔高原的大山洪，把高崖冲出一个大缺口，从此南北割断，分成两个高坡，现在高台民居就建在南坡上。高台现有居民600户，人口2450人，全都是维吾尔族。高台民居地势崎岖，人口密集，小巷纵横交错，四通八达。巷内还有很多百年前的老宅住房，有的是两、三层的简易楼房，也有一些危房和废墟。来这里参观的游客不少，有一些居民在家里开设了工艺品小店。在高台古巷，那种用小砖块铺出的路是走不通的，只有大砖铺的路才可以走通。静静的古巷里，一些聊天的居民身着艳丽的盛装，有的居民在家门口吃早餐，还有一些美院学生在高台民居作画。古民居虽旧，仍然安装了装饰灯光，远看夜幕下的高台民居非常壮观。

大家在老城区内分散晚餐。大小餐馆的餐桌上，都有精致的茶具给顾客享用。有一种花瓶般的不锈钢器皿，是专门供顾客冲刷茶杯碗筷后倒水之用。喀什吐曼桥是一座非常漂亮的桥梁，其北侧是热闹的商业步行街和摩天轮大转盘，也可以看到高台民居；南侧是一个很大的湖泊，其中有音乐喷泉和城市规划展示馆，湖边还有建设得很好的公园。沿着人民东路往西走，就是喀什市人民政府，对面是人民广场和人民公园，广场上挂着一盏盏巨大的红灯笼。

红其拉甫国门 9月19日是新疆游的第25天，今天我们要去看红其拉甫国门。通往红其拉甫的道路坑坑洼洼不太好走，很多路段在修筑公路，那就是为配合"一带一路"倡议而建设的中巴国际公路。一路上是洁净的蓝天，还有尘土飞扬的道路。天上的朵朵白云变幻无穷，有时像游龙，有时像麒麟，又有时像新疆帽。终于开上了好路面，曲折逶迤通往远方。路上看到了勇敢的徒步旅行者，也看到了外国牌照的大货车。经过卡拉苏口岸后，我们就进入了帕米尔旅游景区。公路上有时可以看到牛群，不过这里水草不多，牛羊也就比较艰苦。旅行团在位于塔什库尔干县城的红其拉甫口岸办理了集体通行证，昨天我们已经在喀什公安局办理了个人的边境证，女60岁以上和男65岁以上不需要办理边境证。但从红其拉甫口岸至红其拉甫国门，还有120多公里的路程要赶。

红其拉甫哨卡（团友 摄）

中华人民共和国红其拉甫国门位于中巴公路314国道的终点，也就是中国、巴基斯坦交界的7号界碑处。红其拉甫国门是世界上最高的国门，海拔达5100米之高。素有"生命禁区"之称的红其拉甫山口，是中国古丝绸之路通往中亚、欧洲及地中海沿岸的桥头堡。这里冰峰林立，沟壑纵横，全年无霜期不满60天，最低温度零下40度，夏季最高温度不到10度，水的沸点不足70度，气候恶劣复杂多变。红其拉甫哨卡是我国海拔最高，自然条件最差的边防检查站。我们经过红其拉甫前哨班的营房，看上去大方、整洁而喜气。我们的大巴径直驶入第一扇大门，哨兵未予阻拦，却被前方的执勤战士阻止，又不能调头，只能缓缓退出这道铁门。

我们终于来到雪山下庄严而神圣的红其拉甫国门前，这是国庆60周年的献礼工程，之前的国门可能比较简单。团友们兴奋地奔向国门，隔着栏杆向对面的巴基斯坦游客欢呼。巴基斯坦的游客也向我们欢呼致意，虽然我们听不懂。大家纷纷在国门前拍照留念，在拍摄集体照时，我们占据了大部分路面，军人和军车从旁边通过，一点儿也没有责怪我们的意思。大家又换个方向，以红其拉甫哨卡的岗楼为背景合影。团友们与军人们是如此近距离相遇，我们在感到敬重、敬佩之余，也感到十分亲切及随和。我不由得想起在一次安检时，一位执勤军人上车看着我们说："我已经五、六年没回家了，看到了你们，就像看到了自己的父母。新疆早晚温差大，请你们保重身体！"听了他的这番话，团友们都不禁热烈鼓起掌来。

关于红其拉甫国门的海拔高度，一位执勤战士告诉我们说是5100米，有资料说是5000米左右。在这高海拔地区，大家都注意不要奔跑，不要行动过急，因此并未感到太大的不适。314国道的起点为新疆乌鲁木齐，终点为红其拉甫，途经库尔勒、库车、阿克苏、喀什、塔什库尔干，全程1888公里。从喀什到红其拉甫口岸的一段，又称为中巴公路。我们的两位驾驶员在1886里程碑前兴奋留影，毕竟大巴驾驶员开车到这里的并不多啊！

红其拉甫国门与我们想象中的不太一样，之前大家都以为这里会有个中巴边贸市场，还准备在这里购买一些异国消费品。其实由于这里的海拔高度和恶劣气候，并不适合人们居住，更不适合商业活动。同样也因为高海拔和差气候，红其拉甫国门的开放是季节性的，每年10月中旬至次年4月中旬，除了邮政等少量特殊车辆以外，其他车辆和旅客并不能从这里过关。

红其拉甫国门是我国领土的最西点，也是全世界海拔最高的国门。在历年的央视新年晚会上，多次出现红其拉甫哨卡战士们的矫健身影。这次大美新疆之旅中，我们有幸来到红其拉甫国门和哨卡，这里不一定是我们新疆游的最美景点，但一定是最难忘的景点。离开了红其拉甫，也就意味着我们从新疆之旅的最西端开始折返。我们原路返回，至塔什库尔干县城过夜。

慕士塔格冰川公园 9月20日一早，我们离开塔什库尔干返回喀什，途中游览了冰川公园。慕士塔格冰川公园位于新疆塔什库尔干县海拔7546米的冰山之父——慕士塔格峰的裙带下。在这座高原冰山中，有雪豹、雪鸡、棕熊、高原雪莲、青兰草、紫草等120多种植被和动物，有长达50公里的冰蛇，还有形状各异的冰塔、冰渍石、冰瀑布。狭窄简陋的景区道路，逶迤伸向冰川。奇异的清晨雪山阳光使我们大开眼界，仿佛在山谷里有一架巨大的探照灯，把光束射向苍穹。山上的白雪在朝阳照耀下闪闪发光，我们已经接近冰川，团友们远远地欣赏慕士塔格冰川的绮丽风光。

卡拉库里湖简称卡湖，位于冰山之父慕士塔格峰的山脚下，这是一座高山冰蚀冰碛湖。水面映衬着巍峨又神秘的慕士塔格峰，白雪皑皑，山水同色，景色十分迷人。卡湖的美景不只是雪山，沿路宽阔的河道也很壮观。经过布伦口大桥，我们也就离开了慕士塔格冰川公园。

白沙湖 帕米尔高原冰峰下的恰克拉克湖又名白沙湖，湖泊位于G314国道边上。这里湖面如镜，白沙如雪，景观独特，水域面积有44平方公里。湖的南岸雪山嵯峨，绵延天际。北岸的白沙山在帕米尔高原阳光照射下，闪耀着金属般的光泽，造就了恰克拉克的地貌奇观。为数不多的柯尔克孜牧民生活在这里，为进入高原的游客提供生活服务，成为高原驿站。

关于白沙山的成因，一种说法是由于千百年来高原风沙的侵袭，使得沙湖周围的山体遭受侵蚀，风化成灰白色的沙子，形成了沙山。而另一种说法是，白沙湖承接了东帕米尔北部地域的高山融水，河流到了这里流速减慢，水中的白沙沉淀到河湖底部。继夏秋的丰水期之后，冬季水位会下降甚至干涸，河床和湖底就会露出。盖孜峡谷是一个大风口，银白色的沙屑随风扬起，千百年的吹拂和收纳，就形成了一座终年被银沙覆盖的白沙山。

我们翻过一道山坡，就看到了平静而开阔的白沙湖。银白色的白沙山横亘眼前，把蓝莹莹的天，和同样蓝莹莹的湖分隔开来。白沙山随着阳光照射和观赏角度的不同，呈现出不同的颜色，一会儿银白，一会儿灰白，又一会儿雪白，白沙也多彩。从某个角度看，湖水又变成淡绿色。G314国道绕湖而建，在这一段成了景观大道。我跟驾驶员打过招呼后，独自沿湖前行，在不同角度看到了不同的景色，顺便也拍到了我们大巴行驶在湖畔的照片。

莎车 9月21日，多云转阴。我们从喀什前往莎车，再到和田。公路边"生态援疆/富民援疆"的大幅标语十分醒目，我们上海就有一些优秀干部在莎车援疆。叶尔羌汗国王陵又称阿勒屯麻扎，始建于1533年，其后又经百年扩建，陵内有叶尔羌汗国创始人等11代王室成员。2006年5月，被国务院公布为第六批全国重点文物保护单位。叶尔羌汗国是中国明代时期新疆建立的伊斯兰教地方政权，史籍称"蒙兀儿汗国""蒙古利亚国""赛义德汗国"等，因首府为叶尔羌（今莎车），故名。辖地为喀什噶尔、叶尔羌、于阗、英吉莎、阿克叶尔羌汗国苏、乌什等地，盛时还包括吐鲁番、焉耆和费尔干纳。叶尔羌汗国于1514年建国，到1680年消亡，计166年，历11代汗的统治。

陵园对面的叶尔羌汗国皇宫，可能是处于维修后的清洁阶段，也可能是有领导要来检查工作，反正工作人员不让我们进去参观。此时巧遇一位上海援疆干部，几句上海话一说，我们也就进去参观了。宫殿内的门墙层层叠叠，迂回曲折。皇宫的主殿金碧辉煌而高大通透，装饰和摆设都非常考究。

我们再去看巴依都瓦村祈富台，据说这是始建于西汉的亭台牌楼，乾隆时又修建祈富台，现仅为遗址土坡。我们在一个村庄问路，村干部干脆派了一位小伙子上车来为我们带路，并陪同参观。可惜祈福台的石碑已被东突分子破坏，碎片一地，残缺的石碑记录着祈福台的历史。

皮山 我们进入了皮山县境内，牌楼上写着"昆仑第一城"。经过一所小学门口，一些放学后等待家长的孩子们流露出焦急、期盼的眼神，而另一些孩子坐着三轮摩托平板车快乐地回家。在皮山农场一连大门口，刚下课的小朋友大大方方地让我们拍照，更有那小机灵奔跑过来抢镜。很多小朋友不用父母接送，自己就走回家了。路上一群小姑娘友好而大方地向我们招手致意，我只是不太明白，为何她们的年龄看上去大小悬殊，却非常亲密地一起回家？皮山农场属于建设兵团14师，农场的大枣田连绵成片，那红枣真是又大又好吃。

吐尔迪·阿吉家财万贯，土地万亩，房屋甚多。其庄园建于1929年，庄园以木料建房，没用一个钉子。从外观看，是具有东方古建筑结构的庄园。而从内部装饰看，又具有西方的建筑风格。吐尔迪·阿吉庄园虽然地处偏僻，却是全国重点文物保护单位。庄园正在维修中，内外都搭着脚手架，内部的梁柱门窗雕饰考究，壁画也很精美。出得庄园，我们经由皮山县城开往和田市，由于路途较长，加之安检，我们很晚才到达灯火辉煌的和田市内。

和田 9月22日的第一个景点是无花果王公园。无花果王位于新疆和田拉依喀乡，树龄400多年，树冠占地1亩有余。依然枝繁叶茂，果实累累，一年三茬结果，果实多达2至3万个。围绕着无花果王大树搭起了一座椭圆形平台，游客在平台上可以俯瞰这棵巨大的无花果树，也可以绕树一周。公园还有硕大的南瓜，由于份量太重，管理者安装了托架来支撑。

我们再去看核桃树王，大巴因限高开不进村里的道路，团友们步行1200米进入景点。村道两边的核桃林已经收获完毕，一棵树下放着一张摇篮床，一个四、五岁的男孩自己还是娃娃，已能扶着摇篮哄带婴儿。进入核桃树王公园，看到那棵核桃树王的树龄已达1300多年，树高16米，树冠直径20米，主干呈"Y"型，底部周长6.6米，大树可由5人合抱围而有余。饱经千年风霜的核桃树王瘢痕累累，由于年代久远，主树干中间已空，形成一个上下连通的"仙人洞"，洞底可容4人站立。核桃树王如此古老，却叶茂果盛，年产核桃6000余颗。公园里有一座核桃博物馆，还有很多大大小小的葫芦。

我们来到和田市的玉海滩玉石交易市场，其实也就是一个个独立的玉石摊位。周边在大规模建设与玉石相关的市场、住宅和旅游设施。之前在停车场，我们看到了两块很大的玉石原石，差不多有一人之高。下午我们离开和田来到民丰入住。

塔克拉玛干大沙漠 9月23日星期五，日晴夜雨，今天是新疆游的第29天，我们将要穿越激动人心的沙漠公路。离开民丰县城不久，我们来到315国道与沙漠公路的三岔口，315国道通往西宁，而沙漠公路则通往轮台。一座门楼横跨公路，或许它就是进入沙漠公路的标志物。沙漠公路也是油田道路，所以经常看到一些油田设施和标志。在新疆塔克拉玛干大沙漠里，有三条公路已通车或在建。第一条是1995年贯通的轮台至民丰的沙漠公路，第二条是2007年贯通的阿拉尔至和田的沙漠公路，第三条是阿拉尔至塔中的沙漠公路，已于2015年获批。

轮台至民丰的沙漠公路纵贯塔克拉玛干沙漠，北起轮台县东9公里，即国道314线626公里处，经轮南油田、塔里木河、肖塘、塔中4井，南至民丰县东18公里，即国道315线2178公里处，全长566公里。此公路主体采用"强基薄面"结构的施工工艺，防沙工程采用"芦苇栅栏"加"芦苇方格"等固沙技术，处于世界领先水平。沙漠公路全线通车以后，又对其中肖塘至民丰的436公里沙漠路段实施公路防护绿化工程，种植各类耐盐性较强的柽柳、梭梭、沙拐枣等防风固沙灌木两

塔克拉玛干沙漠公路

千万株，成活后逐步替代原来的防风固沙草方格和草栅栏，同时也绿化美化了环境。

轮台至民丰沙漠公路的建成，使得乌鲁木齐至和田的距离缩短了500公里。在此之前，国内外尚无百公里以上穿越流动性沙漠的公路。塔克拉玛干沙漠公路是世界上最长的贯穿流动性沙漠的等级公路，并于1999年9月获得上海大世界基尼斯总部颁发的世界纪录证书。我们刚进入沙漠公路时，没太注意里程碑，也搞不清楚里程数字的方向，我拍了一张552公里的沙漠公路里程碑，是与566公里的全长最接近的。前面的几十公里看不出沙漠的痕迹，却看到水草肥美，牛羊悠闲，好一派田野牧歌风光。路边偶尔出现一些胡杨树，或许快要进入真正的沙漠了。

终于进入了沙漠，没想到公路两边种有养护得很好的沙生植物，而且连绵不断。也看到了固沙用的防护栏和方格，它们在治沙固沙方面功莫大焉。广袤粗犷而线条优美的塔克拉玛干大沙漠中，却有细腻的沙坡沙纹，犹如人的指纹一般，也许这就是沙漠的身份证明。路边每隔4公里左右，就有一幢红顶蓝墙小屋，估计是供道路及绿化养护人员居住和工作的房子。沿途看到一些养护工，他们有时骑车，有时步行，有时独坐路边，有时夫妻并肩。辛苦和寂寞，就是他们工作、生活中的影子。蜿蜒的沙漠公路不断延伸，路边不时出现一些井号牌子。一开始以为这样的井号是采油井的编号，又疑惑附近怎么没看到采油机械，后来才知道这是沙漠绿化养护的深井编号，沿路绿化带的灌溉就是依靠这些井水支撑的。沙漠公路绿化带里有宽敞的消防通道，也可供沙漠车通行。通道内那黑色的管道是输水管，井水通过它分布到更细的管子，再渗透给沙漠植物。

"只有荒凉的沙漠，没有荒凉的人生！"这幅屹立于沙漠公路中心的巨幅宣传牌写得很有气势，它写出了沙漠的宏伟苍凉，也写出了沙漠建设者和沙漠旅行者的人生精彩。站在这荒凉无边的沙漠中遥望天际，心中充满了新奇、震撼和赞叹！高低起伏的沙坡上，一座座巨型铁塔高耸大漠，为这浩瀚大漠带来了动力和生机。休息处有石油公司关于沙漠公路绿化的文字介绍，附近还有"零公里石碑"。其实这个石碑只是石油公司所立标志，或许是指沙漠公路绿化带开始的地方，也可能是指石油道路开始的地方。真正的沙漠公路零公里并不在沙漠中，而是在离轮台县城不远的公路边。

穿越500余公里的塔克拉玛干沙漠，是我人生中一次难忘的旅行经历。没进入沙漠之前，以为这条沙漠公路一定非常荒凉和寂寞，几十公里也不一定能看到车子和人。其实，这条沙漠公路既不荒凉，也不寂寞，而是一条精心维护的景观大道。一路上的游客不少，车辆更多。一位老领导用"伟大"两字来称赞我们穿越沙漠公路的活动，"伟大"我们实不敢当，但"正确"我们是承认的。我们选择了正确的路线，在即将结束新疆之旅的时候，走了一段难忘的沙漠旅程。

又见塔里木胡杨 穿过塔克拉玛干大沙漠后，我们又见塔里木河。9月15日中秋节，我们曾经到过塔里木河，今天又来到她的下游。相同的是一样的美丽，不同的是河面更加开阔。塔里木胡杨林国家森林公园总面积100平方公里，位于塔克拉玛干沙漠东北边缘的塔里木河中游。塔里木胡杨林森林公园集塔河自然景观、胡杨景观、沙漠景观为一体，是世界上最原始、面积最大、保存最完整的胡杨林保护区。公园内有一条17公里长的游览车道路，以及沿途千姿百态的胡杨景观，还有一条13公里长的小火车环游路线。网有语曰："不到轮台，不知胡杨之壮美；不看胡杨，不知生命之辉煌。"这里可能是全世界最大最壮观的胡杨林基地。看地图可知，今天在轮台县看到的胡杨林，与我们9天前在沙雅县看到的胡杨林，两者相距并不太远，它们由塔里木河东西向相连，有着共同的胡杨特质和形态。

距公园西南约10公里处，曾经屹立着2000多年前的汉代烽燧，那是戍边将士不朽的丰碑。我们虽经多方寻找，问了好几位老乡，仍然没有找到这个地方。有几位老乡说，这个地方由于建设发展，已经不存在了。路边有大片的棉花地，一些采棉工正在采摘棉花。在新疆这么多天，每个旅馆的设施虽然不同，棉被的舒适性却是相同的。

博斯腾湖 9月24日星期六，依然日晴夜雨，今天是新疆游第30天，也是我们在南疆旅行的最后一天。由轮台前往博斯腾湖的途中，看到了大片的辣椒地，人们正在收获辣椒，前些日子曾经看到聪明的农人把红辣椒在大田里摆放出各种好看的图案。博斯腾湖的维吾尔语意为"绿洲"，是中国最大的内陆淡水吞吐湖。博斯腾湖东西长55公里，南北宽25公里，水域总面积800多平方公里，湖面海拔1048米，平均深度9米，最深处17米。博斯腾湖属于山间陷落湖，主要水源是开都河，同时又是孔雀河的源头。湖区周围生长着广茂的芦苇，盛产各种淡水鱼，是新疆最大的渔业生产基地。湖区属天然湖泊水域风光型自然风景区，涉及博湖、焉耆、和硕、库尔勒三县一市。2014年5月，博斯腾湖景区成为新疆第8个国家5A级旅游景区。

在美丽而浩荡的博斯腾湖之畔，旅行团的女神们身着五彩缤纷的服饰，兴高采烈地在博斯腾湖白鹭洲上展示她们的美丽和风采。经过整整一个月的新疆之行，她们不负初心，精神状态依然良好。真可谓人在湖上立，影在水中留。团友们的靓丽和活跃，并不输给在一边拍摄婚纱照的新婚夫妇。然后我们又来到莲花湖景区，这里的连天芦苇给我留下深刻印象。湖畔的观景台大气新颖，游艇码头上游客如梭。湖上水无波纹，船坊倒影如镜。

　　铁门关位于库尔勒市北郊8公里处，扼孔雀河上游陡峭峡谷的出口，曾是南北疆交通的天险要冲，是古代丝绸之路的中道咽喉。晋代在这里设关，因其险固，故称"铁门关"，列为中国古代二十六名关之一。如今的铁门关峡谷，在拦河大坝上建起了大水库，往日奇险无比的古丝路已淹没在万顷碧水中。铁门关关楼仍在，不知是否还是当年的模样？铁门关地区是库尔勒香梨最好的产地，香梨挂满枝头，正是采摘旺季。铁门关果园的香梨已装箱，将运往全国各地。

　　今天是我们旅行团大美新疆之旅的满月之日，大家在宾馆附近的老妈家庭厨房欢聚一堂吃"满月酒"。团友中有的明天先期回沪，有的恰逢生日，有的在库尔勒有朋友到访，这都为晚宴增添了欢乐气氛。团友们互相敬酒，祝贺新疆游圆满成功，餐厅经理也和我们一起分享快乐。既然是吃满月酒，就不必太文质彬彬了，团友们纷纷倾情献演，举行了一场令人捧腹的表情秀大赛。明天起就不再安排景点，而开始历时5天的打道回府。

27. 广南东路闻惊雷

2017年4月6日至5月2日，我们知青旅行团从上海出发，开始广东、广西和海南长线游，其间还要出境到越南、柬埔寨旅游。大巴车走G60沪昆高速，走了一小段江西境内，就进入福建。傍晚6点多到达泰宁百施特酒店，导航显示为763公里。在古城附近晚餐后，大家信步来到古城老街看夜景。去年福建游时，我们就来过这里，景观和气氛都很熟悉。

4月7日我们到江西赣州游览了八境台、赣州古城墙和贡江浮桥，然后离开江西进入广东，入住仁化县7天连锁酒店。4月8日星期六，阴转多云。我们昨晚入住的酒店距丹霞山景区咫尺之遥，由于景区较大，景点分散，我们让酒店老板联系了一位导游，可节省一些时间。

294

仁化丹霞山

丹霞山 丹霞山又名中国红石公园，位于广东省韶关市仁化县和浈江区境内，面积292平方公里，锦江自北向南穿境而过。丹霞山与鼎湖山、罗浮山、西樵山合称为广东四大名山，先后获得国家级风景名胜区、国家自然保护区、国家地质公园、国家5A级旅游景区等称号，2004年2月被联合国教科文组织批准为首批世界地质公园。丹霞山由680多座顶平、身陡、麓缓的红色砂砾岩石构成，"色如渥丹，灿若明霞"，以赤壁丹崖为特色。此山也是世界"丹霞地貌"的命名地，在世界已发现1200多处丹霞地貌中，丹霞山是发育最典型、类型最齐全、造型最丰富、景色最优美的丹霞地貌集中分布区。

我们乘坐缆车上山后，在宝珠峰观景台逗留了很长时间。站在半圆的木平台上放眼望去，丹霞山的绮丽风光尽收眼底。其实丹霞山并非一片红色，而是像别的名山景区一样满山苍翠，只有在一些绝壁悬崖上树木无法生长，才露出了红褐色的岩石，还有流水侵蚀般的印痕。观景台的高处有一座"韶音亭"，在这里可以有更高的视角，还可以把团友们的倩影全都拍摄进去。我们在附近几个景点转了转后，仍然坐缆车下山，坐游船去海螺峰和长老峰继续游览。步行也可以到，但走水路近很多。丹霞山的山峰都不太高耸危峻，大部分山头平缓起伏，其中又有各种奇特的造型。团友们在平台上似乎怎么也看不够，迟迟不愿离开。

丹霞双绝是指大自然的杰作阳元石和阴元石，两石同在世界地质公园丹霞山中，相距约5公里。阴元石可以近距离观看，而阳元石只能远眺。大自然的造化和灵气真是神奇，有诗曰：挺劲雄峰世所希，名石逼肖众称奇；天公亦解苍生事，泽惠人间醉玉姬。

我们在丹霞山几个景点游览之后，下午2点多离开景区前往肇庆。快到肇庆时，经过宽阔的西江，正值夕阳斜照，水面红光粼粼，十分好看。晚上入住肇庆中心湖畔的松涛宾馆，大家放下行李后前往市中心的壹号聚点晚餐，途中车游了肇庆的湖中道路及市中心的美丽夜景。

4月9日，阴转多云。我们昨晚入住的宾馆也称七星国际学术交流中心，占据了星湖边很大一片土地。团友们一早起来，顺着楼道来到湖边散步锻炼。清晨的湖面上不时传来声声口令，原来星湖是国家体委的划船基地，运动员们分组在进行单人双桨和双人双桨的训练，速度极快。

七星岩 从宾馆走到七星岩风景区，不过百米之遥。七星岩风景区位于广东肇庆市北，以岩峰、湖泊、溶岩地貌为主要景观。其风景自古就以"峰险、石异、洞奇、庙古"而著称。景区主要包括星湖和七座山峰，七岩是阆风岩、玉屏岩、石室岩、天柱岩、蟾蜍岩、仙掌岩和阿坡岩，它们似北斗七星镶嵌在约9000亩的湖面上。岩峰挺秀，湖水清澈，山环水绕，相互映衬。叶剑英元帅有诗赞曰："借得西湖水一圜，更移阳朔七堆山。"星湖的湖堤长达20多公里，串起数个翠绿的小岛，景色十分宜人。有岩必有洞。星湖的精粹就在于岩峰和岩洞。可能每座岩下都有岩洞，游客可以入内游览。

七星岩摩崖石刻群是蜚声中外的文化遗迹，唐开元年间李邕在石室洞口留下《端州石室记》，此后历代很多名人都

肇庆七星岩

在洞内外留下了大量的诗文或题名。七星岩摩崖石刻计有630余幅，石室洞内外的摩崖石刻，不仅是一首首诗情并茂的山水诗，而且是千年沧桑历史印记，陈毅元帅称它是"千年诗廊"。在景区里，有一些合唱队在自娱自乐，我们的团友也加入了当地市民充满激情的合唱，心情大好。七岩中最高的天柱岩，虽然仅高110米，却十分险峻。本人一鼓作气，大汗淋漓地独自登上了岩顶，整个七星岩景区的美丽风光尽收眼底。我们在七星岩景区只游览了约四分之一的地方，就离开景区，前往鼎湖山游览。

鼎湖山 鼎湖山位于肇庆市区东北18公里，穿过北回归线，面积1133公顷，最高海拔1000.3米，为岭南四大名山之首。"鼎湖"原名顶湖，得名于山顶有一个常盈之湖。有传说黄帝打败蚩尤，在此铸鼎，故称鼎湖。从山麓到山顶，自下而上分布着沟谷雨林、常绿阔林、亚热带季风常绿阔叶林等多种森林类型，被誉为华南生物种类的"基因储存库"、"绿色宝库"和"活的自然博物馆"。1956年，鼎湖山成为我国第一个国家自然保护区"鼎湖山国家级自然保护区"，1979年又成为我国第一批加入联合国教科文组织"人与生物圈"计划的世界生物圈保护区，建立了"人与生物圈"研究中心，成为国际性的学术交流和研究基地。

我们乘坐电瓶车上山，分段游览了宝鼎园、蝴蝶谷等景点。到了庆云寺附近，我们弃车走山路，从依山而建的寺院下山。庆云寺的建筑严整而对称，规模宏大，信众和游客很多。随后我们顺着林间小道来到飞水潭，这里沟深林密，溪清鸟鸣，十分幽静，一些游客在溪中嬉水。飞水潭的断崖高达40米，一泓瀑布直泻而下，其下为一个不小的湖泊。孙中山先生曾于1923年在这里游泳，宋庆龄为此写下"孙中山游泳处"几个大字。

景区附近有很多粽子店，最大的20元一只，我们买了一些粽子准备晚餐时大家品尝。离开鼎湖山后，我们继续走G321国道，转道广昆高速、珠三角环线高速和沈海高速，在水口收费站进入开平市区，入住富景酒店，并在附近一家金碧辉煌的酒店晚餐。

开平碉楼 4月10日星期一，多云。一早我们到昨天吃晚餐的金碧湾酒店吃早茶，大家想品味一下广东人的早茶文化。茶具很精致，但点心似乎不如记忆中那么精巧。花了2个小时吃好早茶后，我们就出发去看开平碉楼。这里的人们对开平碉楼原来也不当回事，后来有北京来的干部在这里挂职，申遗成功，碉楼的身价就不一样了。

开平碉楼群始建于清初，大量兴建于上世纪二、三十年代，最多时有

3000余座，目前尚存1466座。这些碉楼是旧时广东华侨为防御盗匪，筹资回乡兴建的。当年西方国家招募华工去开发金矿和建筑铁路，大批开平人背井离乡远赴外洋，开平逐步成为一个侨乡。他们中大多数人挣到钱后，就回国操办买地、建房、娶老婆。当时中国社会兵荒马乱，盗贼猖獗，而开平侨眷归侨生活比较富裕，土匪便集中在开平一带作案。在这种险恶的社会环境下，防卫功能显著的碉楼应运而生。而在建造碉楼过程中，由于主人的海外经历，也仿照了西洋的建筑风格。碉楼的墙体结构有钢筋混凝土的，也有混凝土包青砖的，门窗多用较厚的铁板所造，建筑材料中的铁枝、铁板、水泥等很多是从外国进口。碉楼的上部结构有四面悬挑、四角悬挑、正面悬挑、后面悬挑等，建筑风格有柱廊式、平台式、城堡式，也有混合式的。为了防御土匪劫掠，碉楼通常都设有枪眼，一些华侨从国外购回枪械，有的碉楼内还配备了发电机和探照灯等设备。

号称"开平第一楼"的瑞石楼坐落在蚬冈镇锦江里村，楼高9层。瑞石楼的始建人黄璧秀号瑞石，故以此号起楼名。瑞石楼不仅是高度第一，外观及建筑风格上也是别的碉楼难以相比。楼的顶部有3层亭阁，其中的罗马穹窿顶和拜占庭造型最为显著。各层都有不同的线脚和柱饰，各层的窗裙、窗楣和窗花的造型也不相同。每层都有用坤甸木或柚木板做的屏风，上面雕刻各种字体的"花开富贵、竹报平安、雀屏中目、鸿案齐眉"等内容的对联。由于是家族私楼，各个厅房均有传统生活用品的摆设，瑞石楼是原貌保存得最好的一座碉楼。

马降龙村的碉楼群保存完好，与周围民居及自然环境融为一体，村里的13座碉楼都掩映在茂密竹林中。这些碉楼不仅可以防盗御匪，还可以躲避水灾。据记载，开平曾多次发生大水灾，洪水漫过普通民居的屋顶，村民们登上高高的碉楼，方得以避难。我们漫步绕村一圈的游客步道，似乎走进了秀竹公园。竹园里的散养母鸡悠闲觅食，毛色亮丽，看上去似乎就闻到了土鸡的鲜嫩味。

赤坎镇有350多年历史，是一座具有浓郁南国特色和深厚文化底蕴的侨乡古镇。堤西路古民

稻田看碉楼

居多建于上世纪二十年代，由侨胞、乡村祖尝、商号老板兴建。楼高一般2至3层，是中国传统建筑与西洋建筑的结合体，即在传统"金"字瓦顶及青砖结构的基础上，融入当时先进的西洋混凝土建筑材料。布局整齐而风格各异的骑楼是其一大特点。镇里有一座影视城，在这里拍过电影《三家巷》等。

在立园附近的一大片稻田里，我穿过弯弯曲曲的狭窄田埂，看到了一些田边的碉楼。还看到几位农人荷锄赤脚在开挖田埂，估计是调节稻田里的水量。我觉得这情景既有几分熟悉，又有几分感慨。在稻田一侧，有一条平整而曲折的3米宽道路，入口处写有"中国侨都步行径"和"开平潮人径"字样，几位游客正漫步其上。

我们于下午3点多进入沈海高速，向湛江方向行驶，开了200公里左右，进入高州市区，入住茂名大道上的城市便捷连锁酒店，这是一家看上去还不错，客房设施较新的宾馆。

高州 4月11日星期二，阴天。今天游览的景点颇多，先来到观山寺群。这个寺群位于高州市之西的观山上，由观山寺、玉泉寺、吕仙殿、潘仙殿、报德祠等宗教庙宇组成，其中观山寺系明代万历年间所建。由于时间不够，我们只是在山门附近转转，没有登山看寺。

我们在一位热心市民的带路下，穿过居民小巷去看一棵珍贵而传奇的缅茄树。树高18米，冠幅33米，虽经420多年风雨吹拂，仍苍翠挺拔，枝繁叶茂。这棵缅茄树号称全国唯一，其实应该说是全国第一。缅茄树原产于缅甸，国内除在滇南有少量分布外，其余仅见于高州，而高州目前也只有4棵。这棵缅茄树的身世曲折离奇，据清嘉庆《茂名县志》载，明万历年间，太仆寺少卿李邦直自滇携种归高州，不久缅茄籽失落，为此侍婢梁凤薇被严刑拷打而亡。事隔3年，床下砖缝中长出一棵缅茄幼苗，李令人拆除府北，让其生长。从此这树被称为"含冤树"。一些含冤负屈投诉无门的平民百姓，常到树下诉述冤屈。高州市人民政府于1988年在古缅茄树周围兴建了缅茄公园，塑建缅茄女像。

宝光塔位于高州市区西南部的鉴江河畔，建于明万历四年（1576年）。该塔为八角九层楼阁式砖塔，通高65.8米，塔身用青砖砌筑。塔基为须弥座，束腰部分嵌有花岗岩浮雕图案3幅。宝光塔是明代全国第二高塔，广东省最高的楼阁式塔，具有较高历史价值和艺术价值。在宝光塔附近的鉴江边，一些善男信女正手捧经文，念念有词，神情极其虔诚。他们这是在为放生作准备，也可能念经是放生的必经程序。今天恰逢农历十五，他们带来很多水桶水盆，里面有各种活鱼。

高州冼太庙于明嘉靖十四年（1535年）始建，是高州地区规模最大、等级最高的冼太庙。周恩来总理曾称颂冼夫人为"中国巾帼英雄第一人"。冼太夫人是公元六世纪时的岭南百越族女首领，她是广东高州人，一生致力于祖国统一和民族团结，功绩卓著，被民间尊称为"岭南圣母"，在广东、海南、东南亚等地有广泛影响。后人为纪念冼太夫人，在各地兴建了许多冼太庙，仅在茂名地区就超过200座。我们在冼太庙外面的广场上看到，点燃香火的鼎炉大大小小有10多个，香客络绎不绝，远远望去烟雾缭绕，很是壮观。

玉湖风景区也就是高州水库，位于高州市东北部鉴江上游支流的大井河和曹江，总集水面积1022平方公里，总库容11.5亿立方米。玉湖是高州的水源地，也是综合性水利工程。我们坐上景区的游船，沿着湖区转了一圈，大约1个多小时。湖中有不少小岛，但都只有植物，没有房屋和人文景观，所以其观赏性不如加拿大千岛湖和浙江千岛湖。

雷州 我们游毕高州之后，就从S280省道进入G65包茂高速，再转到沈海高速，走G207国道到达雷州。邦塘村位于雷州城的西郊，早在明朝中期，邦塘村始祖李德重从鹿洲岛迁居此地，历经400多年。全村有百余座古宅，堪称古民居博物馆，建筑形制如官府布局，颇有威仪。

雷州邦塘村古民居

最大的一座古民居有天井24个，房72间。走进邦塘古民居，仿佛进入一座古民居博物馆。民宅间有遮道的榕荫，大片荔枝林，还有菠萝蜜树。我们到村里时已近傍晚，斜阳照射在红色的古墙上，更显得斑驳陆离，似乎它们就是岁月的凭证。村里的一些房屋由于久未住人及疏于维护，只剩下残壁败垣，而破房内的树林却生机勃勃，此情此景与我们2015年到过的陕西吴堡石城十分相似。看到有门开着，里面有住人迹象，我们入内高喊"有人吗？"却见一老者呼呼入睡，并不理会我们。遇到几位村里的年轻人，普通话说得不错，他们打开一座较大的宅子大门，让我们进去参观。村口搭了一座像模像样的剧场，电子显示屏播放着通知，几位村民将请来剧团，在这里举办庆典活动。

雷祖祠位于广东湛江雷州市城西南之英榜山，始建于唐贞观十六年（642年），迄今已1300多年历史。雷祖祠是纪念唐代雷州首任刺史陈文玉（雷祖）的祠堂，系国家重点文物保护单位。民间传说陈文玉是一位半神半人充满神奇色彩的英雄人物，因雷霆所劈而诞生。他任职期间精察吏治，消民疾苦，从福建大量移民到本地，使民皆富庶，风俗大变。为使黎庶安宁，他大修城池，公款不足则自捐薪俸。并具疏把古合州改名雷州，雷州之名沿用至今。唐贞观十二年正月十五，正当城工告竣，文武僚属欢欣巡城之际，陈文玉却生出两翅，白日升天。为了纪念这位德政昭彰的地方官，郡民即立祠以祀。雷祖祠由山门、正殿、侧殿、后殿、碑廊等建筑组成，全部建筑沿中轴线布局。祠前广场规模宏大，有莲花池和三座石桥，这广场是用于盛大的雷祖崇拜仪式。我们进得祠门，这里的负责人热情为我们介绍雷祖祠的情况，十分受益。雷州地区雷霆天气特别多，"雷州换鼓"是古代雷州人在雷祖祠内举行的一种隆重的"祭雷"仪式，官民同乐，始得风调雨顺。

三元塔位于雷州市雷城镇，建造于明万历年间的1615年，塔高58米，外观呈八边形，9层，全部用棱角牙子砖和线砖砌成，内楼共17层。三元塔造型修长挺拔，被称为"南天一柱"。三元塔的周围是一座公园，外围有城墙。由于时间已不早，我们站在高处拍了些照片，没有进园游览。晚上入住雷州市的洪都大酒店，并在酒店餐厅晚餐。

雷州听雷 4月12日星期三，雷阵雨。今天是我们这次南方游的第7天，也是在广东省旅行的最后一天。早上离开宾馆后，我们顺道游览了雷州西湖。这里是宋代城郊水利工程的水库，也是古代雷州的一处游览胜地，古称"雷湖"。自从苏轼兄弟在此醉游之后，更名为西湖。雷州西湖仿照杭州西湖，也有苏堤、三潭印月等景。西湖被城市道路一分为二，一边的湖泊有楼台亭阁，谓之西湖公园。而另一边的湖泊水面更大，湖边有雷州博物馆和各种建筑物。

我们游览好西湖公园，就向徐闻方向进发。没过几分钟，刚才还好好的天空忽然就电光闪闪，雷声隆隆，而且一声响过一声，随后就下起倾盆大雨，雨量之大很少看见。大雨之时，雷声仍然频频。我们不由得想起2015年西北游时在瓜州吃瓜的事情，无独有偶，今天我们是在雷州听雷。想想也是，到了雷州而没听到雷声，岂不是有点遗憾！根据湛江市气象局的资料，雷州半岛以"雷"著称，雷暴活动十分活跃，一年四季均有电闪雷鸣。雷州半岛年平均雷暴日近90天，多的年份达100多天，每年5至9月是雷州半岛雷暴多发季节，尤其是在雷州半岛的南部。雷州半岛多雷暴，这与地理位置和地形地貌有关。雷州半岛地幔的隆起，以及岩石含铁丰富，是多雷因素之一。此外，雷州半岛的地形容易产生强烈发展的积雨云，海陆交界的落差也容易引发强对流天气产生。

灯楼角 暴雨越下越大，道路上积起大水，一些小车行驶困难。我们要到角尾乡的灯楼角去游览，可是雨这么大，积水这么深，我们怎么去啊？话说这灯楼角，是我国大陆国土的最南端，位于湛江市徐闻县角尾乡的呷角，自北向南楔入琼州海峡约三公里。此地于光绪十六年即1890年建造灯塔，故得名。灯楼角曾被法国占据，并留有遗迹。我军解放海南岛时，这里又是解放军横渡琼州海峡的首发港和指挥部。1994年3月，这里建起一座36米高的六角形灯塔，塔身用白色瓷砖镶嵌，用蓝色瓷砖隔层，灯塔前的大石板上写着"滘尾角灯塔"五个大字（"滘"jiào是广东方言，指水相通处）。现在这座灯塔是琼州海峡、南海诸岛和北部湾重要的航标灯，也是中国大陆最南点的标志物。

祖国大陆最南端

我们的大巴车沿着狭窄的道路前行，这里雨已停，地已干。我们下得车来，居然还出来了大太阳，天空一碧如洗，我们的运气真太好了！来到了祖国大陆的最南段，大家都异常兴奋，如同去年我们到达祖国最西端红其拉甫哨卡的心情一样。我国最东面是黑龙江省的乌苏镇，就是黑龙江和乌苏里江的交汇处；大陆的最南面是广东省徐闻县的灯楼角；最西面是新疆乌恰县以西的帕米尔高原；最北面是黑龙江省漠河县的北极村。至此，祖国大陆的东南西北四端，我们知青旅行团的部分老资格团友都已全部去过。

顺便查了一下，我国陆地的地理中心是在甘肃东乡族自治县董家岭，在那里建有一座"国心塔"。而亚洲大陆的地理中心是在乌鲁木齐市西南部的永丰乡，在那里建有一座"亚心"标志塔。从灯楼角原路返回了一段，我们就向徐闻的渡海口开去。今天的海峡轮渡不算拥挤，我们等候不太长的时间就上了船。有点诡异的是，等到渡轮驶离海安港不久，天空里又是雷声隆隆，下起了暴雨。而当我们在海口下船时，雨又停了。团友们开玩笑说："我们一车人属龙的较多，老天对我们特别客气！"我们沿着海口的滨海大道行驶，一路欣赏华灯初上的夜景，入住老街骑楼附近的爱丽海景酒店。

28. 广南西路看飞瀑

2017年4月19日星期三，阴有雨。今天是我们知青旅行团南方游的第14天，昨天我们从海南岛坐汽车轮渡到广东徐闻，在港口附近宾馆入住。早上经徐城收费口进入沈海高速，然后转兰海高速，由广东进入广西，再转S31三北高速。在经过2900米长的铁山港大桥时，我看到江中的一排排鱼桩十分整齐，很像福建霞浦的景色。出了合浦收费口后，就是一条笔直的银滩大道，车子直达银滩。

北海 北海银滩位于北海市银海区南海沿岸，东西绵延约24公里，沙滩宽阔而平坦，平均坡度仅为0.05。沙滩由高品位的石英砂堆积而成，在阳光照射下，洁白细腻的沙滩会泛出银光，故称银滩。银滩是一张名片，广西素以"北有桂林山水，南有北海银滩"而自豪。我们到达银滩时，大雨滂沱，海滩上没有几个游客。趁着雨势小了一些，团友们就在银滩广场那座标志性的圆球雕塑前拍了几张照片。记得我2008年来过银滩，那时天气晴朗，海滩上人头攒动，我还下海游了一阵。

北海老街

我们入住市中心的维也纳国际酒店，这是一家体量挺大的酒店，顶楼有旋转餐厅。酒店对面是宽阔的市民广场，广场上的大榕树很有意境。然后大家自行去游览北海老街，从酒店走过去不算太远。北海老街位于北海市珠海路，始建于1883年，长1.44公里，宽9米，沿街均为中西合璧骑楼式建筑。老街的建筑富有地域特色，又吸收了岭南建筑的特点，还糅合了一些西方建筑艺术风格。我们在老街上边走边看，店铺延绵不断，小吃店的烤生蚝和油炸虾饼很是诱人。位于老街东侧的北海海关大楼旧址，被确定为全国重点文物保护单位，建于清光绪三年（1877年），是一座边长18米的三层方形西洋建筑。它是广西最早建立的海关，从开办至1941年，其历任正副税务司均由欧洲人担任，海关大权操纵在洋人手里。在海关大楼旧址附近，有一座保护完好的大清邮局旧址。

左江岩画

左江岩画 4月20日星期四，我们在宾馆早餐后出发，通过银滩大道进入G75兰海高速，转到S60合那高速。途中公正服务区的建筑物别具一格，看上去有点像泰国或缅甸的样式。随后我们进入G7211南友高速，路牌显示这里已接近中越边境。我们出夏石收费口后，穿越龙州县城，又走了一段省道和乡道，在上金旅游码头上船，游览了左江花山岩画文化景观。左江迂回曲折，往返两个半小时的游程中，看岩画当然是最主要的内容，而一路欣赏两岸的山势风光，也与桂林漓江有异曲同工之妙。

左江岩画分布在左江沿岸数百公里的悬崖峭壁上，共发现岩画178处，280组。其中宁明花山岩画是左江岩画的代表，画面宽约170米，高约95米，共有111组，图象1900余个，堪称世界岩画史上的珍品。左江岩画是战国至东汉时期（公元前475年至公元220年）由壮族先民骆越人所创作，岩画距离江面的高度在20米至60米之间，图案以人像为主，间有器物、动物及自然物等形象。左江岩画用赫红色颜料涂绘而成，历经几千年风雨冲刷而不褪色。游轮驾驶员把船头对着花山岩画，尽可能靠近一些，让我们更清晰地欣赏岩画。面对着这些神秘莫测的岩画，我的心里不由得产生了诸多问号，这些岩画的含义是什么？这么高的悬崖峭壁上，先民是如何作画的？为什么岩画的色泽至今仍然鲜艳？

龙州烈士陵园 我们看好左江岩画，就去瞻仰龙州烈士陵园，这里离县城约有5公里距离。龙州烈士陵园位于广西龙州县上龙乡弄平村，进入正门，迎面而来的是一座高6米的烈士纪念碑，主体为一位英雄战士的雕像。陵区按照牺牲战士的籍贯地排列，共有2008名烈士长眠于此，其中对越作战牺牲的有1879人，主要为42军官兵，其中有中央军委授予战斗英雄称号的李定申、朱仁义、王息坤、雷应川、曹保勤。陵园内有一等功臣65名，二等功臣232名，三等功臣1007名。对越自卫还击战牺牲的烈士来自全国22个省、市、自治区，墙上排列有他们的英名和籍贯地。在陵园里，烈士们从师职干部到普通战士一律平等，规格和材质没有任何区别。

我们到达门口时，远远看到一辆大巴车停在边上，一些穿草绿色军装的身影在主体雕像前忙碌着。以前我们听说参加过对越自卫反击战的老兵们有时会集体到烈士陵园看望牺牲的战友，今天碰巧就遇到了他们。这些来自广东鹤山等地的老兵们身穿当年的军装，头戴军帽，肩佩领章，身挎背包和水壶，有的老兵胸前还挂着勋章。我们的团友与老兵们攀谈，随他们一起上香，陪着他们为牺牲的战友洒酒、点烟、说心里话，一些团友的眼眶里噙着泪花。牺牲的战士们大多只有20岁出头，有的只有19岁，他们为祖国和人民的安宁而献出了自己年轻的生命。勇士的精神将与日月同辉，壮士的英名将与天地共存，流芳千古。

老兵们坚毅的眼神里，透露出缅怀的心情。他们说："战友牺牲了，我们还活着，我们有责任来看望他们，也有责任照顾好烈士的父母。"老兵们的祭扫活动结束后，我们知青旅行团全体成员与全体老兵在主体雕塑前合影，拍了几张弥足珍贵的集体照。瞻仰龙州烈士陵园，是我们这次旅途中一次很有意义的集体活动，给我们带来的心灵震撼和灵魂洗涤，还有参战老战士与牺牲战友的战场情谊和保家卫国情怀，都将长久驻留在我们的记忆中。

德天跨国大瀑布

德天大瀑布 4月21日星期五，阴转多云。我们从龙州县城的新美大酒店出发，不一会儿就来到了S325沿边公路。顾名思义，这是一条沿着中越边界修建的公路，隔着山就是越南。有时候隔着一条河，对岸就是越南。在公路上837界碑处，我下车拍了张照片，此处不太宽的归春河对岸就是越南的民居，有的房子还挂着越南国旗。沿边公路的景色非常好看，各种姿态的清秀山峰，路边农人的水田耕作，构成了一幅连绵不断的立体画卷。

我们来到了德天跨国大瀑布，这个亚洲第一、世界第四的跨国瀑布，位于广西壮族自治区崇左市大新县硕龙乡德天村，地处中国与越南边境的归春河上游。瀑布宽200余米，气势磅礴蔚为壮观，与紧邻的越南板约瀑布相连，年均水流量约为贵州黄果树瀑布的三倍。走近德天瀑布，但见宽阔雪白的水流伴随着震耳欲聋的声音急跌而下，宛如巨大的天幕，又如流动的油画。我到过加拿大和美国之间的尼亚加拉大瀑布，那里虽然名气和水量更大，但远不及德天瀑布这般秀丽和多姿。德天瀑布分为三层：第一层河水沿山势直冲而落百余米之下，银瀑飞泻，水气蒸腾；第二层比较低缓，山势在此有一个几十米的台阶，让第一层瀑布猛冲而下后有个喘息的机会，然后蓄势进发，形成了最为壮观的第三层；在第三层已汇聚了从源头流出的四散河水，几乎是垂直流下的水幕，冲击着宽广的河面，流淌出一幅被绿树青山所镶嵌的天然山水画。

在德天大瀑布的上游600米处，立有一块53号界碑，为清政府于1896年所立。界碑虽经多年风雨侵蚀，历经沧桑，但"中国广西界"五字的刻纹仍然工整有力，清晰可辨。相传清政府在这段边界划规领土，以界碑一统边界时，这里交通极为不便，崎岖难行。几个官兵奉旨抬着界碑到此，看天色已晚，还有那么远的路程要走，于是就地挖坑将界碑立于此地，就是现在的53号界碑。清朝官兵的这一愚蠢行为，就把很多中国领土划给了越南。清朝界碑附近还有两块新的界碑，一面写着中国，另一面用越南文写着越南。界碑的越南一侧，摆满了各种售货摊，也分不清摊主是中国人还是越南人，反正商品都是越南货。在我们刚进入景区时，也看到一些越南人把竹筏靠在河边，倚着栏杆向游客兜售越南商品。

通灵大峡谷 游览德天瀑布结束后，我们走X532县道，路况较好，一路欣赏沿途景色，来到了通灵大峡谷。大峡谷位于靖西县湖润镇新灵村，由念八峡、通灵峡、古劳峡、新灵峡、新桥峡组成，总长10多公里。峡谷内荟萃了特高瀑布群、洞中瀑布、地下暗河、峡谷溪流、洞穴奇观、古石垒、原始植被等景观。其中通灵峡于1998年由靖西商会的4位商人所开发，位于大峡谷的南端，是一个长方形全封闭式的峡谷，长约1000米，宽200多米，深300米，犹如地球突然裂开一条缝隙，狭长而深邃。

我们进入景区后，就一直沿着台阶不断下行，似乎深不见底，也担心还得登上这么多台阶返回。通往峡谷的小径从遮天蔽日的枯藤老树下穿越下坠，宛如一条绿色的隧道通往地心，往下约300米处是古石垒，迎面一堵绝壁挡住去路，近看却有个洞口。入洞后竟是一个高100米、宽60米的溶洞。深深的洞底水流潺潺，洞顶呈一线天，洞壁及洞顶布满各种造型奇异的钟乳石。从Z字形的云梯下到洞底，出洞后便是一片遮天蔽日的原始森林。走过长长一段林间小道，眼前便出现了高达168米、宽30米的通灵瀑布，这就是中国西南地区的最高瀑布。

高悬的瀑布宛如一匹巨大的白练飞奔直下，发出雷鸣般的响声，飘散出漫天白雾。可惜今天没有阳光照射，看不到美丽的彩虹。瀑布跌落处约50米宽的深潭，汇集了峡谷溪流和溶洞暗河，又形成一条奔涌的河流通往另一个峡谷，成为新的瀑布源头。暗河入口处是个巨大的溶洞，溶洞深邃曲回，沿石壁云梯往上攀越约30米高时，一条洞中暗流迎面而来，循石壁而下，形成多层小瀑布，清澈透明。

我们返回时仍然通过刚才那个100米高的大溶洞，不过道路平坦，依地下河而建。先前的返程担心并无必要，我们几乎没有攀登什么台阶，就顺着平直的道路来到了景区出口。然后每人花5元钱坐上景区摆渡车，开上相当陡急的盘山路，回到了景区大门口。

灵渠 4月22日至4月29日，我们出境到柬埔寨和越南旅游。4月30日上午，我们从南宁走G72泉南高速，下午2点多到达灵渠景区。灵渠又名湘桂运河、兴安运河，位于广西桂林市兴安县境内，是世界上最古老的运河之一，也是中国古代著名的军事水利工程。它开凿于秦代，沟

广西灵渠

通长江水系的湘江和珠江水系的漓江，自古以来就是岭南地区与中原地区之间的水路交通要道。灵渠主体工程由铧嘴、大天平、小天平、南渠、北渠、泄水天平、水涵、陡门、堰坝、秦堤、桥梁等部分组成，其中南渠长达30多公里，陡门有36处。灵渠说是渠，看上去却像一条小河，据说原来比较狭窄，如今有所拓宽。灵渠两岸已开发建设成一个公园，游客甚多。灵渠景区是国家重点文物保护单位，国家4A级景区，已被列为世界文化遗产预备名单。

看了灵渠，才知道秦朝就有了这个伟大工程。沿着长长的灵渠漫步，看到水流清澈，村民依然在此洗衣、嬉水，想想这是秦朝流淌至今的渠水，似乎也看到了历史长河的流淌。当地的宣传语是："北有长城，南有灵渠。"坐在游览小船上，看到秦朝的铧嘴、堰坝、秦堤等仍然发挥着作用，不由得联想起四川都江堰的伟大水利工程。

荒友盛慧琴评论说："灵渠是个伟大的工程，没有灵渠，中国的版图很可能不是现在的样子，大片的东南国土不知道会归属于哪国的囊中。当时这是条绝对重要的命脉之渠，值得一游！"

漓江画廊

漓江 时光回溯至2008年5月，我曾到广西桂林游览过一次，而更早的时候，我也来过桂林。这样，我就两次游览过漓江和阳朔。桂林漓江是国家5A级景区和国家重点风景名胜区，是桂林风景的精华所在。从桂林至阳朔的漓江水路全程83公里，其中最优美的路段是启程码头到兴坪之间约40公里的河道上。漓江是世界上最美的画廊，这画廊的序厅比如叠彩山、象鼻山等景观，在桂林城里就开始了。上船后，我除了到座位上喝水、午餐以外，差不多都在甲板上看景。一些渔民撑着狭长的竹排靠贴游船，向游客兜售鲜活鱼虾，游客若买下可付费请船厨加工。从黄牛峡至水落村，是漓江风光的精华所在，望夫石、童子拜观音、八仙过江、九马画山等绝美景色都在这一段。其间的兴坪风光，已成为人民币1999年版20元券的图案。漓江虽宽，却风小浪平，各种形态的秀美山峰投射在江水里的倒影，就显得几分朦胧几分清晰。倘若有些薄雾飘过，这种极致的水墨画用照相机也可以创作出来。

我们在阳朔住了一晚，最好的去处自然是西街。这是一条阳朔县城中部的步行街，与县前街相交汇。由于此处外国人云集，故又称为"洋人街"。西街长不过数百米，却聚集了近百家商店、酒吧、饭馆。一些店铺富有中国民俗特色，而另一些店铺又有浓郁的西方情调。西街的路面用大石板铺成，颇有历史韵味，其实西街确实是条古老的街道，已有1400多年的开街历史。上世纪七十年代，西方游客发现了西街，每年到西街观光、休闲的境外旅游者逾数十万人次。他们有住十天半月的，也有住一年几年的，有的干脆就在西街成婚、开店。在桂林，我们还游览了尧山风景区，体验了遇龙河漂流，欣赏了两江四湖的夜景，还看到了独木成林的大榕树。

澄澈 的 旅途

29. 请到天涯海角来

2017年4月12日，我们旅行团的大巴从广东徐闻摆渡到海口，入住老街骑楼附近的酒店。今天是农场朋友会师海口的日子，几位老知青从上海、天津和新加坡赶过来。他们前几天住在三亚，今天特地赶到海口来迎接旅行团，并陪同我们游览海南岛。2015年11月我在海南游览过一次，这次重游部分景点。

海口 4月13日星期四，有时小雨。我们的运气不错，听说前几天海南气温高达35度，昨天开始降温，到今天只有22度，这凉爽的天气使我们不再大汗淋漓出游。一早我们游览了宾馆附近的骑楼老街，并在街上早餐。海口骑楼老街是海口市最具特色的街道景观，其中最古老的建筑至今已有700多年。骑楼老街面积约2平方公里，共有大大小小的骑楼建筑近600栋，于2009年首批获得中国历史文化名街称号。海口骑楼大多是上世纪初从南洋回来的华侨所建，建筑物上布满了精美细致的雕塑和装饰。骑楼以两层、三层的居多，下层的一部分做成柱廊式人行过道，用以避雨、遮阳和通行。骑楼区域的面积虽大，精华部分也就集中在不太长的中山路上，这条路也是一条商业步行街。

然后到海口人民公园，想看看海口解放纪念碑，因为我们昨天在灯楼角看到了渡海作战纪念碑。但是这里只有人民英雄纪念碑，海口解放纪念碑在另一个地方。随后我们游览了海瑞故居和五公祠。海瑞故居位于海口琼山区红城湖路，是一座仿明代海南民居风格的纪念性建筑群。海瑞故居由前厅、正堂、后屋、书斋、花厅、书童间等单体建筑组成，总面积3300平方米。真正的明代海瑞故居原址就在附近，并无建筑遗存。现今的海瑞故居为1997年琼山各界筹资重建，于海瑞诞辰480周年之际落成开放。海瑞（1514—1587）是琼山人，生性耿直，不肯阿上，清苦自律，厚抚穷弱，因此深受百姓拥护，却也经常触忤当道，曾经三次丢官，一度入狱。海瑞去世后，农辍耕商罢市，号哭相送数百里不绝，百姓称他为"海青天"，其志节为后人所景仰。海瑞旧居的建筑及陈列均相当不错，可惜周边环境与之太不协调，紧挨着故居就是几幢居民楼，崇高精致的海瑞塑像背景就是触目世俗的高楼。

　　五公祠位于海口市海府路，由观稼堂、学圃堂、东斋组成，并与苏公祠等连成一片，形成一组文物古迹群。始建于明万历年间，清光绪十五年（1889年）重修，后又多次修缮，系全国重点文物保护单位，有海南第一楼之称。五公祠是为纪念唐、宋时期贬谪到海南的五位著名历史人物，即唐朝名相李德裕及宋朝名相李纲、李光、赵鼎、名臣胡诠而建，故名。这五位精忠报国的名臣虽遭贬谪，万里投荒，仍然不易其志，致力于地方公益事业和传播中原文化，为当地人民作出很大贡献。在五公祠东侧，有一明代所建小楼，这是祭祀苏东坡的苏公祠，祠内有一座石刻苏东坡像。

博鳌亚洲论坛永久会址

310

　　博鳌亚洲论坛会址 海口游览结束后，我们沿着G98海南环岛高速向琼海方向行驶。到了博鳌，大家参观游览亚洲论坛会址。博鳌亚洲论坛国际会议中心是博鳌亚洲论坛的永久会址，于2003年9月22日启用。国际会议中心位于博鳌水城内的东屿岛上，与万泉河入海口遥遥相望。国际会议中心正面是两个大型喷水池，其中圆台形喷水池中间是一个地球仪，流水从地球仪下倾泻而出。圆形的会议中心就像一枚古钱币，外圆内方，象征着包容性与亲和力，没有上下、主次和高低之分，以体现与会者之间的平等。从空中俯瞰，圆形的会议中心与弓形的索菲特大酒店巧妙组合，就像一艘万吨巨轮上的大铁锚，也像一组蓄势待发的弓箭。游客参观主会场时，可以到主席台发言席拍照。

　　永久会址与成立会址是两个独立的景区，入口相距7公里多。博鳌亚洲论坛成立会址位于博鳌小镇上，与永久会址遥相呼应。论坛成立大会和首届年会的膜结构主会场，见证了博鳌亚洲论坛的成立和首届年会召开的历史性时刻。成立会址与永久会址周围的自然风光优美，东部的"玉带滩"被载入吉尼斯世界之最。万泉河、龙滚河、九曲江三河相汇，东屿岛、沙坡岛、鸳鸯岛三岛相望，金牛岭、田涌岭、龙潭岭三岭环抱，因此被国内外专家誉为世界河流入海口自然环境保存得最完美的地方之一。

　　从博鳌出来，我们沿着环岛高速继续南行，下午3点多到达陵水，入住香水湾荣逸温情酒店。酒店客房围绕着游泳池，散落在漂亮的庭院内。香水湾既是一个居民区，也是一个旅游区。团友们换好了短装和拖鞋，到酒店后面的海边去快活嬉水。大家站在海滩上，一齐把拖鞋抛向空中，拍出了很有创意的照片，原来拖鞋不一定是要穿在脚上的。

陵水海滩

分界洲岛 4月14日，晴天，我们去分界洲岛游览。位于海南陵水的分界洲岛是海岛型5A级旅游景区，被称为是"心灵的分界岛"和"坠落红尘的天堂"。所谓分界，是指牛岭，分界洲岛就是牛岭的末梢部分。虽然整个海南岛都处于热带，但牛岭以北的空气湿度大，降雨多，而岭南的气温要比岭北高出两、三度，阳光充足，干燥少雨。在分界洲岛上看牛岭两边，夏季岭北大雨滂沱，岭南却是阳光灿烂；冬季岭北阴郁一片，而岭南却是阳光明媚。

站在分界洲岛的山顶远眺四周，碧海茫茫无际，蓝天白云纯净透亮，翠绿的群山连绵不断。山上有不少别墅型客房，面向大海绿树掩映，想来价格不菲。沙滩边游客很多，享受着各种水上娱乐项目。游客在分界洲岛可以游泳、潜水，还可以乘坐摩托艇，玩水上滑翔伞。分界洲岛风光虽好，门票却贵，165元一张，只有本省人可以优惠，外地游客即使70岁以上也是全票。上岛之后，电瓶车、沙滩椅、冲澡等都得另外付费。虽然如此，游客还是很多，今天并非双休日，停车场仍然停满了旅游大巴。

我们从分界洲岛出来，参观了陵水苏维埃政府旧址。可惜国家重点文物保护单位的石碑，却被小商摊位和摩托车团团围住，旧址门口也挤满了摊贩。我们到旧址时是下午1点，大门紧闭，摊贩告诉我们说中午休息，要下午3点钟才上班。可笑又可叹！这可能要让当年苏维埃政府的先驱们始料不及。后经我们要求，一位老先生出来开门让我们进去参观。陵水苏维埃旧址原为琼山会馆，始建于民国10年。1927年大革命失败后不久，琼崖第一个红色政权即陵水县苏维埃政府就在此诞生，在这里重新点燃了全岛革命斗争的火种。

槟榔谷 然后我们来到槟榔谷游览，景区位于甘什岭自然保护区内，两边森林茂密，中间是一条连绵数公里的槟榔谷地，故得名。这里是海南省民族文化活体博物馆，海南省国家级非物质文化遗产保护的20个项目，槟榔谷就展示了其中的10项。在这里，游客可以欣赏全岛树龄最老的百年槟榔林，走近正在消失的黎族传统建筑船形屋，见识被喻为"海南岛敦煌壁画"的最后一代绣面文身阿婆，还可以看到人类在无纺时代所穿的树皮衣。游客在这里还可参观全国唯一的黎族艺术馆、文身馆和牛文化展馆。

槟榔谷内的苗族狩猎文化区是海南岛唯一真实展现苗族文化的地方，旨在还原海南苗族的狩猎文化和迁徙不定的山地游牧生活。早年海南岛本土居民的最大特征就是"雕题离耳"。所谓"雕题"就是纹脸，"离耳"就是佩戴大耳环。而这样的居民，在槟榔谷可以看到很多，当然他们如今的日常生活已改变成一种职业，一种演技，他们事实上已经成为旅游公司的员工。不少纹脸阿婆在树荫下或廊道里席地而坐，两腿笔直抵住织架，腰板笔挺，织出了各种美丽的花布。我非常佩服她们的身背没有任何依靠，却能保持这样优美的姿势长时间织布。观看刀山火海演出时，团友们整齐地敲击竹筒，为勇敢的演员加油。欣赏黎族民间演奏时，团友们上台与演员一起欢快互动。

312

三亚 离开槟榔谷不一会儿，我们就进入三亚市，入住解放路上的如家酒店，从这里到三亚湾海滩不过咫尺之遥。4月15日星期六，晴空万里，气温升高。我们一早出发去亚龙湾。亚龙湾国家旅游度假区是中国唯一具有热带风情的国家级旅游度假区，也是亚洲领先、世界闻名的热带滨海品牌度假区。亚龙湾海滩上外国人很多，其中似乎俄国人特别多。爱立方滨海乐园原是收费景点，现在已经完全对市民和游客免费开放。亚龙湾周边布满了高档酒店和度假村，各种品牌和风格的宾馆连绵不断。水上活动品种很多，最贵的远海潜水每人486元，其他项目收费也都在百元以上。大家漫步在亚龙湾的海滩上，花了两个多小时领略这"天下第一湾"的魅力和时尚。

然后我们去看三亚海棠湾免税购物中心，即三亚国际免税城。这座商厦总建筑面积12万平方米，其中商业面积7万多平方米，是全球规模最大的单

华灯初上的三亚

体免税店。免税城的建筑形态非常优美新颖，A区与B区由一条漂亮的空中廊桥连接。走进免税城的阳光谷附近，让我感到有点像上海的世博轴，也有点像德国法兰克福的MyZeil商厦。

我们回宾馆休息了一会儿，傍晚5点多出发去鹿回头公园看日落和夜景。鹿回头山顶公园三面环海，一面毗邻三亚市区，是登高望海和观看日出日落的制高点，也是俯瞰三亚市全景的绝佳处。鹿回头因一个美丽动人的传说而得名：以前有一个峒主想得到名贵鹿茸，令黎族青年阿黑上山打鹿。阿黑看见一只花鹿，一直追了九天九夜，翻过九十九座山，追到三亚湾南边的珊瑚崖上，花鹿前无去路。猎手正欲搭箭射猎，花鹿突然回头含情凝望，变成一位美丽的少女向他走来。于是他们结为夫妻，在石崖上男耕女织，子孙繁衍。鹿回头已定位为情爱文化和生态展示并重的主题公园，三亚市也因此被人们称为"鹿城"。夕阳西沉，华灯初上，海面上游船穿梭，游客纷纷站在观景平台上欣赏暮色和夜景。我们晚上8点钟下山时，还有不少游客上山看夜景，鹿回头山顶公园的开放时间直至晚上10点半。

4月16日，晴天。早上离开宾馆后，我们先就近游览三亚湾。三亚湾绵延22公里，滨海大道依湾相伴，海边椰树成林。长长的三亚湾分为三段，紧连市区的为游乐观光区，稍远为公共海边泳场和海上活动区，再远是休闲度假区。我们昨天晚上在鹿回头山顶看到的夜景，其中很大一部分就是三亚湾的夜景。这么长的海岸，这么优美的环境，几乎看不到什么建筑物，也没有被任何单位或居民楼所占据。这些优质的公共资源，实实在在由市民和游客所享用。而从滨海大道出发，有很多道路通往市中心。我们站在最繁华的市中心路口，一眼就能看到道路尽头的三亚湾海滨。

天涯海角 顺着三亚湾的滨海大道，我们不一会儿就来到天涯海角风景区。它位于三亚市区西南23公里处，以美丽迷人的热带海滨自然风光和悠久独特的历史文化而驰名中外。天涯海角背对马岭山，面向茫茫大海，是海南最著名的旅游名胜。这里海水澄碧，烟波浩瀚，帆影点点，椰林婆娑。海湾沙滩上百余磊石耸立，其中天涯石、海

天涯海角

角石、日月石和南天一柱等石最为著名，很多游客都喜欢在这里留影。不管是天涯石，还是海角石，都不是海南岛的尽头，两块知名石头的近处还有很多石头和沙滩。也许，在三亚的最南边，会有真正的天涯石和海角石，但却是默默无闻的，人迹罕至的。清康熙五十三年（1714年）钦差大臣苗曹汤巡边至此，勒石镌字"海判南天"，这是天涯海角最早的石刻。

"请到天涯海角来"是大家所熟悉的歌曲，是沈小岑的歌声带来了天涯海角的人气，还是天涯海角的美景传播了沈小岑的歌声？景区里还有规模不小的婚纱摄影基地，漫步期间，一对对新人牵手椰林，倩影甜蜜，为景区增添了一抹靓丽。正是千姿百态甜而妙，天涯海角婚纱飘。

南山　我们游览好天涯海角，就去看南山景区，这两个景区是同一条游览线路。南山文化旅游区是5A景区，位于三亚市以西约40公里处，主要景观有南山寺、南山海上观音苑、慈航普渡园、吉祥如意园、长寿谷、小月湾等。南山别号鳌山，面朝南海，是中国最南端的山峰，海拔500余米。据说山上终年祥云缭绕，气象万千。108米高的南山海上观音一体化三尊，造型挺拔，气势恢宏，高越天下。游客可以进入观音底座的内部参观，我排队乘电梯上去，再爬了几段楼梯，来到了观音的足部。很多游客和信众在这里诚心诚意地抱佛脚，其实佛脚根本够不到，游客能抚摸到的只是佛脚的指甲。想起在西安大雁塔陈列着一通释迦如来足迹碑，素有"见足如见佛，拜足如拜佛"之说法。

南山景区有好几样宝物。南山不老松学名"龙血树"，被称为植物中的活化石，三亚南山一带生长着6万株之多，据说树龄最长的已有6000年以上，因此人们给老人祝寿最常说的就是"寿比南山不老松"。其实那棵著名的南山不老松高不过10米，由五、六根树干组成，树叶密密麻麻长在枝干上，形成了一个硕大的蘑菇形。被录入吉尼斯世界记录的"金玉观音"雕像内镶释迦牟尼舍利子，由观音金身、佛光、千叶宝莲、紫檀木雕须弥底座四部分组成。金玉观音耗用黄金100多公斤，120多克拉南非钻石，数千粒红蓝宝石、祖母绿、珊瑚、珍珠，以及100多公斤翠玉等珍宝，是工艺美术史和佛教造像艺术史上的稀世瑰宝。南山的另一项吉尼斯世界纪录是天下第一龙砚，这方巨砚重35吨，长10米，宽3米，高1.5米，雕成56条神龙，9只金凤，32只龟。整方砚台共有三个砚池，左右为日月，中间为中华人民共和国版图，寓意中华民族基业天长地久，与日月同辉。

崖州 我们从南山出来，驱车去看崖城学宫，这是一处全国重点文物保护单位，位于崖城老街，是赫赫有名的古崖州最高学府，始建于北宋庆历四年（1044年），是古崖州历史文化的象征。可惜的是学宫今天休息，大门紧闭，我们只能在门口观赏。

看看还有时间，我们就到三亚崖州中心渔港参观。这是一处避风港，各种各样的渔船密集停泊在岸边，渔民们把各种水产用传送带搬运上岸。码头边有一幢体量很大的交易市场，里面隔成一间间宽敞的仓库或商铺，不过大部分卷帘门都关着。在码头一侧，有一长排水产品市场，我们问了一下，6斤左右的石斑鱼开价30元一斤。价格真便宜，而且都是最鲜活的。

今天我们由海南岛最南面的三亚出发，走环岛高速公路的西侧，入住乐东黎族自治县尖峰镇的民心农家乐。这是一家颇具规模，拥有较大庭院、水塘和餐厅的农家宾馆，我们在这里要住两天。

尖峰岭 4月17日星期一，晴空万里，蓝天纯净。清晨的阳光明亮而柔和，投射在建筑、鱼塘和树叶上都显得色彩鲜艳，早餐后我们就去尖峰岭游览。尖峰岭国家森林公园位于海南岛西南部，总面积447平方公里，地跨乐东、东方两个县市。尖峰岭旅游区正在开发之中，共有10个功能小区。这里空气纯净，负氧离子浓度高达5万至10万个/立方厘米，有显著的森林保健功能。公园内有78种珍稀濒危物种，被誉为"热带北缘生物种源基因库"。设有国家级生态系统定位观测站，是具有全球保护意义的A级单元，亦为知名的国际热带雨林科研基地之一。有行家说，尖峰岭的热带雨林景观可与南美洲、非洲、东南亚的热带雨林相媲美。

公园拥有中国现存面积最大，保护最完好的原始热带雨林，从滨海至1412米的主峰，分布着七个植被类型，拥有植物2800多种。林海中奇形怪状的树根和盘根错节的藤蔓互相缠绕，有的大树底部波浪般一层又一层，有的大树被笔直的它树所支撑，有些枯亡的大树上繁殖着奇奇怪怪的附生植物。雨林的底层是真菌及花草，海拔600米地带则密集生长着石梓、黄檀等优质乔木。这里还有与恐龙同时代的植物活化石树蕨（桫椤），十几米高的主干从山涧昂然挺出。

这片热带原始雨林也是一个动物世界。这里有黑冠长臂猿、云豹等动物16种，有鸟类150种，昆虫4000多种，仅蝴蝶就有300余种。我们从进入鸣凤谷开始，2.5公里长的游程中就没停止过鸟鸣虫叫，声音响亮而持续，就像特种车辆的鸣笛，又像溪谷流水的喧哗，无异于一部奇妙大自然的原

海滨村的晚霞

生态交响乐。各种蝴蝶张开美丽的翅膀，在游客面前飞来飞去。我们在原始森林里走走停停，说说笑笑，欣赏到了千年古树、空中花园、独木成林、大板根、绞杀等热带雨林独特景观。

景区里有一泓600亩的湖泊，位于海拔800米的高山盆地，看上去碧波荡漾，一尘不染，这就是"南天池"。天池周围分布着一些度假村、水庄、雨林别墅和农家，湖畔的红瓦建筑物在蓝天下显得十分静谧醒目。农家炊烟袅袅，鸡鸣犬吠，好一派南海田园风光。

游毕尖峰岭，我们回到宾馆休息了一会儿，下午4点钟再度出发去龙沐湾。大家带好泳装，兴致勃勃地准备到海边游泳嬉水。可是，任凭我们如何导航寻找，都没有找到这个滨海度假区的入口，却看到成群的高楼和宽敞的林荫道，或许这个龙沐湾度假区只是将来时，也可能已被商品房小区所瓜分。

于是我们就按照预定计划，直接到岭头镇海滨村去吃海鲜。七转八弯到达这个海边小渔村时，恰逢夕阳西斜，晚霞满天，渔港内成排的渔船沐浴着金灿灿的阳光，极其美丽壮观。而村子西侧的海滩上巨石平坦，波光粼粼，团友们兴奋地雀跃、起舞、喊叫，留下了一幅幅生动的剪影。太阳落进海平线后，天空中彩云犹在，辽阔的海空依然迷人。天色慢慢暗了下来，我们来到一户渔民家里，三桌丰盛的海鲜已经准备好。有大对虾、石斑鱼、花蟹、红鱼等海鲜，还有土鸡和各种素菜，菜量挺多的，算下来每桌还不到600元。今天饱览了美丽的晚霞，享用了美味的海鲜，印象十分深刻。

鱼鳞洲 4月18日星期二，我们旅行团南方游第13天，也是海南游的最后一天，大家早餐后就开始离岛之旅。我们的大巴沿着G98海南环岛高速行驶，这次是走西海岸，由南向北往海口方向开。经过东方市时，我们顺道到鱼鳞洲灯塔看看。鱼鳞洲位于海南东方市八所镇西南的海滩上，这里的海滩并非细沙，而是小粒的石子，一些海钓爱好者在此静静垂钓。灯塔是鱼鳞洲的标志，也是东方市的标志，它是北部湾重要的航标。灯塔建在鱼鳞洲海边一座高约30米的岩石小山上，海南西部沿海有许多这样的灯塔。鱼鳞洲因濒临北部湾，来自海上的西风终年不断，因此这里的风能资源十分丰富，海滩上耸立着18架巨大的风车。近年来建起的鱼鳞洲风景区，增加了旅游设施，为游客提供旅游服务。

海南解放纪念碑 我们来到海南的第二天曾想去看看海南解放纪念碑，今天离岛前如愿参观了临高角解放公园。公园位于临高县北部的海滨，园内并无海南解放纪念碑，而是一座屹立于海边，充满英雄气概的热血丰碑雕塑。1950年春，解放海南的大军在分四次7000多人成功潜渡海南后，于4月16日开始实施总攻，8个团的主力部队向海南岛进发。4月17日凌晨，我军在海口以西至临高角一线大举登陆，其中有1.8万人在临高角登陆，成功地摧毁了薛岳精心构造的"伯陵防线"，战斗中我军800多人英勇牺牲。解放海南登陆战是战争史上的奇迹，创造了用木帆船打败铁甲兵舰的范例。团友们怀着崇敬的心情，在热血丰碑纪念雕像前合影留念。在按下快门的瞬间，我忽然想起小时候看过的一部电影《碧海丹心》，这部影片就是描述解放海南岛故事的，好几个惊涛骇浪中的战斗场面我仍然记得。公园内外悬挂了很多横幅，我猜测是这几天正在举办解放海南岛的纪念活动。除了纪念雕像外，解放海南纪念馆，以及法国人百年前建造的灯塔，也是公园里的主要参观点。

下午到达海口秀英港后，我们3点前就登上渡轮，却一直等到4点半才开船。船速不算慢，抵达徐闻海安港时也已6点钟。下船又用了半个小时，再按照原来想法到北海住宿显然已太晚，只能在徐闻找了一家来悦酒店投宿，并在此晚餐。

30. 穿越千年的微笑

我们知青旅行团于2017年4月南方游其间，安排了8天时间出境到柬埔寨、越南旅游。4月22日星期六，晴天。早晨我们从广西的靖西市出发，走S60合那高速，转入G7211南友高速，直达南宁市中心。今天起我们开始参加南宁康辉旅行社安排的柬埔寨、越南游。我们的大巴车就停在旅游集散中心，驾驶员随团出境。我们在南宁市区转了转，看看市容和市民，说实在的与想象中的省会城市还有距离。下午5点多来到南宁吴圩国际机场，建筑风格和装饰水平无可挑剔，为旅客考虑方面却不敢恭维，迟迟不开放安检，入口大厅没有椅子，让旅客站了一个多小时。当地时间晚上10点多到达柬埔寨暹粒机场，大家从停机坪直接进入机场大厅。说是落地签证，却似乎不需要任何手续，工作人员清点人数后就让我们出了机场。然后大巴送我们到旅馆，只需15分钟左右车程。

信仰的台阶

吴哥 4月23日星期日，晴天。今天参观举世闻名的吴哥景区，先到游客中心办票，每位游客对着摄像头拍张照片，然后制成门票，验票人员核对面孔无误后才让游客进入景区。一日票的价格为37美元，可以游览四个景区，当天有效。游客也可以购买三日票或七日票，当然价格会贵一些。

小吴哥也称吴哥窟或吴哥寺，是与中国万里长城齐名的全世界七大人工奇迹之一，是高棉吴哥王朝全盛时期遗留下来的宗教建筑。吴哥窟是印度教毗湿奴神庙，高棉国王苏利耶跋摩二世（1113—1150年在位）决定在平地兴建一座规模宏大的石窟寺庙，以作为吴哥王朝的国都和国寺。为此举全国之力，花了35年建造而成。吴哥窟是吴哥古迹中保存得最完好的建筑，以建筑宏伟与浮雕细致闻名于世。15世纪上半叶，吴哥窟随吴哥都城废弃而荒芜，19世纪中叶重新修整，成为世界著名古迹。1992年，联合国教科文组织将吴哥古迹列入世界文化遗产。

高棉的微笑

吴哥窟占地2平方公里，坐东朝西，整体布局为长方形的护城河围绕树林，树林与寺庙之间有一圈低矮透空的栏杆。神庙围有依次增高的三层回廊，回廊的四角配有高塔，以65米高的中心塔为顶点，形成依次递增的高塔群。寺内的须弥山金字塔为最高点，那里台阶陡峭，寓意着人们到达天堂需要经历许多艰辛。吴哥寺的装饰浮雕刻于回廊内壁及廊柱、石墙、基石、窗楣、栏杆之上，题材取自印度教神话和高棉王朝的历史。吴哥窟内僧侣很多，其中也有一些10多岁的男孩，他们可能来自别的寺院或佛学院。

大吴哥城是加亚巴尔曼七世所遗留下来的巴戎庙建筑群，由54座古塔组成，于12世纪后期建成。巴戎神庙的建筑群不如吴哥窟那样占地广大，但其建筑物集中而高耸，宛如一座巍峨的城堡。而在城堡内部，大大小小的巷道四通八达，游客可以从各个方向走到相邻的堡垒。大吴哥城给游客印象最深刻的就是每座高塔上部那些穿越千年的"高棉的微笑"，几乎每座高塔的四侧都有微笑的面容。历经漫长的岁月，那些笑容依然真诚，面部色泽依然鲜亮。这样的微笑有点神秘，有点沉思，更有点哲理。我们在大吴哥的古塔中穿来穿去，从不同的角度和高度去欣赏那些无处不在的迷人微笑。看得越多越久，感悟也就越深越纯。

十二生肖塔于12世纪末建成，各塔雕有不同的动物，和中国的十二生肖相似。十二生肖塔是用来关押犯人令其忏悔的地方，塔群正对着古法院遗址，可见高棉当年也有法治的威严。在生肖塔附近的大草坪上，一群当地市民在野餐歌舞，我们一些团友也欢快地和他们一起互动。

塔普伦寺似乎已被丛林所吞没，一些百年老树缠绕着千年奇石，石树一体，爱恨纠缠般的浪漫，岁月流逝中的奇观。十九世纪中叶法国人发现塔普伦寺之后，因整座寺庙已被树根茎干纠缠盘结在一起而放弃整修，保持了原始模样，由此形成了塔普伦寺"林寺一体"的独特景象。那些大树是Kapok树，被当地人称为蛇树，它们粗壮发亮的根茎绕过梁柱，探入石缝，盘绕在屋檐上，裹住窗门，深稳紧密地缚住神庙，让枝干有力地向天空攀升。

柬埔寨皇宫

金边 4月24日星期一，晴天。今天从暹粒赶往金边，一路上看到的民居基本上都是架空屋，地面至房间不到一个人高，四面漏空，家里人平时都在架空处或躺或坐。一路看过去，这些屋子似乎都没有空调和纱窗。连绵的土地空空如也，既没有种粮食，也没有种蔬菜，据说要等待雨季再种庄稼。

中午进入柬埔寨的首都金边，看到好多中国人的建筑工地，还有不少中国人或者华侨开的公司、餐厅、旅馆。经过湄公河时，看到有两座并行的大桥，一座由日本建造，另一座是中国建造。团友们在百适河大餐厅自助午餐，菜肴十分丰盛。下午游览金边市的地标塔仔山，又名钟形塔，此山还不到30米，实际上就是一座寺庙。然后大家去游览皇宫，柬埔寨皇宫的规模和装饰看上去不及泰国皇宫，宫中的纯金佛像、翡翠佛像和纯银地面，是柬埔寨皇宫的亮点。然后我们去游览独立纪念碑，其正前方有西哈努克的塑像。广场上的国旗，一半是越南的，另一半是柬埔寨的。广场一侧是洪森首相的官邸，我们正好看到10多辆警务摩托车开道，一排高级轿车停了下来，据说是越南的负责人访问洪森官邸。听导游说，柬埔寨用电是向越南和泰国买的，看病也要到越南和泰国去。而我看到的另外一则信息，却是说我国的南方电网是越南的电力供应商。

然后我们部分团友参加了坐船游览湄公河的自费项目，时间约一个小时，收费人民币100元。我们上得船去，已经摆好了各种热带水果。船到四面河处返回，所谓四面河，是指白色河、洞里萨河以及湄公河的两端在这里汇合。在一幢豪华的大厦下面，河滩上搭出了一些棚子，河边停泊着很多小船，一些渔民就居住在这里，船上五、六岁的小女孩光着屁股跑来跑去。夕阳西下，虽然云层有点厚，落日不够清晰，但晚霞还是挺漂亮的。晚上在奈司皇室餐厅晚餐，随后入住世豪大酒店。

4月25日星期二，多云。早上离开宾馆后，车子在金边城区开了一段时间，大家车游了金边市容。这座城市虽为一国之都，密如蛛网的黑色线缆却到处都是，线路凌乱，店招门头均被遮挡。不光是柬埔寨，泰国、越南等国的大城市也是这样线缆满天飞。这种凌乱的城市空间，在我国大城市已很少看到了，国内即使是一些小县城，很多线缆也都已入地。不过在金边市内，不少老房子都裹着"金色的边"，看上去十分靓丽。大巴于10点多到达木排口岸，看到不少豪华漂亮的建筑物，多为开设赌场的酒店。进关前旅行社领队说越南海关要收取每人20元人民币小费，这样可以速度快一些。其实从柬埔寨进越南海关根本就不拥挤，可以说是随到随进，个人自己通关只要付1美元。越南与柬埔寨之间有一块界牌，两面用不同的文字写着国名。

321

31. 从西贡到河内

2017年4月25日星期二，多云。中午我们旅行团在木排口岸从柬埔寨来到越南之后，就到一家餐厅午餐，每人一只锡锅蒸白米饭，这倒是第一次看到。进入胡志明市即南越时代的西贡市后，看到一些房屋高高瘦瘦的，导游说越南有四个苗条：一是全国地形，二是房屋，三是街道，四是越南人。

西贡夜色

西贡 当地导游带我们先参观前南越总统府，也称独立府，这里现在已成为一处游览景点，来自中国和各国的游客很多。我们依次参观了各个会场和房间，导游逐一讲解了功能、背景和历史。然后参观哥德式建筑百年红教堂，教堂全以红砖砌成。不过就其规模和气势，似乎不及上海的徐家汇天主教堂，更没法与欧洲的一些著名教堂相提并论了。再参观古老的法式邮局，邮局内外人头攒动，游客明显多于办理邮政业务的顾客。大厅两侧各有一排昔日的长途电话亭，如今一部分已改成银行取款机。

傍晚，我们上了一艘造型为大鲨鱼的游船，上下三层都是餐厅，也都有小舞台。各旅行团的大巴车一辆接一辆开进码头，游客们在船上享用丰盛的烤乳猪晚餐。晚上8点游船启航，让游客们船游西贡河，欣赏胡志明市的迷人夜景。西贡是越南经济最发达的城市，夜晚的景色十分漂亮，城市管理也明显优于柬埔寨的金边市。晚10点左右，我们入住ARC-EN-CIEL HOTEL，结束了来到越南的第一天行程。

4月26日星期三，晴天。早上离开西贡市区，经过一座桥梁时，从桥上冲下来等红灯的摩托车铁流滚滚而来，密密匝匝一大片，各种颜色的头盔十分醒目，非常壮观。导游说越南有三个数不清：一是摩托车数不清，二是越南盾数不清，三是咖啡馆数不清。在越南由于货币单位大，千万富翁亿万富翁都不算什么。我们用100元人民币，就从导游那里换回30万元越南盾。宾馆客房的小费得给2万越南盾，算下来比柬埔寨宾馆的4000柬币还少一些。路上买个椰子吃吃，就用了2万越盾。至于咖啡馆，不论是城市、小镇或者公路边，咖啡馆确实遍地都是。

美奈 今天我们要去美奈，公路边看到好多火龙果种植园，矮矮的果树，像龙舌兰般的叶子，红红的果子长满树上。路边不时有火龙果收购站，一筐筐火龙果转入纸板箱，再冷藏运送到中国，口味与当地的自然熟当然不一样。

美奈海边的红沙丘

据说火龙果一年可以产出好几次，与旅游业一样，也是美奈地区的摇钱树。上午200多公里的路程，有的地方限速，所以速度不算快。进入美奈区域后，公路沿着海岸蜿蜒，路边是连绵不断的度假村、商场、餐厅，间或可以看到沙滩和渔村。渔村前，小渔船泊满海滩，其中有一种圆形的渔船，我还是第一次看到。中午11点多，我们到达餐厅午餐。

美奈是位于越南东南部平顺省美奈半岛上的一个渔村小镇，这里有长达50公里的绵长海滩，是越南南部的著名旅游区。午餐后，我们来到白沙丘，这里是一片海边的沙漠，沙粒细腻而银白，其模样有点像宁夏的沙坡头，又有点像甘肃的鸣沙山。由于中午时分太过炎热，大部分团友在沙丘边看了看，拍几张照片就返回休息站。我们三、四位团友勇往直前，深一脚浅一脚爬到了高处。蓝天下的沙丘起伏有致，荒无人烟，只有沙丘中那些凌乱的脚印和车辙，表明这里是旅游者经常到来的地方。普通的小车当然不能开进沙丘，只有那些沙漠车和野性十足的吉普车，才能载着游客前往沙漠腹地。

然后我们再去看红沙丘，这里的规模比白沙丘小一些，高度也低一些。旅行团的女同胞们倒不在乎这些，反正她们也不打算登上沙丘最高处，她们就在沙丘里跳跃、躺卧、嬉闹，尽情享受沙漠的快乐。所谓红沙丘，是相对于白沙丘而言颜色较深的沙子，在阳光的照射下呈现出一片金黄色。有点奇怪的是，不管是白沙丘还是红沙丘，其高处的风虽然很大，但都没有沙尘扬起。我慢慢走在沙丘上，虽然有时会陷进去较深，仍然没有一点儿沙尘，可能是这里的沙子分量比较重的缘故。

最后我们去游览仙女溪，溪流是喀斯特地貌所构成的红色河流，两侧有袖珍型的丹霞体，还有高大的沙丘和婆娑的树影。水质清澈，沙子柔软，水温宜人。我们赤脚走在溪流里，边走边欣赏，往返约3公里左右。以前我游览过很多溪流，都是伴溪水两侧而行。这次是直接在溪水中行走，水及脚背，沙子平坦温润，溪流蜿蜒曲折，两侧景观多样，夕阳斜照下色彩丰富，这样独特的体验还是第一次。这么特别的溪流漫步，吸引了很多游客慕名而来，其中很多是俄罗斯和欧美游客。

今天我们入住海洋之王度假村，从宾馆大堂走过去四、五十米就是海滩。晚餐是在一家海边餐厅品尝越式海鲜火锅。在这条街上，不管是宾馆还是餐厅，似乎都没有墙壁和门窗，全都是开敞式的建筑。晚餐后，很多团友就跳进游泳池游泳、嬉水。游泳池在几棵大树和假山后面，最深处2米，周围是高大的椰子树，站在泳池里就能看到无边的大海。

4月27日星期四，晴天。今天直至中午11点之前，都是自由活动。一早起来想看日出，却因云层太厚而未见旭日东升，我们一些团友就在沙滩上打起了太极拳。在宾馆早餐之后，团友们有的走到海里游泳，有的结伴搭乘出租车到附近渔村或景点游玩，有的则就在宾馆内散步、看海。我们昨晚入住的度假村虽然客房设施差强人意，其位置及建筑风格还是很不错的。宾馆的大堂及二层餐厅都是开敞式建筑，明亮而通透，游客在此享用早餐时，抬头就能看见蔚蓝色的大海。宾馆的两幢客房沿游泳池摆开，锯齿形的外立面设计使得每间客房的阳台都能看见泳池和大海。我们有几位团友的客房最靠近海，夜间涨潮时，客房阳台离海水的距离可能还不到10米，他们就这样枕着喧闹的海浪声入睡。泳池靠海的一侧有通往沙滩的台阶，沿海边的所有宾馆都有这样的台阶，宾馆之间有围墙相隔，但海滩上是可以随意走动的。也就是说，游客在长长的海滩散步时，可以看见各家宾馆的不同风貌，也可以进入任何一家宾馆。

中午11点大家退房上车，游览了古代特色建筑占族古塔。两座古塔在一个小山丘上，砖砌而成，不太高大，外观有点像大吴哥的石塔。游客可以进入古塔参观，不可穿鞋入内，对着装也有要求。在景区附近一家餐厅午餐后，我们就离开美奈返回胡志明市，200公里的路程开了3个多小时。傍晚我们在市中心的一家餐馆晚餐，马路对面是几幢高高低低门面狭窄的楼房，有点像搭积木，又有点像俄罗斯方块。餐毕前往机场，今天我们要从胡志明市

澄澈 的 旅途

坐飞机前往河内。我们很早就被告知每人只能手提行李7公斤，若超重就得自己花钱办托运。为了不超这7公斤，大家能简则简，把多余物品留在南宁大巴车上。胡志明市机场看上去比较陈旧，建筑外观及装饰水平乏善可陈。由于飞机晚点，我们至次日凌晨2点才到达河内机场，到了Hacinco Hotel入住已是凌晨3点了。

三天的南越之行结束了，在我的印象中，南越是遥远而神秘的，这多少源于自己在少年时代对南越的记忆。我清晰地记得小时候到文化广场看演出《椰林怒火》的情景，一开场是和平安宁的生活景象，美帝入侵带来了战争，最后几句歌词是"眼望着北方的天，北方的天啊阳光灿烂……盼呀盼，盼呀盼，红日快快照遍全越南。"而如今的南越，大街小巷到处都有越南国旗和共产党党旗，还有很多政治宣传画。

河内 4月28日星期五，阴转多云。早上离开宾馆后，我们先去参观军事博物馆。博物馆里陈列的各种武器向人们提示着战争年代的残酷和苦难，几架飞机残骸组成了一座令人难忘的雕塑。看看还有时间，我们就走出博物馆，到马路对面的列宁广场拍了几张照片，广场上有一些穿制服的年轻人正在进行格斗训练。列宁广场的另一侧马路对面，就是我们中国驻越南大使馆，房子不高但很多，占地似乎较大。离开了军事博物馆，我们去参观巴亭广场，不太长的路程中，看到各国驻越南大使馆一个接一个，越南外交部就在巴亭广场附近。

巴亭广场位于越南首都河内的市中心，面积约为北京天安门广场的三分之一，广场有数条辐射状的林荫大道与河内市区其他部分相联。巴亭原为清化省鹅山县的一个乡，这里有三座古亭，越南语中，"三"读为"Ba"，所以这里称为"巴亭"。19世纪80年代，巴亭最早爆发抗法运动，为纪念越南人民的抗法斗争，越南八月革命胜利后遂以"巴亭"为广场命名。1945年9月2日，胡志明主席在此宣读越南《独立宣言》，宣布越南民主共和国（1976年改名越南社会主义共和国）成立。巴亭广场长320米，宽100米，雄王大道贯通广场，还有168块小草坪，可容纳

在河内坐三轮车

20万人集会。广场西侧为胡志明主席陵，东侧是巴亭会堂，也就是越南的人民大会堂。

胡志明陵每逢周一、周五不开放，仍然有卫兵站岗。今天是星期五，我们只能在外面看看。西北侧是胡志明在河内的旧居，旧居内有各种陈列物，还有胡志明生前使用的几辆汽车。旧居的院子内建有一座高脚屋，可能是按照胡志明家乡的高脚屋样式建造的。再往西南，有一座胡志明博物馆，博物馆前有著名的独柱寺。从胡志明陵沿雄王路往北，右边是越共中央机关办公驻地，中央领导人也在这里会见外宾。雄王路左侧是主席府，是越南国家领导人会见外宾和举行重大活动的地方，主席府广场是外国高级代表团来访时举行欢迎仪式的地方。即将到来的4月30日是越南国家统一日，我们看到巴亭广场和大街小巷都在为纪念活动作准备。

这次越南之旅中，我们有一个项目是集体乘坐三轮车游览36行街。我们的大巴在指定地点停好时，17辆人力三轮车已经在路边一字排开等候我们。团友们两人坐一辆三轮车，开始了一个小时的三轮车老街游览。这种三轮车的模样与国内的不同，乘客在前面坐，车夫在后面踩，这样乘客观赏市容就没有任何遮挡，但估计车夫蹬车会更累一些。我们坐的三轮车队排成一长溜，不超越也不掉队，非常有秩序。这种让游客乘坐三轮车慢悠悠观赏河内老街的方式很是特别，三轮车在小汽车、摩托车中游刃有余，各条主要的古街都去转悠一下，让我们的感觉和心情都超好，印象非常深刻。36行街位于还剑湖北边的老城区，是河内过去最主要的商业街。以前生意人喜欢扎堆，每条街基本只卖一个行业的商品，所以叫做"行街"，比如鞋商街、帽商街、银商街、皮革街、炊具街等。除了各种生活用品，各条街上还有一些工艺品店和艺术家的工作室，当然还有很多特色餐饮店。老街上熙熙攘攘，来自中国、韩国和欧美的游客很多。

下龙湾 4月28日下午我们离开河内，驱车180公里前往下龙市，在暮色中抵达下龙晚餐并入住酒店休息。4月29日星期六，薄云遮日。今天是我们柬埔寨越南游的最后一天，我们要游览下龙湾，然后回国。我们在游客中心登上游船，游程约三个小时，期间弃舟上岸游览溶洞，然后在返航途中享用了丰盛的船餐。下龙湾位于越南东北部，其越南语是VinhHaLong（意为"龙下海之处"），面积1500平方公里，包含3000多个岩石岛屿和土岛。典型的景观形式为伸出海面的锯齿状石灰岩柱，还有一些洞穴和洞窟，在深蓝色的海水中呈现出各种美丽的画面。

据科学工作者考证，这里原来是欧亚大陆的一部分，后沉入海中，形成了这种自然奇观。大自然的鬼斧神工造就了形状各异的山岛，有的如直插水中的筷子，有的如浮在水面的大鼎，有的如奔驰的骏马，有的如争斗的雄鸡，还有的形

海上桂林下龙湾

如蹲守的蛤蟆。我们穿梭山岛之间，船移景换，好一派"海上桂林"风光。一些岩岛上有岩洞，其中木头洞有"岩洞奇观"之称，位于海拔189米最高峰的半腰，洞内分为三层，外洞可容数千人，洞壁上的钟乳石形状奇特，在各色灯光照射下显得精彩纷呈。1994年，整个下龙湾被联合国教科文组织列为世界遗产保护区。

我们在下龙湾游览结束后，就坐车前往芒街口岸，虽然只有160公里路程，因为限速，又是山路，足足开了3个小时。越南导游为大家集体办理了出境手续，十分顺利地离开了越南。大家提着行李跨过边境大桥，进入我国东兴口岸时却花了不少时间。进得关来，大巴车不能驶入口岸区域，我们分别乘坐出租车来到旅行社预订的餐厅，晚餐后坐上旅行社派来的大巴车前往南宁。至此，为时8天的柬埔寨越南游顺利结束了，我们的2017年南方游也即将开启返程模式。

32. 我们在太行山上

云台山游客中心

云台山 2017年9月6日，知青旅行团中原华北之旅的第4天。今天开始，我们要在太行山地区游览很多景区，首先游览了富有北方岩溶地貌特色的云台山。云台山风景区位于河南省修武县境内，占地240平方公里，于1998年8月被批准为国家级猕猴自然保护区，2004年2月被联合国教科文组织评选为世界地质公园，2007年5月由国家旅游局授予5A级旅游景区称号。2007年8月，云台山与美国科罗拉多大峡谷国家公园结为姐妹公园，并被列入中美两国政府签署的协作备忘录。云台山核心景区的门票是150元，售票处公布1952年12月31日之前出生的全都按照65岁免票，只要买60元观光车票即可，这样厚道的门票政策让大家很开心。

红石峡由赤红岩崖壁构成，谷里的白龙潭、黑龙潭、青龙潭等九个龙潭构成了"九龙溪"。两侧高山耸立，恰似石阙，是云台山的西大门。深深的峡谷中，栈道时而穿岩，时而依崖，时而过桥。我们穿行在红色的峡谷中，深深感到大自然的雄奇多姿和巧夺天工。子房湖因汉代张良（子房）帮助刘邦成就霸业后解甲归隐，在这里躬耕独享天年而得名，湖水面积800亩，长4000米，最深处70多米。太行猕猴是国家二级保护动物，是纬度最北的猕猴群，它们体大而壮，行动敏捷，模仿性强，为猕猴中最进化的一种。猕猴谷景点内，每天有6场猕猴表演。潭瀑峡内三步一泉，五步一瀑，十步一潭，峡谷里的小龙溪从层层台阶湍湍而下。峡内有情人瀑、Y瀑、水帘洞、不老泉等景点，景区内往返分开的游客步道保持了良好的游览秩序。

云台山主峰茱萸峰海拔1297.6米，登顶可以北望太行深处，南望怀川平原和黄河。茱萸峰顶有真武大帝庙，还有天桥和云梯。唐朝王维《九月九日忆山东兄弟》诗曰"独在异乡为异客，每逢佳节倍思亲，遥知兄弟登高处，遍插茱萸少一人。"相传该诗即于此峰有感而作，这多少有点牵强，因为王维的故乡在今山西永济，地处华山以东，故称其兄弟为山东兄弟，而王维17岁写这首诗时应在都城长安。

泉瀑峡总长3公里，山势险峻奇异，峡谷尽端是落差314米的云台天瀑，是全国落差最大的瀑布之一，乘坐索道可直达大瀑布源头。云台山还有百家岩、叠彩洞、青龙峡、峰林峡等景点。峰林峡以山水交融的翡翠湖为主体，有"云台天池"之美誉。境内十里平湖宛若玉带在峡谷中飘拂，湖区岛屿星罗棋布，湖周峰峦起伏。青龙峡有"云台山第一大峡谷"之誉，是原始生态旅游的好去处。但游客若去青龙峡和峰林峡游览，门票是另行购买的，当然也可以与云台山一起购买联票。

百家岩自古山水秀丽，汉献帝刘协曾在此避暑纳凉。魏正始年间（240—249年），嵇康、阮籍、山涛、向秀、刘伶、王戎及阮咸七人常聚在修武一带的竹林之下，隐晦曲折地表达自己的思想感情，世谓竹林七贤。据说他们的隐居地正是百家岩竹林，并结识了孙登、王烈等隐士，在此留下了孙登啸台、王烈泉、刘伶醒酒台等遗迹。云台山景区门票两天通用，若想每个景点都玩，两天时间也很紧张。

百泉风景区 9月7日清晨，我们游览了所住宾馆附近的百泉风景区。风景区位于河南省辉县市的苏门山南麓，因湖底遍布泉眼，故名百泉。景区内有河南省保护最好的古园林建筑群，素有"中州颐和园"和"北国小西湖"之美誉。百泉远溯于三皇时期，盛名于殷商时代，这座古典园林中各类古建筑多达90多处。清乾隆十五年（1750年），为防泄水绕岸砌石，成一长方形泉湖。湖水面积3.4万平方米，水温常年17度左右。始建于元代的清军阁翠柏环绕，诸亭沿湖而立，造型玲珑剔透。涌金亭中嵌有碑刻50余块，苏东坡游览于此，留下"苏门山涌金亭"六个大字。湖之北岸的苏门山因历代文人墨客驻足挥毫，使其在众多名山大川中占有一席之地。晋代高适、孙登，唐代诗人贾岛、画家吴道之，宋代文学家苏东坡，元代中书令耶律楚材，明代的唐寅，清乾隆皇帝、郑板桥等，都在此留下了墨迹瑰宝。苏门山上存有始建于西晋的"啸台"。

郭亮村 郭亮村位于河南省辉县西北60公里的沙窑乡，海拔1700米，坐落在千仞壁立的山崖上，地势险绝，以挂壁公路而闻名于世。东汉末年，太行山区的郭亮率饥民揭竿而起，形成一支强大的农民队伍。郭亮手下有一将领降了官府，率领官兵前来镇压。郭亮因寡不敌众退守西山绝壁，令士兵从山背后用绳索转移出来。人们为纪念郭亮，在建立这个悬崖上的山村时便取名为"郭亮"。郭亮村峰峦叠嶂，周围有很多溶洞和瀑布，潭深溪长，村后是翠峦叠嶂的莲花山，村前是沟壑起伏的皇碑尖岭。郭亮村以其特有的魅力招来了大批游客，也受到了艺术家们的厚爱，有《清凉寺的钟声》《走出地平线》等40多部影视剧在这里拍摄。

郭亮村挂壁公路

为让乡亲们能走下山，13位村民于1972年2月卖掉山羊、山药，购买了钢锤等工具，在无电力、无机械的状况下，全凭人工一锤一锤开凿，历时5年，硬是在绝壁中凿出一条高5米宽4米，全长1250米的郭亮洞，于1977年5月1日通车。由于大巴车不能上山，我们携带

330

了简单的物品，乘坐景区巴士进入郭亮村。我坐在副驾座位上，拍了几张挂壁公路的内景。公路上方巨石高悬，洞壁粗砺不平。开凿时支撑廊顶的天然石柱，形成了独特的透光透气窗口，每个"窗框"的式样和大小都不相同。

我们入住村里的"贵宾园"宾馆，团友们放下行李就迫不及待地步行至挂壁路游览。道路上车子不多，速度也不快，我们可以在弯弯曲曲的挂壁公路上行走，在一个个隧洞里触摸坚硬的石壁，从一个个窗口欣赏峡谷景色。这条挂壁公路只能上山，下山得走峡谷对面的另一条路，那条相对宽敞的盘山公路是政府后来所建。为了从不同角度观看挂壁奇路，我们走到峡谷对面的公路，路边有几处观景平台。在这里可以清晰看到汽车在千仞绝壁腰部的挂壁路上时隐时现，我们看不见完整的道路形态，只看到悬崖上大大小小的一些窗口，偶尔有一小段路面露在外面。看到这奇特壮观的绝壁道路，我们深感震撼和敬佩，愚公移山只是传说，而郭亮人却已让汽车穿山。没有挂壁路之前，村里人从2公里之外的"天梯"下山。我们前往昔日的天梯探访，虽然已有栏杆阻挡游客攀登，但附近有的村民为赶时间，仍然经由天梯上下山。

9月8日我们在宾馆吃过早餐，就去看村子附近的景点。整个郭亮村在万仙山景区范围内，村子附近的景点也是万仙山景区之组成部分。村子附近有喊泉，据说人们在山下吼几声，泉水就会从天而降。到了喊泉，团友们用力齐声喊叫，还吹起了小喇叭，泉水果然就大了一些。其实泉水一直在流出，只不过时大时小。泉水在20多米的高处，突出的山石长了很多青苔，形如龙首，故此泉名曰"龙涎"。然后我们回到宾馆取行李，乘坐景区巴士离开郭亮村。下山的盘山公路弯多坡陡，沿途看到了不少太行山风景。

岳飞庙 岳飞庙位于河南省汤阴县城内岳庙街，又名精忠庙，后也称"宋岳忠武王庙"，是后人为纪念南宋抗金名将、民族英雄岳飞（1103—1142）而建的祠庙。始建年代不详，今址是明景泰元年（公元1450年）重建，以后历代屡有增建。岳飞庙景区占地6300平方米，殿庑建筑百余间，是一处保存完整的明、清古建筑群。岳飞庙于2001年6月被公布为第五批全国重点文物保护单位，于2006年10月被公布为国家4A级旅游景区。

岳飞于北宋末年投军，率领岳家军同金军进行了数百次战斗，所向披靡。在宋金议和过程中，岳飞遭受秦桧等人诬陷，以"莫须有"的谋反罪名被杀害。宋孝宗时岳飞冤狱被平反，追谥武穆，后又追谥忠武。精忠坊是一座榫卯结构的木制牌楼，建于明正德七年（1512年），通体没有使用铁钉，历经近500年的震灾水患仍巍然屹立。精忠坊两侧壁嵌有"忠、孝"石刻大字，为明万历年间地方官所题。坊之正中镌刻有明孝宗赐额"宋岳忠武王庙"，整座牌坊红墙绿顶，气势轩昂。

岳飞庙正殿前方有一座御碑亭，但亭子里却不见有碑。乾隆十五年（1750年）秋，高宗巡视嵩山返京途中经过汤阴岳飞庙，写下《经岳武穆祠》七律。乾隆诗曰："翠柏红垣见葆祠，羔豚命祭复过之。两言臣则师千古，百战兵威震一时。道济长城谁自坏？临安一木本犹支。故乡俎豆夫何恨，恨是金牌太促期。"1915年，乾隆诗碑被移到了山门外的东侧。大殿门额上有光绪和慈禧题写的匾额，大殿是岳飞庙的主体建筑，始建于明景泰元年。大殿内是民族英雄岳飞的塑像，塑像上方"还我河山"四个大字是岳飞的手迹。大殿内有表现岳飞事迹的珐琅彩壁画，内容分为文、武、忠、孝四组。

二殿西墙壁上「纯正不曲 书如其人」八个大字是明太祖朱元璋所题。后壁陈列着岳飞手书诸葛亮的前后出师表碑刻，据碑跋记载，宋绍兴八年（1138年），岳飞遇雨夜宿南阳武侯祠，感慨万千，挥泪手书前后《出师表》，以抒胸臆。此碑刻堪称"三绝"：一为文章绝，诸葛亮的《出师表》为千古名篇；二为书法绝，岳飞的书法苍劲峭拔，忠武之气溢于笔端；三为刻工绝，石刻宛如手书。二殿正中是毛泽东手书岳飞的《满江红·怒发冲冠》词碑。

羑里城 羑（yǒu）里城是新石器时代的商、周遗址，位于河南省汤阴县城北4公里处。羑里城又称文王庙，内有龙山文化和商周文化遗存，是三千年前殷纣王关押周文王姬昌七年之处，是有史可据有址可考的中国历史上第一座监狱，也是"文王拘而演周易"之圣地。姬昌在被囚羑里的漫长岁月里潜心研究，将伏羲八卦推演为64卦、384爻，用了整整七年时间著成《周易》一书。后人为纪念西伯姬昌，在羑里城遗址上建起文王庙。1996年，羑里城遗址被公布为第四批全国重点文物保护单位。

现存羑里城遗址为一片高出地面约丈余的土台，南北长105米，东西宽103米，面积达万余平方米。台上有古柏苍翠的文王庙，现存建筑有演易坊、山门、周文王演易台、古殿基址，并有"周文王羑里城""禹碑""文王易"等碑刻十余通。景区内还有按照八卦阵图所建的八卦阵迷宫，以及太公封神馆、伏羲先天馆、儒学馆、道学馆等景点。文王庙现存建筑系明嘉靖二十一年（1542年）重建，林立在庙院中的碑刻均是明清以来的帝王、官员以及文人学士颂扬文王的诗赋篇章，其中最引人瞩目的是"文王易"碑，上镌《周易》64卦及其释卦辞文。

天宁寺塔 2017年9月9日是我们中原华北之旅的第7天，游览了天宁寺塔、中国文字博物馆、殷墟遗址及博物馆、红旗渠。

天宁寺塔在国内有好几处，北京、河南安阳、山西阳泉、浙江宁波都建有天宁寺塔。安阳天宁寺塔又名文峰塔，修建于五代后周广顺二年（952年）。2001年，安阳天宁寺塔被公布为全国重点文物保护单位。天宁寺塔为密檐式砖木混合结构佛塔，塔的外形呈伞状上大而下小，这种形状的古塔很少见到。此塔通高38.65米，周长40米，壁厚2.5米，共分5层，由下而上逐级增大，塔巅的平台可容200人左右。八角檐头的龙柱之间，有八幅佛教故事砖浮雕。出于保护古塔考虑，天宁寺塔已不允许游人攀登。

中国文字博物馆 位于安阳市的中国文字博物馆是一组具有殷商宫廷风韵的建筑群，由主体馆、广场、字坊、仓颉馆、科普馆、研究中心等建筑组成，占地143亩，总建筑面积3.45万平方米。主体建筑和广场开阔雄伟，于2009年11月开馆。展出内容涉及甲骨文、金文、简牍及帛书、汉字发展史、汉字书法史、少数民族文字、世界文字等方面。文字博物馆基本陈列的第一部分是汉字的起源、发展和演变，第二部分是中国少数民族文字，第三部分是印刷术和信息时代；专题展为甲骨文与安阳。博物馆门前的字坊高18.8米，宽10米，取甲骨文、金文中"字"之形。主干道两旁是由28片青铜甲骨片组成的碑林，隐含了殷商时期最具代表性的甲骨文和青铜器，青铜甲骨片背面是这些甲骨卜辞的释义。宏大精美而又古朴端庄的博物馆主楼前面，一群白鸽来回飞翔，掠过一排排大红柱子，彰显了吉祥安然之意。

殷墟王陵遗址 殷墟王陵遗址位于安阳市洹河北岸的武官村北地，是殷商王朝的陵地与祭祀场所，是我国目前已知最早最完整的王陵群，开创了中国帝王陵寝制度的先河，它的发现成为探索中华文明起源的重要基石。殷墟王陵遗址是1961年首批公布的全国重点文物保护单位，它与小屯村的宫殿宗庙遗址和洹北商城遗址共同组成了世界文化遗产殷墟遗址。王陵遗址长约450米，宽约250米，总面积近200亩。1933年至今，在这里出土了数量众多制作精美的青铜器、玉器、石器和陶器。目前，殷墟王陵遗址已成为一座初具规模的大型遗址公园，游客可以看到部分考古现场、车马坑等文物。

殷墟博物馆建在遗址的地下，展出的文物绝大部分都是殷墟出土的原件，有青铜器、玉器、陶器等类型，形态无比精美，工艺水平极高。展品中有很多青铜器和甲骨片，还有甲骨文与今文的部分文字对照表。著名的司母戊方鼎出土于1939年，在殷墟出土的原件保存于国家博物馆，殷墟博物馆展出件为国家文物局登记认可的复制件。

红旗渠 人工天河红旗渠是人类改造自然、利用自然的一大杰作，据说当年周总理曾把红旗渠与南京长江大桥相提并论，向外宾介绍这两大奇迹工程。"引漳入林"是林县人民多年的愿望，数万民工于1960年2月动工，1965年4月总干渠通水，1966年4月三条干渠同时竣工，1969年7月完成干、支、斗渠配套建设，有效灌溉面积达54万亩。红旗渠构筑在风景如画的太行山悬崖峭壁之上，其工程量之大，工程之艰巨，工程美学价值之高，堪称人间奇迹。它不仅是庞大的水利工程，也是国

红旗渠

家5A级景区和全国重点文物保护单位。红旗渠风景区位于河南省林州市北部的豫晋冀三省交界处，纪念馆内有很多实物、图片、雕塑、模型，生动详实地反映了这个巨大工程的建设历程和建设者的风貌。

红旗渠以浊漳河为源，渠首位于山西省平顺县石城镇。总干渠长70.6公里，渠底宽8米，渠墙高4.3米。总干渠全部开凿在峰峦迭嶂的太行山腰，工程艰险。第一干渠长39.7公里，第二干渠长47.6公里，第三干渠长10.9公里。此外还有分干渠、支渠、斗渠、农渠共4000余条，总长逾4000公里。曙光洞是红旗渠第三干渠穿过卢寨岭的隧洞，长达3898米，宽高各2米，是红旗渠最长的隧洞。青年洞长623米，高5米，宽6.2米，这是为表彰青年突击队的功绩而命名的隧洞。青年洞前游客密集，一些团队在这里举行或重温入党宣誓。水渠绕山而建，长长的渠墙也就是游览步道。游客沿着水渠全程步行3公里左右，水渠边有一些景点、雕塑和装饰。以前看过一部纪录片《红旗渠》，其中的主题曲"定叫山河换新装"，我们很多团友仍然会唱。

铜雀三台 9月10日我们从河南林州出发，住宿河北磁县，游览了铜雀三台等景点。邺城遗址位于河北省临漳县和河南省安阳市，春秋时期齐桓公始筑邺城，战国时期魏文侯定为陪都。东汉末年曹操居邺兴霸业，筑铜雀三台。三国两晋南北朝时期，邺城成为曹魏、后赵、冉魏、前燕、东魏、北齐六朝都城。1988年，邺城遗址被公布为第三批全国重点文物保护单位，2005年列入中国36处大遗址之一。根据大遗址保护规划，河北邺城遗址含河南安阳高陵。

邺北城布局前承秦汉，后启隋唐，其中轴对称、棋盘格局、功能分区的设计理念在中国古代都城规划史影响深远。隋唐时期的长安城、洛阳城，元明清时期的北京城均沿袭于此。邺南城在邺北城基础上续建而成，北城之南墙即南城之北墙，邺南城的北门就是邺北城的南门。临漳古时称邺，西晋为避愍（mǐn）帝司马邺讳，将邺城易名"临漳"，因北临漳河而得名。

北邺城西部铜雀苑是邺下文人的活动场所，曹操在铜雀苑西侧修筑了三座高大的台榭，由南向北依次是金虎台、铜雀台、冰井台。其中铜雀台是主台，建安十五年（210年）所建，台高10丈，有屋百余间。曹操在此宴请了从匈奴归来的蔡文姬，曹植于此挥笔写就《登台赋》。后赵、北齐时，铜雀台加以修筑，素有"铜雀飞云"之美称。唐代诗人杜牧在其《铜雀台怀古》中曾有"东风不与周郎便，铜雀春深锁二乔"之名句。铜雀台曾是"建安文学"的发祥地，现在已被岁月和洪水所湮灭。人们习惯于把邺城三台称为"铜雀三台"，又常把金凤台误认为是铜雀台。

金凤台原名金虎台，是三台最南边的一座，为东汉建安十八年（213年）曹操所建，此台的台基和部分文物仍然存在。金凤台高8丈，曾有屋135

间。现存的金凤台夯土遗址南北长122米，东西宽70米，高12米。站在这高高的空地上，虽然空空如也，没有什么建筑物，我却感到充盈着历史的脉络和延续。金凤台的南侧有清顺治八年修建的文昌阁，阁后碑亭内名人题咏碑碣甚多。金凤台的台顶有文物陈列室，陈列着邺城及其附近出土的珍贵文物，还有一些图片和模型展出。金凤台下的转军洞当年有6公里之长，一直通往邺城之外的讲武城，曹操利用此洞秘密调动军队。此洞目前仅存83米，洞内多弯。

冰井台位于三台之最北端，建于建安十九年（公元214年），高8丈，曾有房屋140间，因上有藏冰之井而得名。井深15丈，储藏冰块、煤炭、粮食等物资。此台现在亦已无存，但位置仍可确定。

曹操高陵 关于曹操陵，有许昌城外说、漳河水底说、铜雀台下说等多种说法。2009年12月，考古确认曹操高陵位于河南省安阳县安丰乡西高穴村，村南的一座东汉陵寝印证了历史文献对曹操高陵的记载。曹操高陵出土器物250余件，其中刻铭石碑出土59件。文物中包括"魏武王常用格虎大戟"和"魏武王常用格虎短矛"等珍品。曹操高陵展示厅尚未对游客开放，在我们要求下，保安请示领导后仍说不能参观。展示厅边上就是围着彩钢板的曹操高陵考古现场，现场附近已拆除民房，宽敞的道路已经建成，有大片土地将开发建设与高陵有关的设施。

兰陵王 兰陵王高肃是北齐末期文武双全的名将，他容貌俊美，每次出战都戴上狰狞的面具。在"邙山之战"中，兰陵王大败北周军队，解救了洛阳围城之危。为歌颂兰陵王的英勇善战，将士们创作了《兰陵王入阵曲》，此曲后来流传到日本。磁县文物人员通过日本专家找回《兰陵王入阵曲》，使其重归故里。兰陵王陵位于河北省磁县南5公里处，陵前有兰陵王塑像，他左手持兵器，右手拿面具，塑像前的荒草已经很高。碑亭内的石碑正篆有"齐故假黄钺太师太尉公兰陵忠武王碑"字样，石碑已下沉1米多，有台阶可下碑基。站在碑前，我想起热播电视剧《兰陵王》，网络游戏《兰陵王》，畅销各地的"兰陵王"酒，与眼前的荒芜和冷寂形成了对比。

129师旧址 9月12日，我们参观游览了八路军129师司令部旧址和娲皇宫。在通往赤岸村的路边山坡上，连绵不断地闪现反映当年岁月的情景雕塑。1940年八路军挺进太行山区，129师司令部于12月底迁驻涉县赤岸村。刘伯承师长、邓小平政委、李达参谋长等在此领导军民粉碎了日军对根据地的残酷扫荡，解放战争中他们又在这里指挥了上党、平汉等战役，为取得抗日战争和解放战争的胜利作出了巨大贡献。

司令部旧址由三座相邻的四合院组成，下院是司令部办公地，北屋正房为会议室，西屋为刘伯承的办公室。院内刘伯承、邓小平亲手栽植的丁香和紫荆树依然根壮叶茂。中院门上有刘华清题写的"刘邓旧居"匾额，中院是首长住宿处兼办公室。上院是司令部作战室，院东南角有一防空洞。作战处办公室已改为太行木刻版画展室，陈列着太行部队文艺工作者当年创作的木刻版画。在司令部旧址北面建成的陈列馆由五个展室、一个序厅、一个半景壁画室等组成。馆内以时间为顺序，记录了抗日战争爆发到抗日战争胜利期间刘伯承、邓小平、徐向前等老一辈革命家带领129师将士浴血太行的事迹。

将军岭位于涉县赤岸村北，原名庙坡岭，因刘伯承、徐向前、李达、黄镇、王新亭等原八路军129师领导人的骨灰相继撒在这座山冈，被称为将军岭。1990年10月，邓小平题写了岭名。这里是除八宝山以外，长眠共和国元帅、将军最多的地方，将军岭的许多数字都与129有关。

娲皇宫 娲皇宫位于涉县西北唐王峧山腰，相传是"女娲炼石补天，抟土造人"之处。娲皇宫是我国最早的奉祀上古天神女娲氏的古代建筑，是北齐文宣帝高洋往返邺城至晋阳所建的离宫。娲皇宫始建于北齐，屡遭焚毁，今日所见多为明清建筑，北齐遗迹仅留石窟与摩崖经刻。

娲皇宫依山就势，结构奇特，有吊庙活楼之称。宫楼紧傍悬崖，通高23米，以9根铁索系于崖壁。其大殿供奉着女娲神像，大殿上有三层楼阁，一层"清虚阁"，二层"造化阁"，三层"补天阁"。山崖上的娲皇宫虽然场地狭小，建筑仍然精美大气。山上的北齐摩崖刻经群面积165平方米，刻经文13万余字。娲皇宫是全国重点文物保护单位，国家5A级旅游景区。我们坐缆车翻过三个山头，游毕娲皇宫后，再步行下山。

七届二中全会会场

西柏坡 9月14日，我们参观了西柏坡中共中央旧址。来西柏坡参观的游客很多，其中不少是正在军训的大学生。1948年5月，毛泽东率领中共中央、中国人民解放军总部移驻西柏坡。1949年3月，中共中央、中央军委从西柏坡迁入北平。西柏坡位于河北省平山县中部，是光耀史册的革命圣地。西柏坡地处华北平原和太行山交汇处，三面环山，一面环水，距石家庄仅90公里。适宜危机时向山里撤退，顺利时向城市进军。西柏坡一带村庄稠密，沿滹沱河分布，地宽粮丰，有利于保障经济供给，为党中央驻地提供物质基础。周恩来有评语说："西柏坡是毛主席和党中央进入北平，解放全中国的最后一个农村指挥所，指挥三大战役在此，开党的七届二中全会在此。"

景区濒临面积很大的岗南水库，1958年因修建水库而搬迁革命遗址。1970年开始，西柏坡中共中央旧址进行复原建设。1978年5月，中共中央旧址和西柏坡纪念馆同时对外开放。1982年2月，国务院公布西柏坡中共中央旧址为全国重点文物保护单位。西柏坡中共中央旧址有毛泽东、朱德、刘少奇、周恩来等中央领导的旧居，有军委作战室、中共七届二中全会会址等。毛泽东在七届二中全会上提出"务必使同志们继续保持谦虚、谨慎、不骄、不躁的作风，务必使同志们继续保持艰苦奋斗的作风。"这就是著名的"两个务必"和"赴京赶考"。

由邓小平题写馆名的西柏坡纪念馆建筑面积6100平方米，共12个展室。展览内容以解放战争后期中共中央在西柏坡时期的活动为主线，其内的"大决战"半景画场面宏大逼真。西柏坡石刻园占地1.1万平方米，镌刻有老一辈革命家、各界名人、著名书法家作品300余幅。"革命圣地西柏坡"纪念碑耸立于高台之上，很远就能看到。

狼牙山 9月16日我们离开白洋淀，前往狼牙山游览。狼牙山位于河北省易县西部的太行山东麓，因危峰参差迭起似狼牙而得名。景区于2005年12月被评为国家级森林公园，2008年4月成为国家4A级景区。西部的莲花峰海拔1105米，东部为蚕姑坨，北部为老君堂。沿2900级天梯石阶，可达棋盘坨，坨顶建狼牙山五壮士塔，塔西的小莲花峰即为五壮士跳崖处。1941年9月25日，八路军马宝玉、葛振林、宋学义、胡德林、胡福才五勇士为了掩护部队撤离，面对步步逼近的日伪军战斗到最后一刻，毁掉枪

狼牙山玻璃观景台

支，义无反顾纵身跳下数十丈深的悬崖。葛振林、宋学义被悬崖上的树枝挂住而得救。

　　1942年1月，晋察冀一分区在棋盘坨顶峰修建"三烈士纪念塔"，该塔于1943年9月遭敌人的山炮轰击而被毁。1959年易县人民重修纪念塔，聂荣臻题写了"狼牙山五勇士纪念塔"的塔名。但由于"文革"和地震破坏，六十年代末再次遭毁。1986年第三次修建了"狼牙山五勇士纪念塔"，新塔系钢筋混凝土结构，高21.5米，塔身5层，呈正五边形。

　　狼牙山景区游客密集，坐索道上山排队55分钟，下山排队65分钟。往返70元的索道票，挡不住如潮的游客。缆车穿越陡峭的山峰越行越高，本以为坐缆车可以到达山顶附近，却未料下了缆车一看，山顶仍然是那么高远。站在山顶俯瞰四周，山峦叠嶂，气势磅礴。山势险峻，形如狼牙。山顶的狼牙山五勇士纪念塔高大巍峨，塔顶设黄琉璃瓦塔帽，五勇士浮雕像镶嵌在与塔底同高的汉白玉旗帜上，与塔底层相连，"全国重点烈士纪念建筑物保护单位"的刻石十分醒目。纪念塔附近的山顶上建起了狼牙山玻璃栈道，圆盘形的玻璃平台和飘带般的玻璃栈道考验着游客的勇气和胆量。

33. 燕赵大地雄而安

2017年9月11日，知青旅行团中原华北之旅第9天，我们开始在燕赵大地旅行，当天游览了磁窑博物馆、响堂山石窟、赵王城遗址公园、永年广府古城。

磁州窑 磁州窑是汉族传统制瓷工艺的基地之一，也是中国古代北方最大的民窑体系，窑址在今河北省磁县的彭城镇一带，谓之"南有景德，北有彭城。"磁州窑鼎盛于北宋中期，南宋及元明清仍有延续。磁州窑以生产白釉黑彩瓷器著称，开创了汉族瓷器绘画装饰的新途径，同时也为宋以后景德镇青花及彩绘瓷器的发展奠定了基础。我们来到磁县的中国磁州窑博物馆和中国磁州窑历史博物馆，都因为星期一闭馆而不得入内。中国磁州窑遗址博物馆是全国重点文物保护单位，在盐店遗址的大院内，有高大的窑炉和成堆的原料，一些工艺美术研究机构在这里设立了工作室。盐店遗址附近，磁州窑文化街别具一格，一些窑炉和房屋正在复建之中。

响堂山石窟 邯郸市响堂山石窟分南北两处，相距15公里。石窟始凿于北齐年间（550—577年），隋唐宋明各代均有续凿。现存16窟，佛像4300余尊，并有大量石刻经文。南响堂山石窟位于鼓山南麓，景点内有宋代砖塔。现存石窟7座，其中千佛洞顶部绘有雕莲花和8尊伎乐飞天。北响堂石窟坐落在鼓山西腰，山下有常乐寺、如来佛立像和宋代砖塔。其内的大佛洞三面设龛，正面龛的主尊坐佛通高5米，背光为7条火龙，显示了北齐时期高超的雕刻艺术。响堂山石窟是1961年公布的第一批全国重点文物保护单位。

赵王城遗址公园 赵王城亦称赵都宫城，位于河北省邯郸市西南，系第一批国家重点文物保护单位。公元前386年，赵敬侯迁都邯郸，建王城于此，历经8代国君。城址由西城、东城、北城三个小城组成"品"字形，总面积512万平方米。西城近方形，边长1420米，城墙保残高3至8米，内有五座大夯土台。其中长285米、宽265米、高16米的"龙台"是当时宫殿主体建筑基址，也是国内现存规模最大的王宫基址。

东城与西城仅一墙之隔，南北长1442米，东西宽926米，城内尚存南北对峙的两大土台，相传是赵王阅兵点将的"南将台"和"北将台"。北城为不规整的正方形，东西最宽处1410米，南北最长处1520米，西墙南段尚有部分残墙，其余仅有地下墙址。其内的土台面积仅次于"龙台"，也是一组殿宇建筑群基址。公元前209年，秦将章邯攻赵王歇，下令"夷其城廓"，一代名都从此毁坏，逐渐变为废墟。

公园内有一条158米长的"历史长卷"，由花岗岩材质的竹简组成，每个竹简都记录着赵国的历史事件或成语典故，158米的长度缘于赵国在邯郸定都158年。赵王城遗址博展馆形似一个梯状土台，外观与故城内的"龙台"相似。博展馆建筑面积5300平方米，集中展示赵王城和赵国历史文化。博展馆建筑大气而有个性，遗憾的是今天星期一不开放。

广府古城

永年广府古城 广府古城亦称永年城，是战国时期赵国功臣毛遂的封地。古城位于河北省永年县东南部，因历史上曾为广平府治所，故称广府。古城为全国重点文物保护单位，2013年确定为国家4A级旅游景区，2017年2月进入国家旅游局新一批5A级景区公示名单。城内面积1.5平方公里，分为四大街八小街。城外有护城河和永年洼环绕，城河广阔，周围环水。永年洼淀面积达4.6万亩，长年积水，浅植稻苇，深种荷藕，被誉为"北国小江南"。兴建于元、明、清时期的古城墙周长4.5公里，墙高10米厚8米，现存六城门两瓮城。我们在广府古城墙漫步，抚摸历尽沧桑的城墙，用心体会着厚重的历史感及空灵的地域感。

广府古城是杨式太极拳和武式太极拳的发祥地，杨式太极拳创始人杨露禅和武式太极拳创始人武禹襄的故居保存完好。国家体委公布的88式和24式太极拳，都源自于杨式太极拳。永年被国家体委命名为"太极拳之乡"，曾连续举办八届国际太极拳交流活动。有团友在杨式太极拳发源地练习太极，深感气场与平时不同。

与广府古城相关的是成语"毛遂自荐"和"脱颖而出"的故事。毛遂是战国时期平原君赵胜的门客，平原君奉使联合楚国共同抗秦，毛遂自荐请往。他说倘若早把我装于囊中，我的才华就象锥子那样，早已脱颖而出显露出来。谈判中毛遂抽剑出鞘，逼近楚王，说以利害，楚王应允合纵抗秦。平原君说：毛先生的三寸之舌强于百万之师。

弘济桥位于广府古城东的滏阳河，初为木桥，明弘治十八年（1505年）改建为石桥，2006年5月被国务院公布为第六批全国重点文物保护单位。该桥结构与赵州桥相似，为单孔敞肩石拱桥，全用石块砌成。桥长48.9米，宽6.82米，主券跨度31.88米，两端各肩负两个小券，桥面两边各有18根方形望柱，17块栏板，上刻狮子、麒麟、石榴和武松打虎等图案，雕工精细，形象逼真。栏板中部刻有"弘济桥"三个大字。弘济桥曾是冀鲁豫三省的交通要道，"其功甚弘，其利甚济"，修桥时四面八方共襄善举，因此名"弘济"。当地政府为了保护石桥，在其两侧分别建立了生产桥和交通桥，有效保护了弘济桥。

丛台公园 9月12日，我们游览了丛台。武灵丛台位于河北省邯郸市中华大街，相传建于赵国武灵王时期（前325—前299年）。赵武灵王改车战为骑战，在丛台推行"胡服骑射"，提高了军队的战斗力。他修筑丛台是为了观看军事操演和歌舞表演。丛台之名来源于当时的许多亭台楼阁连接成片，李白、杜甫、白居易等诗人曾登台观赏赋诗，北门附近的碑刻有清乾隆皇帝《登丛台》之律诗。丛台高26米，南北皆有门，自明中叶以来已修缮或重建10余次，人们现在所见之丛台是清同治年间所修建。

丛台的顶部为据胜亭，建于明嘉靖十三年（1534年），内有赵武灵王的石雕像。据胜亭前书有"夫妻南北，兄妹沾襟"八字，这与成语"梅开二度"有关。相传唐代邯郸城女子陈杏元家里的梅花树正当花期，忽然无故凋零，是日其在朝做官的父亲送来一书童梅良玉，他是被奸臣陷害的忠良之后，两人不久相爱。不料陈杏元被朝廷选去北国和番，陈、梅两人登临丛台惜别。陈杏元去番邦途中遇险，被前朝王昭君阴魂所救，直送陈家，与梅良玉成婚。两人完婚之日，陈家梅花树二度重开。

丛台北侧的七贤祠由明万历年间的三忠祠和四贤祠改建而成，是为纪念春秋战国时期的韩厥、程婴、公孙杵臼、蔺相如、廉颇、李牧、赵奢而建，他们都曾为赵国作出过卓著功劳。被称为"三忠四贤"。丛台公园是国家4A级旅游景区和国家重点公园。2002年10月，中国邮政与斯洛伐克联合发行《亭台与城堡》特种邮票一套二枚，其中一枚即为邯郸丛台。

赵州桥 赵州桥又称安济桥，坐落在河北省赵县洨河上。此桥建于隋朝年间的公元600年前后，是世界上现存最早保存最完整的古代敞肩石拱桥。

1961年3月被列为第一批全国重点文物保护单位，国务院公布的名称是"安济桥（大石桥）"，地点为河北省宁晋县，因为赵县在当时是宁晋县。赵州桥也是国家4A级旅游景区。在漫长岁月中，虽然经过无数次洪水冲击、冰雪风霜侵蚀和8次地震，依然无恙。尤其是1966年3月邢台发生的7.6级地震，赵州桥距离震中只有40公里，其坚固和安稳非同寻常。

赵州桥的根基直接建在自然砂石上，历经1400年仅下沉5厘米。桥长50.82米，跨径37米，拱高7.23米。桥面相当宽敞，没有陡坡和台阶，便于车马通过，桥栏简朴而大气。大拱的两肩各有两个小拱，这不但节约了石料，减轻了桥身自重，而且在河水暴涨时可以减轻洪水对桥身的冲击。大拱由28道拱券拼成，作成一个弧形的桥洞，每道拱券都能独立支撑重量。可能是经过了维修，整桥看上去少了些历史陈旧感，也看不出太多的岁月风霜。而我们游览过的泉州洛阳桥，还有前几天看过的弘济桥，都具有浓郁的古桥韵味。古桥附近有匠师李春的塑像，我们在小学课本里就知道了他的名字。

隆兴寺 9月15日是中原华北之旅第13天，我们游览了隆兴寺和冉庄地道战遗址。隆兴寺位于河北省正定县中山东路，占地8.25万平方米，始建于隋开皇六年（586年），初名龙藏寺，唐改额龙兴寺。北宋开宝年间，以大悲阁为主体的宋代建筑群相继告成。金、元、明各代对寺内建筑均有修葺和增建。清康熙、乾隆年间，曾两次奉敕大规模重修，康熙四十九年（1710年）赐额"隆兴寺"，沿用至今。历代帝王曾多次到此上香礼佛，题诗书匾。隆兴寺于1961年由国务院公布为全国首批重点文物保护单位，现为国家4A级旅游景区。

高33米的大悲阁始建于宋初开宝年间，阁内19.2米高的铜铸大菩萨是中国最高大的铜铸观音菩萨像，系奉宋太祖赵匡胤敕令而造，周身有42臂，分持日月、净瓶、宝塔、金刚、宝剑等，可惜两侧40双铜手臂被毁，已改木制，仅前胸两臂为原铸。毗卢殿内的青铜毗卢佛为明万历皇帝朱翊钧为其母慈圣皇太后祝寿所御制，高6.72米，由三层坐式毗卢佛和三层圆鼓形莲座层置而成。三层莲座的千叶莲瓣上均铸有一坐式小佛，整尊造像共计大小佛像1072尊。摩尼殿始建于宋皇祐四年（1052年），大殿平面呈十字形，中央部分为重檐歇山屋顶，绿琉璃瓦覆顶。殿堂中央为一正方形内槽，这使得殿堂中呈"回"字形。殿内的释迦牟尼佛和阿难、迦叶像为宋代原塑，檐墙及扇面墙上有明成化年间绘制的佛传故事壁画。

转轮藏阁始建于北宋，阁内的木制转轮藏是一个能够转动的大书架，直

澄澈 的 旅途

径7米，分为藏座、藏身、藏顶三部分，中间设一根10.8米的木轴上下贯穿。刻于隋开皇六年（586年）的龙藏寺碑全称"恒州刺史鄂国公为国劝造龙藏寺碑"，是我国现存最早的楷书碑刻，后人称其为楷书第一碑。隆兴寺戒坛是我国北方三大坛场之一，其余两处分别在北京戒台寺和五台山清凉寺。隆兴寺设有戒台，表明了寺院的等级和规模。整个隆兴寺除了两座碑亭以外，几乎全是宋代建筑物，虽经千百年风雨侵蚀，仍能显现当时的兴盛和雄姿。

冉庄地道战遗址 冉庄地道战博物馆位于河北省清苑县冉庄村，冉庄地道始挖于1938年。抗日战争中为了防御敌人袭击，保存自己，冉庄一带人民开始挖地洞，最后挖成地道。冉庄地道宽0.8至1米，高1至1.8米，上距地面2米。地道以十字街为中心，沿东西南北大街挖成4条干线地道，再由干线延伸出24条支线，直通村外和周边几个村，最后挖成户户相连村村相通，长达16公里的地道网。地道战遗址保护区占地30万平方米，现仍保留着上世纪三、四十年代冀中平原村落风貌，完整保留着高房工事、牲口槽、地平面、锅台、石头堡、面柜等各种作战工事，并对冉庄抗日村公所、抗日武装委员会等进行了复原陈列。

冉庄人民用自己的智慧和艰苦劳动，把地道网建设得十分完备。至今完整保留着当年作战用的地道3000米，以及卡口、翻眼、陷阱、地下兵工厂等地下作战设施，地道内还有指挥部、休息室、储粮室，设有路牌和油灯。纪念馆供游客参观的内容有冀中冉庄地道战展厅、地道遗址及地下作战设施和地上遗址保护区。1961年3月，冉庄地道战遗址被国务院列为全国首批重点文物保护单位。我们从展厅直接进入地道，其实展厅也是地下建筑。地道有时笔直，有时弯曲，有时分出岔道。地道高约1.8米，我踮起脚，头就碰到顶，宽度只容一人行走。

白洋淀 离开冉庄后，我们走高速公路前往白洋淀，沿途已属雄安新区范围，公路边的巨幅广告牌写着"你好！雄安"。由于天色渐晚，我们入住景区边的交通宾馆，待次日再行游览。9月16日一早，我们就在导游的安排下坐上游船，前往白洋淀湖区游览。

华北明珠白洋淀

白洋淀南距石家庄189公里，北距北京162公里，东距天津155公里，总面积366平方公里。白洋淀分属安新、雄县、容城、高阳、任丘五个县管辖，其中85%的水域在安新县境内。淀区被39个村落、3700条沟壕、12万亩芦苇分割成形状各异的143个淀泊，最大的有2万多亩，最小的不到百亩。这些淀泊以白洋淀为最大，因此总称"白洋淀"，被誉为"华北明珠"。2007年5月，白洋淀景区被批准为国家5A级旅游景区。白洋淀旅游区分为民俗文化、荷花观赏、生态游乐、休闲娱乐、码头观光、民俗村观光这六个景区，每个景区各具特色。

抗日战争时期，活动在白洋淀的抗日武装"雁翎队"，利用淀区芦荡遍布、沟河交错的有利地形，开展机动灵活的游击战，痛击日本侵略军。作家徐光耀撰写的《小兵张嘎》就取材于"雁翎队"。作家孙犁的《白洋淀纪事》，孔厥、袁静的《新儿女英雄传》均以淀区为题材。

我们来到了荷花大观园，这是景区最大的岛屿，环岛走一圈可能需要三个小时。为省时省力，我们走湖中的木栈道。接天莲叶无穷碧，未见荷花别样红。最好的赏荷时节已过，秋荷也有她的风韵。途中看到一个团队的独特游览方式，他们两个人一组，一人蒙眼，一人搀扶。其目的一是培养对同伴信任，二是尝试用心灵而不是眼睛来感知大自然。在另一个岛屿，我们观看了"嘎子·印象"情景演出，虽然有点夸张，倒也惟妙惟肖，场面热闹。湖中穿梭往来的除了我们乘坐的这种大游船，还有很多可坐6人的小木船，以及快艇、摩托艇等船舶。湖面虽大，大部分都长着芦苇、荷花等水生植物。船行湖中，感觉像穿行在忽宽忽窄的河面。

清西陵 9月17日，我们游览了位于河北省易县的清西陵。清西陵周界约100公里，面积达800平方公里。每座陵寝遵循清代皇室建陵制度，皇帝陵、皇后陵、王爷陵均采用黄色琉璃瓦盖顶，妃、公主、阿哥园寝均为绿色琉璃瓦盖顶。清西陵自雍正八年（1730年）首建泰陵，至1913年光绪的崇陵建成，历经180余年，共建有帝陵4座，后陵3座，王公、公主、妃嫔园寝7座。

清西陵是第一批全国重点文物保护单位，并于2000年11月与清东陵一起被列为世界文化遗产。清西陵中，泰、昌、慕三陵保存完好，并未被盗。清西陵景区范围很大，景点分散，旅游区与居民区交错，因此我们请了一位导游。这位李姓导游是满族人，是守陵人的后代，清西陵附近有很多守陵人的后代。

澄澈 的 旅途

雍正皇帝的泰陵居于陵区中心位置，长达2.5公里的神道由三层巨砖铺成，由南往北分布着七孔桥、石牌坊、大红门、隆恩殿、宝城等40多座建筑。泰陵是清西陵的首陵，长长的神道有时笔直，有时弧形。三门四壁六柱的琉璃牌坊前，有美术院校的学生在写生。高大的御碑亭平时紧闭大门，只在重大节日开放。

嘉庆皇帝的昌陵于嘉庆八年（1803年）建成，位于泰陵以西1公里，以神道与泰陵相接。昌陵的豪华富丽不亚于泰陵，其隆恩殿大柱包金饰云龙，地面铺设的黄色花斑石上带有紫色花纹，有"满堂宝石"之称。昌陵正封闭式维修，不对外开放。昌陵西边是昌西陵和昌妃园寝，昌西陵的回音石和回音壁，其回音效果可与北京天坛的回音壁媲美。在昌西陵中央的一块回音石边轻轻说话，分散在圆形墙壁的人都能清晰听到。

道光皇帝的慕陵位于昌陵西侧15公里处，规模较小，没有方城、明楼等建筑，但其工程之坚固超过泰、昌二陵。整个围墙磨砖对缝，墙身平齐结实。隆恩殿及东西配殿所有木构件全部采用珍贵的金丝楠木，不饰彩绘，保持原木本色和香气。天花藻井布满云龙、游龙和蟠龙之精巧雕刻，殿内地砖、梁柱、藻井、门窗和墙壁的高超装饰艺术实在让人惊叹！最初道光的陵寝设在清东陵，完工一年后发现地宫渗水，道光遂改在清西陵选址重建陵寝。

光绪皇帝的崇陵位于泰陵东南面约四公里的金龙峪，宣统元年（1909年）动工兴建，1913年竣工。光绪登基时，清朝内忧外患，陵寝工程不能破土动工，一直拖延到1908年光绪皇帝驾崩，1909年才由宣统朝操办。宣统皇帝退位时向中华民国政府要求：崇陵未完工程如制妥修，其奉安典礼仍如旧制，所有实用经费均由中华民国支出。南京临时政府的议和代表及各省都督对清室的要求宽大应许。崇陵曾被盗，清西陵管理处开启地宫供游客参观。

空中草原 9月18日，中原华北之旅第16天，我们游览了空中草原和暖泉古镇。空中草原总面积3.6万亩，属高山湿地草甸，大部分在河北省蔚（yù）县境内，小部分在涞源县和山西灵丘县境内。这是一个大平顶山的山顶，海拔2158米，周围是陡峻的山坡，山顶是绿草如茵野花遍地的大草原。

盛夏时节，空中草原的花草之多、盛、美、奇，令人叹为观止。那时碧空如洗，白云似絮，有名无名的野花接天遍野争相怒放。其中的雪绒花以海拔2000米以上的寒冷高山为家，一花独秀盛开到隆冬季节。游客可以骑马，当然价格不菲，而且限定区域。也可以坐电瓶车观光，或者走草原栈道。

宽阔平坦的秋草地，连接着远处群山。我们走在木栈道上，听听草原的风声，看看草原的广袤。一组石，几片云，便构成草原上的生动图画。天地秋草之间，唯有一马游荡，谓之天马行空。团友们在草原欢呼雀跃，抛上去的是纱巾，放飞的是心情。

从空中草原出来，我们走进了蜿蜒20余公里的飞狐峪。此处在历史上曾是重要关隘和商道，谷道两侧山石奇险峻峭，令人望而生畏。飞狐古道北连张家口至库仑（乌兰巴托）的张库商道，南接倒马关和紫荆关，连接着北国和中原，使得飞狐峪成为历史上北国南下的咽喉要道。飞狐峪山势险峻秀美而道路平坦弯绕，途中可以看到"擎天柱""六郎箭眼""一炷香"等景点。

暖泉古镇 走出飞狐峪，我们来到了暖泉古镇。古镇位于蔚县西部，因有四季水温如一的泉水而得名，古镇以泉水、集市、古建筑及民俗文化而闻名。暖泉古镇距离河北与山西省界仅3公里，明清时期是山西商人到张家口及以北地区经商的必经之地。暖泉古镇于元朝建镇，明清时发展成三堡六巷十八庄，成为蔚县西部的交通枢纽和商贸中心。

镇上的逢源池水经两龙口相向而出，环村缓流。逢源池南为凉亭书院，泉水穿亭而过，沿环村明渠浇灌着镇南的菜园和稻田，最后流入镇区东南的壶流河水库，数九寒天暖泉水流出1.5公里内不结冰。距逢源池300米的华严寺前还有一处温泉，华严寺前泉水涌集，水清可鉴。华严寺是全国重点文物保护单位，建于明朝时期的1399年。暖泉书院又称王敏书院，是元代工部尚书、建筑专家王敏的家塾。整个书院以泉为胜，五、六月中无暑气，二、三更里有书声。王敏为培养家乡人才，希望他们在科举中夺魁，特建此书院。

位于暖泉镇西南的西古堡是全国重点文物保护单位，始建于明嘉靖年间，扩建续建于明末清初。此处集古民宅、古寺院、古城堡、古戏楼为一体，是古蔚州庄堡中保存最为完好的一例。古城门的石板路，两边已被车轮压得凹陷。堡内仍然有居民生活，保持着传统民俗。暖泉镇节日社火丰富多彩，风味小吃独具特色。剪纸是蔚县享誉很高的民间艺术，古镇上有很多剪纸商店，无比精致的四套色剪纸由四层不同颜色的剪纸拼合而成。

打树花是暖泉镇的传统民俗文化活动，这种古老节日社火已有300余年历史。表演者把铁烧制到1500摄氏度，成为通红的铁水，然后泼洒到古城墙上，迸溅形成万朵火花，因犹如枝繁叶茂的树冠而称之为"树花"，其壮观程度不亚于燃放烟花。暖泉镇每逢元宵佳节期间打树花的习俗一直延续至今。

正式开始打树花前要举行一段民俗表演和祭炉仪式，打树花表演的艺人头戴草帽，反披羊皮袄，那身行头是为了防止烫伤。滚烫的铁水被倒进盆子，师傅把铁水奋力抛洒向城墙，珍珠般大小的红色水珠炸成了伞状的金黄色火花，顺着城墙散开。艺人趁烟花未尽之时，接连再泼几勺铁水，让火花此起彼伏，错落有致。以前的打树花是在暖泉镇的古堡城墙上进行的，因为场地狭小，又有越来越多的外地游客赶来看热闹，于是镇上专门新修了"树花广场"用于表演。

义慈惠石柱 9月19日，我们游览蔚州古城墙和蔚州署之后，接着游览了义慈惠石柱和三义宫。义慈惠石柱又称北齐石柱，坐落于河北省定兴县的石柱村，建于北齐太宁二年（562年），柱身刻有3400余字的颂文。因建于北齐时代，所以也被称为北齐石柱，被国务院公布为全国首批重点文物保护单位。1961年公布的第一批全国重点文物保护单位仅180处，因而都是国宝级的文物。北魏孝昌元年（525年）至永安元年（528年）间，杜洛周、葛荣等人领导起义军转战数州，声势浩大，后在北魏举国兵力镇压下失败。当地百姓收拾义军残骨入殓，立木柱为标志。后北齐统治者将木柱改为石柱，在柱身上遍刻《标义乡义慈惠石柱颂》，记叙起义和立柱的经过。

全柱分基础、柱身与石屋三部分，通高6.65米。基础是一块大石，上有覆莲座柱础。柱身用两浅棕色的石灰石垒接而成，为一不等边的八角形，自下而上逐渐收小。"颂文"和题名刻在柱身的各面。石屋建在柱顶之上，为一单檐四阿顶小屋，刻出屋顶、檐橡、角梁、柱子、龛门、佛像、方窗，恰如一座完整的殿宇模型。义慈惠石柱由一座亭子保护着，根据较早的图片，并无这座亭子，石柱就孤零零地耸立在旷野中。石柱周围在明清时期有个大寺院，目前仅遗留了几通石碑，字迹有些模糊。

三义宫 三义宫又称"汉昭烈帝庙"，位于河北省涿州市楼桑庙村。三义宫为纪念刘、关、张桃园结义而建，始建于隋，后经唐、辽、元、明、清各代修葺。明正德三年（1508年），武宗皇帝赐玺书"敕建三义宫"。三义宫被毁于上世纪60年代末期。1996年涿州市旅游文物局按以前的布局规模进行了修复。重建后的三义宫采用明代传统三进院落布局，依次为山门、马神殿、关羽殿、张飞殿、正殿、退宫殿、武侯殿、少三义殿，内塑87尊塑像。一些宗亲会来三义宫省亲祭祖，一些机构组织来三义宫体验"义"文化之精髓。

山门正上方有"敕建三义宫"字样，园内有一块明代正德年间重修三义宫时所立的九龙碑。园内东侧有"结义亭"，据工作人员介绍，亭内大青石就是刘、关、张结义之石的原物，被称为"结义石"。三义宫的正殿也就是三义殿，正殿内的刘备、关羽、张飞塑像分主次而坐。三义宫的寝宫殿也就是退宫殿，退宫殿内刘、关、张的塑像并排而坐。

卢氏宗祠 9月20日，我们在涿州游览了拒马河上的永济桥和城内的辽代双塔之后，就去参观卢氏宗祠，然后走高速公路直奔北京的卢沟桥。卢氏宗祠位于河北省涿州城东的拒马河畔，被称为世界卢氏祖先的基地。"名著海内，学为儒宗，士之楷模，国之桢干"，是东汉朝廷对卢氏先祖卢植这位东汉名臣的评价。宋太宗皇帝"积代簪缨自范阳，尚书光耀千年史"的诗句，是对他的赞颂。卢氏宗祠平时无人值守，我们根据墙上留的手机号码，联系到管理人过来开门，让我们进去参观。宗祠内有两个陈列室，陈列着卢氏宗族的历史和荣耀。

魏晋至隋唐数百年间，涿州名"范阳"，故涿州卢氏被称为"范阳卢氏"。播迁于海内外的卢姓族人，多把自家堂号奉为"范阳堂"。范阳卢氏是一个声名远播的宗族，仅从三国到唐代，正史记载的卢姓族人就达800余位。其中有宰相、尚书、刺史、太守、郡守等百余人。海外卢氏宗亲中，有韩国的两位总统卢泰愚和卢武铉。

卢沟桥 参观卢沟桥先要经过宛平城，这是一个不大的古城，一条大街直穿南北两座城楼，历尽沧桑的宛平城依稀透露出昔日的繁华和重镇风貌。宛平城内建有大气宽敞的"中国人民抗日战争纪念馆"，观众凭身份证等领票参观。展厅内图片和实物并举，再现了抗日战争的历史风云。观众很多，其中不少是中学生。

卢沟桥地处北京市丰台区永定河上，因横跨卢沟河（即永定河）而得名。卢沟桥始建于金朝大定二十九年（1189年），历代多次修葺，康熙三十七年（1698年）重建。1961年，卢沟桥和附近的宛平县城被公布为第一批国家重点文物保护单位。卢沟桥为11孔联拱桥，拱洞由两岸向桥中心逐渐增大，坡势平缓。桥长213米，加上引桥总长267米。桥面宽7.5米，桥两侧入

卢沟晓月

口处宽32米。桥面北侧有望柱140根，南侧有141根，望柱间嵌石栏板。望柱上雕有形态各异的石狮，原有627尊，现存501尊。石狮多为明清之物，也有少量的金元遗存。桥东头立有乾隆题写的"卢沟晓月"碑，这是经典的留影之处。

1937年7月7日，日本帝国主义在此发动全面侵华战争，宛平城的中国驻军奋起抵抗，史称"卢沟桥事变"或"七七事变"。原汁原味的卢沟桥大石板，漫长的岁月磨平了它的棱角，却抹不去它的记忆和诉说，正是"岁月失语，惟石能言。"永定河畔有漂亮的步道和平台，在这里可以看到卢沟桥的全貌，河边与街道之间都是居民住宅，我们穿过一条狭长的夹弄来到河边。

由于外地大巴车不能进入北京城区，我们本想在靠近卢沟桥的地铁站附近找个宾馆住下，然后坐地铁去天安门广场看看。无奈联系了好几家旅馆都没有足够床位，只能改变方案前往野三坡。

野三坡 我们从卢沟桥出来，晚上入住河北省涞水县野三坡镇的红后方酒店，并在此晚餐，虽说只是农家乐，却有着不错的宾馆设施。天色渐暗，华灯初上，野三坡镇的宾馆、民居轮廓倒映拒马河上。广场上音乐骤起，射灯齐亮，炫目的喷泉时而激昂，时而婉约。多彩的建筑，柔和的灯光，咖啡馆和歌厅传来的音乐断断续续，若有若无。这里就是野三坡七彩小镇。

9月21日一早，我们游览了野三坡之代表性景区百里峡。景区总面积110平方公里，与北京市房山区接壤。1988年被审定为国家重点风景名胜区，2006年被评为世界地质公园，2011年被评定为5A级风景区。景区全长105华里，由三条峡谷组成。外边一条称作蝎子沟，因沟中遍生蝎子草而得名，长25华里。沟内有龙潭映月、摩耳崖、铁锁崖等景点。中间一条峡谷为海棠峪，因沟内遍布海棠花而得名，长35华里，峪中有老虎嘴、一线天、回首观音、天桥等景观。仲夏时节，野生海棠花开满沟谷。第三条峡谷是十悬峡，因沟内分布着数十处弧形悬崖而得名，长45华里，有抻牛湖瀑布、灵芝山水帘洞、不见天、怪峰、雄狮出世等景点。

百里峡由于峡谷幽深，日照时间短，气温比外面低10余度。百里峡入口的汉城堡是为了拍摄电视剧《三国演义》所建的外景，这里有野三坡地质博物馆，还有宽敞的游客中心。我们从海棠峪进入百里峡，入口处有历史学家胡绳所书的"天下第一峡"之刻石。我们手脚并用攀上极陡的老虎嘴，还好这样的陡崖只是很小一段，出了老虎嘴就是一路平坦。经过了"金线悬针"和"天成桥"等景点，我们就来到百里峡天梯脚下。天梯共有3000级台阶，长1200米，相对高度270米，是连接海棠峪与十悬峡之间的翻山通道。天梯两侧是原始次生林，遍布黄檀与灌木类植物。我们善自量力，不去挑战翻山之累，而是乘坐缆车。虽只翻越一个山头，缆车票价却高达90元，幸亏60岁以上老年人可以半价优惠。我们进山走海棠峪，然后坐缆车翻越高山，出山走十悬峡。在这两个大峡谷中，大部分路段都是两侧高高绝壁，游道却平坦好走。

鸡鸣村古邮驿 离开野三坡，我们来到了河北省怀来县的鸡鸣山下，这里的鸡鸣驿村保存有始建于元代的古代邮驿建筑群，于2001年6月被公布为第五批全国重点文物保护单位，于2005年9月被命名为中国历史文化名村。古代驿站是传递官府文书和军事情报的人员途中食宿、换马的场所。成吉思汗于1219年率兵西征，在通往西域的大道上开辟驿路，设置驿站，蒙古语称驿站为"站赤"。至明永乐十八年（1420年），鸡鸣驿扩建为宣化府进京师的第一大站，城内设有驿丞署、驿仓、把总署、公馆院、马号等建筑，还有戏楼和寺庙。明成化八年（1472年）鸡鸣驿站建土垣，隆庆四年（1570年）砖修城池。全城周长2330米，墙高12米，两座城门的门额分别为"鸡鸣山驿"和"气冲斗牛"。城下的马道为驿马进入的通道，城南的南宫道是驿卒传令干道。直至1913年北洋政府宣布"裁汰驿站，开办邮政"，鸡鸣驿这座古驿站才完成了其历史使命。

古城内有鸡鸣驿邮驿博物馆，记载了鸡鸣驿的兴起、功能和繁忙。指挥署是当年鸡鸣驿最高指挥官的办公地，其隔壁的贺家大院曾是八国联军打进北京时，慈禧太后和光绪皇帝逃难留宿的地方。其二进院的山墙上留有刻砖"鸿禧接福"四个大字，作为慈禧太后在此居住的纪念。专供过往官员、驿卒就餐住宿的"公馆院"，即驿馆，是一座保留原有风貌的明代建筑。古城里有的人家玉米满屯，院子利落，有的房屋已无人居住，一些房屋正在倒塌、消失。站在城楼上远眺鸡鸣山，近瞰古驿城，让人不由生出"长亭外，古道边，芳草碧连天"的淡淡愁绪。

1995年8月，国家邮电部发行一套两枚纪念邮票《古代驿站》，其中一枚即为鸡鸣驿。2003年和2005年，鸡鸣驿城两次被世界纪念性建筑保护基金会列为100处世界濒危文化遗产之一。《血战台儿庄》《大决战》《大话西游》等影片在古城拍摄部分场景。

大境门长城 9月22日，我们先在张家口的大境门看看，然后奔赴草原天路。大境门段长城始建于明成化二十一年（1485年），是扼守西北进入中

澄澈的旅途

原的一道重要屏障。大境门与山海关、嘉峪关、居庸关一起并称万里长城四大雄关。而这四大雄关之中，惟有大境门以门为名，故被称为"万里长城第一门"。清顺治元年（1644年）修建了大境门，张家口由军事重镇转变为贸易之都，张库大道从大境门向西一直通达蒙古的库伦，也就是今天的乌兰巴托。2010年9月，大境门——西太平山景区被评定为国家4A级景区，2007年，大境门升级为国家级文物保护单位。封建王朝以长城和门为界，做生意的外族人只能在城外交易。"境门"意思是指边境之门。《大境门》也是一部40集电视剧的名称，于2009年由宋业明执导而完成。

　　草原天路　草原天路西起张北县南侧的野狐岭，东至崇礼县桦皮岭，是连接崇礼滑雪区、赤城温泉区和张北草原风景区的重要通道，也是中国大陆最美丽的公路之一。草原天路全长132.7公里，于2012年9月底建成通车。草原天路沿线分布着古长城遗址、塞北梯田、桦皮岭、阎片山、大圪垯石柱群、坝上原始森林等旅游资源。马玉涛演唱的《看见你们格外亲》，其创作背景就来自

草原天路

于河北坝上的张北县战海乡，歌词中的"小河水清悠悠"，正是指草原天路中的天泉河。

　　草原天路是不收门票的，但我们的大巴车不能驶入，于是我们分乘6辆小车，组成一个车队游览，途中停车观景10次左右。进入草原天路的第一个景点相当于游客中心，附近开满五彩缤纷的鲜花。秋季的花海令人赏心悦目，若是夏季前来，草原上的鲜花会更加美丽。路面随着丘陵而起伏，弯道很多，被誉为中国的66号公路。道路两边有艺术化的梯田，有城里人很少见到的莜麦地，路边的草原、田野和民居就是一幅幅无需修饰的水彩画和油画。车队负责人带我们到最好的观景高坡，看到了极具视觉冲击力的佳景。我们的大巴车绕行百余公里，在草原天路的终点停车场等候我们。

　　董存瑞陵园　9月23日我们参观游览了董存瑞纪念馆和承德外八庙之布达拉宫。董存瑞（1929—1948）是解放战争时期著名战斗英雄，河北省怀来县人，1945年8月参加八路军。1948年5月25日在解放隆化县的战斗中舍身炸碉堡而英勇献身，时未满19岁。董存瑞烈士陵园位于隆化县城西北的伊

逊河畔，1954年始建，后几次扩建。英雄的家乡怀来县和牺牲地隆化县分别修建了两座董存瑞烈士纪念馆，馆名由张爱萍上将题写。来陵园参观的人很多，一些年轻父母带着孩子把这里当作公园游玩。电影《董存瑞》由长春电影制片厂1955年出品，张良饰演董存瑞。22集电视剧《为了新中国前进》2009年出品，由王宝强饰演董存瑞。

外八庙 承德避暑山庄东面和北面的山麓分布着12座风格各异的寺院，这些寺庙是清政府为了团结蒙古、新疆、西藏等地区的少数民族而建。12座寺院中的溥仁寺、溥善寺、普宁寺、安远庙、普陀宗乘之庙、殊像寺、须弥福寿之庙和广缘寺这八座寺院由清政府直接管理，由朝廷派驻喇嘛，且在京师之外，故称为"外八庙"。另外四座寺院是普乐寺、普佑寺、广安寺和罗汉堂。而广义的外八庙寺庙群则包括由皇帝敕建的43座寺庙，其中外八庙12座，山庄内16座，山庄外15座。

352

普陀宗乘之庙因仿拉萨布达拉宫而建，俗称小布达拉宫。寺前的古石桥仍在，想必当年有清澈的河水。庙内有精致高大的琉璃壁，漂亮的御碑亭，巍峨壮观的大红台。大红台内部有天井和回廊，我本以为高大的红墙之内是一幢庞大的室内建筑，全靠灯光照明，却未曾想到其内是如此明亮和宽敞。"万法归一"大殿的金顶，在夕阳照耀下更加辉煌。更有那高大精美的室内佛塔，雕刻之精美让我深深叹服！

9月24日我们游览外八庙之普宁寺，然后游览磬锤峰国家森林公园和避暑山庄。普宁寺和普佑寺取普天之下安宁、保佑天下众生之意，普宁寺内供奉有世界上最大的金漆木雕佛像千手千眼观世音菩萨，普佑寺是喇嘛研习佛教理论典籍的经学院。高大巍峨的普宁寺内有御碑亭，主殿大乘之阁供奉的千手千眼观世音菩萨高达27.21米，重达110吨。而普佑寺的宗师殿内则有金碧辉煌而庄重大气的经学大厅，其规模和排场虽不及青海塔尔寺的大经堂那样宏大，也已足够沉稳而眩目。

棒槌山 承德磬锤峰国家级森林公园有一处高38米的山石，上粗下细，形似棒槌，故此山俗名"棒槌山"。清康熙四十一年（1702年），康熙皇帝以该峰状似磬锤，将此山赐名为"磬锤峰"。根据地质学家考证，磬锤峰是一堵石墙般的山体，经过碰撞、风吹雨淋等自然力，石墙逐段崩塌，最后就形成了我们今天所看到的神奇地貌。我们乘坐缆车上山，往返票价80元。缆车线路不太陡，但比较长，单程运行超过20分钟。下了缆车，就来到磬锤峰大门口。磬锤峰孤立于平缓的山峦之上，其造型有如"上帝的拇指"，又如韶关丹霞山的阳元石。为了安全，游客不能走到棒槌的跟前。磬锤峰半腰长着一株高约3米的桑树，据传为我国最早之桑树。很惊叹这棵生长在岩石里的大桑树，没有土壤，无法浇灌，却是如此郁郁葱葱，生机勃勃。

避暑山庄 承德避暑山庄又名"承德离宫"或"热河行宫"，位于河北省承德市武烈河西岸的谷地上，是清代皇帝避暑和处理政务的场所。始建于康熙四十二年（1703年），至乾隆五十七年（1792年）最后竣工，经历了康熙、雍正、乾隆三代帝王，历时89年而建成，是中国现存占地最大的古代帝王宫苑。康熙二十年（1681年），清政府在距北京350多公里的广袤草原建立了木兰围场。后在北京至木兰围场

避暑山庄

之间，相继修建21座行宫，热河行宫就是其中之一。康熙、乾隆皇帝每年有半年时间要在承德度过，因此承德避暑山庄也就成了北京以外的陪都和第二个政治中心。

避暑山庄分宫殿区、湖泊区、平原区、山峦区四大部分，整个山庄东南多水，西北多山，是中国自然地貌的缩影。宫殿区占地10万平方米，由正宫、松鹤斋、万壑松风和东宫四组建筑组成。正宫现辟为博物馆，陈列清代的宫廷文物。湖泊区包括洲岛约49万平方米，有8个小岛，富有江南水乡特色。平原区占地61万平方米，地势开阔，有万树园和试马埭，有茫茫草原风光。山峦区面积443万平方米，占全园的五分之四，山峦起伏，众多殿阁寺庙点缀其间。康熙皇帝建园后，选佳景以四字为名题写了烟波致爽、万壑松风等三十六景；乾隆皇帝扩建后，又以三字为名题写了如意湖、畅远台等三十六景，合称为避暑山庄七十二景。

避暑山庄于1961年3月被公布为第一批全国重点文物保护单位，1982年被列入第一批国家级风景名胜区名单，1994年12月被列入《世界文化遗产名录》，是国家5A级旅游景区。避暑山庄博物馆是山庄的精华和宝库，"避"字多写了一横，皇帝的字就是这么与众不同。大殿内进深不多，皇帝的龙椅宽大，大臣们似乎难以肃立两边。皇帝上朝之殿只是平层建筑，不见高高的台基和台阶。宫殿内唯一的两层建筑，却并无楼梯，皇帝由状如祥云

的假山登上二楼。湖泊区一隅，有一处冬天不结冰的热河，原来"热河"确有其河。

地震遗址公园 9月26日，中原华北之旅第24天，我们参观游览了唐山大地震遗址公园和滦州古城。唐山地震遗址公园于2008年建成开放，占地40万平方米，是世界上首个以"纪念"为主题的地震遗址公园。公园以原唐山机车车辆厂的铁轨为纵轴，以纪念大道为横轴，分为地震遗址区、纪念水区、纪念林区、纪念广场等区域。其中的地震博物馆于2009年10月落成。纪念广场占地3万平方米，地面由黑白相间的大理石铺成。纪念墙北侧正后方是一片占地14万平方米的纪念林。

唐山大地震罹难者纪念墙由5组13面墙体组成，共396米长，镌刻着在1976年唐山大地震中罹难的24万余名同胞的姓名。纪念墙每面高7.28米，代表7月28日，墙体距水面19.76米，代表1976年。一些遇难者的名字不能确认，就只能写上亲属的名字及身份。广场正前方是3万平方米的纪念水池，水池内有花岗岩雕塑和青铜雕塑。水池边的一棵大树是大地震的见证者，原唐山机车车辆厂的铁轨静静地浸在浅水中，伸向远方。机车车辆厂车间的断墙残垣，向人们诉说着当时的猛烈和惨重。唐山地震博物馆建筑面积1.2万平方米，由纪念展馆和科普展馆两部分组成。纪念馆入口处地面的投影显示了大地震的日期和时间，总书记献的花篮摆放在入口群雕前，展厅以实物、图片、场景等方式，把观众带进了41年前的那场大灾难。

天津 9月27日，我们在天津市内参观游览了五大道、古文化街和海河风光。海河又称沽河，是华北地区最大的河流，总流域面积31.8万平方公里，涵盖了天津、北京全部，河北绝大部分，以及河南、山东、山西、内蒙等省区，是中国七大河流之一。海河起自天津金钢桥，至大沽口入渤海湾，

天津民园体育场

与上游的北运河、永定河、大清河、子牙河、南运河这五大河流及300多条支流组成海河水系。海河被称作是天津人的母亲河，也是天津的象征。

在海河的起点，即子牙河、南运河与海河交汇处之三岔口的岸边，有一座高26.4米的引滦入津工程纪念碑，其大

澄澈 ㊥ 旅途

理石三角形碑座上耸立着用汉白玉雕刻的怀抱婴儿的妇女形象。碑座花岗岩石上刻着邓小平题写的"引滦入津工程纪念碑"九个大字。清晨的海河，垂钓人心平气和，游泳选手劈波斩浪，跑步者意气风发，吟唱者引吭高歌，倒是未见风靡各地的广场舞。海河没有栏杆，没有高墙，甚至也没有低矮的女儿墙，很是佩服管理者的自信、思路和魄力。夜幕下的海河桥梁灯火璀璨，亲水平台上的萨克斯传来了一种悠扬、散淡的气息。

五大道位于天津市中心的南部，东西向并列着成都、重庆、大理、睦南及马场这五条街道。五大道街区共有22条道路，2011年被确定为历史文化街区。五大道地区拥有上世纪二、三十年代建成的花园房屋2000多所，包括英式、意式、法式、德式、西班牙式等建筑风格，还有众多的文艺复兴式建筑、古典主义建筑、折衷主义建筑、巴洛克式建筑、庭院式建筑以及中西合璧式建筑等，被称为万国建筑博览苑。马场道是五大道地区修筑最早最宽最长的马路；睦南道有风貌建筑74幢，名人故居22处。1860年12月天津英租界开辟，五大道地区被划为英租界。如今五大道已经成了天津小洋楼的代名词。

辛亥革命后，一些清朝的皇亲国戚、遗老遗少从北京来到天津租界寓居，许多富贾巨商、各界名流、红角也曾在此留下过足迹，一些北洋政府内阁人士下野后在此寓居。五大道地区的知名建筑物有天津庆王府、顾维钧旧宅、美国总统胡佛旧居、张伯苓住宅、张自忠故居、孙殿英故居、民国总统徐世昌故居等。这一区域环境幽静，管理到位。很多道路的转角处都有清晰的铜制导游图，每栋历史建筑的门口或围墙上，都标示有该建筑物的介绍、编号及保护等级。

游客可以坐马车或三轮车游览五大道，当然也可以步行。我感到漫步在不太宽车子也不多的林荫道上，静静欣赏那万国建筑博物馆的百屋百款，是一种很好的享受和体验。风格独特的民园体育场让我大开眼界，原来体育场也可以这么优雅，只是有点遗憾没有绕跑道行走一圈。我们所住宾馆附近的静园，这是清朝末代皇帝溥仪的寓所，位于鞍山道上，应该不算五大道地区了。附近的张园也在鞍山道上，这里是孙中山和溥仪住过的地方。

天津古文化街位于宫南宫北大街及宫前广场，全街长687米，宽7米，整体建筑为仿清民间式建筑风格，店铺林立。每逢民族节日，这里都要举办民间花会。2007年5月，天津古文化街旅游区（津门故里）被批准为国家5A级旅游景区。

玉皇阁坐落在古文化街东侧，建于明宣德二年（1427年）。原建筑中的清虚阁尚存，前檐下悬康熙四十年恭亲王所书"清虚阁"匾额。天后宫原名天妃宫，坐落在宫南宫北大街正中，建于元泰定三年（1326年），是中国现存年代较早的妈祖庙之一，宫内建筑大部分为明清时期所建。2016年我去过福建湄洲岛，那里有妈祖祖庙。本以为妈祖信仰仅流行于福建、广东一带，没想到天津也有规模很大的妈祖庙。

鼓楼位于天津城中心，周围被北马路、东马路、南马路、西马路所围合，形成了今天的西北角、东北角、东南角、西南角地区。说是鼓楼，其顶层却有一口1500公斤的大铁钟。整座鼓楼已成为博物馆，陈列着天津的历史风貌和很多老唱片。天津民俗博物馆内陈列着天津市井生活的场景和实物，而天津老城博物馆内则陈列着老城的历史和记忆。

9月26日晚上，我拍摄了一张天津恒隆广场夜景照，这座灯光璀璨的商厦巨大而别致，却未曾想到翌日会在这里享用晚餐。好客的天津知青在恒隆广场5楼的乾园餐馆招待我们旅行团全体成员，环境、菜肴、心意、热情，一个更胜一个。

杨柳青博物馆 9月28日是我们中原华北之旅游程的最后一天，我们从石家大院出来，也就意味着本次出游的景点全部结束。杨柳青博物馆原系清末天津八大家之一石元仕住宅，即石家大院，始建于1875年，号称"津西第一宅"。宅院占地7200平方米，房屋278间，砖、石、木雕皆精美，1992年被国务院批准为全国近代优秀建筑。整个建筑包含12个院落，都是正偏布局，四合套成，院中有院。杨柳青博物馆内设有民俗陈列和石府复原陈列，民俗陈列包括天津婚俗、杨柳青商俗、天津砖雕、消防水局复原、手工剪纸、漕船花轿、杨柳青灯箱画等陈列内容。石府复原陈列包括主人卧室、小姐闺房、帐房、家学、花厅、书房、佛堂、戏楼、石府花园等陈列内容。由于建国后被处决的刘青山、张子善曾把石家大院作为机关办公地，石家大院也开设了反腐倡廉展示厅。

大院内的石府戏楼是中国北方最大的民宅戏楼，团友们在这里像模像样扮演说书人和听书人，俨然一场高品质书会。大院内的长廊回廊约有800米之长，廊道的两排宫灯增添了吉祥气氛。1991年底石家大院辟为天津杨柳青博物馆，2006年成为国家4A级旅游景区，2006年5月，石家大院作为清代古建筑被列入第六批全国重点文物保护单位名单。

杨柳青的年画作为民间木版年画，继承了宋、元绘画传统，吸收了明代木刻版画、工艺美术和舞台戏剧的形式，采用木版套印和手工彩绘相结合的方法，创立了喜气吉祥的独特风格。杨柳青年画与苏州桃花坞年画并称"南桃北柳"。杨柳青年画、刻砖刘、风筝魏、泥人张彩塑被称之为天津民间工艺美术四绝，享有盛誉。

　　我们高院老干部摄影组的卢永良老师对我这次中原、华北之旅的系列报道鼓励说："摄影水平大有提高！许多作品视角独特，构图老到，文字翔实。旅途中及时将拍摄的作品做成质量很高的美篇，花费的精力可想而知。"多谢卢老师的鼓励！我在拍摄旅行照片时，经常得到卢老师的远程指导。

燕赵大地雄而安

357

34. 山清水秀江南韵

　　江南意为长江之南，其概念可大可小，通常指今上海、江苏南部、浙江大部、安徽东南部等区域。山清水秀的江南地区景点太多，我去过的地方也不少，只能挂一漏万择几处写之。

　　同里古镇 同里古镇位于江苏省苏州市吴江区，是一个有着千年历史的水乡古镇。古镇四面环水，上世纪60年代末我第一次到同里的时候，是坐着摇撸船进去的，那时还没有古镇旅游一说。后来又去过10多次，有时去开会，有时陪客人去参观游览，更多时候是与亲朋好友一起去游玩。同里镇面积33公顷，由5个湖泊和网状河流将镇区分割成7个岛区，由于河道纵横，也就留下了建造于各个年代的众多古桥，其中的思本桥建于南宋，距今已有700多年，饱经风霜仍安然跨越河上。镇里的古街保存了原来的条石路面，街道两旁建筑多为明清所造，街上的店铺装饰看上去也与古街十分协调。宋元以来，同里的街道取名沿用"埭"，如南埭、东埭、竹行埭、陆家埭、道士埭等。在街道与街道之间，有一些细细长长的弄堂。穿心弄长达300余米，石条下面空心，脚下会发出声响。最窄的弄堂仅容一人行走，故称"一人弄"。

　　古镇内有退思园、耕乐堂、崇本堂、嘉荫堂、留耕堂、珍珠塔、罗星洲、南园茶社等景点，其中的退思园最为知名。退思园始建于清光绪十一年（1885年），面积仅9.8亩，取《左传》中"进思尽忠，退思补过"之意，这座小巧玲珑的园林主人是安徽兵备道任兰生，他落职回乡后斥资建造了这座集古典园林之精华的园宅。2001年，退思园被列为世界文化遗产和全国重点文物保护单位。在这里经常举办围棋、诗文等活动，时有民间藏品展览。南园茶楼建于清末，门面是清代风格的木雕装饰，服务员着明清服饰，泡水仍然用"老虎灶"。在同里古镇喝茶是一大乐事，不论是登茶楼还是坐河边，都可静下心来品茶、听曲、看景。记得以前搞社会调查，到吴江农村和当地人一起喝茶，他们都在茶叶里放一把青豆，平添了一份清香和雅趣。在同里游玩，图的就是那份悠闲和放松。因此在这里坐坐船，从曲曲弯弯的河道里慢悠悠欣赏古镇街景，再静下心来在镇上住一晚，看看古镇的夜景和黎明风情，都能增添对同里的印象和好感。

周庄古镇 周庄古镇位于江苏省昆山市西南隅，地处昆山、吴江和青浦的交界处，原名贞丰里，清康熙初年更名为周庄镇。元末明初时期的江南富豪沈万三利用水运优势出海经商，将周庄变成一个粮食、丝绸及手工业品的集散地和交易中心，促使周庄的手工业和商业得到了迅猛发展。周庄镇依河成街，桥街相连，大部分住户临水而居。古镇上有近百座明清时期的宅院，保存了14座古桥。

张厅建于明代，原名怡顺堂，清初转让与张姓后改为玉燕堂，"张厅"是俗称。前后七进，房屋70余间，占地1800多平方米。张厅墙上悬挂着一副对联，上联是"轿从门前进"，下联是"船自家中过"，写出了张厅的建筑特色。沈厅由沈万三的后裔建于清乾隆七年（1742年），占地2000多平方米，七进五门楼，100多间房屋分布在100米长的中轴线两侧。沈厅的前部是水墙门及河埠，供家人停靠船只洗涤衣物之用。中部是墙门楼、茶厅、正厅，为接送宾客及议事之处。后部是大堂楼、小堂楼、后厅屋，为生活起居之所。

双桥指位于周庄中心的世德桥和永安桥，建于明万历年间。桥面一横一竖，桥洞一方一圆，两桥相连，样子很像古代的钥匙，故又称钥匙桥。1984年，旅美画家陈逸飞以周庄双桥为背景，创作了题为《故乡的回忆》的油画。这幅画后来在美国展出，被美国西方石油公司董事长阿曼德·哈默购藏，哈默先生访问中国时将这幅油画送给了邓小平。周庄古镇也随这幅名画而声名鹊起。1985年，这幅画又经过陈逸飞加工，成为联合国首日封的图案。也有人说联合国首日封上的古桥并非在周庄，而在锦溪。

当年我的胞兄在吴江莘塔插队落户，我曾经坐着他摇橹的农船来过周庄，当时只感到这个地方很大很热闹，有不少古建筑，怎么也不会想到日后会成为享誉中外的国家5A级旅游景区。如今很多游客仍然坐着摇橹船在周庄水道畅游，只不过那农船改成了游船，打扮得喜气红火，头上包着毛巾的船娘边摇橹边唱田歌，成为水乡古镇的一道风景。到了晚上，河栏边和桥洞上镶嵌的彩灯大放光彩，灯光映入河面，游客凭河小酌品茶，耳边传来声声吴歌乡曲，酒没醉，心先醉了。

静好荡口 荡口古镇位于无锡东南鹅湖镇境内，地处无锡、苏州、常熟之交界处，面积20.7公顷，因位于鹅肫荡口而得名。这里河道纵横，湖荡密

静好荡口

布，孝义之风盛行。古镇内有50处历史建筑，其中包括华氏义庄、钱穆旧居、关帝庙、华蘅芳生平事迹陈列馆、华君武故居、亨得利钟表馆、王莘故居、会通馆等景点，是人文荟萃之地，2010年被评为中国历史文化名镇。在我看来，荡口古镇既有周庄、乌镇、丽江、平遥的精致韵味，更有难得的大气、宁静、闲适、从容之惬意。镇区内街巷古雅，建筑精巧，人家枕河，散淡平逸，环境静好。

景区入口就已彰显水乡特色，游客在景区外可以看到大片的水面，远眺古镇的风光，并可在临水亭阁内歇脚。检票口设在两侧的巷道口，荡口门票80元，60岁以上半票，70岁以上免票。入口附近有游船码头，一条条张灯结彩的小木船静候游客，船票每人20元，似乎按人计票比按船计票更合理一些。游船经过一段狭窄的横向水道，进入镇里的主河道。这段窄窄的水路是游船启航的必经之路，相当于飞机场的跑道。小船儿轻轻，飘荡在水上，我坐在船头东张西望，有点小新奇。河面上的游船，不寂寞也不拥挤，密度正好。船上看景，角度更低，视点更佳。船上桥上，大家都是风景，尽管互相欣赏。

水和桥，江南每个古镇都有。荡口的桥，看上去特别匀称、饱满、多姿，与周边的环境也协调。若是蒙蒙细雨天，湿漉漉的石桥那边走来一位打着花伞的淑女，或是一位带着斗笠的村姑，那种情调可真是沁人心田。桥栏杆边，时有几位游人凭栏驻留，他们是在沉思、遐想，也是在憧憬、陶醉。春风三月的荡口，桃红柳绿，满街芬芳。朋友们坐在河边喝喝茶，聊聊天，赏赏景，叙叙旧。这样的日子，这样的心情，也就是我所喜欢的清静和闲雅。古镇上的商店不太多，商业味道也不是很浓，餐饮区相对集中，一些古镇客栈的格调相当高雅，这些也正是荡口吸引游客的高明之处。

镇上的华氏义庄是江南第一义庄，建于清乾隆年间，是江南地区典型的清初明式建筑。现存房屋四进，占地面积约2500平方米。自南向北依此为隔河照壁、码头、八字照壁、门厅、轿厅、正厅、后厅。

镇上有钱穆故居，他是历史学家、儒学学者和教育家，历任燕京、北京、清华、四川、齐鲁、西南联大等大学教授，也曾任无锡江南大学文学院院长，代表作品有《先秦诸子系年》和《刘向歆父子年谱》。他撰写的《国史大纲》坚持国人必对国史怀有温情和敬意，以激发对本国历史文化爱惜保护之热情与挚意，被公推为中国通史最佳著作，有学者谓其为中国最后一位士大夫、国学宗师。

出生于荡口的王莘原名王莘耕，1936年参加革命，先后担任天津歌舞剧院院长、中国音协常务理事等职务。其名字中的"莘"读shēn而不读xīn，至于上海莘庄的xīn，则是作为地名的专有读音。王莘14岁到上海先施百货公司当店员，结识了冼星海、吕骥等左翼音乐家，参加了抗日救亡歌咏运动。1950年国庆节，他在天安门广场看到群众队伍和少年儿童，心中充满了创作激情，一曲热情豪放的《歌唱祖国》由此诞生。这首凝聚着爱国之情、爱党之心和民族之魂的时代金曲很快传遍神州大地，成为亿万人民久唱不衰的音乐经典，被誉为我国的第二国歌。

华蘅芳是中国清末数学家、翻译家和教育家，曾和好友徐寿一起到安庆的军械所，绘制机械图造出中国最早的轮船"黄鹄"号。他曾三次被奏保举，受到洋务派器重，一生与洋务运动关系密切，成为这个时期有代表性的科学家之一。曾国藩、李鸿章创设江南制造局，华蘅芳参加了该局的开创工作。华蘅芳对近代科学知识特别是数学知识在中国的传播，起到了重要的作用。荡口的华蘅芳故居占地面积1521平方米，现保存有两进14间，均属晚清式建筑。

初冬宜兴游 虽说冬天不是出游的好时节，但苏南的初冬并不算冷，深秋的余味犹在。2016年12月上旬，我们八位朋友两辆车，一个多小时就从江阴来到了宜兴。宜兴的206县道也叫灵慕线，是很不错的林荫大道。若是遇到高低起伏的路段，又正逢下午三、四点钟，和煦的阳光透过枝叶撒在路面，那就是一幅极美的油画。在这样的路面开车，真是一种享受。宜兴市湖㳇镇是一个流传于朋友圈的休闲度假小镇，"深氧界3H"概念是湖㳇的名片。所谓三个H，就是health、heart、home，也就是要让人们回归健康，回归心灵，回归家园。通常认为，清新空气中负氧离子标准浓度应大于1500个/cm³。而根据电子显示屏，湖㳇镇的负氧离子含量是3.7万个。

阳羡湖既是油车水库所在地，也是宜兴的水源保护地，更是一个休闲度假区。宁静的阳羡湖畔没有急功近利的房地产项目，而是成片的绿地水岸。这里山色空濛，湖面如镜，蓝天白云，赏心悦目。曲线优美的渔网，青黛如染的群山，如同一幅素雅的山水画。1.66公里长的大坝笔直宽敞，其上有绿化带和步道，中间伸出去几段短坝，既是工程设施，也是观景平台。

湖㳇深氧健身公园是一个自行车运动和休闲徒步为主的田野乐园，公园内有环形自行车道，人们在这里或散步，或慢跑，或骑车，呼吸新鲜空气，观赏沿途佳景，享受着郊外慢生活的美好时光。我在深氧公园散步，不时走到茶园里踏踏地气，东张西望，偶尔拍几张小照。

龙池山自行车公园

龙池山自行车公园位于宜兴张渚镇，是一座利用现有茶园、竹海、水库等资源，集自行车运动、山水风光以及阳羡茶文化为一体的自行车健身运动主题公园。公园的自行车道长12公里，宽3至5米，是宜南山区245公里绿道网络的示范工程。沿路有林场和龙池山两个服务区，提供自行车租赁、停车、淋浴和运动装备销售等服务。公园通过绿道串联，整合沿线景观资源，打造了"龙池山慢游十八景"，分别是竹篁幽径、三潭映碧、花谷探奇、御园问茶、平湖云影、茗香山房、田园芳华、湖畔炊歌、龙池烟雨等景点。自行车公园入口处有醒目的标志，机动车不得驶入。自行车道时而蜿蜒曲折，时而高低起伏。几位年轻人骑着自行车顺坡而下，在逆光的映衬下动感十足。在这宁静、安全而充满阳光、绿意的小道上散步，心情自然不错。

宜兴竹海风景区位于宜兴市湖㳇镇境内，是国家4A级旅游区和国家级风景名胜区。主要景点有太湖第一源、苏南第一峰、镜湖秀色、索桥凌波、竹林飞瀑、悬空栈道等。宜兴竹海风景区位于苏、浙、皖三省交界地带，占地面积1.5万公顷，素有"华东第一竹海"之称，是中国竹风景、竹风情和竹文化的代表性景区。景区里的冬日大草坪依然翠绿，用植物编出的"宜兴竹海"四个大字静立其间。山坡上的阳光为翠竹染发，彩叶点缀绿竹间，更有那不知名的美丽小鸟翠鸣枝头。

玉女潭风景区位于宜兴市湖㳇镇莲子山上，唐李幼卿于此建别墅"玉潭庄"。明嘉靖年间，名士史恭甫在这里建"玉潭院"和"玉光阁"，吴中才子文征明为此写下《玉潭仙居记》。1984年旧址重新开发，面积16公顷，因潭命名，总称"玉女山庄"。玉女山庄游路蜿蜒，奇石显现，依山构造门头、碑亭、观廓、楼阁等建筑，其景观有以石见长的"玉阳洞天"和以水取胜的"玉潭凝碧"两部分。玉女潭在半山绝弯中，潭水面积不是很大，但深达数十米，旱不竭雨不盈，水色莹洁，光可照人。池边"天下第一潭"为郭沫若1953年所写，这么个小地方也有第一潭？存疑。

慕蠡洞坐落在湖㳇镇金塘山中，是宜兴最大的溶洞之一，也是陶祖圣境风景区的组成部分。慕蠡洞是以地下暗河为主的典型石灰岩溶洞，经长期的滴水溶融和凝结，形成了万千姿态的石柱、石笋、石幔、石花等洞天景观。全洞面积8200平方米，其中水道面积1750平方米，流程750米。我们坐着小船，哼着小曲，去欣赏奇妙无比的溶洞和神秘莫测的地下长河。宜兴的张公洞、善卷洞和灵谷洞早已知名，且都已去过，这次只是路过。

龙背山森林公园位于宜兴城区南侧，占地550公顷，园内丘陵起伏，植被茂密。公园内文峰塔、历史名人馆、科教名人馆、艺术名人馆等景点已建成开放。园内草坪绿意盎然，桂花园、杜鹃园、蔷薇园镶嵌于青松翠竹间，岩碧飞瀑，砚池碧波，茂林修竹，使游客们乐而忘返。据说，龙背山森林公园是沪宁杭地区最大的城区生态公园。公园入口处匠心独具的花艺造型，像是京剧脸谱，又像美猴王，或是能引发游客想象力的吉祥物，园艺师能让这冬天盛开五彩缤纷的小花，真不容易！站在公园里极目四望，几乎看不到什么高层建筑。而大型公园周围布满大煞风景的高层建筑，往往是很多城市所无法避免的败笔。由此联想到阳羡湖岸边的田野树林，不由得非常钦佩宜兴市当政者维护公共环境和干净空间的眼光和能力。

丽水 2015年3月，我们在途牛网上买了丽水高标住宿游，到了丽水城里却被拉到街边商务酒店。这个团有部分游客是在大通旅行社签的合同，还有部分游客是在途牛网签的合同，途牛把我们的游程卖给大通，没有衔接好。我们10多位游客据理力争，以立即返回上海投诉为武器进行交涉。旅行社先是好话说尽，我们坚持不让步，最后维权成功，终于入住高标准的万和豪生酒店。此外由于拼团减少了鼎湖峰景区，途牛同意按照旅游法规定退还门票60元，再赔偿60元。

丽水市古称处州，位于浙江省西南部，2000年7月撤地设市，辖有莲都区、龙泉市和青田、缙云、云和、庆元、遂昌、松阳、景宁共一区一市七县，辖区面积17298平方公里，为浙江省陆地面积最大的地级市。丽水有旅游点68个，其中有国家4A级旅游景区12家。先后被命名为国家级生态示范

云和梯田

区、中国优秀旅游城市、中国优秀生态旅游城市、浙江省森林城市等称号。

云和梯田景区位于云和县崇头镇，最早开发于唐初，总面积51平方公里，海拔跨度200至1400多米，跨越高山、丘陵和谷地，梯田从最低到最高共有700多层，是国家4A级景区。除了蔚为壮观的梯田之外，景区内还有云海、山村、竹海、溪流、瀑布、雾凇等景观，是国内知名的摄影基地之一。云和梯田海拔较高，山峦田间常有白云缭绕。景区内的精华部分是云和梅源梯田，海拔300至800米，面积5平方公里。我们站在公路高处的观景台上，一下子被眼前的景色所吸引。那梯田不是只占据一面山坡，也不是七零八落，而是整个山岗都是梯田，包括山顶、山坡和山坳。不规则的梯田一层层一圈圈地铺开，连同那些滋润梯田的灌溉系统，从村庄直接漫过山头，又逶迤连至另一个村庄。

说不规则是指线条并非呆板的直线，而是弯弯绕绕的曲线。曲线之间的距离却又大致相等，这样就形成了一种美观的韵律和形态。由于梯田广大，在很长的公路段内，都可以清晰地观赏、拍摄梯田。我们从观景台顺着山路下到梯田近距离观赏，这里既是农田，也是景区，游客可以沿着游览道行走，也可以走到田埂感受泥土的气息。梯田的山顶低于刚才的观景平台，游客站在这山顶上，既可以平视或仰视周围的山坡和梯田，也可以俯瞰其下的梯田和村庄。我在这里拍了一张照片，用作自己的微信头像好长时间。再往下走，就可以一直走到村庄，也可以从另一条路回到公路上。我们去的时候尚未插秧，只有水满田畴，如环环银链挂满山间，也没看到云雾缭绕，但这已经让我心满意足。

通济堰位于丽水市莲都区碧湖镇堰头村边，建于南朝萧梁天监四年（505年），是浙江省最古老的大型水利工程。2001年6月被列入第五批全国重点文物保护单位名单，2014年入选世界灌溉工程遗产。通济堰是一个以引灌为主，蓄泄兼备的水利工程，由拦水大坝、渠道、分水闸组成，拱形的大坝长275米，宽25米，高2.5米，初为木条结构，南宋时改为石坝。为使其永固，用铁水灌入石坝缝隙中，使大坝牢不可摧。大坝北端设有2米宽的

364

排沙门和5米宽的过船闸。尤能体现古人智慧的是，通济堰居然建造了一座立体交叉的石函引水桥，避免了山洪带来的沙石堵塞堰渠。

通济堰渠道呈竹枝状分布，由干渠、支渠及毛渠三部分组成，蜿蜒穿越碧湖平原。干渠始于拦水大坝北端的通济闸，渠水经多地汇入瓯江，迂回23公里。干渠上分凿出支渠、毛渠321条，水渠又有72座闸概进行分水调节，使碧湖平原上的广大农田得以旱涝保收。通济堰龙庙内，最早的碑刻是南宋绍兴八年（1138年）所留，其中一块为通济堰水系分布图，十分珍贵。而南宋乾道四年（1168年）处州太守范大成所制订的堰规，被后代所一直延用。

通济堰所在的堰头村是一座古村落，村里不仅有保存完好的古街巷和古建筑，也有不少数百年乃至千年以上的大树。如今堰头村又多了一个"古堰画乡"的名声，成为很多美术院校学生的校外活动基地。我们在堰头村坐船到通济堰去，上岸后要沿河走较长一段路。无论是在村里的古街、渡口，还是在河边的沙滩、堤岸，或是在堰坝的门楼、渠首，都有好多风华正茂的美院学生在潜心写生作画，未来的画家和大师，可能就在他们之中。

这次丽水游，我们还游览了莲都东西岩风景区、莲都白云山、青田石门洞、云和仙宫湖等景点。在此之前，我也游览过遂昌的金矿公园、南尖岩景区、神龙飞瀑等景区。浙江丽水，是一个值得探访的旅游胜地。

石浦渔镇 2016年5月，我和本机关的一些老同志来到浙江象山石浦游览。大巴途径杭州湾大桥，35公里长的桥面上，栏杆分为赤橙黄绿青蓝紫七色，每5公里变换一种颜色，既防止驾驶员视觉疲劳，也增添了大桥的色彩。主桥梁附近有一座漂亮的直升飞机救援平台，这座海上平台也是国家4A

石浦渔港老街

级旅游区"海天一洲"。石浦镇的港口看上去繁华而整洁，长长的岸线显然经过了精心设计和建设，并处于良好的维护管理之下。近处红旗猎猎，远处高楼林立，更远青山如黛。石浦渔港可泊万艘渔船，行万吨海轮，是东南沿海的避风良港，兼具渔港、商港之利。

石浦古城依山临海，"城在港上，山在城中"，城墙随山势而筑，城门就形而构。居高控港，这是海防重镇石浦古城的主要特征。老屋梯级而建，街巷拾级而上，蜿蜒曲折。石浦古城完整保留有4条总长1600米的碗行街、福建街、中街、后街，它们组成了古朴的石浦老街。古城街巷交错，屋檐错落有致，这里有蔡楚生、王人美等拍摄中国第一部有声电影《渔光曲》时下榻的"金山旅馆"，有600余年历史的古城墙，还有明朝抗倭官兵留下的摩崖石刻。渔业文化、海防文化和渔商文化在这里汇集，为石浦古城带来新的旅游文化价值。

进得入口不远，就看到拾级而上的老街，这也是石浦古城典型的街道式样。一艘帆船当街而立，既是醒目的标志，也是独特艺术品和摄影背景。渔港古城的城墙上，建有看得见大海的城楼，虽然规模不算大，却不失威严和险峻。月洞门式的封火墙，古镇街上隔一段就有一座。我们的直观印象是好看而别致，但在建造者的眼光里，可能更关心其防火实用功能。商铺二楼悬挂的大大小小花盆，是由千奇百怪的贝壳做成，看上去非常抢眼，浇水时可能有点麻烦。路边有一道木架，展示了各种想不到也学不会的绳结，出于安全保障，海员和渔民的结绳方法肯定是最牢靠最合理的。

位于石浦海边的"中国渔村"是综合性海洋文化休闲度假区，也是国家4A级景区。中国渔村的一期工程称为"阳光海岸景区"，是宋城集团打造的一个旅游休闲基地。中国渔村的主题别墅、三桅式古船、渔家排档、帐篷村，都向游客展示了渔区的氛围。密实细腻的沙滩上和海岸边，一些游乐活动吸引了很多年轻人。海滩上游客不少，有的在推船下海，有的坐游艇出海，有的驾快艇冲浪。有一种大轮车浮力很足，推到海里后，游客就能像骑自行车那样驾驭它。海边的一块木牌上写着"喊海比赛"，我还是第一次听到"喊海"这个词，届时游客们要在大海边比拼谁的分贝更高。

沙滩其实也是绝好的身材秀舞台，曼妙少女不经意间的沙滩漫步，秀发飘，裙摆逸，倩影扭，往往更加好看。太阳就要下山了，一队解放军战士列队穿越沙滩，"日落西山红霞飞，战士打靶把营归。"翌日清晨，我们10多位朋友穿上练功服，在沙滩上依序排开，哗哗的海浪声为我们的太极拳伴奏，似感到天地精华奔我而来。

溪口 2017年5月，我随本机关退休支部的老同事一起来到四明山下的岩头村，参加为期3天的短途旅游。岩头村位于浙江省奉化市溪口镇以南11公里处，至今已有600余年历史。环村皆山，有岩溪穿村而过，两岸是建筑古朴、人文荟萃的东街和西街。这里风光秀美，人文景观殊胜，且保存完好。

过去这里陆路交通不发达，村民利用竹筏承载大宗物资运输，发展成为商肆繁盛、富庶一方的山村。

村外有一条古道，蒋经国先生小时候经常跟着母亲往来于溪口镇与岩头村之间。他后来在日记中写道："生我的是溪口，养我的是岩头"，对岩

溪口岩头村

头村的乡愁溢于言表。广济桥位于村口，这座古朴的石桥横跨岩溪之上，由村里的工匠于清光绪初年建造，桥面铺有莲花石板和鹅卵石，桥头古樟参天。沿溪两岸有很多粗壮的古树，有的就生长在石缝里，如绿桥跨溪，造型别致而优雅。村里的石墙和石道，透露出年代的久远和岁月的留痕。石墙年代虽久，依然严整而有生机。

有"古井灵泉"之称的大井潭分里外两眼，里井饮用，外井浣洗，从不干涸。少年时在岩头村读书的蒋介石称赞道："溪口有剡溪水，雪窦有隐潭水，要说哪的水最好，还是我们岩头大井潭。"蒋介石少年时在岩头村读私塾，师从毛思诚先生，毛思诚故居就在大井潭附近。我在古井附近的店家歇脚，店主给我喝了杯古井水，当然是烧开的，口感确实不错。据说这古井上下二、三百米的地段，曾经商肆连绵，盛极一时。

岩头村的毛福梅旧居并不在街面上，而是七转八弯深藏民宅中。旧居里辟有展厅，陈列着毛福梅出嫁的嫁妆等物，大院里仍有人居住。毛福梅（1882—1939）于1901年与蒋中正结婚，1910年生下蒋经国。毛福梅家是岩头一带的望族，蒋介石于14岁时听从父母安排，迎娶大他5岁的毛氏。1927年8月，蒋介石第一次下野回到家乡溪口，为了与宋美龄结婚，向毛氏提出离异要求。毛氏坚决不同意，蒋介石请舅父母出面调解。最后以毛氏"离婚不离家"为条件，在离婚书上签了字。1939年，日军要求蒋和谈，否则要炸平蒋介石老家。遭蒋拒绝后，日军飞机轰炸奉化，毛福梅殉难于溪口镇蒋家老宅丰镐房外。

岩头村人毛邦初是民国空军的开创者之一，相比之下，倒是毛邦初的旧居保存得最为完好，也最有气派。我们入住的民宿紧靠溪边，推窗可见满目青翠的山景，可闻不绝于耳的流水声，还可踩着溪中的汀步石走到对岸。早

餐就在溪边的平台享用，晨风拂面，鸟鸣清脆，流水潺潺，这样的环境使我们感到轻松而悠闲。

我们去游览雪窦山景区，这里离岩头村有10多公里。到了大门口，游客要换乘景区交通车进去，或者乘坐缆车上山。综合门票250元，60岁以上优惠票130元，其中包括雪窦山景区和溪口景区门票，以及30元的景区交通车。

千丈岩瀑布十分壮观，游客可以走到瀑布顶上，湖面平静如镜，几乎看不出流动，根本想象不到它跌入千丈悬崖却会飞流直下，惊心动魄。从景区入口到千丈岩山顶，台阶虽宽，但似乎走也走不完，有点吃力。到了山顶附近，看到不少游客坐缆车上来。山顶的妙高台又名妙高峰或天柱峰，海拔396米。顶上有坪如台，约350平方米。妙高台又名晒经台，"妙高"是梵语"须弥"之意，听起来似乎妙不可言，高不可攀，其东、西、南三面均是峭壁，云雾四合，如置仙境。宋代楼钥、苏轼，元代赵孟頫等都曾留下咏唱妙高台的诗文。妙高台是蒋介石的山顶别墅和幕后指挥中心，其内有蒋介石夫妇的卧室和会客室，中门悬白底黑字匾，"妙高台"三字系蒋介石手书。

下了妙高台，我们到不太远的雪窦寺游玩。景区入口处，看到有"中国五大佛教圣地"的宣传语。香火旺盛的雪窦寺后面是露天弥勒大佛，三百多级台阶很有气势，台阶中间的汉白玉雕刻十分精美。游客可以通过楼梯和电梯登到大佛的脚部及莲花座。莲花座及佛脚的各部分都刻有捐助者的名字，据说捐助费是一百万元。

次日我们来到溪口景区继续游览，昨天买的门票可以继续使用。进入武陵门，也就进了景区。山道上有一座亭子，蒋介石为它写了《乐亭记》一文，记叙了修建乐亭的愿景。不远处有一座高耸的水塔，这是当年蒋介石为解决宋美龄的饮用水而专门建造，谓之"美龄塔"。山坡上的主体建筑是文昌阁和小洋楼，文昌阁里有太多的传说和故事，其内布展有蒋介石夫妇的卧室和办公室。小洋楼的底层房内，留有蒋经国因母亲被日军飞机轰炸遇难而写下的"以血洗血"碑。这里的游览路线有点特别，游客从文昌阁和小洋楼出来，要登上武岭城门，然后来到武岭中学，才是景区出口。

随后我们参观了蒋氏祠堂、蒋氏故居丰镐房和蒋介石的出生处玉泰盐铺，这些建筑都保管维护得相当完好。通过展出的图片和实物，也知道了蒋介石家世、家产和家庭的一些情况。这三处建筑都在同一条街上，相隔不远。这条主街一边是商铺和民居，另一边是宽敞的剡溪。热闹的溪口街头，一些年轻人身穿旗袍长衫，演绎着各种民国风情。还有一些貌神颇像的山寨演员扮演蒋介石，与游客握手拍照。

朱家角 早在1988至1989年我在上海市青浦县人民法院工作期间，经常到离县城不太远的朱家角去。当时只感到朱家角古建筑多，文化气息浓厚，镇上还没开放旅游景点。多年后朱家角已是上海本地一个原

朱家角

汁原味的古镇景区，我也多次陪同外地来沪的客人前往朱家角游览。

朱家角在宋、元期间已形成集市，名朱家村。镇上的圆津禅院、慈门寺等古寺名刹均始建于元代至正年间，可想而知当时已人丁集聚，初具规模。因水运交通便利，商业日盛，朱家角逐成大镇。明万历年间正式建镇，改名为珠街阁，又称珠溪，俗称"角里"。"朱家角"这个名称最早见于1949年5月上海解放后的行政区划，历经"区""公社"等演变，于1962年成立镇人民政府。

清粼粼的漕港河将朱家角分成两半，两岸遍布蜿蜒曲折的小巷，花岗岩石的街面，青砖黛瓦的明清建筑，还有众多的历史遗迹。明末清初，朱家角米业突起，带动了百业兴旺，"长街三里，店铺千家"。老店名店标立，南北百货齐全，乡脚遍及江浙两省百里之外，遂有"三泾（朱泾、枫泾、泗泾）不如一角（朱家角）"之说。北大街是原汁原味的明清街，街道狭窄而整洁，老式店招林立，大红灯笼高挂，成为古镇上最热闹的古老街道。街上很多人家在现做现卖糯米粽、扎肉、糖藕、状元糕、薰青豆等特色食品，店门口也就是加工场，吸引了不少顾客观看购买。

古镇的五孔放生桥是沪上第一石拱桥，据说也是江南地区最大的一座石拱桥，它始建于明隆庆五年（1571年）长72米，宽5米，高7.4米，是古镇的标志性景观，建于漕港河的将宽未宽之处。桥面上游客来来往往络绎不绝，桥栏的石缝里生长出几棵茂盛的石榴树，居然还结出了鲜红的果子。桥边有码头和亭子，一些游客在此买来鱼虾放生至河里。镇上至今保留完好的明清石拱桥、石板桥、砖木古桥尚有20多座。与水乡生活相关的是，镇上的河埠、缆石也特别多，这些拴船用的缆船石造型奇特而精巧，形态各异。

占地96亩的课植园是镇上一处庄园式园林建筑，由清末道台马文卿始

建于1912年，历时15年方建成，园名乃寓"一边课读，一边耕植"之意。园内建有书城，又辟有稻香村。园中亭台楼阁、廊坊桥树和厅堂房轩一应俱全，各种建筑200余间，布局疏密得体，构思精巧。而园中的堂前河边不时举办的古装昆剧、越剧演出，更为游客带来了赏心悦目之感。明清时代，朱家角的深宅大院很多，许多富贵人家和文人雅士在此建园造宅，全镇古宅建筑百处以上。知名的有三泖渔庄、王昶纪念馆、福履绥祉、席氏厅堂、陆氏世家、陈莲舫故居、仲家厅堂等数十处。朱家角历来文儒荟萃，人才辈出，明清两代共出进士16人，举人40多人。小桥、流水、人家，这就是朱家角古镇的风韵、风貌和风情。

朱家角虽然比青浦城区距上海市中心更远，交通却一直方便，有公交车直通人民广场。轨道交通17号线开通运行后，游客和市民可以从虹桥机场坐地铁直达朱家角。这个昔日以船运为主的江南古镇，如今已接上现代化的轨道。

35．江阴我可爱的家乡

遥远的记忆 我于1952年夏出生在江苏省江阴县澄江镇司马街的一座民居里，幼儿园和小学都在江阴就读，直到四年级才转学到上海。如今司马街仍在，而我家的老房子早已拆除。那房子有八房四厅三天井，还有几间侧厢和一口水井，这是祖父经营酒坊置下的产业。大门外是铺石路的街道，后门外有菜地，不远处有河流和石桥。

那时候每天吃过晚饭，一大群小伙伴就互相招呼着集合到司马街与中山路的转角处，玩起"官兵捉强盗"的游戏，上海的小朋友称之为"逃解散"。"强盗"可以逃到很远的地方，被"官兵"抓住后就得呆在出发地的电线杆边，等着同伴来解救，然后再逃出去。所谓抓住和解救，只要碰到身体就算。我们这些小朋友每天都玩这样的游戏，乐此不疲，其实就是一种游戏化的跑步锻炼。

大概12岁时，我就可以独自一人乘坐长江轮船往返于上海和江阴。提前到金陵东路1号售票大厅花1.8元买张五等船票，下午4点从十六铺的大达码头开船，一路欣赏黄浦江风景，出吴淞口天就暗了下来。吃过不要粮票的2角钱盒饭后，就在船上到处游荡，隔着密密匝匝的铁栅栏看看轰鸣运行的锅炉和轮机，靠着甲板栏杆掀开篷布看看漆黑的长江，再席地而坐迷糊一会儿。第二天凌晨3点多到达江阴的黄田港码头，在候船室坐到天亮再走到城里。有一次我从上海去江阴，居然有十来个小伙伴天不亮就结队到码头来接我，再一路边走边唱进了城，那种兴高采烈的场景我至今记忆犹新。

记忆中的江阴是陈旧而落后的，城区面积不大，城垣断断续续，城门已无，护城河倒至今还保留着。除了"东头"有一些新建的三层商铺之外，整个城区面貌都是十多年未变。我小时候坐过黄包车和三轮车，也坐过老式的长途汽车，但没在江阴的马路上看到过大客车，卡车也很少见，更没看到过小轿车了。

江阴名片 江阴简称澄，古称暨阳，北枕长江，南临无锡，东接常熟和张家港，西连常州，地处江尾海头和长江咽喉，历代为江防要塞。江阴拥

江阴长江大桥

有7000年人类生息史、5000年文明史、3800年筑城史、2500年文字记载史。春秋时期这里地属吴国延陵，西晋太康二年（281年）置暨阳县。南梁绍泰元年（555年）废县置郡，因地处长江之南，"山之北水之南为阴"，遂称江阴郡。此后江阴建置几经变化，曾称郡、国、军、路、州治等。元至正二十七年（1367年）恢复县建置。1949年4月江阴解放后，属苏南行署常州专区，1953年改属苏州地区。1983年3月实行市管县体制，改属无锡市。1987年4月经国务院批准撤县建市。

历史上岳飞、韩世忠、辛弃疾、施耐庵、朱元璋都曾驻守或居住过江阴。宋代王安石巡视江阴"黄田港"后赋诗曰："黄田港北水如天，万里风樯看贾船。海外珠犀常入市，人间鱼蟹不论钱。"1645年，江阴全城百姓为抵制清军剃发令，在阎应元等带领下进行抗清守城战，独守孤城81天，杀清兵7.5万人，破城后无一人投降，全城殉节，仅幸存数十人逃出，江阴由此获"义城"之名。清嘉庆四年（1799年），户部侍郎姚文田为江阴题"忠义之邦"四字，道光年间摹作南门门额。1937年日军炮击江阴，此门额毁。1947年蒋介石为江阴手书"忠义之邦"四字，今刻于南门。江阴自古为泰伯化育之邦，季子躬耕之邑，英才荟萃之地，自宋至清，出进士415名，武进士14名。在江阴这片热土上，出现了近200名大学校长，40多位共和国将军，60多名两院院士和学科带头人。

江阴市总面积986.97平方公里，其中水域面积175.8平方公里，长江岸线长35公里。全市有10个镇，5个街道，200个行政村，55个社区，43个村居合一社区。2016年全市常住人口164.2万人，户籍人口124.8万人，人均预期寿命81.47岁。全市林木覆盖率24%，人均公共绿地15.9平方米，获联合国人居环境奖。2016年有五星级宾馆3家，四星级宾馆3家，私人汽车35.6万辆。

根据江阴年鉴和政府工作报告，在县域经济与基本竞争力排名中，江阴已连续14年位居全国第一，蝉联中国全面小康十大示范县（市）"八连冠"。截止2017年4月拥有43家上市公司，2016年有9家企业位列"中国企业500强"，有16家企业年开票销售超百亿元。2016年实现地区生产总值3083.3亿元，人均生产总值达到18.8万元。江阴精神简短而有力："人心齐，民性刚；敢攀登，创一流。"

4A级旅游景区 江阴有两处国家4A级旅游景区，一为滨江要塞旅游区，包括鹅鼻嘴公园、黄山炮台、黄山湖公园、军事文化博物馆和渡江战役纪念馆。一为江苏学政文化旅游区，包括江苏学政衙署和中山公园。

鹅鼻嘴公园占地1280亩，因形如天鹅伸鼻于长江而得名。公园依山而设，沿江铺开。进园后可翻越山坡来到江边，也可穿越长长的人行地道走到江边，那地道是战争年代所留，如今成为公园游客通道。公园内有鹅洲览胜、唐公碑、辛侯亭、子胥过江口亭、鹅山栈桥、江尾海头等景点，顺着沿江栈道行走，游客可以欣赏江阴长江大桥的雄姿，也可以下到江滩与长江亲密接触。浩浩荡荡的长江流至此处骤然紧束，最窄江面仅1200多米，随后呈喇叭状放开。岸边山丘连绵起伏，由此而形成军事重地和战时要塞。著名的"渡江第一船"原陈列于江边水中，后移至黄山炮台入口处。公园设施凸显军事要塞特色，路灯形如炮弹、哨兵或地雷，炮弹灯用真弹壳所做。我在江阴读小学时，每年春游秋游都是穿过乡间小道，来到鹅鼻嘴看长江。

黄山炮台又称江阴要塞，自古为军事要地，于2013年成为第七批全国重点文物保护单位。江阴黄山循江逶迤十公里，形成枕山负水的天堑之势。明代为防御倭寇，已筑炮台。清同治、光绪年间，为防外舰入侵，在此加筑炮台。解放战争中，国民党军队又在此构筑了坚固的堡垒和炮台防线。而今废垒犹存，七尊清同治十三年（1874年）的古炮，2尊"耀武大将军"铁炮，还有分布在各山湾山头的12座混凝土炮台，组成了昔日战场遗迹。山间道路上，有一些岗楼房舍，那是在此拍摄电视剧《江阴要塞》所留。山坡和山凹中，有一座颇具规模的龙涛高尔夫球场。

黄山湖公园占地525亩，是一座没有围墙的开放性公园，园内有樟林大道、涵春坞、秋水潭、烟雨廊桥、金沙湾等景点。每天来此游览休息的市民和游客络绎不绝，尤其到了晚上，2公里长的环湖大道上散步人群浩浩荡荡。每周六晚这里都举办大型音乐喷泉表演，美轮美奂的喷泉在富有韵律的音乐伴奏下，以长江大桥和京沪高速为背景，奔放而多彩，任性而多姿，配上令人眩目的彩灯和激光，场面极其震撼。印象最深的是2016年初的一场大雪，把公园装点得银装素裹，阳光下的水杉林雪点斑斑，鲜红的天竺和明黄的腊梅在白雪映衬下分外鲜艳。更有那雪中觅食和枝上顾盼的鸟儿，在雪中越发显得小巧迷人。市民们在雪地里欢呼雀跃，捧雪球，打雪仗，堆雪人，拍雪景。孩子们、情侣们、小伙伴，还有摄影爱好者，都在这里找到了乐趣。

军事文化博物馆有6个展厅，记载了解放军百万雄师过长江的历史。当年国民党江阴要塞7000名官兵在炮台总台长、共产党员唐秉琳率领下，成功地举行了起义。他们有效地配合了解放大军的作战，促使国民党军防线迅速瓦解。博物馆内还陈列着清军的大炮，以及各种军事文化展品。渡江战役纪念馆坐落在江阴市革命烈士陵园内，建成开馆于1999年4月，其外形就象一艘扬帆远征驶向胜利的渡江战船。馆内陈列着165件革命文物和211幅图片，生动翔实地再现了百万雄师过大江的壮阔场面，显示了江阴渡江战役"以最小的牺牲，获得最大胜利"之特点。

江苏学政文化旅游区占地7.25万平方米，其核心部分江苏学政衙署是昔日江苏八府三州考秀才的地方。学署于明万历四十二年(1614年)建立，至1905年科举制度废除，历时292年，经124任学政。江苏学政是江苏省科举时代主持考试秀才的官署，全称是"提督学政"，其职位相当于省教育厅长，但权限比教育厅长大得多。学政三年一任，不论原来品级高低，其地位都与本省总督、巡抚平等。

明万历四十二年学政衙署从宜兴移建江阴，称"督学察院"。辛亥革命后，衙署的后花园更名寿山公园。1912年10月，孙中山来江阴视察黄山炮台，发表演说要求当地修建马路，引进文明，并号召"叫全国的文明，从江阴发起"，随后江阴民众在寿山公园重建了孙中山先生纪念塔。2002年江阴市政府重建江苏学政衙署遗址公园，即中山公园，成为一座敞开式的城市园林。

学政衙署遗址的头门是"天开文运"粗石牌坊，两边的楹联"文章有神浩气贯长江南北/风雨不动欢颜开广厦万千"，是光绪皇帝的老师林天龄任江阴学政时所写。广场上竖有高大旗杆，旗上写着"钦命江苏督学部院"字样，依然显示出当年学政衙署的庄严与肃穆。在学政衙署古建筑十三进格局中，仪门的雕梁画栋是仅存的古建筑。改扩建的大堂采用钢结构玻璃影壁形态，体现了"释古而不复古"的造园理念。大堂里陈列着124任学政的简介，其中有宰相刘罗锅刘墉和南菁书院的创办者黄体芳。

四块石碑镶嵌于巨型金山石四面，并以玻璃罩围护。其中的《重修江阴县督学察院记》碑立于清康熙年间，《重修江苏学政衙署遗址公园碑记》记述了学政衙署沿革及与中山公园的关系，概括了这座"江南衙之冠"的百年沧桑。中轴线的玻璃地面上镶嵌着10块地碑，内容包括学政的生平、诗文风格的述评等。学政衙署内外，有惟妙惟肖的明清八大学政青铜雕塑，还有一组科举考试雕塑，生动诠释了备考、考试和发榜中的各种表情，真是一个"榜"字，千姿百态。

奇妙的心经碑为唐代异僧道松所书，今碑为清嘉庆年时照摹本重刻，嵌砌在中山公园铁佛寺壁间，由6块长方形大青石拼组而成。通高2.87米，宽5.12米，上刻《般若波罗蜜多心经》计279字。字体为狂草，笔走龙蛇，字形多变，全文有6字的一笔长度超过2米，实为我国古代书法和镌刻艺术之珍品。

元代起，江阴曾先后创办10多所书院，以南菁书院最负盛名，后成为江苏省南菁高级中学，"南菁"之名源自朱熹"南方之学得其菁华"句。南菁百余年间英才辈出，他们中有7名院士，7位将军，还有书法家沈鹏、指挥家曹鹏、社会学家吴文藻、作家汪曾祺等知名人士。

3A级旅游景区 江阴的国家3A级旅游景区有两处，即长泾古镇文化旅游区和双泾生态园。长泾古镇位于江阴市东南部，是吴文化的发祥地之一。镇内老街始于宋代，建于明代，是江阴市唯一的中国历史文化名镇。泾水河穿镇而过，两岸人家尽枕水，多座古桥横卧河上。长千余米的石板老街保存完好，两边的明清建筑白墙青瓦，缓缓漫步老街，历史印痕触手可及。镇上有上官云珠故居、张大烈故居、大福蚕种场、梁武堰、汪家石牌坊等景点，还有占地650亩的东舜湖公园。上官云珠原名韦君荦，1920年3月生于长泾镇，她演过60多部话剧和电影，先后主演了《一江春水向东流》《乌鸦与麻雀》《早春二月》《舞台姐妹》等多部经典影片。

双泾云外水庄生态园位于江阴市月城镇，总面积2500亩，设有水生植物种植区、水产养殖游憩区、四季果林采摘区、食用花卉种植展览区、森林湿地景观区、农渔文化体验园等景点，还有水上会议室、水上餐厅、赛鸽中心、垂钓中心、游船码头、度假村等设施。生态园内水系发达，多条河流贯穿全区，盛产各种鱼、虾，双泾螺蛳是江阴最好吃的品牌。春光烂漫之时，我和朋友们来到双泾，桃园赏花，柳堤散步，湖边烧烤，天高云淡，好一派田园恬静风光。生态园与中国龙舟休闲体育基地相连，基地的赛道长1300米，宽110米，深3.5米，可满足各项国际级龙舟赛事需求。每年的中华龙舟大赛暨中国龙舟公开赛都在这里举办，长长的看台可容数万人观战。

全国重点文物保护单位 江阴现有七处全国重点文物保护单位，除了黄山炮台旧址以外，还有徐霞客故居及晴山堂石刻、佘城遗址、兴国寺塔、适

徐霞客每次出发的胜水桥原貌（顾志强 摄）

园、刘氏兄弟故居、国民党江阴要塞司令部旧址。其中徐霞客故居及晴山堂石刻为第五批全国重点文物保护单位，其余均为第七批全国重点文物保护单位。

徐霞客（1587—1641）是我国杰出的旅行家和地理学家，故居在江阴马镇南旸岐村，现已改名为徐霞客镇。徐霞客的传奇一生和他那本涉及多领域的《徐霞客游记》，使他成为一位千古奇人和游圣，我国每年5月19日的旅游日，就是依《徐霞客游记》的开篇之日而设。徐霞客故居由故居、胜水桥、晴山堂石刻和仰圣园等组成。故居为明式建筑，门庭挂有陆定一题写的"徐霞客故居"匾额，展厅内有徐霞客传略、旅行路线图、溶岩标本和他科学探索的图片资料等，天井右侧有徐霞客亲手栽植的罗汉松。胜水桥是当年徐霞客外出远游坐船启程的地方，位于徐霞客故居前的枕塘河上。晴山堂石刻集中了明洪武三年至崇祯五年前后262年之间，84位名人名家为徐家撰写的铭、传、序、记等共90篇，计76块石刻，为明代书法艺术的缩影。堂前有徐霞客塑像，塑像一侧树有李先念的题词碑刻。仰圣园是2001年建成的江南园林，位于故居和晴山堂之间，以徐霞客游记碑廊为主体，内涵丰富高雅。故居附近，还有一座规模较大的徐霞客文化博览园。故居周围，总投资300亿元的"徐霞客国际旅游度假区"项目已经正式启动。

刘氏兄弟故居离学政衙署不远，这是一座清末建筑，前后二进十间三庭院。故居内设有纪念馆，作家谢冰心为刘氏兄弟纪念馆写了序文。陈列分6个展室，陈列展品300余件，以及三兄弟青少年时期的卧室和厨房。刘天华是中国现代民族音乐的一代宗师，二胡鼻祖，代表作有《光明行》《良宵》等。刘半农是近代文学家、语言学家和教育家。刘北茂是现代二胡演奏家、作曲家、教育家。

兴国寺塔又名澄江宝塔，始建于北宋太平兴国年间，1925年塔顶受炮火击中遂成钢笔尖形。几经维修而古塔犹存，六级以下仍为宋时原物。这里原来是一所中学，谓之宝塔中学，后又称解放中学，现在改建为公园。记得以前年久失修，塔身荒草丛生，野鸟作窝，人们不可以靠近，以免危险。现在则修复加固，人们可以在塔边游玩。

余城遗址位于云亭镇花山东侧，前些年建设高速公路，江苏省考古队在这里发现了一座商周时期遗址，距今约3500—3100年。已出土文物200多件，其中有陶豆、陶釜、箭镞、石戈等。通过对出土文物论证，或能揭开"泰伯奔吴"之谜。据《史记》记载：泰伯文身断发奔荆蛮是为了避开被周太王所立的季历，其实泰伯奔吴或许是为寻根访祖。城墙有6米高，城址南北长800米，东西宽500米，面积近40万平方米。东城墙有缺口通河道，可能为水城门。航拍图中长方形的城址清晰可

兴国寺塔

见，环城有河道，城北隅有一处建筑遗址，已探测到一批圆形的柱洞，考古工作仍在进行中。

适园位于江阴市区南街，占地7亩有余，为本县陈式金于清咸丰四年（1854年）所建，俗称"陈家花园"。陈本为山水画师，巧于园林构思，谓无意为园而适成之，故名适园。园内凿湖垒山，双峰叠翠。秋声舫后为易画轩，凡求画者须以诗相交换，故名。适安斋收藏历代书画珍品，汇刻于石45方。壁间存有晋王羲之《换鹅碑》、元倪瓒山水画，以及明梁同书、董其昌等手迹石刻。古朴雅致而富有江南园林特色的江阴适园，已录入《中国近代园林史》，被列为全国百座私家名园之一。

国民党江阴要塞司令部旧址原为江阴实业家吴汀鹭宅地，占地3820平方米，建筑面积2008平方米，建于1923年。1937年日军侵占江阴，吴不愿任"维持会长"，出避上海，此宅被日军占作驻澄警备司令部。1947年成为国民党江阴要塞司令部，中共地下党在此成功策动国民党江阴要塞官兵起义。1949年4月解放军华东军区海军司令员张爱萍在此召开人民海军成立大会，后又成立解放军江阴要塞司令部，这里相继驻过陆军、海军部队。要塞司令部的建筑大气而精巧，现有江阴名人堂展示。

随意游江阴 华西村隶属于江阴市华士镇，2001年起帮带周边20个村共同发展，建成了一个35平方公里，3.03万人的大华西。村内有景点80多处，标志性的华西金塔高98米17层。又由每户村民出资一千万元，筹资30

华西村

亿元建起了328米高的龙希国际大酒店，楼内有价值3亿元的1吨重金牛。华西村博物馆总面积1万平方米，这座仿古建筑融合了故宫太和殿、乾清宫、东华门、角楼、红墙等元素。在华西村，人们能看到山寨版的长城、天安门、美国国会大厦、法国凯旋门、澳大利亚悉尼歌剧院等。华西村还购买了两架直升机，推出"空中看华西"项目。2009年，华西村入选世界纪录协会的"中国第一村"。

新桥镇位于江阴市东南，是全球最大的毛纺产业基地。镇里的海澜集团和江苏阳光集团位列世界毛纺十强，被评为全国超千亿产值纺织产业集群地区，"男人的衣柜"海澜之家门店在全国大中小城市遍地开花。漫步欧式风格的产业园区，时有身处异国他乡之感。海澜国际马术俱乐部是集马术训练、表演、比赛及休闲度假为一体的国际综合马术基地，引进世界优质名马及珍稀品种马320余匹，经常在此举办高水准的盛装舞步表演和比赛。

顾山镇地处江阴市东南部，南梁时成市集。顾山的红豆树相传为南朝梁代昭明太子萧统在顾山选编《昭明文选》时手植，距今1400余年。顾山红豆是中国纬度最高的红豆树，冬季落叶，它作为独科分支被列入《世界植物大辞典》。唐代诗人王维有诗曰："红豆生南国，春来发几枝。愿君多采撷，此物最相思。"顾山红豆并非每年都开花结果，且无规律可循。

船厂公园原为扬子江船厂，现为滨江公园。船坞、厂房、吊车被巧妙利用起来，钢板、钢构、钢条组成了公园设施的基本元素。在这里，不论是屋顶、梁柱、座椅，还是游乐场、运动场、绿化带，无不都烙印着船舶工业的痕迹。入夜，市民们纷至沓来，享受着长江边的美景，携带着昨天的记忆憧憬明天。船厂公园作为一座记忆主题公园，是江阴外滩的组成部分，与黄浦江外滩相比另有一番韵味。沿江保留了部分码头，一会儿凹进，一会儿凸出，游客可以漫步其间。触目惊心的是地面上的鲥鱼和白鱀豚图案，写有"长江鲥鱼1996年至今无捕获""白鱀豚2007年功能性灭绝"的字样。而作为鲜明对照的是，滨江公园区域有条大道就叫鲥鱼港路，由此可以想见当年长江鲥鱼捕捞交易的繁荣景象。

江阴可供参观游览的景点还有很多：古建筑古街区有南门忠义老街、北大街历史文化街区、古镇记忆公园、湖塘老街、梧塍大宅、万安古桥、苏墅古桥、五云古桥等；宗教场所有香火旺盛的君山寺、2A级的泰清寺、始建于南梁的青阳悟空寺、萧梁禅院、十方庵、

船厂公园

崇圣寺、九莲禅寺等；古文化、故居、纪念地有千年文庙、2A级的季子文化公园、巨赞法师故居及纪念馆、舜过古井、四眼井、广济古泉、梁武堰遗址、高城墩良渚文化遗址、曹颖甫故居、柳宝诒故居、缪荃孙纪念馆等；特色公园和园林有大桥公园、敔山湾公园、芙蓉湖公园、临港中央公园、绮山森林公园等；特色村庄和专业园林有给村民发黄金白银的长江村、环境优美的三房巷村、经济发达的周庄村、以鲜美水产闻名的河豚渔村、规模巨大的青阳嘉茂国际花鸟园、璜土葡萄园、神龙牡丹园、朝阳山庄、秦望山风景区、狮子山风景区、观赏荷花的田头村、观赏桃花的狮山湖农庄等。可爱故乡江阴的美丽景点太多，而可用篇幅太小，只能留待以后有机会再写。

后 记

　　经过四个月的准备和八个月的写作，本书终于如期交稿。本书以作者近几年的旅行经历和感悟为主，也涉及少量前些年的游览内容。限于资料和篇幅，作者不能把自己的所有旅程和感悟都写出来。

　　以往我在自媒体发表作品多以图片为主，而现在写书则以文字为主。由于书中所配图片有限，且大部分为黑白照片，这就产生了一种缺憾。为弥补这一缺憾，作者尝试采用扫码看图的办法，即把与游记内容相关的照片及视频结集制作成"美篇"，读者扫描本书每篇正文后的二维码，即可看到更多的配套图文。读者可以在图片集后发表留言、评论或建议，作者也可根据读者的留言进行修改或答复。这可能是一种新的阅读方式和互动方式，希望读者朋友能喜欢。正如旅程结束而旅行并未结束那样，本书虽已出版而创作并未结束，每一位读者都可与作者一起延续创作活动。

381

　　本书得以出版，首先我要特别感谢最高人民法院李国光老院长！他提议我将历次游记整理出书，帮我分析提纲和素材，还热情为本书作序。没有老院长的提议、指引、鞭策和鼓励，也就没有本书的写作和问世。

　　同时要感谢最高人民法院华联奎老院长！他为本书的起名和构思提出了很有价值的建议。还要感谢上海市高级人民法院丁美玲副巡视员对本书的关心和帮助！

　　衷心感谢以傅正明先生为主导的知青旅行团队！我有缘参加了这个长线游旅行团队，在短短几年内到了很多地方，游览了很多景点。

　　衷心感谢上海财经大学陆绯云教授的指导和相助！她帮助我确定写作计划和思路方案，为我联系了出版渠道。

　　衷心感谢上海三联书店的朱美娜总编和陆雅敏编辑！她们为本书的顺利写作、出版提供了专业指导，付出了辛勤劳动。

　　衷心感谢王晔女士和孙康先生！他们为本书设计并书写了精美的封页。

我当然还要由衷感谢夫人曹鸥女士！没有她的陪伴，我不会多次参加长距离长时间的旅行。而没有她的悉心照料，我无法及时完成本书的写作。写作过程中，夫人提供了很多建议和帮助。

借此机会我要由衷感谢亲家沈淑华女士和叶荣富先生！多年来他们辛勤带育我的孙女，让我俩有时间去各地旅行。虽说照料第三代并非老一辈的义务，但这毕竟是很多老年朋友难以绕开的现实。

最后也是最应该感谢的是我的各位至亲、老师、同学、领导、同事、荒友、朋友和网友！他们以各种方式关注、支持、鼓励、帮助我的旅行和写作活动，给我以莫大的动力和信心，他们都是我旅行、写作活动的参与者和见证者。

在写作及校核过程中，作者已尽勤勉、谨慎、细致之责。但囿于作者的学识水平和写作时间，本书仍然可能存在不足以至差错，敬请读者朋友不吝批评指正。

时光依然流淌，旅途魅力无穷。只要身体允许，我们都应珍惜旅行机会，珍爱旅行生活，珍享澄澈的旅途。

382

韩志锋
2018年5月于上海浦东

附录一：自媒体作品目录

(一)土豆视频（21集）

01　无锡灵山：梵宫·大佛·灌浴

02　难忘尾山行

03　北大荒的秋天

04　2014德国深度游及欧洲多国游（3-1）

05　2014德国深度游及欧洲多国游（3-2）

06　相思渡口

07　极目楚天舒：2015巴楚之旅

08-10　秋风已度玉门关（3集）

11　梅花泪

12-14　新西兰欢乐之旅2016（3集）

15-18　八闽之旅2016（4集）

19-21　大美新疆之旅2016（3集）

(二)新浪博客（29篇）

01-21　西北游记2015（21篇）

22-29　新西兰欢乐之旅2016（8篇）

(三)美篇图文（97篇）

01-03　新西兰之旅2016（3篇）

04　春光明媚敔山湾

05-21　八闽之旅2016（17篇）

22　石浦古城和中国渔村

23-42　大美新疆之旅2016（20篇）

43-45　初冬宜兴游2016（3篇）

46　靖江半日

47　冬日随意游江阴

48　静好荡口

49　思念你的何止是那亲爹亲娘

50　四明山我来看你

51-85　《澄澈的旅途》图片集（35篇）

86-97　中原华北之旅2017（12篇）

附录二：自媒体二维码

图书在版编目（CIP）数据

澄澈的旅途 / 韩志锋著. ——上海：上海三联书店，
2019.1

ISBN 978-7-5426-6571-3

Ⅰ．①澄… Ⅱ．①韩… Ⅲ．①游记—作品集—中国—
当代 Ⅳ．①I267.4

中国版本图书馆CIP数据核字（2018）第284686号

澄澈的旅途

著　　者 / 韩志锋

责任编辑 / 程　力　陆雅敏
装帧设计 / 沈　佳
监　　制 / 姚　军
责任校对 / 徐　峰

出版发行 / 上海三联书店
　　　　　（200030）中国上海市徐汇区漕溪北路331号A座6楼
邮购电话 / 021-22895540
印　　刷 / 上海惠敦科技印务有限公司

版　　次 / 2019年1月第1版
印　　次 / 2019年1月第1次印刷
开　　本 / 710×1000　　1/16
字　　数 / 320千字
印　　张 / 24.75
书　　号 / ISBN 978-7-5426-6571-3/I · 1483
定　　价 / 60.00元

敬启读者，如发现本书有质量问题，请与印刷厂联系：电话021-63779028